suhrkamp taschenbuch 3918

D0730236

Zunächst ist es nur ein unbestimmtes Gefühl, dann verdichten sich erste Indizien und weitere Nachforschungen zu einer erschütternden Gewißheit: Luz ist nicht das Kind ihrer vermeintlichen Eltern. Sie ist die Tochter einer während der argentinischen Militärdiktatur »Verschwundenen«. Aber erst als sie eines Tages in einem Café in Madrid ihrem leiblichen Vater Carlos gegenübersitzt, findet Luz heraus, wer sie wirklich ist.

Ihm, der die schlimme Vergangenheit begraben wollte, erzählt sie, was sie aus eigenem Antrieb herausgefunden hat, und von ihm erfährt sie, daß sie ihrer Mutter, die vom Militär verhaftet und schließlich umgebracht wurde, gleich nach der Geburt weggenommen worden war. Hinter Luz' scheinbar normaler Kindheit in der Familie eines hohen Militärs verbirgt sich ein Drama, das all die Menschen, die sie kennt und die sie liebt, auf immer verknüpft.

»Ein fesselndes Buch, das erschüttert.« *Neue Zürcher Zeitung*

Elsa Osorio wurde 1952 in Buenos Aires geboren, wo sie heute nach langem Aufenthalt in Madrid wieder lebt. Sie arbeitet als Journalistin, Dozentin und Drehbuchautorin. Für *Mein Name ist Luz*, das in 16 Sprachen übersetzt wurde, erhielt sie 2001 den Literaturpreis von Amnesty International. Von ihr sind im Suhrkamp Verlag außerdem erschienen: *Im Himmel Tango* (st 4027), *Sackgasse mit Ausgang* (st 4191) und *Die Capitana* (2011).

Elsa Osorio
Mein Name ist Luz

Roman

Aus dem Spanischen von
Christiane Barckhausen-Canale

Suhrkamp

Die Originalausgabe erschien 1998 unter dem Titel
A veinte años, Luz
bei Alba Editorial S. L., Barcelona.

© Elsa Osorio, 1998

Umschlagfoto: © Deborah Roundtree/getty images

9. Auflage 2014

Erste Auflage 2007
suhrkamp taschenbuch 3918
© der deutschen Ausgabe
Insel Verlag Frankfurt am Main 2000
Suhrkamp Taschenbuch Verlag
Alle Rechte vorbehalten, insbesondere das
der Übersetzung, des öffentlichen Vortrags sowie der Übertragung
durch Rundfunk und Fernsehen, auch einzelner Teile.
Kein Teil des Werkes darf in irgendeiner Form
(durch Fotografie, Mikrofilm oder andere Verfahren)
ohne schriftliche Genehmigung des Verlages reproduziert
oder unter Verwendung elektronischer Systeme
verarbeitet, vervielfältigt oder verbreitet werden.
Druck: CPI – Ebner & Spiegel, Ulm
Printed in Germany
Umschlag: Göllner, Michels, Zegarzewski
ISBN 978-3-518-45918-8

Mein Name ist Luz

Prolog
1998

Luz, Ramiro und ihr Sohn Juan landeten an einem heißen Donnerstag um sieben Uhr morgens auf dem Flughafen Barajas. Im Taxi, das sie zum Hotel brachte, erzählte ihnen Luz von der Plaza Mayor, den engen und geheimnisvollen Gassen, den Bars, die wer weiß wie lange geöffnet waren, und von den Frauen mit diesem Blick voller Hochmut, deren Hände beim Tanzen ruhelosen Vögeln glichen. Vom Flamenco wirst du begeistert sein, Ramiro, ich bringe dich in den Park von El Retiro, Juan.

Vielleicht wollte Luz ihnen vormachen (oder für eine Weile selbst daran glauben), daß sie nur dort waren, um Spanien kennenzulernen, und nicht, um sie auf diesem Weg zu begleiten, auf dem sie nichts mehr aufhalten konnte, seit ihr diese Idee in den Kopf gekommen war, damals, als Juan zur Welt kam. Denn es war genau dort, in der Klinik, wo dieser Zweifel geboren wurde, von dem sie sich nicht mehr hatte frei machen können. Zwischen Windeln, Bäuerchen und Wiegenliedern hatte Luz Nachforschungen angestellt und mit Leuten gesprochen und um Informationen gebeten und beharrlich gewühlt und gebohrt und gesucht. Und nun waren sie bis hierher gekommen. Bis nach Madrid.

Am selben Morgen, während Juan und Ramiro schliefen, bekam sie von der Auskunft die Telefonnummer von Carlos Squirru. Er lebte also, es gab ihn, und er war hier, in derselben Stadt wie sie. Ihr Herz schlug so schnell wie noch nie.

Von der Telefonkabine des Hotels aus wählte sie die Nummer. Eine Frauenstimme, offenbar die einer Spanierin, sagte, es sei niemand da, sie solle nach dem Signalton eine Botschaft hinterlassen. Rasch legte sie wieder auf. Sie versuchte, diese Stimme mit Augen, Mund und einem Gesicht zu versehen, aber es gelang ihr nicht. Ob es seine Frau war? Ob Carlos ihr von seiner Vergangenheit erzählt hatte?

7

Sie hatte sich geschworen, alles auf den nächsten Tag zu verschieben. Ramiro und Juan hatten einen Ruhetag verdient, sie sollten ihr Vergnügen haben und spazierengehen, wie sie es ihnen bei der Ankunft versprochen hatte. Sie mußte sich eine Pause gönnen, sich ausruhen, aber sie konnte nichts dagegen tun, daß sie zwischen Spaziergängen, Spielen und Gelächter von Angst gepackt wurde. Wie würde sie dieses schwierige Gespräch in Angriff nehmen? Sie würde knapp sein, sich kurz fassen, und Carlos würde sich nicht weigern, sie zu treffen, wenn sie ihm erst einmal gesagt hätte, daß sie ihm etwas von Liliana auszurichten hatte. Sie mußte die richtigen Worte finden. Ramiro würde ihr helfen, alles zu planen. Wie so viele Male, seit sie mit ihrer Suche begonnen hatte.

»Wir sprechen heute abend darüber«, sagte Ramiro.

Aber sie konnte nicht bis zum Abend warten: Versuch mich zu verstehen, ich will es gleich tun, ich will nicht mehr darüber nachdenken, ob er es ist oder nicht und was er mir sagen, wie er reagieren wird.

Ramiro antwortete nur mit einem Achselzucken. Es war ihre Geschichte, und sie mußte entscheiden, wie sie gespielt werden sollte.

»Ja, bitte?« antwortete Carlos, und Luz mußte die eine Hand mit der anderen festhalten, um nicht aufzulegen, so ängstlich war sie. Ramiro beobachtete sie von der Tür aus.

»Ich würde gern mit Carlos Squirru sprechen.«

»Der bin ich«, und das klang so spanisch, daß Luz sich sagte, wie dumm es gewesen war, sich Illusionen zu machen, denn es konnte ja durchaus einen Spanier geben, der genauso hieß. »Wer bist du?«

Dieses »Wer bist du« überzeugte sie völlig davon, daß es ein Irrtum gewesen war, aber sie würde nicht auflegen, ohne sicherzugehen.

»Mein Name ist Luz, Luz Iturbe. Sie kennen mich nicht, vielleicht sind Sie nicht der Carlos Squirru, den ich suche, man hat mir bei der Auskunft Ihre Telefonnummer gegeben, weil ich in Madrid nachgefragt habe, aber vielleicht wohnt ja der

8

Carlos Squirru, den ich suche, woanders, ich bin mir nicht sicher.«

Sie haßte sich für all diese wirren Worte. Sie mußte noch einmal anfangen; sie hustete, das Schweigen ihres Gesprächspartners ermutigte sie nicht gerade, weiterzusprechen, Ramiro ging in das Zimmer von Juan, am anderen Ende der Leitung weinte ein Kind.

»Einen Moment, bitte«, und dann, weiter weg, »Montse, kümmere dich um das Kind.«

»Verzeihen Sie, ich glaube, ich habe mich geirrt, ich dachte...«

»Bist du Argentinierin?«

Der Akzent! Er hatte mit argentinischem Akzent gesprochen!

»Ja, und Sie? Weil nämlich der Carlos Squirru, den ich suche, Argentinier ist.«

»Ja, ich bin Argentinier, obwohl ich versuche, es zu vergessen« – und er lachte – »Aber ich weiß nicht, ob der, den du suchst« – die Stimme wurde verführerisch – »gut aussieht und klug und charmant ist. In diesem Falle bin ich es, wenn nicht, dann wird es einer der anderen fünf oder sechs Squirru sein, die in ganz Europa verstreut sind.«

Carlos lachte, bestimmt über ihre Unbeholfenheit. So oft hatte sie sich überlegt, was sie ihm sagen würde, aber jetzt konnte sie sich an nichts erinnern. Er schien freundlich und sympathisch zu sein. Warum brachte sie keinen zusammenhängenden Satz zustande?

»Ich wollte mit Ihnen ... über Liliana sprechen.«

Ein langes Schweigen, und dann sehr trocken:

»Liliana – und weiter?«

»Ich weiß nicht, ich kenne den Nachnamen nicht, das ist ja einer der Gründe, weshalb ich mit Ihnen sprechen möchte. Vor einigen Monaten habe ich mit Miriam López gesprochen, sie hat mir Ihren Namen genannt. Miriam ...«

»Wer?«

»Miriam López.«

9

»Kenne ich nicht.«

»Nein, das weiß ich. Sie hat Sie vor vielen Jahren im Telefonbuch gesucht. Aber sie hat sich geirrt, sie dachte, der Nachname hätte ein E, Esquirru, ein E am Anfang. Ich bin darauf gekommen, daß Squirru mit einem S beginnt.« – Sie war weder kurz noch knapp, noch deutlich, sie machte alles kaputt, sie wollte Ramiro rufen, damit er es ihm erklärte. »Miriam sagte mir, Carlos Squirru sei Lilianas Lebensgefährte gewesen ... vor zweiundzwanzig Jahren.«

Das war nicht großartig, aber sie hatte es gesagt, und er antwortete nicht, man hörte ihn nicht einmal atmen. »Hatten Sie eine Lebensgefährtin, die Liliana hieß?«

»Und wer bist du?«

»Ich bin ... ich heiße Luz. Ich habe in letzter Zeit über vieles nachgeforscht, überall, aber mir fehlen noch Fakten. Es ist schwer, es Ihnen so am Telefon zu erklären. Könnten wir uns treffen?« Das Schweigen wurde unerträglich. »Liliana wollte Ihnen etwas sagen, bevor sie ... Bitte, könnten wir uns sehen?«

»Kennst du das Café Comercial?«

»Nein, aber das macht nichts. Sagen Sie mir, wo es ist, und ich komme hin.«

»Am Bilbao-Platz. In einer Stunde.«

»Ja.« Freude und Angst zugleich. »Wie erkennen wir uns? Ich weiß nicht, wie Sie aussehen. Ich bin blond, ich werde eine grüne Bluse tragen ... und ein Buch in der Hand halten.«

»In Ordnung, adiós.«

Ramiro umarmte sie, nachdem sie aufgelegt hatte. Luz begann zu weinen.

»Ich habe alles falsch gemacht. Hast du zugehört, Liebling? Er hat nie gesagt, daß er Lilianas Lebensgefährte war, aber wenn er einverstanden war, mich zu sehen, dann doch deswegen, weil er es ist, nicht wahr?«

Ramiro würde Juan zu essen geben und hier auf sie warten: Ruf mich an, wenn du mich brauchst.

An irgendeiner Ecke des Bilbao-Platzes stieg sie aus dem Taxi und fragte ein paar Jungen nach dem Café Comercial. Als sie die breite Straße überquerte, hatte sie das Gefühl, ihre Füße hätten kein Gewicht, ihr ganzer Körper wäre ohne Halt und sie könnte jeden Augenblick zusammenbrechen. Die flirrende, trockene Julihitze umfing sie und drohte sie zu verschlucken. »Erdrückende Hitze«, hatte der Taxifahrer gesagt, und Luz dachte, daß sie jetzt zum ersten Mal begriff, was dieser Ausdruck bedeutete.

An den Tischen auf der Terrasse saßen viele Leute. Ihr wurde klar, daß sie eine Person nicht von der anderen unterscheiden konnte. Sie blieb eine Weile stehen und schwenkte das Buch, das sie in der Hand hielt. Wenn Carlos hier war, würde er auf sie zukommen. Am besten wäre es, hineinzugehen, etwas Eiskaltes zu trinken und, falls er nach einer Weile nicht auftauchte, wieder auf die Terrasse hinauszugehen.

Dank der Klimaanlage fühlte sie sich gleich besser. Welcher von diesen Männern, die allein hier saßen, war er wohl? Sie setzte sich an einen Tisch und ließ den Blick durch das Café wandern. Der Mann da am Nebentisch mußte so um die Vierzig sein. Allerdings wußte sie nicht, wie alt Carlos war. Der Mann sah sie an, aber nein, er konnte es nicht sein, er würde sie nicht auf diese Art anlächeln.

Den Blick auf die Tür geheftet, bestellte Luz eine Coca-Cola mit Zitrone. Carlos näherte sich ihr von hinten, stellte sich dann vor ihr auf und sah sie an.

»Carlos?« fragte Luz und wußte nicht, ob sie ihm die Hand geben sollte oder nicht, und ihr Arm fiel zurück auf den Tisch, als er zur Antwort nur ihr gegenüber Platz nahm.

Keiner von beiden schien das Gespräch beginnen zu wollen. Zur selben Zeit wie Luz öffnete Carlos den Mund und schloß ihn wieder. Dieses sich spiegelnde Unbehagen brachte sie beide zum Lachen.

»Ich bin ziemlich ratlos. Ich weiß nicht, wer du bist oder wer diese Miriam ist oder warum du mich suchst. Du kannst Liliana nicht gekannt haben, du bist zu jung.«

Als die Coca-Cola gebracht wurde, bestellte Carlos einen Whisky.

»Sie hat Miriam López Ihren Namen genannt.«

»War diese Miriam im Gefangenenlager?«

»Das nicht gerade.«

»Also wo dann?«

»In Miriams Wohnung. Liliana gab Miriam in ihrer Wohnung Ihren Namen.«

Luz sah Verzweiflung oder Ungeduld in seinem Gesicht. Sie würde sich nicht so dumm anstellen wie am Telefon.

»Carlos, ich werde Ihnen alles erklären, was ich weiß. Ich stelle schon seit geraumer Zeit Nachforschungen an. Es war schwierig, weil ich Lilianas Familiennamen nicht kenne. Wie hieß sie?«

»Bist du Journalistin? Bist du hier, um ein Interview mit mir zu machen? Was willst du? Einen Artikel schreiben, ein Buch? Ich lebe schon seit Ewigkeiten nicht mehr in diesem Land, für mich existiert es nicht mehr, verstehst du? Es existiert nicht«, und dann, mit eindeutiger Feindseligkeit: »Wer hat dir meinen Namen genannt? Was ist das für eine Geschichte mit dieser Miriam Soundso? Und wann war Liliana in ihrer Wohnung? Das ist unmöglich.«

Luz nahm einen Schluck von ihrer Coca-Cola, als wolle sie sich Zeit lassen, bevor sie, eine nach der anderen, alle diese ängstlichen Fragen beantworten würde.

»Ich bin keine Journalistin. Ich wollte Sie sehen, kein Interview mit ihnen machen. Ich wollte Sie kennenlernen, ich möchte ... so vieles wissen. Und vor allem möchte ich, daß Sie alles wissen. Ihren Namen habe ich von Miriam López, und wenn Sie mir die Gelegenheit dazu geben, werde ich Ihnen noch sagen, wer sie ist.« Luz schien ihm mit derselben Verärgerung zu antworten. »Ich bin es, die reden wird. Und Sie reden später, wenn Sie wollen.« Ihre Stimme zitterte, und sie versuchte, den richtigen Ton zu finden. »Und wenn nicht, dann nicht. Einverstanden? Ich will nur, daß Sie mir zuhören.«

12

Die Anwesenheit des Kellners ließ sie verstummen. Carlos nahm sich Zeit mit seiner Antwort.

»Entschuldige, daß ich so schroff war. Aber du hast mich überrumpelt. Vielleicht bin ich es, der nicht will, der Angst hat, dieses Thema anzuschneiden. Weißt du? Es tut mir immer noch weh. Sehr sogar.«

Als Carlos wegschaute, bemerkte Luz zum ersten Mal, seit sie ihn gesehen hatte, daß er ein gutaussehender Mann war und daß er ihr gefiel. Und was für eine unglaubliche Geste, dieses Wegsehen. Genauso machte sie es, wenn sie eine Gemütsbewegung verbergen wollte. Aber sie konnte es sich nicht erlauben, ihn zu beobachten, um herauszufinden, was er fühlte, und sie wollte ihm auch nicht einfach so diesen Satz hinwerfen, den sie dann vielleicht doch nicht auszusprechen wagte und der ihre Anwesenheit sofort erklären würde.

»Wer war Miriam?«

»Miriam López lernte Liliana unter ziemlich ungewöhnlichen ... ich würde sagen, tragischen Umständen Mitte November 1976 kennen.«

Luz fragte sich, womit sie beginnen sollte: mit der Entbindung in der Klinik von Paraná oder mit der anderen, im Krankenhaus von Buenos Aires. Vielleicht war es besser, gleich über dieses seltsame, starke Bündnis zu sprechen, das sich zwischen Miriam und Liliana entwickelt hatte. Doch dann ließ sie die Worte einfach heraus, so, wie sie kamen, und ohne eine Erklärung dafür zu geben, daß sie so viele Einzelheiten von der einen und von der anderen Seite kannte. Von der anderen wußte sie in Wahrheit sehr wenig, fast gar nichts, nicht mehr als das, was Liliana Miriam erzählt hatte. Über Lilianas letzte und ihre eigenen ersten Tage. Wenn ihr jemand helfen konnte, etwas über die andere Seite zu erfahren, dann war er es, Carlos. Aber er war so betroffen von dem, was sie ihm erzählte, daß er sie in dieser ersten Stunde kaum einmal unterbrach.

»Möchtest du noch etwas trinken?« Carlos winkte dem Kellner.

Sie wollten sich beide eine Atempause gönnen, sich sammeln, sich beruhigen.

»Eine Coca-Cola. Du bist fast ein Spanier geworden.« Über irgend etwas reden, das Ganze etwas alltäglicher erscheinen lassen. »Deine Aussprache, bestimmte Worte ... du redest fast wie ein Spanier.«

»Nein, manchmal spreche ich das argentinische Spanisch, wenn ich mit Argentiniern zusammen bin. Aber das bin ich zum Glück selten, ich gehe ihnen aus dem Weg. In Wirklichkeit hasse ich die Argentinier und Argentinien.«

Carlos konnte nicht sehen, wie der Groll ein Feuer in ihren Augen entfachte.

Luz sah auf die Uhr.

»Ich gehe telefonieren, ich will nicht, daß Ramiro sich Sorgen macht. Ramiro, mein Mann.«

»Du hast schon einen Mann?« Da war ein Staunen, nur, warum bloß? Er wußte doch überhaupt nichts von ihrem Leben.

»Ja, und einen Sohn. Er heißt Juan und ist anderthalb Jahre alt.«

Vielleicht weil er jetzt allein am Tisch saß, ließ er die Frage an sich heran, die ihn beschäftigte, seit Luz diesen Fehler gemacht hatte (sie hatte »mich retten« gesagt anstelle von »sie retten«), und über die er vorher nicht hatte nachdenken wollen oder können. Er hatte etwas Abfälliges über Miriam gesagt, und sie hatte sehr heftig darauf reagiert.

»Diese Hurentochter, wie du sie nennst« – in diesem Moment hatte sie begonnen, ihn zu duzen – »hat ihr Leben riskiert, um mich zu retten.«

Und wenn dieses »mich retten« kein Fehler war? Keine Anspielung auf irgendeine andere Episode, bei der diese Frau sie gerettet hat? dachte Carlos, aber Luz war irgendwie, er wußte schon nicht mehr, wie, darüber hinweggegangen und hatte weiter von Liliana und der Kleinen gesprochen. Aber wie war es möglich, daß sie so viel wußte? Und warum sagte sie es ihm nicht rundheraus? Und warum fragte er sie nicht direkt?

14

Er wollte nicht, daß Luz merkte, was er vermutete. Er sagte sich, daß er diese Frage so lange wie möglich aufschieben würde, daß er akzeptieren würde, wenn sie es so erzählte, wie sie wollte oder konnte. Wenn es denn so war. Schließlich konnte es ja auch eine andere Erklärung geben.

Vielleicht sollten sie zu Abend essen, schlug er vor, als sie an den Tisch zurückkam.

Nein, keiner von beiden hatte Hunger. Wie hätten sie von diesem Tisch aufstehen können, bevor er die ganze Geschichte kannte.

»Es wäre gut, wenn du weitererzählen würdest.«

Luz schluckte, und dann redete und redete sie, bis sie es ihm schließlich irgendwie sagte.

Carlos hatte sie nie danach gefragt, aber als er ihre Hände nahm und sie mit ernsten Augen ansah, hatte Luz die Gewißheit, daß er sie wiedererkannte.

Als sie das Café Comercial verließen, spürte Carlos das Bedürfnis, Luz den Arm um die Schulter zu legen, aber er hatte nicht den Mut dazu. Sein Arm hob sich ganz von allein und verharrte in der Luft.

»Darf ich?«

Luz konnte nur lächeln und nicken. Etwa zehn Minuten gingen sie nebeneinanderher und sprachen über die Straßen, die um diese Zeit, im Morgengrauen, so belebt waren, über Madrid, und über die Reise, die sie nach dem Abitur nach Europa gemacht hatte. Eine stillschweigende Übereinkunft, nichts zu erwähnen, was dieses Vergnügen, zum ersten Mal nebeneinanderher zu gehen, trüben konnte.

Carlos erzählte ihr, daß er sich in Barcelona auf Kinderheilkunde spezialisiert und daß er dort Montse geheiratet hatte. Seit acht Jahren wohnte er in Madrid. Luz sagte ihm, daß sie noch eine ganze Weile brauchen würde, um das Architekturstudium zu beenden: »Ich bin im Studium zurückgeblieben, durch die Geburt von Juan und durch ... das hier.«

Tiefe Befangenheit hinderte ihn daran, Luz so zu umar-

15

men, wie er es gewollt hätte, als sie all das, was sie zu tun imstande gewesen war, um ihn zu treffen, »das hier« nannte.

In der Tür zum Hotel blieb Carlos vor ihr stehen, und sie sahen sich an. Luz drehte sich um, als wäre ihr das englische Ehepaar, das gerade hereinkam, äußerst wichtig.

Carlos nahm ihr Gesicht zwischen seine Hände und drehte es zu sich herum.

»Ich habe dir noch nicht gesagt, daß du sehr hübsch ... und sehr mutig bist.« Luz konnte nicht antworten, weil sie dann sofort in Tränen ausgebrochen wäre. »Wie geht es jetzt weiter? Luz ... Lili ... ich weiß nicht, wie ich dich nennen soll.«

»Luz, ich hieß immer Luz. Und mein Name gefällt mir. Es ist schwer, dir das zu sagen, aber nicht alles war schlecht, mein Name zum Beispiel. Luz, Licht. Ich hatte mir in den Kopf gesetzt, Licht in dieses Dunkel zu bringen, mir Klarheit zu verschaffen, zu suchen und weiterzusuchen, ohne zu bedenken, welches Risiko für meine Gefühle ich damit einging. Für dich muß diese Unterhaltung sehr qualvoll gewesen sein, so qualvoll, daß ich es mir nicht einmal vorstellen kann, aber auch für mich war es nicht leicht, weißt du? Ich wußte nicht, wie du reagieren würdest, ob ich dich finden würde oder ... ich wußte nichts, gar nichts ... auch nicht, was mit mir geschehen wird, wenn du dich jetzt umdrehst und ich dich nie wiedersehe.«

»Ortiz.«

»Was?«

»Sie hieß Liliana Ortiz. Auch ich habe dir viel zu erzählen. Und außerdem müssen wir gemeinsam ein paar Dinge entscheiden. Findest du nicht? Sie werden jetzt in Madrid vor Gericht gestellt.« Das klang begeistert. »Würde Miriam kommen und aussagen?«

Noch ehe Luz ihm antworten konnte, gab Carlos ihr einen Kuß und wandte ihr seine Wange zu:

»Auf die spanische Art. Hier gibt man sich zwei Küsse. Ruh dich aus, ich rufe dich morgen an.«

16

Erster Teil
1976

Kapitel eins

Heute abend werde ich ihm zeigen, wie hübsch das Zimmer geworden ist, mit der Tapete und all den Sachen, die ich gekauft habe. Ob er mich beschimpfen wird, weil ich das ganze Geld für das Kinderzimmer ausgegeben habe und nicht für das, was er mir aufgetragen hat? Ich glaube nicht. So ein Vieh ist er nicht. Er wirkt so, aber er ist gutmütig. Sonst hätte er nie begriffen, was mit mir los ist. Er ist der einzige, dem ich es sagen konnte, und er hat nicht gelacht oder so, er hat mich verstanden, er hat gesagt, er fände es natürlich und menschlich, und er war sogar gerührt. Und mit Zärtlichkeit kann man mich leichter kaufen als mit einem Bündel Dollarscheine. Auch wenn es niemand vermuten würde, El Bestia ist zärtlich. Und sentimental, sonst würde er nicht alles tun, damit ich bekomme, was ich will.

»El Bestia nannten sie ihn, weil er so stark war. Wenn sie bei einem Einsatz klingelten und ihnen niemand aufmachte, sagten sie zu ihm: ›Na los, Bestia‹, und dann machte er ein paar Schritte zurück, warf sich mit voller Wucht gegen die Tür und schlug sie ein.«

Paß auf, sage ich zu ihm, tu mir nicht weh, und er: Ich habe dir doch schon gesagt, daß keine Tür mich aufhalten kann, und dann muß ich lachen, und er steckt ihn mir rein, nur ein bißchen, und ich sage Bestia zu ihm, aber ich lache dabei. Wenn ich ihn lasse, dann nicht weil er stark ist, sondern weil ich spüre, daß er mich liebt, daß er scharf auf mich ist. Sein Atem wird schneller: Meine Frau, die da ist meine Frau, meine Stute, meine Geliebte, meine Señora. Señora nennt er mich, während er mich da unten abküßt und mich ganz heiß macht, und dann, vielleicht habe ich den Verstand verloren, kann ihn wirklich keine Tür meines Körpers mehr aufhalten.

Nicht nur, wenn wir im Bett sind, sagt er so was zu mir, neulich hat er mich auch diesem Dünnen mit dem Schnurrbart als seine zukünftige Frau vorgestellt. Er will ernsthaft, daß wir heiraten. Früher habe ich gedacht, kommt nicht in Frage, es sei denn, ich gewinne in der Lotterie wie Bibi und angele mir einen mit viel, viel Knete oder einen großen Geschäftsmann oder einen berühmten Fußballer oder einen Boxer wie Monzón, ein Haus mit Swimmingpool, Dienstmädchen, ein Garten und Autos und so. Na ja, man kann nicht jeden Tag das große Los gewinnen, und für mich war eben nichts anderes zu haben als ein Mann, der weder groß noch berühmt ist, aber der mir beschafft, was ich will. Gerissen ist er schon. Geld hat er nicht allzuviel, aber er sagt, daß er gute Aussichten hat und daß er in ein paar Monaten, wenn was auch immer sie da machen abgeschlossen ist, zu einem Haufen Geld kommen wird. Jedenfalls heirate ich ihn lieber, wenn er mir das Baby besorgt. So ein Kind bekommt ja nicht jeder, es müssen gut gestellte Familien sein, wir müssen verheiratet und sogar kirchlich getraut sein. Das mit der kirchlichen Trauung finde ich allerdings übertrieben.

»Muß ich zur Beichte gehen?« habe ich ihn vorgestern abend gefragt. Aber dann habe ich ihm nicht mal zugehört, weil ich mich bei dem Gedanken daran schon totlachen mußte. »Du wirst schon sehen, was der Priester für ein Gesicht macht, wenn ich ihm sage, wie viele es mit mir getrieben haben.«

Er wurde ein wenig böse, weil er sich nicht daran erinnern will; er will auch nicht wissen, was ich früher gemacht habe, obwohl er es weiß. Was war ich denn, als wir uns kennengelernt haben? Ein bißchen plump ist er, aber gutmütig, El Bestia ist gutmütig. Und jetzt habe ich schon alles vorbereitet: das Zimmer, die Babysachen, sogar Kindermusik habe ich gekauft, und ich lerne gerade die Lieder auswendig, denn er hat gesagt, es dauert nicht mehr lange, bis er es mir bringt. Und daß der Kleine wunderschön sein wird. Oder auch die Kleine, denn vielleicht ist es ja ein Mädchen, ein Weibchen, wie die Mama. Hoffentlich nicht so eine Nutte, habe ich zum Bestia gesagt, und zuerst hat er gelacht, aber dann nicht mehr. Er hat gesagt, ich sei keine Nutte, denn dann könnte ich nicht seine Ehefrau sein. Seine Ehefrau sei keine Nutte, nur im Bett, im

Bett solle ich eine Nutte sein, aber nach außen nicht. Wackle nicht so mit dem Hintern, denn bald wirst du die Señora von Pitiotti sein. Das sagt er so wie »die Herzogin von Soundso« oder »die Prinzessin auf der Erbse«. Und ich mache ihm vor, daß ich begeistert bin, denn ich will, daß er zufrieden ist. Wo soll ich denn mit dem Hintern wackeln, wenn ich nirgendwohin gehe? Ich arbeite nicht: keine Modenschauen, keine Feste, keine Verabredungen, nichts.

»Eine Nutte! Es kann nicht wahr sein, daß Liliana sich einer Nutte anvertraut hat!« war Carlos' Reaktion.

»Was ist schlimm daran, daß sie eine Nutte war?« empörte sich Luz. »Als Liliana sie kennenlernte, war Miriam keine Nutte mehr.«

Seit er mir das Baby versprochen hat, bleibe ich im Haus. Ich liege da, träume vor mich hin, höre Musik, sehe fern, gehe einkaufen. Um die Wahrheit zu sagen, ich verblöde ein wenig, aber ihm sage ich, daß es mir bestens geht, daß ich es wunderbar finde, auf ihn zu warten, gemeinsam zu Abend zu essen und dann, wenn er Zeit hat, noch etwas auszugehen. Ich will schließlich, daß er mit mir zufrieden ist, daß er sein Wort hält und mir das Baby bringt. Er sagt, daß er für die Mutter des Kindes sorgt, damit sie eine gute Schwangerschaft hat, und daß er nicht zuläßt, daß man ihr etwas tut, weil »das kein Krieg gegen Kinder ist«. Diesen Satz wiederholt er ständig.

Was das Mädchen getan hat, weiß ich nicht, er sagt es mir nicht, nur, daß sie das Kind nicht haben will und daß sie es im Gefängnis sowieso nicht behalten kann. Sie ist wohl ohne es zu wollen schwanger geworden. Sie ist sehr hübsch, ein Dummchen, und bestens gebaut. Seine Augen strahlen, wenn er von ihr spricht. Neulich habe ich zu ihm gesagt: Du wirst sie doch nicht etwa genommen haben?

»Was redest du da, sie ist doch schwanger mit deinem Baby. Was fällt dir ein?«

Klar, wie soll er sie genommen haben, wenn sie schon ungefähr im achten Monat ist.

Er kümmert sich persönlich darum, daß man ihr gutes Essen gibt, weil das Essen dort offenbar unglaublich schlecht ist.

»Sie bekam spezielles Essen und wurde nicht gefoltert wie die anderen.«

»Meinst du, es war keine Folter, dort sein zu müssen und zu wissen, daß all diese Fürsorge, diese Sonderbehandlung, nur den Zweck hatte, ihr später das Kind wegzunehmen?« Vor lauter Haß wurde Carlos' Stimme heiser. »Sie gingen hin und wählten die Mütter aus wie in einem Zuchtbetrieb! Das ist monströs, abscheulich.«

»Ja, es ist widerlich. Aber ich meinte die physische Folter, die Stromschläge.«

Vor ein paar Tagen habe ich Kroketten gebacken, damit er sie dem Mädchen mitbringt. Sie tut mir leid, wenn ich an sie denke, tut sie mir leid. Wenn sie so ein Dummchen ist, kann sie nichts Schlimmes getan haben. Warum muß sie im Gefängnis sitzen, hat sie jemanden umgebracht? Sieh mal, habe ich dem Bestia gesagt, wenn ich heute die Wahl hätte, dann würde ich diesen elenden Handelsvertreter, der mich mit vierzehn vergewaltigt hat, umbringen. Damals ist es mir nicht mal in den Sinn gekommen. Manchmal gibt es Gründe, die dich dazu bringen, zu töten, und es gibt Leute, die es verdienen. Diesen Kerl von damals würde ich umbringen, wenn ich ihn vor mir hätte, das schwöre ich dir, Bestia, das schwöre ich dir. Hat sie einen Kerl getötet, der sie vergewaltigt hat? Wenn ja, dann ist sie unschuldig. Diesen Kerlen muß man etwas antun, damit sie begreifen, was eine Frau durchmacht.

Er sagt, daß das nichts damit zu tun hat, daß ich überhaupt nichts verstehe, daß dieses Land durch Ideologien aus dem Ausland kaputtgemacht wird und daß dies ein Krieg ist, daß sie Ordnung schaffen und sie alle schnappen werden, diese Aufrührer, Kommunisten, Mörder und Terroristen, einen nach dem anderen – mit stählernem Gesichtsausdruck und furchterregendem Blick –, bis sie sie alle haben. Sie würden dieses Land von diesen Aasgeiern säubern. Aber ich weiß immer noch nicht, was das Mädchen getan hat. Wenn ich ihn in sanfter Stimmung zu fassen bekomme, dann frage ich ihn aus, denn darin bin ich Spezialistin, und manchmal rutscht ihm etwas heraus: daß er auch nicht versteht, wie sie sich auf so etwas einlassen konnte, sie sei doch ein ordentliches Mädchen und bei den Nonnen zur Schule gegangen. Vielleicht lag es an diesem Kerl, mit dem sie zusammen war.

»An ihrem Mann?«

»Was heißt hier Mann? Glaubst du, daß solche Leute heiraten? Sie tun sich zusammen wie die Hunde, mehr nicht.«

»Wir haben nie geheiratet. Wir lebten im Untergrund«, sagte Carlos. Zum ersten Mal in diesem Gespräch erkannte Carlos die Geschichte, die Luz ihm erzählte, als seine eigene an.

Ich wage nicht, ihn daran zu erinnern, daß auch wir uns einfach zusammengetan haben und davor schon mit vielen anderen, er genauso wie ich, so verrückt ist El Bestia, er verfängt sich in dem, was er sagt, und plötzlich sieht es so aus, als seien wir völlig in Ordnung, ehrenwerte Leute, seit Jahren verheiratet. Weder war ich eine Hure, noch war er ein kleiner Gefreiter, der sich mit seinem kümmerlichen Sold gerade so über Wasser hielt, bis die Militärs an die Regierung kamen und er auf den Zug aufspringen konnte, um sich ein paar Scheine dazuzuverdienen. Sergeant ist er jetzt. Aber egal, er bekommt einen Scheißlohn, ich habe ihn gefragt. Bei zwei Festen habe ich mehr verdient als er in einem ganzen Monat.

Ich sage ihm lieber nicht, wieviel man mir damals bezahlt hat ... aber er weiß es ja, er weiß es genau, weil er es ja selbst bezahlt hat. Anette hat ihnen dafür, daß sie mit mir ins Bett gehen durften, ganz schön was abgenommen. Woher er wohl das Geld dafür hatte, bei dem, was er verdient? Ersparnisse, hat er gesagt, er hat eine Menge ausgegeben, nur um mich kennenzulernen. Ob er wegen des Geldes mit mir zusammen ist? Nein, was für ein Gedanke, wenn es so wäre, dann hätte er mich nicht überredet, den Job aufzugeben. Wenn er daran denkt, was es ihn beim ersten Mal gekostet hat, dann muß er sich jedesmal, wenn er mich vögelt, fühlen wie ein Millionär. Aber nein, für ihn ist es normal, weil wir uns lieben, das glaubt er sogar wirklich, und es ärgert mich, daß ich mit ihm das große Los gezogen habe und nicht umgekehrt. Aber schließlich wohnt er in meiner Wohnung, und zwar besser, als er es sich je

23

erträumt hätte. Eigentlich hat er darauf bestanden, daß ich bei ihm einziehe, aber ich wollte um nichts in der Welt in diesen Stall. Und ohne ihn zu beleidigen, habe ich ihm gesagt, daß ich, wenn ich den ganzen Tag zu Hause sein müßte, lieber bei meinen Sachen wäre: auf meiner kleinen Terrasse zum Sonnenbaden, bei meinen Schallplatten, meinen Spiegeln und all meinem Krimskrams, viel zu viel Zeug für einen Umzug.

»Miriam hatte in der Nähe der Recoleta, in der Calle Ayacucho, eine Wohnung gemietet. Um keine Schwierigkeiten mit den Bürgschaften zu haben, hatte sie von ihren Ersparnissen eineinhalb Jahre im voraus bezahlt. Anscheinend hat sie damals gut verdient. Sie hat mir so viel von der Wohnung erzählt, daß ich den Eindruck habe, diese Wohnung zu kennen. Ich bin, ich weiß nicht, warum, bis an die Tür gegangen, vielleicht, um mir besser vorstellen zu können, was sie mir erzählt hat.«

Ich habe noch nie jemanden beleidigt, ich weiß, wie man die Kerle behandelt, aber ich bin auch nicht so dumm, ihm abzunehmen, daß es für ihn nichts Besonderes ist, hier im vornehmen Norden der Stadt zu wohnen und in diesen Sesseln mit den wunderschönen Polstern zu sitzen, vor diesen Fenstern mit den seidenen Vorhängen. Ich selbst konnte ja am Anfang kaum glauben, daß das meine Wohnung war. Das bin ich wirklich Anette schuldig, diesem Luder. Sie hat mir geholfen, ohne es zu wollen, denn als ich sie einmal in ihrer Wohnung besuchte, habe ich mir vorgenommen, nicht aufzuhören, bevor ich nicht auch eine habe wie sie.

»Offenbar hatte die Frau, die sie in die Sache mit den Festen und den Männern hineingezogen hat, eine sehr gut eingerichtete Wohnung, mit wertvollen Teppichen und Kunstwerken. Noch heute erinnert sie sich an Tausende von Einzelheiten. Miriam bewunderte sie und wollte sie in allem nachahmen.«

Ich war absolut begeistert, als ich die Wohnung eingerichtet habe, ich habe mir Stapel von Wohnzeitschriften gekauft und mir daraus Ideen und Adressen geholt. Obwohl ich auch keine schlechten Ideen habe und Gegenstände gut aufeinander abstimmen kann. Darin bin ich großartig, ich habe von Natur aus einen guten Geschmack, das wußte ich immer. Manchmal

24

habe ich Lust, dem Bestia das alles unter die Nase zu reiben, aber ich halte den Mund, umsorge ihn, stelle den kleinen Whisky für ihn bereit und ziehe mir nur für ihn meine Superklamotten an. Dann fühlt sich der Kerl, der zwar eine Bestie ist, wie ein König und denkt, daß wir wer weiß wer sind. Mir ist klar, daß das ganz gut so ist und daß es für das, was ich will, nur von Nutzen sein kann. Soll er nur weiter glauben, daß wir das alles verdient haben, so als hätten wir es vom Papa geerbt oder durch ehrliche Arbeit erworben. Er setzt sich in den Sessel neben der Lampe und sagt: Bei uns wird es das Baby gut haben, es wird eine gute Erziehung bekommen, mit wahren Werten wie Sitte und Ordnung.

Ich lasse ihn reden, denn was geht mich das alles an, wenn er mir nur das Baby bringt. Wozu soll ich ihm die Wahrheit sagen, wozu? Soll er sich lieber für einen großen Kerl halten und ein guter Vater und Ehemann werden. Er soll von sich denken, was er will, aber er soll mir das Baby bringen. Und wenn das Mädchen das Kind nicht will, dann soll es lieber bei mir sein, bei uns.

»Aber warum, zum Teufel, mußt du überhaupt an sie denken?« fragt mich El Bestia.

»Sie wußte nicht, was los war, was El Bestia und die anderen taten. Sie begriff nichts. Und von ihm erfuhr sie überhaupt keine Einzelheiten. Er gab nur großspurige Worte von sich, über die Pflicht und die Ehre und den Dienst am Vaterland. El Bestia hielt sich ›für eine Art Nationalheld wie San Martín‹, sagte mir Miriam, und ich bekam eine Gänsehaut.«

Und wenn sie aus dem Gefängnis kommt und das Baby haben will? Ich habe dir doch schon gesagt, daß sie es nicht will. El Bestia verlor die Geduld. Schließlich wird sie ja irgendwann rauskommen, oder? Irgendwann ist die Strafe verbüßt, und sie kommt raus. Er lachte nur: Aber nein, ich solle mir keine Sorgen machen, nach der Entbindung werde man sie verhören und sie verlegen.[1]

1 Während der argentinischen Militärdiktatur war »verlegen« ein Synonym für »umbringen«.

»Verlegen? Wohin?«

»Ich habe gesagt, du sollst keine Fragen mehr stellen.«

Wie aus Stahl wird sein Gesicht, oder er nimmt den Schreibtischstuhl, wie an jenem Abend, als ich ihn nach der Verlegung fragte, und schlägt ihn an der Wand zu Bruch. Warum machst du das? Du bist ein Vieh! Das ist ein Stilmöbel, es hat mich eine Menge gekostet. Und er: Warum ich wohl glaube, daß man ihn El Bestia nennt? Ich solle froh sein, daß er nur den Stuhl kaputtgeschlagen habe und nicht auch noch mich, denn dazu hätte er große Lust gehabt. Und wirklich, ich gebe klein bei, denn El Bestia ist zwar gutmütig, aber wenn er so ist, dann könnte er mich, glaube ich, zu Brei schlagen. Obwohl so ein Anfall nie lange dauert, das muß ich zugeben. Ich ging in eine Ecke und schmollte (es funktioniert immer, wenn man bei den Kerlen die arme Kleine spielt), und er kam und legte von hinten die Arme um mich und fing an, mir an die Brüste zu fassen, ganz sanft, und er flüsterte mir ins Ohr: Wenn ich das Baby will, dann soll ich ihm keine Fragen mehr stellen, er sei ein Mann, der sein Wort hält, aber wenn ich ihm weiter auf die Nerven ginge, würde er es mir nicht bringen. Und ich täte besser daran, meine Zeit mit der Vorbereitung der Hochzeit zu verbringen, Kirche, Standesamt und so weiter. Er könne sich nämlich nicht darum kümmern, er habe im Augenblick viel Arbeit. Eine schwierige Sache. Und er ging ins Schlafzimmer und kam mit einem Bündel Scheine zurück (ich habe ihn nicht mal gefragt, woher er sie hatte, denn bei solchen Kerlen ist es immer besser, sich dumm zu stellen) und gab sie mir, für ein neues Kleid und für meine Aussteuer.

Die Aussteuer! Manchmal hat er was von einem Trottel. Was soll ich mir kaufen? Ein weißes Brautkleid wie meine Cousine, als sie den von der Post geheiratet hat? Ich weiß noch, wie sie es mir gezeigt hat. Meine Tante sagte: Du kommst auch noch dran, Miriam, irgendwann macht dir ein netter Junge einen Antrag, und dann heiratest du. Ich bin doch nicht verrückt, irgend jemanden zu heiraten und in Coronel Pringles zu bleiben. Nein, ich hatte etwas anderes mit meinem

Leben vor, ich wollte Mannequin werden, berühmt werden, reich werden. Heiraten würde ich später, um ein Kind zu bekommen. Denn das wußte ich: Ich wollte ein Kind. Aber natürlich später.

Im selben Jahr, in dem Noemi heiratete, gewann ich den Schönheitswettbewerb: Ich war die Schönste, die Königin von Coronel Pringles. Und dann kamen die Fotos und der Wettbewerb von Bahia Blanca, wo ich Zweite wurde. Nur in der Hauptstadt würde ich vorwärtskommen und erreichen, was ich wollte. Und so brachte mich Oscar, der an mich glaubte oder mir vormachte, an mich zu glauben, hierher in die Stadt. Ich fand sofort das mit der Mannequinschule heraus, und er sagte, er würde mir die Ausbildung bezahlen und mich seiner Familie vorstellen. Und was passierte dann? Nach einem Monat war ich schwanger, wie eine dumme Kuh. Aber was sollte ich damals mit einem Kind? Das würde später kommen.

Oscar hat mir die Abtreibung bezahlt, ja, aber dann hat er mich sitzenlassen, und ich lag in dieser dreckigen Pension und wäre beinahe verblutet.

Später, sagte ich mir, später. Bis es nicht mehr ging. »Nie«, sagte der Arzt im Fernandez-Krankenhaus. »Du wirst nie ein Kind haben können.« Aber das war natürlich lange Zeit danach. Es ist schwer, sich vorzustellen, daß es kein Später mehr gibt und daß du nie, niemals ein Kind haben kannst. Und darum ertrage ich den Bestia, egal, wie er ist, weil er mir mein Kind besorgen wird.

»Nein, natürlich war es nicht das erste Mal, sie hatte schon mehrmals abgetrieben.«

Auch bei der zweiten Schwangerschaft sagte ich mir: später. Damals arbeitete ich bereits im »Harry«. Toll sah ich aus, die Kerle wurden heiß bei meinem Anblick, der Sabber lief ihnen heraus, wenn ich die Stripteasenummer machte, denn ich verstehe es, mich zu bewegen, sie anzusehen, mich ihnen zu zeigen. Vor mir fielen sie alle um, aber nicht nur, weil ich gut aussehe, sondern weil ich es mit Stil mache und mit Leidenschaft.

27

»Sie muß eine beeindruckende, sehr, sehr schöne Frau gewesen sein. Groß und brünett. Sie hat noch heute eine tolle Figur.«

»Wie alt ist sie?«

»Achtundvierzig. Damals war sie wohl fünfundzwanzig, sechsundzwanzig...«

Diese Arbeit war zwar nicht das, was ich machen wollte, ich wollte Mannequin werden, das war mir immer klar, das hier war nur eine Arbeit, um das Geld für die Mannequinschule zusammenzukriegen. Aber wenn ich es gut machte, mit Eleganz und mit Raffinesse, würde ich mit meiner Schönheit Erfolg haben. Ich würde auf den Titelseiten zu sehen sein und auf den großen Laufstegen von Buenos Aires, Europa und der ganzen Welt. Und deshalb mußte ich auf die Mannequinschule gehen und lernen, wie man läuft, wie man sich bewegt, wie man Stil bekommt. Aber das kostete Geld, und wen sollte ich darum bitten?

Meine Tante? Unmöglich, sie war schon wütend auf mich, weil sie immer gedacht hatte, ich würde doch noch einen guten Jungen heiraten und wieder mit den Füßen auf die Erde kommen. Und als sie dann erfuhr, daß ich mit Oscar in die Hauptstadt ging, machte sie mir die Hölle heiß.

»Denkst du etwa, daß er dich heiraten wird? Er will doch nur mit dir schlafen, er ist ein Junge mit Geld, er benutzt dich nur.«

Na und? Ich benutzte ihn auch, obwohl er mir gefiel. Ich dachte nicht daran, ihn zu heiraten. Wir waren beide scharf aufeinander, das war alles, und wenn er mich benutzte, dann benutzte ich ihn auch, um aus diesem Scheißkaff herauszukommen.

»Merkst du denn nicht«, sagte meine Tante, »daß solche Kerle niemals Mädchen wie dich heiraten, und schon gar nicht, wenn du mit ihnen ins Bett gehst? Er hat dich betrogen, er hat dich betrogen wie ein kleines Dummchen. Komm zurück, Miriam, komm zurück nach Hause.«

Diese Idiotin dachte, ich wäre noch Jungfrau gewesen und Oscar mein erster Mann, dabei war er schon der fünfte oder sechste. Ich hatte ihr nie erzählt, was dieser Kerl mir angetan hatte, ich dachte, sie würden mir die Schuld geben, sie würden nichts mehr mit mir zu tun haben wollen, oder sie würden sagen »du bist genau wie deine Mutter«. Ich weiß nicht, was ich dachte, aber ich konnte ihnen das nicht erzählen. Und noch dazu waren sie es, die ihn ins Haus gebracht hatten. Mein Onkel hatte ihn zum Abendessen eingeladen, sie waren zusammen zur Schule gegangen. Natürlich stürzte er sich nicht dort auf mich, sondern am nächsten Tag, auf der Straße. Und dann brachte er mich auf ein Stück Brachland. Wenn ich daran denke, ich könnte ihn umbringen. Und ich schämte mich, es jemandem zu erzählen. Ich schämte mich für das, was er mir angetan hatte! Wenn ich ein Mädchen bekomme, dann werde ich es ihr sagen, sobald sie es verstehen kann: Wenn dich ein Kerl packt und an dir zerrt und dir die Kleider runterreißt, dann tritt ihn und wehre dich, und wenn er ihn dir reinsteckt, dann mach es genauso, und dann zeigst du ihn an und erzählst allen davon. Sie sind die Schweine, nicht wir.

»Wenn ein Mädchen im Gefängnis saß, dann konnte es ihrer Meinung nach nur einen Mann getötet haben, der es vergewaltigt hatte. Das war ihre Welt, ihre Geschichte. Damals hatte Miriam keine Ahnung davon, was vor sich ging. Viele wußten es nicht. Auch Eduardo nicht.«

»Weil sie es nicht wissen wollten.«

Aber für die Ausbildung mußte man bezahlen. Tante Nuncia würde mir keinen Peso geben, und Oscar verschwand, wie sie es vorausgesagt hatte. Aber dann erzählte mir ein Mädchen von der Bar »Harry«, und ich ging hin und wurde genommen. Aber das war nur, um das Geld für die Mannequinschule zu verdienen. Darum wollte ich sterben, als ich schwanger wurde. Ich verdiente schon gutes Geld, ich hatte etwas gespart, aber ich wollte es nicht anrühren, weil ich schon alles geplant hatte. Im März wollte ich mich anmelden und das ganze Jahr im voraus bezahlen. Und danach wollte ich nur noch für die Pension, das Essen und ein paar Klamotten arbeiten gehen.

Das mit der Dicken, das hat mir die Juli gesagt, und auch, daß es bei ihr nicht viel kosten würde. Vor dem Raum ekelte

29

ich mich ein wenig, er war schmutzig, aber Juli hatte mir die Dicke empfohlen, ich kam gut mit ihr aus, und sie nahm mir nur zweihundert ab.

In der Bar sagte ich, es sei nur eine vorübergehende Übelkeit. Aber dann blutete ich tagelang. Es hieß, ich dürfe nicht ausfallen, aber dann haben sie mich doch wieder genommen, weil ich gut war, sehr gut. Wegen mir war es voll in der Bar, und sie würden nicht einfach so auf mich verzichten, bei allem, was sie an mir verdienten.

Manchmal war ich einverstanden, mit einem von denen auszugehen, aber nur, wenn er mir gefiel, und nicht, weil ich eine Nutte war. Zur Nutte hat mich die Alte gemacht, die Anette, dieses blöde Weib. Oh, wie das guttat, als ich ihr sagen konnte, daß ich nicht mehr kommen würde, und sie zum Teufel schickte! Sie hat mir wirklich schlimm mitgespielt, weil ich ihr geglaubt habe und sie bewundert habe. Ich dumme Kuh! Sie sagte, ich sei wunderbar, ich sei perfekt, ich solle nur ein paar Kilo abnehmen. Zwei Kilo, sagte sie an dem Tag, an dem sie mich zum ersten Mal sah, und ich würde in den Kleidern phantastisch aussehen, ich wäre der ideale Typ. Für sie war ich immer der ideale Typ für diese oder jene Kollektion. Doch nicht ich habe sie gesucht, sondern sie, Anette, hat mich von der Mannequinschule geholt, als ich noch nicht mal die Ausbildung beendet hatte. Wir machten eine Übung, und da saß die Anette und beobachtete uns mit ihrem Lächeln und den übereinandergeschlagenen Beinen und diesen überlegenen Handbewegungen, die nachzuahmen mich so viel Mühe gekostet hat. Für nichts und wieder nichts noch dazu.

»Gut, sehr gut! Du warst phantastisch, göttlich!«

Und ich glaubte ihr, warum auch nicht? Sie vermittelte mir die Modenschauen, bezahlte mir den Friseur und die Gymnastik, sie ließ mich schminken und alles. Und sie brachte mich zum Fernsehen. Mich, Miriam López. Wie war das noch, Tante? Ich sollte mir nichts einbilden? Na gut, dann mach mal heute abend den Fernseher an, du wirst schon sehen. Miriam im Fernsehen. Allerdings nannte Anette mich Patricia. Sie sagte, Patricia sei besser, der Name Miriam sei ein wenig ... und dabei verlor sich ihr Blick in der Ferne, so als suche sie nach einem passenden Wort, das in der Luft lag und ihr nicht einfiel, ein wenig ...

»Ein wenig geschmacklos«, sagte Inés, die ja wohl auch nicht Inés hieß, weil man auch ihr einen anderen Namen verpaßt hatte.

Ich wurde so wütend, daß ich sie am liebsten total beschimpft hätte, aber ich riß mich zusammen, weil ich vor Anette nichts Schmutziges sagen wollte. Und was machte es mir schon aus, wenn sie mich lieber Patricia nannte? Wir danken Patricia, und ich drehte mich um und ging mit diesen schnellen kleinen Schritten ab, die ich so gut hinbekam. Die Arme ließ ich ein wenig um die Hüften schwenken, während sich heiße Blicke in meinen Rücken bohrten. Die Fetzen standen mir traumhaft gut, ich hatte schon gelernt zu gehen, im richtigen Augenblick stehenzubleiben und das Publikum anzusehen, anders als beim Striptease, aber mit derselben Absicht, dafür bin ich wie geschaffen. Und immer wenn mich die Kerle so anstarrten, fühlte ich mich wie eine Göttin. Da fühlte ich, daß ich an meinem Platz war, auf meinem Weg. Mein Gott, was für ein Irrtum!

Ich weiß nicht, wie viele Modenschauen ich gemacht habe. Modenschauen, Klamotten, Kameras. Eines Abends lud mich Anette zum Tee zu sich ein, sie hätte etwas mit mir zu besprechen ... etwas sehr Interessantes. Ich weiß noch, daß sie es mir zuflüsterte und daß ich mich stundenlang fragte, was es wohl sein könnte und was ich anziehen würde, wenn ich zu ihr ging. Ich ließ mir sogar von Joseph die Haare machen, nur für den Besuch bei ihr.

Avenida Alvear, ein Fahrstuhl mit Teppich, eine wahnsinnige Eingangshalle. Und als ich eintrat, Mama! Was für ein Luxus! Damals fing es bei mir an mit dieser Schwäche für Polstermöbel und Lampen, und ich beschloß, daß ich so wohnen wollte wie sie, in einer Wohnung voller Bilder, Teppiche und wertvoller Einrichtung. Das habe ich ihr gesagt: Ich möchte so eine Wohnung haben.

»Du kannst es schaffen, Patricia. Ein paar Jahre Arbeit, Gewandtheit und Diskretion. Du mußt auf Draht sein«, und dabei betonte sie jedes Wort, als ob sie mir ein Geheimnis anvertraute, »du mußt auf Draht sein, dann erreichst du das und sogar noch mehr.«

Und dann zeigte sie mir das Album mit der Kollektion von Badeanzügen, die ich vorgeführt hatte, und betrachtete lange meine Fotos. Ich fühlte mich göttlich und wunderschön, weil sie mir dieses Gefühl gab, und ich glaubte ihr alles, was sie mir sagte. Daß ich bei ihr mehr lernen würde als in der Mannequinschule, daß sie mir alle Wege ebnen und mir alle Möglichkeiten eröffnen würde und daß ich alles haben könnte, was ich wollte.

Mich störte nur, daß sie an diesem Abend auch Inés eingeladen hatte, ich hatte gedacht, daß wir unter uns sein würden.

Anette hatte diese Fotos einem sehr wichtigen Herrn gezeigt, einem, der »etwas zu sagen« hatte, und ich hatte Glück, denn man hatte mich ausgewählt. Inés und mich.

»Sollen wir eine neue Kollektion vorführen?«

Und dieses Lachen von Inés, dieses alberne Lachen, wie ein Huhn, ha ha ha. Was denn wohl für eine Kollektion, von Christian Dior etwa? Worüber lachte die blöde Kuh? Sie war sicher schon eingeweiht. Na ja, weil ich dumm war oder naiv oder was auch immer, habe ich geglaubt, man hätte mich für eine besonders wichtige Modenschau ausgewählt, ich würde im Flugzeug wer weiß wohin fliegen und hätte den Triumph bereits in der Tasche. Innerhalb von zwei Minuten sah ich unzählige Bilder vor mir: Menschen, die eine andere Sprache sprachen und mir applaudierten, Frauen mit Zigarettenspitzen, die von ihren schwerreichen Männern die Modelle bekamen, die ich vorgeführt hatte.

»Nein«, sagte Anette, »das ist eine andere Arbeit. Keine Modenschau.«

»Rate mal«, sagte Inés, aber es war offensichtlich, daß sie sich über mich lustig machte.

Ich dachte an Werbung, ich – Miriam oder Patricia, egal – auf der Leinwand, ich trage einen Bikini aus der Kollektion, steige aus dem Wasser und trinke ein eiskaltes Getränk, im Fernsehen, im Kino ...

»Werbung.«

»Kalt, kalt! Denk an was Heißeres, du weißt schon, was Heißeres«, sagte Inés.

Ich weiß noch, daß ich einen Moment lang Angst hatte, sie hätte etwas von dem Striptease erfahren (ich hatte es Silvia erzählt, und die hatte mir versprochen, es nicht zu verraten, aber vielleicht hatte sie mich verpetzt) und sie würde das ausnutzen, um mich vor Anette schlechtzumachen, weil sie neidisch auf mich war, genau wie ich auf sie, warum soll ich es abstreiten. Die Alte wußte auch davon, denn sie sagte, ich wüßte den Männern zu gefallen und hätte Erfahrung, und die Sache im »Harry« hätte mir nur genutzt. Die Arbeit bestünde nämlich darin, zu einem Fest zu gehen, einem Fest auf allerhöchster Ebene, und dort für »Stimmung« zu sorgen. Ich wäre fast gestorben.

»Striptease? Aber das mache ich doch nicht mehr, ich habe es nur gemacht, um die Ausbildung bezahlen zu können ...«

»Nein, meine Liebe, darum geht es nicht. Du sollst nur hingehen und den Leuten gefallen, du sollst gut gelaunt und vergnügt sein.«

Und was danach käme, das würden wir schon sehen. Aber alles mit Stil, auf höchstem Niveau, und mit äußerster Diskretion. Und das mit dem Striptease, wenn ich Lust hätte und es gut machte, warum nicht. Striptease oder was immer mir einfiele, denn sie wisse, daß ich viel Phantasie habe und ein Mädchen mit Klasse sei. Das mit der Klasse, das hat mich beeindruckt. Und auch, daß sie redete und redete, während ich ihre großartige Wohnung betrachtete. Und dann sagte sie, ich würde damit mehr Geld verdienen als mit den Modenschauen.

33

»Aber ich will weiter Modenschauen machen«, sagte ich. »Dafür habe ich doch die Ausbildung gemacht.«

»Aber natürlich, Liebste. Das hat nichts damit zu tun. Deine Karriere als Mannequin geht weiter.«

Na gut, wenn ich trotzdem ein Top-Mannequin werden konnte und dazu noch mehr Knete verdiente, warum nicht?

Und so ging ich zu dem Fest. Und da war der Mann, der mich ausgewählt hatte: Du siehst gut aus, göttlich, sie werden von dir begeistert sein.

Alles wichtige Typen aus dem Zentrum der Macht. Und wer hätte gedacht, daß ich dort El Bestia kennenlernen würde? Zuerst war nichts, gar nichts, er kam nicht mal in meine Nähe, verschlang mich nur mit den Augen, wie er es heute noch macht. Und dabei werde ich wirklich weich. Aber damals hat er mich nicht mal angefaßt. Das werde ich nie begreifen, nicht mal, wenn ich tot bin. Der Kerl ist ganz heiß und kann nichts machen, weil er mit den Offizieren da ist, und er selbst ist nur Unteroffizier. Aber wir haben doch jeder mit jedem, und noch dazu unter Alkohol. Warum durfte er nicht dasselbe machen? Mir fiel er gleich auf, vielleicht weil er mich nicht anfaßte, mich dafür aber mit den Blicken auszog.

Ich mußte immer an ihn denken. Ich sah ihn noch bei ein oder zwei anderen Festen, und immer sah er mich an, und ich wußte schon, daß man ihn El Bestia nannte. Einmal, als er reinkam, rief ihn ein Alter, der bei mir stand, mit diesem Namen und unterhielt sich eine Weile mit ihm. Und danach fragte ich ihn, warum man den armen Mann in aller Öffentlichkeit El Bestia, das Raubtier, nannte.

»Nicht doch, Liebste, das ist doch sein Name, sein Spitzname. Er ist nämlich sehr stark, ein kräftiger Bursche, und sehr, sehr tüchtig.«

Ich glaube, ich dachte: Na gut, wenn er so stark und so tüchtig ist, warum dann nicht mit ihm statt mit diesem Weichling? Ich war auf ihn aufmerksam geworden, obwohl er nie lange blieb und mich nur anstarrte, während er mit den anderen sprach.

Und nach dem ersten Fest gab es kein Halten mehr. Gutes Geld, viel, viel Geld in kurzer Zeit. Anette redete mir zu, und dann der elegante Friseursalon und die Klamotten, ganz andere als bei den Kollektionen, Abendkleider für die »Soiree«, wie die Alte immer sagte. Aber was heißt hier Soiree? Immer war der Busen halb nackt, oder ich trug diese durchsichtige Gaze, unter der alles zu sehen war. Na gut, man muß sich nicht über alles beschweren. Bevor ich ausging, sah ich mich im Spiegel an. Hui, mir wurde ganz anders dabei! Ich war schon in die neue Wohnung umgezogen und hatte einen dreiteiligen Spiegel, in dem betrachtete ich mich in diesen Kleidern, in dieser knallroten Gaze, die sich an meine Haut schmiegte. Ich zeigte mich und versteckte mich und strich mir langsam mit den Händen über den Körper, rauf und runter, wie ihre Blicke, und ich spürte mich selbst, ich spürte meine glatte, lauwarme Haut unter der Gaze. Ich weiß nicht, es ist schon wahnsinnig, wie wenn man sich selbst heiß macht. Ich gefiel mir, ja, das ist es, ich gefiel mir, ich gefiel mir sehr, ich genoß es, mich zu streicheln, mehr als mit irgendeinem von diesen Kerlen. Das war, glaube ich, der Grund für meinen Erfolg, ich gefiel ihnen, weil ich mich vorher eine ganze Weile selbst genossen hatte.

Ich weiß nicht mehr, wie es von den Festen zu den Verabredungen kam, zu den »Begegnungen«, wie Anette dazu sagte, aber es war ein kurzer Weg. Immer war es etwas ganz Besonderes, jemand, der mich bei dem Fest gesehen hatte und der sich mit mir treffen wollte, unter höchster Diskretion. Als sie mir sagte, was man mir zahlen würde, fiel ich fast in Ohnmacht. Ja, ich willigte ein, aber ich ging ihr weiter mit den Modenschauen auf die Nerven, und manchmal brachte sie mich auf einen Laufsteg, und dazwischen kam noch ein Fest und ein Anruf und noch einer: Jemand, der dich wunderschön fand und dich heute nacht gern sehen würde.

Die Kerle waren alle bedeutende Männer, alles feine Herren. Sie nannte mir nicht mal ihre Namen, und in manchen Fällen kannte sie die wohl selbst nicht.

»Einige dieser Treffen verabredete El Bestia mit Anette. Offenbar war er eine Vertrauensperson hochrangiger Militärs. Er war es, der vorher die Honorare bezahlte. Ob man wohl Honorare sagt?« Luz lachte. »Und so konnte er sich an sie ranmachen. Er sagte, es sei für den Oberstleutnant, aber es solle geheim bleiben. Er war Miriam schon seit Monaten verfallen und von ihr besessen.«

»Er war heiß.«

»Ich würde sagen, mehr als heiß, er war verliebt.«

Aber die Modenschauen wurden immer seltener, und die Feste und Begegnungen wurden immer mehr. Ich fragte mich, ob nicht alles den Bach runterging. Ein Mannequin war ich nur noch für die Freier: »Was für ein schöner Beruf, Mannequin!« Vielleicht machte es sie heißer, daß sie mit einem Mannequin auf Feste oder ins Bett gingen und nicht mit einer Nutte. Aber was war ich denn, wenn sie dafür bezahlten? Eine Nutte, eine Hure.

Und so beschloß ich, mit Anette zu sprechen. Ich lud sie zum Tee in meine Wohnung ein. Das war zu der Zeit, als ich mir alles für die Wohnung kaufte: Vorhänge, Sofas, Teppiche, Bilder, ein Bett wie für eine Königin. Vollkommen verrückt! Das ganze Geld steckte ich da rein. Und niemand bekam es zu sehen außer mir, es war alles für mich, denn nie, nie ging ich dort mit einem Freier ins Bett. Das habe ich auch dem Bestia gesagt: Er war der erste, und der einzige. Weil die Wohnung mein persönliches Reich war, mein Heim, sie gehörte mir, und ich war überglücklich mit ihr.

»Wie schön du das eingerichtet hast, du hast einen guten Geschmack!« sagte Annette.

Ich glaube, sie war wirklich erstaunt, daß dieses drittklassige Mädchen aus Coronel Pringles mit dem geschmacklosen Namen fähig gewesen war, eine Wohnung so einzurichten. Nicht ganz wie die ihre, aber auch nicht weit davon entfernt. Ich fühlte mich stark und ich sagte ihr, daß ich mir Sorgen machte, weil ich weniger als Mannequin arbeitete und mehr das andere machte.

Natürlich hätte sie Verständnis dafür, und sie hätte eine

36

Überraschung für mich, die mir sehr, sehr gefallen würde. Eine große Modenschau in Punta del Este, in einem Monat, eine große Gelegenheit für mich, weil ich dort Leute treffen würde, die mich unter Vertrag nehmen und nach Europa bringen könnten. Ich war froh und glücklich und bereitete mich auf die große Modenschau vor, denn noch fiel es mir schwer, mir einzugestehen, daß ich eine Nutte war.

Diesem Kerl allerdings habe ich es gesagt: Ich bin eine Nutte, eine Hure. Wenn ich daran denke, bekomme ich eine Gänsehaut.

»Wir machen ein Spiel«, sagte der alte Sadist, der Hurensohn.

Und dann band er mich mit einem Gurt, den er selbst mitgebracht hatte, ans Bett, und ich lachte, bis er das Schießeisen rausholte. Da bekam ich es mit der Angst zu tun. Es reicht, sagte ich, aber er fuhr mir mit dem Eisen ganz langsam über die Beine und immer weiter nach oben, und dabei sagte er eine Menge Schweinereien. Es reicht, Schluß. Als er es mir in die Muschi steckte, dachte ich, ich würde in die Luft gehen, in Stücke gerissen, zerfetzt werden, ich geriet in Panik, der Kerl verwechselte mich, ich weiß nicht, mit wem. Ich werde es dir zeigen, verdammte Montonera[1], den Finger am Abzug, ich werde dir zeigen, wie sie sich gefühlt haben, als du die Bombe gelegt hast. Ich bin eine Nutte, sagte ich, aber nicht laut, sondern ganz leise, ich lege keine Bomben, ich schenke Vergnügen, ich bin hier, damit du Vergnügen hast. Ich bin eine Nutte, eine Nutte. Ich weiß nicht, was ich ihm noch alles sagte, wenn ich Angst habe, blüht meine Phantasie, aber der Kerl zog die Kanone nicht raus, die eiskalte Mündung steckte mir zwischen den Beinen, und ich machte ihm Lust auf meine Muschi: Anette hat gesagt, Sie seien ein Kavalier, Herr Major, ich dachte, wir würden heute nacht ein paar schöne Sachen machen, aber mit dem Ding da wird es nicht gehen. Ich weiß nicht, wie lange er es drin ließ, es war eine Ewigkeit. Schließ-

1 Montoneros: Mitglieder einer linken bewaffneten Organisation in den siebziger Jahren.

lich schaffte ich es, ihn abzulenken. Er band mich los, und ich legte die Waffe weg und sagte nichts, weil ich eine Scheißangst hatte. Ich tat meine Pflicht, als wäre nichts geschehen. Aber später machte ich Anette eine Szene. Damals hätte ich schon etwas ahnen müssen.

»Aber was hat er dir denn getan? Nichts, er hat dich nicht verletzt, du weißt doch, die Männer haben ihre Phantasien, und wenn du clever bist, gibt es immer einen Weg, sie zufriedenzustellen.«

Aber sie ist nicht dumm, sie merkte, daß ich wütend war, und ließ mich in Ruhe.

»Na gut, mach dir keine Sorgen, Schönste, ich werde nie wieder eine Begegnung mit ihm verabreden, das verspreche ich dir. Und jetzt sei ein wenig besser gelaunt, bald ist die Modenschau in Punta del Este.«

Und dann redete und redete sie von der wunderbaren Gelegenheit, die sich mir bot, bis mir ganz schwindlig war. Diese Modenschau, die mich wie ein Sputnik meinem Ziel näher bringen würde, Top-Mannequin für Yves Saint Laurent oder Christian Dior oder was weiß ich welche Modeschöpfer. Und dann würde ich das andere aufgeben. Ich hatte mir ja schon alles gekauft, was ich brauchte, und sogar noch mehr, und wenn die Sache mit den Modenschauen gut lief, dann würde man mich sehr gut bezahlen. Und ich würde eine anständige Frau werden und sogar heiraten und ein Kind haben. So hatte ich es beschlossen. Und dann, peng, schon wieder! Es kam nicht und kam nicht. Ich werde wahnsinnig. Lasse den Test machen, und ja, positiv! Was sollte ich tun? Ich sollte gerade die Modelle für die Modenschau anprobieren, und an diesem Abend hatte ich eine Verabredung mit »einer aufregenden Persönlichkeit«. Ich sagte Anette, daß ich mich nicht wohl fühlte. Ich konnte ihr nicht die Wahrheit sagen, denn wer schwanger wurde, war nicht zu gebrauchen, war nicht auf Draht.

Ich mußte es sofort loswerden, aber wen sollte ich fragen? Eins von den Mannequins? Ich hatte schon begriffen, daß man mit ihnen besser über nichts Persönliches sprach, weil sie

38

alles, was sie wußten, benutzten, um dir eins auszuwischen. Dem Freier dieses Abends, der nicht vom Militär war und sogar Humor hatte und gut aussah (er war im Finanzgeschäft) konnte ich nicht sagen: He, kennst du jemanden, der mir eine gute Abtreibung macht, ich meine, jemanden, auf den man sich verlassen kann? Nein, nicht auszudenken. Ich verkehrte mit vielen bedeutenden Leuten, aber ich hatte keinen einzigen Menschen, dem ich erzählen konnte, was mit mir los war, ich war allein wie ein Hund. Ich dachte daran, Frank zu fragen, den Jungen aus dem »Claridge«, mit dem ich mich zwei, dreimal unterhalten hatte, aber nein, so vertraut waren wir nicht, es würde einen schlechten Eindruck auf ihn machen.

In dieser Nacht konnte ich nicht schlafen. Ich suchte überall nach der Adresse der Dicken und ging in aller Frühe zu ihr, und dann hat sie es verpatzt. Nicht, daß ich Geld sparen wollte, nein, mir fiel nur nichts anderes ein, noch zwanzig Tage bis zur Modenschau, und ich mußte in Ordnung sein. Ich sagte Anette, daß ich nicht zur Anprobe kommen könne und abends auch nicht zu dem Fest. Es ging mir sehr schlecht, ich verlor literweise Blut: Ich habe meine Regel, diesmal ist sie sehr stark, ich fühle mich nicht gut.

»Du hast doch keinen Blödsinn gemacht, oder?«

»Nein, was denn für einen Blödsinn?«

»Eine Abtreibung.«

Ich leugnete es rundheraus, aber ich fragte mich, was ich tun würde, wenn es zehn, fünfzehn Tage lang so weiterging, die Menstruation konnte doch keine zehn Tage dauern. Am selben Abend ging ich ins Fernandez-Krankenhaus. Ich dachte an gar nichts, weder daran, daß Abtreibungen verboten waren und daß man mich verhaften könnte, noch daran, daß Anette es erfahren könnte, an gar nichts. Es sollte nur jemand diesen offenen Hahn abdrehen, so ging es mit mir zu Ende, ich würde bald keinen Tropfen Blut mehr haben, ich würde sterben. Sie behielten mich einen ganzen Tag im Krankenhaus und dann noch einen. Der Arzt war in Ordnung, er stoppte die Blutung und zeigte mich nicht an, aber das sagte er mir: Du wirst nie Kinder haben können, tut mir leid. Nie mehr. Und da brach ich zusammen. Solange ich dachte, später mal, war alles gut, immer hatte ich gedacht, ein Kind würde ich später mal haben, ich hatte es nicht eilig, vorher wollte ich andere Dinge. Aber als er mir sagte »nie mehr«, da war ich wie besessen und konnte an nichts anderes mehr denken.

Als ich Anette sagte, daß ich nicht zur Anprobe kommen könne, weil es mir immer noch so schlecht gehe und weil ich keine Flecken auf die Kleider machen wolle, geriet sie in Wut. Sie sagte mir, am Donnerstag müsse ich zu einer Begegnung, sie könne kein anderes Mädchen schicken, denn es habe ganz klar geheißen: ich und keine andere. Und ich müsse glänzend aussehen, es handele sich um eine sehr bedeutende Person.

An diesem Donnerstag fühlte ich mich schon besser, ich blutete nur noch wenig, aber ich war so deprimiert, daß ich nicht wußte, wie ich es anstellen sollte, gute Laune zu haben.

Und wer erwartete mich im »Claridge«? El Bestia, ja, El Bestia in Person. Er hatte Anette bezahlt und ihr gesagt, es sei für einen Oberstleutnant, der seinen Namen geheimhalten müsse, weil er ihre Dienste sonst nicht in Anspruch nahm, aber er wolle mich, und wenn ich an diesem Tag nicht könne, dann eben an einem anderen, aber der Befehl laute, ich solle es sein, nur ich. War ganz schön gewagt, diese Lüge. Wenn sie es herausfanden, würden sie ihn aufhängen, ihn, der immer tat, was ihm befohlen wurde. Er hatte Mut, das muß man zugeben, er riskierte seine Haut, als er sagte, es wäre für einen anderen, einen wichtigen Mann, und dann selbst kam.

Gekämmt und gestriegelt, im blauen Anzug mit einer fürchterlichen Krawatte. Er sah aus ... ich weiß nicht wie, so wie er ist, plump und fett, und er sah mich an, wie er mich immer ansieht. Voller Bewunderung, nicht als ob er mir gleich die Klamotten vom Leib reißen wollte. Und als er mir den Sekt eingoß und ich ihn ansah, war er so nervös wie ein Junge beim ersten Rendezvous, und da mußte ich lachen.

»Ein Glück, daß du es bist, Bestia!«

Es überraschte ihn, daß ich seinen Namen kannte. Ich sagte, ich hätte ihn schon einmal gesehen, und natürlich erinnere ich mich an ihn, und er gefalle mir, und ich sei sehr froh, daß er da sei. Und er hatte noch nicht mal richtig reagiert, da begann ich zu weinen, aber nicht nur ein Tränchen, sondern mit Heulen und Schluchzen, ich weinte und schrie und hatte eine Rotznase und Schluckauf und alles. Ich weiß nicht, was er sich dachte, aber er nahm mich in den Arm und wiegte mich und sagte: nicht weinen, und ich: bitte erzähl es nicht Anette, Bestia. Und er bat mich, Anette auch nicht zu sagen, daß er es war, denn das könne ihn teuer zu stehen kommen. Das machte uns zu Komplizen. Vielleicht ließ ich deshalb alles raus, was mich quälte: die Abtreibung, das Fernandez-Krankenhaus, und daß ich eines Tages ein Kind haben wollte, aber das ging nun nicht mehr. Und daß es ihm vielleicht lächerlich vorkomme, daß er vielleicht lachen müsse, weil eine Frau wie ich … Aber nein, er finde es normal und menschlich, daß ich Mutter sein wolle, und er liebe mich. Ich gefiele ihm nicht nur, ich wecke nicht nur seine Leidenschaft, sondern er liebe mich schon allein deswegen, und was weiß ich alles.

Und als er mir erklärte, daß er sich für einen anderen ausgeben mußte, sagte er nicht, daß das so war, weil ich eine teure, für die Vorgesetzten reservierte Nutte war, nein. Er sagte Worte wie »Königin« und »die Schönste von allen« und daß ich mich deshalb in diesen exklusiven Kreisen bewege, zu denen er nicht gehört, noch nicht. Es ist ja wirklich nicht dasselbe, ob man »exklusive Kreise« sagt oder »Nutte«, nicht war? Noch in derselben Nacht ging ich mit in seine Wohnung. Und eine Woche später lebten wir zusammen.

Und als ich der Alten sagte, daß ich gehen würde, daß ich damit aufhören würde, weil ich mich verliebt hätte, und als sie fragte, wer denn der Märchenprinz sei, wollte ich nichts sagen, um den Bestia nicht zu verraten. Obwohl ich nicht verstand, warum er, wenn er bezahlte, nicht dasselbe Recht hatte wie die anderen. Aber Anette sagte mir etwas, das mich auf die Palme brachte: Vielleicht machte ich einen Fehler, wenn ich, die ich eine phantastische Karriere vor mir hatte, ich, die ich alles haben konnte, was ich wollte, wegen eines einzigen Mannes alles aufgab, denn ich würde, daran gab es keinen Zweifel, ein erstklassiges Mannequin werden … Und da vergaß ich, was ich dem Bestia versprochen hatte.

»Ich werde Pitiotti heiraten.«

Ich sehe noch heute die Wut in ihren Augen: Das ist doch ein Niemand, ein kleiner Untergebener! Wie konnte das passieren? Er hat mich betrogen, er darf gar nicht, er ist nur Sergeant. Und sie würde es wer weiß wem melden, und ich würde schon sehen, wo mein Märchenprinz bliebe, wenn sie das tat. Ich vergaß die flüsternde Stimme und die lässige Miene, die ich monatelang einstudiert hatte. Ich näherte mich ihrem Gesicht bis auf einen halben Millimeter und gab ihr mit einer Stimme, von der ich schon nicht mehr wußte, daß ich sie besaß, zu verstehen: Nimm dich in acht! Wenn du was sagst, schlägt dir El Bestia den Laden in Stücke und macht dich fertig, er wird nicht umsonst El Bestia genannt. Du vergißt mich und Schluß.

Und sie, nun schon weicher und in Pose: Wie schade, ich hätte alle Möglichkeiten in der Hand gehabt. Aber was soll man da machen? Sie kommen aus dem Dreck, und da gehen sie auch wieder hin. Und dann, als sie in sicherer Entfernung war, weil ich schon gehen wollte, zeigte sie mir ihre ganze Wut und Verachtung: Ein Sergeant, wie ekelhaft! Und Miriam López aus Coronel Pringles trat ihr mit all ihrer angestauten Wut entgegen:

»Warum denn? Haben die anderen einen Schwanz aus Gold? Ist der Schwanz eines Unteroffiziers nur eine Einbildung? Hör zu, du altes Flittchen, ich habe dich bewundert, aber weißt du, du bist die größte Hurentochter aller Hurentöchter! Und sieh dich vor, denn mit dem, was ich weiß – und du kannst dir nicht vorstellen, was mir diese bedeutenden Männer, diese Goldschwänze, bei diesen diskreten Begegnungen erzählt haben –, werde ich einen Riesenskandal machen, und dann geht dein Geschäft den Bach runter.«

42

Und dann ging ich. Sie wird nichts unternehmen, das weiß ich, weil sie ganz bestimmt keinen Skandal haben will.

Heute abend werde ich dem Bestia das Kinderzimmer zeigen. Mit dem Geld, das er mir für die Aussteuer gegeben hat, habe ich eine wunderschöne Tapete mit kleinen Bären und eine herrliche Wiege gekauft, und das Deckbett und die kleinen Laken. Ich wollte es ihm nicht zeigen, bevor es fertig war, und weil er dieses Zimmer nie betritt, hat er nichts bemerkt. Ich hatte Angst, daß er sauer wird, aber wenn er sieht, wie hübsch es geworden ist, dann ist er bestimmt genauso glücklich wie ich.

»Er gab sich ihr gegenüber so verliebt und so zärtlich, daß Miriam glaubte, sie habe alles unter Kontrolle.«

Ich glaube, daß ihm das mit dem Kind gefällt. Oder er ist so scharf auf mich, daß er ganz durcheinander ist und schließlich dasselbe will wie ich. Nein, auch er will es haben. Und eine wie ich ist geübt und kann die Kerle in den Griff kriegen. Der hier jagt vielleicht allen Angst ein, aber zu Hause bin ich es, die ihm angst macht, wenn auch nicht auf dieselbe Art. Das ist meine Wohnung, und hier wird gemacht, was ich will.

Kapitel zwei

So hat Eduardo sich diesen Moment nicht vorgestellt. Weder Amalias heisere, kreischende Stimme (nie hat er verstanden, daß eine so tiefe Stimme sich anhören konnte wie Vogelgeschrei) noch Alfonsos energische Schritte von einer Wand des Zimmers zur anderen. Nach den Gesprächen mit Mariana, nach dem Vorbereitungskurs, den sie gemeinsam besucht hatten, gab es für Eduardo in diesem Moment immer nur Mariana und ihre Wehen und ihre Schmerzen. Und ihn selbst, der ihr half, sie tröstete, sie streichelte und ihr Mut zusprach. Und den Arzt oder die Hebamme, die ab und zu hereinkamen, um nach dem Rechten zu sehen.

Warum müssen Marianas Eltern dabeisein? Im Grunde weiß er nicht, ob ihn Marianas Schmerzen und die bevorstehende Entbindung so nervös machen oder die Stimmen seiner Schwiegereltern, die sich in alles einmischen, ihre Meinung kundtun und ihn sogar von Marianas Seite verdrängen wie jetzt gerade Amalia, die sich auf den Stuhl setzt, den er für einen Moment frei gemacht hat, um Mariana ein Glas Wasser zu reichen.

»Warum geben sie ihr nicht eine Spritze, damit sie einschläft?« schreit Alfonso. »Warum muß sie so leiden?«

Eduardo versucht, über seine Schwiegermutter Amalia hinweg wenigstens Marianas Schulter zu berühren und sie zu ermahnen: Ruhig, Marianita, einatmen, ja, so, und jetzt ausatmen. Amalia sieht ihn verärgert an, wie um ihn zu fragen, was er dort zu suchen hat und was für einen Blödsinn er da redet.

Warum kann er ihnen nicht sagen, daß sie gehen und sie beide allein lassen sollen? Aber Mariana hatte, kaum daß die Wehen eingesetzt hatten und noch bevor sie die Hebamme anrief, ihre Eltern geweckt, und er hatte nicht verhindern können, daß sie hier waren, in der Klinik.

»Alfonso und Amalia wohnten in Buenos Aires. Sie waren nach Entre Ríos gekommen, um während der Entbindung bei Mariana zu

44

sein. Sie wohnten in Eduardos Haus, was die Lage noch schwieriger machte.«

Marianas Schmerzen durchdringen ihn, treffen ihn an einer undefinierbaren Stelle seines Körpers und geben ihm Mut, Amalia zu bitten, sie möge von diesem Stuhl aufstehen, er wird sich an Marianas Bett setzen, aber dann sagt er nur entschuldigend: Im Vorbereitungskurs auf die Entbindung habe man ihnen beigebracht, was bei den Wehen zu tun sei. Mariana streckt die Hand nach ihm aus und er drückt sie, ja, auch sie möchte, daß sie beide allein bleiben. Mariana stöhnt wieder. Ach, meine Liebste, meine Kleine, meine Schöne. All das möchte er zu ihr sagen, aber die Anwesenheit seiner Schwiegereltern verschließt ihm den Mund. Amalia ist nicht zu erschüttern und rührt sich nicht vom Stuhl. Eduardo kann sie nicht wegschieben, er versucht, um sie herumzugehen, um sich Mariana zu nähern, aber als er sich zwischen Bett und Stuhl hindurchzwängt, stolpert er und fällt direkt auf Mariana.

»Sei doch bitte etwas vorsichtiger, Eduardo. Warum gehst du nicht raus, wenn du so nervös bist?«

Und Alfonso: »Ich begreife nicht, warum man sie so leiden läßt. Ich weiß nicht, wo sie diesen Arzt aufgetrieben haben.«

»Warum geht ihr nicht beide?« fragt Amalia. »Das hier ist nichts für Männer. Ich bleibe bei Mariana.«

Eduardo steht wie gelähmt vor dem Bett, sieht Mariana an und hofft, daß sie ihre Eltern zum Schweigen bringen wird.

»Du wartest besser draußen, Papa, zusammen mit Eduardo. Hier wirst du nur nervös.«

Er fügt sich und geht hinaus. Was bleibt ihm anderes übrig, wenn sogar Mariana ... Aber wenn es soweit ist, dann wird er wie geplant mit ihr in den Kreißsaal gehen. Genau das sagt er Alfonso.

»Was für ein Blödsinn, wozu denn, du bist doch kein Arzt!«

»Nein, aber ich will dabeisein und sie unterstützen, ihr beistehen und sehen, wie unser Kind geboren wird.«

Nun muß er sich auch noch Alfonsos Standpauke anhören: daß er nie bei einer Geburt dabei war, daß seine drei Töchter ohne Probleme geboren wurden und daß das keine Männersache ist.

Aber was kümmert das Eduardo. Jetzt geht die Hebamme hinein, und er geht mit ihr und läßt Alfonso im Flur stehen, und der ruft ihm nach, er solle nicht die Nerven verlieren. Und das alles solle jetzt ein für allemal ein Ende haben, man solle Mariana in den Kreißsaal bringen.

Amalia geht nicht aus dem Zimmer, und Mariana bittet sie auch nicht darum. Die Hebamme macht während der Untersuchung ein ernstes Gesicht, geht hinaus und kommt mit dem Arzt zurück. Jetzt bringt man sie weg. In den Kreißsaal dürfen weder Amalia noch Alfonso. Nur Eduardo.

Die Korridore, der Fahrstuhl, Mariana, mein Liebling, jetzt wird alles gut.

Im Kreißsaal stellt Eduardo sich hinter Mariana und hält ihren Kopf. Mariana quält sich sehr. Eduardo weiß nicht, was los ist. Die Stimmen des Arztes und der Hebamme, die sagen, noch mal pressen und noch mal, übertönen Marianas Schreie. Murrays Gesichtsausdruck ist beunruhigend. Alles geht sehr schnell. Stimmen, aufgeregte Bewegungen, Schreie. Und der Arzt, der befiehlt, sie in den Operationssaal zu bringen.

»Tut mir leid, Iturbe, Sie müssen draußen warten. Das Kind ist gefährdet, wir müssen einen Kaiserschnitt machen, da können Sie nicht dabeisein.«

Es hätte jederzeit passieren können, am Tag oder in der Nacht, Sergeant Pitiotti war schließlich nicht rund um die Uhr im Dienst. Doch zufällig (aber vielleicht nicht nur zufällig) war er zugegen, als die Entscheidung getroffen werden mußte, Liliana ins Krankenhaus zu bringen. Was für ein Glück, daß er für diese Entscheidung verantwortlich war. Er wollte, daß gute Ärzte ihr bei der Entbindung beistanden, damit es bei der Geburt keine Probleme gab.

Kaum war er angekommen, es war noch vor sieben Uhr, da informierte ihn der Wärter davon, daß bei der Gefangenen M35 die Wehen eingesetzt hatten und daß die Gefangene

46

L23, eine Medizinstudentin, den Rhythmus der Wehen über-
wachte.

*»Teresa war auch an der Universität, als ich studierte, und sie hatte
Liliana irgendwann einmal mit mir gesehen. Wir kannten uns von klein
auf, ihre Familie kam aus Posadas, genau wie meine«, erklärte ihr Carlos. »Darum konnte sie Kontakt zu meinem Vater aufnehmen, als man
sie freiließ. Ein absoluter Zufall, weil Teresa überhaupt nichts mit uns zu
tun hatte.«*

»Mit uns? Mit wem?«

Carlos wandte den Blick ab.

*»Damit wollte ich nur sagen, daß Teresa nicht politisch organisiert
war. Sie war zu Besuch bei ihren Nachbarn, es gab einen Einsatz, und
man verschleppte auch sie. Der Nachbar war Gewerkschafter, das war
alles, was sie wußte.«*

Normalerweise kam er erst später, so gegen halb neun.
Aber an diesem Morgen wachte er früher auf als gewöhn-
lich, er war nervös, wer weiß warum, vielleicht wegen dieses
Schweinehunds, dem er keinen einzigen Namen entreißen
konnte, aber heute würde er das in Ordnung bringen. Als er
Miriam ansah, die fest schlafend neben ihm lag, ließ seine
Spannung für einen Moment nach. Wie er sie liebte! Ein zarter
Kuß und ein paar leise Worte: Ich gehe ins Büro, Liebste. Ich
rufe dich später an.

*»Er sagte, er ginge ins Büro, so als ginge er zu einer Bank oder in eine
Anwaltskanzlei.«*

Er mußte früh da sein und dieses Problem lösen, damit er
Fakten zu liefern hatte, wenn der Chef der Einsatzgruppe anrief. Aber vielleicht war es nicht das, sondern sein Instinkt, der
ihn so früh aus dem Bett getrieben hatte.

Ob es so was wie einen Vaterinstinkt gibt? fragte sich Sergeant Pitiotti leicht gerührt, als er die Nachricht bekam. Der
Gedanke an Miriam, an ihre Freude, wenn er ihr das Baby
bringen würde, verdrängte alles andere und verscheuchte mit
einem Schlag den Haß auf den Gefangenen, der nicht geredet
hatte, und seinen Vorsatz, noch am selben Nachmittag dem
Chef der Einsatzgruppe Bericht zu erstatten.

47

Als sich Sergeant Pitiotti Lilianas Zelle näherte, wich Teresa, der man die Augen nicht verbunden hatte, vor Schreck zurück.

»Wie lange wird es noch dauern?« fragte er.

»Nicht mehr lange, sie hat schon regelmäßige Wehen ... Werde ich die Entbindung übernehmen?« fragte sie ängstlich und hoffnungsvoll zugleich.

»Nein, ich werde die Gefangene persönlich ins Krankenhaus bringen.«

Er befahl den Wärtern, Liliana die Fußeisen abzunehmen, nur die Augenbinde nicht und auch nicht die Handschellen.

Obwohl diese Entscheidung nicht in seine Kompetenzen fiel, wunderte sich niemand darüber, denn jeder wußte, daß Sergeant Pitiotti, El Bestia, wie man ihn nannte, Liliana Ortiz, der Gefangenen M35, eine Sonderbehandlung zuteil werden ließ.

»Er hatte große Macht, und er war schließlich Unteroffizier. Sicher war er durch seine Methoden zur Beschaffung von Informationen zum Vertrauensmann von Dufau, dem Leiter des Gefangenenlagers, geworden.«

Seit er sie vor Monaten das erste Mal verhört hatte, war Liliana nichts geschehen, er hatte gesagt, man solle sie nicht anfassen, er würde sich schon selbst um sie kümmern, aber erst nach der Entbindung, denn »das ist kein Krieg gegen Kinder«. Zwar wußte niemand, was seine Gründe waren (und es fragte ihn auch niemand danach), immerhin war sie nicht die einzige Schwangere, doch sie wurde behandelt wie etwas, das ihm, dem Bestia, gehörte. Auch der Chef der Einsatzgruppe war sehr deutlich geworden: Niemand solle die von Sergeant Pitiotti ausgewählte Gefangene anrühren.

Ob El Bestia scharf auf sie war, ob sie ihn an seine Mutter erinnerte oder ob er etwas Besonderes mit ihr vorhatte und sie unversehrt blieb, damit sie andere verriet, das waren reine Mutmaßungen unter den Wachleuten, die nicht gewohnt waren, sich Fragen zu stellen, sondern zu gehorchen, und der Befehl lautete, sie nicht anzurühren. Was niemand ahnen konnte, war, daß Pitiotti die Frau schützte, die sein Kind gebären würde. Er hatte persönlich dafür gesorgt, daß sie gut ernährt wurde und daß niemand sie mißhandelte oder in seiner Abwesenheit verhörte.

Darum fiel es niemandem auf, daß er an diesem Tag selbst den Wagen fuhr. Liliana legte sich auf den Sitz und verbarg ihr verhülltes Gesicht in der Rücklehne, wie Pitiotti es ihr befohlen hatte. Die Augenbinde nahm er ihr im Auto ab, aber erst, als sie das Krankenhaus erreichten. Das Licht blendete Liliana, die seit Monaten nichts als Schatten gesehen hatte. Als er ihr befahl, den Mund zu halten, weil nur er reden würde, sah sie ihm zum ersten Mal in die Augen. Sie unterdrückte das Blinzeln und zeigte ihm all ihren Haß oder die Angst oder den Ekel oder den Schmerz (El Bestia zog es vor, es als Schmerz zu deuten). Eine zischende grüne Peitsche, die ihn geißelte.

»Blöde Schlampe, du redest kein Wort, habe ich gesagt!« schrie El Bestia, obwohl Liliana keinen Ton von sich gegeben hatte.

Wie konnte sie es wagen, ihn so anzusehen, nach allem, was er für sie getan hatte? Und dann, weil er diesen Blick abschütteln wollte: Miriam, wie Miriam sich freuen würde, wenn er ihr das Baby brachte! Miriam in ihrem frisch tapezierten Zimmer, Miriam, die ihn vögelte, Miriam und ihr genußvolles Stöhnen, wenn er sie berührte. Er wollte sich von Lilianas Blick frei machen und von ihrer Haut, die ihn zu verbrennen und Gift zu verströmen schien, als er sie auf dem Weg vom Auto in die Vorhalle des Krankenhauses am Arm packte.

Diese aufgeblasene Vorstellung, an die El Bestia sich klammerte, um Lilianas Haß abzuwehren, war vielleicht der Grund dafür, daß er sie als Miriam López anmeldete, geboren in Coronel Pringles, ihre Ausweisnummer wußte er nicht auswendig. Denn als irgend jemand mußte man sie ja anmelden, dachte er. Wer ist die Entbindende? Miriam López. Und jetzt soll man sie in den Kreißsaal bringen.

»Miriam sagte er, es sei ein plötzlicher Einfall gewesen, sie unter ihrem Namen anzumelden, es habe keinen vorgefaßten Plan gegeben.«

Sie nicht mehr ansehen, sich ihrem Blick nicht mehr aussetzen. Und kein Wort, sonst mache ich dich fertig, flüsterte er ihr ins Ohr. Liliana auf dem Weg in den Kreißsaal. Aber er konnte nicht verhindern, daß sie stehenblieb, sich umdrehte und ihn noch einmal mit diesem geballten, lange aufgestauten Haß ansah. Es war Haß, wie Sergeant Pitiotti sich jetzt ohne Ausflüchte eingestehen mußte.

Er konnte an seine Arbeit zurückgehen und bei irgendeinem Verhör die Spannung abbauen, in die dieser Blick ihn versetzt hatte. Aber Miriams Kind würde zur Welt kommen, und er wollte dabei sein, wie ein guter Ehemann, ein guter Vater.

Als er gegenüber der Bank, auf der er saß, das öffentliche Telefon entdeckte, beschloß er, nicht bis zum Abend zu warten, sondern Miriam gleich zu benachrichtigen, wenn das Baby da wäre.

Ihm bleibt nicht einmal der Trost, in Ruhe dazusitzen und zu warten, Amalia und Alfonso hören nicht auf zu reden: Man hat sie sich selbst überlassen, was für ein Unsinn, diese natürliche Entbindung, sie haben sich nicht um sie gekümmert, und nun wissen sie nicht, was sie tun sollen, wer weiß, wo sie diesen Arzt aufgetrieben haben.

Den haben Mariana und Eduardo ausgewählt.

»Was ist das Problem, Amalia?«

»Hör mal, Eduardo, ich weiß, daß du nervös bist, aber mit mir sprichst du nicht in diesem Ton. Was denkst du, wie es mir geht, immerhin bin ich ihre Mutter!«

Er könnte sie umbringen, sie bewußtlos schlagen: Vielleicht ist es unsinnig, aber er gibt Amalia die Schuld daran, daß Mariana einen Kaiserschnitt braucht, sie ist schuld daran, daß sie die Wehen nicht in den Griff bekommt. Und offensichtlich gibt Amalia ihm die Schuld, weil er diesen Arzt ausgewählt hat. Zum Glück packt Alfonso sie an der Schulter und bringt sie weg.

»Wir gehen einen Kaffee trinken, Eduardo. Sag uns Bescheid, wenn Mariana rauskommt.«

Warum ist das nur passiert? Vielleicht haben seine Schwiegereltern recht, man hat sie zu lange warten lassen. Eduardo weiß nicht, auf wen er seinen Zorn richten soll. Auf Amalia, auf Alfonso, der immer Befehle erteilt, als gehörten alle um ihn herum zu seiner Truppe? Auf Murray und sein Team, oder auf sich selbst, weil er so fasziniert war von der Methode der natürlichen Entbindung? Wer weiß, was jetzt mit Mariana geschieht. O Gott, laß alles gutgehen! Zum ersten Mal seit Jahren betet Eduardo, er betet darum, daß Mariana nichts zustößt, er würde sterben vor Schuldgefühlen. Sie war nicht sehr begeistert gewesen von dem Gedanken, ein Kind zu bekommen, er hatte darauf bestanden. Wenn ich ein Baby habe, sagte Mariana, kann ich nicht so oft nach Buenos Aires fahren.

Als sie heirateten, willigte sie ein, nach Entre Ríos umzuziehen, wo sich Eduardo um seinen Landbesitz kümmern mußte, aber später hatte er sie morgens oft weinend vorgefunden, weil sie Sehnsucht hatte. Wie oft fuhr sie nach Buenos Aires! Es ist meine Familie, ich liebe dich, Eduardo, aber ich vermisse meine Familie sehr, versteh mich doch, sei so gut, hol mich am Samstag ab und hör auf zu protestieren.

Darum mußten sie unbedingt ein Kind haben. Er war ein Egoist. So konnte er Mariana mehr für sich haben und sie zwingen, reifer zu werden und sich von ihrer Familie zu lösen.

Er hört, wie auf dem Korridor das Vogelgeschrei und die energischen Schritte näher kommen, und weiß nicht, was von beidem das Schlimmere ist. Aber da kommt Murray. Er rennt auf ihn zu, die Schwiegereltern auch. Murray ist sehr ernst, er schiebt sie weg, er will nur mit Iturbe sprechen.

Es kann nicht sein, daß er ihm so etwas sagt! Es kann nicht sein, daß man das Baby nicht retten konnte. Warum denn nur? Es war doch alles in Ordnung!

»Mariana ist auf der Intensivstation, sie schläft noch, aber sie wird sich erholen. Tut mir leid, es tut mir sehr leid, was passiert ist, Iturbe.«

Murray ist dem Weinen so nahe wie er; Eduardo sieht ihm an, daß er sich schuldig fühlt.

»Sie dürfen zu ihr, nur für einen Augenblick.«

Eine eigenartige Freude überkam Pitiotti, als man ihm die Nachricht brachte. Miriam hatte ihn so mit ihrer Begeisterung angesteckt, daß er selbst glaubte, was er ihr nun am Telefon mitteilte: Glückwunsch, Liebste, vor fünf Minuten hast du eine Tochter geboren, drei Kilo und dreihundertdreißig Gramm schwer und fünfzig Zentimeter groß.

Sie hatte sie nicht geboren, das wußte der Sergeant sehr gut, aber das, was ihm seine Gefühle sagten, wurde durch die Geburtsurkunde bestätigt. Dort hieß es nämlich, daß die Mutter des Mädchens, das am 15. November 1976 um zwölf Uhr fünfzehn geboren wurde, mit einem Gewicht von drei Kilo und dreihundertdreißig Gramm und einer Größe von fünfzig Zentimetern, Miriam López hieß.

»Das war die Geburtsurkunde, die so oft von Hand zu Hand ging und manch einen in die Irre geführt hat.«

»Ein Mädchen?« fragte Carlos überrascht. »Dann war es nicht Liliana. Sie hatte einen Sohn, der tot zur Welt kam. Ich habe es von Teresa erfahren, von dem Mädchen, das sich um sie gekümmert hat, als die Wehen einsetzten. Einer der Wärter hat es ihr gesagt: Danach bekam Liliana eine Infektion, fiel ins Koma und ... verstarb.«

Es war Amalias Idee. Hatte ihr Mann Alfonso ihr nicht gesagt, daß man die neugeborenen Kinder von Aufrührern manchmal an gutsituierte Familien übergab? Es trifft sie ja keine Schuld daran, daß sie solche Eltern haben. Ja, es stimmt, daß Marianita noch Kinder bekommen kann, aber das wird nicht leicht für sie sein. Und warum sollen sie auf ihren ersten Enkel verzichten? Sie haben doch schon aller Welt davon erzählt. Und hat Alfonso nicht gesagt, daß viele dieser Säuglinge gar nicht so dunkel sind? Man wird nicht merken, daß es nicht Marianas Kind ist. Sicher, man müßte sich vergewissern, daß die Mutter weder Jüdin ist noch indianischer Abstammung. Sie haben die

Möglichkeit, warum also nicht? Schließlich ist Alfonso da, wo er ist. Warum soll ihre Tochter eine Enttäuschung erleiden, warum soll man ein Drama machen wegen eines dummen Zwischenfalls, wenn so viele elternlose Säuglinge zu haben sind? Vielleicht hat Gott es so gewollt. Sie würden ein gutes Werk tun, Pater Juan, ihr Beichtvater, würde ihr recht geben. Sie hat Instinkt, und wie ihr Mann so oft feststellen konnte, irrt sich ihr weiblicher Instinkt nie, auch diesmal nicht: Sie müssen sich den Säugling einer Aufrührerin holen. Das arme Ding, ein Kind von Mördern! Und außerdem sind sie in der Lage dazu, sie sind dazu in der Lage, das soll er nicht abstreiten. Alfonso hat Macht, und Amalia will, daß er es ihr beweist.

Das Wort »Macht« kriecht durch Alfonsos Hirn, während Amalia unentwegt redet und argumentiert, wie immer, wenn sie etwas will. Wenn er es will, dann kann er es, seine Frau hat recht. Nie war es ihm so klar wie in diesen Monaten, in denen er dabei ist, das Land zu säubern. Es packt ihn eine ähnliche Erregung wie in den Augenblicken, in denen er befiehlt, einen Gefangenen zu ›verlegen‹ (vielleicht eine noch größere). Wenn er über den Tod entscheiden kann, warum nicht auch über das Leben?

Das Lächeln, mit dem Alfonso aus der Telefonkabine zurückkommt, beweist, daß Amalia sich nicht geirrt hat. Ein unglaublicher Zufall (nein, kein Zufall, die Hand Gottes, denn solche Dinge bestimmt Gott, wird Amalia sagen): Gerade hat man ein hübsches, sehr zartes Mädchen, eine kleine Blonde, zur Entbindung gebracht. El Bestia, ein Mann, der sein absolutes Vertrauen genießt, hat sie begleitet. Er weiß noch nicht, ob sie ein Mädchen oder einen Jungen bekommen hat, aber er hat bereits angeordnet, daß El Bestia seinen Anruf abwarten soll. Alles scheint gut zu verlaufen. Der Instinkt seiner Frau hat sich wieder einmal bewährt.

»Jetzt müssen wir diesen Idioten Eduardo zur Vernunft bringen. Was für ein Schwächling! Sag ihm, daß er eine Zukunft hat und daß Marianita ihn liebt.«

Oberstleutnant Alfonso Dufau rät seiner Frau, sich zurückzuhalten und so zu tun, als wisse sie von nichts. Diese Dinge regelt man besser unter Männern.

Auch wenn es ihre Idee war, stimmt Amalia zu, es so zu handhaben, sie hat immer gern hinter den Kulissen agiert. Dort ist ihr Wirkungsfeld, das akzeptiert und genießt sie. Sie, die eine ausschweifende Phantasie hat, wenn es ums Lügen geht, wird sich alles ausdenken, was ihr Schwiegersohn zu tun und zu sagen hat. Und ihr Mann wird dafür sorgen, daß das Ganze in die Tat umgesetzt wird. Ohne Zweifel sind sie zwei Partner, die einander gut ergänzen. Ein perfektes Ehepaar, wie ihre Freunde zu sagen pflegen.

Warum will Oberstleutnant Dufau mit ihm sprechen? Man hat ihm gesagt, daß er auf seinen Anruf warten soll. Man hat den Oberstleutnant davon informiert, daß er ins Krankenhaus gefahren ist. Vielleicht wird er ihn bestrafen, weil er etwas getan hat, was ihm nicht zusteht, und weil er für ein paar Stunden seine Aufgaben vernachlässigt hat, trotz der dringenden Notwendigkeit, Fakten herauszubekommen. Vielleicht sieht man sein Interesse an Liliana, der Gefangenen M35, als die Schwäche eines Mannes an, der härter ist als alle anderen. Er beschafft die meisten Informationen, er versetzt die gekonntesten Stromschläge, er setzt seine ganze Phantasie ein, um sie zum Sprechen zu bringen, zum Singen. El Bestia kann sehr geschickt sein, wenn er etwas erreichen will. Darum kann er Befehle erteilen, darum trägt er eine Verantwortung, die viel größer ist, als es seinem Rang entspricht. Und es war Dufau, der Verantwortliche für das geheime Haftlager, der ihm freie Hand gelassen hat. Der Major, der Chef der Einsatzgruppe, war einverstanden, nachdem er sich von Pitiottis Tüchtigkeit überzeugen konnte. Und wenn er nicht einverstanden gewesen wäre, hätte das nichts geändert, er konnte Dufau nicht den Gehorsam verweigern.

Sergeant Pitiotti befürchtete, bei seinem Oberstleutnant in Ungnade zu fallen und an Macht zu verlieren. Es würde ihm schon etwas einfallen. Vielleicht würde er ihm sogar gestehen, daß er den Säugling für sich selbst haben wollte, das würde sein Vorgehen erklären. Eine Kriegsbeute. Einem, der so tüchtig war wie Sergeant Pitiotti, konnte man das nicht abschlagen.

Was heißt das, er soll Mariana nichts sagen? Sie sind ja verrückt, Alfonso, was sagen Sie da? Eduardo ist gebrochen vor Schmerz, warum können sie ihn nicht mit seinem Leid allein lassen? Ist das zuviel verlangt? Sein Schwiegervater leidet auch, das versteht er, aber er kann sich das nicht anhören, auch wenn Alfonso sagt, es sei dringend, man könne es nicht auf morgen verschieben, und redet und redet, ohne daß Eduardo versteht, worum es geht. Zum Glück schweigt Amalia, sie beobachtet sie von weitem und tut so, als würde sie nicht zuhören.

Alfonso weiß eine Lösung, man braucht nicht zu verzweifeln.

»Marianas Glück«, sagt Alfonso in gewichtigem Ton, »das Glück deiner Frau steht auf dem Spiel. Ich kann dafür sorgen, daß diese Angelegenheit nicht mehr ist als ein unglücklicher Zwischenfall, den wir vergessen werden. Mariana braucht nichts zu erfahren. Wenn sie aufwacht, sagst du ihr nicht, daß das Baby gestorben ist, und auch nicht, daß es ein Junge war. Wir wissen ja noch nicht, was es sein wird.«

Glaubt er, ihr wäre eine Puppe zerbrochen, und Papa könnte ihr eine neue kaufen, ohne daß sie etwas davon erfährt?

»Hör auf mich, Junge, wir dürfen keine Zeit verlieren. Warte hier auf mich, in fünf Minuten sage ich dir, was wir tun werden.«

Es ging gar nicht darum, daß er die längst fälligen Informationen noch nicht in Erfahrung gebracht hatte, und auch nicht darum, daß er zur Ordnung gerufen werden sollte, weil er ins Krankenhaus gefahren war, obwohl das nicht zu seinen Aufgaben gehörte. Ganz im Gegenteil, Oberstleutnant Dufau war begeistert, daß er selbst, El Bestia, der Mann, dem er so vertraute, die Operation befehligt hatte, denn sie erforderte absolute Diskretion. Und dann leiser, mit einem Flüstern, durchdringender als jeder Befehl: Das Neugeborene gehört mir. Familienangelegenheiten, Sergeant, etwas Persönliches.

Niemand außer Sergeant Pitiotti durfte es wissen; wenn man ihn im Gefängnis danach fragte, sollte er sagen, daß es ein Junge war, der gleich gestorben ist. Verstanden? Der Oberstleutnant würde das Baby selbst abholen, bis dahin würde es im Krankenhaus bei seiner Mutter bleiben, die von Polizisten bewacht würde. Und die Gefangene solle nicht wagen, etwas zu sagen.

»Wissen Sie, ob die Kleine gesund ist? Wissen Sie, wieviel sie wiegt?«

»Drei Kilo und dreihundertdreißig Gramm. Sie ist fünfzig Zentimeter groß, Herr Oberstleutnant.«

Wie tüchtig El Bestia war, der Mann merkte sich jede Einzelheit!

»Es ist meine Aufgabe, auf Einzelheiten zu achten, Herr Oberstleutnant.«

Sehr gut. Dufau war stolz auf den Sergeanten Pitiotti.

Konnte er ihm etwa sagen, daß er alles so genau wußte, weil das Baby Miriam gehören sollte? Und konnte er seinem Oberstleutnant das Baby verweigern? Und vor allem, wie sollte er ihm sagen, daß er die Kleine, die Dufau aus persönlichen, familiären Gründen brauchte, eigentlich Miriam versprochen, sie ihr sogar bereits angekündigt hatte? Sie würde auf das nächste Baby warten müssen, so ein Pech, er hätte ihr nichts sagen sollen. Aber er würde das in Ordnung bringen. Er würde ihr ein anderes Baby besorgen. Und damit ihm niemand zuvorkam, würde er direkt mit dem Oberstleutnant darüber reden. Wenn er sich erst einmal um diese Angelegenheit hier gekümmert hätte, würde der ihm nichts ausschlagen können.

»Eduardo, wenn du hineindarfst und wenn sie wach ist, dann sagst du, daß es ein Mädchen ist. Und mach dir keine Sorgen mehr. Die Sache bleibt unter uns, als ob nichts geschehen wäre. Kein Wort. Zu niemandem. Wasch dir das Gesicht, ich will nicht, daß man dich so sieht. Also du weißt schon, du kannst es ihr sagen, es ist ein Mädchen.«

»Höchstwahrscheinlich hat Alfonso alles geregelt und Eduardo gezwungen mitzumachen. Alfonso war ein Mann, dem man schwerlich den Gehorsam verweigern konnte.«

»Meinst du, jemand kann dem Befehl gehorchen, ein Baby zu stehlen, das ihm nicht gehört?« erwiderte Carlos ziemlich heftig. »Was war denn Eduardo? Auch ein Militär? Einer von denen, die alles mit dem Befehlsnotstand rechtfertigen?«

Alfonso ist verrückt geworden, denkt Eduardo. Was heißt hier, nichts passiert? Mariana ist auf der Intensivstation, ihr Kind ist tot. Er kann nur schwer begreifen, was ihm sein Schwiegervater erklärt: daß er gerade von einem Mädchen erfahren hat, das sein Baby nicht haben will, eine von denen, die nicht wissen, was sie tun, wenn sie schwanger werden.

»Nein, Eduardo war kein Militär. Und er hat auch nicht alles gerechtfertigt. Ich glaube auf keinen Fall, daß Alfonso ihm über das Baby die Wahrheit gesagt hat. Er muß ihm wer weiß was erzählt haben, vielleicht, daß es einer Frau gehörte, die es nicht wollte. Ja, ich weiß, daß er ihm nicht die Wahrheit gesagt hat. Nicht mal, als ...« Luz senkte den Blick und schwieg einen Augenblick. »Aber das war später. Mehrere Jahre später.«

»Ich tue es für euch, nur ein paar kleine Vorkehrungen, und alles geht glatt. Du meldest sie an, als sei sie in dieser Klinik zur Welt gekommen, ich beschaffe dir die genauen Angaben: Gewicht, Größe und so weiter. Die Geburtsurkunde ist schon unterwegs. Wir müssen irgendeiner kleinen Verwaltungsangestellten der Klinik ein paar Pesos zustecken, damit sie die Urkunde auf diese Klinik ausstellt. Na, wir werden das alles schon hinkriegen. Schnell und effektiv. Mariana wird nichts merken. Bis alles geklärt ist, werden wir ihr sagen, daß das Baby Pflege braucht und sie auch. Und wenn sie soweit ist, daß sie nach Hause darf, dann bringe ich ihr die Kleine.«

»Es war keine Kleine! Es war ein Junge, und er ist tot, Alfonso.«

»Halt den Mund!« Er sieht sich um, als fürchte er, jemand könnte Eduardos unsinnige Worte gehört haben. Seine Stimme ist drohend. »Vergiß es, Eduardo. Du vergißt die Sache, und zwar sofort. Ihr habt eine Tochter bekommen, verstanden« – jetzt wird sein Tonfall sanfter – »sie wurde genau zu der Zeit geboren, zu der Mariana in den Kreißsaal kam, sieh mal, was für ein Glück, Gott hat es so gewollt.«

Ich laufe durch die ganze Wohnung und betrachte mich im Spiegel, ich kämme und schminke mich, denn sie soll sehen, daß ich schön bin, sie soll mich lieben. Ich breite die bestickten Laken in der Wiege aus. Ein Mädchen, ein hübsches kleines Mädchen.

»Sie war glücklich, sie wußte noch nicht, daß der Oberstleutnant die Kleine, die man ihr versprochen hatte, für sich beanspruchte.«

»Also sie war glücklich«, empörte sich Carlos. »Die Hurentochter!«

»Diese Hurentochter, wie du sie nennst, hat ihr Leben riskiert, um mich zu retten.«

»Um dich zu retten?«

Luz wandte den Blick ab und fuhr mit ihrer Erzählung fort, als hätte sie seine Frage nicht gehört.

Ich habe noch gar nicht daran gedacht, ihr einen Namen zu geben. Maria Pía. Mónica. Nein, Namen von Mannequins, niemals, nicht im Traum! Ich bin so nervös. El Bestia hat nicht gesagt, ob er sie heute bringt. Ich hoffe es. Vielleicht auch erst morgen. Telefon!

Ja, Liebling, ich bin glücklich, ich warte auf euch. Was heißt das, es geht nicht? Hast du nicht gesagt … Hör mal, Bestia, wenn du sie mir morgen nicht bringst oder spätestens in zwei Tagen, dann wirst du Miriam López kennenlernen.

Egal, ob er wütend wird, nein, das wird er mir nicht antun. Ich scheiße auf seine Erklärungen, was interessiert es mich, daß der Oberstleutnant sie haben will. Sollen sie ihm ein anderes Baby geben. Na, darüber reden wir noch. Er soll mir nichts erklären, er soll sie herbringen. Hat er mich nicht vor zwei Stunden angerufen, um mir zu sagen, daß es ein Mädchen ist, und was es wiegt und wie groß es ist? Hat er mir das alles nicht gesagt? Na also. Wenn er ein Feigling ist, dann ist das nicht mein Problem, wer bin ich eigentlich, was denkt er denn, wer ich bin? Der letzte Dreck? Habe ich ihn hierhergeholt, in meine eigene Wohnung, damit der erste Idiot, der ihm was anderes befiehlt, mich bescheißt? Nein, das werde ich nicht zulassen.

In diesen drei Tagen hat sich Eduardo immer wieder gesagt, daß er so verrückt sein muß wie sein Schwiegervater oder noch verrückter.

»Wie Eduardo seinen Schwiegervater für verrückt halten konnte, als er durch ihn in diesen Strudel von Wahnsinn und von Lügen hineingeriet, ist schwer zu verstehen: Vielleicht war es der Schmerz, die Verwirrung, Alfonsos dominante Persönlichkeit.«

Sie standen beide zusammen vor der Tür, als es hieß, Eduardo könne hereinkommen. Und Alfonso: Tu, was ich sage, du wirst es dein Leben lang bereuen, wenn du Marianita die Wahrheit sagst.

»Diese Drohung in einem so schmerzlichen Augenblick hat Eduardo völlig durcheinandergebracht.«

Und gleich die erste Lüge: Ja, der Kleinen geht es gut, sie ist wunderschön, sie ist in Behandlung, weil die schwere Geburt sie sehr mitgenommen hat.

»Und durch diese Lüge geriet Eduardo in einen Tunnel, aus dem er nicht mehr herausfand.«

Jeden Augenblick wird er etwas sagen oder tun, was nicht dem Drehbuch seines Schwiegervaters entspricht, und alles wird herauskommen. Er wundert sich, daß man ihm geglaubt hat, denn er ist ein schlechter Schauspieler. Und doch hat das Mädchen in der Klinikverwaltung es nicht nur wegen des Geldes getan, das er ihr in dem Umschlag übergab, eine kleine Aufmerksamkeit, ungefähr drei oder vier Monatsgehälter für eine wie sie. Nein, sie hat die Lüge, die Amalia sich ausgedacht hat, voll und ganz geglaubt: Die Tochter eines Mannes, der auf Eduardos Landsitz arbeitete, hätte in Buenos Aires ein Kind bekommen und würde es ihnen schenken.

»Ich habe diese Angestellte aus der Verwaltung getroffen. Es war schwierig, sie war schon in Rente. Was sie mir erzählt hat, war verwirrend für mich. Eine in die Irre gelaufene Suche nach jemandem, den es nicht gab. Es hat zu nichts geführt. Sie erinnerte sich, daß sie die Geburtsurkunde auf der Grundlage einer anderen, die von einem anderen Krankenhaus stammte, gefälscht hatte, aber an den Namen der Mutter konnte sie sich nicht im entferntesten erinnern. Es war Javier, Eduardos Bruder, der mir den Namen Miriam López nannte. Er wußte genau, daß die Mutter nicht, wie die Klinikangestellte mir gesagt hatte, die sechzehnjährige Tochter eines Landarbeiters gewesen war. Und wenn seine Frau Laura nicht gewesen wäre, hätte er mir das auch nicht erzählt.«

Die Verwaltungsangestellte bat Eduardo mit Tränen in den Augen, niemandem zu sagen, daß sie die Geburtsurkunde so ausgefertigt hatte, daß er das Kind als seine Tochter anmelden konnte. Sie wollte nicht in die Sache hineingezogen werden und keine Probleme an ihrem Arbeitsplatz haben. Aber natürlich würde sie es tun, sie fand es richtig. Wenn die Mutter es nicht behalten wollte ...

»Sie ist nämlich erst sechzehn«, hatte Eduardo erfunden.

»Wie alt ist denn diese Miriam López, die Mutter der Kleinen?« hatte er Alfonso an jenem Nachmittag gefragt.

Alfonso hatte mit einer Geste geantwortet, die ihm angst gemacht hatte. Ein harter Zug um die Mundwinkel, ein eiserner, verächtlicher Blick, die Hand, die wie zu einem Schlag durch die Luft fuhr. Eduardo glaubte, seinen Kopf über den Fußboden der Klinik rollen zu sehen.

»Er wußte bereits, daß er sich auf eine Sache eingelassen hatte, aus der er nur schwer wieder herauskommen würde.«

»Du vergißt diesen Namen sofort, er hat keinerlei Bedeutung. Und gib mir die andere Geburtsurkunde zurück. Ich habe sie dir gegeben, damit alles schneller geht und nicht, damit du darin herumschnüffelst.«

60

»Eduardo hat eine Fotokopie davon gemacht, bevor er sie zurückgab, und die hat Javier viele Jahre später gesehen.«

»Das mit der Urkunde verstehe ich nicht. Wie hat Eduardo sie denn bekommen?«

»Anscheinend brauchte Alfonso die genauen Angaben und irgend jemand, ich weiß nicht, wer, schickte ihm die Urkunde umgehend nach Entre Ríos. Wahrscheinlich war es El Bestia persönlich. Und da die Zeit drängte, gab Alfonso sie an Eduardo weiter. Ich weiß auch nicht genau, wie es war. Zum Glück fiel sie in seine Hände, sonst hätte er Miriams Namen nie erfahren.«

Eduardo mußte auch den Tod seines anderen Kindes, des Jungen, melden. Das hatte man ihm in der Klinik gesagt, und man hatte ihm die Sterbeurkunde übergeben.

»Keine Sorge«, sagte Alfonso. »Den Tod des Jungen melde ich selbst.«

Besser nicht wissen, was er macht, besser nicht wissen, wie. Es ist alles so verrückt. Es würde seltsam aussehen, wenn Eduardo zur selben Zeit eine Geburt und einen Todesfall meldete, erklärte der Schwiegervater, und er mußte ihm zustimmen. Eduardos Familie war in Entre Ríos sehr bekannt, sein Familienname erregte Aufmerksamkeit, und es war besser, keine schlafenden Hunde zu wecken.

»Aber wenn er nicht einverstanden war – wie konnte er sich dann so tief in die Sache hineinziehen lassen?«

»Javier sagt, Alfonsos Drohung, Mariana würde nicht damit fertig werden, und Eduardos Schmerz und sein Schuldgefühl, weil er einen Arzt gewählt hatte, der sie nicht richtig behandelt hatte, hätten ihn so verzweifeln lassen, daß er sich von Alfonso in das alles hineinziehen ließ.«

»Ich verstehe nicht, wie du das Benehmen dieses Mistkerls rechtfertigen kannst. Wenn er fähig war, ein gestohlenes, seiner Mutter entrissenes Baby als sein eigenes anzumelden, dann kannst du doch nicht sagen, daß ...«

»Ich möchte, daß du mich bis zum Ende anhörst«, unterbrach *Luz* ihn scharf, *»bevor du so hart urteilst. Eduardo hat diesen Fehler sehr teuer bezahlt.«*

Es würde schon alles in Ordnung gehen, so wie alles in

61

Ordnung ging, als Mariana nach ihrem Baby fragte und als Murray und die Krankenschwestern ihr nichts sagten.

Alfonso hatte gesagt, er würde Murray anweisen, den Mund zu halten. Er würde ihn schon zurechtweisen: Was hatte dieser Quacksalber, der alles falsch gemacht hatte, überhaupt zu melden?

»Nein, bitte, machen Sie sich keine Sorgen, ich bringe die Sache selbst in Ordnung.«

Und dann ein Lächeln. Unglaublich, aber als Alfonso lächelte, war Eduardo erleichtert. Er war an solche Spannungen nicht gewöhnt. Zu Hause bei seiner Familie war alles ganz anders. Eduardo wußte nicht, wie er auf diese Befehle reagieren sollte. Alfonso legte ihm den Arm auf die Schulter und sagte freundschaftlich: Ich besorge dir eine Bescheinigung von einem Psychologen, der Mariana behandelt hat und davon abrät, ihr die Wahrheit zu sagen.

»Welcher Psychologe hat Mariana behandelt? Davon hat sie mir nie etwas gesagt.«

»Natürlich, weil es ihn gar nicht gibt. Ich habe das selbst geschrieben«, und sein Lachen war laut, grell und obszön. »Man muß schnell sein, Eduardo, und effektiv.«

»Murray erinnerte sich genau an den Fall, weil dieser ihn in eine schwere berufliche Krise gestürzt hatte. Später ging er nach Buenos Aires, und darum ist er nie mit den Iturbes zusammengetroffen. Er sagte mir, daß ihm Eduardos Bitte, Mariana zu belügen, überhaupt nicht gefallen hat und daß er ernsthaft empfahl, sie solle eine Therapie machen. Aber seine Schuld am schlechten Verlauf der Geburt und der Tod des Säuglings bewegten ihn, einzuwilligen und Mariana an den beiden ersten Tagen nichts zu sagen. Später, als es Mariana schlechter ging, wurde er von dem Fall abgezogen und durch einen Arzt aus Buenos Aires ersetzt, den Alfonso unter Vertrag genommen hatte. Er hatte absolut keine Ahnung von Eduardos Plänen, das hat er mir mehrmals beteuert, und er war konsterniert, als ich ihm davon erzählte. Er erklärte mir auch, worin sein Fehler, der zum Tode des Säuglings führte, bestanden hatte.«

Es ist wie ein Traum, daß sich alles zu regeln scheint, es ist ein Albtraum, weil er sich wie ein Dieb fühlt, wie jemand, der aus Versehen zum Verbrecher geworden ist und den man jeden Moment überführen wird. Aber da sind Alfonso und Amalia, die ihm versichern, daß alles gutgehen wird und daß sie die Kleine zu ihnen nach Hause bringen werden, wenn Mariana aus der Klinik kommt.

Als Javier in der Klinik eintrifft, findet er einen niedergeschlagenen Eduardo vor, der den Kopf zwischen beiden Händen hält.

»Javier merkte sofort, daß etwas nicht stimmte. Da es Eduardo sehr schlechtging, kam er jeden Tag zu ihm in die Klinik, obwohl Eduardo ihn gebeten hatte, das nicht zu tun.«

»Was willst du hier? Habe ich euch nicht gesagt, ihr sollt warten, bis wir wieder nach Hause kommen?«

»Was heißt das, was ich hier will? Ich will dich besuchen, dir beistehen. Was ist los mit dir, Eduardo?«

Javier fragt nach der Kleinen und wie es Mariana geht. Eduardo gibt ihm Erklärungen, zu viele vielleicht, er kommt ins Stocken, als er von der Kleinen spricht. Sie ist nicht auf der Säuglingsstation, er kann sie nicht sehen. Bitte, sag doch, was los ist.

»Nichts ist los. Ich habe Kopfschmerzen. Geh, ich möchte allein sein.«

Und als er Javier langsamen Schrittes fortgehen sieht, weiß er, daß er ihm nichts vormachen kann, weil er ihn nur allzugut kennt. Er möchte ihm nachrufen und ihm alles erzählen, aber er fürchtet, daß er dann dasselbe von ihm halten wird wie er selbst. Er ist bereits ein Komplize, er hat die Kleine angemeldet. Es ist zu spät für die Reue.

Kapitel drei

Zuerst hartnäckiges Fieber und immer stärkere Schmerzen, und dann die Bestätigung, daß Mariana sich im Operationssaal eine Infektion, eine Blutvergiftung, zugezogen hat. Wenige Stunden später fällt sie ins Koma.

»Zwei Wochen lang schwebte Mariana zwischen Leben und Tod. Das komplizierte Alfonsos Pläne beträchtlich. Und nicht nur seine. Es veränderte Miriams Leben und das von El Bestia. Und für Eduardo war es entsetzlich. Das, wozu sein Schwiegervater ihn gezwungen hatte, führte ihn auf einen Weg, der nicht der seine war. Lügen, Betrug, ein schlechtes Gewissen. Denn das, was in der Nacht, als man ihm sagte, daß seine Frau im Koma liegt, begann, nahm erst Jahre später sein Ende. Ein schlimmes Ende.«

Schon in dieser ersten Nacht sagt sich Eduardo, daß ihm nichts mehr etwas ausmachen wird, wenn Mariana nicht wieder zu sich kommt. Sollen seine Schwiegereltern mit der Kleinen, die sie ihm aufgezwungen haben, zurechtkommen. Aber was soll er machen? Dem Gesetz nach ist er ihr Vater. Er wäre nie auf die Idee gekommen, eine Tochter aufzuziehen, die nicht die seine ist, warum auch, wenn sie doch noch andere Kinder haben können. Nein, jetzt nicht mehr, hat Murray gesagt, und der Arzt, den Alfonso aus Buenos Aires kommen ließ, hat es bestätigt. Mariana wird keine Kinder mehr bekommen können.

Amalia und Alfonso sind in Hochstimmung und beglückwünschen sich gegenseitig zu dem Entschluß, den sie im richtigen Augenblick getroffen haben.

»Begreifst du, Eduardo, wenn du ihr jetzt sagen würdest, daß sie nicht nur keine Kinder mehr bekommen kann, sondern daß sie auch noch ihr Kind verloren hat, würdest du sie umbringen. Und wenn es Mariana wieder bessergeht ...«

»Und wenn nicht? Wenn sie stirbt? Mariana liegt im Koma, wie können Sie so zufrieden sein, Amalia, und so munter?«

»Laß uns gehen, Alfonso, ich kann niemandem zuhören,

der alles so negativ sieht. Er hat gar nicht verdient, was Gott ihm gegeben hat.«

Etwas Kaltes fährt ihm über die Wirbelsäule und versetzt ihm einen Schlag in den Nacken. Er schüttelt den Kopf, um den fürchterlichen Gedanken zu verjagen: wenn Mariana stirbt. Nein, sie wird wieder gesund werden. Es ist nur dieser Strudel von schwarzen Gedanken, die ihm immer wieder in den Sinn kommen und ihn zu verschlingen drohen.

Am dritten Tag begann Sergeant Pitiotti zu befürchten, daß sein Leben und seine Karriere durch die Sache mit der Kleinen, die zunächst für Miriam gedacht war, und durch die delikate und wichtige Mission, die ihm sein Oberstleutnant aufgetragen hatte, in Schwierigkeiten geraten könnten. Er mußte zugeben, daß er die Dinge nicht richtig gehandhabt hatte. Er war sich nicht sicher, ob die Idee, die Gefangene mit der Kleinen in seiner eigenen Wohnung unterzubringen, wirklich so gut gewesen war, wie er gedacht hatte. Oder war es ein großer Fehler gewesen, der ihn teuer zu stehen kommen konnte?

»Und warum brachte er sie in seine Wohnung?« wunderte sich Carlos. *»Das ist doch unerhört. Lächerlich. Obwohl es mich nicht verwundern sollte. Damals sind so viele Sachen passiert, die noch lächerlicher und noch monströser waren.«*

»Miriam sagte mir, El Bestia wollte beim Oberstleutnant Pluspunkte sammeln.«

Zwei Dinge kamen zusammen: Miriams Drohung und die Bitte des Oberstleutnants.

»Wenn du sie mir heute abend nicht bringst, setzt du keinen Fuß mehr in meine Wohnung«, hatte Miriam am Telefon gesagt.

Und der Oberstleutnant hatte ihn nach einem sicheren, geheimen Ort gefragt, an dem die Kleine bleiben konnte, bis seine Tochter in der Lage wäre, sich selbst um sie zu kümmern. Leider war ihr Gesundheitszustand sehr beunruhigend.

Und da erfuhr El Bestia, für wen die Kleine bestimmt war: für Dufaus Tochter. Man konnte das Baby und die Mutter nicht länger als zwei Tage im Krankenhaus lassen. Dufau wollte nicht, daß man sie ins Gefängnis brachte, zum Wohle des Säuglings natürlich. Aber El Bestia wußte, daß dies nicht der einzige Grund war. Dufau hatte alle Vorsichtsmaßnahmen getroffen, damit diese Geschichte auf keinen Fall mit ihm in Verbindung gebracht werden konnte: Er hatte El Bestia gebeten, im Gefängnis zu verbreiten, die Gefangene habe ein totes Kind geboren und ihr Gesundheitszustand sei ernst; das Personal, das Liliana im Krankenhaus bewachte, kam von der Polizei und nicht von der Armee und hatte keine Verbindungen zu dem Gefangenenlager, für das Dufau verantwortlich war. Nur El Bestia war eingeweiht. Und das verlieh ihm zweifellos eine gewisse Macht.

»Es war eine schwierige Lage, denn sie konnten die Kleine nicht nach Entre Ríos bringen, bevor Mariana die Klinik verließ.

Niemand wollte die Verantwortung übernehmen. Und außerdem, wenn Mariana starb ...«

Vielleicht stirbt die Tochter, hoffte Sergeant Pitiotti, dann könnte Miriam das Baby behalten. Aber er hatte nicht den Mut, zu fragen, wie ernst ihr Zustand war. Er konnte diesen Umstand nutzen, um zwei Fliegen mit einer Klappe zu schlagen: Er konnte Miriam beruhigen und ein paar Tage gewinnen, um sie zu überreden, die Kleine, wenn nötig, wegzugeben, und er konnte bei seinem Vorgesetzten ein paar Punkte gutmachen. Und damit sich Miriam keine Illusionen machte, war es besser, die Kleine bei der Mutter zu lassen, und zwar in Miriams eigener Wohnung.

»Meine Frau kann sich um sie kümmern, sie ist vollkommen vertrauenswürdig und verschwiegen wie ein Grab. Eine Seele von Mensch.«

Gab es einen besseren Augenblick, sich dem Oberstleutnant anzuvertrauen und sich, mit ein bißchen Glück, dieses Baby oder das nächste, das geboren würde, zu sichern? Er brauchte nur eine gute Ausrede, um zu erklären, warum er nicht verheiratet war. Um die Wahrheit zu sagen, und dabei senkte er seine Stimme und seinen Blick, sie ist noch nicht

66

meine Frau. Und dann erzählte er ihm seine persönliche Seifenoper: Seine Verlobte, die von einem Baby träumte, wegen einer unglückseligen Operation aber keines bekommen konnte, war eine so gute Frau, daß sie ihn nicht heiraten wollte, um ihn nicht der Möglichkeit zu berauben, Vater zu werden. Darum habe er sich gedacht, er könnte ihr – und dafür wolle er seinen Oberstleutnant um Erlaubnis bitten – eines dieser armen, elternlosen Kinder überlassen, die in den Gefängnissen geboren wurden.

»Natürlich bot dieses Geständnis Dufau eine gute Lösung. Wenn seine Tochter starb, konnte er die Kleine seinem getreuen Bestia überlassen«, sagte Carlos verbittert. »Warum auch nicht. Für sie waren das Gegenstände, Kriegsbeute.«

»Aber vergiß nicht, daß sie schon als die Tochter seines Schwiegersohns angemeldet war. Mariana fiel erst später ins Koma. Ich weiß nicht, wie es mit ihm war, aber Amalia sagte immer, sie sei sicher gewesen, daß Mariana durchkommen würde. Ich glaube nicht, daß Alfonso dem Bestia Hoffnungen gemacht hat, daß er ihm das Baby schenken würde, falls seine Tochter starb. Wer weiß, was in ihm vorging, aber ich weiß, daß er in diesen Tagen immer wieder anrief und nach der Kleinen fragte, wie nach etwas, das ihm gehörte.«

»Natürlich, das nächste Baby wird Ihnen gehören. Sind Sie sicher, daß Ihre Verlobte bereit sein wird, die Gefangene zu bewachen?«

»Selbstverständlich, Herr Oberstleutnant. Und zwar sehr zuverlässig.«

»Man muß eine Wache an der Tür aufstellen. Wir können die Sache nicht nur einer Frau überlassen. Das wäre unvorsichtig.«

»Wurde sie im Krankenhaus bewacht?«

»Ja, von Polizisten. Dieselben drei Männer bewachten auch Miriams Wohnung, solange Liliana dort war.«

Es blieben ihm noch ein paar Tage, um Miriam davon zu überzeugen, daß diese Sache ihm nutzen konnte: eine sichere Beförderung, mehr Geld, und das nächste Kind ist für dich, das hat mir Dufau bereits versprochen. Er wollte ihr nicht vormachen, daß sie das Baby vielleicht behalten könnte. Nein, so wie Miriam war, sagte er ihr lieber nichts, was nicht hundertprozentig sicher war, sonst würde sie ihm das Leben zur Hölle machen.

Aber das war nicht das Schlimmste, denn auch wenn sie sich nicht überzeugen ließ, der Oberstleutnant würde die Kleine bekommen und sie würde das nächste Baby abwarten, ob es ihr paßte oder nicht. Nein, das Schlimmste war, daß er seine Karriere aufs Spiel setzte, denn Miriam war nicht so diskret, wie es sich für die Frau eines Militärs gehörte; sie hatte seine Anweisungen nicht befolgt und mit der Gefangenen gesprochen, obwohl er dies streng verboten hatte. Beiden von ihnen. Aber Miriams Fragen verrieten, daß sie sich unterhalten hatten. Was hat sie getan, was wird mit ihr passieren, wo ist ihr Kamerad? Ihr Kamerad, das hat sie gesagt, und das war für ihn die Bestätigung, daß sie mit Liliana gesprochen hatte, denn Miriam würde niemals sagen, ihr »Kamerad«. Sie würde sagen »ihr Ehemann« oder »ihr Verlobter« oder »ihr Kerl«. Kamerad – dieses Wort hatte sie von dieser Verbrecherin, die Miriam aushorchen wollte. Was für eine Dummheit, Miriam hatte doch gar keine Ahnung, was los war, er erzählte ihr immer nur Allgemeinheiten: daß sie sich im Krieg befanden, daß sie das Land säuberten. Miriam war noch nicht soweit, daß sie die Frau eines Militärs werden konnte, aber sie würde es schon noch lernen.

Und jetzt, an diesem dritten Tag, sagte sich El Bestia, daß keine Zeit mehr war. Das Beste wäre, ihr zu drohen, sie sollte sich vor Angst in die Hosen scheißen. Er mußte ihr sagen, daß nicht nur er auf der Strecke bleiben würde, sondern sie auch, weil er sie weder heiraten noch das nächste Baby für sie besorgen würde. Frauen sind Tiere, die man nicht verstehen kann, dachte El Bestia, als Miriam nicht reagierte, wie er gehofft hatte. Erst hatte sie monatelang von dem Baby geträumt, und jetzt, da Dufau ihr bereits das nächste versprochen hatte, gab sie sich völlig gleichgültig, ganz so, als ob sie es nicht mehr wollte.

»Wenn du weiter so unvorsichtig und zickig bist, machst du alles kaputt: meine Karriere, unser Kind, unsere Ehe, alles.« Miriam wendet ihm auf dem Weg ins Schlafzimmer den Rücken zu. Er will, daß sie reagiert, und darum brüllt er: »Ich gebe dir einen Tritt in den Arsch und schmeiße dich raus, wenn du noch ein Wort zu der Gefangenen sagst!«

»Aus meiner Wohnung? Du bist ja verrückt. Ich werde dich rausschmeißen. Dies ist meine Wohnung.«

Er hatte solche Lust, sie zu schlagen, daß er vor sich selbst erschrak. Er stürzte sich auf sie und hielt sich einen Moment, nur einen Moment, zurück, um sie nicht zu zerschmettern – und dann mündete seine Wut in eine wilde Umarmung.

»Wo ist die Kleine?« fragt er Alfonso, weil er annimmt, daß sie nicht mehr im Krankenhaus ist. »Müßte man sie nicht schon nach Hause holen?«

»Sie ist in Sicherheit.«

»Und wo?«

»Frag nicht soviel, Eduardo, mit der Kleinen ist alles in Ordnung. Ich kümmere mich darum, daß für sie gesorgt wird, das habe ich dir doch gesagt. Alles wird gemacht, wie ich es vorgesehen habe.«

»Ich darf nicht wissen, wo sie ist und wer bei ihr ist, aber ich habe sie schon als meine Tochter gemeldet, daran möchte ich Sie erinnern, Alfonso.«

»Für sie ist bestens gesorgt. Ihre leibliche Mutter kümmert sich um sie. In den ersten Tagen ist die Muttermilch die beste Nahrung; sie wird sie stillen, bis Mariana in der Lage ist, für sie zu sorgen.«

»Aber sie wollte sie doch weggeben?«

»Ja, aber sie war bereit, ein paar Tage für sie zu sorgen. Das ist das mindeste, was sie tun kann, oder? Ihr werdet euch ein Leben lang um sie kümmern.«

Ein zäher, ranziger Geruch breitet sich in der Halle aus, in der Eduardo mit Alfonso spricht.

»Kann ich die Kleine besuchen, um sie kennenzulernen?«

69

»Nein, auf keinen Fall. Was fällt dir ein? Keine Sorge. Es ist alles unter Kontrolle. Es ist besser für alle, wenn du sie nicht siehst.«

Was für ein Vieh! Mein Gesicht ist ganz violett. Warum habe ich nur etwas gesagt? So geht es mir immer. Auch wenn ich mir Mühe gebe, mich zu beherrschen, immer rutscht mir was heraus, wie gestern nacht. Aber wenn ich ihn jetzt zum Teufel schicke – was wird dann aus den beiden werden?

Seit acht Tagen ist Lili hier bei mir, und ich liebe sie schon, wie ich noch nie im Leben jemanden geliebt habe. Ich bin ganz ergriffen, wenn ich ihre Haut berühre, die so zart ist wie frisch gebackenes Brot. Lili ist das hübscheste Baby der Welt.

»Wer ist das hübscheste Baby der Welt?« frage ich sie, denn El Bestia hat mir verboten, mit der Mutter zu sprechen, aber nicht mit der Kleinen. »Lili, Lili.«

Ich nenne sie Lili, denn weil mir kein Name einfiel, habe ich die Mutter am ersten Tag gefragt, wie sie heißt, und sie sagte, Liliana. Dem Bestia sage ich, daß ich sie Lili getauft habe wegen des Liedes »Ay Lili ay Lili ay lo«, das ich als Kind gehört habe.

Er hat gesagt, ich soll nicht mit ihr reden, aber ich habe es trotzdem getan, vor allem an den beiden ersten Tagen, bis er mich bedroht hat. Das Mädchen wollte nichts sagen, ich mußte es erst dazu bewegen. Ich hatte nicht den Eindruck, daß sie ihre Kleine nicht liebhat, wie El Bestia immer behauptet. Ich habe ihr nie gesagt, daß ich vorhatte, sie für mich zu behalten. Das fand ich zu hart. Zu sagen: Hör mal, sie wird mir gehören und nicht dir. Schrecklich.

Eigentlich tat sie mir auf den ersten Blick leid. Man brachte sie her, gefesselt und völlig verdreckt, das Haar verklebt und verfärbt, über den Augen eine schwarze Binde, weil sie nichts sehen darf. Seit Monaten läuft sie damit herum. Als ich sie nach oben schob, bedeckte sie sich die Augen, weil das Licht sie blendete. Aber ohne zu sehen, wußte sie nicht, wie sie der Kleinen die Brustwarze in den Mund stecken sollte, wenn sie

70

vor Hunger weinte. Am Anfang ist es immer schwierig. Sie fand den Mund nicht, oder Lili konnte nicht saugen, und darum half ich ihr. Ich legte sie ihr erst an die eine, dann an die andere Brust und achtete darauf, wie lange. Fast habe auch ich das Gefühl, ihr etwas zu essen zu geben. Danach singe ich, während ich auf das Bäuerchen warte, »Manuelita« oder »La Reina Batata«. Die Lieder habe ich alle von der Platte von Maria Elena Walsh gelernt.

Die Sache mit den gefesselten Händen habe ich am ersten Abend mit dem Bestia geklärt, obwohl er nichts davon hören wollte.

»Was denkst du dir denn?« habe ich gesagt. »Soll ich das Baby die ganze Zeit für sie halten, wenn es trinken muß, wenn es weint, wenn man es wickeln muß?«

Das ist aber nicht wirklich der Grund (ich nehme Lili nur allzugern in den Arm). Ich finde es grausam, daß sie das Baby mit gefesselten Händen stillen muß, sie kann es ja nicht einmal an sich drücken. Zum Schluß war er einverstanden, weil ich ihm eine große Szene gemacht habe: Ich tue dir einen Gefallen, aber deine Sklavin bin ich nicht. Und außerdem ist die Tür immer abgeschlossen. Du mußt es nicht übertreiben.

Zum Glück hat er das mit den Fesseln schon am ersten Abend geschluckt, aber er hat gesagt, wenn sie aufs Klo geht, soll ich sie ihr immer anlegen und sie begleiten. Am nächsten Tag, kaum war El Bestia weg, brachte ich sie ohne die Fesseln ins Badezimmer, weil ich wollte, daß sie ein Bad nahm. Ich gab ihr Seife, Shampoo und Hautcreme und sagte, sie solle nicht aus dem Wasser kommen, bis sie nicht ganz, ganz sauber sei.

»So kann sie das Baby nicht versorgen, dreckig, wie sie ist«, sagte ich zum Bestia, weil er es gemerkt hatte. »Außerdem hätte sie uns die Wohnung verpestet.«

Ich habe ihn angelogen: ich hätte sie eigenhändig, mit den Fesseln, in die Badewanne gesetzt und ihr die Haare gewaschen.

Während sie im Bad war, habe ich Kleider für sie herausgesucht, zwei oder drei Blusen und Bermudas aus Baumwolle.

71

Sie ist viel kleiner als ich, aber da sie gerade entbunden hat, ist der Bauch noch zu sehen. Sie hat ewig lange gebraucht im Bad. Ich hörte das Wasser rauschen und hatte Angst, daß sie irgend etwas anstellen könnte. El Bestia hat gesagt, sie sei sehr gefährlich. Und da bin ich reingegangen, und sie stand noch unter der Dusche.

»Nun komm schon raus, du wirst noch ertrinken. Hier sind ein paar Sachen, die du anprobieren kannst. Nimm das Handtuch.«

Als sie hinter dem Vorhang hervorschaute, konnte ich es kaum glauben. Sie hatte sich verändert. Sie hat unglaubliches Haar, hellblond und glänzend. Sogar ihr Gesichtsausdruck hatte sich nach dem Bad verändert, sie wirkte zarter. Sie hat nicht gerade gelächelt, aber beinahe.

Mir kam der Gedanke, daß sie sich seit einer Ewigkeit nicht im Spiegel gesehen hatte, und so ließ ich sie allein, damit sie sich anschauen konnte, so sauber und hübsch, und damit sie in Ruhe die Sachen anprobieren konnte. Bevor ich sie aus dem Bad holte, legte ich ihr die Augenbinde an.

Zu Anfang tat ich das jedesmal nach dem Stillen oder nach dem Baden, aber wenn ich sicher bin, daß El Bestia nicht kommt, lasse ich sie jetzt immer ohne Augenbinde herumlaufen. Dieses schwarze Ding über ihrem Gesicht ist furchterregend. An den ersten Tagen starrte sie mich nur voller Wut an, aber jetzt nicht mehr, sie lächelt sogar, wenn ich ihr die Kleine bringe. Vielleicht lächelt sie auch nur ihrem Baby zu.

Beim ersten Mal, als ich ihr im Zimmer die Augenbinde abnahm, sah sie mich an und betrachtete das Zimmer, die Tapete mit den kleinen Bären, die Wiege. Und mir kam der Gedanke, daß sie vielleicht ahnte, daß das Zimmer für die Kleine gedacht war, aber sie sagte kein Wort. Und da bekam ich Schuldgefühle, obwohl ich noch nichts von dem wußte, was sie mir später erzählte. Mir fiel nichts anderes ein, als ihr eine Lüge aufzutischen: Das Zimmer sei für das Baby meiner Schwester bestimmt, sie sei schwanger und werde bei uns wohnen. Gefällt dir die Tapete? Die kleinen Bären sind hübsch, nicht wahr? Wir wissen ja nicht, ob es ein Mädchen oder ein Junge wird.

»Wer bist du? Was mache ich hier? Warum hat man mich hergebracht?« wagte sie mich schließlich zu fragen.

Und ich sagte, mein Verlobter habe mich beauftragt, mich ein paar Tage um sie beide zu kümmern, bis man sie wieder ins Gefängnis bringen würde. Und außerdem liebe ich Babys. Und deine Kleine ist göttlich. Oder etwa nicht? Sieh doch nur diese Füßchen, diese Fingerchen, ich könnte sie fressen.

Und da sagte sie mir sanft, aber ernst, daß ich wissen müßte, daß man sie nicht ins Gefängnis bringen, sondern sie umbringen würde wie alle anderen und daß man ihr die Tochter wegnehmen würde.

»Du wirst sie behalten, stimmt's?«

Liliana hat grüne Augen, glänzende grüne Augen und einen festen Blick. Mit diesen Augen sah sie mich so haßerfüllt an, daß ich dachte, es haut mich um.

»Aber nein, was fällt dir ein.«

Ich fühlte mich wie ein Stück Scheiße, weil ich ihr beinahe die Kleine weggenommen hätte. Oder weil El Bestia es beinahe für mich getan hätte.

»Miriam wollte dieses Baby jetzt nicht mehr haben, und auch kein anderes. Sie hat mir gesagt, daß sie allein beim Anblick Lilianas und ihrer Tochter begriff, was für eine Grausamkeit das war.«

Sie sagt, sie weiß nicht, warum sie bei mir ist oder warum man sie ins Krankenhaus gebracht hat. Wohin denn sonst, wenn du ein Baby bekommst? fragte ich. Irgendwohin, wie dieses Mädchen, das erst stundenlang um Hilfe schrie und dann auf den Küchentisch gelegt wurde. Der Pfleger schrie es nur an, und die Wärter waren dabei und sagten Schweinereien, und so bekam sie ihr Baby. Einen Jungen. Aber man hat ihn weggebracht, und zwei Tage später auch die Mutter.

Am dritten Tag, als sie wieder sagte, daß man sie umbringen würde, und mich fragte, was aus ihrer Tochter werden würde, an diesem Tag versprach ich ihr, nicht zuzulassen, daß der Kleinen etwas zustößt. Und ich umarmte sie, weil sie ununterbrochen weinte und weil mir danach zumute war, sie zu umarmen, sie tat mir so leid. Zuerst fuhr sie zusammen und schreckte vor mir zurück, aber dann gab sie nach. Und da, als ich sie im Arm hielt, fragte sie mich flüsternd nach ihrem Kameraden. Ob ich wisse, wo er sei? Ob man ihn schon umgebracht habe?

»Nein, zuerst nannte sie ihr keinen Namen, sie fragte nur nach ihrem Kameraden. Deinen Namen sagte sie ihr am letzten Tag, an dem sie bei ihr war.«

Als ich den Bestia danach fragte, benahm er sich wie ein Raubtier. Er bekam eine schreckliche Wut, zerschlug die Teller auf dem Büfett, schrie mich an. Und nun wage ich es nicht mehr, das Thema anzuschneiden. Auch sie muß er ganz schön zusammengestaucht haben, denn danach sprach sie nicht mehr mit mir. Und ich nicht mit ihr. Wir sehen uns nur an, und ich weiß nicht … irgend etwas geschieht, wenn wir uns ansehen, oder wenn eine von uns zusieht, wie die andere Lili betrachtet und streichelt.

Gestern, als ich ihr die Augenbinde abnahm und ihr zeigte, daß Lili schon viel besser die Brust nimmt und ohne Schwierigkeiten trinkt, da öffnete sie den Mund, und ich sah ihr an, daß sie mich unbedingt etwas fragen wollte, aber sie hatte eine Todesangst. Ich ging zu ihr, und obwohl niemand da war, flüsterte ich: Na sag schon, ich darf auch nicht mit dir sprechen, aber niemand wird es erfahren.

Sie fragte mich wieder nach ihrem Kameraden. Ob ich nicht wisse, ob man ihn umgebracht habe und was aus ihm geworden sei, man habe ihn nicht dorthin gebracht, wo sie gewesen war, aber sicher sei er festgenommen worden. Sicher habe man ihn bereits umgebracht, und sie begreife nicht, warum sie noch am Leben sei, wo doch alle, die mit ihr verhaftet wurden, nicht mehr … er sei nicht dagewesen, als sie abgeholt wurde, aber sie habe ihn nie gesehen und nie etwas von ihm gehört in all diesen Monaten: Denn obwohl es nicht erlaubt ist, miteinander zu sprechen, kommt immer ein Augenblick, da irgend jemand dir etwas erzählt.

»Ich wurde von einem Nachbarn gewarnt. Er hat mich ein paar Häuserblocks von unserer Wohnung entfernt auf der Straße abgepaßt. Liliana hatten sie schon mitgenommen, und nun warteten sie auf mich, bis an die Zähne bewaffnet. Das hat mir der arme Ramón berichtet.«

Carlos verstummte. Luz wollte ihn so vieles fragen: was er getan hatte, wie er überleben konnte, wie er Liliana so im Stich lassen konnte. Aber sie hatte beschlossen, ihn nicht mit Fragen zu bedrängen, ihm zuzugestehen, daß er nur das sagte, was er wollte, und ihm alles zu erzählen, was sie von der Geschichte wußte.

Sie sprach ganz leise und ganz schnell, ein Wort verschluckte das andere, und ich verstand überhaupt nichts. Offenbar will sie ihn wissen lassen, daß das Baby geboren wurde, das ist doch logisch, dachte ich.

»Weißt du genau, daß er auch verhaftet wurde?«

Und da hörten wir den Schlüssel im Schloß. Ich legte ihr im Handumdrehen die Augenbinde an und begann, »Manuelita« zu singen.

Nein, heute abend würde El Bestia mich anhören, sagte ich mir. Wurden sie wirklich umgebracht, im Ernst? Was für Scheusale, warum denn? Was haben sie getan, warum werden sie verhaftet? Ich wußte nicht, wie ich ihn fragen sollte. Nachdem er in der zweiten Nacht so eine Wut bekommen hatte, wagte ich nicht mehr, das Thema anzuschneiden.

Die Wahrheit ist, daß ich jeden Tag mehr Angst vor ihm habe. Ich wage nicht mal, ihn nach dem Oberstleutnant zu fragen. El Bestia hat mir gesagt, er käme, wenn seine Tochter aus dem Sanatorium entlassen würde, aber Lili ist seit einer Woche hier, und er sagt kein Wort darüber, wann sie abgeholt wird. Gestern abend habe ich ihn bedient, als wäre nichts geschehen. Ich gab ihm sein Essen und seinen Wein und fand nicht den passenden Moment, um darüber zu sprechen.

Zum Schluß war es wie immer. Wenn wir vögeln, liegt er am Ende da wie ein überfressenes Schwein. Ich habe es oft genug gemacht, ohne Lust zu haben, wie eine Arbeit eben, und ich weiß nicht, warum es mir mit ihm so schwerfiel, aber es war etwas anderes. Es ist ein Unterschied, ob du es mit einem Kerl treibst, weil er dich dafür bezahlt, oder weil du ihn zum Reden bringen willst. Es kann auch sein, daß es mir schwerfiel, weil El Bestia mir gefiel, wenn ich glaubte, ihn zu lieben oder von ihm geliebt zu werden, und weil ich es ekelhaft und abstoßend fand, es so mit ihm zu machen.

»Sie fing an, sich vor dem Bestia zu ekeln. Und der Ekel verwandelte sich in abgrundtiefen Haß. Wenn sie ihn nicht rauswarf, dann weil sie dachte, sie könnte noch etwas tun, um Liliana zu retten und um zu verhindern, daß die Kleine in Dufaus Hände geriet. Es fiel ihr schwer zu glauben, daß man Liliana umbringen würde.«

Trotzdem tat ich so, als gefiele es mir und als hätte ich den größten Orgasmus, ich sagte ihm, wie unglaublich gut er im Bett sei, und dann wartete ich ein Weilchen, bevor ich ihm die Frage stellte. Aber nur ein Weilchen, weil er danach immer einschläft. Ich sagte ganz sanft: Sei nicht böse, ich möchte dich etwas fragen, vielleicht meinst du, ich sollte mir keine Gedanken darüber machen, aber ich weiß nicht, ich sehe sie den ganzen Tag und ich möchte gern wissen, ob man sie umbringen wird.

Er wäre fast geplatzt, aber er sagte, ich solle ganz beruhigt sein, man würde sie ins Gefängnis bringen. Und dann konnte ich mich nicht mehr beherrschen:

»Und warum darf sie ihr Kind dann nicht behalten? Besser, es ist bei seiner Mutter im Gefängnis als bei diesem Hurensohn, deinem verhurten Oberstleutnant.«

Er wurde wütend und gab mir eine Ohrfeige, deren Spuren ich noch immer im Gesicht habe, es ist ganz violett. Ich werde es Liliana zeigen, sobald die Kleine aufwacht.

Nein, lieber vorher, lieber jetzt, wo die Kleine noch schläft. Ich möchte nicht, daß Lili nervös wird.

»Javier und Eduardo waren nicht nur Brüder, sondern auch unzertrennliche Freunde. Javier fand es ganz natürlich, daß es Eduardo angesichts des Zustands von Mariana nicht gutging, aber er verstand nicht, warum sein Bruder ihn nicht sehen wollte, warum er auf die Frage nach seiner

Tochter so reagiert hatte, warum er ihn hinausgeworfen und ihm gesagt hatte, er solle ihn in Ruhe lassen.«

»Nein, ich werde nicht gehen. Nicht, bevor du mir sagst, was los ist, Eduardo. Warum schickst du mich weg? Ich weiß, daß es etwas gibt, was du mir nicht sagen willst. Hat es etwas mit dem Baby zu tun? Geht es ihm nicht gut? Warum darf ich es nicht sehen? Bitte, Bruder, hab doch Vertrauen zu mir. Ich bin hier, um dir zu helfen. Sag nicht noch einmal, daß ich gehen soll.«

»Verzeih mir, Javier. Mir geht es dreckig wegen Mariana. Und weil meine Schwiegereltern sich in alles einmischen. Sie lassen mich nicht in Ruhe, sie lassen sich alles mögliche einfallen und sagen mir, was ich tun soll, es ist völlig verrückt, und ich bin so dumm und lasse mich in diesen Wahnsinn hineinziehen. Ich war am Ende, völlig durcheinander, und Alfonsos Überheblichkeit kann man nur schwer etwas entgegensetzen. Und jetzt bin ich völlig verzweifelt.«

Aber Javier erfährt nicht, was dieses wirre Gestammel seines Bruders bedeutet; er versteht nicht, von welchem Wahnsinn er spricht, und seine Fragen scheinen Eduardo nur noch mehr zur Verzweiflung zu bringen.

»Er wußte, daß Eduardo von seinen Schwiegereltern unter Druck gesetzt wurde, aber er wußte nicht, was geschehen war. Das erzählte Eduardo ihm erst viele Jahre später.«

Eduardo bittet ihn zu schweigen, bitte, ich bitte dich, stell keine Fragen mehr. Sicher, er ist in Schwierigkeiten, aber er darf nichts sagen und will ihn auch nicht belügen, nicht ihn, der ihm alles anmerkt. Und als Eduardo zu weinen beginnt, nimmt Javier ihn einfach in die Arme und tröstet ihn, genau wie früher, als sie noch klein waren. Sie haben immer Respekt füreinander gehabt, und er wird Eduardos Schweigen respektieren.

»Wach auf, Liliana. Sieh mal, er hat mir eine Ohrfeige gegeben, als ich ihn nach dir gefragt habe. Stell dir vor, wenn ich ihn nach deinem Kameraden gefragt hätte, nicht auszudenken. Wenn ich ihn jetzt nicht mit Fußtritten rauswerfe, wie er es

77

verdient hat, dann wegen Lili. Und auch wegen dir. Er ist nämlich bei mir eingezogen, das ist meine Wohnung und nicht seine. Jetzt werde ich mein Spiel mit ihm spielen, weil ihn diese Sache nervös macht, aber sobald ihr weg seid, jage ich ihn zum Teufel.«

»Wir gehen weg? Wann denn? Und die Kleine? Was werden sie mit der Kleinen machen? Sag mir die Wahrheit. Du behältst sie, stimmt's? Darum war das Zimmer vorbereitet.«

»Ich habe dir doch schon gesagt, das Zimmer ist für meinen Neffen bestimmt.«

Nicht im Traum sage ich ihr das mit dem Oberstleutnant, daran geht sie kaputt. Ich sage, daß ich keine Ahnung habe, warum man sie hierhergebracht hat, daß El Bestia es mir nicht sagt, und als ich sehe, wie sie weint, erfinde ich, daß sie es vielleicht in den ersten Tagen nach der Geburt etwas bequemer haben sollte. Ich weiß nicht, ob sie lacht oder weint, ja, sie lacht und sie weint, sie ist wie verrückt. Ich weiß nicht, was ich ihr sagen soll. Sie sieht mich an, und ihre grünen Augen sind wie Messer.

»Du lügst mich an. Du wirst sie behalten« – Messer, die in mich eindringen – »Darum dieses Zimmer. Und die Sachen, die Lili anhat, woher kommen die? Sind die auch für deinen Neffen? Und warum ziehst du sie dann Lili an?«

Und jetzt weint sie und schluchzt. Und ich bin wütend auf sie und bemitleide sie, und sie hört nicht auf, aber sie schreit mich nicht mehr an:

»Versprich mir, daß du ihr sagen wirst, wer ich bin, daß ich ihre Mama bin. Und daß man mich umbringt, weil ...«

»Hör auf! Hör auf, Liliana! Nicht ich werde sie behalten, Oberstleutnant Dufau will sie für seine Tochter.«

»Miriam wollte es ihr nicht sagen, aber anscheinend brachte Liliana sie zur Verzweiflung, als sie darum bat, daß sie mir ... daß sie ihr sagen sollte, daß ...« Luz geriet ins Stammeln und rieb sich wütend die Augen. *»Verzeih mir, mir geht es nicht gut.«*

Und sie weint und weint und sagt dauernd Dufau, Dufau, Dufau, wie eine Platte, die einen Sprung hat.

»Wein doch nicht, Liliana, was soll ich denn machen? Ich werde den Bestia noch einmal bitten, sie ihm nicht zu geben. Aber er ist ein Feigling, er gehorcht. Ich weiß nicht, was ich machen kann. Weine nicht, ich werde dich im Gefängnis besuchen, ich werde dir was zu essen bringen.«

»Laß mich gehen, bitte, laß mich fliehen.«

»Bist du verrückt? Soll er mich umbringen? Und überhaupt, wie denn? An der Tür steht immer ein Bulle, alle acht Stunden kommt ein anderer. Einer ist immer da. Sie überwachen mich die ganze Zeit.«

Ich sage, wenn sie nicht aufhört zu weinen, wird sie Lili nicht richtig stillen können, Babys brauchen Ruhe. Aber in Wirklichkeit bin ich genauso verzweifelt, ich habe einen Kloß im Hals, ich kann es nicht mehr ertragen.

Ich lege ihr die Augenbinde um, nur damit sie nicht sieht, wie ich weine. Und jetzt, während ich warte, daß Lili ihr Bäuerchen macht, lege ich mein Kinn auf den weichen Haarflaum auf ihrem Köpfchen, bis ich ruhiger werde.

»Manuelita wohnte in Pehuajó, aber eines Tages ging sie fort.« Singen hat mich immer beruhigt.

»Ich finde es schön, wenn du singst. Wie heißt du?«

»Miriam.«

»Sing weiter, Miriam. Ich möchte dir etwas sagen« – es ist ein Flüstern, das ich mit meiner Stimme zu übertönen versuche – »Ich weiß nicht, wie du es fertigbringst, mit dem Bestia zusammenzuleben, aber ...«

Und was soll ich ihr sagen? Also ich weiß nicht, er hat mir gefallen. Er war zart, sanft.

Ich fange wieder an zu singen: Manuelita wohnte in Pehuajó. Und sie: Zart? Sanft?

Ihr Staunen ist beschämend. Ich antworte ihr lieber nicht, aber eines Tages ging sie fort. Niemand wußte, warum. Sie ging nach Paris.

»Aber du bist anders, sonst würdest du meine Tochter nicht so behandeln. Bitte, laß mich fliehen. Daß man mich vielleicht umbringen würde, die Gefahr bestand immer, das war uns bewußt, aber jetzt, wo Lili auf der Welt ist – wie kann ich zulassen, daß man sie mir wegnimmt, daß diese Unmenschen sie behalten? Du liebst Lili doch, du selbst hast ihr diesen Namen gegeben. Findest du es in Ordnung, daß die Mörder ihrer Eltern sie behalten dürfen? Bitte, laß mich abhauen. Dufau ist der Schlimmste von allen, er ist für alles verantwortlich. Ich habe ihn nie gesehen, ich hatte immer die Augenbinde um, aber manchmal holten sie uns raus, dann war ›Visite‹. Und ich weiß, daß es Dufau war, der mit mir sprach: Er fragte mich nach meinen Eltern, auf welche Schule ich gegangen bin. Wie konnte ein so hübsches, wohlerzogenes Mädchen sich nur mit diesem Abschaum einlassen, du könntest meine Tochter sein. Und jetzt soll Lili zu seiner Tochter!«

Und während sie weint, singe ich weiter »Manuelita«, lege Lili in die Wiege und schließe die Tür ab, zweimal.

Nein, ich will nicht, daß diese Hurensöhne sie zu sich holen. Wenn dieser Schuft sie stehlen will, dann sind die Leute, die sich um Lili kümmern werden, bestimmt auch nicht viel wert. So wenig wie ich, wenn ich sie behalten hätte. Aber das war mir nicht bewußt. Nein, ich wußte nicht, daß das alles so ist. Ob es stimmt, was mir Liliana gesagt hat? Daß man sie umbringen wird? Daß man sie alle umbringt? Daß die anderen gleich dort im Gefängnis entbinden müssen?

Ich will nichts mehr hören, ich werde alles daransetzen, daß sie nicht mehr mit mir spricht. El Bestia sagt, sie sind alle Mörder. Sie werden schon etwas verbrochen haben, wenn sie ins Gefängnis gekommen sind. Und doch fällt es mir schwer, das zu glauben, und außerdem liebt Liliana ihre Tochter. Was macht es schon aus, was sie verbrochen hat, wenn sie die Kleine liebt? Warum soll ich sie dann behalten ...

Sergeant Pitiotti informierte seinen Oberstleutnant, daß alles bestens verlief: Die Kleine gedieh ohne Probleme, seine Frau erledigte ihren Auftrag sehr zuverlässig, alles war unter Kontrolle. Der Arzt hatte das Kind untersucht; es hatte ordentlich zugenommen, es gab keine Probleme mit seiner Gesundheit.

Natürlich sagte er nicht, daß alles erst unter Kontrolle war, seitdem er ein paar Ohrfeigen ausgeteilt hatte.

Der Oberstleutnant machte keine Andeutung, wann dieser Auftrag erledigt sein würde. Sergeant Pitiotti wäre es lieb, wenn es nicht mehr lange dauern würde, wenn die Tochter seines Oberstleutnants endlich sterben oder ein für allemal gesund werden würde, weil er diese Spannung mit Miriam nicht länger aushalten konnte, er wollte sie nicht mehr schlagen, und sie sollte ihn auch nicht länger so ansehen, wie sie ihn ansah in diesen Tagen. Denn auch wenn Miriam sich verstellte und nicht mehr davon sprach, daß sie die Kleine behalten wollte, er spürte, daß sie nicht mehr dieselbe war wie früher. Sie hatte ihn sogar gefragt, warum man das Baby nicht bei seiner Mutter im Gefängnis ließ. Damals, als sie alles für das Baby vorbereitet hatte, war sie nie auf solche Gedanken gekommen. Scheinbar liebte sie die Kleine jetzt mehr als ihn. Dieses Scheißbaby war an allem schuld. Sollte man es doch ein für allemal wegbringen, dann würde er mit Miriam noch einmal von vorn anfangen. Er würde sie zurückerobern, das nahm er sich vor. Er wollte sie nicht verlieren.

Ich hatte mir vorgenommen, nicht mehr mit ihr zu sprechen. Ich will nichts mehr hören, sonst rutscht mir vor dem Bestia noch etwas heraus, und er verprügelt mich. Aber ich weiß nicht, was passiert ist, wir wechselten gerade zusammen Lilis Windeln, da fiel ihr der Rest der Nabelschnur ab, und ich war so froh, so stolz auf Lili, daß ich auf wer weiß was für Ideen kam. Ich ging in die Küche und machte eine Flasche Weißwein auf, um mit Liliana auf Lilis Bauchnabel anzustoßen, denn jetzt hat sie ein ganz entzückendes Bäuchlein, ganz weich und rosa. Sie ist so süß, die Kleine! Jeden Tag macht sie etwas Neues. Was in den ersten Tagen wie eine Grimasse aussah, ist jetzt ein richtiges Lächeln geworden. Und ihre grünen, glänzenden Augen werden mit jedem Tag heller. Anscheinend kann sie schon sehen, ich glaube sogar, sie erkennt mich schon. Über alles, was Lili macht, bin ich überglücklich, und

81

deshalb vergaß ich vollkommen, was ich mir vorgenommen hatte: daß ich nicht mit Liliana sprechen würde. Die Wahrheit ist, daß wir beide fröhlich waren und von dem Wein einen Lachanfall bekamen und viel dummes Zeug redeten und auf die heller gewordenen Augen, auf die Füßchen und auf das Lächeln von Lili anstießen. Jeder von uns fiel etwas anderes ein und peng!, noch ein Toast, noch ein Glas.

»Ich kann nicht glauben, daß Liliana mit dem Weib des Bestia Wein getrunken hat. Das kann nicht sein. Wer hat dir das erzählt? Miriam?«

»Ja. Was ist daran nicht zu verstehen? Diese beiden Frauen erlaubten sich in ihrer verzweifelten Lage einen Augenblick der Freude. Dieses Baby, sagte mir Miriam, war für sie beide …« – Luz verbarg ihre Rührung nicht – »das Leben. Und ich glaube, das war sehr wichtig, es war ausschlaggebend dafür, daß sich das Bündnis zwischen Miriam und Liliana festigte.«

Vielleicht kann ich es nicht mehr ertragen, diesen Schmerz in Lilianas Gesicht zu sehen, nicht zu wissen, wie zum Teufel ich aus dieser Sache herauskommen soll, mir vor Angst vor dem Bestia in die Hosen zu scheißen und ständig daran zu denken, daß sie Lili wegbringen werden, daß ich sie nicht mehr sehen werde und was aus Liliana wird. Vielleicht wollte ich deshalb diesen Moment so erleben: voll Zufriedenheit, voll Zufriedenheit für uns beide.

Wir müssen verrückt sein, so zu lachen, als sei das alles ein Riesenspaß, und das in unserer Lage, mit einem Bullen vor der Tür, wie leichtfertig. Liliana liegt auf dem Bett und lacht sich halb tot. Das ist meine Schuld. Ich lege einen Finger auf den Mund und mache ihr ein Zeichen, leise zu sein.

»Und jetzt trinken wir auf dich«, sagt Liliana ganz leise.

»Und jetzt auf dich«, sage ich.

Und da hört sie auf zu lachen, läßt das Licht in ihren Augen aufleuchten und wirft mir diesen Satz hin, der mich völlig durcheinanderbringt: Miriam, laß mich abhauen.

Ich lege ihr die Augenbinde um, weil das meine Art ist, ihr zu sagen, jetzt ist Schluß. Aber in Wahrheit soll sie nicht sehen, wie sehr sie mich zur Verzweiflung bringt. Das Baby beginnt

82

zu weinen, und ich nehme es hoch und stimme das Lied von den Alpenjägern an, das Tante Nuncia immer gesungen hat, ich weiß nicht, warum es mir jetzt einfällt. Es waren einmal drei Alpenjäger, die kamen aus dem Krieg, ahiti, ahita, rataplan.

»Ja, sing, Miriam, sing«, sagt Liliana.

Die kamen aus dem Krieg, und jetzt singe ich lauter, weil Liliana zu sprechen beginnt: Sieh dir an, wie meine Knöchel aussehen, das kommt von den Fußfesseln, über Monate habe ich sie getragen, es waren einmal drei Alpenjäger, die kamen aus dem Krieg, ahiti, ahita, rataplan, das ist ein Krieg, sagt El Bestia, und Liliana hört nicht auf zu reden, die Binde über den Augen, die Füße gefesselt, der Dreck, der Gestank, der Kleinste trug einen Blumenstrauß, ahiti, ahita, rataplan, und sie erzählt mir alles: was sie mit ihnen machen in dem Saal, in dem sie gefoltert werden, und daß El Bestia es macht, er selbst, höchstpersönlich. Mit ihr nicht, und das hat sie nie verstanden, aber mit den anderen, ich weiß, warum, er hat Lili meinetwegen beschützt, die Königstochter stand am Fenster, ahiti, ahita, rataplan, stand am Fenster, lauter, noch lauter, ich will nichts hören, aber ich befehle ihr auch nicht, still zu sein, sondern ich singe noch lauter, damit Lili das alles nicht hört: wann man sie geholt und was man ihr weggenommen hat und daß sie auf dem Boden lag und Fußtritte bekam und die Hände auf den Bauch legte, in dem Lili bereits heranwuchs, o schöner Alpenjäger, gib mir den Blumenstrauß, o schöner Alpenjäger, gib mir den Blumenstrauß, ahiti, ahita, rataplan, das kann nicht sein, o Gott, das kann nicht wahr sein, sie ist nackt, und El Bestia befingert sie, du bist also schwanger, du kleine Nutte? Und was er alles mit ihr gemacht hat! Ich verstecke mich hinter meinen drei Alpenjägern, und ich will auch nicht mehr, daß sie schweigt. Sie soll alles, was ich nicht weiß und was in ihr ist, auskotzen, alles, alles, auch wenn es mich anwidert, mich schmerzt, mich überfällt, mich einhüllt in diesen dreckigen Gestank, Liliana soll es loswerden. Lili in meinen Armen, und ich, in ihr Ohr, sie soll mir zuhören, ich gebe ihn dir und nicht ihr, wenn du mich heiratest, aber warum, warum? Warum machen sie das mit ihnen? Das Radio, selbst bei voller Lautstärke kann es diese Schreie nicht unterdrücken, diese qualvollen Schreie, die in ihre Zelle dringen, und auch ich versuche, diese schrecklichen Worte zu übertönen, ich gebe ihn dir, wenn du mich heiratest, ahiti ahita rataplan, wenn du mich heiratest, aber warum, warum nur, weil wir eine gerechtere Gesellschaft wollten, und ich singe immer lauter und lauter, guten Tag, Herr König, ich will Ihre Tochter heiraten, weil wir eine gerechtere Gesellschaft wollten. Wer weiß, wie das Lied von den Alpenjägern weitergeht, aber ich muß irgendwie weitersingen, gib mir den Blumenstrauß, so laut, als wollte ich unbedingt, daß der Alpenjäger und die Prinzessin heiraten, ich weine, während ich singe, ich weine, als sie sagt: Wie kannst du es ertragen, daß sie mich umbringen und daß meine Kleine, meine Lili, deine Lili, Miriam, du liebst sie doch auch, bei diesen Mördern bleibt, die sie mir wegnehmen und ihr ihre Identität rauben werden? Sie wird nicht einmal wissen, wer ihre Eltern waren.

Ich lege das Baby hin, das bei den wirren, lautstark gesungenen Strophen von den drei Alpenjägern und bei Lilianas schrecklichem Flüstern eingeschlafen ist.

Jetzt schweigt Liliana. Ich renne hinaus, schließe die Tür ab und werfe mich aufs Bett, und weine und weine und weine. Ich hasse den Bestia, ich hasse ihn, ich hasse auch mich. Wie konnte ich nur so egoistisch sein, so gemein? Ich muß etwas tun. Ich muß Lili und Liliana retten.

»Als Javier sah, wie die Stimmung seines Bruders sich verbesserte, nachdem Mariana aus dem Koma erwacht war und sich gut erholte, beschloß er, Eduardo zur Rede zu stellen: Warum durfte er das Baby nicht sehen? Was hatten sich seine Schwiegereltern ausgedacht? Was hatte Eduardo getan? Später bedauerte er, ihn bedrängt zu haben, weil Eduardos Freude sofort verflog.«

Eduardos Augen werden trübe, während er verloren die Wand anstarrt.

»Mit dem Baby ist alles in Ordnung, es wird versorgt, das ist alles. Du wirst es sehen, wenn es zu Hause ist, Javier. In ein paar Tagen.«

Ich weiß nicht, wie ich mich nach der Sache gestern benehmen soll. Aber ich kann auch nicht so tun, als hätte sie mir nichts erzählt. Ich erkläre ihr, daß ich nichts gewußt habe, daß ich es mir nicht mal vorstellen konnte, daß sie mir bitte glauben soll, daß ich nichts damit zu tun habe, daß mich das alles überrascht hat, daß er zu mir immer zärtlich war und daß er mir sagt, sie würden das Land von schädlichen Ideologien befreien. Das, aber mehr nicht.

»Laß uns fliehen, Miriam. Ich weiß, wo ich mich verstecken kann.«

»Hör mal, Liliana, wenn du nicht lockerläßt und mir weiter so grauenhafte Dinge erzählst wie gestern, lege ich dir wieder die Binde um. Entweder du redest von Lili, oder du sagst gar nichts. Ich kann nichts tun, er würde mich umbringen. Mit dem, was du mir erzählt hast, hast du mir nur noch mehr angst gemacht. Was willst du denn? Daß mir dasselbe passiert wie dir? Du bist da reingeraten, weil du an eine gerechtere Gesellschaft, wie du es nennst, glaubst. Ich dagegen glaube an gar nichts, verstehst du? Ich meine, das ist alles Scheiße, und ich denke nicht daran, für etwas zu sterben, an das du glaubst, aber ich nicht.«

»Du hast recht, Miriam.«

Ich lege ihr die Kleine auf den Bauch. So schläft Lili am liebsten, und ich sehe zu, wie sie beide einschlafen, während ich ihnen »Manuelita« vorsinge. Wie hübsch sie sind! Es ist grauenhaft, es ist unfaßbar, daß sie ihr die Tochter entreißen werden. Ich weiß nicht, was sie früher empfand, vielleicht wollte sie das Baby nicht, weil sie im Gefängnis saß, ich weiß es nicht. Ich dachte nur an mich, und dieses Tier, El Bestia, ließ mich im Glauben, daß das alles in Ordnung war. Was für ein Hurensohn! Ist es möglich, daß sie ihnen das antun? Hat Liliana vielleicht übertrieben? Ich muß etwas tun, um Lili und Liliana zu retten, aber ich weiß nicht, was.

85

Vor allem muß ich dem Bestia was vormachen, damit er nicht auf den Verdacht kommt, daß ich weiß, wer er ist und was er macht. Und ich muß versuchen, irgend etwas herauszufinden, was uns von Nutzen sein kann.

Als Sergeant Pitiotti vor dem Blumenladen stehenblieb und das Dutzend Rosen auswählte, war er sicher, daß er das Richtige tat. Er hatte nicht nur begriffen, daß diese Gewalt gegenüber Miriam gefährlich war, immerhin war sie ein Weib, sie konnte unkontrolliert reagieren und seinen Auftrag zum Scheitern bringen. Nein, er wollte sich wirklich mit ihr versöhnen, weil er sie liebte, wie er nie zuvor eine Frau geliebt hatte. Wann hätte er es sich je träumen lassen, ein solches Weib zu haben? Eine Bombenfrau, die noch dazu ein gutes Herz hatte.

Der Auftrag würde bald erledigt sein. Er hatte schon alles wegen des nächsten Babys abgesprochen und die notwendigen Befehle erteilt, damit man die Gefangene gut ernährte und niemand sie anrührte. Und bald würde er Miriam den Kleinen übergeben können, obwohl sie in letzter Zeit nicht einmal mehr davon sprach; dieses Scheißbaby hatte sie alles vergessen lassen, sogar ihre Illusionen.

Dem Sergeanten Pitiotti war seine Karriere sehr wichtig, aber eine gute Frau an seiner Seite ebenso. Darum bat er sie, ihm zu verzeihen. Er sei sehr nervös, er habe zuviel Streß bei der Arbeit, und ihre Bemerkungen hätten ihn zur Weißglut gebracht. Aber er habe nachgedacht, für ihn sei es ganz natürlich, daß sie Zuneigung zu den beiden empfand. Du bist so gut, so rein, daß du dir nicht vorstellen kannst, wozu eine verdammte Mörderin wie die da fähig ist, auch wenn sie noch so unschuldig aussieht.

»Miriam hatte sich vorgenommen, sich zu beherrschen und ihm nicht zu sagen, was sie dachte; sie wollte seine Nachgiebigkeit ausnutzen, um sich Informationen zu beschaffen.«

Ich bin so froh, Bestia, daß du mich um Verzeihung bittest, ich habe mich den ganzen Tag elend gefühlt. Es ist nur so, versteh doch, daß ich mich an die Kleine gewöhne, wenn sie hier ist, und daß ich später, wenn man sie wegbringt, unglaublich darunter leiden werde. Mir wäre lieber, sie würden so bald wie möglich gehen. Wann werden sie abgeholt?

»Ich weiß nicht, morgen abend oder übermorgen. Er wird persönlich kommen; seiner Tochter geht es schon besser. Das wird eine gute Gelegenheit sein, dich ihm vorzustellen. Er hat mir versprochen, daß das nächste Baby, das zur Welt kommt, uns gehören wird. Vielleicht schon nächste Woche.«

»Morgen abend oder übermorgen, die Worte waren wie Hammerschläge in Miriams Kopf, als sie Liliana das Baby reichte.«

Natürlich ist er froh und glücklich, weil Mariana wieder gesund ist. Warum aber dann dieses Gesicht? Wie soll er Alfonso sagen, daß er schreckliche Angst hat, sie könnte ihn nach der Kleinen fragen? Die anderen zu betrügen war schwierig, aber Mariana so zu belügen ... Ihr zu sagen, die Kleine sei wunderschön, ja, und sie sei zu Hause und warte auf sie, Amalia sei bei ihr. Das ist lächerlich. Wie kann es sein, daß die Kleine zu Hause ist, und Mariana ist hier und hat sie nicht ein einziges Mal gesehen? Was wird er sagen, wenn Mariana ihn bittet, ihr die Kleine zu bringen? Aber die Erklärung, die Alfonso Mariana gegeben hat, war wohl überzeugend, sie glaubt ihrem Vater alles und fragt Eduardo gar nichts. Er fühlt sich wie ein Betrüger.

Noch ein oder zwei Tage, und dann werde ich Lili nicht mehr sehen, ihre sanfte Haut nicht mehr streicheln, die Grübchen in ihrem Gesicht nicht mehr sehen oder ihre Händchen und ihre Fingerchen, wenn sie meinen Finger umklammern. Und auch Liliana werde ich nicht mehr sehen. Ich muß etwas tun, aber mir fällt nichts ein. Und wenn ich den Bestia umbringe, ihm Gift verabreiche statt Pfeffer? Aber wie soll ich dann abhauen? Vor der Tür steht der Bulle. Ich werde mit Liliana reden. Ihr wird etwas einfallen. Sie ist Revolutionärin. Ich lasse das Fleisch auf dem Ofen stehen und gehe in ihr Zimmer.

»Was machst du?« fragt El Bestia.

»Ich gebe ihr die Kleine, es ist Zeit zum Stillen.«

»Laß sie allein zurechtkommen, sie trägt doch keine Fußfesseln und keine Handschellen.«

Ein Lächeln, ein Kuß, wie abstoßend: Ich komme gleich, Liebster, laß mich kurz nach der Kleinen sehen, dann komme ich und wir schmusen. Warum ruhst du dich nicht ein wenig aus, bis das Essen fertig ist?

»Beeil dich, ich will dich vögeln.«

El Bestia geht ins Schlafzimmer. Was für ein Glück, dort kann er nichts hören.

Ich komme herein und versperre die Tür von innen, aber die Augenbinde nehme ich ihr nicht ab. Ich gehe ganz nahe an sie heran und flüstere ihr zu: Morgen oder übermorgen bringen sie euch weg. Sag nichts, er ist da. Ich gehe gleich zu ihm. Denk dir was aus, damit wir alle drei fliehen können, mir fällt nichts ein. Gerade jetzt schreit Lili. Sie hat zu weinen begonnen, als ob sie Bescheid wüßte.

»Sie hatte mehr Angst vor ihren eigenen Worten als vor dem Bestia. Angst vor dem, was sie gesagt hatte, vor dem, was auf sie zukommen würde, Angst vor diesem Wagnis, das sie nie unternommen hätte, aber sie konnte nicht mehr zurück. Denk daran, wer Miriam war, wie ihr Leben ausgesehen hatte, nur wenige Tage zuvor hatte sie dieses Kind selbst gewollt. El Bestia hatte ihr gesagt, Liliana sei eine Mörderin. Daran erinnerte sie sich in diesem Augenblick. Und wenn sie Liliana bei der Flucht half und die sie dann umbrachte? Da nahm Liliana ihre Hand, und Miriam hätte vor Schreck fast aufgeschrien. Liliana führte Miriams Hand an ihren Mund und küßte sie. Miriam spürte, wie Lilianas Tränen auf ihre Hand tropften.«

Wie kann sie eine Mörderin sein? Na gut, wenn Liliana mich nicht tötet, dann wird es El Bestia tun. Ich flüstere ihr ins Ohr: Überleg dir, wo wir uns verstecken können und wie wir von hier wegkommen, ohne daß man uns umbringt.

»Ich brauche ein paar Angaben«, flüstert Liliana. »Wo sind wir? Wer wohnt unter uns? Wie sind die Wohnungen verteilt? Alles, was du weißt.«

Ich gehe hinaus und schließe die Tür ab.

Kapitel vier

Als El Bestia aufwachte, stellte ich mich schlafend, obwohl ich die ganze Nacht kein Auge zugetan hatte. Lili ist wer weiß wie oft aufgewacht, als ob sie wüßte, was los ist. Ich ging auf Zehenspitzen, weil El Bestia außer sich gerät, wenn ich nachts in die »Zelle« (so nennt er das Zimmer) gehe, und im Schutze von Lilis Geschrei gab ich Liliana die Informationen, die sie haben wollte: wo sich die Wohnung befindet, daß es in jedem Stockwerk zwei Wohnungen gibt, einen Flur und das Treppenhaus, daß unten ein Wächter steht, der alle acht Stunden ausgewechselt wird und der in die Wohnung kommt, wenn ich das Haus verlasse oder wenn er Kaffee trinken will oder zur Toilette muß, und daß es nachts, wenn El Bestia da ist, ebenfalls einen Wächter gibt.

»Wenn El Bestia da ist, machen wir es nicht«, sagte sie sofort.

Sie hat panische Angst vor ihm. Ich fürchte mich auch vor ihm, aber nicht so wie sie. Vielleicht weil ich ihn zahm wie ein Lamm erlebt habe, da fällt es mir schwer, mir vorzustellen, daß er mich umbringen könnte. Natürlich würde er dich umbringen, und zwar langsam, ganz langsam, so, wie er es gern macht.

Ich ging rasch aus dem Zimmer. Nicht nur aus Angst, daß mich El Bestia erwischen könnte, während ich mit Liliana sprach, sondern auch, weil ich diese Angst nicht spüren wollte, mit der Liliana mich angesteckt hatte. Ich mußte ständig daran denken, was er mit mir machen würde: daß er mich ins Gefangenenlager bringen und mich nackt auf dieses Bett legen würde, von dem mir Liliana erzählt hat. Und dann würde er mich festbinden. Ich hielt mir die Hand vor die Augen, wie wenn ich einen Horrorfilm sehe, aber es war zwecklos, weil die Bilder in meinem Kopf waren und nicht von außen kamen wie im Kino. Ich sah, wie ich gefoltert wurde, ich sah mich all das durchmachen, was Liliana mir erzählt hatte, während ich das

Lied von den drei Alpenjägern sang: den Körper gekrümmt vor Schmerz, dieses elektrisch geladene Ding an den Brustwarzen, am Zahnfleisch, auf … O nein, es reicht, ich will nicht weiter daran denken.

Vor einer Weile bin ich ins Zimmer gegangen, aber beide schliefen so fest, daß ich sie nicht wecken wollte. Wenn ich sie so schlafen sehe, so hübsch und so wehrlos, dann finde ich, daß ich nicht zulassen kann, nicht zulassen darf, daß diese Sache ihren widerwärtigen Gang geht. Und wieder sehe ich mich selbst, schreiend, festgebunden an diesem Bett. Ich sehe den Bestia, der mir mit dem elektrischen Ding über den Körper fährt und mich dabei so ansieht wie immer, wenn er scharf auf mich ist. Was ist denn nur los mit mir, warum kann ich nicht damit aufhören?

Lili ist aufgewacht. Wie süß sie aussieht! Sie rettet mich, sie bringt mir Glück, sie wird uns beiden sicherlich Glück bringen, ich brauche nicht länger daran zu denken, was mir zustoßen könnte, ich muß es einfach tun.

»An jenem Tag ging Miriam oft in Lilianas Zimmer. Innerhalb von Stunden kamen sie sich näher, als viele es in einem ganzen Leben vermögen.«

Liliana versteht nicht, warum ich mit ihr fliehen will, sie hält es für ein unnötiges Risiko, wenn ich den Bestia aufrege. Letzte Nacht hat sie sich überlegt, wie wir es machen könnten, und sie hat beschlossen, mich gefesselt und ans Bett gebunden zurückzulassen, damit El Bestia denkt, daß sie mich überwältigt hat.

»Ach ja. Und das soll er glauben? Er ist doch kein Idiot. Du bist in diesem Zimmer eingeschlossen. Wie solltest du mich da überwältigt haben? So zerbrechlich bin ich nicht, und du bist viel kleiner als ich, du würdest es nicht wagen, mich anzugreifen, und wenn, dann würde ich gewinnen. Sieh mich doch an, ich bin viel größer und viel kräftiger als du.«

Ich fing an zu lachen, aber es war reine Nervosität. Und was sagte sie, um mich zu beruhigen? Du hast doch sicher in der Küche ein großes Messer.

»Ja. Und wozu?«

»Du mußt dir etwas ausdenken, damit du, wenn El Bestia dich anruft, erklären kannst, warum du dieses Messer in der Hand hast. Wann ruft er dich für gewöhnlich an?«

»Mehrmals am Tag. Wozu brauche ich denn das Messer?«

»Später wirst du sagen, daß die Kleine geweint hat und daß du, ohne es zu merken, mit dem Messer in der Hand hereingekommen bist. Du hast die Tür geschlossen, und ich habe dir das Messer weggerissen. Ich habe es dir an den Hals gesetzt und dich gezwungen, zu tun, was ich sage.«

Schon der Gedanke daran versetzt mich in Schrecken. Ich bin nicht einverstanden mit diesem Plan, ich will mit ihnen gehen. Ich bin doch nicht so verrückt hierzubleiben. Egal, ob El Bestia glaubt, daß sie mich überwältigt hat, oder ob er es nicht glaubt, wenn sie unter meiner Aufsicht geflohen ist und wenn er dem Oberstleutnant das Baby nicht geben kann, dann ist es aus mit seiner Karriere, und das verzeiht er mir nie. Ich glaube nicht, daß er mich umbringen würde, aber er würde mich zusammenschlagen. Nicht auszudenken! Und was würde aus meinem Leben werden? Wie soll ich ihn hier rauswerfen und ihm sagen, daß ich kein Baby mehr haben will? Nachdem ich ihm monatelang damit in den Ohren gelegen habe?

Scheißmörder! Bestimmt würde ich irgendwann mit so etwas herausplatzen, auch wenn ich mich noch so sehr zusammenreiße. Ich glaube nicht, daß ich immer so leicht davonkommen werde wie in der Nacht mit dem Major, diesem Hurensohn, diesem Sadisten, der mich festband und mir den Revolver in die Muschi steckte. Nein, für den Bestia verspüre ich mehr Haß und Ekel als für diesen Kerl, den ich kaum gekannt habe. Wenn ich mir vorstelle, daß ich den Bestia, nun ja, nicht gerade geliebt habe, aber daß ich gerührt war von seiner Liebe, seiner Zärtlichkeit. Zärtlichkeit! Er ist doch ein Folterer. Ich bin nur deshalb nicht dämlicher, weil ich keine Zeit dazu habe. Liliana mußte lachen, als ich ihr das vor einer Weile gesagt habe.

»Du bist nicht dämlich, du hast dich geirrt, das ist alles.«

Ich habe ihr erzählt, daß ich eine Nutte war, als er mich kennenlernte, daß er alles mögliche angestellt hat, um mit mir ins Bett zu gehen, und daß mich das weich gemacht hat. Zum Glück habe ich rechtzeitig die Bremse gezogen, denn ich kam so in Fahrt, daß ich ihr beinahe auch von der Abtreibung erzählt hätte. Dann hätte sie sich den Rest der Geschichte denken können und hätte begriffen, was für ein Stück Scheiße ich gewesen bin.

Komisch, ich erzähle sonst niemandem von meinem Leben, und die wenigen Male, da ich es getan habe, wurde ich über den Tisch gezogen. Aber mit Liliana ist es verrückt. Ich möchte ihr alles erzählen, als ob sie meine engste Freundin wäre, oder die Schwester, die ich nie hatte. Sie hat etwas, das mir Vertrauen einflößt. Oder vielleicht wollte ich nur reden, weil dies meine letzte Gelegenheit war, von meinem Leben zu erzählen, falls sie mich umbringen würden. Aber ich fühlte mich ein bißchen verarscht, weil sie mich nur ansah und nichts, aber auch gar nichts sagte. Und deshalb forderte ich sie auf, mir etwas aus ihrem Leben zu erzählen, ich kam mir vor, als hätte ich mich nackt ausgezogen und sie nicht. Als sie dann aber den Mund aufmachte, hatte ich eine panische Angst, sie würde mir wieder von dem Gefangenenlager erzählen, und danach würde ich wieder diese Horrorvorstellungen bekommen.

»Aber erzähl mir was Schönes, nicht so was wie beim letzten Mal, bitte. Sonst träume ich später davon. Erzähl mir von deinem Verlobten, deinem Kameraden. Habt ihr euch sehr geliebt?«

Als hätte ich das Licht eingeschaltet, wurde das Zimmer von ihrem Lächeln erhellt. Und sie ist sehr hübsch, wenn sie lächelt oder wenn sie lacht. Ich begreife nicht, wie sie überhaupt noch lachen kann, trotz allem. Heute morgen hat sie ein paarmal gelacht. Sie war unglaublich gut gelaunt.

»Ja, ich bin froh, daß wir fliehen werden«, sagte sie, »und daß ich dich endlich überredet habe« – und wieder lachte sie und war so fröhlich, daß mich allein bei diesem Anblick der Gedanke an die Flucht begeisterte.

Schließlich erzählte sie, daß ihr Verlobter Carlos Squirru heißt, und bat mich, daß ich, falls ihr etwas passiert, falls man sie umbringt, herausfinden soll, was aus ihm geworden ist. Und wenn er zufällig noch am Leben ist, dann soll ich ihm sagen, daß Lili auch am Leben ist und wo er sie finden kann.

»Und dann gab sie ihr eine Telefonnummer und einen Namen, damit sie versuchen konnte, dich zu finden.«

»Was für einen Namen?«

»Franco. Den hat sie nie vergessen.«

»Ach ja?« Auf seinem Gesicht zeichnete sich ein verbittertes Lächeln ab, und er machte eine Handbewegung, wie um eine Fliege zu verjagen.

»Kennst du ihn?«

»Ja, aber ich will mich nicht an ihn erinnern. Er ist schwach geworden, oder man hat ihn gebrochen. Er war ein Kollaborateur. Als ich davon erfuhr, war ich bereits in Spanien. Für mich war es … etwas Entscheidendes, ein klarer Bruch mit allem, woran ich bis dahin geglaubt hatte. Er war ein wichtiger Funktionär … und ein Freund. Er war der erste, zu dem ich gegangen bin, nachdem sie Liliana abgeholt hatten. An diesem Abend war ich verzweifelt.« Carlos verstummte und hing seinen Erinnerungen nach, die er ganz offensichtlich nicht mit Luz teilen wollte. Schließlich nahm er das Gespräch wieder auf: »Und? Was ist passiert? Hat sie die Nummer angerufen?«

»Nein, nie. Als Miriam sie aufschreiben wollte, sagte Liliana, sie solle sie auswendig lernen, sie wisse nicht, was passieren würde, und es könne gefährlich sein. Man dürfe nie einen Namen oder eine Telefonnummer notieren. Das sei eine Frage der Disziplin. Miriam wollte nicht einmal daran denken, daß Liliana etwas passieren könnte, und außerdem war sie überhaupt nicht diszipliniert und verstand nicht soviel von diesen Dingen wie Liliana. An den Namen konnte sie sich erinnern, aber die Nummer hatte sie vergessen. Sie war sich nicht einmal sicher, ob sie deinen Namen richtig behalten hatte.«

»Ich wollte was Schönes von dir hören, und du sprichst davon, daß sie dich umbringen werden. Wenn es so ist und wenn sie uns zusammen erwischen, dann bin ich ganz bestimmt auch geliefert.«

»Wer weiß«, sagte sie, »El Bestia ist in dich verliebt. Und wenn man auf die Mächtigen Einfluß hat ...«

Ich sagte, sie solle aufhören mit dem Quatsch. Ich wurde böse, denn schließlich hatte ich ihr etwas von meinem Leben erzählt, und sie? Sie tat sich wichtig, machte sich lustig. Sie bat mich um Verzeihung und sagte, sie scherze immer gern, wenn sie nervös sei. Sie erzählte mir, eines Nachts seien aus der Folterkammer furchtbare Schreie durch die Wände in ihre Zelle gedrungen und hätten in ihren Ohren gegellt. Da fingen sie und das junge Mädchen, mit dem sie einige Tage die Zelle teilte, an, sich Witze zu erzählen, um die Schreie nicht anhören zu müssen. Sie lachten und lachten immer lauter und immer lauter, bis schließlich ein Wärter hereinkam und sie verprügelte und beschimpfte.

»Er warf uns zu Boden. Mich trat er nicht mit den Füßen, aber meine Gefährtin wurde immer wieder getreten. Sie schrie, und er ...«

»Kannst du nicht damit aufhören? Erzähl mir nicht solche Sachen, Liliana, bitte! Hat es in deinem Leben denn nichts Schönes gegeben?«

»Eine Menge«, sagte sie. »Als ich klein war, bin ich gern mit dem Fahrrad gefahren. Ich fuhr morgens in aller Frühe mit meinem Vater los. Ach, war das schön« – sie lächelte wieder ein wenig. »Armer Papa. Ich wollte ihm nicht weh tun. Er konnte nie verstehen, warum ich mich politisch engagiert habe ... Er ist letztes Jahr gestorben, er hatte es am Herzen. Da war ich schon weg von zu Hause.«

»Ich wollte etwas Schönes hören, Liliana.«

»Als ich Carlos kennenlernte, als wir uns zum ersten Mal liebten, das war wunderschön.«

Carlos war der erste Mann, mit dem sie geschlafen hat ... und der einzige. Ich konnte es nicht glauben. Ein so hübsches Mädchen mußte doch tausend Kerle gehabt haben.

»Sie haben stundenlang geredet. Elf Stunden, hat Miriam gesagt. Ich

94

glaube, das, was an jenem Tag zwischen ihnen passiert ist, hat Miriams Leben für immer verändert. Trotz der riesigen Unterschiede, die es zwischen ihnen gab, hatten sie etwas gemeinsam: die Liebe zu ... Lili.«

Ich bin zweiundzwanzig Jahre alt, sagte sie, als ob sie sich entschuldigen wollte, und wir haben uns sehr, sehr geliebt. Und beinahe begann sie zu weinen, denn sie ist sich fast sicher, daß man ihren Verlobten umgebracht hat, nachdem auch er gefaßt wurde.

»Besser so«, sagte sie, »denn im Lager töten sie dich stückweise. Sie erniedrigen dich, sie brechen dich, sie besudeln dich. Sie lassen dich mehrere Tode sterben. Ich wäre sicher schon tot, wenn ich nicht schwanger gewesen wäre. Jetzt begreife ich, warum sie mir die Stromstöße nur an den Beinen verabreicht haben. Sie wollten vermeiden, daß es Probleme mit der Schwangerschaft gab, sie wollten das Baby gesund erhalten, um es Dufaus Tochter schenken zu können. Mich hat er ausgewählt, das dreckige Miststück, der Mörder! El Bestia persönlich hat mich ...«

»Es reicht, hör auf, Liliana«, unterbrach ich sie, weil ich nicht wußte, wie ich ihr ins Gesicht sehen sollte, wenn sie so etwas sagte.

Wenn sie wüßte, daß man sie nicht wegen Dufaus Tochter, sondern meinetwegen verschont hat! Ich muß die beiden retten, das ist das mindeste, was ich tun muß, selbst wenn ich dabei mein Leben riskiere. Es genügt, daß ich mal die Absicht gehabt habe, allein dafür ekle ich mich vor mir selbst.

Wir wissen noch immer nicht, ob Dufau heute oder morgen kommt. Ich muß warten, bis El Bestia anruft.

Jetzt überlegt Liliana, wie wir es anstellen können. Ich habe ihr schon den Zeitplan der Wachablösung mitgeteilt und ihr das wenige gesagt, was ich über diese Kerle weiß (es sind immer dieselben). Der eine, der von zwölf bis acht Dienst hat, ist ziemlich sympathisch und so scharf auf mich, daß er es kaum verbergen kann. Er heißt Pilón, Gefreiter Pilón. Vor ein paar Tagen war er in der Küche, um einen Schluck Mate zu trinken. Ich kam herein und bückte mich, um einen Kuchen aus dem

Ofen zu holen, und als ich mich umdrehte, sah ich, daß der Kerl das Wasser überallhin goß, nur nicht auf die Mateblätter. Ich trug einen Minirock und muß ihm wohl alles gezeigt haben, aber das merkte ich erst, als ich sein Gesicht sah.

»Was ist mit Ihnen?« fragte ich, während ich ihm den Wasserkessel abnahm. »Sie überschwemmen mir ja die ganze Küche.«

»Verzeihen Sie, Señora«, sagte der Ärmste ganz schuldbewußt.

Ich habe einen Haß auf die Männer, aber in diesem Augenblick mußte ich lachen. Ich bin nun mal so, was soll's? Wenn mich ein Kerl so gierig anstarrt, dann kann ich nicht anders, ich muß ihn ein wenig provozieren, schließlich würde er es dem Bestia nicht erzählen, dazu hatte er zuviel Angst vor ihm. Und wenn er es ihm erzählte, um so besser. Pech für ihn. Ich ging ziemlich nah an ihn heran, der Kerl keuchte wie ein Hund. Als ich nur noch einen Millimeter von ihm entfernt war, sagte ich in diesem Flüsterton, den ich von Anette gelernt habe: Sie sollten aufpassen, wohin Sie das Wasser gießen, Pilón, anstatt etwas anderes anzustarren, auch wenn Sie es noch so schön finden. Oder soll ich es meinem Mann erzählen?

Und dann ging ich lachend aus der Küche. Später, als er wieder an die Tür klopfte, weil er aufs Klo mußte, hatte ich mich bereits umgezogen und sagte herausfordernd: Sehen Sie mal, wie ich mich anziehen muß! Wie eine Nonne, nur damit Sie nicht abgelenkt werden.

»Señora, ich wollte nicht respektlos sein. Ich habe Sie doch nur angesehen. Bitte sagen Sie dem Sergeanten Pitiotti nichts davon.«

»Keine Sorge, Täubchen« – dieses Wort habe ich von Inés, die Kerle sind ganz verzaubert davon, wer weiß, warum – »Ich habe dich auf den Arm genommen. Natürlich werde ich ihm nichts sagen«, und als er dann ins Badezimmer gehen wollte, lehnte ich mich gegen die Tür, damit er ganz nah an mir vorbeigehen mußte. »Aber starr mich doch nicht so an ... du

96

machst mich ja ganz nervös« – und dabei sah ich ihn an, als ob ich ihn fressen wollte. Ich fuhr mir mit der Zunge über die Lippen und machte ihm Lust, meinen ganzen Körper abzulecken.

Beinahe hätte der Kerl sich auf mich gestürzt; er bewegte sich schon auf mich zu, hielt sich aber plötzlich zurück, als hätte ihn jemand mit dem Lasso eingefangen. Und dann verschwand ich ganz schnell, um nicht mehr in der Nähe zu sein, wenn er aus dem Bad kam. Er muß eine höllische Angst haben, daß er mit mir vögelt und El Bestia etwas davon erfährt. Seitdem werfe ich ihm immer wieder ein paar verspielte Blicke zu, aber er beherrscht sich.

Später fragte ich mich, warum ich dieses Spiel mit ihm getrieben hatte. Vielleicht, weil ich den Bestia hasse. Sollen sie doch alle denken, sollen sie doch überall verbreiten, daß er sein Klasseweib offenbar nicht genug vögelt, sonst würde sie sich die Blicke von anderen Männern nicht gefallen lassen. Der Gedanke gefiel mir. Und bei all dem Haß, den ich auf diese Kerle habe nach allem, was mir Liliana erzählt hat, macht es mir Spaß, den Typ heiß zu machen und ihn dann stehenzulassen. Aber ich habe auch Spaß daran, ein bißchen zu spielen. Ich bin schon ganz aus der Übung. Seit Monaten bin ich den ganzen Tag hier eingeschlossen und lebe mit dieser schrecklichen Spannung und weiß nicht, was ich tun soll. Ich kann es nicht leugnen, es gefällt mir, daß es dem Kerl so geht wie dem Bestia, daß er die ganze Zeit an mich denkt und nichts machen kann, weil ich die Frau eines Vorgesetzten bin. Deshalb ziehe ich manchmal, wenn Pilón da ist, einen Minirock an. Oder Jeans, die so eng sind wie eine zweite Haut, und dazu eine bauchfreie Bluse. Danach ziehe ich mich natürlich um, bevor El Bestia kommt.

Sollte ihm rein zufällig etwas zu Ohren kommen, würde ich natürlich alles abstreiten (so muß man mit den Kerlen umgehen). Ich habe mir sogar schon ausgemalt, was ich sagen würde, falls El Bestia mich zur Rede stellen sollte: Was denn, würde ich sagen, ist es dir nicht genauso gegangen? Warst du nicht auch mal scharf auf das Weib deines Vorgesetzten? Du wirst dich doch nicht deswegen mit dem armen Jungen anlegen, das ist doch normal, oder? Ich habe nichts gemerkt, ich weiß nicht mal, wie dieser Pilón aussieht, ich sehe ihn nicht einmal an.

Aber dazu ist es nicht gekommen. Ich male es mir nur aus, um mich an der Vorstellung zu erfreuen, daß El Bestia leidet, daß er wie ein Idiot, wie ein Schlappschwanz, wie ein Betrogener dasteht. Manchmal habe ich sogar Lust, noch weiter zu gehen und ihn regelrecht zu einem gehörnten Ehemann zu machen. Die Señora Pitiotti, wie er mich nennt, treibt es mit einem kleinen Gefreiten. Aber ich lasse es bei ein paar Blicken bewenden und zeige nur ab und zu meine Reize. Das haut den Pilón um, das macht ihn fertig.

Da kommt mir eine geniale Idee. Liliana zerbricht sich den Kopf darüber, wie wir dem Wärter entkommen können, und dabei ist es ganz einfach. Ich werde es ihr gleich sagen.

»Aber warum denn nicht? Warum sagst du immer nur nein? Wo liegt denn das Problem? Mein Plan ist perfekt. Längst nicht so kompliziert wie das mit dem Messer. Ich gehe mit Pilón in mein Zimmer, und wenn ich bei dir vorbeikomme, werfe ich irgend etwas um, vielleicht die Blumenvase, die auf dem Tisch steht. Daran merkst du, daß ich mit ihm in meinem Zimmer bin. Deine Tür schließe ich nicht ab. Du wartest zehn Minuten, und dann gehst du. Nach einer Viertelstunde sage ich, daß ich aufs Klo gehe und daß er auf mich warten soll, ich sorge dafür, daß der Kerl nicht früher fertig wird, beim Vögeln vergessen die Typen alles. Sie werden zu widerwärtigen Tieren und denken an nichts anderes. Er bleibt nackt im Bett liegen und wartet auf sein Zuckerchen. Warum siehst du mich so vorwurfsvoll an? Du machst genauso ein Arschgesicht wie meine Tante Nuncia aus Coronel Pringles. Als wolltest du sagen: Schamloses Weib. So sind die Kerle, Liliana, ich spreche aus Erfahrung. Wenn sie heiß sind, schlucken sie alles, aber danach … Ich lasse ihn, wie gesagt, wartend im Bett zurück, im Bad habe ich schon die Kleider zurechtgelegt, ich ziehe mich schnell an und dann haue ich ab und treffe dich in der Calle Aayacucho, Ecke Posadas. Ah, ich kann sogar die Tür abschließen, damit es länger dauert, bis er rauskommt. Er wird ja wohl nicht die Tür eintreten wie El Bestia. Hör doch auf, den Kopf zu schütteln. Du bekommst alles fertig von mir serviert und hast immer noch was daran auszusetzen.«

»Mit diesem Dreckskerl willst du ins Bett gehen? Dich von ihm befingern lassen? Du bist fähig, mit so einem Kerl, mit einem Mörder, intim zu werden? Ich weiß, wer Pilón ist, ich habe ihn im Krankenhaus gesehen. Ich habe in dieser schrecklichen Zeit viele kennengelernt wie ihn. Wie den, der uns zu Boden warf und uns mit Füßen trat. Die hier nicht, sagte er zu dem anderen und hob mich auf, aber Sofi haben sie so viele Stromstöße verpaßt, daß ihre Haut ganz schwarz wurde. Und da war der andere, der uns Apfelwein brachte und uns, als wir davon tranken, plötzlich die Gläser wegriß und uns beschimpfte und verprügelte. Sie sind Sadisten, Monster. Nein, Miriam, so weit darfst du dich nicht erniedrigen.«

»Aber wo liegt denn das Problem, Liliana? Ich mache es doch nicht zum Spaß, sondern damit wir fliehen können. Um den Feind zu besiegen. Nun hör schon auf mit dem Blödsinn.«

»Das gefällt mir nicht. Meinen Plan hast du nicht mal angehört, weil du von deinem so begeistert bist.«

»Du bist unglaublich, Liliana. Was gefällt dir denn nicht? Daß ich mit diesem Kerl ins Bett gehe? Mir macht das nichts aus, ich habe es oft getan, um Geld zu verdienen. Jetzt steht Lilis Leben auf dem Spiel, dein Leben und meins. Manchmal bist du wohl etwas schwer von Begriff. Was bedeutet schon eine kleine Nummer? Sieh mich nicht so an, ich halte das nicht aus. Außerdem habe ich gesagt, daß ich nicht mit ihm vögeln werde. Du kannst ganz beruhigt sein, ich werde die Sache im richtigen Moment abbrechen. Ich werde ihm sagen, daß ich das Diaphragma holen muß, und während ich mich anziehe, rufe ich ihm zu: Einen Augenblick, Süßer, ich kann es nicht finden! Hör mir zu, Liliana, ich komme schon klar, du haust zuerst ab und wartest an der Ecke auf mich, und das war's. Wir müssen nur die Zeiten absprechen.«

»Ich verstehe nicht, warum sich Liliana so hartnäckig gegen Miriams Plan gewehrt hat«, sagte Luz. »Ich finde, unter diesen Umständen . . .«

»Ich verstehe das sehr gut. In dieser Hinsicht war sie, wie wir alle, sehr streng. Darum hat es mich so gewundert, daß sie sich einer Nutte anvertraut hat. Wir verachteten die Freizügigkeit einer bürgerlichen Moral, die . . .«

»Ach, wie streng«, sagte Luz spöttisch, »ach, wie rein. Dann hättet ihr ja auch bedenken können, daß man unter diesen Umständen vielleicht kein Kind in die Welt setzen sollte.«

»Wir haben es uns gewünscht.«

»Wenn ihr euch so für die Revolution eingesetzt habt, hättet ihr euch auch fragen können, ob ihr das Recht hattet, euer Wunschkind einer solchen Gefahr auszusetzen, findest du nicht? Spurlos zu verschwinden wie ihr, oder seine Identität zu verlieren. Die Kinder konnten, im Gegensatz zu ihren Eltern, nicht entscheiden, ob sie im Namen dieser oder jener Ideologie ein solches Risiko eingehen wollten. Ihr habt es dem Kind aufgezwungen« – ihre Augen funkelten vor Groll – »War das revolutionäre Moral oder purer Egoismus?«

»Wenn ich von Moral spreche, Luz . . . wir wußten doch auch nicht . . . wie sollten wir ahnen, daß . . .«

»Ich meine«, unterbrach ihn Luz, »daß eines dieser Kinder heute sagen könnte: Sie, die Mörder, haben mich verschwinden lassen, aber meine eigenen Eltern haben mich diesem schrecklichen Schicksal ausgesetzt, spurlos zu verschwinden . . . und doch am Leben zu sein.«

»Dein Plan ist nicht nur unmoralisch, er ist voller Fehler«, sagte Liliana. »Erstens: Wenn der Kerl nun nicht mit dir ins Zimmer geht? Oder wenn er nicht will? Du kannst dir vorstellen, was für eine panische Angst er vor dem Bestia hat. Da wird er doch nicht so ohne weiteres mit dessen Frau ins Bett gehen.«

»Ach, Liliana, entweder bist du etwas schwer von Begriff, oder du unterschätzt mich. Sieh mich doch an! Glaubst du, daß mir ein Kerl widerstehen kann? Das ist unmöglich, das garantiere ich dir, so wahr ich Miriam López heiße oder Patricia, wie ich als Nutte genannt wurde. Ich weiß genau, was ich zu tun habe, und außerdem kann ich ihn mir seit Tagen um den Finger wickeln. Der Kerl braucht mich nur zu sehen, schon tropft ihm der Saft aus den Mundwinkeln. Sieh mich nicht schon wieder so an, Liliana. Ich dachte, du bist Revolutionärin und keine Nonne. Na los, sag schon, was gibt es noch für Fehler in meinem Plan? Diesen hier lasse ich nicht gelten.«

»Wenn du den Kerl im Zimmer einschließt, damit er nicht rauskann, merkt El Bestia doch sofort, daß du uns zur Flucht verholfen hast. Bei meinem Plan dagegen ...«

»Na und? Dann sind wir doch längst weg. Was geht es mich an, was El Bestia denkt.«

»Bei meinem Plan fällt kein Verdacht auf dich. Na ja, vielleicht kommt ihm ein Verdacht, aber er hat keinen Beweis gegen dich. Wer hat mir den Zimmerschlüssel gegeben? Wer hat den Kerl eingeschlossen? Du, du! Und wenn er dich schnappt, bringt er dich um. Nein, das darf ich nicht zulassen. Und auch nicht, daß du dich erniedrigst und dich von einem Mörder begrabschen läßt. Da kann ich nicht mitmachen. Das ist Gewalt. Mir ist egal, was früher war, jetzt wirst du es nicht tun. Nein, sag nichts, hör dir meinen Plan an. Du kommst mit einem großen Küchenmesser in mein Zimmer, weil du zerstreut bist und es gar nicht gemerkt hast ...«

»Ja, ich habe mir schon was ausgedacht. Wenn El Bestia anruft, sage ich: Ich bin in der Küche und schneide gerade Fleisch für Geschmortes. Er könnte durchaus annehmen, daß ich mit dem Messer zum Telefon gegangen bin. Und dann sage ich zu ihm: Ich muß auflegen, die Kleine schreit. Später wird er denken, daß ich mit dem Messer in dein Zimmer gegangen bin. Ach, das gefällt dir, ja? Siehst du, ich kann auch gut planen, obwohl ich keine Revolutionärin bin.«

Sie haben den ganzen Tag über Pläne geschmiedet, die sich sehr voneinander unterschieden. Miriam wollte Liliana beweisen, daß auch sie sich etwas Vernünftiges ausdenken konnte; sie wollte Lilianas Achtung erringen. Ihr war es sehr wichtig, was Liliana von ihr dachte, und darum tat sie alles, um ihr zu verheimlichen, daß sie einmal ihre Tochter für sich gewollt hatte. Und Liliana glaubte ihr. Bestimmt, weil man sie in ihre Wohnung gebracht hatte. Es war eine so absurde Lage. Ich denke, es ist besser, daß sie nichts wußte, sonst wäre diese Beziehung nicht so weit gediehen.«

»Sehr gut. Aber vorher müssen wir abwarten, bis Pilón in die Küche oder ins Bad geht. Wann kommt er für gewöhnlich? Nicht, daß El Bestia gerade anruft, wenn Pilón kommt. Das wäre zuviel des Guten.«

»Was ist das Problem? Ich hole ihn rein, wann ich will. Ich gehe runter und lade ihn zu einem Mate ein. Und wenn El Bestia nicht in dem Augenblick anruft, sondern etwas später oder etwas früher, egal. Er wird ja wohl nicht auf die Uhr sehen und die Minuten zählen.«

»Na gut, wir werden sehen. Die Details regeln wir später. Du kommst mit dem Messer ins Zimmer, ich halte es dir an den Hals, ich zwinge dich, die Tür zu öffnen, und wir gehen über den Korridor, du vorn, ich hinter dir, ganz leise. Wenn der Kerl aus der Küche kommt, drohe ich, dir den Hals aufzuschlitzen, falls er nicht seine Waffe wegwirft. Ich hole sie mit dem Fuß zu mir heran und befehle dir, sie aufzuheben.«

»Seine Pistole willst du auch mitnehmen? Das gefällt mir nicht.«

»Ich muß ihn doch entwaffnen. Wir schließen die Wohnungstür ab, um Zeit zu gewinnen, und laufen weg. Laß den Schlüssel stecken. Wann kommt die Ablösung?«

»Um acht, Viertel vor acht. Aber das gefällt mir nicht. Und wenn du nervös wirst und mir die Kehle durchschneidest? Und ihm die Waffe wegnehmen, das kommt gar nicht in Frage. Willst du losballern, wenn sie hinter uns her sind? Mit der Kleinen im Arm? Kannst du überhaupt mit einer Waffe umgehen?«

»Allerdings.«

»Das hätte ich nicht gedacht. Und wer trägt Lili, während du mich am Hals packst?«

»Du natürlich. Alle wissen, wie sehr du Lili liebst, da ist es logisch, daß du sie nicht fallen läßt.«

»Die Ärmste! Messer und Pistolen! Wer soll dich verstehen? Daß ich mit Pilón ins Bett gehe, ist für dich Gewalt, aber nicht diese Waffenorgie, die du da vorbereitest. Kannst du dir nicht etwas Ruhigeres ausdenken? Wenn du tust, was ich dir vorschlage, geht die Kleine nur mit ihrer Mama weg und muß nicht solche gewalttätigen Szenen mit ansehen. Wer weiß, wie sie das verkraftet. Ich habe gelesen, daß kleine Kinder viel mehr begreifen, als man glaubt.«

Mensch, was sage ich da bloß! Sie wird Verdacht schöpfen. Wozu habe ich mir wohl ein Buch über Säuglinge gekauft? Ich werde sagen, ich hätte es in einer Zeitschrift gelesen, die in der Zahnarztpraxis auslag.

Zum Glück ist Liliana zu sehr mit ihrem Plan beschäftigt und hört mir nicht einmal zu. Ich gehe schnell weg, bevor ich noch einen Fehler mache. Ich sage ihr, daß sie gründlich nachdenken soll, ob mein Plan nicht vielleicht doch besser ist. Und daß sie sich beeilen soll, ich käme gleich wieder. Es ist schon drei Uhr nachmittags. Sollten sie heute gehen müssen, bleibt uns kaum noch Zeit. Aber ich glaube kaum, daß es schon heute sein wird, El Bestia hat mir noch nicht Bescheid gesagt. Besser wäre es morgen früh oder morgen mittag. Wir hätten mehr Zeit, und vielleicht wüßten wir dann auch schon mehr Einzelheiten.

Meine Stimme klingt ganz normal, als ich den Bestia frage, ob er schon weiß, wann Dufau kommt, und noch bevor er mir antwortet, erkläre ich ihm, daß ich vorher die ganze Wohnung in Ordnung bringen will und mich auch, ich will nicht von ihm überrascht werden, einfach so, zwischen Tür und Angel. Ich will rechtzeitig Bescheid wissen.

»Er kommt heute abend, möglicherweise erst spät. Die Uhrzeit steht noch nicht fest.«

Heute, schon heute, oje! Wir werden keine Zeit mehr haben. Mir fällt das mit dem Messer ein, aber ich bringe es nicht mehr so natürlich heraus: Heute abend gibt es Geschmortes. Gestern habe ich das Fleisch gekauft. Ich bin gerade dabei, es zu schneiden.

»Was soll das?« wird er sich fragen. Ich hätte ihm das erst sagen dürfen, wenn ich mit dem Messer in Lilianas Zimmer gehe.

Ich versuche, die Sache so gut wie möglich geradezubiegen: Was meinst du, Liebling? Falls der Oberstleutnant zum Abendessen bleibt.

»Negativ«, sagt er, und ich schreie ihn beinahe an, obwohl ich schon längst daran gewöhnt bin, daß er nicht »nein« sagt, sondern »negativ«. Der Idiot denkt, das hört sich militärisch an. »Negativ, was?« frage ich hysterisch. Er sagt, der Oberstleutnant werde nur kurz vorbeikommen, um sie abzuholen, ich solle nichts vorbereiten, weil er danach noch arbeiten müsse.

Und ich: Doch, ich will geschmorte Fleischstückchen zubereiten, er soll nicht nein sagen. Er wird Verdacht schöpfen. Wozu diese Hartnäckigkeit? Wie dumm ich bin, ich mache alles kaputt. Ich wechsle schnell das Thema: Was soll ich anziehen? Was meinst du, was soll ich heute abend anziehen? Die Gefahr ist überstanden, er sagt, ich werde wunderschön aussehen, ganz gleich, was ich anziehe. Ich soll mich ganz einfach kleiden, er wird mir die Sachen aussuchen, wenn er kommt.

»Wann kommst du denn?« – und schon fange ich an zu zittern. Hoffentlich fällt es ihm nicht ein, zu früh zu kommen.

So zwischen acht und halb neun. Sollte sich etwas ändern, wird er mich anrufen.

»Miriam wurde sehr nervös. Wenn sie es tun wollten, durften sie keine Minute verlieren. Sie ging zu Liliana und sagte, sie solle sich beeilen. Der Plan, dem Bestia zu sagen, sie habe ein Messer in der Hand und schneide gerade Fleisch, sei nicht mehr ausführbar. Es sei besser, es so zu machen, wie sie es geplant hatte: die Sache mit Pilón.«

Barfuß, damit man ihre Schritte nicht hört, sieht Liliana sich an, wie die Wohnung geschnitten ist, um zu entscheiden, wie wir vorgehen müssen. Sie besteht auf der Sache mit dem Messer. Sie sagt, es ist besser, wenn Pilón in der Küche ist. Wenn er kommt, um aufs Klo zu gehen, lade ich ihn zu einem Mate ein und lasse ihn in der Küche Platz nehmen. Mit dem Rücken zur Tür. Dann muß ich einen Vorwand suchen, um das Messer in der Hand zu haben. Das Fleisch zum Beispiel, das auf dem Tisch steht. Und dann muß Liliana die kleine Lili zum Schreien bringen. Oder ich sage, daß es Zeit zum Stillen ist und laufe, mit dem Messer in der Hand, ins Zimmer. Mir gefällt das nicht. Und das mit der Pistole schon gar nicht. Wenn Pilón die Waffe nicht wegwirft, was tut sie dann? Schneidet sie mir dann die Kehle durch?

»Sie haben sich ganz schön gestritten. Miriam war unnachgiebig, dieser Plan gefiel ihr nicht. Waffen machten ihr angst. Liliana wurde ungeduldig.«

»Du willst, daß alles nach deinem Kopf geht. Aber ohne mich kannst du nicht fliehen. Also befolge gefälligst meinen Plan.«

»Die Zeit verging wie im Flug, ohne daß sie eine Lösung fanden. Es war schon fast sieben, als sie sich darüber einig wurden, daß die Flucht das Wichtigste war und daß sie, je nach der Situation, den einen oder den anderen Plan ausführen würden. Liliana willigte ein, über Miriams Plan nachzudenken, und Miriam würde, falls nötig, die Sache mit dem Messer machen. Und vielleicht könnten sie beide Pläne miteinander kombinieren. Liliana wollte sich noch einmal die Wohnung ansehen, um sich zu vergewissern, wo das Bad lag, in dem sich Miriam anziehen würde. Sie wollte wissen, ob man von Miriams Zimmer aus hören konnte, daß sie fortging, falls die Kleine gerade dann weinen würde.«

»Das spielt keine Rolle, Liliana, ich werde ihn pausenlos belabern. Ich werde schon dafür sorgen, daß er, wenn er mit mir im Zimmer ist, auf nichts anderes achtet als auf mich. Und währenddessen haust du ab. Er wird nichts hören.«

»Aber Liliana wollte es überprüfen. Als Lili anfing zu weinen, schloß sie sich in Miriams Zimmer ein und bat sie, die Kleine aus dem anderen Zimmer zu holen, um zu sehen, ob dieser Plan machbar war. Wenn man das Weinen hörte, dann ging es nicht. In diesem Moment klingelte es.

Beide liefen in verschiedene Richtungen und stießen im Flur zusammen. Lili schrie wie am Spieß. Es war zehn nach sieben, sie waren sich noch nicht über alle Einzelheiten einig, und Pilón stand vor der Tür. ›Vergiß das Messer nicht‹, sagte Liliana, als Miriam das Zimmer verließ. ›Und du vergiß nicht, daß du, fünf Minuten nachdem die Vase runtergefallen ist, verschwinden mußt‹, sagte Miriam. Mit einem strahlenden Lächeln öffnete sie Pilón die Tür. Er bat sie um Erlaubnis, das Bad zu benutzen.«

»Das Bad, in dem Miriam sich umziehen wollte?«

»Nein, es gab zwei Badezimmer. Er ging in das eine, das neben dem Wohnzimmer lag.«

»Kommen Sie rein, kommen Sie.«

In der Eile habe ich vergessen, mich umzuziehen. Ich wollte ihn eigentlich in meinem schwarzen Minirock und dem fuchsiafarbenen Oberteil empfangen, Klamotten können hilfreich sein. Na gut, dafür ist jetzt keine Zeit mehr. Ich öffne die Bluse und fertig. Ich hole das Fleisch heraus und werfe es auf den Tisch. Scheiße, das Messer! Wo ist das große Messer? Aber wozu denn das Messer, wir machen es doch anders. Liliana hat gesagt, daß ich es nicht vergessen soll, sonst würde sie böse werden. Da ist es ja! Aber ich schleppe ihn doch nicht mit einem Messer in der Hand ins Bett. Ich hole es später, wenn wir fliehen. Ich lege es in mein Badezimmer, ach ja, und die Kleider auch, denn wenn ich ins Bad gehe, bin ich nackt, und wenn ich meine Sachen mitnehme, kann er Verdacht schöpfen. Ich renne zum Wandschrank, um die Sachen zu suchen. Hoffentlich kommt er jetzt nicht aus dem Bad, bitte, er soll einen furchtbaren Durchfall bekommen und stundenlang auf dem Klo bleiben. Was ziehe ich an auf der Flucht? Ich bin unverbesserlich!

Es ist doch unwichtig, was ich anziehe. Jeans, eine Bluse. Das Geld. Scheiße, die Tür zum anderen Badezimmer! Ich habe keine Zeit mehr, nach dem Geld zu suchen. Und auch nicht nach den Wohnungsschlüsseln. Ich renne los und hole ihn gerade ein, als er die Wohnung verlassen will. Es ist zwanzig nach sieben.

»Möchten Sie ein Gläschen mit mir trinken, Pilón?« frage ich ihn mit diesem Lächeln, das die Kerle zum Schmelzen bringt.

»Nein, Señora, ich trinke nicht im Dienst.«

»Na dann etwas Mate. Leisten Sie mir doch ein wenig Gesellschaft. Ich bin so einsam.«

Und nun sitzt er genau da, wo Liliana ihn haben wollte. Aber was soll das, wenn ich ihn doch ins Schlafzimmer bringe? Hoffentlich merkt er mir nicht an, wie nervös ich bin! O Gott, ich kann mich nicht genau an ihren Plan erinnern. Wir haben so viel geredet, daß ich ganz durcheinandergeraten bin. Der Wasserkessel fällt zu Boden, na gut, soll er denken, daß ich nervös bin, weil ich ihn verführen will. Ich bücke mich und stolpere und falle hin, und er, wie konnte es anders sein, will mir aufhelfen. Besser so, dadurch gewinnen wir Zeit. Er gibt mir die Hand und beugt sich herunter, um mir den Arm um die Taille zu legen. Ich schlinge meine Arme um seinen Hals. Er keucht wie ein Hund, als er mich hochhebt, und fast läßt er mich wieder fallen, so aufgeregt ist er. Ich stehe wieder auf den Beinen. Und wie geht das Spiel weiter? Vor Nervosität weiß ich nicht, was ich machen soll. Für Feinheiten ist keine Zeit. Den feuchten Mund halb geöffnet, stütze ich mich auf ihn, und jetzt hält der Kerl es nicht mehr aus. Er preßt mich gegen den Küchentisch und beißt mir auf den Mund, der Idiot, das wird doch zu sehen sein, der Marmor in meinem Rücken ist kalt, und der Typ ist ganz heiß, seine Hand bewegt sich schnell und ohne zu zögern, jetzt hat er den Hosenknopf aufgemacht und zieht meine Hose mit Gewalt nach unten, während er mit der anderen Hand hinten hineinfährt. Jetzt ist sein Mund an meinem Hals und gleitet weiter hinunter, sieh mal an, der Pilón, so gefräßig und leidenschaftlich habe ich ihn mir nicht vorgestellt. Das alles erregt mich, die Angst vor der Flucht, seine geschickten Hände, die mir die Kleider herunterreißen, die Angst, daß El Bestia kommen könnte. Und wenn er jetzt schon kommt? Es würde mir gefallen, wenn er mich so sehen würde, die Beine gespreizt, in der Küche. Meinen Körper, der über den Tisch gleitet, und Pilóns gierigen Mund, der mir über die Brüste fährt und mich erst in die eine und dann in die andere Brustwarze beißt, wie betrunken, seine Zunge auf meinem Bauch, oh, mir wird ganz heiß, das kann nicht sein, und Liliana wartet, die Ärmste, sie kann nicht ahnen, was los ist. Wieviel Zeit ist wohl vergangen, seit er gekommen ist? Hoffentlich ist Liliana nicht so dumm, jetzt herauszukommen! Warum habe ich nicht abgeschlossen? Nein, sie wird warten, bis ich Krach schlage. Ob sie daran denkt, daß erst die Blumenvase herunterfallen muß? Mit den Zähnen reißt er mir die Unterhose weg und leckt und leckt, und meine Hand tastet nach seinem Glied, ja, ganz heiß will ich dich haben, oh, es kann doch nicht sein, daß er mich so scharf macht! Wie gern würde ich mich gehenlassen, aber wie kann ich jetzt heiß werden, wo ich fliehen muß? Vielleicht sind es die Nerven, beim Vögeln entspanne ich mich immer. Sein offener, feuchter Mund zerrt an meinen Haaren, seine Zunge dringt in mich ein. Dieser Kerl ist einer von denen. Einer von denen! Ich sehe mich, ich sehe mich selbst, wie ich vom Tisch falle, abwärts gleite, ihn berühre, in diesem Moment erinnere ich mich an das, was Liliana mir erzählt hat, und meine Hand läßt seinen Schwanz wieder los, mit einer erschrockenen Bewegung, die ich zu überspielen versuche. Jetzt kommt mir der eiskalte Schweiß. Sein dreckiger Speichel besudelt meinen Leib und erniedrigt mich, ich packe ihn am Haar und bezwinge meine Lust, es ihm auszureißen, ihn anzuspucken, ihn zu beschimpfen, und er macht weiter und lutscht an meinen Brüsten, und ich sage sanft: Komm, wir gehen ins Bett. Beinahe stoße ich ihn, und dann greife ich nach seiner Hand, dieser Hand, die so oft geprügelt hat. Und dann, während er mir folgt, zahm wie ein Lämmchen, blicke ich auf seine Füße, und ich muß daran denken, wie sie Lilianas Kameradin getreten haben, wie sie ihren Körper mit Elektroden verbrannten und wie die Füße dieses Verfluchten, oder die irgendeines anderen Kerls, nach ihr traten. Ich beeile mich, als ob ich es nicht erwarten könnte, mich mit ihm herumzuwälzen. Aber ich will es nur endlich hinter mich bringen. Es ist anders als mit dem Bestia, das hier ist mehr, es ist etwas anderes, es ist ein Haß, der sie alle umfaßt. Auch den Kerl, der mich vergewaltigt hat. Jetzt verstehe ich, warum Liliana nicht wollte, daß ich mich erniedrige. Aber nicht mehr lange, und ich haue ab, und dann können sie mir alle gestohlen bleiben, der Scheißkerl Pilón und El Bestia und alle diese Mörder. Ich gehe mit Lili und mit Liliana irgendwohin, wo es besser ist als hier oder bei Anette oder im »Harry« oder auf dem Stück Brachland in Coronel Pringles. Ich habe eine Todesangst, und Pilón macht im Flur mit mir rum, noch bevor wir im Schlafzimmer sind, er drückt mich wieder gegen die Wand, man merkt, daß er gern überall vögelt, in der Küche, im Flur, in der ganzen Wohnung. Nur nicht im Bett. Verdammt, ausgerechnet jetzt, wo ich es eilig habe, muß ich an so einen Typen geraten. Und wenn es ihm einfällt, es im Bad zu treiben? Und wenn er mir folgt, wenn ich ihm das mit dem Diaphragma sage? Nein, ich werde die Tür abschließen, das werde ich schon hinkriegen. Ich führe ihn an der Hand ins Schlafzimmer. Woher soll Liliana wissen, daß die fünf Minuten um sind, wenn ich im Flur gar nichts umgeworfen habe, wie es verabredet war? Haben wir fünf oder zehn Minuten gesagt? Ich habe es vergessen, ich habe die Zeit vergessen und ich habe vergessen, die Vase zu Boden zu werfen. Na gut, ich stoße sie um, wenn ich ins Bad gehe, und bleibe dann etwas länger dort. Aber mein Badezimmer liegt auf der anderen Seite. Der Kerl hier weiß, wie die Wohnung geschnitten ist. Also, ich gehe hin, werfe die Vase runter und gehe dann ins Bad, ich weiß schon, daß es nicht so geplant ist, aber ... Pilón zieht erst mich und dann sich selbst völlig aus, und ich werfe ihn aufs Bett, und er fährt plötzlich hoch, wie vom Blitz getroffen, und fragt mit hervorquellenden Augen, die Begierde und Furcht verraten: Und wann kommt dein Mann? O Gott, ich sterbe, wenn er mir jetzt abhaut. Gut, daß ich keinen Lärm mit der Vase gemacht habe, nicht auszudenken, daß Liliana rauskommt und sie einander begegnen! Das muß ich verhindern, ich muß verhindern, daß er jetzt kneift. Ich bin ein Genie, ich habe schon eine Lösung für die Sache mit der Vase und mit den Schlüsseln.

»Jetzt kommt er nicht, erst in einer Stunde oder noch später. Aber warte mal, zur Sicherheit schließe ich von innen ab. Wenn er dann kommt, muß er klingeln, und wir haben Zeit, uns anzuziehen.«

Seine Fresse gefällt mir nicht, ich spüre, wie er erkaltet, das werde ich nicht zulassen. Ich berühre sein Glied, während ich mit der anderen Hand verzweifelt auf dem Nachttisch nach den Wohnungsschlüsseln suche, die nicht zu finden sind. Doch, doch, da sind sie, und der Kerl hat einen ganz großen Ständer. Ich bin auf Draht, würde Anette sagen, ganz schön auf Draht, ich müßte ihn noch ein wenig bearbeiten, damit er nicht schlappmacht, bevor ich wiederkomme, ich müßte seine Erwartung anheizen, das ist die beste Art, ihn bei der Stange zu halten.

»Ich gehe nur die Tür abschließen. Ich komme gleich wieder, bleib hier und warte auf mich.«

Ich sehe dieses Ekelpaket an, als könnte ich es nicht mehr erwarten, wenn er meinen Körper noch einmal berührt, dann muß ich kotzen, aber ich muß mir noch mehr von ihm gefallen lassen. Also, jetzt gehe ich und werfe die Vase runter, die auf dem Tisch vor Lilianas Zimmer steht. Zum Glück schreit die Kleine nicht, und ich stecke die Schlüssel ins Schloß der Wohnungstür, so habe ich sie griffbereit, wenn wir abhauen. Ich renne zurück ins Zimmer und mache die Tür zu. Der Typ liegt splitternackt auf dem Bett, mit einem geilen Lächeln auf dem Gesicht, so geil, daß es mich rühren könnte, aber es rührt mich nicht mehr, weil er ein Stück Scheiße ist, einer von denen. Liliana müßte längst aus dem Zimmer kommen. Ich lege mich zu ihm und flüstere: Ah, du gefällst mir, ich hatte eine wahnsinnige Lust, dich zu vögeln, ich sage ihm alles mögliche, damit er nichts anderes hört. Und wie weiß ich, wann es Zeit ist? Soll ich bis zwanzig zählen? Sein Ding steckt in meinem Arsch, er ist grob, er zittert, er kneift mich und kneift mich, und ich stöhne und lache, aber dieses Kneifen, das jetzt gewalttätig

wird, macht mir angst. Und wenn es ihm einfällt, mich zu foltern?

»Ach, bin ich dumm, ich habe das Diaphragma vergessen,
so verrückt machst du mich, daß ich an gar nichts mehr denken kann« – der Kerl wird wahnsinnig, er will es jetzt machen,
jetzt, jetzt gleich. »Tut mir leid, aber wenn ich schwanger
werde, gibt es Krach, weil El Bestia ...«

Und dabei bewege ich den Finger hin und her und zeige
nach unten, als wollte ich sagen: Der kann nicht mehr, der bekommt ihn nicht mehr hoch. Ich bin ganz begeistert von der
Vorstellung, wie der Kerl es allen anderen erzählen wird, wie
El Bestia als ein Schlappschwanz dastehen wird, der ein Weib
hat, das nicht genug kriegen kann, aber dann bin ich schon
weit weg, dann bin ich frei. Ich beuge mich über ihn und lut-
sche ihn, als ob mich die Lust triebe und nicht dieser brutale,
schwindelerregende Ekel. Aber das Wichtigste ist, daß ich ihn
richtig geil mache, damit er auf mich wartet. Der Kerl wird
sich nicht von der Stelle rühren, bevor er mich nicht genommen hat, bevor er mich nicht von allen Seiten durchgefickt hat,
ah, aber das wirst du nicht, du Hurensohn, weil ich schon weg
sein werde, bevor es dir wieder vergeht.

Ich gehe schnell ins Bad. Liliana muß schon gegangen sein,
hoffentlich, von ihr und der Kleinen hat man keinen Laut
gehört, aber wie auch, bei dem Keuchen von diesem Kerl, seinem Hundegehechel, und bei all dem Blödsinn, den ich geredet habe? Ich ziehe mich an. So ein Mist, daß ich das Geld
nicht mehr suchen konnte. Wenn der Plan aufgeht, wenn wir
fliehen können trotz allem, was ich verpatzt und vergessen
habe, dann nur, weil Lili uns Glück bringen wird. Hätte ich
Bankräuberin werden wollen, bei meiner Disziplinlosigkeit
wäre ich sicher schon längst im Knast gelandet. Das Wort Disziplin stammt von Liliana. Jetzt ziehe ich den Reißverschluß
der Jeans hoch und stecke mir das Messer – wohin? Ich habe
doch keine Handtasche! Ich stecke es unter die Jeans und ver-
decke es mit der Bluse, so fällt es nicht auf. Aber wozu denn
das Messer, wenn wir schon weg sind? Na gut, Liliana hat ge-

sagt, ich soll es nicht vergessen. Der Schlüssel steckt in der Tür. Ich schließe zweimal ab, erst das Sicherheitsschloß und dann das andere. Pilón, Pilón, was bist du für ein Prachtkerl, hast dich nicht aus dem Zimmer bewegt! Miriam hat es geschafft!

Ich bin entwischt. Ich gehe zwei Stockwerke tiefer und hole im fünften Stock den Fahrstuhl. Lilianas Pläne sind viel zu kompliziert. Ich begegne der Frau, die unter mir wohnt. Daran haben wir nicht gedacht. O doch, Liliana schon, aber ich erinnere mich nicht mehr, was sie gesagt hat. Wenn ich Glück habe, vergißt die Frau, daß sie mir begegnet ist und daß ich allein war. Ob El Bestia alle Nachbarn befragen wird? Der ist imstande, mich vor allen anderen zu blamieren. Er hat sich nie daran gewöhnt, bei vornehmen Leuten zu wohnen. Aber was macht mir das schon aus, ich werde ja keinen von denen mehr wiedersehen. Ich werde nicht rennen, wie Liliana mir eingeschärft hat, nein, ich gehe in aller Ruhe bis zur Ecke, als ob nichts geschehen sei. Und was wird ihm Pilón erzählen? Daß er mit mir im Bett war? Nein, das glaube ich nicht. Hoffentlich findet El Bestia ihn im Bett vor, dann erfährt er, daß ich ihn doppelt betrogen habe. Liliana und die anderen, die er gefoltert hat, werden sich freuen über das, was ich ihm antue. Gleich bin ich an der Ecke, mein Magen verkrampft sich, ich sterbe vor Angst. Und wenn El Bestia gerade jetzt auftaucht? Und wenn Liliana nicht da ist? Wenn ich die Zeit falsch kalkuliert habe und sie die Wohnung noch nicht verlassen hat? Ich habe keine Ahnung, wieviel Zeit vergangen ist, seit ich die Vase umgeworfen habe, mir kam es unglaublich lange vor, aber was weiß ich? Wie soll ich das wissen bei allem, was mir passiert ist, ekelhaft, wie es war? Und wenn ich sie eingesperrt habe und der Kerl nackt aus dem Zimmer kommt und sie sich treffen? Sie sind nicht da. Liliana und Lili sind nicht da! Ich sehe mich unauffällig um. Doch, da sind sie! Liliana und Lili, ja, o ja, mein Gott, so ein Glück. Ich rufe sie und winke ihnen zu. Liliana sieht mich an, als ob sie mich umbringen wollte, und macht mir ein Zeichen mit dem Kopf. Was heißt das? Was soll ich tun? Jetzt tut sie, als ob ich nicht da wäre, und lehnt sich an eine Wand. Ich gehe auf sie zu.

»Das Messer«, sagt sie und reicht mir die Kleine, während sie sich nach allen Seiten umsieht. Sie gibt mir ein Zeichen. Was will sie nur? Ach ja, ich soll ihr heimlich das Messer geben, sie will es sich in den Ärmel stecken. Sie geht dicht hinter mir.

»Was machst du denn, Liliana? Du bist völlig verrückt. Kindisch.«

»Dreh dich nicht um.«

»Miriam verstand nicht, was Liliana tat.«

»Aber hier ist doch niemand, du bist verrückt, mach keinen Blödsinn, Liliana, du wirst doch hier nicht das Messer rausholen, ich habe die Kleine auf dem Arm. Die Leute werden wer weiß was denken.«

»Das Messer war nicht zu sehen, weil Liliana es im Ärmel versteckt hatte. Falls man sie aufgriff, sollte es so aussehen, als ob sie Miriam mit dem Messer bedroht hätte.«

Wir gehen auf der Calle Posadas einen endlosen Häuserblock entlang. Ich erkläre Liliana, daß wir kein Taxi nehmen können, weil ich kein Geld habe. Sie antwortet nicht. Ich gehe weiter, und sie sagt: Hier gehen wir rüber. Ich begreife nicht, warum wir zum Platz gehen sollen, vielleicht, um weiter von der Straße weg zu sein. Sicher denkt sie, daß man uns sucht. Pilón hat bestimmt schon etwas gemerkt, aber woher soll er wissen, wo wir sind? Wir überqueren den Platz. Ich frage sie, wohin wir gehen, aber sie antwortet nicht. Na gut, ich spreche besser nicht mit ihr, sie muß wissen, wo wir hingehen und wie wir es anstellen können ohne Geld. Vielleicht kann ihr jemand was leihen, wenn wir ankommen.

Wir sind mitten auf dem Platz und gehen weiter. El Bestia! Mein Herz macht einen Sprung.

»Als Miriam sah, wie er mit der Pistole auf sie zielte, konnte sie gerade noch hervorstoßen: Nicht schießen! Und da spürte sie auch schon das Messer an ihrem Hals.«

Wo kommt der denn her? Jetzt verstehe ich das mit dem

Messer! Mich soll keine Schuld treffen. Aber dieses Messer da macht mir angst, aua, hoffentlich tut sie mir nicht weh vor lauter Aufregung.

»Laß das Messer fallen, sonst lege ich dich um« – das ist die Stimme von dem Kerl, der um acht Uhr Wache hat. Sie sind zu zweit!

»Nein, ich bin es doch!« schreie ich und drücke mich ganz eng an Liliana, damit sie begreifen, daß sie mich töten, wenn sie auf sie schießen. »Sag ihm, daß er nicht schießen soll«, flehe ich den Bestia an, und seine Augen mit diesem irrsinnigen Funkeln, das ich noch nie in ihnen gesehen habe, lassen nicht von mir ab. Dieser dunkle Haß gilt nicht Liliana, sondern mir.

»Sie sagte, alles sei so schnell gegangen, daß sie es gar nicht richtig mitbekam. Sie weiß nicht, ob es El Bestia war oder der andere. Irgend jemand versetzte ihr einen kräftigen Stoß, so daß sie stolperte. Gleich darauf kam der Schuß, und Liliana fiel zu Boden. Sie war am Bein getroffen. Miriam dachte nicht einmal nach, sie warf sich auf Liliana, wie ein Schutzschild. Vielleicht dachte sie, daß sie es nicht wagen würden zu schießen, wenn sie mit ihrem Körper auf ihr lag ... und auf dem Baby ...« Luz' Stimme ist so dünn wie ein Bindfaden, der jeden Moment zu zerreißen droht. »Liliana gab mir einen Kuß und sagte zu Miriam: Rette sie, sag ihr alles und ... sie wiederholte deinen und ihren Namen. Sie hat wohl gewußt, daß ...« Beinahe kamen ihr die Tränen, gleich hier, an diesem Tisch im Café Comercial.

»Unterdessen packte El Bestia Miriam hart am Arm und zog sie weg.«

Ich wehre mich, aber El Bestia zerrt mich mit sich, Lili in meinen Armen schreit wie am Spieß, sie bekommt alles mit, die Ärmste.

»Und dann hörte sie zwei Schüsse: Sieh nicht hin, schrie El Bestia, aber sie sah sich um und sah Liliana ... sie war tot.«

Das Paar am Nebentisch fragte sich, was diese junge Frau wohl hatte, die im Café saß und weinte, leise und verhalten, so daß man Mitleid bekam, wenn man nur hinsah. Der Mann neben ihr – ihr Vater, ein Freund, ein alter Liebhaber? – legte seine Hand auf die ihre und sah sie mit unendlicher Zärtlichkeit an. Auch er schien dem Weinen nahe.

Sie schwiegen lange, und Luz hielt den Kopf gesenkt. Als sie aufblickte und bemerkte, daß Carlos sie mit geröteten Augen ansah, zweifelte sie nicht mehr daran, daß er ihr glaubte, daß sie dieses Baby gewesen war. Seine Tochter.

»Ihr habt sie umgebracht, ihr Hurensöhne, ihr habt sie umgebracht! Sie war doch noch ein halbes Kind.«

Er kommt mir ganz nahe, und sein dreckiger Atem besudelt meine Haut: Ach, Miriam, du bist ja so gut, sie tut dir leid, obwohl sie dich vor ein paar Minuten noch umbringen wollte. Beruhige dich, mein Liebling, es ist alles vorbei.

Hat er es geglaubt? Das kann nicht sein, das kann nicht sein. Er verstellt sich, etwas in seinem Tonfall sagt mir, daß er lügt, sein »du bist ja so gut« klang wie »du bist ein Stück Scheiße«. Trotzdem kann ich nichts sagen, ich ersticke an meinen Tränen und lasse mich fortbringen. Rette sie, hat Liliana gesagt. Und darum werde ich nicht zulassen, daß man Lili wegbringt. Aber was mache ich jetzt? Ich kann doch nicht fliehen. Es hat einen Grund, daß er mit mir kommt, sonst wäre er bei den anderen geblieben.

»Was wird mit Liliana?« frage ich ihn.

»Um die werden sich die anderen kümmern. Vergiß es, es ist vorbei.«

Ich gehe denselben Weg zurück wie vorhin und klammere mich an Lili, die unaufhörlich schreit.

»Bring sie endlich zur Ruhe!«

»Sie hat bestimmt Hunger«, antworte ich. »Wir müssen Milch kaufen, irgend etwas, sie hat ja keine Mama mehr.« Und ich ersticke an den Tränen, ich komme um vor Trauer und Verzweiflung. Als hätte ich selbst keine Mama mehr. »Geh etwas kaufen, was wir ihr geben können.«

Ja, und sobald er sich umdreht, verschwinden wir.

»Wir haben alles im Haus, ich habe schon vor ein paar Tagen alles gekauft, was der Arzt mir gesagt hat. Und hör auf zu weinen, Miriam, es ist vorbei.«

Ach, Lili, liebste Lili, dieser Unmensch geht uns nicht von der Pelle. Aber wir schaffen das schon, das verspreche ich dir. Ich werde nicht zulassen, daß die bösen Männer dich wegbringen. Ich werde dich retten, so wie ich es deiner Mama versprochen habe.

Kapitel fünf

Von einer Zimmerecke aus beobachtet Eduardo, wie Doktor Jáuregui mit Mariana spricht: Keine Sorge, Sie machen sehr gute Fortschritte, morgen werden Sie nach Hause können. Schlafen Sie gut heute nacht, ruhen Sie sich aus, denn von morgen an werden Sie die nächsten vierundzwanzig oder fünfundzwanzig Jahre nicht schlafen können. Denken Sie nicht, daß sie nur Arbeit machen, wenn sie klein sind.

Jáuregui weiß genau, daß Mariana eine Totgeburt hatte. Eduardo staunt, wie gut er lügen kann. Er kann das nicht. Jedesmal, wenn jemand die Kleine erwähnt, befürchtet er, daß er sich verraten könnte und daß jemand merkt, daß er ein Betrüger ist.

Der Arzt ist ihm unsympathisch. Aber als Alfonso ihn kommen ließ, wagte Eduardo nicht, sich ihm zu widersetzen. Er glaubt zwar auch, daß Murray einen Fehler gemacht hat, weil er den Kaiserschnitt nicht rechtzeitig vorausgesehen hat, aber er ist sicher, daß Murray nicht für die Infektion verantwortlich ist, die sich Mariana im Operationssaal zugezogen hat.

Kaum wagte er, das auszusprechen, schon fielen seine Schwiegereltern über ihn her. Er sei derjenige, der einen Fehler gemacht habe, und nun müsse er dafür bezahlen. Sie würden alles in die Hand nehmen, sie würden seine Fehler ausbügeln, ein anderer Arzt würde Mariana wieder gesund machen, und ein anderer Säugling würde das tote Baby ersetzen.

Wenn es tot ist, besorgt man sich ein anderes und fertig. Er fühlt, wie er vor Empörung errötet, während der Arzt mit aller Selbstverständlichkeit von der Kleinen spricht: Ja, natürlich habe ich sie gesehen, ich habe mit dem Kinderarzt gesprochen, der sie behandelt. Alles ist in Ordnung, sie ist entzückend. Wie konnte es auch anders sein bei dieser Mama und diesem Papa.

Wie die Kleine wohl aussieht? Und wenn sie ihnen nun überhaupt nicht ähnlich ist? Wird Mariana nicht mißtrauisch werden? Wenn Mariana merkt, daß er sie belogen hat, wird sie ihm nicht verzeihen können. Würde er ihr verzeihen, wenn sie ein Baby, das nicht seins ist, als seine Tochter ausgeben würde? Zweifellos nicht. Und wie würde Mariana reagieren, wenn er ihr die Wahrheit sagen würde? Vielleicht in ein paar Tagen, vielleicht wird er es ihr dann sagen, beruhigt er sich, während der Arzt ihm die Hand reicht und ihm freundschaftlich auf die Schulter klopft.

Wie kann er so freundlich zu ihm sein, wo er doch weiß, was er getan hat?

El Bestia hat mir zwei Dosen Milchpulver und zwei Fläschchen gegeben, damit ich Lili etwas zu essen mache. Ich wüßte gern, warum der Arzt, der vor ein paar Tagen hier war, diese Vorbereitungen nicht mit mir besprochen hat, ich war doch dabei, als er sie untersucht hat. Er hat nur mit dem Bestia geredet, danach. Warum wohl? Er hätte nicht gewagt, mir zu sagen: Sehen Sie, wenn Liliana umgebracht worden ist, dann bereiten Sie das hier für die Kleine zu. Es war alles vorausgeplant. Ich konnte nicht anders, als es dem Bestia ins Gesicht zu sagen. Und er fuhr mich an: Es war nicht eingeplant, daß ihr flieht – und sein Blick durchbohrte mich wie eine rostige Nadel, und ich wußte, daß er alles durchschaut hatte und daß er mich haßte, aber gleich darauf versuchte er, seinen Fehler wiedergutzumachen – es war nicht eingeplant, daß sie dir auf dem Platz die Kehle durchschneidet, man mußte sie töten. Aber geplant war, daß die Kleine heute Oberstleutnant Dufau übergeben wird, und genau das wird gemacht.

Sein drohender Blick und seine Hand, die mit voller Wucht auf den Tisch niederging, machten mir bewußt, daß er die Lüge nicht geschluckt hatte. Er wußte oder vermutete, daß ich schuld war an dem, was passiert war. Ich durfte nicht versuchen, mit ihm zu spielen, denn er würde mich wie eine Fliege zerquetschen.

»Hast du verstanden, Miriam?«

Ich nickte kaum. Der Haß, den er aus irgendeinem Grund

118

unterdrückte, schien ihm aus den Poren zu quellen, und er trocknete sein Gesicht mit einem Taschentuch.

»Scheiße, ist das heiß!« sagte er, als er aus dem Zimmer ging, es wäre ihm wohl zu schwergefallen, sich in meiner Gegenwart zu beherrschen, sicher hätte er mich am liebsten zusammengeschlagen.

Warum will er sich nichts anmerken lassen? Vielleicht, damit es keinen Krach gibt, bevor sein beschissener Oberstleutnant kommt. Vor Dufau wird er nicht gern zugeben, daß sein Weib ihn beschissen hat. Das paßt ihm nicht. Das versaut ihm die Karriere.

Auf dem Heimweg wollte er mir vormachen, daß er mich als Lilianas Opfer betrachtet. Er erzählte mir sogar, welche Angst er gehabt hatte, als er von Pilón erfuhr, daß die Gefangene geflohen war und mich als Geisel mitgenommen hatte. In allen Einzelheiten beschrieb er mir, wie sie uns so schnell gefunden hatten: weil ihm nichts durch die Lappen ging und weil er nicht zulassen konnte, daß mir etwas zustieß. Aber auch wenn er es verbergen will, mir ist klar, daß er weiß, daß ich zusammen mit ihnen geflohen bin.

Ob er auch weiß, was ich mit Pilón getrieben habe? Wenn er mir etwas vormachen will, dann wird er auch über das mit Pilón kein Wort verlieren. Vielleicht fand er ihn nackt in meinem Bett und sagt es mir nicht, weil er eine langsame, grausame Folter plant, etwas Besonderes für mich, sein Meisterwerk an Grausamkeit, mit dem er mich vielleicht überraschen will.

»Ja, hier ist dein Essen, Kleine, du mußt nicht mehr weinen. Trink, trink.«

Lili spuckt den Nuckel aus und weint. Verzweifelt öffnet sie den Mund und sucht in der Luft nach der Brustwarze ihrer Mama, und ich stecke ihr diesen schrecklichen Gummi rein, und sie spuckt ihn wieder aus.

Meine Suche begann, als ich mit dem Gumminuckel einer Flasche in Berührung kam, die Mariana mir schenkte, als Juan geboren wurde. Seltsam, ich glaube, nein, ich bin sicher, daß sich mir irgendwo tief in der Erinnerung dieser Tag eingeprägt hat.«

Ich presse sie an mich, damit sie meine Wärme spürt, so, wie es Liliana beim Stillen immer gemacht hat, und schließlich trinkt sie, sie muß halb tot sein vor Hunger.

»Ja, trink, Lili, meine Schöne, trink diese Milch, auch wenn sie nicht so gut schmeckt wie die von deiner Mama. Es gibt sie nicht mehr, deine Mama, du wirst jetzt diese Milch trinken müssen, mein Liebling.«

Lili merkt wohl, daß ich zittere, sie spuckt den Nuckel aus und weint und nimmt ihn wieder. Jetzt gehe ich in der Küche hin und her und singe ihr »Manuelita« vor. Ich denke an Liliana und wie sie gelächelt hat, wenn ich Lili etwas vorsang. Wäre ich nicht geflohen, wäre sie jetzt vielleicht noch am Leben. Aber für wie lange?

Sicher hätte man sie umgebracht und sie vorher gefoltert. Sie lassen dich mehrere Tode sterben, hat Liliana gesagt. Dann ist es besser, daß sie nur einmal gestorben ist.

Sicher hat El Bestia schon vorher angeordnet, sie umzu-bringen, denn dort hat er keine Befehle gegeben, die anderen sind dageblieben, und er ist mit mir gekommen. Aber er hat Liliana ermordet, auch wenn er die Waffe nicht in die Hand genommen hat.

Und wenn der Oberstleutnant gegangen ist, wird er mich umbringen. Wenn auch ganz sicher auf andere Art und Weise. Wie wird er es machen? Nein, ich will diese Bilder, die mir Li-liana beschrieben hat, nicht sehen.

Ich werfe einen Blick aus der Küchentür. Von hier aus kann ich die Wohnungstür sehen, El Bestia ist im Schlafzimmer. Und wenn ich jetzt gehen würde, wo Lili still ihre Flasche trinkt? Ja, jetzt oder nie.

Ich presse mich dicht an die Wand, damit er mich nicht sehen kann, mein Magen ist ein einziger Knoten, eine Blase aus Angst wandert durch meinen ganzen Körper. Nein, spuck den Nuckel nicht aus, trink noch ein wenig, meine Süße, halt durch, bald sind wir da. Ich bin einen halben Meter von der Eingangstür entfernt, da höre ich, wie der Fahrstuhl anhält. Ich darf nicht riskieren, den Nachbarn zu begegnen. Ich warte hier, bis die Tür zur anderen Wohnung sich schließt, und dann hauen wir ab. Aber nein, es klingelt, und da sind die Schritte von El Bestia. Ich mache einen Satz zur Tür und öffne sie und mache ein unschuldiges Gesicht, natürlich, die Señora öffnet die Tür ihrer Wohnung. Pilón!

»Ist Ihr Mann da?« – mehr als Wut auf mich scheint er Angst zu verspüren, er schüttelt heftig den Kopf, er will mir etwas sagen, ich weiß nicht, was. Hat er ihm nichts von uns erzählt?

Da ist El Bestia.

»Laß uns allein, Miriam.«

Ich gehe in Lilis Zimmer und versuche mir vorzustellen, worüber sie reden. Er muß furchtbar wütend auf mich sein.

Ich lasse Lili das Bäuerchen machen und presse sie an mich, ich spüre ihre zarte, warme Haut, meine Tränen tropfen auf ihren Kopf, und sie wirft ihn mit einer Energie, die sie bisher nicht gehabt hat, zurück. Du mußt viel Kraft haben, viel Kraft, um bei diesen Unmenschen zu überleben, falls ich dich nicht retten kann, Lili.

»Was ist mit dir? Du bist so ernst.«

Nichts, nichts ist mit ihm.

»Du kannst den Arzt nicht leiden, du bist gar nicht freundlich zu ihm.«

Doch, doch, er kann ihn leiden. Noch eine Lüge, es nimmt kein Ende, wie soll er ihr sagen, daß er ihm nicht sympathisch ist, weil er alles, was vorgefallen ist, gutzuheißen scheint. Er würde sich Mariana so gern anvertrauen, sie um Verzeihung bitten, weil er sie belogen hat, alles mit ihr besprechen: Will Mariana überhaupt ein Kind, das ihr Vater wer weiß wie besorgt hat? Ist sie bereit, die Tochter anderer Leute wie ihre eigene anzunehmen? Wenn ja, dann gibt es kein Problem. Und wenn nicht, dann ist es schon zu spät. Er hat sich zum Herrn ihres Schicksals aufgespielt: Er hat dieses Kind als Luz Iturbe, Tochter von Mariana Dufau und Eduardo Iturbe, gemeldet. Alfonso ist bereits nach Buenos Aires gefahren, um sie abzuholen. Alle haben an Marianas Stelle entschieden. Eduardo weiß nicht, was er tun soll, er umarmt sie, er sagt, daß er sie liebt, daß er sie sehr liebt, daß er solche Angst hatte, als es ihr schlechtging.

»Es ist ja alles vorbei, Eduardo, sei doch froh. Morgen sind wir zu Hause, mit unserer Tochter. Sie ist hübsch, nicht wahr? Sieht sie dir ähnlich? Hast du den roten Teppich ausgelegt, als sie kam, oder hast du es vergessen?« Und Mariana lacht.

Eduardo erinnert sich an den Nachmittag, an dem Mariana mit ihrem Hang zu kindlichen Spielereien ihn gebeten hatte, einen roten Teppich auszubreiten, wenn sie zum ersten Mal mit ihrem Kind das Haus betreten würden, damit es wie ein Königskind empfangen würde. Und Eduardo hatte sich vorgenommen, ihr den Gefallen zu tun. Er hatte einen roten Läufer gekauft und sich voll Vorfreude die Szene ausgemalt. Sicher würde Mariana ihren Scherz schon wieder vergessen haben, wenn sie aus der Klinik kam, und wie würde sie lachen, wenn sie den roten Teppich sah und die Musik hörte, die er im Plattenladen gekauft hatte. Er hatte sich lange dort aufgehalten, um etwas Passendes auszusuchen. Er hatte Willy, den Verkäufer, den er seit Jahren kannte, um Rat gebeten: eine Musik ... wie man sie in den Palästen gespielt hat, wie in den »Sissi«-Filmen. Mariana hatte ihm oft von diesen Filmen erzählt, die der Traum ihrer Jugend gewesen waren. Er hatte Willy erzählt, welche Überraschung er für sie vorbereitete. Sie hatten römische Fanfarenmusik gefunden, und sie mußten zusammen darüber lachen. Fanfaren, ein roter Teppich und sein Kind, das triumphierend ins Haus einzog.

Wieviel Zeit war seitdem vergangen? Drei Wochen, nur drei Wochen. Diese düsteren Tunnel, in denen sich sein Leben jetzt abspielt, was haben sie noch mit dieser lustigen Unterhaltung mit Willy zu tun, mit der Freude, die er empfand, als er den zusammengerollten Läufer in der Garage versteckte, wo Mariana ihn nicht finden konnte.

Eduardo sucht an Marianas Hals nach dem Duft, der ihm für einen Augenblick die Frische jener Tage zurückgibt, die

Freude, die Begeisterung, das Lachen, die Liebe. Er preßt sein Gesicht an Marianas warme Haut, um sich vor diesem erstickenden Geflecht von Lügen zu schützen, in dem sich sein Leben verfangen hat.

Keine römischen Fanfaren, kein roter Teppich, kein Lachen. Alfonso wird das Baby heimlich, im Dunkel der Nacht, ins Haus bringen. Amalia wird ihn dort erwarten.

Wie kann er Mariana liebkosen und ihr sagen, daß er sie mehr liebt als je zuvor, und ihr zugleich verheimlichen, daß ihre Tochter nicht ihre Tochter ist?

»Mama hat gesagt, daß Luz helle Augen hat. Sind sie grün oder blau?«

»Ich weiß nicht, ich habe nicht genau darauf geachtet.«

Wie soll er ihr sagen, daß er sie noch nicht einmal kennt und daß Amalia wer weiß was sagt, weil auch sie die Kleine noch nicht gesehen hat? Wie kann seine Schwiegermutter so ungestraft lügen? Und er, wie kann er solche Ausreden erfinden?

»Deine Mutter kann das gar nicht wissen, weil sich bei den Babys die richtige Augenfarbe erst später herausstellt.«

Er benimmt sich schon wie ein Verbrecher, er sichert sich ab. Wird er so leben können und immer wieder irgendwelche Lügen und Ausreden erfinden? Nein, das wird er nicht können. Er muß mutig sein und Mariana die Wahrheit sagen.

Eduardo hatte die Absicht, es Mariana zu sagen, aber er hatte immer wieder Angst davor, wie sie reagieren würde. Und es kam, wie es immer kommt, wenn man lügt: Zuerst ist es nur eine, und damit man sie glaubt, sagt man noch eine und dann noch eine, und so verfängt man sich in einem Netz aus Lügen, aus dem man nur schwer wieder herauskommt. Es gibt Menschen, die ihr Leben lang lügen und damit zurechtkommen, aber Eduardo war kein Lügner.

Aber nicht jetzt, jetzt will Mariana sich ausruhen, wie der Arzt ihr geraten hat, denn morgen ist ein wichtiger Tag, und sie möchte gut erholt sein, um sich um ihre Tochter kümmern zu können.

»Wer ist mein Schatz, der seine kleine Frau sehr lieb hat und der ganz ruhig hierbleiben und mich streicheln wird, bis ich eingeschlafen bin? Du, du!«

Und Mariana gibt ihm einen Kuß auf den Mund, streicht ihm mit der Hand über den Kopf und schließt brav die Augen, um einzuschlafen.

Der Gefreite Pilón teilte ihm mit, daß alles nach seinem Befehl und ohne Probleme verlaufen war. Das Auto war dort geparkt, wo er es angeordnet hatte. Auf dem Platz hatten sie mit Leichtigkeit die Neugierigen vertrieben, indem sie die Waffen auf sie gerichtet hatten, und dann hatten sie die Leiche sehr diskret im Kofferraum des Wagens verstaut.

Sergeant Pitiotti hatte mit dem Gedanken gespielt, die Presse von der Auseinandersetzung auf dem Platz zu unterrichten, bei der eine Aufrührerin getötet wurde. So würden die Augenzeugen keinen Verdacht schöpfen. Aber bald überlegte er es sich anders, man würde das unangebrachte Risiko eingehen, daß die Familie die Herausgabe der Leiche forderte und eine Autopsie machen ließ. Aber auch dann würde es keine Schwierigkeiten geben. Sie hatten ihr den Bauch mit Kugeln durchlöchert und man würde nie herausfinden, daß sie gerade erst ein Kind bekommen hatte. Diesen Befehl hatte er sicherheitshalber schon vorher erteilt. Aber wozu? Er hatte die Leiche auch nicht ins Gefangenenlager bringen lassen, damit niemand sie sah und damit keine Gerüchte aufkamen. Nein, er durfte nicht vergessen, daß der Oberstleutnant ihm den klaren Auftrag erteilt hatte, alles, was diesen Fall betraf, mit äußerster Diskretion zu behandeln. Niemand außer ihm und den drei Polizisten, die Wache hielten, sollte etwas von der Sache wissen, niemand sollte erfahren oder auch nur den Verdacht hegen, daß die Gefangene M35 ein Baby bekommen hatte, das die Enkelin des Oberstleutnants werden würde. Schon ein paar Tage zuvor hatte El Bestia die Sache im Lager vertuscht, indem er verbreitete, die Gefangene sei ins Koma gefallen und verstorben.

Sergeant Pitiotti war sehr vorsichtig, wenn es ums Lügen ging: Es war dringend erforderlich, immer allen dasselbe zu er-

124

zählen. Man konnte nicht verhindern, daß im Gefangenenlager Gerüchte herumgingen, und wenn irgendein Häftling etwas über Liliana erfuhr (es gab immer Wärter, die mehr sprachen als nötig), dann sollte es lieber immer dieselbe Version der Geschichte sein.

»Darum war ich so geschockt, als du mir erzählt hast, was das Mädchen ausgesagt hat, das Liliana vor der Geburt betreut hat. Die Geschichte von dem toten Kind und der Intensivstation und dem Koma, die sie von dem Wärter gehört hat, war die von Mariana und nicht die von Liliana. Sie haben einfach die Geschichten vertauscht.«

»Mehrere Zeugen, die rauskamen, berichteten dasselbe.«

»Und hat jemand versucht, es im Krankenhaus zu überprüfen?« Luz konnte nichts dagegen tun, daß ihre Stimme vorwurfsvoll klang. »Hat jemand versucht, herauszufinden, in welchem Krankenhaus sich diese Sache, die nie passiert ist, abgespielt hat?«

Carlos wehrte ab:

»Ich habe es im Februar 1977 erfahren, weil Teresa freikam und es meinem Vater erzählte. Ich habe es geglaubt. Ich spürte nichts anderes als Schmerz … und Erleichterung darüber, daß sie so gestorben war und nicht durch die Folter.«

Es war besser, die Befehle des Oberstleutnants abzuwarten, bevor er eine Entscheidung traf, deshalb hatte Sergeant Pitiotti, der davon ausging, daß die Flüchtige getötet würde, den beiden Polizisten aufgetragen, die Leiche im Kofferraum des Autos zu lassen, das sie an einem unauffälligen Ort parken sollten. Später würde er selbst dorthin gehen und tun, was ihm der Oberstleutnant befahl. Er war sicher, daß Dufau mit seinem Plan zufrieden sein würde, aber er brauchte seine Genehmigung.

Als der Gefreite Pilón seinen Bericht erstattet hatte, bat er um Erlaubnis, sich zurückzuziehen. Dem Sergeanten Pitiotti schien es, als halte Pilón etwas vor ihm verborgen, vielleicht wandte er deshalb den Blick ab, wenn er mit ihm sprach. Genau denselben Eindruck hatte er gehabt, als er ihn in der Wohnung vorfand, aber da hatte man keine Zeit verlieren dürfen. Pilóns Bericht hatte sich etwas wirr angehört.

»Als El Bestia die Wohnungstür öffnen wollte, stellte er fest, daß sie doppelt verschlossen war, zusätzlich noch mit dem Sicherheitsschloß. Er klingelte ungeduldig. Die Zeit, die er brauchte, um den Schlüssel in beiden Schlössern jeweils zweimal umzudrehen, reichte aus, daß Pilón sich fertig ankleiden und ins Wohnzimmer gehen konnte. Als El Bestia Miriam vom Platz zurück in die Wohnung brachte, erzählte er ihr, Pilón habe ihm, kaum daß er die Wohnung betreten hatte, berichtet, daß die Gefangene geflohen war, während er sich im Bad befand. Auch die Señora sei nicht da, alles sei sehr schnell und völlig geräuschlos vonstatten gegangen, und er habe es erst bemerkt, als er die Wohnung verlassen wollte und die Tür verschlossen vorfand. Da habe er gerochen, daß etwas passiert war, und habe die Wohnung durchsucht. So rechtfertigte er die Tatsache, daß er von dem Gang, der zu den Schlafzimmern führte, ins Wohnzimmer kam, wo El Bestia ihn überraschte, als er eintrat. Miriam erinnert sich, daß El Bestia ihr auf dem Heimweg mehrmals sagte, Pilón sei sehr durcheinander gewesen, und daß sie dachte: Wie soll es auch anders sein?«

War es möglich, daß Pilón, genauso wie er selbst, den Verdacht hatte, Miriam wäre freiwillig mitgegangen und nicht, weil sie mit dem Messer bedroht wurde? Das durfte er nicht zulassen, und schon gar nicht durfte er so unvorsichtig sein, diesen Verdacht vor ihm zu äußern. Er hätte gern von ihm verlangt, daß er die Fakten noch einmal der Reihe nach schilderte, aber er fürchtete, Pilón könnte sich in Widersprüche verwickeln und er könnte ihm dies nicht durchgehen lassen. Am besten war es, ihn zum Schweigen zu verpflichten und ihm ohne große Erläuterungen zu drohen.

»Bevor Sie gehen, Gefreiter Pilón, möchte ich Sie darauf hinweisen, daß Ihre Darstellung nicht mit den Tatsachen übereinstimmt. Sie schildern das Vorgefallene so, als handelte es sich um einen unglücklichen Zufall und nicht um eine Verantwortungslosigkeit Ihrerseits. Sie standen Wache, als die Gefangene floh. Sie befanden sich in der Wohnung. Und nicht nur das, Sie haben auch das Leben meiner Frau in Gefahr gebracht. Begreifen Sie, Gefreiter, wie schwerwiegend die Fakten sind, auf die ich Sie hinweise?«

Bevor Pilón auch nur ein Wort hervorbrachte, hob El

Bestia die Hand, um ihn zu unterbrechen: Und dennoch, angesichts des glücklichen Ausgangs, zu dem es dank seines schnellen Handelns gekommen war, und unter Berücksichtigung der Tatsache, daß sich alles in seiner eigenen Wohnung abgespielt hatte, war es das Beste, keinerlei Kommentare über den Vorfall zu machen. Anderenfalls müßte er ihn bestrafen. Und zwar sehr streng.

Pilón wußte sehr gut, wozu El Bestia fähig war. Was auch immer er ahnte oder sogar wußte, er würde sich hüten, darüber zu sprechen.

Sergeant Pitiotti bat ihn, sich bereitzuhalten, denn möglicherweise würde er ihn in dieser Nacht anrufen, damit er einen geheimen Auftrag ausführte. Er würde ihn rechtzeitig unterrichten.

Der Gefreite Pilón verbeugte sich und verschwand.

Ich lege sie auf den Wickeltisch und ziehe ihr die Sachen aus. Ich mache sie sauber, mit etwas Watte. Mir schnürt es die Kehle zu. Ich sehe Lili an. Wie sehr ich sie liebe! Sie lächelt mich an, als wüßte sie, was ich fühle, es ist nur ein Augenblick, aber es macht mir Freude, und der Kloß in meinem Hals verschwindet. Jetzt bewegt sie die Beinchen, sie ist froh, daß sie nackt ist, ganz sauber … und bei mir. Sie liebt mich auch, da bin ich sicher, sie zeigt es mir. Sie liegt ruhig da, die unglaublich hellen Augen weit geöffnet. Noch lege ich ihr keine Windeln um, sie soll es noch ein wenig genießen.

»Siehst du, Lili, weil du so brav und so hübsch bist, habe ich alles Böse vergessen.«

Und wieder dieses süße Lächeln, das alles erstrahlen läßt. Nur Lilis Wärme spüren, und die Liebe, die uns verbindet, und all das Schreckliche vergessen, das sich hinter dieser Tür befindet! Und wenn ich die Tür abschließe und wir niemanden mehr hereinlassen?

Zwecklos, El Bestia würde sie eintreten. Allein bei dem Gedanken an ihn vergeht mir die Freude, die mir Lili bereitet.

Ich lege sie auf den Wickeltisch und mache die Windeln zurecht. Hoch mit dem Popochen, sehr schön, Lili, sehr schön, ich wickele sie, und noch ein Küßchen auf die Arme, die Hände, die Wangen. Die Tür wird aufgestoßen.

»Mach sie zurecht, gleich kommt Dufau sie holen.« Er starrt mich von oben bis unten an.

Um die Angst loszuwerden, frage ich: Was ist los? Warum siehst du mich so an?

»Ich schaue mir nur an, wie du angezogen bist. Wolltest du dich nicht zurechtmachen? Laß die Kleine in Ruhe und geh dich umziehen.«

Ich muß dringend etwas unternehmen, aber was, frage ich mich, während ich ihr das Hemdchen anziehe.

»Na los, mach schon.«

»Ich habe keine Lust, mich umzuziehen oder mich zu schminken, ich möchte bei Lili bleiben.« Meine Augen sind sicher ganz rot, wie immer, wenn ich das Weinen unterdrücke.

Da kommt er und zerrt mich am Arm: Tu, was ich dir sage, Miriam! Seine dreckige Hand, so dicht an Lilis rosiger Haut, bringt mich zum Kotzen, ich ziehe den Arm weg: Laß mich, ich lege sie in die Wiege.

Lili weint, und El Bestia wird ungeduldig.

»Es ist besser, wenn ich sie vorher zum Schlafen bringe«, sage ich.

»Geh schon, ich bleibe bei ihr.«

Ich will sie nicht bei diesem Mörder lassen, aber ich kann ihn nicht mehr um den Finger wickeln wie früher. Ich könnte ihm einen Kuß geben und sagen: Laß mich doch, laß mich bei ihr bleiben. Aber das kann ich nicht, ich hasse ihn zu sehr, nie, nie habe ich jemanden so gehaßt.

»Ich nehme sie mit in mein Zimmer, während ich mich umziehe, so wirst du nicht nervös, wenn sie schreit.« Ohne seine Antwort abzuwarten, verziehe ich mich mit dem Baby auf dem Arm.

Während ich in mein Zimmer gehe, sage ich mir, daß ich vielleicht noch eine Gelegenheit habe, zu fliehen, wenn es mir gelingt, ihn auszutricksen.

»Miriam versuchte bis zuletzt, mit mir zu fliehen, aber El Bestia ließ sie nicht aus den Augen. Wenn er nichts mit Sicherheit wußte, so hatte er doch zumindest einen Verdacht.«

Kaum habe ich die Kleine hingelegt, erscheint El Bestia und setzt sich auf das Bett. Lili beginnt zu weinen, sicher vor Ekel, die Kleinen begreifen viel mehr, als man glaubt. Ich will sie aufnehmen, aber er hält mich zurück: Nun zieh dich schon um.

Und ich weiß, daß dies ein Befehl ist, dem ich zu gehorchen habe.

»Was machst du hier? Du machst mich nervös, und die Kleine auch, darum schreit sie so.«

»Wolltest du nicht mit mir beraten, was du anziehen sollst, um Dufau zu empfangen? Hast du mir das nicht am Telefon gesagt?«

Ich drehe mich um und öffne den Schrank, um ihm nicht zu zeigen, wie groß meine Lust ist, auf ihn einzuschlagen, ihn umzubringen. Ich stelle mir vor, nur so zum Spaß, wie ich ihm meine Nägel in die Haut kralle, wie ich ihn verprügle und ihm in die Eier trete. So ein Sadist, er bleibt nur hier, um mir die Zeit mit Lili zu verderben.

Ich nehme eine Hose und eine Bluse aus dem Schrank. Hier will ich mich nicht umziehen, unter seinen obszönen Blikken, aber noch schlimmer wäre es, ins Bad zu gehen und Lili mit dem Mörder ihrer Mama allein zu lassen. Gleich muß ich wieder weinen, ich drehe mich um, damit er nichts sieht, und ziehe mich in aller Eile um, er hat ein zynisches Lächeln auf den Lippen, als ich näher komme, um Lili wegzubringen.

»Du siehst gut aus, aber du mußt dich schminken, man sieht, daß du geweint hast.«

Ich nehme die Kleine auf den Arm: Na und? Muß ich mich so aufputzen nach allem, was heute passiert ist? Ich nutze es aus, daß der Haß für einen Moment aus seinem Blick verschwunden ist, und mache einen Versuch. Mal sehen, was passiert. »Man hat mich mit einem Messer bedroht, ich habe gesehen, wie Liliana umgebracht wurde, und ich werde Lili nie mehr wiedersehen.«

Er nimmt sie mir aus dem Arm, ich will sie ihm nicht wegreißen, ich habe Angst, daß er ihr weh tut. Er wirft sie heftig aufs Bett und fällt über mich her. Einen Moment lang denke ich, daß er mich schlagen wird, sein ausgestreckter Arm packt mich, als ich ins Bad renne, er legt ihn mir um die Hüfte und preßt mich an sich, sein stahlharter Arm drückt auf meinen Magen, reißt mir die Haut auf. Er preßt seinen Körper gegen den meinen, er besudelt mich, er erstickt mich, ich spüre seinen harten Schwanz: Ach, wenn du nicht so ein tolles Weib wärst, Miriam!

Sein Atem wird immer heftiger, mit der anderen Hand packt er brutal meine Brüste. Wenn ich nicht von ihm loskomme, werde ich ohnmächtig vor Ekel.

»Laß mich, ich gehe mich schminken.« Ich stoße ihn weg, aber er hält mich mit Gewalt fest.

»Benimm dich, Miriam, sei vorsichtig.« Sein dreckiger, geiler Atem in meinem Ohr. »Du bist zu schön, um böse zu enden.« Er lockert ein wenig den Griff, läßt mich aber nicht los. »Ich will stolz sein auf meine Frau, wenn ich dich dem Oberstleutnant vorstelle, verstanden?«

Endlich läßt er mich los, und ich gehe ins Bad. Ich schminke mich irgendwie, während ich mir vorzustellen versuche, was er vorhat. Wird er mich umbringen, sobald der Oberstleutnant gegangen ist? Es sieht nicht so aus, als wollte er mich ans Messer liefern. Sicher will er mich nach und nach umbringen, so, wie es mir Liliana vorausgesagt hat, sie kannte ihn schließlich besser als ich. Und auch wenn er mich nicht mit Strom oder wer weiß was foltert, wenn er hierbleibt und mich vergewaltigt mit seiner Anwesenheit, seinen Händen und seinem dreckigen Körper, dann ist das genug, um mich Stück für Stück umzubringen.

Als Alfonso Dufau in der Calle Aayacucho auf den Klingelknopf drückte, war er ziemlich erstaunt, daß El Bestia und seine Verlobte in einem so vornehmen Haus wohnten. Er hatte sich die Adresse vor ein paar Tagen notiert, hatte aber nicht weiter darauf geachtet. Sicher gehörte die Wohnung ihr. War es möglich, daß El Bestia eine Verlobte mit Geld gefunden hatte? Er konnte ein befriedigtes Lächeln nicht unterdrücken, Pitiotti war ein sehr intelligenter Bursche, nicht nur eine Bestie. Darum vertraute Alfonso Dufau ihm seit langem. Aber wirklich, El Bestia versetzte ihn in Erstaunen: Wer hätte gedacht, daß dieser kleine Handlanger in einer solchen Wohnung wohnte?

Oberstleutnant Alfonso Dufau gratulierte sich zu der Entscheidung, dem Bestia sein Vertrauen geschenkt und die Kleine in seine Obhut gegeben zu haben. Es wäre ihm nicht recht gewesen, wenn seine Enkelin ihre ersten Tage an einem schäbigen Ort verbracht hätte. Wer war wohl die Frau? Wie hatte er sie wohl verführt? Vielleicht hatte er sie belogen und ihr erzählt, er wäre Offizier. Für Macht hatte El Bestia viel übrig, und das war etwas, was Dufau schätzte. Er war diesem Burschen sehr zugetan. Er würde ihn befördern, sobald es möglich war. Und seine Frau würde er loben, selbst wenn sie noch so häßlich war. Das nahm er sich vor, als der Fahrstuhl im siebten Stockwerk hielt.

Hatte er vorher noch gestaunt, daß El Bestia an einem solchen Ort wohnte, so konnte er nun, als er Miriam sah, kaum glauben, daß diese umwerfende Frau die Verlobte Pitiottis war.

»Hatte sie denn keine Angst, daß er sie erkannte? War sie nicht eins von den Lustmädchen auf ihren Festen?«

»El Bestia muß gewußt haben, daß er sie nie gesehen hatte. Wahrscheinlich ging Alfonso nicht zu Nutten oder zu solchen Festen. Vergiß nicht, daß El Bestia vorgab, Dufau zu vertreten, als er das erste Treffen mit Miriam einfädelte. Miriam kannte Dufau nicht.«

Daß Pitiotti sich ein Weib mit Knete geangelt hatte und versuchte, nach oben zu kommen, fand er schon reichlich verdienstvoll, aber daß es eine so aufregende Brünette war, deren Anblick allein in ihm ein Verlangen weckte, das er schon lange, sehr lange nicht mehr gekannt hatte, das brachte ihn so durcheinander, daß er nur hervorbringen konnte: Es ist mir ein Vergnügen, Señora.

Aber das sollte an diesem Abend nicht die einzige Überraschung sein für Oberstleutnant Dufau. Sergeant Pitiotti hatte seine Frau hinausgeschickt (mit der ihm eigenen Autorität, die etwas Lächerliches hatte, wenn man sie so sah: er ein Nichts, und sie etwas so Einmaliges), die Kleine zurechtzumachen, weil er allein mit dem Oberstleutnant sprechen wollte.

Sergeant Pitiotti berichtete ihm zusammenfassend von dem, was an diesem Nachmittag geschehen war, und rückte die Details so zurecht, daß Miriam eine herausragende Rolle zufiel (seiner Geschichte zufolge war sie es gewesen, die der Gefangenen einen Stoß versetzt hatte, als sie ihn kommen sah, so daß er sie niederschießen konnte. Dadurch hatte sie die Enkelin des Oberstleutnants aus der Gefahr gerettet). Er selbst hatte die Lage schnell und erfolgreich unter Kontrolle gebracht. Obwohl es Zeugen gegeben hatte, war es ihm nicht angebracht erschienen, die Auseinandersetzung zu melden, denn er war sich bewußt, daß man diesen Fall mit äußerster Zurückhaltung behandeln mußte. Die Leiche der Gefangenen befand sich in Erwartung seiner Anordnungen noch im Kofferraum des Autos. Er selbst hatte eine gute Idee, aber bevor er sie ausführte, wollte er die Zustimmung des Oberstleutnants einholen.

Sergeant Pitiotti hatte richtig gehandelt, der Oberstleutnant wollte nicht, daß über dieses Thema gesprochen wurde, er sollte sich vergewissern, daß die beteiligten Polizisten nicht darüber sprechen würden, auch wenn sie keine Verbindung zum Gefangenenlager hatten.

Man mußte sich so bald wie möglich der Leiche entledigen, ohne daß jemand etwas davon erfuhr. Er wollte nicht, und das habe er ihm bereits gesagt, daß irgendwann ans Licht käme, daß seine Enkelin die Tochter einer von denen war. Zwar traf die Kinder keine Schuld, aber es war ihm lieber so. Vielleicht konnte Sergeant Pitiotti – und das war kein Befehl, sondern ein besonderer, sehr persönlicher Gefallen, um den er ihn bat – diese Leiche mit größter Diskretion verschwinden lassen.

Genau das hatte Sergeant Pitiotti vorschlagen wollen. Er hatte sich bereits überlegt, wie man es machen konnte. Er rechnete mit der Hilfe desselben Gefreiten, der Wache gestanden hatte.

»Der wird nichts sagen, darauf können Sie sich verlassen.«

Dufau schüttelte den Kopf.

»Ich fände es besser, wenn niemand außer Ihnen sich darum kümmern würde. Wäre das möglich, Sergeant?«

»Aber natürlich, Herr Oberstleutnant.«

El Bestia willigte ein, obwohl seine Pläne dadurch etwas durcheinandergerieten. Er wollte sich in dieser Nacht nicht so lange von seiner Wohnung entfernen, wie es diese Aufgabe erforderte. Aber das würde nicht viel an der Sache ändern, er war Miriam gegenüber ziemlich deutlich geworden: Es wäre schade, wenn du ein böses Ende nehmen würdest, wo du doch so hübsch bist.

Eduardo steht auf und geht in die Diele, um sich eine Zigarette anzuzünden. Vor vier Jahren hat er aufgehört zu rauchen, aber jetzt kann er es nicht mehr lassen, seit er die Angestellte, die die Geburtsurkunde der Kleinen gefälscht hat, um eine Zigarette gebeten hat. Er hat das Gefühl, als mache ihn die Zigarette schmutzig, und beinahe ist es ein Vergnügen, sich durch Qualm und Nikotin und Teer beschmutzt zu fühlen, durch etwas anderes als durch seine Lügen, seinen Betrug. Denn er betrügt ja nicht nur Mariana. Was wird er diesem Mädchen sagen, wenn es größer ist? Auch sie wird er belügen müssen. Dieser neue Schmerz hat ihn aus dem Bett in die Diele getrieben. Was die Kleine anging, hat er immer nur Angst und Sorge verspürt, aber jetzt, da er sie bald kennenlernen wird, jetzt, da sie eine Realität ist, mit der er es ab morgen zu tun haben wird, empfindet er Scham vor ihr. Denn wenn er es nicht wagt, Mariana alles zu sagen, wird er auch Luz belügen.

Was kann jemand, der vom ersten Tag an betrügt, für ein

133

Vater sein? Er zieht an der Zigarette und fühlt sich schmutzig. Das mindeste, was er tun kann, ist herauszufinden, wer ihre Mutter ist. Und eines Tages, man würde schon sehen, wann, würde er es gemeinsam mit Mariana entscheiden, und sie würden Luz die Wahrheit sagen.

»Obwohl er viel unternahm, um etwas über die Mutter herauszufinden, hat er mir nie etwas gesagt. Nie.« Luz schwieg plötzlich und sah weg, als sei sie in Gedanken bei einer anderen Szene, von der sie Carlos nichts sagen wollte. Schließlich sagte sie wie zu sich selbst: »Und auch in der Nationalen Gendatenbank gab es nichts.«

»Wie bitte?«

»Nichts.« Jetzt sah sie Carlos an. »Die Datenbank wurde 1987 geschaffen, obwohl schon Jahre zuvor die ersten Schritte dazu unternommen wurden. 1987, Carlos.« Die Tatsache, daß sie die Jahreszahl wiederholte, war ein deutlicher Vorwurf. »Dort befindet sich das Blut Hunderter Angehöriger von Menschen, die während der Diktatur spurlos verschwunden sind. Dadurch hat man die Möglichkeit, die Identität ihrer vermißten Kinder zu bestimmen. Ich habe mein Blut analysieren lassen, und man hat in der Datenbank gesucht, aber es kam nichts heraus … es gab kein Blut, das mit meinem in Verbindung gebracht werden konnte. Nach mir hat niemand gesucht.«

Was war es, was dort auf dem Grund dieser grünen Augen aufleuchtete? fragte sich Carlos. Haß? Nein, aber es war ein Gefühl, ebenso stark wie der Haß, und Carlos spürte es, ohne ein Wort dafür zu finden. Es war wie eine grüne Geißel, der sich Carlos nicht entziehen konnte, wie auch El Bestia zweiundzwanzig Jahre zuvor den Blick Lilianas, der ihn vom Rücksitz des Wagens traf, nicht von sich abschütteln konnte. Carlos ertrug es schweigend und, wie ihm schien, sehr lange, ohne daß das grüne Funkeln in diesen Augen nachließ.

Er stand auf und schlug mit der Hand auf den Tisch. Luz erschrak und stand ebenfalls auf. Sie machte den Mund auf, um etwas zu sagen, tat es dann aber doch nicht, vielleicht wollte sie ihn bitten, nicht böse zu sein und ihren Groll zu verstehen. Carlos setzte sich wieder und preßte seine Hand auf ihren Arm, damit sie sich wieder hinsetzte. Er schüttelte den Kopf, um ihr zu bedeuten, sie solle sich keine Sorgen machen, er werde nicht weggehen.

»Man hat mir gesagt, es sei ein Junge gewesen und er sei tot geboren worden. Das habe ich dir schon gesagt. Aber was mich schmerzte, war, daß man mir Liliana weggenommen hatte. Nie wieder ihre warme Haut, ihr Lachen, nie wieder ihre Begeisterung, dieser Wille, etwas zu tun, zu kämpfen, die Welt zu verändern. Ich habe alles geglaubt und hatte keine Zweifel an dem, was ich erfahren hatte ... ich weiß nicht, wie ich es sagen soll, es tat mir weh, ja, aber wie sollte ich ›deinen Tod‹ bedauern bei dem brutalen Verlust, den Lilianas Tod für mich bedeutete?«

Luz schien gerührt zu sein, aber nur für einen Augenblick.

»Aber ich war nicht tot, ich war und bin noch immer ... am Leben, Carlos.«

Lili, meine Süße, du wirst mir nie verzeihen, daß ich dich an die Bösen ausgeliefert habe. Aber was soll ich machen, El Bestia hat mich bedroht. Wenn ich am Leben bleibe, werde ich dich eines Tages wieder zu mir holen. Wenn ich sterbe, dann gibt es keine Hoffnung für dich. Liebste Lili, du mußt wissen, daß ich dich sehr, sehr liebhabe und daß mir das, was du und deine arme Mama mir in diesen wenigen Tagen gegeben haben, niemand zuvor gegeben hat. Lili, du wirst dich erinnern, ich meine, falls El Bestia mich umbringt, du wirst dich daran erinnern, daß deine Mama Liliana hieß und daß sie sehr gut war. Und dein Papa hieß Carlos. Und man hat sie beide umgebracht, weil sie eine gerechtere Gesellschaft wollten. Und erinnere dich auch an mich, wie ich dir »Manuelita« vorgesungen und gesagt habe:

»Wer ist das hübscheste Mädchen auf der Welt? Lili, Lili. So nahm Miriam Abschied« – Luz' Stimme zersprang in Tausende Splitter – *»weil El Bestia nach ihr rief. Sie trocknete sich die Tränen, aber natürlich konnte sie nichts vertuschen. Sie wollte nicht vor Alfonso weinen, sie wollte so wenig wie möglich auffallen, weil sie bereits an diesem Abend begann, sich einen dieser vielen Pläne zu meiner Rettung auszumalen, und natürlich war es nicht günstig für sie, wenn sie Dufau auffiel und dieser sich später an sie erinnern konnte. Als sie das Wohnzimmer betrat, sah er sie, wie sie sagte ›mit diesem ekelhaften Gesicht an, das die Kerle aufsetzen, wenn sie geil auf dich sind‹, er sah sie an und nicht die Kleine. Haß,*

Angst, Schmerz. Miriam brach auf der Stelle in Tränen aus, obwohl sie nicht zeigen wollte, wie sehr es sie schmerzte, sich von mir zu trennen. Aber sie konnte nichts dagegen tun. Sie zitterte, und ihr fiel nichts anderes ein, als um Entschuldigung zu bitten, sie habe an diesem Tag soviel Schreckliches erlebt.«

»Bitte, Señora, Sie müssen sich nicht entschuldigen. Das ist doch normal, nach allem, was passiert ist.«

Und ich sitze da, mit Lili im Arm, und ich kann sie ihm nicht geben, ich kann nicht.

»Was für ein Mut! Welche Standhaftigkeit! Meinen Glückwunsch.«

El Bestia streckt die Arme aus, um nach Lili zu greifen, er weiß, daß ich sie ihm nicht geben kann, es aber nicht zeigen will. Es ist ein ganz sanfter Kampf.

»Miriam hat sich nun mal in die Kleine verliebt, es fällt ihr schwer«, versucht er sich vor seinem Oberstleutnant zu rechtfertigen, als wäre ich ein Gegenstand, der ihm den Dienst versagt und nur ein bißchen geölt werden muß. Schließlich nimmt er mir die Kleine weg, und ich weine und schreie, ja, ich schreie.

El Bestia sieht mich tadelnd an, während dieser Unmensch mir, anstatt die Kleine zu nehmen, eine Hand auf die Schulter legt:

»Sie sollten nicht so verzweifelt sein, in ein paar Tagen bekommen Sie ein eigenes Kind.«

Ich höre auf zu weinen, damit er seine dreckige Hand von meiner Schulter nimmt, und er zieht sie zurück. Ich halte den Kopf noch immer gesenkt, ich will nicht sehen, wie El Bestia ihm die Kleine gibt. Zum Glück schläft Lili, zum Glück sieht sie nicht, wie diese zwei elenden Hunde sie sich von einem Arm zum anderen reichen. El Bestia hat sie ihm wohl schon übergeben, denn jetzt kommt er zu mir und sagt in einem Ton, der zärtlich klingen soll, der aber all seinen Zorn verrät: Liebste, verabschiede dich vom Oberstleutnant, er geht jetzt. Ich bin gleich wieder da.

Ich stehe auf. Ich bin nicht am Leben, das ist ein Traum, ein furchtbarer Albtraum. Der Unmensch hält sie ungeschickt auf dem Arm und mustert sie verstohlen, aber kaum bin ich aufgestanden, wendet er den Blick von ihr ab und sieht mich schamlos an.

»Nochmals vielen Dank für alles, Señora.«

Ich weiß nicht, ob sie noch etwas sagen, ich fühle nichts mehr, ich weine nicht. Die Tür fällt ins Schloß. Ich kann mich nicht bewegen.

Sergeant Pitiotti begleitete den Oberstleutnant Dufau zum Auto und half ihm, die Kleine ins Kinderkörbchen zu legen. Er verstaute den Beutel, den Miriam auf sein Geheiß vorbereitet hatte: frische Wäsche, zwei Fläschchen und mehrere Schnuller, die er selbst gekauft hatte. Auf dem Weg von der Wohnung zum Auto überquerten sie den Platz, auf dem die Gefangene erschossen worden war.

»Wie mutig Ihre Verlobte ist, heiraten Sie bald, Sergeant, das ist ein Befehl.« Sie lachten beide. »Wetten, daß Sie nie einen angenehmeren Befehl erhalten haben?«

Sie redeten über die Kleine, wie hübsch sie war und was für ein Glück es war, daß sich alles so gut gefügt hatte.

Ich bin gleich wieder da, hat er gesagt. Vielleicht begleitet er ihn nur zum Auto. Wenn er wiederkommt, bringt er mich um. Ich weiß nicht genau, was er vorhat, aber ich kann mir nicht den kleinsten Zweifel leisten, nicht das geringste Zögern. Ich gehe, und zwar sofort. Die Handtasche, mein ganzes Geld. Die Schlüssel. Drei Stockwerke, über die Treppe. Der Fahrstuhl. Hoffentlich ist er nicht unten. Liliana, Liebste, hilf mir, wenn du mich siehst. Er ist nicht da. Gelobtes Taxi!

»Fahren Sie dort entlang.«

Kapitel sechs

Als ich dem Taxifahrer die Richtung wies, wußte ich nichts über das Ziel meiner Fahrt. Wohin hatten Liliana und ich eigentlich fliehen wollen? Wo konnte ich hingehen? Ins »Claridge«, warum nicht. Und hier bin ich nun, in einer dieser Suiten, in denen ich so oft gearbeitet habe. Ich wollte mich anmelden wie jeder normale Gast, schließlich kann ich dafür bezahlen. Aber das war nicht nötig, denn kaum war ich an der Rezeption, stieß ich auf Frank, die gute Seele.

»Patricia, was für eine Überraschung! Ich dachte, du hast damit aufgehört ... und eigentlich habe ich mich gefreut.«

»Miriam hatte Frank kennengelernt, als sie zu diesen Verabredungen ging, die meist im ›Claridge‹ stattfanden. Einmal, als sie sich miteinander unterhalten hatten, schlug er ihr vor, sich außerhalb der Arbeit zu treffen. Sie gingen ein paarmal zusammen aus, zum Essen, ins Kino. Frank war der Sohn eines Nordamerikaners und einer Argentinierin, er war zweisprachig aufgewachsen und wollte in der Hotelbranche Karriere machen. Er interessierte sich für Miriams Leben, doch sie hatte ihm nie viel erzählt. Frank war ihr sympathisch.«

»Waren sie ein Liebespaar?«

»Nein, sie waren Freunde. Sie hätte gern mit ihm geschlafen, aber Frank hatte es nie versucht.«

Er fragte mich, welche Suite ich haben wollte, die Agentur hatte ihm nichts gemeldet. Und da versetzte ich ihn in Erstaunen: »Ich arbeite nicht mehr für Anette oder sonst jemanden, ich komme als Hotelgast, ich will ein Zimmer. Und weißt du was, Frank? Ich heiße nicht Patricia, sondern Miriam. Also trag mich einfach ein«, sagte ich, während ich in der Handtasche nach meinem Ausweis suchte.

Frank schüttelte den Kopf. »Und wie viele Nächte wird die Señora bleiben?« scherzte er, während er mir einen Schlüssel gab. »Soll ich das Gepäck nach oben schicken?« Er zeigte auf meine kleine Tasche. »Oder schaffen Sie das selbst? Die 603 ist frei, ich glaube, sie wird Ihnen zusagen.«

Ich lächelte ihm zu und rannte zum Fahrstuhl, bevor der andere kam, der Alte, der mir so unsympathisch ist. Frank wollte mir einen Gefallen tun und kein Geld von mir nehmen.

Wenn ich es jetzt bedenke, ist es besser, daß er mich nicht eingetragen hat. Wenn El Bestia auf die Idee kommt, mich in den Hotels zu suchen, und wenn er gerade hier nach mir fragt, wo ich mit ihm zusammen war, als wir das erste Mal ... ich will mich nicht daran erinnern. Wenn ich bedenke, daß ich damals froh darüber war, daß ich es mit dem Bestia zu tun hatte!

Ach, das Telefon klingelt. Und wenn mich Frank doch eingetragen hat? Nein, ich habe nur Miriam gesagt, er kennt nicht mal meinen Nachnamen. Und wenn El Bestia nach allen Miriams gefragt hat, die in diesem Hotel wohnen?

Ich nehme den Hörer ab und sage vorsichtshalber nicht mal hallo.

»Patricia? Ich bin's, Frank. Darf ich raufkommen? Ich möchte mit dir sprechen.«

»Ja, natürlich. Aber ich bin sehr müde.«

Was er wohl will? Mich vögeln? Gibt es noch jemanden, der einem einfach so einen Gefallen tut? Eines Tages, als wir zusammen aus waren, habe ich ihn gefragt. Es kam mir komisch vor, daß er sich für mich interessierte und nicht den kleinsten Versuch machte: Willst du nicht mit mir vögeln? Und er, mit diesem Lächeln, das an ihm so besonders ist: Das kann ich mir nicht leisten, du bist sicher sehr teuer, und ich bin arm. Ich kann dir Rabatt geben, wenn du willst. Als ob ich es auf eigene Rechnung tat und nicht über die Agentur.

Das hatte ich nur so zum Spaß gesagt, um ihn zu provozieren, weil er sich nie an mich ranmachte. Und ich erinnere mich, daß ich an diesem Tag Lust bekam. Ich hatte es seit langem nicht zum Vergnügen gemacht, für mich selbst und nicht für den Job. Und Frank gefiel mir. Er war sympathisch. Natürlich wollte ich ihm kein Geld abnehmen, aber das konnte ich ihm gar nicht sagen, denn noch bevor ich den Mund aufmachte, sagte er schon: Nein, ich würde wirklich nie für dich bezahlen, ich würde nie einen Peso ausgeben, um mit dir zu schlafen, kein Interesse. Und ich war wütend geworden.

Darüber sprechen wir jetzt, darüber, daß ich einen Scherz gemacht habe, daß ich ein bißchen mit ihm spielen wollte und daß er mich zurückgewiesen hat, eiskalt, und daß ich ihm als Frau nicht gefallen habe, das hat mir weh getan.

»Du hast nichts begriffen, Patricia. Was ich nicht wollte, das waren deine Dienstleistungen. Ich empfand etwas für dich ... aber ich hätte mir gewünscht, daß du mit mir schläfst, weil ich dir gefalle. Nutten haben mich nie interessiert, da bin ich anders als die anderen Kerle.«

»Du Dummkopf! Ich wäre doch einfach so mit dir ins Bett gegangen, du hast mir auch gefallen, das mit dem Rabatt habe ich gesagt, weil es zum Spiel gehörte.«

Frank schlägt sich mit der Hand an den Kopf: Ich bin nur deshalb nicht dümmer, weil ich keine Zeit habe. Und ich lache: Genau das habe ich gestern zu einer Freundin gesagt.

Eine Freundin, ja, Liliana war eine echte Freundin für mich, meine einzige Freundin, und sie ist tot, und Lili ist bei dem Kerl vom Militär. Und El Bestia ist sicher wieder zurück und ganz außer sich, weil ich abgehauen bin. Vielleicht sucht er genau in diesem Moment nach mir. Ich zittere vor Panik: Du hast mich doch nicht eingetragen, oder? Weil ich gesagt habe, Miriam. Wer weiß noch, daß ich hier bin?

»Aber nein, ich trage dich noch nicht ein. Der Alte mußte eine Weile weg, und ich habe dir diese Suite gegeben, weil sie frei wurde. Jemand hatte abgesagt. Aber morgen mußt du ...«

»Ach, bin ich erleichtert! Ich bin hierhergekommen, ohne nachzudenken, aber vielleicht fällt ihm ein, mich ausgerechnet hier zu suchen.«

Frank kommt näher: Was ist los, Patricia? Du zitterst ja. Wer sucht nach dir? Vor wem hast du Angst?

Ich antworte nicht, aber ich merke, daß ich meine panische Angst nicht verheimlichen kann. Ich lasse mich von Frank in die Arme nehmen, lege meinen Kopf auf seine Schulter und weine und weine. Ach, wie ich mich geirrt habe, wie sehr ich mich geirrt habe, Frank!

»Du weinst, als ob dir jemand gestorben wäre.«

Natürlich ist mir jemand gestorben. Aber ich lasse nur diese Tränen heraus, die er mir abwischt. Er streichelt meinen Kopf und sagt kein Wort. Was soll der arme Frank schon verstehen? Ich möchte, daß er mich tröstet. Ich lasse mich aufs Bett fallen, und er sieht mich an, und als ich an seinem Blick erkenne, was er will, sage ich mir, daß es unvorsichtig war, dieses Thema anzuschneiden, und daß ich deutlich werden muß. Vielleicht bin ich zu direkt: Ach, Frank, mein Lieber, laß dir nicht einfallen, jetzt mit mir zu schlafen, du weißt ja nicht, was ich in diesen Tagen durchgemacht habe. Er nimmt es nicht gut auf: Ich denke gar nicht daran, mit dir zu schlafen! Mach mir doch nichts vor – und ich weine noch immer –, diesen Blick kenne ich.

»Ich sehe dich so an, weil du mir gefällst, aber ich werde nicht mit dir schlafen, wenn du weinst und in diesem Zustand bist, ich bin doch keine Bestie.«

Woher soll Frank wissen, daß mir dieses Wort eine Angst macht, die mich von den Zehenspitzen bis zum Kopf kalt durchläuft und mich schüttelt? Angst und Ekel, abgrundtiefer Ekel. Sprich dieses Wort nicht aus, »Bestie«! Ich sage doch, ich bin nicht so eine Bestie, daß mein Verlangen nach dir … Ich weiß, was du gesagt hast, ich ertrage nur das Wort »Bestie« nicht, ich habe in letzter Zeit mit einem Kerl zusammengelebt und wollte ihn sogar heiraten. Man nannte ihn El Bestia, das war sein Name, begreifst du, und ich bin mit ihm zusammengezogen, als wäre das nichts, aber Bestie ist noch zuwenig, er ist ein Mörder, ein Dreckskerl, ein Sadist!

Frank versteht nicht, wie ich mich mit so einem einlassen konnte. Ich habe doch geglaubt, daß er mich liebt und mich versteht, ich schwöre es! Ich dachte, er sei zärtlich, und weißt du, was er ist? Ein Folterknecht.

»Wer ist es denn? Wir kennen sie hier doch alle.«

»Nein, der war nur einmal hier, du kennst ihn nicht.«

141

Aber was ist denn passiert? fragt er mich. Obwohl ich das nicht tun sollte, erzähle ich ihm, daß es mir, als ich ihn kennenlernte, gerade sehr schlechtging, weil ich eine Abtreibung gehabt hatte, und daß er dann ... nein, ich darf ihm nicht sagen, daß er mir ein Baby versprochen hat, daß er gut zu mir war, aber daß ich nicht wußte, was er in Wirklichkeit war, ein Ungeheuer, und dann, als ich es erfuhr ... ist eine Menge passiert.

Wie soll er mich verstehen, wenn ich einen Satz anfange und ihn dann mittendrin abbreche? Ich will ja gar nicht, daß er mich versteht, ich will nur reden, weil ich hysterisch bin und es loswerden muß und es mir guttut, wie er mich ansieht. Aber ich kann ihm nicht erzählen, was mir passiert ist, ich sage ihm nur, daß ich dem Kerl entwischt bin und er mich umbringen will.

Frank nimmt mich in die Arme, er sagt, ich soll keine Angst haben und ihm alles sagen, er will mir helfen. Ist es einer von deinen Kunden? Einer vom Militär? Kennt er deine Wohnung? Aber er ist doch in meiner Wohnung. Er ist zu mir gezogen. Jetzt fallen mir die Möbel ein und die Polstergarnitur. Ich muß etwas tun, um sie zurückzubekommen.

»Frank, hättest du den Mut, mit einem Möbelwagen in meine Wohnung zu fahren und alles auszuräumen? Ich kann da nicht hin.«

»Wenn er in deiner Wohnung ist, dann sagst du ihm, daß er gehen soll und daß alles vorbei ist und Schluß. Wenn du willst, gebe ich mich als dein neuer Verlobter aus, damit der Kerl dich in Ruhe läßt.«

»Ach, Frank, du hast recht, du bist nur deshalb nicht dümmer, weil du keine Zeit hast. Wenn wir beide hingehen, bringt er uns um! Der hat damit keine Probleme. Was denkst du, warum sie ihn El Bestia nennen? Ich habe den Kerl beschissen, und zwar nicht nur als Frau. Ich habe ihm die Karriere versaut, und er ist beim Militär! Und weil er jetzt keinen Zweifel mehr hat, daß ich an allem schuld bin, wird er mich umbringen wollen, obwohl er wahnsinnig in mich verliebt ist.«

Frank sagt nichts, aber sicher spürt er, wie diese Verzweiflung mich überfällt, wie ich in diesem schwarzen Loch versinke. Liliana, von Kugeln durchlöchert auf dem Platz, nie mehr Lili und ihre zarte Haut! Er streicht mir sanft das Haar aus der Stirn und liebkost meinen Kopf, doch die grausamen Bilder, die in mir lodern wie ein Feuer, kann er nicht auslöschen.

»Jetzt möchte ich schlafen, ich kann nicht mehr. Ich kann nicht denken, bevor ich nicht etwas geschlafen habe.«

Frank deckt mich zu, gibt mir einen Kuß auf die Wange, löscht das Licht und geht.

»Frank hatte zwar nichts von Miriams wirrer Schilderung verstanden, aber er zweifelte nicht daran, daß sie in Gefahr war. Wenn der Kerl so gefährlich war, dann war es nicht gut, wenn sie im Hotel blieb, schließlich war es ihr Arbeitsplatz, oder war es zumindest einmal gewesen. Darum weckte er sie morgens um sieben Uhr, gab ihr die Schlüssel und die Adresse seiner Wohnung und wies sie an, dort auf ihn zu warten und sich nicht von der Stelle zu rühren.«

Er sagt, um diese Zeit falle ich überhaupt nicht auf. Aber warum schreibst du mir dann die Adresse nicht auf, anstatt sie mich dauernd wiederholen zu lassen? Was für eine Disziplin, Frank, du bist wie Liliana. Aber was sage ich da? Er weiß ja nicht mal, wer Liliana ist.

»Frank wollte nicht, daß Miriam seine Adresse bei sich hatte, falls dieser Kerl vom Militär sie fand. Das war gesunder Menschenverstand und nicht Disziplin. Seinen Nachbarn hatte man, wie er Miriam später erzählte, nur deshalb abgeholt, weil in seinem Adreßbuch der Name eines Kerls stand, der anscheinend zu den Montoneros gehörte. Er konnte sich nicht vorstellen, daß seine Freundin Patricia, die Hure, etwas mit den Subversiven zu tun hatte, aber wenn sie Probleme mit einem vom Militär hatte, dann war dies nicht der Moment, ein Risiko einzugehen. Aus diesem Grund wollte er auch nicht mit ihr gehen oder an der Rezeption stehen, wenn sie das Hotel verließ. Seine Schicht war schon vorbei.«

Und wenn mich jemand hinausgehen sieht? Frank sagt, dann soll ich nur lächeln und mir nicht einfallen lassen, zu sagen, daß er es war, der mir die Suite gegeben hat. Und er hat recht, denn der Portier, der mich sofort erkennt, fragt mich lächelnd, ob ich ein Taxi will, und ich lächle zurück. Nein danke, ich gehe zu Fuß. Man muß bis in die kleinste Einzelheit vorsichtig sein, hat Liliana gesagt. Ich weiß nicht mal, wer an der Rezeption war, ich habe gar nicht hingesehen.

Ich glaube allerdings nicht, daß es dem Bestia einfällt, schon heute ins »Claridge« zu kommen. Ich übertreibe, und sicher habe ich Frank, der gar nicht weiß, worum es geht, gestern abend verrückt gemacht, denn heute war er nervöser als ich und machte mir noch mehr angst.

Frank ging nicht bei seinen Eltern vorbei, wie er vorgehabt hatte. Er ging direkt zu seiner Wohnung und wartete, auf der Treppe sitzend, auf Miriam. In der Eile hatte er nicht gemerkt, daß er ihr seinen einzigen Schlüsselbund gegeben hatte. Kaum hatten sie die Tür hinter sich zugemacht, bat ihn Miriam, zu ihrer Wohnung zu gehen und zu sehen, ob El Bestia herauskam. Er geht immer so um halb acht, acht. Er verstand nicht, warum, aber er wollte es tun, wenn sie ihm versprach, seine Wohnung nicht zu verlassen.

Er stieg in der Calle Aayacucho, Ecke Calle Alvear aus und ging langsam in Richtung der Calle Posadas. Es kostete ihn überhaupt keine Mühe, er erkannte den Bestia sofort. Der Kerl stand direkt in der Haustür und sah sich nach allen Seiten um, es fiel ihm offenbar schwer, sich von der Stelle zu rühren. Er war nicht nur voller Wut, wie Miriam dachte. Da war noch etwas anderes: da war Schmerz. Diese harten, derben Gesichtszüge konnten nicht verbergen, wie sehr er litt. Es stand keine Wache an der Tür, und Frank war sicher, daß El Bestia ihn nicht gesehen hatte. Er war ihm bis zum Parkplatz am anderen Häuserblock gefolgt. Und El Bestia hatte ihn nicht einmal beachtet.

Frank wird jetzt schlafen gehen. Sie bekommt sein Zimmer, er wird das andere nehmen. Miriam kommt näher und gibt ihm einen Kuß: Danke, Frank, du bist wunderbar. Und verzeih mir, daß ich gestern nicht mit dir schlafen wollte, aber jetzt, wenn du willst ...

»Nein, Patricia, jetzt bin ich es, der schlafen geht.«

144

Zum Glück hat er nein gesagt, in Wirklichkeit hatte ich überhaupt keine Lust. Ich muß entscheiden, was ich tun werde. Ich ertrage es nicht, daß El Bestia in meiner Wohnung bleibt, bei meinen Sachen, aber ich bin nicht so verrückt, hinzugehen und ihn rauszuwerfen, er würde mich umbringen. Das beste wäre, zum Vermieter zu gehen und den Vertrag zu kündigen. Soll der ihn rauswerfen, wenn er dann nicht schon gegangen ist.

Frank wird es mir nicht abschlagen, meinen Umzug zu erledigen.

»Sie rief den Vermieter an. Sie sagte, sie müsse nach Italien reisen und werde noch diese Woche, spätestens in der nächsten, ausziehen und ihm die Schlüssel abliefern. Der Vermieter war einverstanden, weil der Vertrag noch drei Monate lief und Miriam die ganze Miete bereits im voraus bezahlt hatte.«

Und wie stelle ich es an, die Kleine zu suchen? Ich weiß nicht einmal, wie sie heißt. Sicher trägt sie den Familiennamen des Schwiegersohns von Dufau. Irgendwo müssen die Telefonbücher sein. Ja, hier sind sie. Ich suche nach Dufau.

»Ermutigt durch den vertrauten Tonfall des Dienstmädchens, das wohl aus derselben Gegend stammte wie sie, aus Corrientes, wagte sie zu sagen, sie sei als Kind mit der Tochter befreundet gewesen und brauche ihre Telefonnummer.«

»Mit welcher von den dreien?« fragt sie mich.

Ich hatte keine Ahnung, daß er mehr als eine Tochter hat. Ich kenne nicht mal ihren Namen. Ich schweige und weiß nicht, was ich sagen soll, aber das gesprächige Mädchen aus Corrientes liefert mir ein paar Anhaltspunkte. Warst du mit den Zwillingen befreundet? Ja, antworte ich absolut sicher. Na gut, sie kommen so gegen sechs. Wenn sie bei Dufau wohnen, können sie es nicht sein, aber ich kann auch nicht sagen: Ach nein, es war die andere Tochter.

»Sie sagte, sie würde später oder an einem anderen Tag noch einmal anrufen, aber nachdem sie mit Frank gesprochen hatte und nach allem, was später in Coronel Pringles geschah, verwarf sie die Idee wieder. Es konnte sehr gefährlich werden. Sie hat mir erzählt, daß sie damals im

Telefonbuch auch unter deinem Familiennamen nachsah und versuchte, etwas über dich herauszufinden. Allerdings hat sie, wie gesagt, unter dem Buchstaben ›E‹ gesucht.«

»Sehr beharrlich war sie nicht gerade«, sagte Carlos etwas abfällig.

»Nein, sie dachte ja, du wärst tot.«

»Sag mal, kannst du nicht schon heute meine Möbel holen? Oder morgen?« frage ich Frank, als er aufwacht.

»Du bist wohl verrückt? Und wenn El Bestia kommt?«

Ich glaube nicht, daß er das Schloß ausgewechselt hat, und außerdem wartet er sicher noch auf mich, der Idiot. Frank sagt, wir würden noch einmal darüber reden. Ich bin sicher, daß ich ihn überzeugen kann.

Sergeant Pitiotti konnte keine einzige Aussage erzwingen, er war abgelenkt und in Sorge. Würde er sie bei seiner Heimkehr vorfinden? Tagsüber rief er sie mehrmals an. Sie würde doch nicht einfach so gehen und ihn in ihrer Wohnung allein lassen! Und außerdem hatte sie alle ihre Kleider dagelassen. Sie würde wiederkommen. Er war sicher, daß Miriam zurückkommen würde.

Die Kleine weint die ganze Zeit. Mariana ist erschöpft. Eduardo sagt, sie soll sich ausruhen, er wird bei der Kleinen bleiben, bis sie eingeschlafen ist. Er nimmt das Fläschchen mit. Er geht mit ihr auf und ab, und das Geschrei läßt etwas nach. Er geht in den Garten. Die Nacht ist warm. Er versucht es mit der Flasche, und diesmal nimmt Luz sie an. Wie angenehm diese Stille ist. Er betrachtet Luz, seine Tochter. Spürt er, daß sie seine Tochter ist? Ja, und doch ist sie es nicht. Er setzt sich auf eine Bank, weit entfernt vom Haus. Jetzt, da uns niemand hört, werde ich es dir sagen. Ich muß es dir sagen, Luz, meine Kleine, dich will ich nicht belügen.

Und obwohl er nicht den Mund aufmacht, sagt er Luz die Wahrheit, er verspricht ihr, daß er es ihr erklären wird, wenn sie größer ist, und daß er alles herausfinden wird, was sie wissen will. Und jetzt, da er sich erleichtert fühlt, kann er ihr einen

Kuß auf ihren zarten Haarflaum geben, bevor er sie in die Wiege legt.

Einige Tage lang klammerte sich Sergeant Pitiotti wie ein Verliebter an alle möglichen Hoffnungen. Vielleicht würde Miriam zu ihm kommen und ihn bitten, ihre Wohnung zu räumen, und dann würde er sie überreden, bei ihm zu bleiben. Sie würde nicht endgültig gehen ohne ihre Möbel. Miriam war verrückt nach Möbeln, Krügen und Teppichen, er hatte das nie verstanden. Nein, eines Tages würde sie zurückkommen, und wenn er ihr das nächste Baby bringen würde, dann wäre alles vergessen. Übrigens war Miriam schon seit drei Tagen weg, und er hatte vergessen, die Gefangene zu besuchen, die als nächste entbinden würde.

»Wie lange dauert es noch?« fragte er Teresa, das Mädchen, das auch bei Liliana gewesen war, als sie die Wehen bekommen hatte.

»Ich weiß es nicht genau, aber ich kann sie untersuchen«, erbot sie sich.

Nie im Leben hatte sie eine gynäkologische Untersuchung gemacht, aber bevor dieses Vieh von einem Krankenpfleger es in die Hände nahm, war es besser, wenn sie es machte. Teresa steckte der Schwangeren den Finger in die Scheide und machte ein Gesicht, als rechne sie nach, dann legte sie ihr die Hände auf den Bauch. Er ist noch hoch, er hat sich noch nicht gesenkt. Etwa zehn Tage, vielleicht zwei Wochen.

Als El Bestia gegangen war, flüsterte Teresa ihr ins Ohr, sie wisse selbst nicht, was sie da gesagt habe, aber es sei am besten, dieses Spiel weiterzuspielen, weil er sie dann ins Krankenhaus bringen würde, wie Liliana. Das sei auf jeden Fall sicherer, und vielleicht gäbe es eine Möglichkeit, die Familie zu benachrichtigen.

Ja, das ist das Beste. Unter der Augenbinde der Gefangenen zeichnete sich ein schwaches Lächeln ab.

»Teresa hat mir erzählt«, sagte Carlos, »daß, kurz nachdem sie von Lilianas Tod erfahren hatte, ein anderes Mädchen, das von El Bestia

ausgesondert worden war, zur Entbindung gebracht wurde. Allerdings nicht von ihm persönlich.«

»Wohin? In ein Krankenhaus? Vielleicht in dasselbe, in das man Liliana gebracht hatte.«

»Ich weiß es nicht, Teresa hat mir nichts gesagt, vielleicht wußte sie es nicht. Das Mädchen ist nie zurückgekommen, und über sie ließen sie nichts durchsickern wie vorher über Liliana.«

»Und mehr hast du nicht herausgefunden? Hast du bei dem Prozeß gegen die Kommandeure nicht darauf geachtet, ob es irgendeine Aussage über dieses Mädchen gab? Eine Spur, die dich zu Liliana führen konnte ... zu mir. Ich habe nach jeder Liliana gesucht, die in irgendeiner Zeugenaussage erwähnt wurde. Und auch nach jedem, der Carlos hieß.«

Carlos legte seine Hand auf die ihre.

»Ich habe dir doch schon gesagt, daß ich glaubte, unser Baby wäre tot geboren worden. Das hatte ich lange vor dem Prozeß gegen die Kommandeure erfahren.« Carlos setzte sich im Stuhl auf und sah Luz an. Jetzt war es an ihm, zu sprechen. »Ich war in Paraguay und versteckte mich auf dem Land, gleich hinter der Grenze, direkt gegenüber von Posadas, wo meine Familie wohnte. Mein Schwager half mir bei der Flucht, wir überquerten den Fluß bei Nacht in einem Boot. Es war gefährlich, dortzubleiben, aber ich wollte nicht weggehen, nicht einmal, nachdem mir meine Schwester den falschen Paß besorgt hatte. Ich konnte nichts tun, aber ich fühlte mich näher bei Liliana. Noch hatte ich die Hoffnung, daß sie auftauchen könnte. Ich hatte Nora, Lilianas Mutter, darüber informiert, daß man sie abgeholt hatte, sie legte Haftbeschwerde ein und unternahm alles, was nur möglich war. Aber nichts. Wie immer hieß es nur, es gäbe nirgendwo eine Liliana.«

»Sie heißt Nora?« unterbrach ihn Luz, deren Augen vor Begeisterung strahlten. »Und ... lebt sie noch?«

»Ja. Meine Eltern hatten Kontakt zu ihr, aber natürlich wußten sie nicht, wo ich war. Ich wechselte oft meinen Aufenthaltsort, aber ich blieb immer in derselben Gegend. Es war zum Verzweifeln, all die Monate dort in Paraguay, und nichts tun zu können. Ich rief an, um irgend etwas Neues zu erfahren, und meine Schwester und mein Schwager flehten mich an wegzugehen. Auch sie konnten fliehen, im Dezember. Im Februar

148

1977 sagte mir mein Vater, was er von Teresa gehört hatte. Und da ging ich nach Spanien.«

»Leben deine Eltern noch?«

»Mein Vater ja. Mama ist 1980 gestorben. Ich habe sie nicht mehr wiedergesehen.«

Frank hatte ihr bei allem geholfen, obwohl es ihm in der Woche, die sie bei ihm war, nicht gelungen war, die ganze Geschichte zu verstehen, weil sie ihm nur Bruchstücke davon erzählte. Was mit Liliana passiert war, erzählte sie ihm noch am selben Abend, an dem er die Möbel in ein Lager gebracht und ihr die Briefe von El Bestia übergeben hatte.

»Als Frank eine halbe Stunde vor Ankunft des Möbelwagens in die Wohnung kam, fand er mehrere Briefe und Zettel in allen Räumen verstreut. Sicher hatte El Bestia sie für Miriam hinterlassen, falls sie in seiner Abwesenheit kam, um ihre Sachen abzuholen.«

»In dieser Lage haben sie den Umzug gemacht? Aber warum nur?«

»Miriam drängte Frank so lange, bis er einverstanden war, den Umzug für sie in die Hand zu nehmen. Das Möbellager haben sie auf Franks Namen gemietet. Ich verstehe auch nicht, was mit Miriam los war, die ganze Geschichte mit den Sachen, die sie in der Wohnung hatte ... Es war sicher, weil sie so viel von ihren Gefühlen hineingesteckt hatte: Sie hatte sich einen Traum verwirklicht. Und es war eine Möglichkeit, dem Bestia zu zeigen: Es ist aus. Denn obwohl es unglaublich klingt, der Kerl hatte bis dahin nichts unternommen. Und es war bereits mehr als eine Woche vergangen.«

Während Miriam die Briefe laut vorlas, schimpfte sie auf El Bestia. »Miriam, nächste Woche kommt unser Kind, warte auf mich.« – »Ich muß mit dir sprechen, mach keine Dummheiten.« – »Ich liebe dich, ich bete dich an.« Und dann der andere lange, schleimige Brief, in dem er davon schrieb, wie sie sich kennengelernt hatten, welche Pläne sie gehabt hatten, wie glücklich sie gewesen waren, bis wegen der Kleinen des Oberstleutnants alles so kompliziert geworden war. Sie gehörte Liliana und nicht Dufau, du Mörder! Aber er schrieb, es

149

sei nicht seine Schuld gewesen, »sondern meine Pflicht«. Seine Pflicht! Was für ein Hurensohn!

Erst da hatte Frank alles erfahren: von ihrer Flucht mit Liliana und Lili, von Lilianas Ermordung, von Lili und dem Oberstleutnant, von ihrer eigenen Flucht, später.

»Hat El Bestia denn nicht nach ihr gesucht?«

»Er hatte Anette angerufen, um zu erfahren, ob sie wieder für sie arbeitete. Ich glaube, das war am selben Tag, aber natürlich noch bevor er merkte, daß nur noch seine Kleidung in der Wohnung geblieben war. So wie Miriam es Frank aufgetragen hatte.«

Darum war Frank so erschrocken, als er am nächsten Tag ins Hotel kam und man ihn fragte, ob er nicht zufällig Patricia gesehen hätte. Wenn El Bestia bereits nach ihr suchte, wie würde er wohl reagieren, wenn er jetzt die leere Wohnung vorfand?

»Nein, ich habe Patricia schon lange nicht mehr gesehen.«

Aber der Portier hatte sie eines Morgens hinausgehen sehen, vor etwa neun oder zehn Tagen. War Frank nicht am Abend zuvor an der Rezeption gewesen?

Keine Ahnung. An welchem Tag hat der Portier sie hinausgehen sehen? Er hat Patricia, wie gesagt, schon seit Monaten nicht gesehen. Er hätte gern noch etwas mehr herausbekommen, aber es war besser, schnell das Thema zu wechseln, sich nicht interessiert zu zeigen, nicht den kleinsten Verdacht zu erwecken.

Als Sergeant Pitiotti in der leeren Wohnung nur noch seine Kleidung vorfand, trommelte er mit Händen und Füßen gegen die Wände und ließ sich dann wie ohnmächtig auf den bloßen Fußboden fallen. Bis zum nächsten Tag. Am Morgen fragte er den Portier des Hauses und seine Nachbarn, ob sie den Möbelwagen gesehen hätten. Tatsächlich, ja, aber niemand erinnerte sich an den Namen der Umzugsfirma, und niemand wußte, wohin man die Sachen gebracht hatte. Und Sergeant Pitiotti wollte auch nicht weiter drängen. Er sah sich nicht gern in der Rolle des verlassenen Mannes.

»Miriam weiß nur, daß es in der Wohnung keine Spur mehr von ihm gab, als der Vermieter kam. Er muß seine Sachen noch am selben Tag weggebracht haben. Er hatte Angst, sich zu kompromittieren, wenn er Nachforschungen anstellte. Ich weiß, daß er sie offiziell nicht gesucht hat.«

»Es fiel ihm sicher schwer zuzugeben, daß seine Geliebte ihn angeschissen hatte. Was hat er wohl Dufau für ein Märchen erzählt?«

»Am selben Nachmittag, nach dem erniedrigenden Gespräch mit dem Oberstleutnant, war El Bestia wieder imstande, Informationen aus den Gefangenen herauszupressen.«

Kaum war die Gefangene eingetroffen, wurde sie ihm überlassen, und als er sich an Dufau erinnerte – »Und wann bestellen wir die Hochzeitstorte, Sergeant?« – schlug er mit aller Gewalt auf sie ein, weil sie sich nicht ausziehen wollte. Dann ließ er sie mit Händen und Füßen an den Tisch fesseln. Er hatte es Dufau sagen müssen: Seine Verlobte und er hatten sich getrennt. Aber es war nur eine vorübergehende Krise. Ganz sicher.

Sergeant Pitiotti (den man als Experten betrachtete) hatte seinen Leuten immer wieder erklärt, daß man die Elektroden am besten an die langen Muskeln anlegte, die Muskeln am Oberarm und an den Beinen (man mußte die Schmerzschwelle erreichen, ohne sie zu überschreiten, sonst wurde das Opfer apathisch und redete nicht). An diesem Nachmittag schien er jedoch all sein Wissen vergessen zu haben, denn er ging schnell von den Beinen zur Scheide über. Miriam ging es nicht gut nach allem, was sie erlebt hatte, Herr Oberstleutnant, sie ist eine sehr sensible Frau, aber es wird schon werden. Nur ein Stromschlag, fünfzehntausend Volt bei dreißig Milliampère. Miriam wird schon wieder zu sich kommen.

»Und jetzt spuckst du alles aus, du kleine Nutte!« Die ersten drei Stunden waren entscheidend, das wußte er, deshalb griff er zu allen ihm geläufigen Mitteln und strengte all seine Phantasie an, um die Gefangene sofort zum Sprechen zu bringen. Nach drei Stunden würden sie draußen Alarm schlagen, die revolutionäre Zelle würde alle Aktivitäten einstellen, und dann würde man nichts mehr gegen sie unternehmen können.

An diesem Tag wollte El Bestia ganze Arbeit leisten, um das jämmerliche Bild vergessen zu machen, das er Dufau kurz zuvor geboten hatte: Seine Verlobte sei zu ihrer Familie gefahren; er würde sie besuchen, und sie würden sich wieder versöhnen. Und da, gerade als er die Brustwarzen der Gefangenen behandelte, kam ihm die Idee: Ob sie vielleicht in Coronel Pringles war? Und er hatte sie bei Anette gesucht! Sobald er frei hätte, am Sonntag, würde er hinfahren. Man solle alles aufschreiben, was die Gefangene sagte, schnell, bevor sie draußen Alarm schlugen. Er würde Hilfe brauchen, aber er wollte nicht, daß jemand von diesem Einsatz erfuhr, es handelte sich um seine Frau und nicht um eine Aufrührerin. Pilón? Ja, er würde Pilón anrufen. Der würde sicher nicht reden.

Sergeant Pitiotti konnte sie immer noch finden und sie überreden, bei ihm zu bleiben.

Als Laura und Javier zu Besuch kamen, wohnte Amalia noch immer bei ihnen, um Mariana zur Hand zu gehen. Schließlich waren die ersten Tage die schwersten. Und die Kleine schrie so viel. Aber habt ihr gesehen, wie hübsch sie ist? Ja, und wem sieht sie ähnlich?

Jetzt würde es wieder losgehen, dachte Laura, die das alles schon erlebt hatte, als ihr Sohn zur Welt gekommen war. Jeder würde irgendeine Ähnlichkeit mit den Mitgliedern der eigenen Familie feststellen. Darum fand sie es so eigenartig, daß Amalia meinte, die Kleine sähe aus wie Eduardo, nicht wie Mariana oder sie selbst. Findest du nicht, Javier?

»Ja, kann sein, aber wenn sie so klein sind, kann ich sowieso nichts erkennen.«

Die andere Schwiegermutter gab ihr recht: Sie hatte etwas von Eduardo. Und um nett zu sein, fügte sie hinzu: Aber die Augen hat sie von Mariana.

Aber wieso denn? fragte sich Laura, die von Mariana sind

braun, und man sieht ganz deutlich, daß die Augen dieser Kleinen hell sind.

»Deine Mutter sagt alles mögliche, nur um sich einzuschmeicheln«, sagte sie beim Gehen zu Javier. »Aber wirklich seltsam ist Amalias Verhalten. Warum besteht sie so sehr darauf, daß die Kleine Eduardo ähnlich sieht? Und hast du Eduardos wütendes Gesicht gesehen, als sie das gesagt hat?«

»Nein, ich hatte den Eindruck, daß es ihm gutging und daß er froh war.«

»Ja, aber nicht, als Amalia unbedingt Ähnlichkeiten entdecken wollte. Da hat er sie ganz seltsam angesehen. Hier stimmt was nicht, Javier.«

Nicht doch, du spinnst. Ach nein, aber du hast doch auch gesagt, daß mit der Kleinen irgendwas komisch war, als sie noch in der Klinik lag. Warum durfte sie niemand sehen? Ja, stimmt, aber jetzt ist sie da, und es geht ihr gut, und ich finde, Eduardo sieht ... gut aus ... vielleicht etwas besorgt, du hast recht, oder müde. Aber das ist logisch, ein Baby verändert dein Leben sehr, mir ging es in den ersten Tagen mit Facundo genauso.

Nein, das war nicht dasselbe. Laura konnte ihm nicht sagen, was, aber es gab da etwas, das ihr nicht gefiel und das ihr sehr eigenartig, sehr undurchsichtig vorkam. Aber sie war lieber still, denn ihre Bemerkungen stießen bei Javier nicht auf Zustimmung. Und außerdem hatte er vielleicht recht, sie fand Eduardos Schwiegereltern so unsympathisch, daß sie in allem, was von ihnen kam, eine Bösartigkeit vermutete.

Ich bitte Frank, nicht ins andere Zimmer zu gehen, sondern bei mir zu bleiben.

»Warum denn? Hast du Angst?« fragt er.

»Ja«, antworte ich, aber noch mehr Angst scheint er zu haben. »Aber das ist es nicht. Ich will mit dir schlafen. Oder gefalle ich dir nicht?«

Natürlich gefalle ich ihm, aber er ist mein Freund und nicht mein Kunde. Er hat sich benommen wie ein Freund, ein treuer

Freund. Und genau das ist er. Aber was ist denn schlecht daran, befreundet zu sein und sich zu lieben? Und Frank lächelt. Na gut, wenn du es erlaubst, mache ich dich nicht an, sondern schlafe einfach nur neben dir, ich schwöre, daß ich dir nichts tun werde, ziehe ich ihn auf.

Und dann gehen wir beide in sein Bett. Ich rücke näher an ihn heran: Siehst du, ich will mich nur an dich schmiegen, ausruhen. Er nimmt mich in die Arme, und ich glaube ihm überhaupt nicht, daß er nicht will.

»Wir machen nur, was du möchtest«, beruhige ich ihn.

Er küßt mich zärtlich, streift mir ohne jede Eile das Nachthemd ab und streicht mit seinem Mund über meine Schultern und über meine Brust. Ich sage ihm, daß ich ihn liebe, daß ich mit ihm Liebe machen will. Nicht, weil ich ihm dankbar bin und ihm einen kostenlosen Dienst erweisen will, sondern weil … Er küßt mich auf den Mund, damit ich still bin.

Er hat recht: Körper können mehr sagen als Worte, und ich fühle, wie sehr er mir gefällt und wie sehr er mich liebt, und jetzt lassen wir uns gehen und tun, was wir beide schon immer tun wollten, wir lassen der Zärtlichkeit, der Liebe, der Leidenschaft freien Lauf, und als ich komme, als ich ankomme, wo Frank mich hinbringt, ganz oben, da fällt mein ganzer Schutzpanzer in sich zusammen, und ich muß weinen vor Rührung. Dieses Weinen, das aus mir herausbricht, tut mir gut, es ist anders als das qualvolle Schluchzen der vergangenen Tage. Ich bin glücklich, aber auch traurig, nicht nur wegen allem, was war, sondern auch weil ich Frank nicht wiedersehen werde. Ich will nicht, daß er es merkt, ich schmiege mich an ihn und warte, bis er einschläft. Scheißleben, gerade jetzt, wo ich all das empfinde, was ich nie gekannt habe, jetzt kann ich es nicht ausleben.

Heute, als er mir erzählt hat, was im »Claridge« passiert ist, habe ich meinen Entschluß gefaßt. Vielleicht habe ich ihn so bedrängt, mit mir zu schlafen, weil ich mich verabschieden wollte. Ich will ihn nicht noch mehr mit hineinziehen, eines

Tages bekommt jemand mit, daß er mich versteckt, und dann verliert er seine Arbeit. Und auch für mich ist es nicht sicher. Morgen, sobald Frank gegangen ist, fahre ich nach Coronel Pringles. Ich glaube nicht, daß El Bestia auf die Idee kommt, mich dort zu suchen. Anette hat er nur deshalb angerufen, weil er denkt, daß ich wieder als Hure arbeite. Und wenn es so wäre, dann würde ich nicht aufs Land fahren.

Ich beobachte Frank, während er schläft, und stelle mir vor, was ich in dem Brief schreiben werde, den ich ihm morgen hinterlassen will.

Zwei Tage nachdem Miriam seine Wohnung verlassen hatte, fragte man Frank wieder nach ihr. Aber warum denn, was war denn los mit Patricia, versuchte er herauszufinden, während er das Gästebuch durchsuchte und sich bemühte, sein Interesse zu verbergen. Das wisse er nicht, sagte der Alte, aber er habe bereits vor Tagen einen Anruf von der Agentur erhalten, und heute nachmittag sei ein Kerl in Zivil gekommen, der aber ohne jeden Zweifel vom Militär war und nach ihr fragte und ihn sogar bedrohte: Es werde ihn teuer zu stehen kommen, wenn er Informationen zurückhalte. Er werde am nächsten Tag wiederkommen und erwarte, daß er ihm dann etwas Genaueres sagen könne: wo sie sich aufhalte und mit wem sie hier gewesen sei.

El Bestia, sagte sich Frank und wollte seine Bestürzung mit einem Scherz überspielen: Vielleicht sei jemand immer noch scharf auf sie, und da sie nicht mehr arbeite, versuche er, sie irgendwo zu finden.

Aber wenn er schon so weit ging, sie ganz offen zu suchen, konnte er durchaus auch nach Coronel Pringles fahren. Er mußte versuchen, Miriam Bescheid zu geben, egal wie.

Tante Nuncia konnte es kaum glauben, als sie mich sah. Sie hatte seit einer Ewigkeit nichts von mir gehört.

»Bleibst du hier wohnen?« fragte sie und warf einen Blick auf meinen riesigen Koffer.

»Nein, ich bin nur für ein paar Tage zu Besuch gekommen. Aber wenn es dir nicht paßt, kann ich ins Hotel gehen.«

»Kommt nicht in Frage, du bleibst bei uns.«

Und hier bin ich nun, in demselben Zimmer, das ich mit Noemi geteilt habe, die nun schon ihr drittes Kind bekommt. Sie fand es seltsam, daß ich so gerührt war, als ich meinen Neffen sah.

»Ich wußte nicht, daß du so scharf auf Babys bist.«

Natürlich mag ich Babys, und schon kamen mir beim Gedanken an Lili die Tränen. Noemi war froh, daß es mir so gut gegangen war, daß ich Karriere machte und Geld hatte. Aber wenn du kleine Kinder so gern hast, dann ist es schade, daß du keine eigenen hast, du solltest heiraten. Ja, eines Tages würde ich heiraten, jetzt wolle ich reisen und mit meiner Laufbahn als Mannequin vorankommen. Ich erzählte ihr, daß man mich in Italien unter Vertrag genommen hätte, anschließend würde ich wahrscheinlich in Frankreich arbeiten.

Heiraten, ein Kind haben! Es war, als hätte man die Zeit zurückgedreht. Das hat mir meine Tante früher auch geraten. Vielleicht war das der Grund, warum ich mit Ja geantwortet habe, als ich mit ihr Mate trank und sie mich nach meinem Leben fragte und ob ich einen Verlobten hätte. Ich erfand einen Verlobten, der genauso war wie Frank. Blond, eher kastanienbraun, sympathisch, gutherzig, fleißig ... Und er hat ein Lächeln ...!

»Ach, Miriam, wie schön, daß du verliebt bist!«

Und während die Tante auf mein Märchen hereinfiel, glaubte ich selbst immer fester daran und bekam große Lust, Frank anzurufen. Aber warum heiratest du dann nicht? Nein, jetzt kann ich nicht, ich habe wichtige Verträge in Europa. Wenn ich zurückkomme, vielleicht.

Wenn ich zurückkomme, woher denn? Ich weiß doch nicht einmal, wohin ich gehen werde. Ich kann nicht ewig in diesem Dorf bleiben, und nach Buenos Aires, wo mich El Bestia vermutet, kann ich auch nicht gehen. Ach, Frank, Liebster, was soll ich machen? Nicht einmal dich kann ich um Hilfe bitten.

Ich gehe kurz in die Bar. Hier hat sich nichts verändert. Es macht mir Freude, wie der Dicke mich begrüßt: Miriam, die Königin! Ich hatte schon vergessen, daß ich einmal die Schönheitskönigin von Coronel Pringles war, aber die anderen wissen es noch. Ich bestelle einen Whisky und erzähle ihm dieselbe Geschichte: von den Verträgen in Europa, dem Erfolg, und daß ich vorher noch meine Familie besuchen wollte.

Aber weder die Freude darüber, daß mich alle erkennen, noch die Zuneigung, mit der sie mich aufnehmen, können meine Ängste vertreiben: Lili ist bei den Mördern, Liliana ist tot, und Frank ... dem habe ich geschrieben, daß wir uns nicht wiedersehen werden.

Ich rufe ihn gleich von hier aus an. Ich bitte den Dicken, mich telefonieren zu lassen.

»Zum Glück hatte sie dieses Bedürfnis, Frank anzurufen. Er befahl ihr, sich sofort auf den Weg zu machen, die Lage sei sehr ernst, er befürchte, daß El Bestia sie im Dorf suchen könnte. Das hat sie gerettet. Ihr Weg muß sich mit dem von El Bestia und Pilón gekreuzt haben, denn schon am nächsten Tag schlugen die beiden das Haus ihrer Tante kurz und klein.«

Es fiel ihm nicht schwer, sie zu finden. Der Dicke von der Bar sagte ihm, daß sie bei ihrer Tante gewohnt hatte. Aber natürlich glaubte El Bestia nicht, daß sie schon am Morgen abgereist war. Er stieß die Frau beiseite und durchsuchte jeden Winkel des Hauses; alles, was er vorfand, wurde zu Boden geworfen. Pilón legte Doña Nuncia die Waffe an die Schläfe und wollte wissen, wo ihre Tochter Noemi wohnte. Aber wozu denn, ich habe doch gesagt, daß Miriam weg ist. Sie mußte nach Italien fahren.

Auch bei Noemi fand sich keine Spur von ihr. El Bestia tobte sich im Kinderzimmer aus und schlug alles kaputt, und hätte sich Pilón nicht eingemischt, ihm das Baby entrissen und es der Mutter gegeben, El Bestia hätte es beim ersten Schrei auf dem Fußboden zerschmettert.

Auch Noemi wußte nicht mehr, als ihre Mutter ihm schon

gesagt hatte: daß Miriam morgens abgereist war und sich nicht einmal von ihr verabschiedet hatte. Sie war immer undankbar gewesen, sie hatte sie noch nie leiden können. Und jetzt hatte man ihretwegen bei ihr alles verwüstet.

Der Gefreite Pilón glaubte nicht, daß sie sich im Dorf versteckt hielt. Höchstwahrscheinlich war sie tatsächlich am Morgen abgereist. Und außerdem, Sergeant, ist es nicht angebracht, hier weiter Krach zu schlagen. Er selbst hatte ihm gesagt, die Sache müsse absolut geheim bleiben. Wenn sie so weitermachten, konnten sie Verdacht erregen. Es war doch eine persönliche Angelegenheit, es ging nicht um Aufrührer. Ihre Frau ist doch keine Subversive, oder?

Sergeant Pitiotti gab ihm keine Antwort, er stieg ins Auto und fuhr los. Fast fünfzig Kilometer grübelte er über den Satz nach. Was hatte Pilón damit sagen wollen? Was wußte er? Glaubte er etwa, daß das mit der Flucht der Gefangenen ... Er fuhr auf den Seitenstreifen und bremste scharf.

»Jetzt erzählen Sie mir, was sich am 7. Dezember tatsächlich zugetragen hat.«

Ihm entging nicht, daß die Lippen des Gefreiten Pilón zitterten: Er verstehe die Frage nicht. Und warum haben Sie dann angedeutet, meine Frau wäre eine Subversive? Nein, er habe doch überhaupt nichts angedeutet, er wisse gar nichts. Aber da El Bestia ihn bedrohte, sagte Pilón: Die Frau, nach der Sie suchen, ist keine Subversive, das glaube ich nicht, aber sie ist Ihrer nicht würdig. Sergeant Pitiotti befahl ihm, das genauer zu erklären.

Nun ja, manchmal habe sie ihn provoziert, und wie! In der eigenen Wohnung! Aber natürlich habe er sich nie darauf eingelassen, er respektiere den Sergeanten Pitiotti sehr. Aber Ihnen etwas davon zu erzählen, wäre zu weit gegangen. Sie verstehen schon ...

Pitiotti gab Gas, und beide schwiegen für den Rest der Fahrt. Fast hätte er es vorgezogen, wenn Pilón ihm berichtet hätte, daß sie Komplizin der Gefangenen war. Er hätte ihn gern noch mehr gefragt, aber seine Kehle war wie zugeschnürt. Auch wollte er sich nicht durch die Einzelheiten, die Pilón ihm womöglich erzählen würde, demütigen lassen. Er würde Miriam schon noch danach fragen. Er war sich jetzt sicher, daß er sie finden würde, und dann würde er sie für ihre Beleidigungen bezahlen lassen, so, wie es ihm gefiel, mit all der Grausamkeit, zu der er fähig war, und ganz langsam. Miriams Schmerz würde ihm ebensoviel Lust bereiten wie ihre Liebe.

»Ich glaube, ich brauche Ihnen nicht zu sagen, daß es diese Mission ebensowenig gegeben hat wie den Auftrag, den Sie in meiner Wohnung erledigt haben«, sagte er zu Pilón.

Hier bin ich nun in dem Hotel, in dem Frank und ich uns als Herr und Frau Harrison angemeldet haben. Frank mußte gleich wieder weg, wir hatten kaum Zeit, aber wir haben es trotzdem gemacht, und es war herrlich. Er beschwor mich, das Hotel nicht zu verlassen und mit niemandem zu sprechen, bis er wieder zurück ist. Er wollte ein paar Dinge erledigen: Keine Sorge, ich werde dafür sorgen, daß dir nichts passiert.

Ich laufe im Zimmer umher. Ich würde gern bei Dufau anrufen, um etwas über die Kleine herauszubekommen, wenigstens die Telefonnummer der Tochter. Wie sie wohl heißen mag? Aber ich habe nicht den Mut, und Frank wird böse werden. Als ich ihm erzählte, daß ich Lili entführen wollte, hielt er mich für völlig verrückt.

Es gibt einen Zimmerservice, eine Speisekarte, ich habe Hunger. Ich wähle und bestelle mir einen Hamburger und einen Orangensaft. Ich bin Señora Harrison, sage ich, Zimmer 328.

Señora Harrison! Ich lache, als ich den Hörer auflege. Ich begreife nicht, wie ich in diesem Moment eine solche Freude verspüren kann, meine Freundin, die einzige Freundin, die ich je hatte, ist ermordet worden, Lili ist in den Händen von diesen Schweinen, die sie gestohlen haben, El Bestia ist hinter mir her, und ich werde, das ist nicht zu ändern, ich könnte in die Luft gehen, auf das verzichten müssen, was ich gerade entdeckt habe: die Liebe, den Sex mit einem Freund, einem Partner, der mich wirklich unterstützt, obwohl er so anders ist, obwohl er nichts für Huren übrig hat und ich für ihn Patricia bin. Trotz all dieser Qualen bin ich vergnügt und spiele die Rolle, die ich gern wirklich eine Weile verkörpern würde: Ich bin Señora Harrison. Aber nicht, um es der Tante recht zu machen, nein, weil ich es genieße, mich als die Frau eines Mannes zu fühlen, der sich für mich einsetzt. Im Moment macht es mir Vergnügen, die Señora Harrison zu spielen. Warum muß ich nach einer Ausrede suchen, wenn ich eine Weile glücklich sein will? Auch wenn alles um mich herum eher ein Grund wäre, mir die Pulsadern aufzuschneiden, die Wahrheit ist, daß es mir gutgeht. So bin ich eben.

Vielleicht rufe ich deshalb die Tante an. Ich möchte mich dafür entschuldigen, daß ich einfach so weggegangen bin und nur einen Zettel hinterlassen habe. Und ich will ihr sagen, daß ich bei meinem Verlobten bin. Und glücklich.

Und da erzählt sie mir alles, was sie ihnen angetan haben. Was ich denn angestellt hätte, will sie wissen, warum man nach mir suche, ich solle ihr die Wahrheit sagen. Aber ich weiß nicht, was ich ihr erzählen soll, ich weiß nur, daß ich einen Grund erfinden muß, der auf sie zugeschnitten ist: Sicher seien es Mörder, die von einem Mann angeheuert wurden, den ich nicht heiraten will. Er ist reich, aber hundsgemein. Außerdem sei ich, das wisse sie ja, in einen anderen verliebt. Nun wird sie sanfter. Dieser Bursche, wie heißt er noch? Bobby, erfinde ich auf der Stelle, zum Glück habe ich ihr noch nie einen Namen genannt. Sie soll ganz unbesorgt sein, morgen reise ich nach Italien, und von dort werde ich ihr schreiben. Vor meiner Abreise werde ich ihnen noch etwas Geld schicken, als kleine Entschädigung für alles, was man ihnen kaputtgeschlagen hat.

Als Miriam ihm davon erzählte, beglückwünschte sich Frank zu seiner Idee, Charly zu bitten, er möge sie in seinem Boot außer Landes bringen: Morgen gehst du nach Uruguay, im Boot, mit einem Freund von mir.

»Frank hatte noch von der Schule her einige wohlhabende Freunde. Er

160

hatte das Lincoln-College besucht, mit einem Stipendium natürlich, denn seine Eltern hatten kein Geld, aber er war schließlich Nordamerikaner. Einer dieser Freunde hatte ein Boot, mit dem er regelmäßig nach Carmelo in Uruguay fuhr, wo es weniger Kontrollen gab. Er fragte ihn, ob er ein Mädchen hinüberbringen könne, mit dem er sich später in Montevideo treffen wolle. Der Freund fragte nicht viel und willigte ein. Er vermutete hinter alledem eine Weibergeschichte, weil Frank so etwas angedeutet hatte.« Luz lachte.

»Worüber lachst du?« fragte Carlos.

»Ich mußte an etwas denken, was Miriam gesagt hat, als sie es mir erzählte: ›Außerdem muß er sehr stolz auf seinen Freund gewesen sein, als er sah, was für ein Klasseweib ich war. Es hat ihn wohl viel Beherrschung gekostet, mich nicht anzufassen, er konnte seine Hände kaum bändigen.‹ Da sie wußte, was Frank ihm für Andeutungen gemacht hatte, schüttete sie ihm ihr Herz aus: Sie habe sich von ihrem Mann getrennt, weil sie sich in Frank verliebt habe, aber sie seien noch nicht geschieden, und ihr Mann ließe sie überwachen, deshalb hätten sie sich in Uruguay verabredet, um nicht zusammen gesehen zu werden.«

»Ich möchte morgen noch nicht weg. Natürlich habe ich eine Todesangst, aber wer wird mich hier schon finden? Oder … komm doch mit.«

Wie konnte sie übersehen, in welcher Gefahr sie sich befand? Nach allem, was sie ihm erzählt hatte? Wenn du nicht gehst, bringe ich dich eigenhändig weg. Obwohl es natürlich nicht gut ist, wenn man uns miteinander in Verbindung bringt.

Nein, sagte Miriam, er habe ja recht, sie wolle nicht, daß er noch tiefer hineingezogen werde. Sonst passiert dir noch was, und ich bin schuld daran.

Sie würden es so machen, wie Frank es geplant hatte. Man durfte nicht sehen, daß sie gemeinsam das Land verließen, es durfte zwischen ihnen keine Verbindung geben. Wenn sie mich schnappen und ich weiß, wo du wohnst, kann das gefährlich sein.

»Miriam rief Frank nicht an, um ihm ihre Adresse zu geben. Damit wollte sie nicht sich selbst schützen, sondern Frank.«

»Sie hat ihn nie angerufen? Obwohl er ihr so geholfen hat?«

»Nein, sie wollte einen drastischen Bruch. Sie wußte, daß er darauf drängen würde, sie zu sehen, und sie wollte ihm nicht noch mehr Schwierigkeiten machen, weil sie ihn liebte, weil sie ihn retten wollte. Frank hat das allerdings anders verstanden. Nach einer Weile besorgte er sich Arbeit in den USA und übersiedelte dorthin. Jahre später traf er sie in der Calle Gorlero in Punta del Este, wo er die Ferien mit seiner Familie verbrachte, die aus Argentinien gekommen war. Und dann nahm er im Winter zwei Monate Urlaub und kam wieder nach Uruguay. Und zwar ausschließlich, um sie zu sehen. Aber das war viel später, im Winter 1983.«

»Und Lili?«

»Lili«, Luz lächelte, schwieg einen Moment und sprach langsam das nächste Wort aus, das sie mit Bedacht gewählt hatte: »Luz wuchs bei diesen Eltern auf. Mit einer Art angeborener Furcht, wie Mariana feststellte, aber auch mit Freuden ... bis 1983. Und jetzt, bevor ich dir erzähle, was 1983 passiert ist, bestelle ich lieber noch ein Glas Wein.«

Zweiter Teil

1983

Kapitel sieben

Alles war bestens an Lauras Geburtstag, bis es Carola Luccini einfiel, von der Entführung ihrer Freunde zu sprechen. Das Abendessen war bereits beendet, und die Gäste hatten sich in verschiedenen Gruppen verteilt.

»Diese jungen Leute hatten überhaupt nichts verbrochen.«

»Und woher weißt du das?« unterbrach Mariana sie herrisch.

»Weil ich sie schon kannte, als sie noch Kinder waren. Unsere Mütter waren miteinander befreundet. Das Mädchen arbeitete an der Schule und hat sich nie auf krumme Sachen eingelassen. Und der Bruder, was kann der schon angestellt haben? Er war siebzehn, als sie ihn geschluckt haben.«

»Als sie ihn ... was?« fragte Mariana. »Ich verstehe dich nicht.«

»Als sie ihn verschleppt haben. Es war ein Irrtum, sie sind nie wieder gesehen worden. Die Mutter ist völlig fertig. Briefe, Anträge, Haftbeschwerden, Gespräche mit Militärs, mit der Marine, mit Bischöfen. Die Polizei, die Kirche, niemand weiß etwas, sie sind wie vom Erdboden verschluckt. Höchstwahrscheinlich hat man sie umgebracht.«

»Wenn sie verhaftet wurden, gab es sicher einen Grund dafür. Was weißt du schon. Daß du sie von klein auf kennst, hat nichts zu sagen. Sie können sich verändert haben. Vielleicht waren sie anständige junge Leute, aber die Kommunisten haben ihnen das Gehirn gewaschen und sie sind in die Guerilla gegangen. Die Mutter muß eine von denen sein, die überhaupt nicht darauf achten, was ihre Kinder treiben. Sie hat keine Ahnung, und jetzt, wo es zu spät ist, da weint sie. Hätte sie etwas früher auf sie aufgepaßt.«

Eduardo und Alberto wollten die Sache beenden, aber sowohl Eduardos »Soll ich euch noch ein Glas bringen?« als auch Albertos »Nun seid doch nicht so ernst, Mädchen« prallten an der aufgeladenen Atmosphäre ab, die die beiden umgab.

Carola benahm sich wie eine Hyäne: Was hatte Mariana denn für eine Ahnung, sie kannte sie ja nicht einmal. Sie waren phantastische junge Leute, streng katholisch, und die Mutter ging völlig in ihren Kindern auf. Was Mariana da redete, das würde sie nicht zulassen. Kannst du mir sagen, wie ein Junge, der gerade erst siebzehn geworden ist, etwas Schlimmes tun kann?

Eduardo legte Mariana die Hand auf den Arm und bat sie mit seinen Blicken, ruhig zu sein, er fürchtete, daß das, was sich in ihr angestaut hatte, während Carola sprach, mit aller Gewalt ausbrechen würde. Nicht nur, daß er nichts für gewaltsame Szenen übrig hatte, sie befanden sich im Hause seines Bruders, dessen Frau Laura hatte Geburtstag, und er wollte um nichts in der Welt, daß das, was er kommen sah, den Abend verdarb. Mariana war genauso wütend wie Carola, oder sogar noch mehr.

»Was denn, erinnerst du dich nicht mehr an die Fünfzehnjährige, die sich mit der Tochter des Kommissars anfreundete und dann in seinem Haus eine Bombe gelegt hat? Sie war fünfzehn, und sie war eine Mörderin. Und dein kleiner Freund kann nichts verbrochen haben, weil er siebzehn war?«

»Ich habe doch gesagt, daß er nichts getan hat« – es sah aus, als wolle sie zuschlagen –, »sie haben ihn umgebracht, und seine Eltern haben nicht einmal eine Erklärung bekommen. Verhaftet sagst du, inhaftiert? Und wo? Na los, sag schon, wo! Seine Familie weiß es nämlich nicht. Möchtest du, daß dir mit deiner Tochter so etwas passiert?«

»Mir würde das nie passieren. Ich werde sie anständig erziehen.«

Alberto wollte sie aufhalten, aber Carola war aufgesprungen, zeigte mit dem Finger auf sie und schrie:

»Du redest, ohne zu überlegen, Mariana! Seit Jahren verschwinden hier Leute ohne jeden Grund. Und man bringt sie nicht nur weg, man nimmt ihnen alles und macht sie ...«

»Und was willst du?« unterbrach sie Mariana. »Soll man etwa nichts tun? Dir macht es anscheinend nichts aus, daß sie

166

Bomben werfen und Unternehmer entführen. Und daß wir alle in Gefahr sind. Du teilst also ihre Anschauungen?«

Wäre Luccini nicht gewesen, der es irgendwie fertigbrachte, Carola beiseite zu ziehen und ihr ein paar Worte zuzuflüstern, während er sie zum Tisch brachte, wer weiß, was passiert wäre.

»Warum regst du dich bloß so auf?« fragte Eduardo, »merkst du nicht, daß du von jungen Leuten sprichst, die sie sehr gern hatte und mit denen sie von klein auf befreundet war?«

»Halt den Mund, Eduardo, du begreifst überhaupt nichts. Du bist zu gutmütig, zu naiv, zu dämlich.«

Er konnte nichts erwidern, weil Carola und Alberto mit ein paar Gläsern in der Hand auf sie zukamen. Mit immer noch vor Erregung hochrotem Gesicht und Tränen in den blutunterlaufenen Augen sagte Carola sanft und beherrscht: »Verzeih mir, Mariana, ich glaube, ich habe mich so aufgeregt, weil ich diese jungen Leute sehr gern hatte. Natürlich bin ich nicht damit einverstanden, daß sie Bomben werfen oder ähnliches. Wir« – und dabei zeigte sie auf ihren Mann – »sind absolut gegen die Guerrilleros.«

Nach sieben Jahren Abwesenheit kommt Buenos Aires Dolores unglaublich fremd vor. Dieselben Straßen, dieselben Bäume, dieselben Straßenecken, und doch ist alles so anders.

»Das Wiedersehen mit Dolores hat Eduardo sehr beeinflußt. Ihre Geschichte führte ihn auf ein Terrain, das er später nicht mehr verlassen konnte. Die Schwägerin von Dolores war schwanger gewesen, als man sie geschnappt hatte.«

»Und wer war diese Dolores?« fragte Carlos.

»Dolores war die Nichte eines Nachbarn der Iturbes. Sie und ihr Bruder Pablo wohnten in Buenos Aires und verbrachten gewöhnlich einige Sommermonate auf dem Landsitz ihres Onkels in Entre Ríos. Sie war einige Jahre jünger als Eduardo. Bei Kindern macht der Altersunterschied sehr viel aus, vielleicht war diese Beziehung deshalb unmöglich. Javier erzählte mir, daß Eduardo damals sehr in Dolores verliebt war und

167

daß er ihr stundenlang Briefe schrieb. Aber dann kam es wie so oft im Leben: Sie fuhren nicht mehr nach Entre Ríos, Eduardo ging zum Studium nach Rosario, sie sahen sich nicht mehr und vergaßen einander. Als sie sich im Winter 1983 zufällig in Buenos Aires begegneten, hatten sie sich zwölf Jahre nicht mehr gesehen. Dolores war gerade nach sieben Jahren Exil ins Land zurückgekehrt. Aber nicht um hier zu leben, sie hatte vor, in Frankreich zu bleiben. Sie wollte nur Kontakt zu den Großmüttern von der Plaza de Mayo aufnehmen.«

Das Taxi fährt im Nieselregen die Calle Liberador entlang. Auch der Tag, an dem Pablo mit ihr das Auto einweihte, das er von den Eltern zu seinem achtzehnten Geburtstag bekommen hatte, war ein regnerischer Tag gewesen. Mit vollem Tempo über die Calle Liberador, beide hatten sich vor Lachen ausgeschüttet. Noch heute ist dieses Lachen für Dolores so lebendig wie damals.

Aber unter das Lachen mischen sich Schmerzensschreie, Schreie, die von draußen kommen, wo es keinen Pablo mehr gibt, oder aus ihr selbst, sie weiß es nicht. Denn obwohl sie sie nur eine Nacht lang gehört hat, haben sie sich ihr für immer eingeprägt.

Als Luz ihr das Heft brachte, um ihr die Hausaufgaben zu zeigen, warf Mariana kaum einen Blick darauf.

»Sehr gut, sehr gut«, sagte sie und klappte das Heft zu.

»Nein, Mami, du mußt dir alles ansehen! Es geht auf der anderen Seite weiter, da habe ich etwas gemalt.«

Sie blätterte rasch das Heft durch und rief dann nach Carmen. Es war schon spät: Luz mußte ihr Bad nehmen. Nein, noch nicht, bitte. Luz wollte, daß sie eine Weile mit den neuen Bausteinen spielten und Häuschen bauten.

Es regte Mariana auf, wie Luz immer wieder auf ihrem Willen beharrte: Sei doch lieb, Mami, laß mich noch hierbleiben. Es regte sie auf, daß Carmen nicht sofort kam, wenn sie nach ihr rief. Sie stellte sich in die Tür und rief: Carmen, hol Luz zum Baden und zieh ihr was anderes an.

Eigentlich waren es, das mußte sie zugeben, weder Luz

noch Carmen, die ihr die Laune verdarben, es war der Streit, den sie nach dem Fest gestern abend mit Eduardo gehabt hatte. Mariana meinte, daß Eduardo weder begriffen hatte, was Carola Luccini gesagt hatte, noch, warum sie so heftig darauf reagiert hatte. Sie hätte gerne noch weiter diskutiert, nachdem sie Lauras Geburtstagsfest verlassen hatten, aber Eduardo hatte das Thema gewechselt, und dann war er so liebevoll zu ihr gewesen, daß sie ihre Wut schließlich vergessen hatte, und sie waren Arm in Arm eingeschlafen, nachdem sie sich geliebt hatten.

Immer wieder gelang es Eduardo, sie mit seiner Sanftheit zu beschwichtigen, und schließlich sagte sie ihm nie, was sie ihm eigentlich sagen wollte.

Aber diesmal würde sie das nicht hinnehmen, sobald Eduardo aus Buenos Aires zurückkäme, würde sie noch einmal mit ihm über das Thema sprechen. Wenn sie Carola auf diese Weise geantwortet hatte, dann nur deshalb, weil sie es verdiente. Auch wenn sie sich im Haus ihres Schwagers befanden. Sie würde es wieder tun, falls irgend jemand ihr gegenüber einen Aufrührer in Schutz nahm. Eduardo nahm es hin, daß andere dachten und fühlten, was ihnen Spaß machte. Er wies sie nie auf ihre Irrtümer hin. Sie hingegen tat es. Es regte sie auf, daß Eduardo allen alles verzieh.

Aber es war sehr schwierig, mit ihm zu streiten. Sie konnte nichts dagegen tun, daß er sie geschickt von jeder Diskussion abbrachte und sie mit Scherzen oder Zärtlichkeiten ablenkte. Aber das durfte sie nicht zulassen, denn morgen konnte ein solches Thema im Beisein von Luz zur Sprache kommen, und sie, die für ihre Erziehung verantwortlich waren, mußten in ihren Werturteilen eindeutig sein. Eduardo war naiv, er begriff nicht, was in diesem Land vor sich ging. Darum empfand er Mitleid mit Menschen wie Carola, anstatt sich zu fragen, warum sie diese Aufrührer so vehement verteidigte. Carola konnte durchaus eine heimliche Kommunistin sein.

Als Eduardo anrief und ihr sagte, daß er erst am nächsten Tag kommen würde, weil er noch eine späte Besprechung habe, bat sie ihn, doch bitte noch in dieser Nacht zu kommen. Sie habe mit ihm zu reden.

Dolores blickt nach rechts und ist überrascht, das »Dandy« zu sehen. Es ist so lange her, so vieles ist geschehen, aber die Bar ist noch immer da, als sei nichts gewesen. Ohne lange zu überlegen, weist sie den Taxifahrer an zu halten. Sie bezahlt und steigt aus. Sie geht über die winterlich leere Terrasse und betritt das Lokal. Nicht zu glauben, daß das »Dandy« immer noch da ist und ihr Bruder nicht.

All diese Jahre in Frankreich haben ihre Wunde mit einer kleinen, harten Kruste bedeckt, aber seit sie in Buenos Aires ist, bricht der Schmerz wieder offen aus, fast wie zum Greifen, sie kann ihn anfassen, sie kann ihn riechen, und sie kann spüren, wie er alles in ihrem Körper aufwühlt. Er läßt sie nicht ruhen und verlangt Taten, Rache und Wiedergutmachung von ihr. Und die einzig mögliche Wiedergutmachung, sagt sie sich, wird darin bestehen, daß sie Himmel und Erde in Bewegung setzt, bis sie dieses Kind, ihre Nichte oder ihren Neffen, findet. Falls es überlebt hat.

Sie setzt sich an einen Tisch am Fenster und bestellt einen Milchkaffee und einen Toast. Sie läßt den Blick durch die Bar wandern. Und dann folgt eine Erinnerung auf die andere: sie, in ihrer Schuluniform, wie sie sich, wenn die Schule aus war, mit Pablo und seinen Freunden getroffen hat, wie sie ihm erzählt hat, daß sie »wirklich« in Eduardo verliebt war und daß sie weglaufen würde, falls man sie diesen Sommer nicht nach Entre Ríos fahren ließe, das Glas Bier mit den Freunden nach einem Fest oder nach dem Kino, und Pablo, der ihr eines Tages ernst und euphorisch mitteilte, daß er politisch aktiv geworden war.

Pablo hatte sie ins »Dandy« bestellt, und Dolores hatte sich nicht darüber gewundert. Seit sie dreizehn war und er fünfzehn, hatten sie dort ihre Vertraulichkeiten ausgetauscht, als ob es zu Hause, in Gegenwart der Eltern, unmöglich gewesen wäre. Damals sahen sie einander nicht mehr so oft wie früher.

Das Studium, unterschiedliche Stundenpläne und neue Freunde, die sie nicht kannte, hielten Pablo oft von zu Hause fern. Nach und nach distanzierte er sich von dem Freundeskreis, zu dem Dolores gehörte. Darum hatte es sie so gefreut, als er vorschlug, sich an dem bewußten Samstagnachmittag im »Dandy« zu treffen.

Nein, er hatte sie nicht weniger gern als früher, und es war auch nicht so, daß es ihm nicht mehr gefiel, mit seiner jüngeren Schwester auszugehen und mit ihr zu reden. Vielmehr hatte sich sein Leben verändert, seit er sich mit einigen Schlüsselfragen der Gesellschaft auseinandersetzte, die ihm früher nicht bewußt gewesen waren. Und dann sprach er vom Klassenkampf und von der Ungerechtigkeit des bürgerlichen Systems. Pablo hatte sich der, wie er sagte, »einzigen« revolutionären Gruppierung angeschlossen, die fähig war, die Massen zu organisieren und ihre Lage zu verbessern. Er hatte beschlossen, Mitglied der PRT, der Revolutionären Partei der Werktätigen, zu werden. Stolz ließ er sie wissen, daß er sich zum ersten Mal nützlich fühlte, als Hauptdarsteller in einem unvergleichlichen geschichtlichen Moment.

Als er das Wort »Revolution« aussprach, leuchteten seine Augen, er ließ es sich im Munde zergehen wie das teuerste Konfekt, wie ein anregendes alkoholisches Getränk.

Und das wollte er ihr anvertrauen, ihr, seiner besten Freundin, seiner geliebten kleinen Schwester. Außerdem hatte die Partei beschlossen, daß es für ihre Mitglieder sicherer war, wenn manche Eltern wußten, wo ihre Kinder organisiert waren. Da er es augenblicklich nicht für möglich hielt, seine Eltern einzuweihen, hatte er beschlossen, es ihr zu sagen. Aber bitte, sag Vater und Mutter nichts davon.

»Nein, sie würden es nicht verstehen. Sie waren schon sehr verärgert, als du gesagt hast, daß du das Auto, das sie dir geschenkt haben, nicht haben willst. Daß du dich schämst, in deinem Alter ein Auto zu besitzen, wenn andere nicht einmal etwas zu essen haben«, sagte Dolores vorwurfsvoll. »Du hättest sie nicht so verletzen dürfen.«

Pablo forderte sie auf, nicht die persönlichen Beziehungen in den Vordergrund zu stellen, sondern den Klassenkampf. Aus persönlicher Sicht könne vieles schmerzlich und unverständlich erscheinen. »Die objektive Sicht der Geschichte aber bringt uns dem Leid und den Freuden der Massen näher, ihren Perspektiven, dem Kampf.«

Wieviel Zeit war vergangen zwischen diesem Nachmittag und dem anderen Treffen, das Dolores ihm vorschlug, bestürzt angesichts der weinenden Mutter und des brüllenden, wütenden Vaters, an dem Tag, an dem Pablo ihnen mitteilte, daß er aus dem Haus gehen würde? Waren es sechs Monate gewesen? Ein Jahr? In dieser Zeit hatte sie auf seine Bitte hin das Geheimnis nicht nur vor ihrer Familie, sondern auch vor ihren Freunden gewahrt. Pablo hatte ihr die Zeitung »Der neue Mensch« gegeben, um mit ihr darüber zu diskutieren, aber Dolores hatte gesagt, daß sie nichts mit Politik zu tun haben wollte. Er hatte es ihr übelgenommen: Leg die Scheuklappen ab, Dolores, es ist nicht gut, freiwillig blind zu sein, wie Larralde sagt.

Sie hatten sich nicht gestritten, aber dadurch, daß ihr Alltag so unterschiedlich verlief, hatten sie sich immer weiter voneinander entfernt.

An jenem Nachmittag, bei dem Treffen im »Dandy«, erfuhr sie, daß er zu seiner Lebensgefährtin Mirta ziehen würde, in ein Elendsviertel. Er würde sich proletarisieren. Dich proletarisieren? Was willst du damit sagen? Wirst du Arbeiter? Im Ernst? Pablo, du bist verrückt. Warum? Und obwohl er es ihr erklärte, fiel es Dolores schwer, ihn zu verstehen, und sie geriet in Wut: Warum bist du so extrem? Kannst du nicht mit »den Massen« reden, ohne dich als einer von ihnen verkleiden zu müssen?

Obwohl Dolores schon selbst diese politische Sprache benutzte, die sie an der Universität aufgeschnappt hatte, konnte sie Pablos Entschluß nicht verstehen. Er gab nicht ihr die Schuld, sondern ihrer Erziehung. Wenn man sie reden hörte, zweifelte man nicht daran, daß sie sich von Leuten beeinflussen ließ, die zwar gute Absichten hatten, aber völlig im Irrtum waren. Weder die Montoneros noch die Maoisten, niemand, der nicht zur PRT gehörte, konnte den wirklichen Kampf aufnehmen. Es war an der Zeit, daß sie aufwachte und zu begreifen begann, was um sie herum vorging.

»Seiner Pflicht kann man nicht ausweichen, indem man sich in die geistige Auseinandersetzung flüchtet, Dolores. Man marschiert mit den Massen und geht denselben Weg wie sie. Bis zum Sieg oder bis zur Niederlage. Das ist im revolutionären Kampf die einzige Möglichkeit.«

Aber es sollte noch viel Zeit vergehen, bis ihr Pablos Briefe aus dem Untergrund eine genauere Vorstellung von der Leidenschaft vermittelten, die sein Leben beherrschte. Er glaubte an das Leben, in diesem Punkt hatte ihr Vater sich grundlegend geirrt, und auch sie hatte diesen Irrtum begangen, Pablo war kein Selbstmörder. »Da liegst du falsch, Dolores. Es ist nicht so, daß ich mir nichts aus dem Leben mache. Wir kämpfen für das Leben, aber für ein Leben, das anders ist als im bürgerlichen System. Wir kämpfen für das Leben in einem umfassenden, besseren Sinn. Für ein würdiges Leben der ganzen, sich kollektiv verwirklichenden Menschheit«, hatte Pablo ihr geschrieben. Und er war glücklich, begeistert und sich seines Weges sicher gewesen.

Eduardo beschließt, ins »Dandy« zu gehen und noch etwas zu trinken, bis es Zeit ist für seine Verabredung mit Urrutia. Wer weiß, wann diese Besprechung zu Ende geht. Der Gedanke, mitten in der Nacht und bei diesem Wetter Auto zu fahren, gefällt ihm nicht. Aber Mariana hat ihn gebeten, die Rückkehr nicht auf den nächsten Tag zu verschieben, weil sie dringend mit ihm reden muß, und Eduardo fällt es schwer, nein zu sagen. Sicher ist der Vorfall von gestern, bei Lauras Geburtstag, der Grund für ihre schlechte Laune.

Vielleicht hättest du ihr nicht widersprechen sollen. Aber es ist nun mal geschehen. In Wirklichkeit hat es dich empört, daß sie Carola gegenüber so unverschämt und gefühllos war.

Warum mußte Mariana so hart zu ihr sein? Sie kannte diese jungen Leute doch gar nicht. Wenn du sie reden hörst, wenn sie, anstatt eine Meinung zu äußern, gleich ein Urteil abgibt, ganz ohne die Zusammenhänge zu kennen, dann hörst du hinter allem die Stimme ihrer Eltern. Diese Selbstsicherheit, ganz so, als gehörte ihnen die Welt und als hätten sie zu bestimmen, wie alles zu sein hatte.

»Einen Old Smuggler mit Eis, bitte.«

Eduardo beobachtet die Frau, die am Fenster sitzt. Sie kommt ihm bekannt vor.

Dolores? Das kann nicht sein, ihr Gesichtsausdruck ist ein ganz anderer. Aber natürlich wird sie sich in all diesen Jahren verändert haben. Jetzt wendet sie das Gesicht ab, und er kann sie nicht mehr sehen. Man hat ihm erzählt, daß Dolores und Pablo seit Jahren in Europa leben. Er steht auf und will zu ihr gehen.

Aber wenn es nun nicht Dolores ist? Als er sich wieder setzt, bemerkt er die Qual in ihrem Gesicht. Weint sie? Ja, sie trocknet sich die Tränen. Jetzt ist er ganz sicher: Es ist Dolores.

In deinem Mund hast du den Geschmack des weichen und frischen Fruchtfleischs der Pfirsiche, die ihr in diesen warmen Mittagsstunden in Entre Ríos von den Bäumen gepflückt habt. Es passiert dir immer noch ab und zu, daß du in einen Pfirsich beißt und dich an das unbezwingbare Verlangen erinnerst, das du damals nach ihr verspürt hast.

Eduardo trinkt einen Schluck Whisky. Wenn er jetzt zu ihr geht und sie begrüßt, wird er sie erschrecken.

Was ist wohl los mit ihr? Es ist schwer, hinter diesem Schmerz das strahlende Lächeln zu entdecken, das sie mit fünfzehn gehabt hat. Fünfzehn Jahre alt war sie in jenem Sommer in Entre Ríos. Fünfzehn! Und du, mit deinen zweiundzwanzig, vier oder fünf Frauen hattest du schon gehabt, das hieltest du für eine lange, gründliche Erfahrung, du fühltest dich wie ein reifer Mann.

Ein alter Bock, dachtest du. Nein, damals konnte aus dieser

Geschichte nichts werden, und doch hat dich kein anderes Mädchen je so benommen gemacht wie Dolores. Reden, lachen, spielen, sich in die Sonne legen, ausreiten, im Fluß baden, mit ihr wurde alles zu einem wunderbaren Erlebnis. Du hattest es dir verboten, bei euren Begegnungen die Grenzen des Spielerischen zu überschreiten, nicht so sehr, weil sie so jung war, sondern weil dein übermächtiges Verlangen dir selbst angst machte. Ihr näherzukommen konnte bedeuten, in einen See des Vergnügens zu springen, aus dem du nicht mehr herauskommen würdest, ehe du sie nicht besessen hattest. Sie berühren, sie küssen, ihre warme Haut spüren, ihre steifen Brüste an deiner Haut, in den Pfirsich beißen und spüren, wie dein Körper in dem ihren versinkt: Solche Phantasien beherrschten dich Tag und Nacht. Aber es war Dolores, die die Initiative ergriff, genau wie immer, wenn es hieß, auf Bäume zu klettern, Pfirsiche zu pflücken, zum Fluß zu rennen und zu baden und sich von den anderen Jugendlichen fernzuhalten, auf der Suche nach Gelegenheiten, mit dir allein zu sein.

Noch jetzt, so viele Jahre später, erinnert sich Eduardo daran, wie sehr ihn ihre einladende Pose erregt hatte, die sie in einem Hollywood-Film gesehen haben mochte. Den Kopf zurückgeworfen, den Mund halb geöffnet, die Augen geschlossen.

Kaum hattest du deine Lippen auf die ihren gepreßt, da suchten deine Arme ungestüm nach diesem warmen und frischen Körper, der so fruchtig war wie ein Pfirsich. Du konntest dich nur schwer zurückhalten. Am nächsten Nachmittag noch viel weniger. Ihr hattet euch am Fluß verabredetet. Deine Hand hatte bereits die Wölbung ihrer Brüste erforscht, deine Lippen waren über ihren Nacken und ihren Hals geglitten. Und am dritten Nachmittag, als deine Hand langsam, aber sicher, an ihren Beinen hinauffuhr, tauchte Dolores' Mutter auf.

Mehr als das Geschrei ihrer Mutter, die ihm alles mögliche vorwarf, nach all den Jahren erinnert er sich nicht mehr (aber er weiß noch vage, daß er ihr recht gab), mehr als das überraschte ihn, wie Dolores reagierte, während er selbst aufstand und seine Kleider in Ordnung brachte: Er hat doch keine Schuld! Warum schreist du ihn so an? Ich habe es gewollt. Was ist denn schlecht daran? Wir lieben uns, wie Papa und du. Warum bist du so wütend? Du müßtest glücklich sein, genau wie ich.

»Du gehst sofort nach Hause!« war alles, was ihre Mutter erwiderte.

Du standst ihrer Mutter gegenüber und wußtest nicht, was du sagen solltest. »Ich bin glücklich. Glücklich!« schrie Dolores im Gehen. »Es hat mir sehr gefallen, Eduardo, danke.«

Daß das nicht noch einmal vorkommt, Eduardo, sagte Dolores' Mutter ernst, während sie ihrer Tochter nachsah. Du bist ein großer Bursche, und Dolores ist noch ein Kind. Du sagtest ihr, es würde sich nicht wiederholen, aber du konntest nichts dagegen tun, daß du es dir Tag und Nacht wünschtest. Dann die überschwenglichen Briefe. Das Versprechen, einander bis in den Tod zu lieben und zu fliehen, falls sie weiter darauf bestand, sich einzumischen. Und die Phantasien, die dich nicht losließen. Aber im Sommer danach kam sie nicht wieder, und die Zeit tat das ihre.

Nachdem Dolores zum ersten Mal das Haus in San Justo gesehen hatte, in dem Pablo und Mirta wohnten, war sie etwas beruhigter. Dadurch, daß sie sah, wo Pablo wohnte, war sie nicht mehr mit den trostlosen Bildern ihrer Phantasie konfrontiert. Er lebte dort, unter diesen Umständen, weil er es selbst so gewählt hatte, er war zufrieden, sagte sie sich, und das war das Wichtigste. Wenn Dolores zu ihm ging, dann nicht, weil sie all das in Frage stellen, sondern weil sie soviel wie möglich mit ihm teilen wollte. Es war schon über vier Monate her, daß Pablo von zu Hause weggegangen war, und das hätte ihm genügen müssen. Aber leider war es nicht so. Dolores, die inzwischen Philosophie und Literatur studierte, tendierte zum Linken Argentinischen Studentenverband FAUDI, und obwohl sie noch nicht der Revolutionären Kommunistischen

Partei PCR beigetreten war, fühlte sie sich Pablo dadurch verbunden. Aber dann redete er ihr ihre Absichten mit so vielen Argumenten aus, daß es ihr fast zuviel wurde. Bald waren sie in eine absurde Diskussion verwickelt, der Dolores schließlich ein Ende machte: Sie war hier, um ihn zu besuchen und freute sich, ihn zu sehen, und nun redeten sie seit Stunden vom sowjetischen Imperialismus, von Mao und Perón und Santucho[1] und darüber, welches die wahre revolutionäre Idee war. Aber deshalb war sie nicht gekommen. Ich vermisse dich sehr, du Dummkopf, hör doch mal auf, so auf mich einzureden, ich verspreche dir, daß ich keiner Partei beitreten werde, ohne dich vorher um Rat zu fragen, ich werde mir Zeit lassen. Und jetzt erzähl mir, wie geht es dir, wie sieht dein Leben aus? Bestens, er sei glücklich, weil er festgestellt habe, daß es möglich war, sich zu proletarisieren, ja daß es sogar gesund war. Die Leute aus dem Viertel solidarisierten sich mit ihnen, und Mirta arbeitete in einer Textilfabrik, und die Partei war dabei, das Vertrauen der Massen zu gewinnen.

Pablos glühende Parteilichkeit machte Dolores angst, aber sie hatte sich vorgenommen, ihm nicht zu widersprechen, sie wollte ihn weiterhin sehen, und sie fürchtete, wenn sie an seinen Auffassungen Zweifel äußerte, könnte Pablo ihr gegenüber dieselbe Haltung einnehmen wie gegenüber den Eltern, die er seit Monaten nicht gesehen hatte. Seine Mutter weinte jeden Tag.

»Ja, ich werde Mama anrufen, ich verspreche es«, beruhigte er sie.

Sie verabredeten sich für die Woche danach, am Sonntag. Dolores würde frische Nudeln mitbringen, und Mirta würde ihnen was Gutes zu essen machen. Das kann sie so gut, daß man sich die Finger danach leckt, hatte Pablo gesagt, fast mit dem gleichen Stolz, mit dem er vorher vom Erstarken seiner Partei gesprochen hatte.

Ein paar Tage später bestellte er sie telefonisch in die Bar

1 Führer der PRT, der Revolutionären Partei der Werktätigen.

im Bahnhof von Retiro: Um ein Haar wäre er verhaftet worden. Ein Nachbar hatte ihn an der Ecke gewarnt und ihn informiert, daß sie in sein Haus gekommen waren, und daraufhin war er abgehauen. Zum Glück war auch Mirta davongekommen, weil sie diese Woche auf der Parteischule war. Man hatte ihnen alles kaputtgeschlagen und die drei A[1] auf die Wände gemalt. Nun mußten sie in den Untergrund gehen.

Dolores machte sich noch keine Vorstellung davon, was dieses Wort bedeutete: ein neuer Name, kein fester Wohnort, kurze Anrufe, Angst, die in jedem Wort mitschwang, Briefe, die sie ungeduldig öffnete, heimliche Treffen an seltsamen Orten. Manchmal gingen sie wie Fremde hintereinander her, bis Pablo meinte, daß es keine Gefahr gäbe. Und dann konnten sie endlich miteinander reden.

Dolores hatte ihren Eltern alles gesagt, sie konnte es nicht ertragen, sie leiden zu sehen, die Liebe ihres Sohnes fehlte ihnen, er liebte sie doch, oder etwa nicht?

»Natürlich liebe ich sie, Dolores, ich habe nicht die Absicht, ihnen weh zu tun, schließlich ist in letzter Instanz das System daran schuld, daß sie so reagiert haben.«

Pablo fand es richtig, daß sie den Eltern gesagt hatte, daß er im Untergrund lebte, es war besser so. Jetzt waren sie vorbereitet, falls man ihn verhaftete. Er wußte, daß er sich großen Risiken aussetzte.

Dolores ruft sich diesen Vorabend des Weihnachtsfests in Erinnerung, an dem sie die Nachrichten über die Sache in Monte Chingolo hörten. Diese Angst! Sie und ihre Eltern sprachen nicht miteinander und liefen um das Telefon herum. Hoffentlich ruft er an, hoffentlich ist ihm nichts passiert! Hoffentlich gehört er nicht zu denen, die in Monte Chingolo erschossen wurden! Ihr Vater gewann den Wettlauf zum Telefon: »Pablo geht es gut«, sagte er ihnen, »er mußte auflegen, er wünscht euch frohe Weihnachten.« Und als er in sein Zimmer ging, sah er um zehn Jahre gealtert aus.

1 Argentinische Antikommunistische Allianz, paramilitärische Gruppierung.

Als es zum Militärputsch kam, befand sich Pablo schon seit langer Zeit im Untergrund.

Zum Treffen in Morón kam auch ihre Mutter mit. Dolores hatte sie gebeten, Pablo nicht zu widersprechen, ihn zu begrüßen, ihm einen Kuß zu geben und ihm zu zeigen, wie sehr sie ihn liebte, sonst nichts. Aber aus Sorge über das, was ihm zustoßen konnte, wollte sie ihn dazu bewegen, das Land zu verlassen. Sie hatten die Möglichkeit, ihn rauszubringen; sie hatten schon einige diskrete Schritte unternommen, ein Freund von Papa würde sie mit seinem Privatflugzeug nach Entre Ríos bringen, das erzählte sie Dolores im Zug. Den Rest des Plans, den sich ihre Mutter sorgfältig ausgedacht hatte, den sie Masche um Masche gestrickt hatte wie früher ihre Kinderpullover, erläuterte sie ihr in dieser Pizzeria, in der es nach verbranntem Käse und Öl roch und in der sie sich an jenem Nachmittag mit Pablo und Mirta trafen. Ihre Mutter redete ununterbrochen: Von Entre Ríos aus wird euch Papas Freund nach Brasilien bringen, und dort ... Pablo unterbrach sie und knöpfte Mirtas Jacke auf: Sieh mal, Mama.

Nie wird sie Pablos Lächeln vergessen, diesen stolzen Blick: Hier ist dein Enkel, Mama, und er gedeiht.

»Sie war im vorletzten Monat ihrer Schwangerschaft, als man sie festnahm.«

Sie weiß nicht mehr, wer zuerst etwas sagte, sie oder ihre Mutter. Sie war also schwanger? Ja, und zwar im fünften Monat, auch wenn es so aussah, als ob sie eine Murmel verschluckt hätte. Noch ein Grund dafür, daß sie sofort verschwinden mußten. Wie konnten sie unter diesen Umständen ein Kind bekommen? Bei diesen ständigen Ortswechseln? Pablo war sehr entschlossen: Nein, sie würden nicht weggehen. Er trug Verantwortung für viele Leute, die würde er in diesem Augenblick nicht im Stich lassen. Er würde noch einmal darüber nachdenken, sagte er, vielleicht nur, damit sie endlich gingen, es war unvorsichtig, das Treffen in die Länge zu ziehen. Dolores mußte ihre Mutter am Arm fortziehen und die ganze Zeit auf sie einreden, damit sie vor Angst, vor

Rührung oder beidem zusammen nicht in Tränen ausbrach. Was hatten sie und Vater Böses getan, daß sie das alles mitmachen mußten, daß ihr Sohn so geworden war, so verantwortungslos? Rede ihm gut zu, Dolores, bitte! Wenn er dich anruft, versuch ihn zu überzeugen, daß er so bald wie möglich das Land verläßt, auf dich hört er. Versprich es mir, meine Liebe, versprich mir, daß du ihn überzeugen wirst.

Nach Pablos nächstem Brief zu urteilen schien es kaum möglich, daß Dolores ihn überzeugen könnte. Sie würden sich nicht sehen können, bevor er ihr Bescheid gab, es war ein schwieriger Moment, viele Genossen waren gefallen, aber er war in Sicherheit.

Dolores plante alles sehr sorgfältig, sie nahm sich vor, ihn umzustimmen, wenn sie nur einmal die Gelegenheit hätte, mit ihm allein zu reden. Sie hatte jedes ihrer Argumente genau durchdacht, die möglichen Antworten ihres Bruders einzeln abgewogen und das, was sie ihm darauf sagen würde. Sie hatte einen perfekten Plan. Sie sollten fliehen, sie sollten sich bitte nicht umbringen lassen. Und darum bat sie ihre Eltern, nicht ans Telefon zu gehen. Nur sie allein konnte sagen, was nötig war, damit Pablo zu einem Treffen bereit war. Es machte ihr nichts aus, ihn anzulügen, sie mußte alles tun, um ihr Ziel zu erreichen. Und sie erreichte es.

Bei der Erinnerung daran spürt Dolores ein scharfes Messer, das sich in ihrem Magen dreht und dreht. Vielleicht ... wenn sie nicht so sehr auf diesem Treffen bestanden hätte ... wenn sie Mónica nichts erzählt hätte ...

»*Sie hatte ihrer Freundin nur gesagt, Pablo habe eingewilligt, sie an jenem Montag um sieben zu treffen. Aber nicht, wo das Treffen stattfinden sollte.*«

Niemals hatte sie die eine Tatsache mit der anderen in Verbindung gebracht. Tausendmal hatte sie sich gefragt, warum man sie gerade dort gefaßt hatte, woher sie wußten, daß Pablo dorthin kommen würde. Sie mußten ihr von ihrem Haus aus gefolgt sein, und als sie ihn mit ihr zusammen sahen ... Es waren acht oder zehn Kerle gewesen, alles war sehr schnell gegangen. Man hatte ihnen Kapuzen übergezogen und sie weggebracht.

»Sie erinnerte sich nicht einmal mehr, daß sie Mónica etwas gesagt hatte, bis die es ihr selbst sagte, drei Jahre später, als sie einander in Madrid begegneten. Mónica war ihre beste Freundin.«

Aber es gibt weder Freunde noch Zuneigung, noch Treue; es gibt nichts, was vor der Folter bestehen könnte.

»Als ich Dolores kennenlernte, waren bereits mehr als zwanzig Jahre vergangen, und noch immer quälte sie sich wegen dieser Unvorsichtigkeit. Sie fühlt sich dafür verantwortlich, daß Pablo entführt wurde.«

»Du hast Dolores kennengelernt?«

»Ja, vor ein paar Monaten. Delia, eine der Großmütter von der Plaza de Mayo, hat den Kontakt hergestellt.«

»Und warum fühlt sich Dolores verantwortlich?«

»Weil sie in Madrid von ihrer Freundin erfuhr, daß diese unter der Folter ausgesagt hatte, Dolores werde sich mit ihrem Bruder treffen.«

Mónica hatte sie über alles aufgeklärt, an jenem Abend, als sie sich zusammen betranken: Nein, Dolores hatte ihr nicht gesagt, wo, nur daß sie sich treffen würden, und wenn sie es verraten hatte, dann nur, weil sie den Schmerz nicht mehr ertragen konnte, die Stromstöße in die Brustwarzen, sie wußte nichts, nichts, über niemanden, sie war völlig unbeteiligt, wer weiß, warum man sie mitgenommen hatte, vielleicht weil sie sich mit diesem Jungen traf, der ein Montonero war. Oder es war ein Irrtum gewesen, wie bei so vielen, sie hätte alles gesagt, nur damit dieser schneidende Schmerz aufhörte, aber sie wußte nichts, der einzige, von dem sie wußte, daß er in etwas verwickelt war, war Pablo gewesen, Dolores' Bruder, und als ihr einfiel, daß Dolores sich mit ihm treffen würde ... Wirst du mir jemals verzeihen können, Dolores? Ja, sie hatte Mónica verziehen, aber sich selbst konnte sie nie verzeihen. Und das würde sich niemals ändern.

»Dolores?« Der Mann, der vor ihrem Tisch steht, kennt sie. Sein Lächeln ist fehl am Platz, es stört sie in ihren Gedanken. »Erinnerst du dich an mich? Oder bin ich zu sehr gealtert?«

Dolores kann nur nicken. Sie bringt kein Wort hervor. Vielleicht kennt sie ihn, aber die Erinnerungen, die sie überfallen, seit sie das »Dandy« betreten hat, überschlagen sich in ihrem Gedächtnis und machen es ihr unmöglich, den gerührten Blick dieses Mannes einzuordnen.

»Wenn man bedenkt, daß du mir geschrieben hast, ich sei der Mann deines Lebens, das Leben mit mir sei ein einziges Fest ... und jetzt erkennst du mich nicht einmal.«

Und wie ein frischer Wind überfällt sie die Erinnerung an die warmen Nachmittage von Entre Ríos, die aufwallenden Gefühle ihrer fünfzehn Jahre, ihre stürmische Verrücktheit.

»Eduardo! Du bist Eduardo! Was für eine Freude!«

»Wann kommt Papa?« fragte Luz.

»Spät, wenn du schon schläfst. Du wirst ihn morgen sehen.«

»Dann erzählst du mir das Märchen.«

»Ich kann mich gut daran erinnern, wie Papa mir vor dem Einschlafen immer Märchen erzählte.« Carlos blieb nicht verborgen, mit welcher Zärtlichkeit Luz von Eduardo sprach. »Ich wollte immer das von dem außerirdischen Mädchen hören, das Luz hieß, genau wie ich. Es erlebte Abenteuer, die mich faszinierten. Papa erfand sie jeden Abend neu, darin war er genial. An manche kann ich mich noch erinnern.«

Carlos untersagte es sich, Luz zu gestehen, was er in diesem Moment fühlte. Er hätte es nicht einmal in Worte fassen können. Es waren verworrene, vielleicht kleinliche Gefühle, sagte er sich. Hatte er das Recht, von Luz, die er vor ein par Stunden noch nicht einmal gekannt hatte, zu verlangen, daß sie diesen Mann nicht Papa nannte? Hatte er das Recht, ihr die guten Erinnerungen an eine Kindheit zu trüben, die er nicht hatte miterleben können? War Luz etwa schuld daran, daß sie für den Mann, der sie gestohlen hatte, Zuneigung empfand?

Es war eigenartig, wie kindlich ihre Stimme und selbst ihre Gesten wurden, als sie Carlos ein Märchen von Luz, der Außerirdischen, erzählte. Er konnte nur versuchen, sich in der Frau, die ihm gegenübersaß, das Mädchen von fünf oder sechs Jahren vorzustellen, dieses Mädchen, das er nie mehr würde kennenlernen können. Er mußte dieses belastende Gefühl loswerden, seinen Groll unterdrücken, die Umstände vergessen, all den Haß, und sich von Luz mitreißen lassen und diese Märchen, die er ihr nie hatte erzählen können, mit ihr teilen. Selbst wenn es zu spät war, selbst wenn sie nur geliehen waren. Genau das war es, was Luz wollte, warum sonst hätte sie die Geschichte, von der ihm so viele Einzelheiten noch unbekannt waren, unterbrochen, um ihm ein Märchen zu erzählen?

Über das Ende des Märchens konnte Carlos gemeinsam mit Luz lachen. Ja, es war genial, und sie konnte es gut erzählen.

Mariana las ihr die Märchen lieber vor, anstatt sie sich auszudenken. Sie war müde und hatte schlechte Laune, aber sie las ihr etwas vor, damit sie schnell und ruhig einschlief. Heute nacht würde sie eine dieser Krisen, die Luz ab und zu hatte, nicht ertragen können: die geöffneten Augen groß wie ein Teller, diese hellen, glänzenden Augen, die in Brand zu geraten schienen, und diese Schreckensschreie, als ob sie umgebracht würde.

»Das sind Albträume«, hatte der Kinderarzt gesagt.

Aber was kann das sein, wovon sie träumt? fragte sich Mariana verzweifelt, sie ist doch noch so klein! Sie wußte nicht, was sie tun sollte, um sie zu beruhigen, manchmal weinte sie zusammen mit Luz. Dann nahm Eduardo die Kleine auf und beruhigte sie mit einer Geduld, die Mariana, wie sie selbst zugeben mußte, nicht besaß.

Luz war längst eingeschlafen, als Eduardo nochmals anrief, um zu sagen, daß er sich leider an diesem Abend nicht auf den Weg machen könne. Die letzte Versammlung ziehe sich in die Länge, und man müsse sie auf den nächsten Tag verschieben. Morgen mittag werde er nach Entre Ríos aufbrechen.

Es ist nicht vollkommen erlogen, was Eduardo Mariana gesagt hat: Morgen muß er sich mit Urrutia zusammensetzen. Aber wahr ist auch, daß er selbst vorgeschlagen hat, das Treffen am nächsten Tag fortzusetzen, unter dem Vorwand, daß noch verschiedene Themen zu besprechen wären.

Und dann hast du als erstes Dolores angerufen und sie zum Abendessen eingeladen.

»Warum nicht?« antwortete sie.

Es schien sie nicht zu verwundern, daß Eduardo sie noch

am selben Abend anrief und nicht, wie er gesagt hatte, bei seiner nächsten Reise nach Buenos Aires. Wer weiß, ob sie das nächste Mal noch da sein würde, sie war nur gekommen, um ein paar Dinge zu erledigen, sie wollte so bald wie möglich nach Frankreich zurückkehren, wo sie seit sechs Jahren lebte. Sie anzurufen war wie eine Art Impuls, es fiel ihm ein, während er in der Besprechung war.

Dolores war so niedergeschlagen gewesen. Aber es ist nicht nur deshalb, mach dir nichts vor. In Wirklichkeit möchtest du sie sehen, mit ihr zusammensein. Rede dir nicht ein, daß du sie nur trösten willst. Vielleicht wirst du keine Gelegenheit mehr haben, sie zu sehen. Darum warst du Mariana gegenüber so ausweichend.

Könntest du Mariana etwa sagen, was mit Dolores los ist? Sie würde noch schlimmer reagieren als bei Carola, weil feststeht, daß Pablo Mitglied einer linken Gruppierung war. Für Mariana sind das die Bösen, ohne Abstriche, ohne Gefühle. War das nicht der Grund, warum du auf Dolores' Frage, wen du geheiratet hättest, nur erwidert hast, ein Mädchen aus Buenos Aires? Möglicherweise hast du den Namen Mariana erwähnt, aber du hast dich sehr wohl gehütet, ihren Familiennamen zu nennen. Du würdest vor Scham sterben, wenn du ihr sagen müßtest, daß dein Schwiegervater ein Militär ist, nach allem, was Dolores dir erzählt hat. Sie haßt die Militärs. Und wie sollte sie auch nicht? Was würdest du für die Militärs empfinden, wenn Javier und Laura spurlos verschwunden wären?

Du denkst an den Zwischenfall von gestern abend und begreifst jetzt, was dich am meisten gestört hat: Warum mußte sich Carola, nachdem sie all das gesagt hatte, bei Mariana entschuldigen? Warum war es so wichtig, daß Mariana nicht auf die Idee kam, sie teilten die Anschauungen der Guerrilleros? Dafür gab es nur einen einzigen Grund: Mariana ist die Tochter von Dufau, vor dem Luccini sicher Angst hat. Als du sie im Auto gefragt hast, warum sie nicht zulassen kann, daß jeder denkt und fühlt, was er will, wurde sie wütend: Ob er Luz etwa

184

so erziehen wolle? Ob er vorhabe, ihr zu sagen, daß es jedermann freistünde, zu denken, was er wolle? Und wenn sie morgen eine Guerillera werden würde, oder drogenabhängig? Und dann faselte sie wieder etwas von Drogenabhängigen und Guerrilleros und Homosexuellen, die für sie auf die Seite der »Bösen« gehörten, während es auf der anderen Seite nur die »Guten« gab, ihren Vater zum Beispiel.

Für Mariana würde Dolores zu den Bösen gehören. Wenn ihr Carola aufgrund dessen, was sie gesagt hatte, schon verdächtig schien, was würde sie dann von Dolores denken? Manchmal amüsiert dich ihre Naivität, aber in dieser Hinsicht nervt sie dich. Ja, natürlich wirst du mit Mariana reden, du wirst das nicht hinnehmen, wer nicht weiß, was in all diesen Jahren in diesem Land passiert ist, das ist sie. Dolores hat dir erzählt, daß sie nie politisch aktiv war und trotzdem verschleppt wurde.

»Ich bin wie durch ein Wunder davongekommen. Ich könnte jetzt tot sein«, sagt Dolores beim Abendessen.

»Aber wenn du nicht in der Guerilla warst, hätten sie dich doch nicht umgebracht.«

Dolores sieht ihn mit leichtem Abscheu an und fragt sich, wie sie jemandem alles erzählen kann, der ihr so etwas erwidert. Aber es ist passiert, sie hat ihm schon alles gesagt. Vielleicht muß sie begreifen, daß sie in Buenos Aires ist und daß Eduardo anders ist als die Emigranten, mit denen sie es in Europa zu tun hatte, daß dies das Argentinien von 1983 ist, auch wenn man sich auf dem Weg zu einer demokratischen Regierung befindet. Und doch kann sie sich nicht beherrschen:

»Nein, ich war nicht organisiert. Aber was macht das schon? Denkst du, daß sie mich deshalb freigelassen haben?« Sie schweigt einen Augenblick, um dann mit gesteigerter Wut erneut zum Angriff überzugehen: »Oder denkst du, daß diejenigen, die militant waren oder anders dachten als du, es verdient haben, daß man sie physisch zerstörte, daß man sie mißhandelte, daß man sie umbrachte oder sie innerlich zer-

185

brach, indem man sie zu einem schmerzlichen Verrat zwang? Na los, erklär mir das mal!«

Eduardo wollte sie nicht verletzen, sonst würde er nicht wortlos seine Hand auf die ihre legen und sie nicht so erschrocken ansehen, erschrocken und liebevoll zugleich. Sie darf nicht so extrem urteilen, es gibt Unterschiede. Vielleicht ist es nicht seine Schuld, daß er sich mancher Dinge nicht bewußt ist, sie darf nicht annehmen, daß jeder, der nicht denkt wie sie, genauso ist wie diese Hurensöhne. Ihre Eltern zum Beispiel. Wie schwer ist es ihnen gefallen, zu begreifen. Nein, man werde sie nicht umbringen. Mirta sei schwanger, die Armee San Martíns werde eine schwangere Frau nicht mißhandeln, sagte ihr Vater mit einer tief verwurzelten Überzeugung, die mit der Grausamkeit dieser Zeit nicht Schritt halten konnte, er konnte es wirklich nicht begreifen. Wie viele Stunden hatte er in den Vorzimmern seiner einstmals engen Freunde ausharren müssen, nur um eine Ablehnung, ein Nein, zu erhalten, Antworten zwischen Lügen und Leugnen, wie viele Haftbeschwerden, wie viele nutzlose Schritte! Wieviel Schmerz, wieviel Ohnmacht mußten die Ärmsten erleben, bis sie aussprechen konnten, was ihre Mutter ihr erst heute nachmittag voller Erschütterung zugeflüstert hatte: Diese Hurensöhne, diese Mörder, haben das Baby bestimmt verschenkt. Ja, es gibt Unterschiede.

»Tut mir leid, ich wollte dich nicht verletzen. Vielleicht ist mir vieles unbekannt, ich hatte niemanden in meiner Umgebung, dem so etwas passiert ist. Aber denke nicht, daß ich es gut finde, daß man jemanden umbringt oder foltert oder daß es irgend jemanden gibt, der so etwas verdient hat. Und außerdem mußt du wissen, daß mir die Sache mit Pablo sehr weh tut. Schon, weil sie dir weh tut.«

»Du mußt mir verzeihen, ich fühle mich nicht gut. Ich hätte dich nicht so anschreien dürfen. Ich habe so viel Haß in mir. Und was du gesagt hast, hat mich auf den Gedanken gebracht, daß du auf der Seite der Feinde stehst. Das ist ungerecht, wer weiß, was ich denken würde, wenn mir all das nicht passiert wäre, wenn ich an dem bewußten Abend nicht dort gewesen wäre...«

Dolores verstummt. Sie sieht Eduardo an, der ihren Worten aufmerksam zuhört. Er saugt sie auf wie damals, als er der »große Junge« war und sie »die Kleine«. Und dann denkt sie, wie komisch, jetzt ist sie die Erwachsene und er der naive Junge.

Entspannen, entspannen... geh aus und laß es dir gutgehen. Ich muß mich entspannen, sagt sich Dolores, mich daran erinnern, wie schön es war, als dieser Junge, der mir gegenübersitzt, mich meinen Körper erleben ließ, welches Glück ich damals empfand, welche Rührung. Ich muß mich wenigstens für eine Weile daran erinnern, wie das Leben vor dem Grauen aussah. Aber es gelingt ihr nicht, die Worte zu finden, die die Nachmittage, die nach Pfirsichen schmeckten, wieder aufleben lassen. Eduardo ist noch immer betroffen von ihrer Reaktion und verteidigt sich:

»Ich wollte dir sagen... ich weiß nicht... ich dachte, sie hätten dich freigelassen, weil du nichts getan hattest. Aber ich weiß nicht...«

»Ich wurde gerettet, weil dem Kerl, mit dem ich es zu tun hatte, gerade danach zumute war. Wäre er in einer anderen Laune gewesen, dann wäre ich tot. ›Hau bloß ab, ganz weit weg, beim nächsten Mal bringen wir dich um, du kleine bolschewistische Hure‹, hat er gesagt.«

»Sie war nur eine Nacht dort, am nächsten Tag hat man sie freigelassen. Aber ihren Bruder behielten sie da, sie hörte, wie er schrie, während er gefoltert wurde.«

Schluß, es reicht, sie will sich nicht ablenken lassen oder an etwas anderes denken. Eduardo ist keiner von denen, sonst würde er nicht versuchen, sich zu entschuldigen, sich zu öffnen und das, was sie sagt, zu verstehen. Sie wird noch Zeit haben, es ihm zu erklären. Jetzt muß sie raus aus diesem dunklen Labyrinth, wo doch draußen die Sonne scheint, gleich hier, ihr gegenüber, im warmherzigen Blick Eduardos, ihrer Jugendliebe.

Ihr Versuch zu lächeln ist wie eine ausgestreckte Hand, die Eduardo eilends ergreift.

»Erzähl mir alles, ich muß es wissen.«

»Nein, bitte, laß uns nicht davon sprechen, ich muß mich ausruhen.«

»Dolores, wenn ich dir irgendwie helfen kann, dann sag es mir.«

»Ja, du kannst mir helfen. Erinnere mich an die Nachmittage in Entre Ríos: wie du damals warst, wie ich damals war« – und ja, allein bei dieser verschwommenen Erinnerung an sie beide, dort am Flußufer, hat sich ihr Gesichtsausdruck verändert.

»Weißt du, daß ich schrecklich verliebt in dich war? Du mußt darüber gelacht haben, ich war doch noch ein Kind. Und die Briefe, die ich dir geschrieben habe! Ich las ›Zwanzig Liebesgedichte und ein verzweifeltes Lied‹ und schloß mich in mein Zimmer ein, um dir zu schreiben. Ich schrieb die Verse von Neruda ab. Wie mußt du dich amüsiert haben ...«

Zum ersten Mal, seit sie einander begegnet sind, bekommt Eduardo ihr helles Lachen zu hören.

»Wenn ich an dich dachte, habe ich mir immer vorgestellt, wie du über meine Briefe gelacht haben mußt, über diese Mischung aus Liebesliedern, Groschenromanen und Neruda.«

Gelacht, nein, sie hatten ihn gerührt, erregt.

»Ich sage dir lieber nicht, was mir bei deinen Briefen durch den Kopf gegangen ist ... oder besser gesagt, durch den Körper ...« Und nun hört Dolores auch ihn wieder lachen.

Dolores sagt, es sei ihr egal, er solle entscheiden, wo sie nach dem Essen weiterreden.

Du würdest ihr gern sagen: Laß uns in mein Hotel gehen. Es ist nur ein kurzer Augenblick, während du ihr in den Mantel hilfst, nur ein Augenblick, aber es haut dich um, fast genauso wie damals, wie groß – und wie unangebracht – dein Verlangen ist. Vielleicht nennst du deshalb so schnell den Namen irgendeiner Bar, die nicht weit entfernt liegt.

Aber nicht die Mittagsstunden und die Pfirsiche, nicht ihre Gefühle und nicht ihre ungestümen Briefe beherrschen das Gespräch.

Nein, Eduardo will alles erfahren, nicht nur, weil Dolores das Thema nicht vermeiden kann, nein.

Du stellst ihr Fragen, du gibst das Thema vor, du leidest mit ihr. Und darum erzählt dir Dolores in der Bar alles: von den drei A in Pablos Haus, von den Kapuzen, den Fußtritten und den Schreien, den Schreien, die sie in dieser Nacht hörte, von der Folter, dem Diebstahl und davon, wie Mirta entführt wurde, als sie ungefähr im siebten Monat war. Da war Dolores schon außer Landes. Gleich nach der Freilassung war sie gegangen, zuerst nach Brasilien, genau nach dem Plan, den ihre Eltern für Pablo vorbereitet hatten, der aber nie mehr fortgehen würde, nie mehr. Und dann nach Frankreich. Sie erzählte von ihren Kontakten zu Menschenrechtsverbänden in Europa, von ihren Plänen in Buenos Aires: Sie will sich mit den Großmüttern von der Plaza de Mayo in Verbindung setzen, mit verschiedenen Leuten reden und versuchen, ihre Eltern von dem Schmerz zu erlösen, damit sie sich am Kampf der Hilfsorganisation beteiligen.

In was für einer Welt, in was für einem Land hast du nur gelebt, während all das geschehen ist, wovon Dolores dir jetzt erzählt?

»Bevor Dolores ihm vom Baby ihres Bruders und ihrer Schwägerin erzählte, war ihm nie der Verdacht gekommen, ich könnte die Tochter von Vermißten sein.«

»Unmöglich! Ich weiß nicht, warum du das glauben willst, vielleicht hast du Eduardo sehr gern und ...«

»Das ist sehr gut möglich«, unterbrach Luz ihn scharf. »Ich sage dir doch, daß er bis dahin nicht wußte, daß man denen, die entführt wurden, die Kinder wegnahm. Ich selbst, die ich davon wußte, weil ich von solchen Fällen gehört hatte, dem Fall mit den Zwillingen, über den in den Zeitungen geschrieben wurde, ich selbst hätte nie vermutet, daß ich eines von ihnen sein könnte.«

»Wie solltest du auch? Sie haben dir doch nie gesagt, daß du nicht ihre

wirkliche Tochter warst. Oder haben sie dir das irgendwann einmal erzählt?«

»Nein. Aber ich hatte oft den Verdacht, daß ich nicht Mamas Tochter war. Es gab gewisse Dinge, die sie zu mir sagte, wenn ich etwas tat, das ihr nicht gefiel: das sei erblich, ich hätte einen Teufel in mir, etwas Unheimliches, und ähnlichen Blödsinn. Da dachte ich immer an den Satz, den Miriam zu mir gesagt hatte, als sie mich von der Schule abholte. Denn daran erinnerte ich mich viele Jahre lang, obwohl ich damals noch sehr klein war.«

»Miriam? Was hat Miriam zu dir gesagt? Und wann?«

»Das habe ich dir noch nicht erzählt. Ich bringe dich noch ganz durcheinander. Ich wollte sagen, daß es mir, bevor mein Sohn zur Welt kam, nie in den Sinn gekommen ist, daß ich eines dieser in der Gefangenschaft geborenen Kinder sein könnte. Es war ein verrückter, aus dem Nichts entstandener Gedanke, aber wäre ich nicht so sehr von ihm besessen gewesen, würden wir beide heute nicht hier in Madrid miteinander reden.«

»Aber wie bist du darauf gekommen, wenn dir niemand etwas gesagt hat?«

»Laß mich der Reihe nach erzählen. Ich habe dir gesagt, daß Eduardo es seit seinem Gespräch mit Dolores vermutet hat, nicht früher. Und das glaube ich auch. Alles, was er von diesem Moment an getan hat beweist, daß er etwas riskiert hat, um die Wahrheit herauszufinden. Er hat sogar alles riskiert!«

»Aber was ist denn passiert? Hat er die Wahrheit nie erfahren?« Carlos konnte den schneidenden Ton nicht vermeiden. »Oder hat er in all diesen Jahren vergessen, es dir zu sagen? Wie kannst du jemanden, der dir deine Identität vorenthalten hat, so in Schutz nehmen?«

Ihr wütender Blick war beredter als all die Worte, die sie in sich verschloß. Carlos sagte sich wieder einmal, daß er es vermeiden mußte, dieses Gefühl zu zeigen, das ihn immer dann überfiel, wenn er erkannte, wie sehr Luz diesen Mann liebte, daß es weder vorsichtig noch angemessen war, es ihr zu zeigen. Sie schwieg unendlich lange, bis sie ganz langsam die Worte hervorbrachte, die sie offenbar große Anstrengung kosteten:

»Du solltest lieber weiter zuhören, bevor du so kategorische Urteile abgibst.«

190

Es ist sehr spät, als Eduardo Dolores zum Haus ihrer Eltern begleitet. Er sagt, daß er sie anrufen wird, wenn er wieder nach Buenos Aires kommt, schon bald.

»Ja, natürlich hat es mir gefallen, ich habe mich sehr gefreut, dich zu sehen.«

Dolores kann nicht wissen, wie tief diese Niedergeschlagenheit geht, die Eduardo, das ist deutlich zu sehen, nach ihren Worten befallen hat. Sonst würde sie jetzt nicht sagen: Verzeih mir, ich wollte nicht, daß du dich schlecht fühlst, nein, wirklich. Es wäre schön gewesen, wenn wir uns nur nett unterhalten und uns an Entre Ríos erinnert hätten. Ich wollte dich nicht belasten, aber ich konnte es nicht verhindern.

»Mach dir keine Sorgen. Es stimmt, ich fühle mich schlecht, aber das ist nicht deine Schuld, nein, keineswegs. Ich danke dir für dein Vertrauen und dafür, daß du mir all das erzählt hast, was ich nicht wußte. Glaub mir, es ist alles ganz anders.«

Er gibt ihr einen Kuß: Alles Gute, Dolores.

»Beim nächsten Mal bist du an der Reihe, dann erzählst du mir alles über dein Leben. Versprochen?« sagt Dolores zum Abschied.

Kapitel acht

Seit Miriam die beiden in jenem Sommer in Punta del Este gesehen hatte, wurde sie den Gedanken nicht mehr los. Schon vor langer Zeit hatte sie eingesehen, daß es Wahnsinn war, Lili zu entführen, mit ihr zu fliehen, für sie zu sorgen und ihr die volle Wahrheit über Liliana und über sie selbst zu erzählen. Aber als sie Dufau sah, der ein Mädchen an der Hand hielt, das keine andere als Lili sein konnte, schlug ihr Herz so schnell, daß ihr Plan wieder so lebendig wurde wie an dem Abend, an dem sie Dufau die Kleine hatte ausliefern müssen.

»In diesen sieben Jahren sagte sie sich einerseits, daß es verrückt war, daß sie es nicht wagen durfte, daß die Sache bereits verloren war. Aber andererseits unternahm sie immer wieder Schritte in dieser Richtung. Für alle Fälle, sagte sie sich. So machte sie, bevor sie Buenos Aires verließ, diesen Anruf und fand heraus, daß Dufau drei Töchter hatte: die Älteste und die Zwillinge, die bei den Eltern wohnten. In Uruguay begann sie dann, Geld zu sparen, um außer Landes zu gehen, falls sie mich eines Tages mitnehmen konnte. Irgendwie plante sie es, ohne es zu wollen, sie sagte sich, daß sie es nicht tun würde, und gleichzeitig bereitete sie alle Einzelheiten vor. Allerdings hatten sich die Umstände in der letzten Zeit geändert. Als sie erneut von der Idee besessen war und beschloß, sie auszuführen, hatte es bereits den Krieg um die Malvinen gegeben. Und die Niederlage. Es herrschte ein anderes Klima. Man war auf dem Weg zur Demokratie. Vielleicht würde sie nicht mehr ins Exil gehen müssen.«

»Miriam war ja nicht gerade eine Emigrantin«, sagte Carlos ein wenig abfällig. »Sonst wäre sie nicht nach Uruguay gegangen. Die uruguayischen Militärs haben mit den argentinischen kooperiert.«

»Doch, sie war eine Emigrantin, weil sie nicht in ihr Land zurückkehren konnte. Sie wußte, daß El Bestia sie umbringen würde. Und meinst du nicht, daß sie nach allem, was sie erlebt hatte, genausoviel Angst hatte wie ihr alle? Was macht dich denn zum Emigranten? Die Mitgliedschaft in einer Partei?« Carlos zuckte mit den Schultern und antwortete nicht. »Im Grunde hatte sie große Angst. Sie wußte, daß sie nichts für mich tun konnte, und doch . . . Auf die Idee mit den Papieren kam sie

192

etwa vier Jahre nachdem sie sich in ihrem neuen Leben eingerichtet hatte, was beweist, daß sie den Gedanken nie aufgegeben hat. In einer Diskothek von Punta del Este kontaktierte sie einen Kerl, der Dokumente fälschte. Sie fand heraus, was es kostete und wie lange es dauerte, sie gab vor, daß sie für eine Freundin waren, die von ihrem Mann geschlagen wurde und mit ihrer Tochter fliehen wollte. Es war, als hätte sie einen Plan verworfen und gleichzeitig jeden nur möglichen Schritt unternommen, um alles parat zu haben, falls sich eine Gelegenheit bot.«

Sie konnte an nichts anderes denken. Gestern, als sie mit Frank zu Abend aß und er ihr von seinem Leben in den USA, von seinem Haus mit Garten und von seiner Arbeit erzählte, hatte sie ihn unterbrochen:

»Glaubst du, daß El Bestia noch immer nach mir sucht? Es ist schon sieben Jahre her, daß ich geflohen bin.«

»Ich weiß nicht. Warum? Willst du weg aus Uruguay?«

Sie wußte nicht, ob sie gehen wollte, sie wollte es nur einmal erwähnen. Sie hatte eine gute, sichere Arbeit, in ihrem Leben gab es keine großen Erschütterungen, sie verdiente gut und konnte es sich sogar erlauben, den ganzen Juli über Urlaub zu machen. Das hatte sie auch letztes Jahr schon gemacht. Nichts: weder Vergnügungen noch Verabredungen, nichts, ein Monat nur für sie. Absolute Erholung.

»Und du bist nicht auf die Idee gekommen zu verreisen?« wollte Frank wissen.

Miriam bemerkte die Hoffnung in seinem Blick. Vielleicht hatte er Pläne mit ihr, von denen er ihr noch nichts gesagt hatte. Aber er sei nur gekommen, um sie zu sehen. Miriam hatte beschwichtigend gesagt: Übertreib nicht, du bist doch sicher auch hier, um deine Mutter und deine Freunde in Argentinien zu besuchen. Und dann hast du einen kleinen Umweg über Uruguay gemacht. Du wirst doch deinen Urlaub nicht vergeuden, nur um mich zu sehen. Frank hatte kaum merklich gelächelt.

Nein, nie war ihr nach Verreisen zumute gewesen. Nur damals, als sie Mannequin werden und auf den Laufstegen der Welt triumphieren wollte. Diese Träume hatte sie vor langer

Zeit aufgegeben ... und andere auch. Die letzten Worte unterstrich sie mit voller Absicht, damit Frank begriff, daß es für das, was sich zwischen ihnen entwickelt hatte, keine Chancen mehr gab.

Es hatte sie gefreut, daß sie ihn in jenem Sommer zufällig auf der Straße getroffen hatte. So konnte sie ihm erklären, daß sie ihn, selbst wenn er es nicht glauben wollte, nur deshalb nie wieder angerufen hatte, weil sie ihn schützen und ihm nicht noch mehr Schwierigkeiten bereiten wollte.

Aber nach der Nacht, die sie damals gemeinsam in Miriams Wohnung verbracht hatten, war sein Groll verflogen. Sie hatte gesagt, er solle sie wieder besuchen, wenn er irgendwann einmal nach Südamerika käme, aber damals konnte sie nicht ahnen, daß er sich nur wenige Monate später wieder einfinden würde.

»Auf jeden Fall ist es ein glücklicher Zufall«, sagte Frank mit einer gewissen bitteren Ironie, »daß ich dich genau in dem Monat besuche, in dem wir beide Urlaub haben. Sonst hättest du nicht mal Zeit, mich zu sehen.«

»Was machte sie denn in Uruguay? War sie immer noch eine Hure?«

»Zuerst arbeitete sie nur in einem Kabarett in Carrasco. In einer Erotik-Show. Sie erzählte mir, es sei ihr schwergefallen, in das erste Rendez-vous einzuwilligen, aber später ... Nun ja, wie sagte Miriam – was war sie dort schon? Nichts. Und etwas anderes konnte sie ja nicht. Der Besitzer des Kabaretts brachte sie mit einer Agentur in Punta del Este in Verbindung, wo sie sich im Sommer niederließ. Und sie verdiente viel Geld. Ja, Miriam blieb eine Hure, bis sie nach Argentinien zurückkam, um mich zu entführen. Danach ist ihr Leben ...«

»Sie wollte dich entführen?« Carlos sprang vor Begeisterung auf. »Die Frau hatte ja wirklich was drauf!«

Luz amüsierte sich über seine typisch spanische Überschwenglichkeit. Sie lächelte zufrieden. Offensichtlich hielt Carlos Miriam nun nicht mehr für eine abscheuliche Person, der Liliana unmöglich hatte vertrauen können. Und das gefiel Luz, weil ihr Miriam gefiel und weil sie sie liebte, wie sie ohne Übertreibung sagen konnte.

»Und warum willst du Uruguay verlassen, wenn es dir

so gut geht? Hast du vielleicht das Leben satt, das du führst?«

Miriam lächelte. Frank konnte nicht verbergen, wie sehr er ihre Lebensweise ablehnte, aber sie tat so, als bemerke sie es nicht. Sie antwortete nur: Nein, sie hatte ihr Leben nicht satt, aber sie war nun zweiunddreißig Jahre alt, ihre Arbeit florierte im Moment, aber das würde nicht mehr lange so bleiben. Und sie hatte andere Projekte. Auch deshalb hatte sie diesen Monat Urlaub genommen.

Um nachzudenken. Ach ja, sagte Frank überrascht, was denn für Projekte? Und da war wieder dieses Licht in seinen Augen, diese Art, wie er es sich auf dem Stuhl bequem machte, um interessiert zuzuhören. All das bewies ihr, daß er vielleicht wirklich nur gekommen war, um sie zu sehen. Und um ihr etwas vorzuschlagen, dem sie auf keinen Fall zustimmen würde. Nein, sie hatte andere Pläne: Sie wollte Lili retten.

»Ich kann dir helfen, über deine Projekte nachzudenken«, sagte Frank lebhaft. »Ich könnte dir Tips geben.«

»Nein, kommt nicht in Frage.« Miriam lachte. »Meine Projekte sind sehr geheim.« Sie versuchte, mit einem Scherz darüber hinwegzugehen.

Was würde Frank sagen, wenn sie ihm erzählen würde, daß ihr Projekt etwas mit Lili zu tun hatte, daß sie sie entführen und mit ihr an einen Ort fliehen wollte, an dem sie niemand finden konnte? Daß sie verrückt sei, höchstwahrscheinlich.

Warum sie ihn nach dem Bestia gefragt habe, wollte Frank wissen. Er könne nicht glauben, daß sie nach Argentinien zurückkehren wolle. Er würde nie wieder dorthin gehen, höchstens auf der Durchreise, mehr nicht. Er würde nicht mehr in Buenos Aires leben können.

»Vielleicht gehe ich zurück. Ich glaube nicht, daß es immer noch so gefährlich ist, El Bestia hat mich bestimmt schon vergessen. Und außerdem glaube ich nicht, daß es jetzt, wo die Militärs abtreten, ein ernsthaftes Risiko für mich gibt.«

»Ich weiß nicht. Ich halte es nicht für möglich, daß der Kerl dich vergessen hat, nach allem, was du ihm angetan hast. Und außerdem kann man dich nicht so leicht vergessen. Ich konnte es nie.«

Sie wollte nicht, daß er weiterredete, sie wollte ihm keine Illusionen machen. Hätte sie die beiden nicht im Sommer am Strand gesehen, vielleicht hätte sie dann seine noch unausgesprochene, aber schon deutlich im Raum stehende Einladung freudig aufgenommen. Doch jetzt hatte sie nur noch eine fixe Idee: Sie wollte Lili entführen, und das würde sie Frank ganz bestimmt nicht erzählen.

Sie hielt es für besser, wenn er etwas anderes vermutete: Lokale, die sie aufmachen würde, in Buenos Aires oder in irgendeiner Provinz, sie als Chefin irgendeines Nachtklubs, in dem andere für sie arbeiten würden. Eine Madame, ja. Und dann lachten sie beide, obwohl Frank das offensichtlich gar nicht komisch fand.

Etwas später dann, in ihrer Wohnung, als sie sah, wie er die Kleider über den Stuhl legte, sagte sie sich, daß sie ihn nicht ansehen durfte, daß sie ihm nicht den Platz an ihrer Seite anbieten durfte, denn sonst würde sich Lili in Luft auflösen. Seine warme Hand fuhr über ihre Bluse. Sie hätte es nicht zulassen dürfen, denn sie wollte dieses andere Bild nicht aus den Augen verlieren: sie und Lili in einem Auto, auf der Flucht. Aber ihre Schenkel wurden ganz heiß unter Franks Liebkosungen, und sie gab sich dieser Wärme hin, der Leidenschaft ihrer Körper, die einander begehrten. Obwohl sie es so genoß, mit ihm zu schlafen, verspürte sie das Bedürfnis, sich von ihm zu entfernen, sich im Bett umzudrehen und sich gegen dieses Wohlgefühl zu wehren. Sie mußte Lili retten.

»Miriam«, nein, sie wollte ihm nicht zuhören, sie wollte nicht, daß er es sagte, aber Frank sprach es dennoch aus: »Warum kommst du nicht mit und lebst mit mir zusammen? Laß uns sehen, was daraus wird.«

»Du bist ja verrückt«, antwortete sie lachend. »Was würde ich mit dir machen, so weit weg? Außerdem habe ich doch schon gesagt, daß ich andere Pläne habe.«

Obwohl sie zugeben mußte, daß sie sehr gern mit ihm zusammen war, sollte es Frank bloß nicht einfallen, sie von ihrer Idee, von ihrem wesentlichen Ziel, abzubringen. Sie hatte schon die ersten Schritte unternommen, sie war bestens vorbereitet. Als sie die beiden am Strand sah, hatte sie sich gesagt, daß nicht daran zu denken war, das Mädchen von Dufaus Hand loszureißen und einfach mit ihm davonzulaufen. Aber es schadete nichts, so viele Informationen wie möglich zu sammeln, falls sie eines Tages den Mut faßte, es zu tun. Darum war sie den beiden heimlich gefolgt. Sie hatte sich in der Nähe der Gruppe niedergelassen, mit der sie am Strand waren, und hatte, auf dem Rücken liegend, ein Sonnenbad genommen. Sie wußte nicht einmal, wie sie Lili genannt hatten, sie kannte weder ihren Familiennamen noch den Ort, an dem sie wohnten.

»Und wie hat sie es angestellt, deinen Namen und deinen Wohnort herauszufinden?« fragte Carlos.

»Im Sommer 83 fuhren wir nach Punta del Este. Eine mit den Dufaus befreundete Familie, die Venturas, hatten uns eingeladen.« – Luz sprach wie zu sich selbst – »Dort lernte ich Daniel kennen, fast hätte ich es schon vergessen. Er war mit seiner Frau und seinen Kindern da, er hatte sich noch nicht von ihnen getrennt.«

Luz schwieg lange. Da gab es etwas Düsteres, etwas Eiskaltes, das Carlos nicht verstehen konnte.

»Was ist mit dir?«

»Nichts, es tut nichts zur Sache. Ich habe an jenen Sommer gedacht, und das hat mich abgelenkt. Daniel Ventura hatte nämlich viel mit meinem späteren Leben zu tun. Als Miriam Alfonso mit mir zusammen am Strand entlanggehen sah, erkannte er sie nicht wieder. Sie gingen immer zum selben Strand, und Miriam war so abgebrüht, sich in der Nähe niederzulassen und ihre Gespräche zu belauschen. Eines Tages ging sie direkt neben der Stelle ins Meer, an der ich badete, an einem anderen Tag, als ich allein am Ufer spielte, half sie mir, eine Sandburg zu bauen. Aber als Alfonso näher kam, ging sie weg, weil sie es nicht riskieren konnte, erkannt zu werden. Ich war gerührt, als sie mir erzählte, daß sie mich damals stundenlang beobachtet hat. Es ist seltsam, daß mich eine Unbekannte – und das war sie ja für mich – so geliebt hat, daß so viele Gedanken ihres Lebens sich mit mir beschäftigten, ohne daß ich es wußte.

197

Aus den Gesprächen am Strand erfuhr sie, daß meine Eltern Mariana und Eduardo Iturbe hießen, daß sie in Paraná, in der Provinz Entre Ríos, wohnten und daß er ein Gut besaß. Später, als sie ihren Entschluß faßte, war alles einfach: Sie kannte den Familiennamen und die Stadt, und es fiel ihr nicht schwer, die Adresse herauszufinden.«

Wenn Miriam Frank zum Gehen aufforderte, wenn sie ihm sagte, daß er nicht bei ihr schlafen solle, dann war es wohl deshalb, weil sie sehr gern mit ihm zusammen war und weil sie befürchtete, daß er sie von ihrem Ziel abbringen könnte. Natürlich würden sie sich ein andermal wiedersehen, ganz bestimmt. Das verspreche sie ihm.

Vielleicht trug Frank, ohne es zu wissen, dazu bei, daß Miriam ihr Vorhaben schneller in Angriff nahm. Denn noch in der Nacht, in der er ging, beschloß sie, die Zeit nicht mit Nachdenken zu vergeuden: Sie würde noch in diesem Monat handeln. Zuerst würde sie nach Buenos Aires fahren und dann nach Entre Ríos. Dort würde sie den besten Weg finden, um Lili mitzunehmen. Wenn man sie schnappte, würde sie fluchtartig das Land verlassen. Und wenn ihr die Entführung gelang, würde sie ebenfalls fortgehen, sehr weit weg.

Am nächsten Tag suchte sie den Mann auf, der ihren Paß und den Paß des Mädchens anfertigen sollte. Sie mußte sich für ihn noch eine Geschichte ausdenken, um die Sache mit dem Foto zu begründen. Allerdings interessierten ihn weniger ihre Erklärungen als die Frage, ob sie ihm bezahlen würde, was er verlangte, und sogar noch etwas mehr, denn es war kompliziert, aus einem am Strand aufgenommenen Foto ein Paßbild für das Mädchen zu machen. Aber für ein paar Dollar würden sich die technischen Probleme bewältigen lassen.

Frank sah sie noch einige Male. Jedesmal gab sie zunächst nach und leistete dann Widerstand. Sie sagte ihm, daß sie wegen eines geschäftlichen Vorhabens verreisen müsse, aber auf dem Weg würde sie nach Buenos Aires kommen, wo sie sich treffen könnten.

Eduardo ist auf dem Weg nach Entre Ríos. Er ist völlig durcheinander. Alles, was Dolores ihm erzählt hat, hat einen bestürzenden Eindruck auf ihn gemacht, aber müßte er sagen, wann in diesem Gespräch er sich mehr als nur betroffen gefühlt hatte, so wäre es der Moment, da sie ihm von ihrer schwangeren Schwägerin erzählt hatte. Nie hatten sie auch nur das Geringste von diesem Baby gehört, sie waren nicht einmal sicher, ob es geboren worden war.

Allein diese Worte rissen die dicken Mauern um eine Erinnerung ein, die in den tiefen Windungen deines Gedächtnisses verborgen lag. Sie zogen dich in einen Strudel hinab, in dem du tiefer und tiefer versankst, obwohl du die Arme ausstrecktest. Und wenn nun Luz das Baby war, nach dem Dolores suchte?

Eduardo fragte sie, in welchem Monat und in welchem Jahr ihre Schwägerin verschwunden war. Er wollte es wissen und doch nicht wissen, denn wenn die Daten übereinstimmten ...

Dolores wußte es nicht genau, aber das Kind mußte im Juli zur Welt gekommen sein. Welche Erleichterung für dich! Dann war es sicher nicht Luz, denn Luz wurde im November geboren.

Aber was änderte das, wenn sie nicht das Baby von Dolores' Schwägerin war? Konnte sie nicht das Kind einer anderen Frau sein, die dasselbe durchgemacht hatte? Nie, du hattest nie eine derartige Vermutung, du hast nicht gewußt, daß sie etwas so Abscheuliches tun konnten.

Aber wolltest du es denn wirklich wissen? Du hast dich mit dem begnügt, was dir Alfonso über die Mutter erzählt hat: daß sie eine von denen sei, die nicht wissen, was sie tun, wenn sie schwanger werden. Und daß es für alle besser sei, wenn sie einander nicht kennenlernten.

Auf jeden Fall hat Eduardo in all diesen Jahren nie mit Alfonso über die Herkunft des Kindes gesprochen.

Aber jetzt, während du mit aller Geschwindigkeit über die Landstraße rast, spürst du wieder, wie schwer dieses Gewicht auf dir lastet, dieser übelriechende Betrug, dieses ungestrafte Vergehen. Du rufst die Erinnerung an die Nacht in der Klinik

199

wach. Schon damals hast du geahnt, daß du dieses Unwohlsein, das deinen Körper und dein Gewissen befiel, nicht so leicht loswerden würdest. Ganz zu Anfang hast du es nur in manchen Augenblicken gespürt, aber mit welcher Macht! Später hast du dich von diesem Glück mitreißen lassen: von dem Vergnügen, das deine Tochter dir Tag für Tag bereitete, von dem Wohlgefühl, das dich erfüllt hat, wenn du mit ihr und Mariana zusammen warst.

Aber jetzt, nach allem, was dir Dolores erzählt hat, willst du dieses Unwohlsein nicht mehr unterdrücken. Du läßt zu, daß es sich in deinem Körper festsetzt, und in deinem Kopf, damit du es fühlst, wie du es verdient hast, so wie du es auch in dieser ersten Nacht gespürt hast, damals, als Mariana ins Koma fiel.

Vielleicht wäre Mariana unruhig geworden, wenn sie sich, wie es Eduardo in der ersten Zeit befürchtet hatte, gefragt hätte, warum Luz so blond war, warum sie so helle Augen hatte, wo sie beide doch dunkel waren, mit braunen Augen! Aber Mariana hatte nie auch nur den leisesten Verdacht, daß Luz nicht ihre Tochter sein könnte. Und alle schienen mit solcher Selbstverständlichkeit mitzumachen, daß du dir schon seit vielen Jahren keine Fragen mehr stellst. Als ob du vergessen hättest, daß Luz nicht deine Tochter ist.

Du wolltest es vergessen. Weil du Luz so liebst, weil du so sehr das Gefühl hast, daß sie dir gehört. Darum fällt es dir schwer, dich daran zu erinnern, daß sie nicht von deinem Blut ist.

Kaum war Eduardo angekommen, sagte Mariana, daß sie dringend mit ihm sprechen müsse. Aber er wollte erst Tee trinken und eine Weile mit Luz spielen. Konnten sie nicht nach dem Abendessen reden? War es so dringend? Luz zeigte ihm ihre Hefte: Sieh mal, Papi, was ich gezeichnet habe. Ohne Marianas Antwort abzuwarten, betrachtete er das Heft und sagte, ganz so, als ob sie nicht auf ihn wartete: Wie hübsch! Meinen Glückwunsch.

Manchmal dachte Mariana, daß Eduardo Luz sogar mehr liebte als sie. Wie konnte er weiter mit der Kleinen reden und ihr sein Geschenk, die Schachtel mit den Buntstiften, zeigen, obwohl er genau wußte, daß sie mit ihm sprechen wollte? Das hatte sie ihm doch jedesmal, wenn er angerufen hatte, gesagt.

»Ich warte auf dich, Eduardo.« Ihr Ton verriet deutlich, daß sie ungeduldig war.

Eduardos tadelnder Blick bewies, daß ihm nicht nur seine Unhöflichkeit ihr gegenüber bewußt war, sondern daß er gar nicht daran dachte, sich von der Stelle zu rühren. Ständig ging es nur um die Buntstifte und die Zeichnungen. Und um die Schule. Und sie? Es war, als wäre sie gar nicht anwesend.

»Da dir deine Tochter so wichtig ist« – wenn sie auch nicht schrie, so hörte es sich doch so an – »wäre es gut, wenn du sofort mit mir reden würdest. Ich warte im Schlafzimmer auf dich.«

»Von diesem Moment an begannen sie zu streiten, manchmal aus ganz konkreten, ideologischen Gründen, dann wieder wegen irgendeiner unwichtigen Sache. Aber der tiefere Grund war stets derselbe. Er erzählte seinem Bruder, den er jetzt häufiger sah, von diesen Auseinandersetzungen, und Javier begriff, wie sehr ihn das aufgewühlt hatte, worüber er mit Dolores gesprochen hatte. Denn vorher war Eduardo eher so veranlagt gewesen, daß er nicht viel darauf gab, was Mariana sagte. Er hatte stets versucht, seinen Frieden zu haben.«

Als Eduardo ins Schlafzimmer kam, fragte er nicht einmal, worum es ging. Was war denn los mit ihr, warum sprach sie in diesem Ton mit ihm? Es scheint dich zu stören, daß ich mit Luz spiele! Das gefiel ihm nicht, er würde ihr nicht erlauben, je wieder in Gegenwart der Kleinen so mit ihm zu sprechen.

Gerade deshalb, weil ihre Tochter auch ihr sehr wichtig sei, bereitete es ihr Sorgen, wie er sie erzog. Denn was vor ein paar Tagen passiert war, seine dumme Haltung gegenüber der Frau von Luccini, seine Sorglosigkeit, seine unbedachten Kommentare ... Da du nicht weißt, in was für einem Land du lebst, hast du natürlich nicht die geringste Ahnung davon, was vor sich geht! All das hatte sie auf die Idee gebracht, daß sie sich darüber einigen mußten, was sie Luz sagen würden, falls ein solches Thema in ihrer Gegenwart aufkäme. Sie durften hinsichtlich der Erziehung ihrer Tochter nicht so verantwortungslos sein. Man mußte ihr eine deutliche Haltung vermitteln und ihr sagen, wo die Guten standen und wo die Bösen.

Mariana, die daran gewöhnt war, daß Eduardo nach einem Streit ihren Ärger stets mit seiner Zärtlichkeit zu besänftigen suchte, war jetzt nicht nur von seinem Ton überrascht, sondern auch von dem Nachdruck, mit dem er seine Argumente verteidigte: Sie selbst hatte ja keine Ahnung davon, was in all den Jahren in diesem Land vor sich gegangen war. Sie hatte ihm nicht vorzuschreiben, was er Luz oder sonst jemandem zu sagen hatte, und wenn sie das, was ihr Vater sagte, unbesehen glauben wollte, dann sollte sie das tun. Er jedoch wußte genau, daß das Militär Greueltaten verübte, und er würde Marianas Position keinesfalls unterstützen, schon aus Prinzip. Er dachte nämlich anders als sie.

Mariana konnte es nicht glauben: Was war nur mit Eduardo los? Dies hier war viel schlimmer als vor ein paar Tagen; er schien die Aufrührer ganz offen in Schutz zu nehmen. Und sein Ton war unerhört. Zunächst dachte sie, er sei verrückt geworden, aber sie kam nicht dazu, etwas so Hartes und Verletzendes auszusprechen, denn nach einem ganzen Schwall von Frechheiten sagte Eduardo nun: Ich gehe zu Luz, und wenn du zu uns kommst, dann mit einem anderen Gesicht. Und mit einem anderen Ton.

Du kannst nichts dagegen tun. Du siehst ihr beim Zeichnen zu und hörst sie sagen: Gefällt es dir, Papi? Und du fühlst, daß du kein Recht auf dieses »Papi« hast. Oder auf den Kuß, den sie dir gibt, als du sagst, daß es wunderschön ist.

In diesem Augenblick will er nicht an Dolores' Schwägerin denken. Oder an irgendeine andere Frau, der man die Kleine vielleicht weggenommen hat. Und auch nicht daran, wem dieses »Papi« und dieser Kuß wirklich zusteht. Aber er ist sich ja nicht einmal sicher. Das, was er gestern abend erfahren hat, hat ihn zu sehr mitgenommen, sein Schuldgefühl hat ihn überwältigt. Vielleicht war es tatsächlich nur eine Frau, die ihre Tochter nicht behalten wollte, versucht er sich zu beruhigen.

War es nicht ungerecht, daß du so roh zu Mariana warst? Was wirfst du ihr denn vor? Ist sie etwa für die Sache mit der Kleinen verantwortlich, wo sie doch nicht einmal davon weiß?

Während Eduardo noch erwägt, ob er zu ihr ins Schlafzimmer gehen und einlenken soll, kommt Mariana auf dem Weg zur Küche an ihm vorbei, ohne ihn auch nur anzusehen. Eduardo geht zu ihr und gibt ihr einen Kuß: Schließen wir Frieden, mein Liebling?

Mariana sieht ihn tadelnd an und geht weiter, ohne zu antworten. Nun nimmt er sich vor, in aller Ruhe mit ihr zu reden und alles zu tun, damit sie begreift. Am besten wird es sein, wenn er Alfonso überhaupt nicht erwähnt.

Aber das ruhige Gespräch, das Eduardo geplant hat, gleitet ihm aus den Händen. Für Mariana ist das, was er am Nachmittag gesagt hat, eine Beleidigung. Zuerst hat sie geglaubt, er sei verrückt geworden, aber jetzt ist sie sicher, daß ihm irgend jemand das Gehirn gewaschen hat. Er ist naiv. Du bist es, die naiv ist, erwidert er.

Und dann, du kannst es nicht verhindern, geraten dir die Worte außer Kontrolle: Es ist nicht alles so, wie du es siehst, Mariana. Es gibt Leute, die entführt und gefoltert wurden und nicht einmal politisch aktiv waren. Und selbst wenn sie etwas getan hätten, glaubst du, daß irgend jemand das Recht hatte, sie zu entführen und zu foltern und zu töten, ohne Gerichtsverhandlung? Und du weißt nicht, was du ihr sonst noch sagst, während Mariana erstaunt die Augen aufreißt. Es schmerzt dich unendlich, was in deinem Land geschehen ist. Du hattest beharrlich die Augen davor verschlossen.

Eduardo versteht Marianas Schweigen und ihre Bestürzung falsch und redet immer weiter, weil er diesen Schmerz mit seiner Frau teilen will. Weil er hofft, ihr die Augen öffnen zu können für eine Realität, die auch sie nicht gesehen hat. Aber dann

203

unterbricht ihn Mariana abrupt: Woher hat er nur alle diese Lügen, und wer hat sie ihm erzählt? Sicher hat dir jemand in Buenos Aires den Kopf verdreht. Früher hast du nicht solchen Unsinn geredet. Wen hast du in Buenos Aires getroffen? Wen? Sag mir die Wahrheit!

»Aber natürlich habe ich ihr nichts von meiner Begegnung mit Dolores erzählt.«

»Warum nicht? Meinst du, es könnte Mariana stören? Weiß sie, daß du mal in Dolores verliebt warst?« fragte Javier.

»Ja, ich habe es ihr vor Jahren erzählt. Aber das ist nicht der Grund, warum ich ihr nichts gesagt habe. Ich habe gemerkt, daß sie nichts an sich heranlassen wollte, daß sie nicht bereit war, etwas zu erfahren. Und ich konnte ihr meine Gefühle nicht vermitteln. Hätte ich ihr alles gesagt, was mir Dolores erzählt hat, dann hätte sie es schlichtweg abgestritten. Für Mariana sind Dolores und Pablo Leute von der anderen Seite. Und es würde sie ärgern, daß mich das Abendessen mit Dolores so tief beeindruckt hat, daß mir weh tat, was einer Frau zugestoßen ist, die Mariana einfach nur für eine Feindin, eine Aufrührerin, halten würde. Das wäre für sie ein Verrat am Vaterland, an ihr selbst und vor allem an diesem Dreckstück von ihrem Vater.«

Javier hatte Alfonso nie leiden können, aber der dumpfe Haß, den sein Bruder gegen ihn zu hegen schien, ließ ihn aufhorchen. Das paßte nicht zu Eduardo. Was hatte Dufau ihm angetan? Javier hatte schon immer den Verdacht gehabt, daß etwas vorgefallen war, von dem er nichts wußte.

»Weißt du, wann ich es gemerkt habe? Als Luz geboren wurde, in der Klinik. Du warst völlig außer dir.«

Eduardo wollte jetzt nicht darüber sprechen. Nein, er wollte ihn nur wissen lassen, was ihm Dolores erzählt hatte, weil es ihn sehr belastete. Auch Javier fand es grauenhaft, aber er war nicht so überrascht wie Eduardo, er hatte schon einiges gehört. Was er nicht verstand, war, warum es Eduardo so nahegegangen war: Denkst du vielleicht, daß dein Schwiegervater unmittelbar mit der Repression zu tun hatte? Selbst wenn es so wäre, nimm es doch nicht so schwer, Eduardo, du hast doch nur seine Tochter geheiratet. Du darfst dich nicht für alles, was er gemacht hat, verantwortlich fühlen. Ich kann mir vorstellen, daß es schwer ist, mit Mariana darüber zu sprechen, wo sie ihren Vater doch blind bewundert.

Aber zweifellos war da noch etwas anderes, sonst wäre Eduardo nicht in diesem Zustand. Es gab etwas, womit er nicht fertig wurde.

»*Als Eduardo langsam erwachte ...*«

»*Erwachte?*«

»*Irgendwie muß ich es doch nennen ... als er anfing zu begreifen, zu fürchten, daß ich die Tochter von Vermißten sein könnte, wandte er sich an seinen Bruder Javier. Der hat mir erzählt, wie sehr Eduardo litt, und darum bleibe ich dabei, daß du dich irrst, Carlos. Allerdings hat er es Javier erst ein paar Tage später gesagt, nachdem die Sache mit Miriam passiert war.*«

Am Vorabend ihrer Reise nach Entre Ríos ging Miriam mit Frank essen und verbrachte die Nacht bei ihm, in seinem Hotel.

Obwohl sie große Angst hatte, erzählte sie ihm nichts. Vielleicht ahnte sie, daß ihr etwas zustoßen könnte, und vielleicht brauchte sie, die sonst gar nicht so war, etwas Zärtlichkeit und Geborgenheit. Und Frank, dieser »verrückte Yankee«, wie sie ihn nannte, bewies ihr, daß er sie liebte. In dieser Nacht schlief sie in seinen Armen ein, und es gefiel ihr sogar, ihm zuzuhören, als er von ihrem künftigen Leben in den USA sprach: Sie würden zusammen in einem Haus mit Garten wohnen, und sie würde nicht mehr arbeiten müssen, wozu auch? Aber natürlich würde er sie zu nichts zwingen, wenn sie ihr Leben weiterleben wollte, dann bitte, er bat sie nur darum, sich für eine Weile auszuruhen, ihre Gefühle zuzulassen, sich umsorgen und verwöhnen zu lassen. Und in dieser Nacht hörte Miriam ihm gern zu. Es war genau das, was sie brauchte.

»Wenn das, was ich vorhabe, schiefgeht, komme ich mit dir, und du versteckst mich in deinem Haus, bis sie mich vergessen haben.«

Plötzlich fuhr es ihr kalt über den Rücken: Und wenn sie mich entdecken und mich verhaften ... und schlimmer noch, wenn sie mich umbringen? Wenn Dufau es dem Bestia erzählt und sie mich gemeinsam ... Nein, heute nacht wollte sie nicht an Liliana denken. Sie hatte schon Angst genug.

Frank setzte sich im Bett auf: Was hatte sie denn vor? Was konnte denn schiefgehen, warum müßte sie sich dann verstecken? Er wollte die Wahrheit wissen.

Der arme Frank machte sich wieder einmal Sorgen um sie, wie damals, als er ihr so geholfen hatte.

»Keine Sorge, ich spreche von dem Lokal, das ich in Entre Ríos aufmachen will, zusammen mit einem Partner, es scheint ein gutes Geschäft zu sein, aber man weiß ja nie, mit wem man ...« ein leichtes, aber unbeherrschbares Zittern der Lippen machte ihr das Weiterlügen schwer.

»In Entre Ríos? Davon hast du mir nie was gesagt. Wer wohnt in Entre Ríos? Die Tochter von Dufau?« Miriam betrachtete ihre Fingernägel, als hörte sie ihm nicht zu. Frank nahm ihr Gesicht in seine Hände und zwang sie, ihn anzusehen. »Miriam, du wirst doch nicht so verrückt sein, weiter daran zu denken? Du weißt schon, wovon ich spreche.« In dem beharrlichen Versuch, sich durch nichts zu verraten, wandte Miriam den Blick ab. »Ich meine diese verrückte Idee, dem Kerl vom Militär die Kleine wegzunehmen.«

Weil die Angst sie übermannte, hätte sie ihm am liebsten alles erzählt und ihn gebeten, ihr dabei zu helfen, Lili zu sich zu holen. Aber dann verbot sie es sich. Sie schmiegte sich nur in seine Arme und bat ihn, ihr noch einmal von dem Haus in den USA zu erzählen und ihr zu sagen, wie sehr er sie lieben würde, falls sie so verrückt sein sollte, mit ihm zu gehen.

Beim Abendessen fragte sich Laura, warum Javier so besorgt war. Er war zerstreut, machte ein ernstes Gesicht und reagierte kaum, wenn seine Kinder ihn ansprachen. Aber sie wartete, bis die Kinder schlafen gegangen waren, um ihn zu fragen.

»Ich finde, Eduardo geht es nicht gut«

Wieso denn? Er war sehr mitgenommen, weil er erst jetzt etwas von ... den Entführungen, den Folterungen, erfahren hat. Na ja, wollte Laura sagen, bei der Frau, die er hat, der Tochter eines Hurensohns vom Militär ... aber sie schwieg, weil es Javier nicht gern sah, wenn sie schlecht über die Frau seines Bruders sprach. Sie ist ein gutes Mädchen, und Eduardo liebt sie.

Ja, ja, sie ist gut, aber man kann sie nicht ertragen, ein verwöhntes Ding, ein Papakind mit einer beschissenen ideologischen Haltung. Alberto Luccini hatte Laura erzählt, was bei ihrem Geburtstag mit Carola passiert war, und sie war froh, daß sie in diesem Moment nicht dabeigewesen war. Es hätte ihr das Fest verdorben.

Laura, die sehr vorsichtig war, machte in Gegenwart von Mariana nie eine Bemerkung, die zum Thema der Repression führen konnte. Vor ein paar Jahren, als sie ihren Freund Enrique verhaftet hatten und La Negra und ihr Kind sich bis zu ihrer Flucht bei ihnen versteckt hielten, war Laura völlig am Ende gewesen. Mariana hatte sie gefragt, was mit ihr los sei, sie sehe so schlecht aus. Aber Laura hätte ihr unter keinen Umständen die Wahrheit gesagt. Sie erzählte ihr eine ungereimte Geschichte: Ihre beste Freundin ginge ins Ausland, und sie wüßte nicht, ob sie sie jemals wiedersehen würde. Und Mariana: Warum geht sie denn weg? Wie sollte sie ihrer Schwägerin, der Tochter eines Oberstleutnants, sagen: Sie geht, weil man ihren Mann verhaftet hat, sie ist nur um ein Haar davongekommen, und wenn sie bleibt, bringt man sie um? Und ohne lange zu überlegen, hatte Laura gesagt: Weil der Mann einen Vertrag in Europa hat. Ach so, natürlich. Dem Mann folgen, das war etwas, was Mariana akzeptieren konnte. Sie sprach doch immer davon, wie löblich es war, daß sie in Entre Ríos geblieben war, so weit entfernt von ihren Angehörigen: Wenn der Mann ihrer Freundin einen Vertrag im Ausland hatte, was konnte sie tun? Einen Vertrag mit dem Tod, hätte Laura am liebsten gesagt, über den unter anderen dein Vater entscheidet.

Damals hatte Laura zum ersten Mal erkannt, warum es ihr so schwerfiel, mit Mariana zusammenzusein. Mariana suchte immer nach unverfänglichen Gesprächsthemen: Wie es ihren Schwestern, den Zwillingen ging, ob sie einen Freund hatten. Oder es ging um Kochrezepte oder Tennis oder was auch immer. Und wenn Mariana ihren Vater erwähnte, fand Laura immer einen Vorwand, um sich zu entfernen. Ja, Mariana war nett und fröhlich, und wenn sie nicht das Thema »Feinde des Vaterlands« anschnitt, konnte man sie sogar sympathisch finden. Laura wunderte sich, daß Eduardo jetzt langsam begriff, was los war. Sie hatte immer den Eindruck gehabt, daß er ganz in Marianas Welt aufging. Und nun erzählte ihr Javier, daß Eduardo Dolores getroffen hatte, ein Mädchen, in das er einmal sehr verliebt gewesen war. Und Laura sagte lachend: Ach, vielleicht setzt er ihr Hörner auf; verdient hätte sie es. Javier lachte: Du kannst anscheinend an nichts anderes denken. Da drinnen – und dabei zeigte er auf Lauras Kopf – hast du wohl nichts anderes als Sex.

»Und hier auch«, antwortete Laura.

Sie warfen sich aufs Bett und lachten und balgten sich, und für eine Weile verlor Javier sein ernstes Gesicht und sah aus wie immer, wie Laura es gern hatte. Sie dachte, daß Eduardo und Mariana nicht so vertraut miteinander sein konnten wie sie und Javier, auch wenn es so aussah, als ob sie sich liebten. Aber dann erzählte Javier ihr die Geschichte von Dolores und von ihrem Bruder Pablo, an den er sich noch genau erinnern konnte, ein genialer Bursche, und Laura konnte nicht mehr lachen. Sie sagte, sie sei froh darüber, daß sich Eduardo, auf welchem Wege auch immer, von dieser Geschichte berührt fühlte, sie hatte ihren Schwager gern, sie hielt ihn für einen guten, wenn auch etwas schwachen Kerl, es störte sie nur, daß er vor allem die Augen verschloß. Sie fragte immer wieder, warum ihn Dolores' Erzählungen so sehr bewegt hatten. Ob

Javier wisse, was der Schwiegervater seines Bruders trieb, vielleicht wußte Eduardo mehr, als er zugab? Denk doch mal nach, Javier, es muß ihm schwerfallen, darüber zu sprechen, Eduardo ist sehr respektvoll, und Dufau ist der Vater seiner Frau.

»Aber vor mir spricht er sehr schlecht über ihn, er hat einen abgrundtiefen Haß gegen ihn, und dabei ist er im Grunde gar nicht fähig zu hassen.«

Und da kam Laura ein Gedanke: Und wenn Luz nicht ihr Kind ist, sondern die Tochter von Vermißten? Na, sag mal! Bist du verrückt? Hast du nicht gesehen, daß Mariana schwanger war? Warum sollten sie so etwas tun? Und Laura: Es sind doch seltsame Dinge passiert, als die Kleine zur Welt kam. Niemand durfte sie sehen, und Eduardo war völlig am Ende, das hatte ihr Javier selbst erzählt. Und nun konnte sie gar nicht mehr aufhören: Und auch später, weißt du noch, Amalia, wie sehr sie darauf bestand, die Kleine sähe Eduardo ähnlich, sehr seltsam war das, und Luz sieht niemandem ähnlich. Vielleicht ist Marianas Baby gestorben und ihr Vater hat eins für sie gestohlen.

Javier wurde wütend, er sagte, sie sei verrückt, sie solle damit aufhören, er finde das gar nicht komisch. Sein Bruder würde niemals, verstehst du, niemals bei einer so dreckigen Sache mitmachen, Luz war das Kind ihrer Eltern, und wenn sie das noch einmal sagte, würde er sehr böse werden. Und Laura: Er solle ihr verzeihen, das sei alles Unsinn, sie lasse sich eben manchmal gehen. Er solle nicht böse sein, sie habe ihn sehr gern. Und Eduardo auch, das weißt du doch.

In dieser Nacht schlief Laura schlecht, weil sie etwas so Abwegiges gesagt hatte, ohne nachzudenken. Als Javier sich im Bett umdrehte, wagte sie eine zärtliche Geste, die er nicht erwiderte.

Miriam bezog ein Hotel im Zentrum von Paraná. Es war leicht, Eduardo Iturbes Adresse herauszufinden: Sie stand im Telefonbuch. An den ersten beiden Tagen saß sie stundenlang in dem kleinen Café an der Ecke der Straße und sah aus dem Fenster. Von hier aus konnte man das Haus der Iturbes leicht beobachten. Sie sah, wie sie fortgingen und wieder zurückkamen. Aber wenn sie im Café sitzenblieb, konnte sie nicht herausfinden, wohin sie gingen. Sie würde also ein Auto brauchen. Zum Glück hatte sie in Uruguay fahren gelernt. Sie hatte sich zunächst dagegen gesperrt, aber der Besitzer des Kabaretts in Carrasco hatte gesagt, in Punta del Este würde man auf jeden Fall ein Auto brauchen.

»Jahrelang hatte sie Pläne, wie sie die Dokumente und das Geld für das Leben im Ausland beschaffen wollte, aber seltsamerweise hatte sie keine genaue Vorstellung davon, wie sie mich an sich bringen sollte. Sie dachte, ihr würde schon etwas einfallen, wenn sie alles genau beobachtete. Sie hatte zwar ein paar ausgefallene Ideen, aber später verwarf sie sie wieder, weil sie zu kompliziert und noch dazu äußerst riskant waren.«

»Zum Beispiel?«

»Sie kam auf den Gedanken, bei uns als Zimmermädchen zu arbeiten. Aber das bedeutete ein großes Risiko, weil man sie sehr bald hätte erkennen können. Es war eine verrückte Idee.«

Wenn die Iturbes sie als Köchin, Zimmermädchen oder sonst etwas einstellten, wäre sie viel näher dran und würde leicht eine Gelegenheit finden, um Lili zu entführen, sagte sie sich, als sie im Café saß.

Und so fragte sie die Besitzerin des nächstgelegenen Lebensmittelladens, was sie tun müsse, um eine Anstellung in einem Haushalt zu finden.

»Dazu brauchen Sie Referenzen. Haben Sie welche?« fragte die Frau und sah sie dabei mißtrauisch an.

Dieser prüfende Blick machte Miriam auf etwas aufmerksam, an das sie überhaupt nicht gedacht hatte. Sah sie etwa aus wie jemand, der Arbeit in einem Haushalt suchte? Ganz bestimmt nicht. Irgend etwas an ihr würde verraten, daß sie einer anderen Klasse angehörte. Sie mußte über den Gedanken lachen: Was hieß »einer anderen Klasse«? Einem anderen Leben, müßte sie sagen. Würde man ihr ihren »Beruf« ansehen, trotz ihrer diskreten Aufmachung, den Jeans, der Sportjacke, den niedrigen Absätzen, dem sparsamen Make-up und den hochgesteckten Haaren?

»Da sie befürchtete, daß die Alte aus dem Laden mißtrauisch werden könnte, dachte sie sich eine Geschichte aus.«

Nein, sie habe keine Referenzen, denn sie habe noch nie in einem Haushalt gearbeitet. Ihr Mann sei Bankangestellter in Buenos Aires, und sie selbst sei Empfangsdame gewesen, habe aber aufgehört zu arbeiten, als ihre Tochter zur Welt kam. Ihr Mann habe sie wegen einer anderen Frau verlassen, ohne einen Peso, und dann ... die Schande vor der eigenen Familie, vor den Freunden ... Sie wolle die Vergangenheit für immer vergessen. Darum sei sie nach Entre Ríos gekommen. Nichts solle sie an all das Schmerzliche erinnern.

Jetzt sah die Frau sie ganz anders an, und auch ihre Stimme klang anders, als sie fragte: Haben Sie die Kleine bei sich, oder ist sie in Buenos Aires geblieben? Sie habe sie verloren, sagte Miriam. Sie senkte den Kopf und deutete ein paar Tränen an, die durchaus nicht unecht waren.

»Miriam hatte das Gefühl, als hätte sie mit Lilianas Kind selbst eine Tochter verloren.«

Die Frau kam hinter dem Ladentisch hervor und ging auf Miriam zu: Wie furchtbar! Sie werde ihr helfen, sie selbst werde ihr die Referenzen geben. Und er hat Sie verlassen, nachdem Sie eine Tochter verloren hatten? Was für ein Schuft!

Sie könne ihr Arbeit besorgen, aber mußte es gerade bei den Iturbes sein? Miriam gab vor, daß ihr schwindlig sei. Sie werde es sich überlegen, vielleicht würde sie auch eine Stelle als Empfangsdame suchen, aber dann müßte sie natürlich eine Anstellung finden, bei der die Unterkunft garantiert war.

Im Café beschloß sie, für ihre Ermittlungen einen Wagen zu mieten. Sie wußte bereits, daß Lili um halb neun in Iturbes Auto wegfuhr und daß sie meist um fünf Uhr zurückkam, begleitet von dem Mädchen mit der gepunkteten Schürze, das anscheinend bei ihnen im Haus arbeitete.

»Und wie hat sie es schließlich angestellt?«

»Sie mietete ein Auto und folgte ihnen. So fand sie heraus, wo die Schule lag und wo die Englischlehrerin wohnte. Und dann wartete sie jeden Tag vor der Schule.«

In der ersten Woche, in der sie die Kinder beim Verlassen der Schule beobachtete, verspätete sich das Mädchen, das Lili abholte, zweimal. Miriam nahm sich vor, das nächste Mal, wenn es zu spät käme, auf Lili zuzugehen.

»Was für ein Wahnsinn! Und wie wollte sie dich dazu bringen, mit ihr zu gehen? Und wenn das Mädchen gerade dann kam, wenn sie mit dir wegging?«

Als sie sich Lili zum ersten Mal näherte, fragte sie: Erinnerst du dich an mich? Wir haben in Punta del Este Sandburgen gebaut.

»Ach ja«, antwortete Lili, obwohl sie sich nicht zu erinnern schien. »Wie heißt du?«

»Miriam.«

Gerade als sie vorschlagen wollte, ein Eis essen zu gehen, sah sie das Mädchen um die Ecke kommen: Bis bald, meine Schöne. Und dann entfernte sie sich unauffällig. Sie war sicher, daß sie keinen Verdacht erregt hatte. Aber vielleicht war es unvorsichtig gewesen, Lili ihren Namen zu sagen.

Es ist nicht das erste Mal, daß Eduardos Bild vor ihren Augen auftaucht. Seit dem Tag, an dem sie sich wiedergesehen haben, drängt es sich ihr immer wieder auf. Doch in diesem Moment, nach dem Treffen mit den Großmüttern von der Plaza de Mayo, kommt es ihr unpassend vor. Vielleicht erlaubt sie sich diesen Anflug von guter Laune, diese Verbindung zum Leben, weil die Begegnung Hoffnungen in ihr geweckt hat. Es wäre schön, es jetzt wahr werden zu lassen, jetzt wo sie beide erwachsen sind, und sich für eine Weile wie damals zu fühlen. Dolores kann es nicht glauben, daß sie ihn so sehr begehrt. Sie erinnert sich nicht, an dem Tag, den sie mit ihm verbracht hat, dasselbe für ihn empfunden zu haben. Oder vielleicht doch, in der Erinnerung an diese weit zurückliegende Zeit. Und als er sie noch am selben Nachmittag anrief und sie einlud, mit ihm zu Abend zu essen, da überfiel sie dieselbe heitere Freude wie damals, vor vielen Jahren, wenn sie seine Briefe öffnete.

Nun gut, sie ist schließlich nicht in Buenos Aires, um sich auf so etwas einzulassen, das muß sie sich eingestehen. Und wieder sieht sie Eduardo, sein Lächeln, seine Hände. Doch, sie wünscht sich ein kleines Abenteuer. Wenn sie aus irgendeinem unerfindlichen Grund, über den sie gar nicht nachdenken möchte, das Bedürfnis danach hat, dann wäre es besser, es mit einem Mann zu tun, den sie nicht kennt, dem sie nicht erzählen muß, was mit ihr los ist. Falls Eduardo sie deshalb so bald wieder angerufen hatte, weil er darauf aus war, eine leidenschaftliche Nacht mit einer alten Liebe zu verbringen, dann hatte sie wohl jede Begierde in ihm ausgelöscht, indem sie zuließ, daß sich das entsetzliche Grauen zwischen sie stellte. All diese Bitterkeit, mit der sie ihn überschüttet hatte, hatte ihn völlig niedergeschmettert. Ja, beim Abschied hatte er sehr schlecht ausgesehen.

Nach dem Gespräch mit Javier und den Gedanken, die ihm durch den Kopf gehen, wenn er Luz ansieht, fällt es Eduardo schwer, Marianas anhaltend schlechte Laune zu ertragen, ihre beleidigte Reizbarkeit nach dem Streit.

Er sitzt am Schreibtisch und gibt vor zu arbeiten, um einen weiteren Streit mit Mariana zu vermeiden. In letzter Zeit streiten sie über alles mögliche.

Es scheint dir offensichtlich, daß bei jedem Streit nicht die Worte zählen, die ihr euch hinwerft, sondern all das, was du Mariana nicht sagen kannst.

Eduardo weiß nicht, was er tun soll, wie er mit seinen Gedanken fertig werden soll. Er hat das Bedürfnis, mit jemandem zu sprechen. Aber mit wem? Mit Dolores? Nein, du hattest ja nicht einmal den Mut, es Javier zu erzählen. Wie kannst du es wagen, Dolores einzuweihen?

Aber du mußt es wissen, du mußt mehr erfahren, es ist von größter Wichtigkeit.

213

Und wenn du mit Alfonso sprichst? Wenn du ihm direkt die Frage stellst, die du nicht einmal vor dir selbst auszusprechen wagst: Ist Luz die Tochter von Vermißten?

Schon der Gedanke daran, wie Alfonso reagieren würde, falls er seinen Verdacht äußerte, versetzt Eduardo in Panik. Er würde ihm drohen, ihn beleidigen und, schlimmer noch, vielleicht alle seine Chancen, etwas herauszufinden, verbauen. Bevor du Alfonso gegenübertrittst, versuchst du lieber auf anderem Wege, etwas zu erfahren, mehr Fakten herauszufinden, mehr Sicherheit zu gewinnen. Und wenn du Dolores anrufst? Du könntest ihr zuhören, ohne daß du ihr deine Geschichte erzählen mußt.

Dolores denkt, daß es ihr vielleicht guttun würde, ein wenig auszugehen und sich abzulenken. Und wieder drängt sich ihr Eduardos Bild auf. Sie legt sich auf das Bett in ihrem Schlafzimmer, dasselbe wie vor sieben Jahren. Ihre Mutter hat alles so gelassen, wie es war, als ob sie nur kurz Ferien machte und nicht ins Exil gegangen wäre, ohne zu wissen, ob es einmal enden würde und wann. Sie ist erschöpft von diesem langen Tag. Von dem Treffen mit den Großmüttern, von den Gesprächen mit ihren Eltern.

Was Susana, ihre Mutter, am meisten gefesselt hatte, als sie ihr am Nachmittag von der Begegnung mit den Großmüttern berichtete, war das, was Dolores über die Blutuntersuchungen gehört hatte. Sie wollte immer mehr Einzelheiten über die nordamerikanische Organisation erfahren, die die argentinischen Großmütter unterstützte. Es hieß, die Fortschritte bei den hämatologischen Untersuchungsmethoden würden es erlauben, die Identität und die Abstammung verschwundener Kinder festzustellen. Das Projekt, das bis zu seiner Verwirklichung natürlich viel Zeit beanspruchen würde, bestand darin, eine Blutbank mit dem Blut aller Angehörigen von Vermißten einzurichten, um die Verwandtschaftsbeziehungen zu überprüfen.

»Die Analyse der Blut-Übereinstimmung wurde in der Abteilung

Immunologie des Durand-Krankenhauses durchgeführt, das dafür voll-
ständig ausgerüstet war. Ein Paradox. Es war nämlich eine der Haupt-
figuren des Prozesses gegen die Militärkommandeure, der ehemalige Ver-
waltungsoffizier Cacciatore, der dieses Zentrum geschaffen hatte. Es war
so etwas wie ein Geschenk für seinen Leibarzt gewesen, der sich sehr für
Nierentransplantationen interessierte. Daß es später, nach den Fort-
schritten nicht nur in der Wissenschaft, dem Zweck diente, Blutsver-
wandtschaften festzustellen und die Identität dieser Kinder zu bestimmen,
das ist schon komisch, nicht wahr?«

Ja, wie gut, so könnte man beweisen – ein fiebriger Glanz
hatte in den Augen ihrer Mutter gelegen –, daß der Sohn oder
die Tochter von Pablo und Mirta ihnen gehörte, daß das Kind
ihr Blut hatte und nicht das von denen, die es geraubt hatten.
Würden sie es zu sich nehmen und es umsorgen dürfen? Ja,
natürlich, sie oder Mirtas Eltern, da müßte man sich einig werden. Allein daß man davon sprach, bedeutete schon, daß man
es für möglich hielt. Susana machte Pläne. In welchem Zimmer würde das Kind wohnen, wenn es zu ihnen käme? In
dem, das einmal Pablo gehört hat, oder in deinem, was meinst
du, Dolores?

Sie ging zu weit, vielleicht war es unvorsichtig gewesen, ihre
Mutter mit der Begeisterung anzustecken, die sie selbst nach
dem Gespräch mit den Großmüttern verspürt hatte. Ihr Vater
befürchtete offensichtlich dasselbe. Wenn man dieses Projekt
verwirklichte, würde er mitmachen und sein Blut zur Verfü-
gung stellen, aber Hoffnungen machte er sich nicht.

»Du mußt deiner Mutter nicht von Dingen erzählen, die es
gar nicht gibt, Dolores. Wissen wir denn, was passiert ist? Wir
wissen ja nicht einmal, ob das Kind zur Welt gekommen ist.
Vielleicht haben diese Dreckskerle sie umgebracht, als sie
noch schwanger war.«

Wieviel Zeit war vergangen, seit er ihr gesagt hatte, daß das
alles nicht sein konnte, daß die Armee San Martíns sich nicht
mit einer schwangeren Frau anlegte? Jahrhunderte! Das
schreckliche Warten in den Vorzimmern seiner ehemaligen
Freunde, die Ohnmacht und die Verzweiflung hatten aus ihm

eine wandelnde Giftkapsel gemacht. Dolores ging zu ihm und strich ihm über den Kopf.

»Gerade deshalb muß man alles tun, was möglich ist, Papa. Man muß weiterkämpfen. Ich habe ihr nicht gesagt, daß wir es finden werden, nur, daß wir es suchen werden.«

Julio schüttelte den Kopf, nein, nein, man durfte keine falschen Hoffnungen schüren: Dolores lebte im Ausland, er war es, der jeden Tag mit Susana zusammen war.

»Dolores hat recht, Julio, wer sucht, der findet. Man darf nicht den Mut verlieren. Und außerdem wird sich in der Demokratie vieles ändern. Man wird diese Leute sicher strafrechtlich verfolgen. Ich habe die Hoffnung, daß wir unser Enkelkind finden werden.«

Dolores würde sich mit Mirtas Eltern verabreden, ihr würde es leichter fallen, mit ihnen zu reden. Sie waren so anders, vielleicht würde es schwierig sein, sich zu verstehen. Nein, sagte Susana, sie selbst werde Mirtas Mutter zum Tee einladen. Es sei besser, gemeinsam zu kämpfen. Vielleicht könne sie sie sogar überreden, der Organisation der Großmütter beizutreten.

Ach, Pablo, wenn du sie jetzt sehen könntest, wie sie versucht, alles in Ordnung zu bringen, wie sie sich ihre Hoffnung durch nichts trüben lassen will, wie sie Papa ermutigt, wie sie Pläne schmiedet, um dein Kind zurückzubekommen. Wie ungeschickt, wie naiv sie gewesen sind, und wie sehr sie gewachsen sind, wie sehr sie sich verändert haben.

»Dolores, Eduardo ist am Telefon.«

Hoffentlich kommt er nach Buenos Aires. Sie überrascht sich bei dem Gedanken, als sie zum Telefon geht. Aber Eduardo sagt nichts dergleichen. Wie kam sie mit ihren Angelegenheiten voran, konnte er etwas für sie tun? Er wollte ihr für das Gespräch, das sie geführt haben, danken, sie wußte nicht, wie wichtig es für ihn war. Was bedeutet es, daß seine Stimme jetzt leiser wird? Sie weiß es nicht, aber es schlägt ihr direkt entgegen, es berührt einen Teil ihres Körpers, und sie entgegnet:

»Warum kommst du mich nicht besuchen? Ich bleibe noch ein paar Tage.«

Während sie noch auf seine Antwort wartet, hat sie es schon bereut. Warum bringt sie sich in Schwierigkeiten? Kann sie sich das, wozu sie ihn einlädt, erlauben?

»Ja, ich komme irgendwann. Ich sage dir Bescheid.«

Warum legt er so schnell auf? Und warum hat er sie um diese Zeit angerufen?

Sie kann nicht lange darüber nachdenken, weil Susana mit einem Gesicht, das sie schon lange nicht mehr an ihr gesehen hat, an ihre Schlafzimmertür klopft. Sie habe sie lächeln sehen, als sie zum Telefon ging. Wer war denn dieser Bursche, ein Freund von früher? Oder jemand, den sie gerade erst kennengelernt hat? Und gefiel er ihr?

Arme Mama, denkt Dolores, was ist das jetzt für ein Gespräch. Vielleicht war dieser Tag zuviel für sie. Mutter sein heißt auch sich freuen, weil die Tochter eine neue Liebe erlebt. Ein Aufatmen.

»Nein, Mama, das war Eduardo. Erinnerst du dich? Der Junge aus Entre Ríos, den du nicht leiden konntest. Ich habe ihn vor ein paar Tagen auf der Straße getroffen, und wir haben uns eine Weile unterhalten.«

Aber er hatte doch geheiratet, oder? Ihr Bruder hatte ihr erzählt, daß er ... Erschrecken in ihrem Blick, vorbei der kleine, frische Luftzug, der Feind ist nah: Er hat die Tochter eines Militärs geheiratet. Das hat mir Pepe gesagt. Sei vorsichtig, Dolores, erzähl ihm nichts, aber auch gar nichts.

Und nun ist die Stimmung verdorben. Wenn sie ihr doch nur sagen könnte, ja, ich habe jemanden kennengelernt, jemanden, der mir gefällt, vielleicht ist es Liebe, egal, nur über irgend etwas anderes reden, worüber sie schon lange nicht mehr gesprochen haben. Aber da ist nur die Angst, die in jeden Winkel kriecht.

»Mach dir keine Sorgen, Mama, ich glaube nicht, daß ich ihn wiedersehen werde.«

Das könnte die Erklärung für Eduardos Verhalten sein.

Vielleicht hat sie ihm die Augen geöffnet. Sollte er so blind gewesen sein? Das Telefon klingelt.

»Schon wieder Eduardo.« – Susanas Gesichtsausdruck gefällt ihr nicht – »Es ist schon spät. Wie kann er dich um diese Zeit anrufen?«

Er wird am nächsten Tag kommen. Ja, er will mit ihr reden. Um fünf, in Ordnung? Ja, im »Dandy«.

»Wirst du ihn wiedersehen? Bring dich nicht in Schwierigkeiten, Dolores.«

Warum diese Angst? Wer ist Eduardos Schwiegervater? Was weiß sie? Susana kann es über ihren Bruder herausfinden, sie weiß nur, daß ihr Bruder diesen Leuten erzählt hat, Dolores und Pablo wären nach Europa gegangen. Er hatte bei Eduardos Hochzeit dessen Schwiegereltern kennengelernt und Angst gehabt, die Wahrheit zu sagen. Ich rufe ihn an und frage ihn. Nein, laß nur, Mama.

Aber am nächsten Tag, noch bevor sie sich mit Eduardo trifft, hat Susana ihr bereits gesagt, daß der Schwiegervater Alfonso Dufau ist, ein Oberstleutnant, der irgendein Korps befehligt hat, eine der Hauptfiguren der Repression. Triff dich lieber nicht mit ihm. Und wenn er nun etwas über dich herausfinden will?

Nein, ihr Instinkt sagt ihr etwas anderes.

Kapitel neun

Wenn Dolores nach dem Gespräch mit ihrer Mutter irgendwelche Zweifel an Eduardo hatte, dann ist sie sich nach einer halben Stunde mit ihm ganz sicher, daß sie sich in ihm nicht getäuscht hat, daß er sie nicht belügt und auch nichts Undurchsichtiges mit ihr vorhat. Es hat ihn sehr mitgenommen, was sie ihm an jenem Abend erzählt hat, und er will mehr wissen: Besaßen die Menschenrechtsorganisationen Listen mit den Namen der Verschwundenen, wer nahm sich der Fälle verschwundener Kinder an und wie geschah das; seit wann gab es die Organisation der Großmütter … die Fragen überstürzen sich. Wie hatten sie erfahren, daß Pablo und seine Frau umgebracht wurden, hatte man es ihnen offiziell mitgeteilt oder war es nur die Nachricht von jemandem, der es geschafft hatte, aus dem Gefangenenlager herauszukommen? Eine Frage nach der anderen: Wie viele geheime Gefangenenlager hatte es gegeben, und wer war für sie verantwortlich? All das und noch mehr hatte er sich seit dem Gespräch mit ihr gefragt. Er mußte es wissen, selbst wenn es für Dolores schmerzhaft war, darüber zu sprechen.

»Ich bitte dich um einen persönlichen Gefallen. Ich kann nicht weiter so im dunkeln tappen. Oder so blind sein. Wie immer du es nennen willst.«

»Nein, Eduardo, letztes Mal ging es um mich, um meine Geschichte. Jetzt bist du an der Reihe. Ich will alles wissen. Erzähl mir von deiner Frau, von deiner Tochter, von deinem Leben in Entre Ríos.«

An seiner Geschichte sei nichts Besonderes. Er lügt, wenn auch schlecht, und reiht einige Informationen aneinander, die keinerlei Bedeutung haben. Kein Wort über den Schwiegervater.

»Mariana wie? Wie ist der Familienname deiner Frau?«

Ja, es gibt keinen Zweifel, diesmal hat sie genau ins Schwarze getroffen.

»Dufau.« Die Scham macht das Wort fast unhörbar.

Das Schweigen zieht sich in die Länge, wie nur ein Schweigen, das so beredt ist wie tausend Worte, sich in die Länge ziehen kann. Schließlich entscheidet Dolores, daß es besser ist, nicht länger darum herum zu reden.

»Ist das nicht einer vom Militär ... einer von denen?«

Er nickt.

Und aus dem Schweigen wird nervöse Beredsamkeit: Deshalb, Dolores, vielleicht deshalb, oder wegen anderer Dinge, die ich nicht durchschauen konnte oder wollte, habe ich in einer Art Luftblase gelebt. Meine Frau, meine Tochter, das Land, die Freunde, ich habe nicht gesehen, was los war. Und er, mein Schwiegervater, was der macht ... denk nicht, daß er etwas davon erzählt. Für Mariana ist er ein Idol, ein Held, ein Heiliger.

Dolores spürt, wie sehr Eduardo Dufau haßt. Es ist ein Zorn, der weit hinausgeht über den Ärger, den ihm die Bewunderung seiner Frau für ihren Vater verursacht.

»Vor ein paar Tagen hätte ich gern mit Mariana über all das gesprochen, was mich beschäftigt. Aber wie sollte ich ihr sagen, daß ich mit dir zusammen war und daß du mir all das erzählt hast? Bei allem, was sie für ihren Vater empfindet? Ich habe es versucht, aber es ist unmöglich.«

Darum kommt er zu mir, denkt Dolores. Eduardo schweigt und denkt an wer weiß was, bis er diese Worte ausspricht, die ranzig riechen, weil er sie so lange in sich verschlossen hat.

»Dabei ist sie unschuldig. Die Schuld liegt allein bei mir.«

Schuld? Woran denn? Dolores weiß es nicht, und sie fragt ihn auch nicht danach. Die Schuld hüllt Eduardo ein wie ein dichter Kokon; sie läßt ihn nicht atmen, sie verschluckt seine Worte.

»Ich würde dir gern sagen, was mich belastet. Es geht um etwas, das eigentlich schon vor Jahren passiert ist. Aber ich kann nicht. Es sind ... familiäre Dinge, private.«

Dolores weiß nicht, was Eduardo quält, aber es scheint ihr vernünftiger, nicht nachzubohren. Er wird es ihr schon noch sagen, ganz sicher. Eduardo leidet, er leidet sehr. Aber mehr noch als ihre Neugier, den Grund für sein Leiden zu erfahren, erfüllt sie die Zärtlichkeit, die in ihr aufkeimt, dieses Bedürfnis, ihn zu trösten, ihn in die Arme zu nehmen, ihn sogar an ihrer Schulter weinen zu lassen, wenn ihm danach ist. Aber wie sollte er hier, im »Dandy«, weinen?

»Laß uns an einen ruhigeren Ort gehen«, schlägt Dolores vor.

»Wohin denn?« fragt Eduardo, während er um die Rechnung bittet.

Dolores zuckt die Achseln und lächelt: Uns wird schon etwas einfallen.

Einfach hindurchgehen durch die Tür, die dir ihr Lächeln öffnet. Es ist noch da, es ist unversehrt. Während du über die Avenida Libertador fährst, bist du dir sicher, daß es besser ist, nicht zu sprechen. Du biegst ab und fährst in Richtung Norden. Dein leichter Zweifel verfliegt, als Dolores deinen Hals berührt und du die Wärme der Erinnerung spürst. Und nachdem du am See im Wald von Palermo geparkt hast, hast du das Gefühl, daß du etwas sagen mußt, was dein Verhalten erklärt. Auch wenn sie nicht fragt.

»Es geht mir dreckig, Dolores, aber ich kann dir nicht sagen, warum.«

Ihre warme Hand an deiner Wange. Das ist alles. Du gibst dich dieser Umarmung hin, mit der sie dich zweifellos trösten möchte. Du küßt ihr Ohr, deine halb offenen Lippen suchen ihren Hals, und diese einfache Geste, ihr leichtes Zittern, reicht aus. Dein Verlangen ist wieder da, genauso grenzenlos schnell wie in jenen glücklichen Tagen. Gierig sucht deine Hand unter ihren Kleidern den Kontakt mit ihrer Haut, und nun spürst du nichts mehr außer diesem wohltuenden Verlangen, das mit einem Schlag alle Schwere des Lebens vertreibt. Bis sie plötzlich von dir abrückt, ihre Kleider in Ordnung bringt und durch die Fensterscheibe des Autos nach draußen blickt. Du fragst dich, was du da machst, wie du ihren freundschaftlichen Trost in etwas so Verrücktes verwandeln konntest.

Als Dolores zärtlich deinen Namen ausspricht, während sie weiter ruhig neben dir sitzt und sich immer noch umsieht, willst du dir einen Satz ausdenken, der dich entschuldigt, aber die Worte wollen dir nicht gehorchen. Dolores, ich ... Sie sieht dich an und lacht. Wahrscheinlich über deine Verlegenheit.

»Laß uns an einen verschwiegeneren Ort fahren, Eduardo, sonst überrascht uns Mama noch einmal, wie damals.«

Das Lachen, das hervorbricht, der Zündschlüssel des Autos, schnell, damit das alles nicht vergeht, deine Hand bewegt sich von der Gangschaltung zu ihrem Knie, und ihre Hand legt sich auf deine, mit dieser Komplizenschaft, die besagt, daß es nicht wichtig ist, daß keiner von euch das gewollt hat, daß man einander nichts zu erklären braucht. Eure Körper rufen einander, das Leben existiert, in diesem Augenblick.

Frank hatte sie gestern abend angerufen, um ihr seinen Besuch anzukündigen. In ein paar Tagen mußte er in die USA zurückkehren, sein Urlaub ging zu Ende. Miriam hatte gesagt, sie sei noch sehr beschäftigt, aber sie werde ihn wissen lassen, ob sie sich eine Pause leisten und einige Tage mit ihm verbringen kann.

Wie lange wartete sie schon vor der Schule? Zehn Tage? Zwölf? An diesem Nachmittag sagte sie sich, daß sie Glück haben würde. Ihr Herz schlug wie vor sieben Jahren, als sie den Gefreiten Pilón in ihrem Bett zurückließ und ihre Wohnungstür zweimal abschloß. Vor fünf Minuten war Luz herausgekommen, und das Hausmädchen war noch nicht da.

Nun war auch die Klassenkameradin gegangen. Jetzt oder nie, ermunterte sie sich.

»Hallo, du Schöne, wie geht's?«

»Gut, und dir?«

»Möchtest du ein Eis?«

»Stundenlang hatte sie überlegt, ob sie mir ein Eis oder Bonbons anbieten sollte, oder ob sie lieber sagen sollte, sie hätte etwas im Auto, was sie mir zeigen wolle, egal was, wenn sie mich damit nur ein paar Meter näher

222

an ihr Auto heranlocken konnte, um dann mit voller Geschwindigkeit mit mir wegzufahren, bevor jemand kam. Sie hatte auf der anderen Seite des Platzes geparkt. Ihre Pläne waren ein wenig unausgegoren.«

Sie war erstaunt darüber, wie leicht es gewesen war. Luz schaute zur Straßenecke und sagte: Bringst du es mir, oder gehen wir rüber? Carmen kommt immer zu spät.

»Komm mit, wir sind gleich wieder zurück.«

»Nein, ich erinnere mich nicht mehr. Nur an das, was sie später sagte. Als Mama kam. Aber auch daran erinnere ich mich nicht selbst ...«

»Du nennst sie Mama?«

»Ich habe Mariana ein Leben lang Mama genannt.« Luz wandte den Blick ab. »Mama ist ein Wort, das sich mit der Zeit herausbildet. Weißt du etwa noch, wann dir klar wurde, daß deine Mama deine Mama war? Für mich war das Wort Mama immer sie, Mariana. Ich nannte sie Mama, seit ich gelernt hatte, diese Laute mit einer Person in Verbindung zu bringen.«

Luz fiel es schwer weiterzusprechen.

»Ich werde dich nicht mehr unterbrechen, verzeih mir. Es ist diese Wut wider Willen, sie ist stärker als ich. Aber sie ist jetzt ganz unangebracht. Bitte erzähl weiter. Also hat Mariana dich abgeholt und nicht das Mädchen, das bei euch arbeitete?«

Als Mariana das Haus ihrer Freundin verließ, war es bereits zehn nach fünf. Warum nur hatte sie Carmen angewiesen, Luz nicht abzuholen? Sie rief sie vom Haus ihrer Freundin aus an, aber niemand ging ans Telefon. Und Eduardo war in Buenos Aires. In aller Eile legte sie die drei Häuserblocks bis zur Schule zurück. Luz war nicht zu sehen. Es war, wie sie später zu ihrer Mutter sagen würde, ein Wunder Gottes, daß sie sich umdrehte und auf der anderen Straßenseite Luz erkannte, von hinten, an der Hand einer Frau, mit der sie den Platz überquerte. Sie dachte, die Frau sei die Mutter irgendeines Mädchens und wolle Luz mitnehmen, damit sie zu Hause anrufen konnte. Sie war beunruhigt, ohne zu wissen, warum. Mariana lief schneller, sie rannte fast. Ein Glück, denn hätte ich mich nicht beeilt, hätte sie Luz mitgenommen. Ich schwöre es,

Mama. Papa und Eduardo können sagen, was sie wollen, ich weiß, daß die Frau Luz entführen wollte.

Als sie sah, wie sie um das Auto herumgingen, zweifelte sie nicht mehr daran, daß es Luz war, die an der Hand der Frau ging. Wollte sie etwa in dieses Auto einsteigen? Wer war diese Frau?

»Luz!« schrie sie, obwohl sie noch ziemlich weit entfernt war.

»Mami«, rief Luz ihr lächelnd zu.

»*Und was hat Miriam zu dir gesagt?*«

»*Das ist nicht deine Mama.*«

Wer war nur diese Frau? Und wo gingen sie hin? Vor Aufregung riß sie Luz am Arm. Eine Dame, die ihr ein Eis kaufen wollte. Und wieso gehst du mit fremden Leuten mit? Bist du verrückt? Was hat sie zu dir gesagt, warum ist sie einfach weggefahren?

»*Wahrscheinlich habe ich es ihr nicht erzählt, weil sie so wütend war, daß es mir angst machte. Aber später, als sie davon erfuhr, wiederholte sie es mir so oft, daß ich es nie vergessen habe. Sie machte mir Vorwürfe. Als ob ich es gewesen wäre, die diesen Satz gesagt hatte. Jahrelang hat sie mir, wenn sie auf mich böse war, vorgeworfen: ›Du bist einfach mit einer Verrückten mitgegangen, die gesagt hat, ich wäre nicht deine Mama ...‹ Und dieser vorwurfsvolle Satz hat mich immer daran erinnert, wie Miriam dort aufgetaucht ist. Und später dann, als Jugendliche, als ich den Eindruck hatte, daß ich nicht Marianas Tochter sein konnte, mußte ich wieder daran denken.*«

»*Du hast gedacht, du bist nicht ihre Tochter?*«

»*Ja, aber so, wie jeder Jugendliche, der eine Krise mit den Eltern durchmacht. Ich dachte es und dachte es auch wieder nicht. Und dann die Erinnerung an jene Frau vor der Schule. Was hatte sie mir sagen wollen? Ich glaube, aber darauf kam ich erst später, als ich mit dieser Suche begann, ich glaube, daß man, wenn man mit etwas lebt, das man nicht kennt, irgendwie eine Vorahnung hat, so etwas wie eine innere Bedrohung, eine innere Unruhe. Und ich habe viele Jahre mit dieser Unruhe gelebt ... dieser Furcht, dieser Ungewißheit, die keinen konkreten Anlaß hatte, sondern einfach da war, wie ein Teil meiner Persönlichkeit. Aber denk nur, was für ein Wahnsinn: Mariana selbst war es, die mich im Streit daran erinnerte, daß jemand mir gesagt hatte, sie sei nicht meine Mama. Hätte sie es nie erwähnt, ich hätte es bestimmt vergessen. Ich war ja damals erst sieben Jahre alt.«*

Luz sagte, die Frau habe sie zu einem Eis eingeladen und sei verschwunden, als Mariana auftauchte. Ja, sie glaube schon, daß sie die Frau schon einmal gesehen habe, vor der Schule.

Mariana wartete ungeduldig auf den Anruf von Eduardo, der in Buenos Aires war. Amalia und Alfonso hatte sie es schon erzählt, und Alfonso hatte gefragt, warum wohl jemand die Absicht haben sollte, ihnen Luz wegzunehmen. Auch Eduardo sagte, sie solle sich nicht beunruhigen, das habe nichts zu bedeuten. Aber in seiner Stimme lag Besorgnis: Was heißt das, man wollte sie entführen? Am Telefon sagte ihm Mariana, daß Luz ihr wirres Zeug über die Frau erzählt habe: Sie kenne sie, sie kenne sie nicht, sie habe nichts zu ihr gesagt ... Ich habe doch gesehen, daß sie etwas gesagt hat, bevor sie verschwand. Aber Luz besteht darauf, daß sie nichts gesagt hat. Eduardo bat sie, Luz keine weiteren Fragen zu stellen. Sie solle ihr ein Märchen vorlesen oder über etwas anderes sprechen. Luz habe sicher einen Schreck bekommen.

»Nein, überhaupt nicht, sie ging völlig ruhig mit einer Fremden mit. Sonst ist sie so klug, aber da hat sie etwas Dummes gemacht. Du mußt ernsthaft mit ihr sprechen, Eduardo.«

»Mach dir keine Sorgen, ich rede morgen mit ihr.«

»Du mußt sofort herkommen.«

»Nein, tut mir leid, heute kann ich nicht fahren. Ich habe morgen noch einige Besprechungen. Sowie ich fertig bin, komme ich nach Entre Ríos.«

Es war, als hätten sie jahrelang auf diesen Augenblick gewartet. Eduardo und Dolores liebten sich mit solcher Leidenschaft, daß alles um sie herum zu versinken schien. Sie machten Pläne für den Abend: Sie würden etwas essen und dann am Hafen spazierengehen, und später würden sie einer in den Armen des anderen einschlafen.

Da Eduardo unbedingt einen Anruf erledigen mußte, beschloß Dolores, eine Dusche zu nehmen, damit er in Ruhe reden konnte.

Als sie aus dem Bad kommt, begreift sie, daß die Stimmung verdorben ist. Eduardos Gesichtsausdruck ist völlig verändert, obwohl er den schwachen Versuch macht zu lächeln. Fühlt er sich seiner Frau gegenüber schuldig? Es ist wohl besser, wenn sie jetzt geht. Sie muß irgendeine Ausrede erfinden, um diese unangenehme Situation nicht in die Länge zu ziehen. Eigentlich hatte sie ihn nur über irgendeinen dunklen Schmerz hinwegtrösten wollen. Und dann war es so gekommen, sie weiß nicht, warum, aber es war so stark gewesen, daß sie nicht anders konnte. Und jetzt will sie nicht bei ihm bleiben, das wäre unvernünftig. Sie würden sich an einem anderen Tag sehen, sie hat alles andere vergessen, sie muß mit ihren Eltern und ein paar Freunden zu Abend essen. Und Eduardo scheint nun ein anderer zu sein. Noch vor wenigen Minuten hat er voller Verlangen jede Stelle ihres Körpers berührt, als wollte er ihn neu erfinden, hat ihr eine Nacht versprochen, die kein Ende nehmen sollte. Aber jetzt nickt er nur, als ob er keine Kraft mehr hätte, etwas zu sagen.

»Ich weiß nicht, was mit dir los ist, Eduardo, aber du weißt, daß du auf mich zählen kannst«, sagt sie, bevor sie hinausgeht.

»Ich weiß.« Eduardo umarmt sie zärtlich. »Danke, Dolores.«

Dolores schließt die Tür und denkt, sie hätte Eduardo vielleicht etwas sagen müssen, was ihm geholfen hätte, sich ihr anzuvertrauen. Etwas krampft sich in ihrem Magen zusammen. Angst, ja. Es ist dumm, aber sie hat Angst um Eduardo.

»Dolores hat mir gesagt, sie habe geahnt, daß er in Gefahr war, noch bevor sie alles erfuhr. Vielleicht weil sie ... Mir schien, daß sie in Eduardo verliebt war, obwohl sie es mir nie gesagt hat und ich sie natürlich auch nicht danach gefragt habe. Und es muß ein sehr starkes Gefühl gewesen sein. Sie hat nie genau gesagt, was sie für eine Beziehung zueinander hatten. Aber der Ton in ihrer Stimme, das, was sie offensichtlich verschwieg, ihr Gesichtsausdruck, wenn sie von Eduardo sprach, noch nach so vielen

Jahren, all das gab mir beinahe die Gewißheit, daß er für sie ... etwas ganz Besonderes war. Für mich war es wichtig, mit Dolores zu sprechen, weil sie mir eine Seite von Eduardo zeigte, von der ich noch wenige Monate zuvor nichts gewußt hatte.«

Was hat er nur? War es vielleicht falsch gewesen, sich so von der Sinnlichkeit mitreißen zu lassen und ihm keine Möglichkeit zum Reden zu geben? Nein, es ist alles so gekommen, wie es kommen mußte. Aber vielleicht hätte sie ... Schluß damit, sagt sich Dolores, als sie ins Taxi steigt. Sie hat ihm ihre Hilfe angeboten, und er wird schon wissen, was er tut. Und wenn er nun nicht mehr anruft? Da ist wieder diese Beklemmung, diese Angst vor einer Gefahr. Nein, nach diesem wundervollen Nachmittag mit ihm wird sie dieses ungute Gefühl nicht zulassen. Sie macht es sich auf dem Sitz bequem. Sie spürt noch am ganzen Körper die Wärme der Liebe, und sie dankt dem Leben. Sie denkt an jenen Nachmittag in Entre Ríos zurück, an ihre empörte Mutter und daran, wie sie geschrien hat: Danke, danke, es hat mir sehr gefallen! Im Grunde, und trotz allem, was passiert ist, liebt sie das Leben noch immer.

Miriam fragte sich immer wieder, ob sie bei Dufaus Tochter einen Verdacht erweckt hatte. Sie hatte ihr zugewinkt und vielleicht sogar gelächelt, bevor sie ins Auto gestiegen und losgefahren war. Ob das reichte? Was hatte Lili ihr wohl erzählt? Ob sie verstanden hatte, was sie gesagt hat? Diese Frau ist nicht deine Mama!

Lili hatte sie nur einen Augenblick angesehen, so, als hätte sie ein Geräusch gehört. Und dann hatte Miriam nichts mehr gesehen und nichts gehört, nur fliehen, so schnell wie möglich.

»Sie hatte nicht vorgehabt, diesen Satz zu sagen. Sie hat mir erzählt, er sei ihr einfach so rausgerutscht. Vielleicht hatte sie befürchtet, daß sie mich zum letzten Mal sähe und daß sie das Versprechen, das sie Liliana ...«

»Wollte sie dir denn von Liliana erzählen, oder wollte sie dich einfach nur mitnehmen?«

»Natürlich! Das habe ich dir doch schon gesagt. Für sie war sehr wichtig, worum Liliana sie auf dem Platz gebeten hatte, während Mi-

riam versuchte, sie mit ihrem Körper zu schützen« – ihre Stimme versagte – »Carlos, Miriam wollte mich wirklich retten. Glaubst du, sie hätte es sonst noch einmal riskiert? Nach diesem mißglückten Versuch, nach diesem verrückten Satz? Aber sie hat es getan. Sie ließ ein paar Tage verstreichen und kam dann wieder zur Schule. Sie versteckte sich hinter einem Baum und wartete auf eine Gelegenheit, sich mir noch einmal zu nähern. Auch wenn sie Angst hatte, so hatte sie doch auch die Hoffnung, daß die Sache mit dem Eis nicht weiter aufgefallen war.«

Mariana kann es nicht lassen, von der Frau zu sprechen, die Luz ihrer Meinung nach hatte entführen wollen. Warum sonst hätte das Kind in ihr Auto einsteigen sollen? Und was tat sie dort vor der Schule, wenn sie nicht die Mutter irgendeines anderen Mädchens war? Aber woher weißt du das denn? Ich habe Luz viele Fragen gestellt, aber sie sagt nur, die Frau habe sie zu einem Eis eingeladen. Von dem Auto sagt sie nichts, und dabei frage ich sie den ganzen Tag. Dir macht das wohl gar nichts aus? Mariana ist wütend auf Eduardo: Ihr Vater hätte ganz anders gehandelt.

Eduardo kostet es eine fast übermenschliche Anstrengung, ihr nicht zu sagen, was er über Alfonso denkt. Er will nicht noch einmal eine Auseinandersetzung, deren Ausgang er nicht absehen kann.

Er bittet sie, ihn allein mit Luz sprechen zu lassen. Mariana ist so nervös und so aufgebracht, daß Luz sicher Angst hat, ausgeschimpft zu werden, ganz gleich, was sie sagt.

Aber Eduardo habe doch schon mit Luz gesprochen. Ob er sie denn gar nicht danach gefragt habe? Ja, doch, aber Mariana sei immer dabeigewesen.

In Wirklichkeit hat diese Geschichte ihn genauso beunruhigt, gleich nachdem Mariana ihm davon erzählt hat, als er noch in Buenos Aires war.

»Und dabei habe ich ihm erst einige Tage später den Namen genannt und ihm erzählt, was sie gesagt hat.«

»Wie hat er darauf reagiert?« fragte Carlos. »Er muß doch panische Angst bekommen haben.«

»Ich erinnere mich nicht mehr. Ich war sieben Jahre alt. Ich weiß das alles aus meinen Gesprächen mit Javier und seiner Frau Laura.«

Du warst beunruhigt, weil du ein schlechtes Gewissen hattest. Wenn du Luz gestohlen hattest, dann konnte man sie dir auch wieder wegnehmen.

Dann sagt er sich, daß Mariana in ihrer Aufregung die Sache aufgebauscht hatte. Sicher gab es eine Erklärung für alles: Es war die Mama irgendeiner Klassenkameradin von Luz gewesen, vielleicht hatte ein anderes Mädchen im Auto gesessen und Mariana hatte es nicht bemerkt. Und woher sollte Luz den Mut nehmen, etwas zu erzählen, wenn Mariana immer gleich in Wut geriet? Er wird versuchen, mehr herauszufinden, aber bitte, Mariana, laß mich mit Luz allein.

Eduardo geht in das Zimmer, in dem Luz mit den Bausteinen spielt, und setzt sich zu ihr auf den Fußboden. Er redet ein wenig darum herum, ehe er auf die Frau mit dem Auto zu sprechen kommt. Er läßt die Frage zwischen einem Baustein und dem anderen fallen, als wäre es nicht von Bedeutung. Und Luz wiederholt, was sie schon so oft gesagt hat.

»Hattest du denn keine Angst, mit jemandem mitzugehen, den du überhaupt nicht kennst?«

»Aber ich kannte sie doch, ich hatte sie schon ein paarmal gesehen« – sie legt einen Baustein auf den anderen – »Gehört er hierher, Papa?«

Eduardo legt den Stein an den richtigen Platz: Vor der Schule?

Er atmet auf. Dann muß es die Mutter eines anderen Mädchens sein und nicht das, was du dir einbildest.

»Ich weiß nicht, ihre Tochter habe ich nie gesehen.«

»Aber sie geht doch in dieselbe Schule wie du?«

»Ich weiß nicht. Ich kenne sie nicht. Gib mir den blauen Stein, Paps.«

Und wie kommt es dann, daß sie die Frau dort gesehen hat? Warum? Ich weiß nicht. Luz erinnert sich nur, daß sie sie ein oder zweimal »meine Schöne« genannt und gesagt hat, daß sie sehr hübsch sei. Sie habe sie für eine nette Dame gehalten, für eine, die kleine Mädchen mag. Nicht wie die Mama ihrer Freundin, die kleine Mädchen nicht leiden kann. Und hat sie sonst noch was gesagt? Nein ... und sie betrachtet weiter die Bausteine. Ach ja, in Punta del Este hat sie mir geholfen, eine Sandburg zu bauen.

Das gefällt dir überhaupt nicht. Ob sie euch wohl schon seit langem verfolgt? Kommt sie von der Organisation dieser Großmütter, von denen dir Dolores erzählt hat? Eine Spinne läuft dir über die Wirbelsäule, eine eiserne Hand umklammert deinen Hals.

Hatte man sie bereits angezeigt? Aber noch möchtest du dich etwas in Ruhe wiegen. Ist sie vielleicht eine Freundin der Venturas? Luz weiß es nicht, sie kann sich nicht an alles erinnern. Ja, sie glaubt, daß die Dame ihr einmal beim Sandburgenbauen geholfen hat. Sie heißt ...

»Wie denn? Wie heißt sie?« Und du versuchst, das Bangen in deiner Frage zu vertuschen. Luz soll deine Angst nicht spüren.

Aber Luz erinnert sich nicht, und Eduardo ahnt, daß sie nichts mehr sagen wird, wenn er weiterhin so in sie dringt wie Mariana. Er beruhigt sie. Wenn es eine freundliche Dame war, dann hatte Luz nichts Schlechtes getan, als sie mit ihr gesprochen und sogar ihre Einladung zu einem Eis angenommen hatte. Aber in ihrem Auto mitfahren, das nicht! Wenn du sie allerdings kanntest ...

Besser nicht weiter drängen. Luz wird nervös, sie wirft die Bausteine um und setzt eine Miene auf, die nichts Gutes verheißt. Besser, er spielt mit ihr und erzählt ihr ein Märchen. Ein andermal.

Mariana hat große Angst. Und? Hat sie noch mehr erzählt? Daß sie die Frau schon mehrmals vor der Schule gesehen hat. Und mir sagt sie gar nichts. Sie hat mir nur am ersten Tag etwas erzählt, später hieß es, sie könne sich nicht erinnern. Als Mariana hinausrennen will, hält Eduardo sie am Arm zurück: Wie soll sie dir etwas sagen, wenn du sie dauernd anschreist? Luz hat Angst vor dir.

»Red keinen Blödsinn. Und was hat sie sonst noch gesagt?«

Nein, das mit Punta del Este wirst du ihr nicht erzählen. Vor allem mußt du Mariana beruhigen: Die Frau hat sie »meine Schöne« genannt und war sehr nett. Du darfst nicht böse auf Luz sein. Welches Kind lehnt ein Eis ab von jemandem, der ihm sympathisch ist? Und Mariana: Sie kann es nicht ertragen, daß er immer mit allem einverstanden ist. So willst du Luz erziehen? Daß sie mit jedem mitgeht, nur weil er ihr sympathisch ist?

Nein, aber das ist alles, was er herausfinden konnte. Du kannst ganz beruhigt sein. Wenn die Frau schon öfter dort war, ist sie vielleicht die Mutter von ... Von wem denn? Hat sie dir das auch erzählt? Ich habe sie immer wieder danach gefragt, aber sie hat nichts gesagt. Nein, sie kennt das Mädchen nicht.

»Hör mal, wenn das so weitergeht, fahre ich nach Buenos Aires und spreche mit Papa. Er soll jemanden schicken, der herausfindet, wer diese Person ist.«

Genau das wirst du wohl am wenigsten wollen, denkt Eduardo.

Und da weißt du es bereits, da hast du die Gewißheit, daß Luz die Tochter von Vermißten ist. Du bist überzeugt davon, du hast es deutlich gespürt, als Dolores dir davon erzählt hat. Vielleicht ist Dolores deshalb so wichtig für dein Leben. Das erklärt dein Verlangen und deine große Liebe zu ihr. Sie hat dir die Augen geöffnet, und darum fürchtest du, daß diese Frau, die nach Luz sucht, eine von denen ist, die Nachforschungen nach ihren Enkeln anstellen. Du mußt Dolores noch weitere Fragen stellen.

Mariana hört nicht auf, ihn anzuschreien und ihm Vorwürfe zu machen: Ihr Vater hätte längst alles in Erfahrung gebracht. Wie kann sie nur so dumm sein, ihren Vater für einen Gott zu halten? Weiß sie denn nicht, was ihr Vater tut? Daß er tötet, foltert und Kinder raubt?

»Was sagst du da? Bist du verrückt?« Marianas Gesicht ist verzerrt vor Wut.

»Gut, vielleicht nicht er persönlich, aber er erteilt die Befehle.«

Was weiß Eduardo davon, was es heißt, für das Vaterland zu kämpfen, so, wie es ihr Vater tut?

Du kannst dich nicht beherrschen: Für das Vaterland zu kämpfen heißt, über Leben und Tod zu bestimmen, verschleppten Müttern die Kinder wegzunehmen und sie anderen Leuten zu geben, den Kindern ihre Identität zu rauben?

Zum Glück unterbricht ihn Mariana mit dieser schallenden Ohrfeige. Zum Glück, denn wie weit wärst du sonst noch gegangen? Hättest du ihr das von Luz gesagt? Und wozu mußt du Mariana anschreien, sie weiß doch nichts, du hast sie doch all diese Jahre belogen. Darum gehst du zu ihr und bittest sie um Verzeihung, aber sie liegt heulend auf dem Bett und weist deine Liebkosungen zurück.

Eduardo will sie nicht bedrängen, weder mit Zärtlichkeiten noch mit Worten. Er ist so aufgeregt, daß er befürchtet, nochmals die Beherrschung zu verlieren.

Er verläßt das Zimmer und geht in die Küche. Luz ist bei Carmen, sie hat schon gebadet und das Nachthemd angezogen, und jetzt wird sie zu Abend essen:

»Soll ich mich zu euch setzen und mit euch essen?«

»Ißt du denn nicht später, mit Mama?«

»Ja, aber ich kann zweimal essen. Du weißt doch, daß ich ein Vielfraß bin.«

Aber nicht da sagt sie es ihm, sondern erst später, als er sie zudeckt und anfangen will, ihr ein Märchen zu erzählen.

»Miriam. Ich glaube, die Dame, die mir ein Eis kaufen wollte, heißt Miriam.«

Dein Herz macht einen Sprung. Hieß die leibliche Mutter nicht Miriam? Wo hast du die Fotokopie von dieser Urkunde hingelegt? In den Schreibtisch, im Büro. All diese Jahre hast du sie nicht einmal angesehen. Nur in der ersten Zeit, als Mariana noch in der Klinik lag.

»Und hat dir diese Dame, diese Miriam, etwas gesagt?

232

Mama hat mir erzählt, daß sie mit dir gesprochen hat. Über Punta del Este?«

Offensichtlich ist Luz verstört über diese Frage, denn sie weicht seinem Blick aus: Sie hat ihr ein Eis kaufen wollen, das habe sie ihm schon viele Male erzählt, und sie hat gesagt, daß sie hübsch sei. Erzählst du mir jetzt ein Märchen, Papi?

Du könntest ihr die Geschichte von dem Mann erzählen, der verzweifelt ist, weil er alle belogen hat, seine Frau, seine Tochter, die Tochter von wer weiß wem. Aber natürlich tust du das nicht. Dir fällt das Kindermädchen ein, das du hattest, als du noch klein warst. Es hat dir erzählt, du wärst nicht der Sohn deiner Eltern, sondern der des Schornsteinfegers. Aus irgendeinem Grund hast du es deinen Eltern erst viel später gestanden, als sie das Mädchen aus einem anderen Grund hinauswarfen. Und plötzlich, du weißt auch nicht, wie es kommt, erzählst du Luz, es habe einmal einen Jungen gegeben, der etwas ungezogen war, und eine böse Frau, die auf ihn aufpaßte ...

»Wer, die Mama?«

»Nein, das Kindermädchen. Eines Tages zeigte es ihm auf der Straße einen Mann, der ganz schwarz angezogen und ganz schmutzig war, und sie sagte, wenn er sich weiter so schlecht benehmen würde, dann würde sie ihn zu dem Schornsteinfeger schicken, der wäre sein wirklicher Papa, weil er nämlich gar nicht das Kind von Mama und Papa wäre.«

Aber was erzählst du ihr da, wirst du langsam verrückt? Warum erzählst du nicht eine Geschichte, wie Luz sie gern hat? Von Kaninchen und Eichhörnchen, von Grotten und von Außerirdischen?

»Das hat die Frau mit dem Eis auch zu mir gesagt« – Luz öffnet kaum die Augen, aber sie drückt ganz fest seine Hand. »Daß Mama nicht meine Mama ist.« Sie schließt die Augen. »Erzähl weiter.«

Er muß ihr diese Angst nehmen, die für ihn damals nur ein flüchtiger dummer Schreck war, für sie jedoch ... Rasch denkt er sich ein Ende aus, das sie beruhigt. Deshalb also hat sie nichts davon erzählt. Es macht ihr angst.

»Schließlich machte sich der Junge so große Sorgen, daß er eines Tages auf den Schornsteinfeger zuging und ihn fragte. Und der Mann lachte und antwortete, er habe vier Kinder, aber er, der Junge, sei keines davon.«

»Das hatte sich die böse Frau also nur ausgedacht?«

Jetzt könnte er ihr sagen, daß auch die Frau mit dem Eis böse war, und daß sie sich alles nur ausgedacht hatte, aber das will er nicht. Oder er kann es nicht. Er erzählt lieber die Geschichte weiter.

»Ja, der Junge und der Schornsteinfeger wurden Freunde, und er erzählte alles seinen Eltern, und die böse Frau …«

»War die Frau, die mir ein Eis kaufen wollte, böse, Papi? Wollte sie mich stehlen? Das hat Mami gesagt.«

»Vielleicht hast du dich verhört, und sie hat das gar nicht gesagt.«

»Was?«

»Daß Mama nicht …«, du kannst den Satz nicht einmal beenden. »Du mußt sie falsch verstanden haben. Vielleicht sagte sie: Ist das da deine Mama? Sie kannte sie ja nicht.«

Luz lächelt und schließt die Augen, und Eduardo spricht leise weiter, damit sie müde wird: Die böse Frau aus dem Märchen wurde verjagt, und das Kind hatte keine Angst mehr, und alle waren zufrieden, und wenn sie nicht gestorben sind, dann leben sie noch heute.

Mariana berichtet er, Luz habe ihm nichts Neues erzählt. In der Nacht versucht er zärtlich zu sein, aber Mariana weicht ihm aus und läßt ihn spüren, daß sie ihm noch sehr böse ist. Eduardo ist froh, als sie die Nachttischlampe löscht und ihm damit zu verstehen gibt, daß sich heute nacht nichts mehr abspielen wird: weder Vorwürfe noch Liebe, noch Haß.

Er kann nicht aufhören, an das zu denken, was Luz ihm erzählt hat, und an dieses Stück Papier, die Fotokopie der Geburtsurkunde.

Und am nächsten Tag, ja, da findet er sie, in der dritten Schreibtischschublade! Miriam López!

Die Mutter! Du erschrickst, und gleichzeitig jubelst du und möchtest vor Freude in die Luft springen: Dann stimmt es also nicht, dann wurde sie niemandem weggenommen, es ist Wahnsinn, aber du rennst los, um Dolores anzurufen, jetzt kannst du es tun, du hast dich elend gefühlt, ja, aber es war alles ganz anders, sie ist kein Kind, das man einer Mutter weggenommen hat, ihre Mutter hat sie nicht gewollt: Es gibt die Mutter, ihr Name steht auf der Geburtsurkunde. Von all dem wird er ihr natürlich nichts sagen. Nur, daß es wunderschön mit ihr war, daß er sie noch immer in seinem Körper spürt, daß es viel besser war, viel besser als damals, als sie noch Kinder waren, denn jetzt kann sie ihm viel mehr geben, unermeßliche Lust, ja, aber auch eine Ahnung von Schmerz, von Wahrheit. Sie schenkt ihm Bewußtsein und Kraft und das Gefühl, ein Mann zu sein und kein Feigling.

Dolores ist völlig durcheinander von diesem wirren Gerede, aber sie fühlt, wieviel sie Eduardo bedeutet, auch wenn sie nicht genau versteht, was er ihr sagen will. Aber sie genießt es, genießt es auch mit dem Körper. Da ist dieses Kribbeln, das sie ganz schwindlig macht.

»Warum kommst du nicht her, damit wir uns noch einmal sehen können? Ich reise nächste Woche ab.«

»Morgen. Wir sehen uns morgen um sechs. Im ›Dandy‹.«

Dolores nimmt sich vor, ihn zu fragen, was mit ihm los ist. Bei diesem Treffen geht es um mehr als um das körperliche Vergnügen. Es gibt etwas, wovon sie nichts weiß, und sie muß erreichen, daß Eduardo es ihr erzählt. Es wird ihm sicher guttun.

Und worum geht es ihr? Was will sie? Sie weiß es nicht. Sie kann es nicht beschreiben, weil sie so etwas nicht kennt. Jedenfalls wird sie in ein paar Tagen nach Frankreich zurückkehren. Das, was sie in Buenos Aires erreichen wollte, wurde bereits in die Wege geleitet. Und das mit Eduardo hat nichts damit zu tun ... obwohl, vielleicht ... Was er ihr gesagt hat, von Bewußtsein, von Wahrheit ... Auf jeden Fall freut sie sich, ihn wiederzusehen. Es ist ein starkes, nicht zu leugnendes Gefühl, und warum soll sie es nicht ausleben?

Zu Mariana sagt er, daß er am nächsten Tag nach Buenos Aires fahren muß. Wenn sie sich Sorgen macht, soll sie Luz persönlich abholen und pünktlich sein. Ab Mittwoch wird er sie dann jeden Tag von der Schule abholen, damit Mariana beruhigt ist. Und er wird versuchen, soviel wie möglich in Erfahrung zu bringen.

»Er hatte bereits beschlossen, Miriam zu suchen. Aber erst ein paar Tage später, nachdem er mit Javier gesprochen hatte, plante er genau, wie er es anstellen würde.«

»Wurde auch Zeit, daß du etwas unternimmst. Ich habe heute Papa angerufen und gefragt, ob er sich ein paar Tage freimachen kann, um mir zu helfen. Du bist ja unfähig, herauszufinden, wer diese Frau ist und was sie will.«

Wenn Mariana nicht aufhört, dich zu provozieren und dir ihren Vater als Vorbild hinzustellen, dann wirst du es ihr sagen, es wird aus dir herausplatzen. Vor ein paar Tagen warst du schon nahe daran.

»Mariana, sprich mir gegenüber nie wieder gut über deinen Vater, ich meine es ernst, ich kann das nicht ertragen.«

Und diese Furie, dieser Ausdruck von Ekel und Wut, diese Schreie, ist das Mariana, deine Mariana? Wie wenig erkennst du von ihr in dieser Frau, die dich so hemmungslos beschimpft, fast ist sie jetzt sogar häßlich, weil der Haß ihre Züge verhärtet: Du bist einfach nur eifersüchtig auf Papa, weil er es besser versteht, andere zu beschützen, bei dir fühle ich mich unsicher wie nie zuvor.

Eduardo zwingt sich, die Antwort zu unterdrücken. Er geht zum Schreibtisch und überlegt, wie er Miriam entgegentreten wird, wenn sie erneut auftauchen sollte. Wichtig ist, daß sie keine Angst vor ihm hat, damit sie reden können.

Eine Mutter, die ihr Kind verlassen hat und es jetzt bereut. Und wenn dich das noch so sehr in Schwierigkeiten bringen kann, der Gedanke daran ist geradezu angenehm, denn es ist nicht das andere, das Grauenhafte, das, wovor du solche Angst gehabt hast. Das, was Dolores' Schwägerin passiert ist.

Dolores hat sich unzählige Male gesagt, es sei Wahnsinn, doch sie kann nichts gegen das plötzliche Glücksgefühl tun, mit dem sie am Morgen aufgewacht ist und das sie den ganzen Tag nicht verläßt.

Sicher, das hatte nicht nur einen einzigen Grund. Das Gespräch mit ihrer Mutter beim Mittagessen hat sie so froh gemacht, sie war begeistert. Wer hätte gedacht, Pablo, daß Mama den Mut haben würde, Papas Skepsis zu trotzen und sich dem Kampf der Großmütter von der Plaza de Mayo anzuschließen? Und du hast gedacht, sie habe ihr Leben lang immer nur gehorcht. Susana sprach unaufhörlich von diesen bewunderungswürdigen Frauen, die 1977 ihren Kampf aufgenommen haben, von allem, was sie in diesen Jahren erreicht haben, trotz Verfolgung und Bedrohung. Und immer wieder sprach sie von dem Kongreß in New York, an dem sie teilgenommen hatten und bei dem es um »Merkmale der Großelternschaft« gegangen war. Es heißt, daß man jetzt endlich eine Blutsverwandtschaft nachweisen kann. So ist unsere Mutter, Pablo. Du hast gedacht, daß sie mit ihrer bürgerlichen Einstellung etwas gegen deine Lebensgefährtin hatte, weil sie einfacher Herkunft war. Und jetzt will sie Mirtas Mutter davon überzeugen, daß sie sich irrt, daß viele schwangere Frauen der Folter widerstanden und ihre Kinder bekommen haben. Und daß sie gemeinsam kämpfen müssen. Gemeinsam, zusammen mit den anderen, würden sie viel mehr erreichen. Sie würden ihr Enkelkind finden, da war sie ganz sicher, ihr Herz sagte es ihr. Mirtas Mutter hofft gar nichts mehr, sie weiß, daß ihre beiden Kinder tot sind, ihr Schmerz ist zu groß.

»Wenn Pablo dich sehen könnte, wäre er stolz auf dich, Mama, genau wie ich. Und mach dir keine Sorgen wegen Papa, er ist vielleicht nicht so stark, aber er wird es schon noch verstehen.«

»Und wenn du mit Papa sprechen würdest, Dolores? Du mußt ihn überzeugen, damit er nichts dagegen hat, daß ich bei den Großmüttern mitmache. Ich möchte keine Schwierigkeiten haben. Dein Papa, der Ärmste ... Nicht, daß er schwach ist, er ist ausgebrannt nach allem, was er durchgemacht hat. Bischöfe, Generäle, alles Dreckskerle, die sich von ihm abgewandt und ihn betrogen haben.«

Ja, sie wird mit ihm sprechen, aber nicht heute abend. Dolores sagt ihrer Mutter, daß sie ein paar Freunde treffen will. Aber es ist nicht die Zeit für Lügen:

»Paß auf dich auf, Dolores, ich habe dir doch gesagt, daß Eduardos Schwiegervater ...«

»Keine Sorge, Mama, ich weiß, was ich tue.«

Kapitel zehn

Am Samstag würde Frank zu Besuch kommen. Auf jeden Fall hat Miriam mit ihm verabredet, daß sie ihn anrufen würde, falls sie es sich anders überlegen und nach Buenos Aires kommen sollte. Und wieder führte sie diese verrückte Idee in Versuchung. Wäre Frank einverstanden, wenn sie alle drei zusammen weggingen? Nein, das war Unsinn. Wenn es ihr gelang, Lili mitzunehmen, würde sie sich für Frank irgendeine Entschuldigung ausdenken. Sie würde ihn direkt vom Flughafen aus anrufen. So könnten sie sich nicht einmal für eine Minute sehen. Sie konnte ihn nicht noch einmal mit hineinziehen. Aber es mußte ihr bald gelingen, Lili zu entführen. Sie ertrug die Spannung nicht länger.

Miriam saß im Auto, als sie Lili aus der Schule kommen sah. Sie kannte bereits ihr Lächeln und die Art, wie sie hüpfte. Hoffentlich hatte sie Glück und Lili wurde zu spät abgeholt. Sie hatte gleich gegenüber geparkt, und wenn das Kind allein war, konnte sie mit Leichtigkeit aussteigen und zu ihm gehen. Ich weiß nicht, wie ich es machen werde, Liliana, aber ich verspreche dir, daß ich sie ihnen wegnehme. Ich werde ihr die Wahrheit sagen. Ich werde sie weit weg bringen, wo man uns niemals findet.

Als sie mit klopfendem Herzen ausstieg, lief Lili gerade auf einen grauen Peugeot zu. Miriam stieg rasch wieder ins Auto. Sie war sicher, daß niemand sie gesehen hatte.

Sie sitzen im »Dandy« und haben gerade erst ein paar Sätze gewechselt. Dolores hat nicht verstanden, wovon Eduardo am Telefon gesprochen hat, als er andeutete, ihm sei etwas zu Bewußtsein gekommen.

»Hat es etwas mit dem zu tun, was ich dir damals in der Nacht erzählt habe?«

Eduardo antwortet nicht. Wie kann er ihr sagen, was er durchmacht? Nur ein Wort, und dann käme ein Wasserfall, der nicht mehr aufzuhalten wäre. Und dann würde sie ihn hassen. Dolores bedrängt ihn nicht, sie legt nur ihre Hand auf die seine. Es muß sehr weh tun. Mehr sagt sie nicht.

»Wollen wir gehen?« fragt sie.

Und dann, im Hotel, liebst du sie behutsam und leidenschaftlich, dieser feste, pralle Körper, den du berührst, den du leckst und geradezu aufsaugst, soll dich zum Leben führen, zur Wahrheit. Seltsam, eure Hände scheinen von jeher im Irrgarten der Lust ihren Weg zu finden, als hätten sie sich schon seit Jahren erkundet, getrieben von dem Verlangen, etwas Neues zu entdecken. Diese innige Vertrautheit, die nur die Zeit hervorbringt, diese vollkommene Verwandlung der Zärtlichkeit in Leidenschaft. Du küßt genau den richtigen Punkt ihres Nackens. Sie schmiegt sich in diese Beugung deines Leibes, die anscheinend dazu geschaffen wurde, daß sie sich dort ausruhen kann.

Vielleicht ist es der Zauber dieser Liebe, die sie nie miteinander erlebt haben, aber Dolores spricht jetzt mit ihm, als wäre sie seine Frau, seine Kameradin, sie spricht über alles, was sie in diesen Tagen erlebt hat, über den Kampf und die Erfolge der Großmütter von der Plaza de Mayo, über ihre Mutter, die sich so sehr verändert hat, und über die Hoffnung.

Eduardo fragt, wie sie nach den Kindern suchen, woher sie wissen, bei wem sie leben. Dolores erzählt ihm, daß Anzeigen bei den Großmüttern eingehen (manche sind anonym, andere scheuen sich nicht, ihren Namen zu nennen), wenn es einen Verdacht gegen Frauen gibt, die niemals schwanger waren und plötzlich ein Baby haben. Und in der Hoffnung, ihre Enkelkinder zu sehen, gehen die Großmütter dorthin, wo die unrechtmäßigen Eltern wohnen.

Ist Miriam vielleicht eine von denen, die auf der Suche sind? Daß ihr Name identisch ist mit dem Namen, der auf der Geburtsurkunde steht, kann ein Zufall sein. Aber nein, Mariana war doch schwanger, wer sollte da Verdacht schöpfen? Warum sollte man ihnen nachstellen? Vielleicht ist es die Anzeige einer Krankenschwester aus der Klinik, die weiß, daß dein Kind tot geboren wurde, vielleicht ist es die Angestellte, die ihm die falsche Urkunde ausgestellt hat. Und während Dolores dir immer noch schildert, was zur Entdeckung dieser Kinder unternommen wird, packt dich beim Gedanken an den Betrug wieder dieses Schwindelgefühl. Du betrügst auch Dolores. Die Fragen, die anscheinend ihr Leben betrafen, betreffen dein eigenes.

»Ich bin ein Dreckstück«, sagst du zu ihr.

Und sie: Aber warum denn? Du sollst es ihr sagen, sie weiß, daß dich etwas quält, sie hat es von Anfang an gespürt. Aber wie würde sie sich fühlen, wenn sie erführe, daß der Mann, mit dem sie gerade geschlafen hat, eventuell einer dieser Kinderräuber ist, nach denen sie suchen?

Eduardo schweigt und schließt die Augen. Dolores streichelt ihn und versucht ihn zu trösten, zu beruhigen, ihm Frieden zu schenken. Du verdienst sie nicht, so wie du das Lächeln von Luz nicht verdienst oder ihre Liebe. Du sagst es ihr: Ich verdiene deine Zärtlichkeit nicht.

Aber warum, warum denn? Dolores kommt näher und küßt ihn, er verdient sie sehr wohl, sie weiß es, sie spürt es. Eduardo umarmt sie.

Gern würdest du den Tränen freien Lauf lassen, die dir die Kehle zuschnüren. Seit Jahren hast du nicht geweint. Seit jenem Tag in der Klinik, als dir dein Bruder Javier den Arm um die Schulter legte.

Was wird sie von dir halten, wenn du es ihr sagst? Wenn aber Miriam López lebt und wenn sie die Mutter ist … aber das weißt du ja nicht genau. Und so bittest du sie um Verzeihung für etwas, das du ihr nicht sagen kannst. Dabei müßtest du nicht nur sie um Vergebung bitten, sondern auch deine Frau und deine Tochter.

Warum, warum? Dolores bestürmt Eduardo nicht nur mit Worten, sondern mit ihrem ganzen Körper, mit diesem Körper, den er geliebt hat, den er liebt.

Sie hatte einen Kaiserschnitt, ihre Eltern waren dabei, von

Anfang an. Nach und nach fängt er an zu reden, ungeordnet, zögernd.

Dolores rückt von ihm ab, springt auf und setzt sich auf den Bettrand. Ihr strenger Gesichtsausdruck, ihre glänzenden, weit aufgerissenen Augen, machen ihm angst. Und nun versteift sich Eduardo auf die Sache mit Miriam. Es ist derselbe Name, wenn sie es ist, die vor der Schule gewartet hat, dann ist dies keiner von diesen Fällen. Aber es scheint Dolores nicht zu interessieren, was er von Miriam erzählt. Sie hat Eduardos Hemd angezogen, seine Zipfel zwischen ihren Händen zerknittert und es dann nervös zugeknöpft, während er geredet und geredet hat.

»Eduardo brauchte anscheinend viel Zeit, um sich alles vom Gewissen zu reden. Und zuerst ging es Dolores dabei entsetzlich schlecht. Du darfst nicht vergessen, welche Geschichte sie hinter sich hatte und aus welchem Grund sie nach Buenos Aires gekommen war. Das war genau die Kehrseite der Geschichte, die Eduardo ihr erzählt hatte.«

Sie hat dich nicht ein einziges Mal unterbrochen, sie sieht dich nur an, sehr angespannt. Ja, soll sie dich hassen, du hast es verdient.

»Nein, ich hasse dich nicht. Aber ich bin sehr ...«

Sie wagt nicht, es dir zu sagen, aber es ist nicht schwer, sich vorzustellen, was sie denkt. Ihre fiebernden Augen wandern durchs Schlafzimmer, ehe sie sich wieder Eduardo zuwenden, mit einer Entschlossenheit, die ihn zusammenfahren läßt.

»Du kannst das nicht auf sich beruhen lassen, Eduardo, du mußt nachforschen. Es ist deine Pflicht, von deinem Schwiegervater zu fordern, daß er dir die Wahrheit sagt, daß er dir sagt, woher dieses Baby gekommen ist.« Sie schreit fast, doch offensichtlich ist sie bemüht, sich zu beherrschen. »Sprich mit dieser Frau, falls sie wieder zur Schule kommt, oder such sie, wo auch immer sie ist: Sie soll dir sagen, ob sie die Mutter ist oder nicht. Und sag alles deiner Frau. Wie konntest du sie so viele Jahre lang belügen?«

Wie ein Hammer, der zuschlägt und immer wieder zuschlägt, stellt dir Dolores die Fragen, die du dir selbst so oft gestellt hast: Warum hast du eingewilligt? Warum hast du dir nicht mehr Fragen nach ihrer Herkunft gestellt? Warum all diese Jahre des Schweigens, der Blindheit? Es macht dir nichts aus, daß du stammelst, keine Antwort findest, dich nicht rechtfertigen kannst. Ein einziges Mal möchtest du dich so nackt und so schmutzig zeigen, wie du bist, und Dolores soll über dich urteilen.

»Aber später wuchs ihr Verständnis für Eduardo wieder. Wenn wir uns trafen, hat sie mir oft gesagt: Er hat die Wahrheit gesucht. Nicht gleich am Anfang, aber dann später, als ich sieben war. Und Dolores hat ihn dazu ermutigt. ›Ich war sehr hart zu ihm‹, sagte sie, ›aber ich glaube, genau das wollte er von mir.‹ Und sie war ernsthaft bewegt. Deshalb, und aus vielen anderen Gründen, glaube ich, daß sie ihn sehr geliebt hat. Sonst wäre es nicht zu erklären, daß sie nicht anders reagiert hat, als er ihr sagte, daß es Dufau war, der mich besorgt hatte. Daß sie zum Beispiel keine Anzeige erstattet hat.«

»Sie hat ihn nicht angezeigt? Wie ist denn das möglich?«

»Nein, das hat sie nicht getan. Ihre Mutter, Susana Collado, kam darauf zu sprechen, als … aber laß mich weitererzählen.«

Nach diesem langen Gespräch sagt Dolores mitleidlos, aber gleichzeitig sehr liebevoll: »Und wenn es nun doch schlimmer ist, als du dir einreden willst? Warum hat diese Frau ihr Kind nicht zur Adoption freigegeben? Was wirst du tun, wenn du erfährst, daß Luz die Tochter von Vermißten ist? Damit wirst du nicht leben können. Begreifst du, was es für Luz bedeutet, wenn man ihr ihre Identität vorenthält, ihre Geschichte und die Geschichte ihrer Eltern? Wenn man sie wie einen Gegenstand behandelt? Du selbst hast es gesagt, als du von deinem Schwiegervater gesprochen hast, und es hat sich mir eingeprägt: ›Was glaubt er denn? Ihr ist eine Puppe kaputtgegangen, also bringe ich ihr eine neue, damit sie nicht weint‹. Als wäre sie nichts als ein Beutestück.«

Schluß, es reicht. Du verbirgst dein Gesicht im Kissen und läßt die Tränen kommen, die du seit Jahren in dir unterdrückt hast. Dolores kommt näher, legt sich neben dich und streichelt deinen Kopf.

Auch sie weint: um Eduardo, um sich selbst, um Pablo und Mirta, um dieses Kind, das wer weiß wo ist, man weiß nicht, bei wem. Du warst schon fast überzeugt davon, daß Luz kein Baby war, das man der Mutter geraubt hatte, aber jetzt nagt der Zweifel an dir, wie eine gefangene Ratte. Was wirst du tun, wenn du entdeckst, daß Luz ein Kind ist, das in der Gefangenschaft geboren wurde? Du weißt es nicht.

»Als erstes werde ich nachforschen, das verspreche ich dir, Dolores, ich verspreche es dir.«

»Du hast einen großen Fehler gemacht, Eduardo, aber jetzt bist du ein anderer, und du kannst die Dinge nicht auf sich beruhen lassen.«

Eduardo spürt, daß sie recht hat, daß er es nicht länger leugnen darf. Ganz sanft sagt Dolores, sie könne sich informieren, er solle ihr die Fotokopie der Urkunde zeigen. Sie wisse, wohin man die Mütter gebracht habe. Allerdings wundert es mich, daß eine Urkunde existiert.

»Nein, bitte, sag niemandem etwas davon. Ich werde es selbst herausfinden.«

Es ist schon spät, als Eduardo sie nach Hause begleitet. Dolores ist schweigsam. Auch Eduardo weiß nicht, was er sagen soll. Er küßt sie.

»Ruf mich an, sobald du etwas weißt. Ich kann dir helfen.«

Dolores wendet sich ab, um hineinzugehen, aber dann dreht sie sich noch einmal um. Sie rennt auf Eduardo zu. Sie umarmen sich mit aller Kraft und voller Zärtlichkeit.

Sie weiß es, und dennoch umarmt sie dich. Für einen Augenblick fühlst du dich getröstet, entschuldigt. Und stark.

»Eduardo, ich liebe dich, ich vertraue dir.«

»Ich gehe bis zum Äußersten, koste es, was es wolle.«

Eduardo wartet an der Ecke, aber er kommt nicht näher. Er hat keinen vorgefaßten Plan. Er weiß nicht, wie Miriam aussieht, und hier sind viele Frauen, die Mütter der Mädchen. Plötzlich verliert er Luz aus den Augen und rennt los. Und wenn die Frau sie in diesem Durcheinander von Müttern und Mädchen entführt? Wenn Luz verschwindet?

Wenn Luz verschwindet. Verschwinden, das Wort dröhnt in deinem Kopf, während du dir zwischen den Leuten den Weg bahnst. Auch Luz ist verschwunden, wie ihre Eltern, denn wer wäre sie denn, wie würde sie heißen, wenn dein Schwiegervater und sicher noch andere Leute sie nicht dazu verurteilt hätten, zu verschwinden, wenn man sie nicht ihrer Mutter weggenommen und ihre Identität verwischt hätte? Aber sei nur nicht so großzügig dir selbst gegenüber. Wer war Alfonso Dufaus Komplize? Wer hat sie verschwinden lassen, indem er ihr seinen eigenen Nachnamen gab? Und wer ist auf die Idee gekommen, ihr diesen Vornamen zu geben? Luz, Licht ... Um nicht an den Schatten zu denken?

»Es war Eduardos Idee, mich Luz zu nennen. Mariana hat es mir immer gesagt, wenn sie mir Vorwürfe wegen meiner Depressionen machte: Es ist schon komisch, dich Luz zu nennen, sagte sie. Anscheinend hatten sie mehrere Namen in Betracht gezogen, darunter auch Luz. Aber da es Mariana schlechtging, als man mich registrieren ließ, traf Eduardo die Entscheidung. Und Mama hat immer gesagt, daß ihr mein Name nicht gefiel, und daß ›er überhaupt nicht zu mir paßte‹.«

Eduardo umarmt Luz so überschwenglich, als hätte er sie seit Jahren nicht gesehen. Wie froh sie ist, ihren Papa zu sehen, wie schön, daß er sie von der Schule abholt!

Als er Luz nach Hause bringt, teilt er Mariana mit, daß er schnell ins Büro zurückmüsse. Sie würden am Abend miteinander reden. Über die Frau gebe es nichts Neues.

»Gerade an diesem Tag war Miriam nicht zum Schulgebäude gegangen.«

Nachdem Frank angerufen hatte, warf sich Miriam aufs Bett und überließ sich dem freudigen Gefühl, bald in seinen Armen Schutz suchen zu können. Sie würde mit ihm in diesem Haus mit Garten leben, er würde sie verwöhnen und für sie sorgen. Sie sah sich selbst als kleines Kind und Frank, der sie schaukelte. Wer hatte sie eigentlich jemals geschaukelt? An ihre Mutter konnte sie sich nicht einmal mehr erinnern. Als sie wegging, war Miriam zwei Jahre alt, und wenn sie sie einfach so verlassen hatte und die Tante Miriam zu sich nehmen mußte, dann hatte die Mutter sie nicht geliebt und sie ganz sicher niemals geschaukelt. Die Müdigkeit, die sie jetzt ergriff, schien im Laufe vieler Jahre entstanden zu sein. Und wenn sie all das, wovon sie träumte, verlieren würde? Für nichts und wieder nichts? Denn wenn sie Lili nicht entführen konnte, wenn sie, mit etwas Glück, im Gefängnis landete oder etwa in den Händen des Bestia, dann würde sie nie wieder zärtlich geliebt werden, nie wieder würde jemand für sie sorgen, sie würde nicht mehr leben.

Sie setzte sich im Bett auf. Sie wollte diese Erschöpfung nicht noch größer werden lassen. Sie wollte nicht schwach werden, es war nicht der passende Moment. Noch war nicht alles verloren. Noch konnte sie Lili zu sich holen. Sie würde ihr von Liliana erzählen und von sich selbst, denn in diesem Punkt würde sie nicht versuchen, Lili so zu betrügen wie Liliana. Ihr würde sie die ganze Wahrheit sagen.

»Und das hat sie getan. Sie hat nie versucht, mich zu belügen oder sich zu rechtfertigen.«

Sie könnten irgendwo leben, und wer weiß, in einer Demokratie könnte sie nachforschen, die Angehörigen finden, eine Großmutter vielleicht oder einen Onkel. Den Vater wohl nicht, dachte sie, Lilianas Kamerad war sicher auch umgebracht worden.

Luz lächelte, doch in ihrem Lächeln lag ein bitterer Vorwurf: »Aber du warst nicht tot, du warst am Leben« – in ihren Worten war Gift – »und du hast mich nicht gerade gesucht wie Miriam. Du kannst von ihr halten, was du willst.«

Carlos versuchte nicht mehr, sich zu entschuldigen: Ich habe doch geglaubt, man hat mir doch gesagt … Nein, er hielt diesem harten Lächeln und diesem kühlen Blick stand. Luz brauchte das wohl, und er würde es ihr gestatten.

Miriam ahnte, daß sie kein Glück haben würde. Wieder dieser graue Peugeot und nicht das Mädchen mit der gepunkteten

246

Schürze, bei dem sie sich ruhiger fühlte, weil es sie schließlich noch nie gesehen hatte. Mariana hingegen schon, und Lili auch, aber Lili wußte nicht, daß sie Lili war, sie glaubte, sie sei Luz und gehöre zu dieser Familie. Vielleicht würde sie mit dem Finger auf sie zeigen und sagen: ›Das ist die Dame, die mich im Auto mitnehmen wollte‹, oder ›Das ist die Dame, die gesagt hat, du wärst nicht meine Mama‹. Dann würde man Miriam verhaften, und dann …

Alles, was Liliana ihr von ihrer Gefangenschaft erzählt hatte, kam ihr wieder ins Gedächtnis. Sie stellte den Fernseher an, um andere Bilder zu sehen, alles war besser als diese entsetzlichen Szenen. Sie wollte an nichts denken.

Das Ende der Schule war längst vorbei.

Luz schwieg lange, ihr Gesichtsausdruck war düster. Ihre Erinnerungen waren an einem dunklen Punkt angelangt, bei Eduardo und Mariana, an jenem Abend.

»Am selben Abend erfuhr Mariana, daß ich nicht ihre Tochter war. Bis dahin hatte sie es weder gewußt noch geahnt.«

»Es muß ein Schock für sie gewesen sein«, sagte Carlos. »Schließlich hatte man ja auch sie betrogen.«

In ihren Worten lag etwas Schneidendes, ein uralter Groll:

»Ja, man hatte sie betrogen, aber das machte ihr nichts aus. Sie verurteilte es nicht, weil sie selbst wahrscheinlich genauso gehandelt hätte.«

Zum ersten Mal bemerkte Carlos, wie groß ihr Konflikt mit dieser Frau gewesen sein mußte, die sie Mariana, aber auch Mama nannte. Die sie geliebt hatte, die sie vielleicht jetzt noch auf eine gewisse Art liebte, auch wenn sie so hart über sie urteilte. Schließlich hatte sie viele Jahre lang den Platz einer Mutter für sie eingenommen.

Luz ist längst schlafen gegangen, als sie zu streiten beginnen. Wie ist es nur möglich, daß Eduardo nichts herausgefunden hat? Er hat sicher nicht genau hingesehen. Doch, das hat er, er hat sich sogar versteckt und Luz heimlich beobachtet, aber niemand hat sich ihr genähert. Du kannst sicher sein.

Mariana schüttelt den Kopf: Hätte sie gewußt, daß Eduardo so weich ist, so schwach, dann hätte sie ihn nicht geheiratet.

Sie wollte einen Mann wie ihren Vater, stark und entschlossen. Einen Mann!

»Einen mitleidlosen Hurensohn? Einen Mörder, einen Betrüger, einen Lügner, einen Gauner?«

Diesmal faßt du ihre Hand in der Luft, bevor sie dich schlagen kann. Und dann sagst du es ihr, während du ihre Hand eisern festhältst: Sie selbst ist von ihrem Vater betrogen worden. Als sie bewußtlos war, hat er ihr ein Baby besorgt. Wer weiß, auf welche Art. Wer weiß, wo er es gestohlen hat. Und dann hat er es ihr untergeschoben, als ihre Tochter.

Er hört erst auf, als Mariana sich in den Sessel fallen läßt und ihn erschrocken ansieht.

Wie konntest du so grausam sein, wie konntest du es ihr auf diese Weise sagen? Du bittest sie um Verzeihung, du erzählst ihr, wie es damals war, wie verzweifelt du warst, als Murray sagte, das Baby sei tot, wie Alfonso dir drohte, wie du dich hast hineinziehen lassen und wie es dich geschmerzt hat, sie zu belügen. Zwar hättest du es ihr nicht so sagen dürfen, bei einem Streit, aber zum Glück, zum Glück hast du es endlich gesagt! Du verspürst eine große Erleichterung, als hättest du dir eine böse Geschwulst ausgerissen.

»Ich kann dich nicht mehr lieben, nicht mehr im selben Bett mit dir liegen, nicht mehr mit dir schlafen, solange diese Lüge alles überschattet.«

»Also Papa hat sie besorgt! Und mir hat er nie etwas davon gesagt!« wundert sich Mariana mit einem Gesichtsausdruck, der genau das Gegenteil von dem erkennen läßt, was Eduardo erwartet hat.

Endlich wird sie böse werden auf ihren Vater, denkt er, endlich wird diese lebende Bronzestatue gestürzt werden, dieses Idol, das Mariana so sehr verehrt. Auch wenn er selbst verloren hat, auch wenn er sich zeigt, wie er ist: schwach, verzweifelt, reuevoll.

Aber Mariana überrascht ihn: Papa wollte mich nie leiden sehen.

Nein, das geht zu weit! Er würde sie gern fragen, ob ihr der

248

Ernst der Tatsache bewußt ist, in diesen Zeiten, und bei der Stellung ihres Vaters. Aber wenn die Mutter der Kleinen am Leben ist, warum soll er Mariana dann mit etwas quälen, was er selbst noch nicht richtig durchschaut?

Eduardo fragt, ob sie ihm diesen jahrelangen Betrug jemals verzeihen kann. Mariana antwortet nicht. Sie steht auf und geht ins Kinderzimmer. Sie betrachtet Luz, als sähe sie sie zum ersten Mal.

Was fühlt sie wohl jetzt, da sie weiß, daß sie nicht ihre Tochter ist? Du leidest allein bei dem Gedanken, wie es der armen Mariana ergehen muß! Jetzt folgst du ihr ins Schlafzimmer. Gerade als du sie umarmen und sie noch einmal aufrichtig um Verzeihung bitten willst, dreht sie sich um und überrascht dich erneut: Wenigstens hat sie eine helle Haut und grüne Augen.

Was will sie damit sagen? Du möchtest es lieber nicht verstehen. Also denkt Mariana, daß ... Ist sie etwa gar nicht verzweifelt? Ist sie nicht wütend auf ihren Vater und auf ihn? Alles, was sie sagt ist, daß Luz »eine helle Haut« hat.

»Ich meine, daß sie nicht die Tochter irgendeines indianischen Mädchens ist. Immerhin hat mir Papa ein Baby besorgt, das gut und gern unsere Tochter sein könnte.«

Und da überwältigt ihn die Wut, und er geht ins Büro. Gern würde er Dolores anrufen. Aber nein. Er ruft Javier an: Er muß mit ihm reden.

Um halb vier Uhr morgens stellte Laura den Wecker, der auf ihrem Nachttisch stand, und fand sich damit ab, daß sie diese Nacht nicht mehr schlafen würde. In wenigen Stunden mußte sie ihre Kinder wecken, ihnen beim Anziehen helfen und frühstücken wie eine Schlafwandlerin. Es war offensichtlich, daß auch Javier heute nacht nicht schlafen konnte. Immer wieder wälzte er sich im Bett. Die Spannung war im ganzen Raum zu spüren. Er hatte wer weiß wie lange mit Eduardo gesprochen. Laura war nach dem Kaffee schlafen gegangen und hatte sie allein gelassen. Was war nur los mit ihrem Schwager? Es war

249

so ungewöhnlich, daß er nach dem Abendessen noch so lange dablieb.

»Es war gar nicht so abwegig, Laura, du hattest recht, du bist eine Hellseherin. Luz ist nicht ihr Kind. Der alte Hurensohn hat Eduardo verrückt gemacht, er hat ihn auf jede mögliche Art und Weise bearbeitet. Und Eduardo ist schwach, das muß man zugeben.«

Javier wäre beinahe in die Luft gegangen. Vor Wut, vor Empörung, vor Schmerz. Eduardo hatte ihm alles erzählt, Schritt für Schritt. Und nun verstand er, warum Eduardo bei der Sache mitgemacht hatte. Er war völlig fertig gewesen, Mariana war es gesundheitlich sehr schlecht gegangen, und der Oberstleutnant hatte ihm zugesetzt.

Laura konnte es nicht glauben, er solle alles erzählen, was er wisse. Warum war Eduardo jetzt damit zu ihm gekommen? Was war geschehen? War es wegen Dolores, daß er …?

Nein, es war nicht wegen Dolores. Dolores war wichtig, weil er durch sie zum ersten Mal Verdacht schöpfte, Luz könnte die Tochter von Vermißten sein. Immer wieder hatte Eduardo gesagt: »Ich wußte es nicht, wie konnte ich ahnen, daß sie zu etwas so Abscheulichem fähig waren?« Anfangs hatte er sich sehr schuldig gefühlt, aber später, was weiß ich, mit der Zeit, und weil er Luz so sehr liebt … dann hat er es anscheinend vergessen. Aber er quält sich, seit ihm das alles zu Bewußtsein gekommen ist. Wahrscheinlich kam alles wegen Dolores.

»Das mit Dolores spielt eine große Rolle. Ich glaube – obwohl er es mir nicht direkt gesagt hat –, daß ihn etwas sehr Starkes mit ihr verbindet, etwas, das ihm eine andere Sicht eröffnet, etwas, wodurch er gewachsen und zum Mann geworden ist. Deshalb kann er erst jetzt all dem, was ihn schmerzt, ins Gesicht sehen. Seit geraumer Zeit streitet er sich oft mit Mariana, und heute nacht, im Laufe einer heftigen Diskussion, hat er ihr die Wahrheit gesagt.«

Laura wollte wissen, wie Mariana, die Ärmste, reagiert hatte. Schließlich hatte man sie betrogen. Und als Javier ihr das von der »hellen Haut« erzählte, konnte sie nicht an sich halten: Dann war sie genauso korrupt und genauso ein Stück Scheiße wie ihr Vater!

»Laura hat mir sehr geholfen, weil mir Javier weder beim ersten Mal, als ich zu ihm ging, noch beim zweiten Mal etwas gesagt hat. Laura hat ihn überredet, mir die Wahrheit zu sagen, nun ja, soweit er sie kannte...«

So etwas soll sie nicht sagen, Eduardo hat bereut, daß er weggelaufen ist, als Mariana sagte, sie sei nur froh, daß Luz eine helle Haut habe. Das heißt noch nicht, daß sie weiß, daß man den Verschwundenen die Kinder wegnimmt. Es kann einfach nur eine sehr gedankenlose Bemerkung gewesen sein. Laura dachte da anders.

Und als ihr Javier das mit der Urkunde und mit dem Namen dieser Frau erklärte, sagte sie, das sei Unsinn oder es habe nichts zu sagen. Ein erfundener Name. Meistens habe man eingetragen: »Name unbekannt«. So habe man es in vielen Gefangenenlagern gemacht, in Olmos, im Campo de Mayo ... Ja, aber es war nicht immer dasselbe, sie haben viele Fehler gemacht, sie haben Spuren hinterlassen. Ich weiß jedenfalls nicht, warum wir darüber reden. Es ist nämlich ganz anders, die Mutter ist am Leben und treibt sich in Paraná herum.

Wie bitte? Laura verstand gar nichts, heute nacht kam sie nicht aus dem Staunen heraus. Erinnerst du dich daran, was Mariana neulich erzählt hat? Daß man die Kleine vor der Schule entführen wollte? Wir dachten, es wäre eine Erfindung von Mariana. Daß vielleicht eine Frau auf sie zugegangen war und mit ihr sprechen wollte und daß Mariana dann diese Geschichte daraus gemacht hätte. Aber wir wußten nicht, daß diese Frau Luz erzählt hat, Mariana sei nicht ihre Mutter. So hat Luz es Eduardo erzählt. Sie hätten in Punta del Este eine Sandburg gebaut und ihr Name sei Miriam. Begreifst du, derselbe Name wie der auf der Geburtsurkunde.

Javier hatte Eduardo geraten, vor der Schule zu warten, um vielleicht mit ihr reden zu können, selbst wenn die Konsequenzen für ihn noch so schmerzlich sein konnten. Er hatte ihn sogar begleiten wollen, aber Eduardo hatte abgelehnt. Er wollte es allein tun. Wenn es sich um eine Mutter handelte, die ihr Kind weggegeben hatte und es jetzt bereute, würde er schon sehen, was zu tun wäre.

Laura war nicht mehr schläfrig, sondern hellwach, als sie ihre Kinder ankleidete. Mariana tat ihr nicht leid, schon ihre Reaktion bewies, daß sie eine ekelhafte Person war. Hätte sie von der Sache gewußt, sie hätte eingewilligt. Schließlich war sie die Tochter ihrer Eltern.

»Javier war überzeugt davon, daß Miriam meine Mutter war, und alles, was er von Eduardo über sie erfahren hatte war, daß sie eine Hure war. Denn das hatte ihm Eduardo erzählt. Mir das zu sagen fiel ihm schwer. Wenn Laura nicht gewesen wäre ... Ihr Instinkt ließ sie immer zweifeln. Denn auch wenn du über seidene Teppiche gehst, du riechst es, wenn darunter eine Kloake liegt. Vorausgesetzt, daß du sensibel bist. Und Laura ist sehr sensibel. Sie hatte die Wahrheit geahnt, noch bevor sie erfuhr, daß ich nicht Eduardos und Marianas Tochter war. Und obwohl alles auf eine Mutter hinzudeuten schien, die mich einfach weggegeben hatte, lag für sie immer ein Schatten des Zweifels über meiner Herkunft.«

Miriam hatte Modell und Farbe ihres Mietwagens gewechselt, damit man sie nicht mit der mißglückten Episode vor ein paar Tagen in Verbindung bringen konnte. Sie fuhr um den Häuserblock herum, in dem die Schule lag, oder parkte gegenüber dem Eingang. Frank hatte gesagt, er würde in zwei Tagen kommen, danach würde es kein gemeinsames Wochenende mehr geben, denn er müsse in der darauffolgenden Woche in die USA zurückkehren. Er sei ein arbeitender Mann und kein Pascha. Und Miriam hatte gelacht.

»Ich reserviere in einem anderen Hotel ein Zimmer für dich.«

»Schlafen wir nicht zusammen? Warum denn?«

»Weil ich mich in diesem Hotel als Geschäftsfrau angemeldet habe und weil es mir lieber ist. Außerdem hindert mich nichts daran, in dein Zimmer zu kommen und dort zu schlafen. Herr und Frau Harrison.«

Die Erinnerung an ihr Versteckspiel damals, in dem Hotel in Buenos Aires, machte sie sentimental.

»Ich rufe dich morgen an. Vielleicht komme ich auch nach Buenos Aires, falls ich meine Angelegenheiten in Entre Ríos schon früher zu Ende bringe.«

Und von dort aus weg, so weit wie nach Schweden, oder noch weiter, damit sie uns nie finden, dachte sie. Mit den falschen Pässen, die sie sich in Punta del Este besorgt hatte, reservierte sie zwei Flüge von Buenos Aires nach Stockholm am Samstag, und für Sonntag zwei Flüge nach Singapur. Der Gedanke daran versetzte sie in Erregung. Sie war abergläubisch, und sie hielt die so gut gelungenen Fotos in den Pässen für ein gutes Omen, für einen Wink des Schicksals, der besagte, daß sie es heute schaffen konnte, daß Lili ihr Glück bringen würde.

Anfangs würde es für Lili schwer sein, dachte Miriam. Vielleicht würde sie die beiden Menschen vermissen, die sie für ihre Eltern hielt. Liebe kann man nicht von einem Augenblick auf den anderen aus sich herausreißen und vergessen, und genausowenig kann sie von heute auf morgen entstehen. Miriam wollte ihr sagen, daß man sie gestohlen, daß man sie den Armen ihrer Mutter entrissen hatte. Aber sie wollte ihr alle Zeit lassen, die sie brauchen würde, um Mariana und Eduardo zu vergessen. Und da sie ihr Tag für Tag ihre ganze Liebe schenken würde, könnte Lili sie allmählich liebgewinnen. Vielleicht hatte sie auch noch eine vage Erinnerung an die ersten Tage, die sie miteinander verbracht hatten. Das würde helfen.

»Natürlich gab es keine bewußte Erinnerung, aber als ich Miriam dann sah, als ich erwachsen war, fühlte ich, daß sie mir sehr nah und vertraut war, und wer weiß, möglicherweise hat das etwas mit diesen ersten Tagen zu tun. Das würde auch erklären, was Mama mir ein Leben lang vorgeworfen hat: Du gehst einfach mit einer Unbekannten, einer Verrückten. Es kann sein, daß ich als Siebenjährige dieses Gefühl der Nähe verspürt habe und deshalb ohne jede Furcht mit ihr gegangen bin.«

Fünf Minuten waren vergangen, dann sieben. Miriam stieg aus dem Auto und ging entschlossen auf die Schule zu. Als Luz sie entdeckte, machte sie eine abwehrende Geste. Das gefiel Miriam nicht: Man hat sie gewarnt, sie hat Angst. Aber heute oder nie, sagte sie sich, und ging auf sie zu.

»Hallo, du Schöne.«

»Hallo«, antwortete Luz ganz leise und sah weg. Dann wandte sie schnell den Kopf, weil sie ihr anscheinend ganz eilig etwas sagen wollte, ohne daß jemand sah, wie sie mit ihr sprach. »Lade mich nicht zu einem Eis ein, ich darf nicht.«

»Nein, ich leiste dir nur Gesellschaft, bis du abgeholt wirst.«

Sie gingen auf den Baum zu. Miriam wußte nicht, was sie erfinden sollte. Wenn man es ihr verboten hatte, würde Lili nicht mitkommen wie letztes Mal. Jeden Moment konnte jemand kommen, um sie abzuholen, und man würde Miriam verhaften, sie ins Gefängnis werfen, sie umbringen. Aber gleich darauf sah sie Liliana vor sich, die sie bat, Lili zu retten, und sie fühlte eine riesengroße Kraft in sich wachsen.

»Gehen wir bis zur Ecke und zurück, so laufen wir ein wenig, bis sie kommen«, schlug sie vor.

Luz setzte sich in Bewegung. Miriam reichte ihr die Hand, und als Lili sie ergriff, sagte sie sich, daß sie sich offenkundig nicht vor ihr fürchtete, ganz gleich, was man ihr gesagt hatte. Vielleicht hatte man ihr nur verboten, sich ein Eis kaufen zu lassen, versuchte sie sich zu ermutigen. Ihre Beine durften nicht schwach werden. Noch fünfzig, sechzig Meter, und Lili wäre vor ihren Entführern in Sicherheit.

»Sie hatte den wahnsinnigen Gedanken, mich an der Ecke auf den Arm zu nehmen und loszurennen. Es war ihre letzte Gelegenheit.«

Eduardo wartet im Auto und läßt fünf bis zehn Minuten vergehen: Eine Ewigkeit. Er sieht, wie Miriam auf Luz zugeht und mit ihr spricht und wie sie dann schweigend unter dem Baum stehenbleiben. Als sie sich wieder in Bewegung setzen, steigt er aus dem Auto. Er folgt ihnen in geringer Entfernung und beschleunigt wenige Meter vor der Ecke den Schritt. Dann packt er Miriam heftig am Arm.

»Wer sind Sie eigentlich?«

Luz läßt Miriams Hand los.

»Wer ich bin?«

»Miriam«, sagt Luz. »Das ist Miriam.«

Du könntest fragen: Miriam, und wie weiter? Aber vielleicht willst du es gar nicht hören, denn wenn es nicht López ist, der Name der Mutter auf der Urkunde ... Eduardo sagt das Erstbeste, was ihm einfällt:

»Was machen Sie eigentlich?«

»Miriam begriff, daß Eduardo genausoviel Angst hatte wie sie, man sah es seinem Gesicht an. Und da behandelte sie ihn wie einen, der selbst etwas zu verbergen hat, ganz vertraulich, in ihrer frechen Art.«

»Sie meinen, was ich im Leben so mache? Meinen Beruf?« – sie lacht hysterisch – »Ich wechsle ständig« – und leise, in sein Ohr: »Ich bin eine Hure.«

»Eine Hure?« fragt Eduardo betroffen. Er lockert den Druck auf ihren Arm.

»Ja. Und was sind Sie? Ein Dieb?«

Beide blicken zur gleichen Zeit auf Luz, die mit betroffenem Gesicht zwischen ihnen steht. Miriam reagiert zuerst.

»Keine Angst, meine Schöne, das ist nur ein Spiel. Wir waren als Kinder befreundet und haben Räuber und Gendarm gespielt. Stimmt's?«

»Als Eduardo nickte, hatte Miriam bereits jede Angst verloren. Sie begriff, daß mit diesem Mann irgend etwas nicht stimmte. Er wirkte sehr aufgeregt, hatte aber offensichtlich nicht die geringste Absicht, ihr gegenüber gewalttätig zu werden. Miriam hatte viel zuviel mit Gewalt zu tun gehabt, um dies nicht sofort zu erkennen.«

»Ja, wir beide waren Freunde.« Und dann, leise: »Ich würde gern mit dir reden. Natürlich, dies ist nicht der Moment«, und dabei weist er unauffällig auf Luz.

Jetzt ist es Miriam, die verwirrt ist.

»Mit mir reden? Worüber denn?«

»Über vergangene Zeiten. Das interessiert mich sehr. Ich möchte einige Dinge wissen. Das kann gut sein ... für alle. Gibst du mir deine Adresse oder eine Telefonnummer, wo ich dich anrufen kann?«

»Sie war nahe daran, sie ihm zu geben. Sie hatte Eduardo einen Dieb

genannt, und nun reagierte er so und flehte sie beinahe an, sich mit ihm zu treffen, das flößte ihr Vertrauen ein. Aber sie sagte, er solle ihr lieber seine Telefonnummer geben, sie würde ihn anrufen. Eduardo reichte ihr seine Visitenkarte.«

»Bitte, ruf mich an, ich muß Bescheid wissen« – er blickt zu Luz und überspielt die Situation. »Du mußt mir erzählen, was du in all diesen Jahren erlebt hast.«

»Miriam war so sehr auf die Geschichte eingegangen, daß sie sich von Eduardo verabschiedete wie von einem alten Freund, mit einem Kuß sogar: Wir unterhalten uns in den nächsten Tagen, sagte sie.«

Obwohl er das nicht gern tut, bittet er Luz, Mariana nicht zu sagen, daß sie mit dieser Dame mitgegangen ist. Du weißt ja, deine Mama regt sich dann nur auf. Sie soll auch nicht sagen, worüber sie gesprochen haben. Er wird mit Miriam sprechen, du hast ja gehört, ich habe sie darum gebeten, und dann werden wir alles erfahren. Warum sie an der Schule auf dich wartet, warum ...

»Und warum sie gesagt hat, daß Mama nicht meine Mama ist?« unterbricht ihn Luz.

Luz habe sie sicher damals falsch verstanden. Er werde Miriam schon noch danach fragen. Und dann erzählen wir Mariana alles, damit sie sich beruhigt.

Bevor sie heimgehen, essen sie noch ein Eis.

Eduardo befürchtet, daß Mariana ihm tausend Fragen stellen wird, wie vor ein paar Tagen, als er Luz von der Schule abgeholt hat. Und daß er sich nicht verstellen kann und daß Luz mit anhört, wie er lügt. Jetzt, da Mariana weiß, daß Luz nicht ihre Tochter ist, wird sie sich wegen der Geschichte mit der Frau noch größere Sorgen machen. Aber nein, Mariana ist ziemlich schweigsam, Eduardo beobachtet, wie sie Luz bei den Hausaufgaben kontrolliert. Und wieder tut ihm Mariana entsetzlich leid.

Dolores' Mutter berichtet ihr freudestrahlend, daß eine vor langer Zeit erstattete Anzeige gegen einen Militär, einen Leutnant, der plötzlich mit einem Kind auftauchte, ohne daß seine Frau jemals schwanger gewesen war, bereits auf eine ziemlich konkrete Spur geführt hat. Er hatte in El Vesubio (einem geheimen Gefangenenlager) Dienst geleistet. Vielleicht hat er selbst die Mutter gefoltert, wie ekelhaft, dort war es auch, wo man die Tochter von Mercedes zum letzten Mal gesehen hat, und auch der Zeitpunkt stimmt überein. Susana hat Mercedes an diesem Nachmittag in das Stadtviertel begleitet, in dem der Dieb und seine Frau wohnen, zusammen mit dem Kind, das vielleicht Mercedes' Enkel ist. Sie haben den Kleinen im Laden getroffen, zusammen mit der Schwindlerin, die sich als seine Mutter ausgab, und Mercedes sagt, das Kind habe die Augen ihrer Tochter und die Ohren von deren Freund. Natürlich konnten sie nicht mehr tun als das, und danach saßen sie bei Mercedes zusammen und weinten und weinten. Auch sie hat geweint, wegen Pablo, und wie sie geweint hat, und das hat ihr gutgetan. Mit jemandem zu weinen, dem dasselbe passiert ist, ist etwas ganz anderes als dieses einsame, nutzlose Weinen. Es bedeutet zu wissen, daß es eine Zeit zum Weinen gibt und eine Zeit zum Handeln.

Dolores ist gerührt. Sie hat es nicht für möglich gehalten, daß sich ihre Mutter schon nach wenigen Tagen so mit dem Kampf der Großmütter identifizieren würde.

Es stimmt, daß es von Mirta kaum Spuren gibt, weil man sie aus dem Atlético (einem geheimen Lager) irgendwohin gebracht hat. Noch fehlen ihnen Angaben, aber sie werden schon eins und eins zusammenzählen. Und sie hat große Hoffnungen, große Illusionen.

»Ich rufe gleich Mirtas Mutter an. Ich werde sie bestimmt überzeugen. Ihr geht es ein wenig so wie deinem Vater, sie hat sich vom Schmerz unterkriegen lassen. Irgendwie ist das auch verständlich: zwei tote Kinder« – sie steht auf und umarmt sie – »Dolores, meine Liebste, zum Glück bist du am Leben.«

Wie viele Kinder sind wohl verschwunden? Von wie vielen weiß man nicht einmal, daß sie existieren? Wie viele Eltern ha-

ben wie Mirtas Mutter nicht einmal mehr die Kraft, nach ihnen zu suchen?

Sie kann nicht verhindern, daß ihr die Frage durch den
Kopf geht, ob wohl jemand nach Eduardos Tochter sucht.
Falls sie in Gefangenschaft geboren wurde ... auch wenn er etwas anderes glaubt ... es ist durchaus möglich. Sie weiß, daß
die Kleine am 15. November geboren wurde, aber wer weiß,
ob das Datum stimmt. Und was kann Dolores tun? Soll sie die
Großmütter von der Plaza de Mayo fragen: Sucht vielleicht
eine von euch nach einem Baby, das etwa Mitte November geboren wurde? Nein, sie hat Eduardo versprochen, nichts zu
unternehmen, vielleicht handelt es sich doch nur um eine
Frau, die ihr Kind weggegeben hat, die Urkunde scheint es
nahezulegen. Aber bei diesem Schwiegervater ... Was wird
Eduardo tun, wenn es ihm nicht gelingt, sich mit dieser Frau
in Verbindung zu setzen? Ich werde dich nicht enttäuschen,
hat er gesagt, und Dolores glaubt ihm. Aber natürlich, es ist
schwierig.

Eigenartig, was sie für Eduardo empfindet. Daß sie ihn be-
mitleidet trotz allem, was er getan hat. Warum ruft er nicht an?
Sie möchte ihn so gern sehen, ihm Kraft geben. Sie hat eine
verrückte Idee. Es bleiben ihr noch ein paar Tage. Sie wird ihn
anrufen und ihm vorschlagen, ihm bei der Suche zu helfen. Sie
wird in allen Hotels der Stadt fragen, ob es dort eine Miriam
López gibt. Und wenn sie vor der Schule wartet, wird das weniger Verdacht erregen.

»Eduardo, ich habe einen Plan. Ich denke daran, für zwei
oder drei Tage nach Paraná zu kommen. Ich werde dir dein
Leben nicht erschweren, mach dir keine Sorgen, ich will dir
nur helfen. Vielleicht können wir beide gemeinsam diese Frau
finden.«

»Ich habe sie schon gefunden« — seine Stimme klingt düster – »und mit ihr gesprochen.«

»Und? Ist sie die Mutter?«

»Danach konnte ich sie noch nicht fragen. Luz war dabei.
Aber sie hat versprochen, mich anzurufen.«

Dolores ist außer sich: Wieso sollte sie dich anrufen? Was hat sie dir denn gesagt?

»Etwas Seltsames: daß sie eine Hure sei. Und vor Luz hat sie so getan, als wären wir seit der Kindheit miteinander befreundet. Aber ich glaube, ich habe ihr deutlich gezeigt, daß ich unbedingt mit ihr sprechen muß.«

Dolores besteht darauf, zu ihm kommen und ihm bei der Suche zu helfen. Aber ihm wäre es lieber, sagt er, wenn sie nicht käme, er habe den Eindruck, daß Miriam ihn anrufen wird.

»Und außerdem, Dolores, ich würde dich schrecklich gern sehen, aber ich muß noch so einiges in Ordnung bringen. Übrigens, ich habe ihr alles gesagt.«

Dolores versteht überhaupt nichts. Eduardo hat es seiner Frau gesagt: Du wirst verstehen, daß ich jetzt ganz für sie da sein will. Es muß sein.

Sie fühlt eine Leere im Magen, doch im Grunde findet sie das sehr gut, sie selbst hat ihm ja vorgeworfen, daß er Mariana nie etwas gesagt hat. Aber wer weiß, wie sie reagiert hat. Es ist klar, daß sie ihn nun auch daran hindern kann, seine Suche fortzusetzen und den Fall zur Anzeige zu bringen, falls es sich bei Luz um die Tochter von Vermißten handelt.

Vielleicht ist sie sehr egoistisch, aber sie spürt es an diesem Krampf im Leib, möglicherweise wird sie ihn nie wiedersehen, und das tut weh, weil sie ihn unbedingt sehen möchte, nicht nur, weil sie erfahren will, woher die Kleine stammt, nein, auch weil sie ihn berühren und von ihm berührt werden will. Sie möchte, daß sie sich lieben, aber das wird sie ihm natürlich nicht sagen, so verrückt ist sie nicht, sie liebt ihn so sehr, daß sie ihm das Leben nicht noch schwerer machen möchte, er hat es jetzt schon schwer genug.

Er verspricht ihr, sie anzurufen, sowie es Neuigkeiten gibt. Er wird ihr telefonisch alles berichten. Er glaubt aber nicht, daß er nach Buenos Aires kommen kann. In ihrem Körper ist Leere. Nein, er wird nicht kommen ... und er will auch nicht, daß sie zu ihm kommt. Sie versteht ihn doch?

Natürlich versteht sie ihn, er hat viel zu bewältigen, aber nie wieder Eduardo, das quält sie, sie weiß nicht, wie das passieren konnte. Ist sie so dumm, sich in Eduardo zu verlieben? In diesem Augenblick? In dieser Lage? Hat sie sich verliebt in einen Mann mit einer so schrecklichen Geschichte? Einer Geschichte, die soviel mit ihrer eigenen Geschichte zu tun hat. Aber sie stehen auf entgegengesetzten Seiten. Wie kann sie das, was sie vor sich selbst nicht mehr zu leugnen versucht, fühlen für jemanden, der ... und doch gibt es einen Berührungspunkt, versucht sie ihr Gefühl zu rechtfertigen: Beide sind sie auf der Suche nach Wahrheit. Also stimmt es nicht, daß Eduardo auf der anderen Seite steht. Selbst wenn es einmal so war, jetzt ist es eindeutig anders, sonst würde er nicht tun, was er tut. Und vielleicht, vielleicht ist das seine Art, sie zu lieben. Das muß ihr genügen.

Ja, sie werden in Verbindung bleiben, ruf mich an, auch wenn du keine Neuigkeiten hast. Einfach nur so. Wenn du Lust hast zu reden. Sie fühlt, daß ihr die Stimme versagt, vielleicht zeigt sie zuviel von dem, was in ihnen beiden gewachsen ist. Oder auch nur in ihr? Ja, Eduardo wird anrufen, er verspricht es.

Als sie auflegt, fängt sie an zu weinen. Nein, Mama, es ist nichts Besonderes, ich weine wegen allem und nichts.

Kapitel elf

Eduardo weiß nicht, wie sie in diese Hölle geraten sind. Er hat das Gespräch mit den besten Absichten begonnen. Er will Mariana nicht mehr belügen, er will sie trösten, sie dazu bewegen, daß sie ihm verzeiht. Aber sie schreien sich an wie nie zuvor. Unwichtig, wer damit angefangen hat.

Zunächst hat es dich wütend gemacht, daß Mariana sagte, sie begreife jetzt einiges, was sie an Luz nie verstanden hat und was sie schon immer an ihr zur Weißglut brachte: warum sie als Baby soviel geschrien hat, warum sie Albträume hatte und daß sie mit jedermann spricht, als wären wir alle gleich. Manchmal scheint sie lieber bei Carmen zu sein als bei uns, und da ist noch mehr, ich weiß nicht, wie sie das Nachthemd hebt, wenn sie tanzt, und wie sie sich bewegt, und das mit sieben Jahren, diese Unverfrorenheit, und wie sie jeden anlächelt. Mariana hat sich schon immer gefragt, woher dieses Benehmen kommt, das so gar nicht zu ihrer Tochter paßt. Alles erblich, ganz bestimmt.

Schon da hast du gespürt, daß da eine Gegnerin sprach, eine, die nicht deine Frau sein kann.

Und dann ging es wieder los mit der hellen Haut und den grünen Augen. Sie ist hübsch, ja, man kann nicht bestreiten, daß sie hübsch ist, aber auch andere Dinge sind erblich, oder etwa nicht? Das macht mir Sorgen. Wer weiß, wer ihre Mutter war. Irgendein Weib, eine Hure, bah. Was kann sie sonst sein, wenn sie ihre Tochter weggegeben hat?

Eduardo vergaß seine guten Vorsätze: Und wenn sie sie gar nicht weggegeben hat? Wenn sie ihr weggenommen wurde?

Wußte sie nicht, daß man den Frauen in der Gefangenschaft ...

»Hör mal, jetzt komm mir nicht wieder mit demselben Unsinn. Wer weiß, wer dir das eingeredet hat. Wenn Papa sie besorgt hat, dann hat er sich bestimmt vergewissert, daß sie gesund war.«

261

Ihre Stimmen gerieten aneinander und zerkratzen sich gegenseitig: Würde Mariana, die doch soviel auf die Genetik gab, nicht gern wissen, wer die Mutter war? Warum fragt sie ihren Vater nicht danach? Nein, das will sie ihm nicht antun. Wenn Eduardo so gemein war und es ihr gesagt hat, muß sie ihren Vater nicht auch noch aufregen. Er hat dich gebeten, mir nie etwas davon zu erzählen. Warum hast du es trotzdem getan? Nur damit ich jetzt ständig darüber nachdenken muß, was mich wohl erwartet, wenn Luz erwachsen ist?

Eduardo weiß nicht mehr, was er sagt: Wenn sie es nicht tut, dann wird er es tun, auf welchem Weg auch immer. Er wird herausfinden, ob die Mutter noch lebt und wer sie ist.

»Das war der Anfang vom Ende.«

»Warum? Haben sie sich deswegen getrennt?«

»Sie haben sich nicht getrennt.«

Luz schwieg. Ihr Blick ging ins Leere, und Carlos wagte nicht, das lange Schweigen mit einer Frage zu unterbrechen. Luz sah auf und warf Carlos einen Blick zu, den er nach dem stundenlangen Gespräch mit ihr bereits zu deuten vermochte. Aber ihr Tonfall war ruhig, ihre Stimme fest. Anscheinend wollte sie, daß er jedes ihrer Worte genau verstand.

»Als ich gesagt habe, daß mich niemand gesucht hat, meinte ich damit eine Großmutter wie die von der Plaza de Mayo. Oder einen Vater, einen Onkel, einen Blutsverwandten. Es gab nämlich durchaus jemanden, der sich die Mühe machte, meine Herkunft zu erforschen. Eduardo . . .«

»Bist du verrückt geworden? Was willst du eigentlich? Daß wir die Kleine verlieren?«

Nein, das willst du natürlich nicht. Wie könntest du denn leben ohne Luz? Aber du kannst auch nicht ein Leben lang diesen belastenden Zweifel ertragen. Vor allem, wenn du befürchten mußt . . .

»Wir müssen die Wahrheit herausfinden, Mariana.«

»Hunderte von Leuten haben Kinder adoptiert, und ich glaube nicht, daß sie sich über deren Eltern Gedanken machen.«

»Begreifst du nicht, daß wir sie nicht adoptiert haben? Dein Vater hat sie wer weiß woher geholt. Wäre es eine legale Adoption gewesen . . .«

262

»Sieh mal, wenn Papa es so gemacht hat, dann sicher, weil es in diesem Moment das Beste war. Vielleicht ging es so schneller. Ich glaube, eine Adoption braucht viel Zeit. Und außerdem hätte ich davon erfahren.«

Nein, antworte ihr nicht. Laß dich nicht von der Wut überwältigen. Es macht nichts, daß es schon spät ist, Javier wird dich verstehen.

Eduardo geht aus dem Zimmer.

»Eduardo!« ruft Mariana, und er kommt zurück, mit ein wenig Hoffnung. »Wohin gehst du?«

»Ich weiß nicht, vielleicht zu Javier.«

»Was? Willst du ihm etwa alles erzählen? Geh nicht, bleib hier. Ich möchte dir etwas sagen, damit es dir ganz klar ist: Ich verbiete dir zu versuchen, etwas über Luz zu erfahren. Ich vertraue Papa. Und diese Sache kann uns in Schwierigkeiten bringen.« Jetzt klingt ihre Stimme fast drohend: »Schließlich bist du es, der sie gemeldet hat. Ich glaube nicht, daß es gut für dich ist, wenn du die Sache aufwühlst.«

»Was Eduardo am meisten erschüttert, ist, daß sie auf ihn wütend ist. Aber nicht, weil er sie betrogen hat, sondern weil er es ihr gesagt hat. Und gegen ihren Vater hegt sie nicht den leisesten Groll. Gestern abend wollte Eduardo zu uns kommen, aber er hatte Angst vor Mariana und blieb bei ihr. Ich glaube, das wird böse enden. Heute hat er zu mir gesagt: Sie tut mir leid, aber es gibt Augenblicke, in denen ich sie hasse. Und dann, ganz überraschend, kam noch etwas, was ich zum ersten Mal von ihm gehört habe: Wenn Mariana es nicht zuläßt, wenn sie sich nicht ändert, dann werde ich mich von ihr trennen.«

»Er hat recht. Sieh mal, du hörst das zwar nicht gern, aber sie ist ein Dreckstück. Vielleicht weiß sie sogar mehr, als sie zugibt. Hast du nicht gesagt, sie mache sich Sorgen, die Mutter könnte eine Mörderin oder eine Hure sein? Das ist genau die Sprache dieser Leute, dieser Schweine.«

Und als Javier sagte, was für ein Zufall, Miriam habe Eduardo gesagt, daß sie eine Hure sei, da verstand Laura überhaupt nichts mehr, ebensowenig wie er. Eine sehr seltsame Unterhaltung.

»Ich glaube, es ist eine Frau, die das Kind weggegeben hat und es später bereute. Eine Hure, warum nicht? Sie sagte es ihm ganz herausfordernd, etwa so: Ich bin eine Hure, und was bist du? Ein Dieb!«

Laura fand das mit dem Dieb wichtiger als das mit der Hure. Wenn sie ihn einen Dieb genannt hat, dann weiß sie, daß man das Kind gestohlen hat. Javier verlor die Geduld. Wenn Laura weiter so redete, würde er ihr nichts mehr erzählen.

»Die Mutter heißt Miriam López, und es gibt eine Geburtsurkunde. Ich habe die Fotokopie selbst gesehen. Eduardo hat sie mir gezeigt.«

»Sieht sie Luz denn ähnlich?«

»Nein. Er hat gesagt, sie sei eine sehr hübsche brünette Frau, aber er habe sie sich nicht so genau angesehen. Eduardo hat sie gebeten, ihn anzurufen. Er muß Bescheid wissen, er ist besessen davon.«

»Dein Bruder ist wirklich sehr mutig, ich bewundere ihn. Ich kann mir vorstellen, daß es schrecklich für ihn ist, weil er Luz doch so liebt. Dolores muß eine wunderbare Frau sein. Eduardo ist nämlich deshalb so besessen, weil er die Möglichkeit ausräumen will, daß Luz die Tochter von Vermißten ist. Ja, ja, ich bin ja schon still.«

Nach ihrer Begegnung mit Eduardo schloß sich Miriam im Hotel ein und ging nicht einmal zum Abendessen hinaus. Am nächsten Tag würde Frank kommen, und sie hatte für ihn bereits ein Hotelzimmer reservieren lassen, weit entfernt vom Stadtzentrum. Zwei- oder dreimal warf sie einen Blick auf Eduardos Visitenkarte, wagte aber nicht, ihn anzurufen.

Zweifel belästigten sie wie Fliegen im Sommer. Was er wohl von ihr wollte? Warum hatte er Angst? Konnte sie überhaupt mit jemandem sprechen, der sich als Lilis Vater ausgab? Mit dem Schwiegersohn von Dufau? Und doch sagte sie sich, daß sie ihn anrufen mußte. Deshalb kehrte sie auch noch nicht nach Buenos Aires zurück. Nach allem, was geschehen war, konnte sie nicht noch einmal vor der Schule oder vor dem Haus des Iturbes oder der Englischlehrerin Posten beziehen. Wie konnte sie es nur anstellen? Sollte sie nachts ins Haus eindringen und sie holen? Sie konnte nichts mehr tun. Es gab nur noch eine Möglichkeit, und das war Eduardo.

Es mußte eine Erklärung für sein Benehmen geben. Hätte er nur verhindern wollen, daß sie Lili mitnahm, dann hätte er nur einen der Schläger seines Schwiegervaters oder einen Polizisten zu rufen brauchen. Dann säße sie jetzt im Gefängnis oder wäre schon tot. Nein, etwas war seltsam. Obwohl es riskant war, sie mußte ihn anrufen. Selbst wenn es das Letzte sein sollte, was sie für Lili tun konnte.

Den ganzen Freitag über blieb Eduardo in seinem Büro, bis auf die Zeit, in der er Luz von der Schule abholte. Aber Miriam hatte nicht angerufen. Sie hatte gesagt, wir telefonieren miteinander. Aber was besagte das schon? Sie wollte sich nur in Gegenwart von Luz verstellen.

Womöglich ruft sie dich nie an. Wenn du am Montag nichts von ihr gehört hast, suchst du sie in allen Hotels und fragst alle Welt nach ihr.

Frank wunderte sich, als Miriam mit einer so kleinen Tasche zu ihm kam. Sie sagte, daß sie ihr Hotelzimmer behalten hätte. Aber mach doch nicht so ein Gesicht! Natürlich komme ich zu dir. Aber wenn ich am Montag, nach deiner Abreise, wieder in mein Hotel zurückgehe, warum soll ich dann alles ändern?

»Vom ersten Moment an hatte Frank den Verdacht, daß Miriam etwas vor ihm verheimlichte. Die ganze Sache mit dem Hotel und den famosen Geschäften erschien ihm unglaubwürdig. Obwohl Miriam eine ziemlich starke Phantasie besaß, bekam sie keine plausible Geschichte zustande. Vielleicht, weil sie sich unschlüssig war. Einerseits wollte sie, daß Frank alles erfuhr, andererseits wieder nicht. Er drang in sie, ihm die Wahrheit zu sagen, und Miriam tat beleidigt. Aber Frank entging keine ihrer Ungereimtheiten. Wie etwa die Sache mit dem wichtigen Anruf.«

»Man wird dich anrufen? Behältst du deshalb dein Hotelzimmer?«

»Nein, ich bin es, die anrufen muß.«

»Also warum dann? Ihm kam das alles irgendwie unsinnig vor. Aber er hoffte, daß seine Beharrlichkeit und seine Liebe diese Mauer einreißen würden und daß Miriam sich ihm doch noch anvertrauen würde. Er wurde ganz deutlich. Er mußte am darauffolgenden Donnerstag in die USA zurückkehren und wollte sie mitnehmen.«

»Also, ich hoffe, daß du diese ›Geschäfte‹, an die ich übrigens nicht glaube, bald abwickelst. Was auch immer es ist, Miriam. Uns bleiben nur noch wenige Tage.«

In dieser Nacht, nachdem sie sich geliebt hatten, sagte sie ihm, daß sie noch große Zweifel hegte, auch wenn sie ihn liebte.

Aber er hatte ihr doch nur vorgeschlagen, für eine Weile mit ihm zu gehen, um zu sehen, wie sie miteinander auskämen, es war keine Verpflichtung fürs Leben, sie sollten sich nur eine Chance geben für das, was zwischen ihnen nicht mehr zu leugnen war, er spürte es mit jeder Faser seines Körpers. Oder irrte er sich?

Und da sagte Miriam, die Zweifel beträfen nicht ihn, sondern etwas, was sie tun müsse, was ihn aber nichts anginge. Sie bat ihn, diese Nacht keine Fragen mehr zu stellen. Er sollte sie nur in seinen Armen schlafen und ausruhen lassen. Das würde ihr mehr helfen, als wenn sie mit ihm über etwas sprechen würde, was sie geheimhalten mußte. Frank bedrängte sie nicht weiter.

Eduardo kommt um halb zehn Uhr abends in übelster Laune nach Hause. Mariana erwartet ihn mit einer guten Nachricht. Sie habe beschlossen, mit ihm das Wochenende in Buenos Aires zu verbringen, um sich zu erholen. Mal sehen, ob du dich etwas beruhigst.

»Ich denke nicht daran«, antwortet Eduardo schneidend, »ich habe viel zu tun.«

Hast du ein Recht, Mariana so zu behandeln? Schließlich

war es für sie eine schreckliche Woche. Aber ihre beste Abwechslung sieht so aus: ein Besuch bei ihren Eltern. Könntest du denn Alfonso bei Tisch gegenübersitzen, ohne über Luz zu sprechen? Ohne eine Erklärung von ihm zu verlangen?

Eduardo ist längst überzeugt davon, daß es das beste wäre, zunächst mit Miriam zu sprechen. Dadurch könnte er vielleicht eine Auseinandersetzung mit seinem Schwiegervater vermeiden, mit der er Mariana einen weiteren harten Schlag zufügen würde. Er nimmt sich vor, eine friedliche Nacht zu verbringen, sich eine Pause zu gönnen.

»Na gut, vielleicht fahren wir. Wenn ich morgen vormittag alles erledigen kann.«

Er hatte vor, nur ins Büro zu gehen, um auf Miriams Anruf zu warten.

Aber noch in derselben Nacht, als er von Mariana erfährt, daß sie es ihrer Mutter erzählt hat, mit der Bitte, ihrem Papa nichts zu sagen, weil sie ihm nicht weh tun will und nicht will, daß er auf Eduardo wütend wird, da gerät er wieder in Zorn.

In diesem unbeherrschten Streit schreit er alles heraus, was er bis dahin so sorgsam für sich behalten hat: die Sache mit Miriam López und mit der Urkunde und das, was Miriam zu Luz gesagt hat. Mariana ist wütend auf Eduardo. Und auf Luz, die es ihr verschwiegen hat. Das wird sie ihr nie verzeihen. Wie kann sie irgendeiner Verrückten glauben, die ihr einreden will, ich sei nicht ihre Mama? Aber sie hat es doch gar nicht geglaubt, Mariana.

Du machst einen Fehler nach dem anderen, als wolltest du sie bis zum geht nicht mehr provozieren. Als wolltest du alles zerstören.

»Übrigens hast du mir nicht zu drohen. Du verbietest mir gar nichts, verstehst du? Ich werde alles herausfinden, ganz egal, wie. Ich werde mit Miriam sprechen.«

»Wie denn? Weißt du etwas über sie?«

Marianas Gesichtsausdruck, diese Mischung aus Staunen und Hoffnung, ist eine Warnung. Wie konntest du so unvorsichtig sein? Mariana kann ihren Vater veranlassen, Jagd auf

Miriam zu machen. Wer weiß, was du ihr bereits angetan hast, wahrscheinlich hast du ihr das Kind weggenommen, und jetzt wirst du vielleicht eine riesige Hetzjagd auf sie ins Rollen bringen. Es ist wirklich äußerst wichtig, daß du Miriam findest. Nach allem, was du Mariana gesagt hast, bist du verpflichtet, sie vor Dufaus Krallen zu retten.

Mariana stichelt: Sie kann nicht glauben, daß sie mit einem Unmenschen verheiratet ist, der ihr das Kind wegnehmen will.

»Und ich kann nicht glauben, daß ich mit einer Frau verheiratet bin, die so ... so ...«

Du findest kein passendes Wort. Du wirst doch nicht sagen: die so anders ist als Dolores.

»... die so blind ist, so verschlossen, so unmoralisch, so mitleidlos, so selbstgerecht wie dein Vater. Eine Feindin. In diesem Moment habe ich das Gefühl, daß du meine Feindin bist.«

Darum will er sich von ihr trennen. Er will nicht länger mit einer Frau zusammenleben, die so denkt wie sie, die etwas Gefährliches, etwas Schmutziges darin sieht, wenn Luz beim Tanzen das Nachthemd hebt, oder in ihren Bewegungen, oder darin, daß sie mit jedermann spricht. Du ekelst mich an, Mariana!

»Hast du eine andere?«

Eduardo antwortet nicht.

»Männer wollen sich nämlich nicht trennen, wenn sie keine andere haben. Du denkst dir irgend etwas aus und beleidigst mich, aber ich höre dir überhaupt nicht zu. Ich weiß, daß du gar nicht glaubst, was du sagst. Du bist einfach scharf auf eine andere Frau. Bestimmt. Und du suchst nach Ausreden, damit du ein kleines Abenteuer erleben kannst. Aber ich weiß nicht, ob ich dich anhören werde, wenn du zu mir kommst und weinst und mich um Verzeihung bittest. Wer ist es? Sag es mir. Du hast eine andere. Oder etwa nicht?«

Ja, es gibt eine andere, sagst du, und dir ist schwindlig. Aber es ist nicht deswegen.

»Und wer ist sie?«

Eduardo kann erst um sechs Uhr morgens einschlafen,

nachdem er ihr versichert hat, daß es keine andere gibt, daß er ihr nur irgend etwas erzählt hat, damit sie Ruhe gab. Und Mariana, du begreifst nicht, wie oder warum, rückt näher an dich heran und sagt, du sollst sie um Verzeihung bitten und Schluß. Morgen würdet ihr zusammen nach Buenos Aires fahren.

Als Eduardo aufsteht, schläft sie noch. Er hinterläßt ihr einen Zettel, auf dem er sie um Verzeihung bittet für die Art und Weise, wie er es ihr gesagt hat, aber nicht dafür, daß er es ihr gesagt hat. Er wolle sich auch nicht von ihr trennen. Er werde herausfinden, woher Luz kommt, ob es ihr gefällt oder nicht. Sie würden ein andermal reden, wenn sie ruhiger wären. Er müsse sich ausruhen, nachdenken, allein sein. Warte nicht auf mich.

An diesem Morgen sagte Miriam zu Frank, sie wolle ein paar Kleider aus ihrem Hotel holen. Sie hatte vor, Eduardo von ihrem Zimmer aus anzurufen, obwohl sie nicht sicher war, ob sie ihn an einem Samstagmorgen in seinem Büro antreffen würde. Heute nacht hatte sie beschlossen, ihn anzurufen, es war das einzige, was sie für Lili tun konnte.

Aber Franks Vorschlag, eine Fahrt entlang der Küste zu unternehmen, war schließlich doch allzu verlockend. Sie konnte ja auch noch nachmittags anrufen. Aber dann wäre Eduardo ganz sicher nicht mehr im Büro. Na gut, dann würde sie es am Montag tun, wenn Frank abgereist war.

Mariana hat Eduardo schon mehrmals angerufen und ihn aufgefordert, ihr zu sagen, wann er heimkommen würde. Am Abend. Er müsse allein sein, das habe er ihr bereits geschrieben.

In ihrer Verzweiflung ruft sie ihre Mutter an, um ihr alles zu berichten, was Eduardo zu ihr gesagt hat.

Vom Auto aus sieht er sie. Sie sitzt mit einem Mann in einem Café am Flußufer. Kein Zweifel, es ist Miriam. Eduardo parkt und betritt das Café, nimmt nicht weit von ihrem Tisch Platz und bestellt einen Tee. Miriam hat ihn nicht gesehen. Sie wirkt sehr glücklich, während sie sich mit diesem Mann unterhält. Ist es ihr Ehemann?

Eduardo weiß nicht, wie er Miriam ansprechen soll, aber er darf sich diese Gelegenheit nicht entgehen lassen. Als er sieht, daß ihr Begleiter zahlen will, steht er auf und geht rasch auf sie zu.

Miriam fährt zusammen, als sie ihn auf sich zukommen sieht. Sie ist offensichtlich betroffen.

»Du hast mich nicht angerufen, Miriam.«

In seiner Stimme liegt so viel Anspannung, daß er nicht weitersprechen kann. Die beiden blicken erstaunt auf und mustern ihn. Eduardo sieht Miriam ins Gesicht, läßt aber den Mann neben ihr nicht aus den Augen.

»Ich wollte dich ja anrufen« – genau wie damals, in Gegenwart von Luz, versucht sie, sich zu verstellen – »Eduardo, ein Freund. Frank.«

Sie geben einander die Hand und wissen nicht, was sie sagen sollen. Der Mann lädt ihn ein, Platz zu nehmen, aber Miriams tadelnder Blick hindert ihn daran.

Aber du kannst doch nicht einfach so weggehen und riskieren, daß sie dich nicht mehr anruft. Du mußt ihr deine Bitte noch einmal deutlich machen.

»Für mich ist es äußerst wichtig, mit dir zu sprechen« – unverhohlene Dringlichkeit in seiner Stimme und in seinem Blick – »ich muß etwas erfahren, was nur du mir sagen kannst. Keine Angst, vielleicht ist es gut für dich, falls es stimmt, werde ich …«

Der fragende Blick des Mannes bringt ihn völlig durcheinander. Er kann doch nicht in seiner Gegenwart weiterreden: Falls Luz wirklich deine Tochter ist, werde ich nichts dagegen haben, daß du sie besuchst oder was du willst. Wer weiß, in welche Schwierigkeiten er sie damit bringt. Vielleicht hat sie ihrem Partner nie etwas von ihrer Tochter erzählt. Wenn es denn ihre Tochter ist.

»Wenn meine Annahme stimmt« – und du wünschst dir,

daß Luz ihre Tochter ist, bitte, nicht das andere – »dann gibt es meinerseits keine Probleme. Irgendwie werden wir schon alles regeln.«

Jetzt sehen dich beide verständnislos an.

»Wollen Sie sich wirklich nicht setzen, mein Freund?« Die Stimme des Mannes klingt freundlich, wahrscheinlich tut Eduardo ihm leid.

»Ich rufe dich am Montag an. Keine Sorge, ich verspreche es.«

»Nach dieser Begegnung konnte Miriam nicht länger Märchen erfinden. Sie erzählte Frank die Wahrheit, und er stimmte mit ihr darin überein, daß es sehr seltsam war, aber der Mann hatte tatsächlich verzweifelt gewirkt. Hätte er es nicht mit eigenen Augen gesehen, er würde ihr raten, sich nicht mit ihm zu treffen, weil es eine Falle sein konnte. Aber nach seinem Benehmen zu urteilen, sah es nicht danach aus. Miriam war von Eduardo genauso gerührt wie Frank. Ein Glück, daß sie einander begegnet waren, denn hätte Frank ihn nicht gesehen, hätte er vielleicht versucht, Miriams letzte Dummheit zu verhindern.«

Man mußte vorsichtig sein. Frank wollte dabeisein, wenn sie mit Eduardo sprach, aber das lehnte Miriam ab. Sie wollte allein mit ihm reden. Dann wollte Frank wenigstens in der Nähe bleiben, um zu verhindern, daß sie sich in Gefahr begab.

Natürlich würde er am Sonntag nicht abreisen, er würde bei Miriam bleiben. Du bist ja verrückt, wie konntest du nur auf eine solche Idee kommen? Du Verrückte, meine kleine Verrückte, wie sehr ich dich liebe! Er war froh, endlich alles zu wissen. Dieses Geheimnis, das zwischen ihnen stand, hatte sie daran gehindert, einander so zu lieben, wie sie es beide verdienten.

Als Amalia ihrem Mann von einer gewissen Miriam López erzählte, wurde Alfonso äußerst nervös. Wer hatte den Namen der Mutter, der auf der Geburtsurkunde stand, eigentlich erfunden? El Bestia. Aber da war noch etwas, was ihm erst jetzt klar wurde. Wie hieß die Verlobte von El Bestia? Ja, ja, sie hieß

Miriam. Diese aufregende Frau, die mit der Gefangenen und dem Baby zusammengewesen war, hatte Miriam geheißen. Aber war sie die Frau, die El Bestia später geheiratet hatte? Alfonso war sich nicht sicher, denn er war nicht zur Hochzeit gegangen. Er glaubte sich zu erinnern, daß El Bestia ihm eines Tages gesagt hatte, er habe sich von seiner Verlobten getrennt. Aber dann hatte er ihm seine Hochzeit angekündigt. Wie lange danach? General Dufau meinte, er brauche nur in seinem Gedächtnis zu kramen. Zwei oder drei Anrufe, und er würde die private Telefonnummer des Sergeanten Pitiotti erfahren.

»Hier spricht General Dufau. Kommen Sie sofort in mein Haus!«

Ob nun im Guten oder im Bösen, er würde Eduardo schon begreiflich machen, wie unvorsichtig seine plötzliche ›Neugier‹ auf die Lage im Land war. Und von Scheidung konnte überhaupt nicht die Rede sein. Seine Töchter ließen sich nicht scheiden.

Als Alfonso sie um sieben Uhr abends anrief, wurde Mariana etwas ruhiger. Ihr Papa würde alles in Ordnung bringen. Er wußte auch schon, wie.

»Männer machen manchmal schwierige Zeiten durch, Mariana, sie sind schwach. Hab Geduld, und mach dir keine Sorgen, ihr laßt euch nicht scheiden. Eine Ehe wird fürs ganze Leben geschlossen, Eduardo ist im Moment sehr durcheinander, aber er denkt genauso. Er kommt aus einer guten Familie. Und nachdem er mit mir gesprochen hat, wird er dich um Verzeihung bitten, du wirst schon sehen.«

Die Sache mit dem Kind erwähnte Alfonso mit keinem Wort. Mariana hatte mit Amalia darüber gesprochen, und ihre Mutter würde ganz bestimmt dafür sorgen, daß Eduardo keine Dummheiten machte.

»Wenn er heimkommt, mußt du zärtlich zu ihm sein«, sagte Amalia. »Selbst wenn du sehr böse auf ihn bist. Und sprich bloß nicht von der anderen. Das ist völlig unangebracht. Du gehst darüber hinweg, als sei nichts gewesen. Ach ja, und richte ihm aus, daß dein Papa mit ihm reden will.«

Señora Pitiotti wollte wissen, warum General Dufau ihn angerufen hatte. Um ihm eine wichtige Aufgabe zu übertragen. Morgen mußte er in die Provinz Entre Ríos reisen, nach Paraná. Wie schön, freute sich seine Frau, denn sie hatte es satt, daß ihr Mann immer nur wehmütig von der ruhmreichen, gar nicht so weit zurückliegenden Vergangenheit sprach, die ihn mit Dufau verband. Sie wollte, daß er seine Begeisterung wiederfand und wieder ein freundlicheres Gesicht machte.

Für den Sergeanten Pitiotti waren die goldenen Zeiten vorüber. Die geheimen Gefangenenlager waren aufgelöst worden. Die jetzigen Zeiten waren ereignislos, es gab keine großen Emotionen mehr. Und Sergeant Pitiotti war bereits zu sehr ›aufgefallen‹, als daß man ihm etwas anderes übertragen konnte als kleine Verwaltungsaufgaben. Darum weckte Dufaus Anruf in ihm große Hoffnungen. Er hätte nie gedacht, daß es etwas mit Miriam zu tun haben könnte.

Als er Dufau von seiner Heirat unterrichtet hatte, hatte er sich von ganzem Herzen gewünscht, daß dieser annehmen würde, seine Braut wäre die Frau, die er einmal kennengelernt hatte. Im Januar war es nicht sehr wahrscheinlich, daß der Oberstleutnant an der Zeremonie teilnehmen würde. Deshalb hatte El Bestia genau diesen Zeitpunkt gewählt. Und er hatte immer gedacht, daß Dufau in dem Glauben lebte, er sei mit Miriam verheiratet. In diesem Irrtum wurde er noch durch das bestärkt, was Dufau ihm vor der Geburt seines ersten Kindes gesagt hatte: Ach, das freut mich aber sehr. Und so stand für Pitiotti fest, daß seine Erklärung, seine Verlobte könne keine Kinder bekommen, bei Dufau nicht in Vergessenheit geraten war.

»Zum Glück macht die Wissenschaft Fortschritte. Dadurch konnte ihr Problem behoben werden.«

Aber das hatte er sich nur in seinem Kopf zusammengereimt. Denn gleich als er hocherfreut, mit einem breiten

Lächeln und sehr geehrt von der Einladung das Haus des Generals Dufau betrat, wurde ihm klar, daß er falsche Vorstellungen gehabt hatte.

Dufau hatte sich keinen Moment Gedanken über das Privatleben des Sergeanten Pitiotti gemacht, sondern nur über die Zeit, in der dieser sich um seine Enkelin gekümmert hatte. Für den General war El Bestia der Mann, der am härtesten und am schnellsten Druck auf die Gefangenen ausüben konnte, ihm hatte er die meisten erfolgreichen Strafverfolgungen zu verdanken.

General Dufau gehörte zu denen, die der Ansicht waren, daß es um so besser war, je mehr Leute man liquidierte, daß man diese ganze vaterlandslose Generation beseitigen mußte, um den Krieg zu gewinnen. Er war nicht wie die anderen, die die Montoneros umerziehen und sie zu Partnern machen wollten. Für Dufau, damals noch Oberstleutnant, war das Ganze eine Frage von Zahlen, von Statistiken. Er war stolz darauf, daß es in seinen Gefangenenlagern die größte Zahl von »Verlegungen« gab. Er fand es absurd, die Terroristen wieder einzugliedern: Nur ein toter Aufrührer war ein guter Aufrührer. Und in dieser Hinsicht hatte El Bestia gute Arbeit geleistet.

Schon die erste Frage, die Dufau ihm stellte, machte ihm klar, daß er sich nicht nur im Persönlichen, sondern auch im Beruflichen geirrt hatte, denn der Grund, warum er ihn sofort hatte sehen wollen, hatte etwas mit einem schweren Fehler zu tun, den er in der Vergangenheit begangen hatte.

»Sagen Sie mal, Pitiotti, Ihre Verlobte, die mit der Gefangenen zusammen war, ist das Ihre Frau? Ich kann mich nicht mehr erinnern.«

El Bestia sagte weder ja noch nein, sondern fragte nur: »Warum?« Und das bedeutete soviel wie gar nichts.

»Hieß sie nicht Miriam López?«

Nun konnte er es nicht mehr leugnen. Auch nicht die Sache mit der Geburtsurkunde, diese Regelwidrigkeit, diese Übertretung, wie Dufau mit vor Wut zitternder Stimme sagte.

Der Sergeant hatte die Frau persönlich dorthin gebracht. Warum hatte er für sie den Namen seiner Verlobten eingesetzt?

»Ich weiß nicht. Es war das erste, was mir einfiel.«

»Aber Sie haben gesagt, sie wäre für diese Aufgabe geeignet. Das haben Sie mir versichert.«

Jetzt nickte er nur schwach mit dem Kopf. Hatte Dufau herausgefunden, daß sie die Hure Patricia war? Oder war es noch etwas Schlimmeres? Hatte es etwas mit dem zu tun, was El Bestia manchmal vermutete und dann wieder für unmöglich hielt? Es konnte doch nicht sein, daß Miriam die Komplizin der Gefangenen gewesen war.

»Diese gewisse Miriam López schnüffelt in Paraná herum, wo meine Tochter und ihr Mann wohnen. Sie kommt meiner Enkelin zu nahe. Ich will nicht, daß sie existiert und daß sie den Mund aufmacht. Es war ja schließlich nicht ihre Tochter, nicht wahr? Was treibt sie dazu? Keine Ahnung, und es interessiert mich auch nicht, nur entledigen Sie sich ihrer so schnell wie möglich. Es geht um Stunden. Und betreiben Sie es mit Nachdruck.«

Einerseits schämte er sich, aber andererseits war er glücklich. Nichts konnte ihn mehr befriedigen als die Tatsache, daß man ihn mit etwas beauftragte, was er sich seit Jahren brennend gewünscht hatte. Seit damals, als Pilón ihm im Auto alles erzählt hatte. Sie können ganz sicher sein, daß ich es mit Nachdruck betreiben werde. Sein Blick muß seinen Wunsch, Miriam zu beseitigen, verraten haben, denn Dufau lächelte befriedigt.

Wußte der Herr General, ob sie augenblicklich irgendein Pseudonym trug? Kannte er irgendwelche Fakten, die ihm weiterhelfen konnten? Sie benutzte nämlich immer Pseudonyme.

»Einen Decknamen, wollen Sie sagen«, korrigierte Dufau ihn verwundert.

»Nein, Pseudonyme. Als ich sie kennenlernte, nannte sie sich Patricia.«

Dufau konnte es nicht glauben. Erst jetzt begriff er. Natürlich hatte er von Patricia gehört. Er war zwar nicht zu diesen Festen gegangen und hatte derartige Dienste auch nicht in Anspruch genommen, aber seine Kollegen hatten sehr ... begeistert von ihr gesprochen: Können Sie mir mal sagen, Bestia – er war außer sich – wie Sie meine Enkelin einer Nutte anvertrauen konnten?

Er wußte nicht, was er antworten sollte. Er wußte, daß es ein großer Fehler gewesen war, aber jetzt würde er ihn wieder gutmachen. Allerdings brauchte er Hilfe.

»Wir könnten den Polizisten anrufen, der damals an der Operation beteiligt war. Wie hieß er noch?«

»Pilón.«

»Genau. Er soll Sie begleiten. Ich werde es anordnen.«

Es ist bereits Abend, als Eduardo nach Hause kommt. Er ist ziemlich überrascht, weil Mariana ihn mit einem Kuß und mit diesem Lächeln begrüßt, das er schon fast vergessen hat: Liebling, wie schön, daß du da bist! Du hast mir schrecklich gefehlt.

Wenn es Eduardo recht ist, werden sie mit Luz zu Abend essen, sie muß am nächsten Tag nicht zur Schule. Und danach könnten sie ausgehen und später noch tanzen gehen, sie waren schon so lange nicht mehr tanzen. Mariana hat Lust, sich heute abend zu amüsieren und es sich sehr, sehr gutgehen zu lassen.

Eduardo weiß nicht, was er antworten soll. Marianas Versöhnungsversuch rührt ihn. Vielleicht hat auch sie nachgedacht, vielleicht kann er noch versuchen, alles wieder in Ordnung zu bringen.

Er lächelt und sagt, daß er sehr müde sei. Er werde duschen, und nach dem Abendessen, mal sehen.

»Obwohl ich lieber zu Hause bleiben würde, Mariana. Damit wir uns in aller Ruhe aussprechen können.«

»Wie du willst, Liebster.«

Mariana ist bereit, ihm heute nacht jeden Gefallen zu tun.

Sie zwinkert ihm schelmisch zu. Auf dem Weg zur Küche dreht sie sich um und sagt wie nebenbei:

»Ach ja, Papa hat angerufen, du sollst zurückrufen.«

»Ich denke nicht daran.«

Mariana sieht nur für einen Moment zornig aus, aber das genügt, um Eduardo zu zeigen, wie sehr sie sich zu ihrem Lächeln und zu diesem sanften Tonfall zwingen muß: Doch, mach schon, ruf ihn gleich zurück. Sonst tut er es später und unterbricht uns womöglich bei irgend etwas.

Da Luz mit am Tisch sitzt, beherrscht sich Eduardo, als das Telefon klingelt und Mariana ihn bittet, mit Papa zu sprechen.

»Wann kommst du nach Buenos Aires?«

Dieser Befehlston ist ihm zuwider. Er muß an sich halten, um nicht aufzulegen.

»Nächste Woche vielleicht«, antwortet er. »Nein, die Woche darauf.«

Und die Stimme befiehlt ihm: Es muß noch diese Woche sein! Spätestens am Montag. Wir müssen eine Angelegenheit besprechen, die sich nicht aufschieben läßt.

Am Montag ist es unmöglich, tut mir leid, ich habe zu tun.

»Dann kommst du morgen. Du nimmst morgens ein Flugzeug und fliegst nachmittags zurück.«

Du hast große Lust, ihn zum Teufel zu schicken, aber da sind Luz und Mariana. Und vielleicht ist es ja besser, ihm ein für allemal die Stirn zu bieten, du hast keine Angst mehr vor ihm. Wenn du am Sonntag fliegst, kannst du am Montag, wenn Miriam anruft, wieder hier sein. Und du kannst dieser Situation mit Mariana aus dem Weg gehen, mit der du vielleicht nicht fertig wirst, zwischen Mißtrauen und der Hoffnung schwankend, daß sie sich ändern kann. Und wenn du Dolores treffen würdest?

»Antworte mir, Eduardo. Wann kannst du hier sein? Ich muß meinen Tag planen.«

Auch du mußt deinen Tag planen. Und die Nacht, beschließt du. Dolores, Dolores. Warum sollst du es dir verbieten, wenn du es dir so sehr wünschst?

»Ich komme morgen. Ich teile Ihnen die Uhrzeit mit, wenn ich mich nach dem Flugplan erkundigt habe. Adiós.«

Marianas Lächeln deutet an, daß sie Bescheid weiß, daß sie nur deshalb so freundlich getan hat, damit du einwilligst.

»Papi, können wir morgen aufs Gut fahren und reiten?« fragt Luz. »Alle drei?«

»Morgen wird es unmöglich sein, Liebling, dein Großvater will mich sehen. Ich muß nach Buenos Aires fahren.«

»Ausgerechnet morgen? Wie schade!« verstellt sich Mariana.

Eduardo nimmt ihr diese gespielte Enttäuschung nicht ab. In Wirklichkeit ist sie glücklich. Und später, als sie zu ihm kommt und zärtlich zu ihm ist, wird er das Gefühl nicht los, daß das alles ein Plan ist, den die Dufaus gemeinsam geschmiedet haben.

»Mariana, bitte, mach es nicht noch schwerer. Ich habe dir gesagt, daß ich mich scheiden lassen will, und ich meine es ernst. Ich werde mit deinem Vater sprechen. Nicht nur, weil er es verlangt, sondern weil ich ihm ein paar Fragen stellen will, die ich ihm schon vor Jahren hätte stellen müssen.«

Er sieht sie schwanken zwischen der Versuchung, ihm ihre Verbitterung ins Gesicht zu schreien, und dem Vorsatz, liebevoll zu ihm zu sein, wie ihr wohl ihre Eltern geraten haben.

Mariana setzt sich Eduardo gegenüber und vergießt ein paar Tränen, die vielleicht sogar echt sind. Du darfst nicht so hart sein.

»Warum sollen wir uns scheiden lassen, obwohl wir uns lieben?«

»Weil wir nichts gemeinsam haben, weil wir unterschiedlich denken, weil ich alles, was für dich wichtig ist, abscheulich finde, diese merkwürdigen, gefährlichen Anlagen, die Luz angeblich geerbt haben soll und die du, schlimmer noch« – seine Stimme verkrampft sich – »in Luz zu erkennen glaubst. Und weil du alles, was mir wichtig ist, für unbedeutend hältst.«

»Luz? Macht es dir denn nichts aus, daß sie das Kind von

278

geschiedenen Eltern ist? Wir wissen doch, was aus solchen armen Wesen wird.«

»Mir macht es etwas aus, daß sie möglicherweise von den Eltern getrennt ... ihnen grausam gestohlen wurde. Den wirklichen Eltern.«

Das hätte er nicht sagen dürfen. Eduardo sagt ihr, bitte, laß uns nicht weiterreden. Er hat das nicht sagen wollen, vielleicht war es ja ganz überflüssig. Gehen wir lieber schlafen.

Marianas Hand berührt dich ganz zart. Gern würdest du das Vergnügen wiederfinden, das dir ihre Zärtlichkeit einst bereitet hat, aber du kommst nicht gegen das schreckliche Mißtrauen an. Wer weiß, ob diese Hand einem Verlangen gehorcht oder einem Plan, mit dem man dich in die Knie zwingen will.

Du wagst nicht, sie wegzuschieben, aber du bleibst reglos liegen, selbst als sie, was ihr sonst gar nicht liegt, etwas später sogar versucht, dein Glied zu berühren.

Eduardo traut ihr nicht, und auch Mariana traut diesem tiefen Atmen nicht, mit dem ihr Mann zu schlafen vorgibt, obwohl er noch weit davon entfernt ist.

Mariana gab auf und drehte sich um. Diese Zurückweisung würde sie ihn teuer bezahlen lassen. Wenn ihre Eltern ihn zur Vernunft brachten und er sie um Verzeihung bat, dann würde sie ihn eine Ewigkeit warten lassen, ehe sie einwilligte, ihn wieder zu lieben. Aber vielleicht müßte sie sich noch eine Weile verstellen, bis die andere aus seinem Leben verschwand. Diese andere, von der sie nie sprechen würde, wie ihre Mutter ihr zu Recht geraten hatte.

Wer mochte sie wohl sein? Carola vielleicht? Oder jemand in Buenos Aires? Denn es war nach seiner Reise nach Buenos Aires, daß Eduardo so verrückt gespielt hat. Egal, wer es auch war, sie würde verschwinden. Sie kamen immer zurück, mit dem Schwanz zwischen den Beinen, wie ihre Freundin sagte. Und dann würde sie sich an ihm rächen, das nahm sie sich fest vor.

Eduardo hatte Dolores gleich nach seiner Ankunft am Flughafen angerufen, so gegen elf Uhr vormittags: Was für ein Glück, sie anzutreffen, er will sie noch am selben Tag sehen.

Diese Rührung, diese Freude in Eduardos Stimme! Ihr Herz spielte verrückt wie mit fünfzehn, und dazu kam noch alles, was das Leben ihr heute schenkte. Also ist es nicht nur ihr so ergangen, auch ihn zog ein starkes Gefühl zu ihr.

Eduardo konnte noch nicht sagen, um welche Zeit er frei sein würde. Er würde alles daransetzen, daß es so bald wie möglich wäre. Er habe ein »angenehmes und dringendes« Gespräch vor sich, sagte er ironisch, sein Schwiegervater wolle ihn umgehend sehen. Nach dem Treffen werde er sie anrufen, damit sie in sein Hotel kommen konnte. Er werde in einem anderen Hotel wohnen als sonst, er werde ihr noch sagen, in welchem.

»Paß auf dich auf, Liebster«, sagte Dolores.

Es ist bereits vier Uhr, und Dolores läuft schon seit Stunden um das Telefon herum. Sie ist nervös, sie hat Angst um Eduardo, der dem Mörder gegenübersitzt. Zum Glück sind ihre Eltern nicht da, ihre Mutter würde alles begreifen. Seit Tagen schon fragt sie, was mit ihr los ist. Sie ahnt, daß es da etwas gibt, was sie nicht weiß. Ist es etwa wegen Eduardo, Dolores? Aber sie hat nicht geantwortet.

Endlich klingelt das Telefon. Sie spürt seine Aufregung. Ja, sie wird in einer halben Stunde im »Wellington« sein. Sie wird direkt, ohne an der Rezeption nach ihm zu fragen, ins Zimmer Nummer 402 kommen.

Am Sonntag nachmittag holten Miriam und Frank ihre Sachen aus dem Hotel. Sie war einverstanden gewesen. Eduardo machte einen guten Eindruck, aber da es sich um den Schwiegersohn von Dufau handelte, mußte man Vorsichtsmaßnahmen treffen.

Sie ging allein in die Hotelhalle, und Frank wartete an der Ecke auf sie, damit man sie nicht miteinander in Verbindung bringen konnte.

Miriam bat um die Rechnung und sagte, sie werde nach Buenos Aires fahren.

»Aber Sie kommen doch wieder?«

»Ja, natürlich. Ich fühle mich sehr wohl in diesem Hotel, es ist sehr angenehm« – sie lächelte – »aber ich weiß nicht genau, wann ich zurückkomme. Ich werde die Reservierung von Buenos Aires aus vornehmen.«

»Ich meine nur, weil heute ein Herr nach Ihnen gefragt hat. Ich habe ihm gesagt, daß Sie hier wohnen, daß ich Sie aber seit zwei Tagen nicht mehr gesehen habe. Ich habe angenommen, daß Sie das Wochenende außerhalb verbringen. Der Herr kommt sicher wieder. Was soll ich ihm sagen?«

Daß ich nach Buenos Aires gefahren bin, antwortete sie und versuchte, so natürlich wie möglich zu sprechen. Ihre Hände zitterten, als sie die Handtasche schloß, aber da sie sich dabei bückte, merkte der Angestellte nicht, wie erschrocken sie war.

»Und wer war dieser Herr? Hat er seinen Namen hinterlassen? Oder eine Nachricht?«

»Nein. Er war braunhaarig, weit über dreißig, und« – er suchte nach dem Wort – »Sie verstehen schon: sehr autoritär. Einer von denen, die Fragen stellen und vor denen man Angst hat, wenn man die Antwort nicht weiß.«

Miriam zuckte mit den Schultern: Keine Ahnung, wer das sein kann. Wenn er noch einmal kommt, soll er seine Visitenkarte dalassen. Sie sagen mir dann Bescheid, wenn ich zurückkomme.

El Bestia, ich bin ganz sicher. Aber Frank meinte, es könnte auch jemand sein, der für Eduardo arbeitete. Aber egal, wer es war, es war kein gutes Zeichen. Sie sollten Entre Ríos lieber verlassen und dieses Gespräch vergessen, auch wenn Eduardo noch so einen guten Eindruck auf sie gemacht hatte.

»Nein, Frank, verzeih mir, aber ich gehe nicht weg, bevor ich nicht mit Eduardo gesprochen habe. Ich bin fest entschlossen. Genau das muß ich tun.«

Sie würde sich im Hotel einschließen, wenn Frank Angst

um sie hatte. Schließlich war sie dort als Señora Harrison gemeldet, und man hatte sie nicht einmal nach ihren Papieren gefragt. Und am nächsten Tag würde sie mit Eduardo sprechen.

Frank wollte nicht mit ihr streiten. Er würde in aller Frühe, sobald geöffnet war, den Mietwagen zurückbringen.

Kapitel zwölf

Kaum hat Dolores Eduardos Zimmer betreten, nehmen sie sich lange in die Arme.

»Ich hatte solche Angst, ich war so beunruhigt. Was für ein Glück, daß es dir gutgeht!«

Dolores küßt deine Wange, deinen Hals. Deine Hände nehmen ihren Kopf, deine Finger fahren in ihr Haar, und du küßt ihren Mund und ihr Ohr, während du sie langsam zum Bett schiebst.

Sie legt sich hin und lacht, als du dich auf sie wirfst. Diese sinnliche Wonne, wenn Körper sich lieben!

Aber Dolores schiebt ihn weg. Sie haben noch Zeit für die Liebe, jetzt ist sie erst mal gespannt.

Ja, du wirst die ganze Nacht mit ihr zusammen sein: Jede Minute werde ich dich genießen.

Dolores will wissen, was bei dem Gespräch mit seinem Schwiegervater herausgekommen ist, was er gesagt hat.

»Hast du ihn gefragt, wer die Mutter ist? Hat er zugegeben, daß Luz die Tochter von Vermißten ist?«

Nein, er hat es nicht zugegeben, obwohl sie stundenlang miteinander gesprochen haben.

»Ich glaube nicht, daß es so ist. Seltsam ist nur, daß die Aussagen von Alfonso und Miriam in einem Punkt übereinstimmen: Sie ist eine Hure.«

Wie bitte? Als Eduardo ihr dann erzählt, was vor der Schule passiert ist, mißt Dolores dem Wort »Dieb« eine größere Bedeutung bei: Damit wollte sie etwas sagen, nicht wahr? Daß man die Kleine gestohlen hat. Und sie hat nicht gesagt, daß sie die Mutter ist. Dufau kann alles mögliche erfinden. Ist gut, ich werde dich nicht mehr unterbrechen, das verspreche ich. Aber nun erzähl schon, was bei deinem Schwiegervater los war.

Eduardo sagt, es sei von allem etwas dabeigewesen: Drohungen, Überredungsversuche, Lügen, Befehle, Fragen und ausweichende Antworten, Warnungen und sogar Türenknallen. Eduardo muß lachen. Er hat das Haus seines Schwiegervaters verlassen, indem er die Tür zugeknallt und gesagt hat: Ich tue genau, was mir paßt. Ich werde alles über die Herkunft von Luz herausfinden, ich werde mit Miriam López sprechen, und ich werde mich von Ihrer Tochter scheiden lassen. Das Türenknallen hallt sicher noch jetzt in Dufaus Ohren nach.

Und während Eduardo noch lacht, küßt er Dolores, um das alles zu feiern.

»Es war eine Freude für mich, so wegzugehen, mit diesem Türenknallen und diesem Satz, von dem ich nie geglaubt hätte, daß ich ihn aussprechen könnte. Willst du mich nicht beglückwünschen?« Und er umarmt sie wieder. »Ich glaube, wenn ich nicht fühlen würde, was ich für dich fühle, wenn du mir nicht diese neue Kraft gegeben hättest, dann hätte ich nicht den Mut gehabt, ihm entgegenzutreten. Dann hätte ich nicht zum ersten Mal das letzte Wort gehabt.«

Eduardo muß ihr alles nacheinander erklären, so versteht Dolores überhaupt nichts. Er will sich von seiner Frau scheiden lassen?

»Ja.« Eduardos Gesicht verdüstert sich. »Weil sie genauso ist wie ihr Vater, sie ist ... ich weiß nicht, ich habe sie so sehr geliebt, daß ich es vielleicht nicht früher bemerken wollte. Aber ihre Reaktion auf das, was ich ihr über Luz erzählt habe, zeigte mir eine so andere, eine so ... mitleidlose Mariana. Es tut mir weh, weißt du, es tut mir weh, aber sie ...«

»Vielleicht wäre es besser, wenn du jetzt nicht mit mir darüber sprechen würdest.«

Aber er muß es ihr erzählen. Nicht alles, aber doch einiges von dem, was ihn an Marianas Haltung so verletzt hat: was sie über Luz gesagt hat, ihr unüberwindlicher Widerstand gegen seine Nachforschungen über die Herkunft der Kleinen.

»Aber auch wenn mir das alles sehr weh tut, werde ich nicht aufgeben. Ich habe dir doch gesagt, daß ich dich nicht enttäuschen werde, Dolores.«

Gleich zu Anfang des Gesprächs hatte sein Schwiegervater ihm gedroht: Ich erinnere dich daran, daß du es warst, der Luz

284

angemeldet hat. Du hast die Angestellte im Krankenhaus bestochen, und sie hat für dich eine Urkunde gefälscht. Was glaubst du wohl, wer als erster ins Gefängnis geht?

Eduardo wollte wissen, warum er von Gefängnis sprach, und sein Schwiegervater sagte mit diesem schmalen Lächeln, das er so verabscheute: Anscheinend begreife er nicht, daß in diesem Land jetzt eine andere Situation herrsche und daß in der Demokratie viele ... unangenehme Dinge passieren könnten, sei vorsichtig, mein Junge. Und dann kam der Überredungsversuch: Du wirst deine Tochter verlieren, deine Frau, deinen Ruf. Was werden deine Geschwister, deine Angestellten, was wird deine Familie, deine Mutter, sagen, wenn du ins Gefängnis kommst?

Dolores fährt zusammen, obwohl sie sich vorgenommen hat, ihn nicht zu unterbrechen: Dann ist er doch sehr deutlich geworden! Das ist wie das Eingeständnis, daß Luz die Tochter einer Vermißten ist. Er droht dir, daß du ins Gefängnis kommst, wenn du etwas sagst oder Nachforschungen anstellst. Natürlich trifft es ihn genauso.

Ihn auch? Dolores glaubt, daß er im Gefängnis landen wird?

Jetzt ist sie völlig aufgelöst: Aber nicht doch, man wird schon sehen, er hat zwar einen schweren Fehler begangen, aber er versucht ja gerade, ihn wiedergutzumachen. Und außerdem hat er nicht gewußt, daß man den Frauen im Gefängnis die Kinder weggenommen hat.

Eduardo schüttelt den Kopf: Dem Schwiegervater glaubt er gar nichts, aber als der ihm sagte, die Mutter der Kleinen sei eine Hure gewesen, hat es ihm einen Schock versetzt. Das hatte er auch von Miriam gehört. Alfonso hat ihm sogar den Namen einer Frau genannt, einer gewissen Anette, die die Huren damals vermittelt hat. Und er will ihre Telefonnummer besorgen, damit Eduardo sie fragen kann, ob Miriam López vielleicht diese Patricia ist, eine Hure, die damals sehr begehrt war. Und wenn es so wäre? Aber bald, schon morgen, werden seine Zweifel ein Ende haben. Und nun erzählt er ihr von der

Begegnung im Café und von Miriams Versprechen, ihn am Montag anzurufen.

Dolores versteht nicht: War es nicht so, daß Dufau ihm nie Informationen über die Mutter geben wollte? Warum kommt er jetzt damit heraus, mit Namen, Familiennamen und sogar mit dem Beruf? Weil Eduardo Mariana in einem Streit alles gesagt hat.

Und Dolores, besorgt: Es ist sehr mutig, zu versuchen, etwas herauszufinden. Aber er hätte seinem Schwiegervater nie soviel erzählen dürfen. Er ahnt ja gar nicht, wozu diese Leute fähig sind. Sie hat in der Vermißtenliste nachgesehen, ob es da eine Miriam López gibt, hat aber keine gefunden. Es kann ja auch sein, daß der Fall nie zur Anzeige kam. Wenn sie wirklich noch am Leben ist, dann ist sie offenbar entkommen. Allerdings kann sie wohl kaum überlebt haben, nachdem man ihr den Säugling geraubt hatte.

Vielleicht ist sie tatsächlich eine Hure. Aber warum hat sie dich einen Dieb genannt?

Du hältst es nicht mehr aus. Allein der Gedanke, daß du Miriam in Lebensgefahr gebracht haben könntest, ist niederschmetternd. Dolores legt sich neben dich. Ihre Zärtlichkeiten sind wie Balsam, aber sie können deine Unruhe nicht mildern, und das spürt sie, denn sie schlägt dir vor, eine Weile zu schweigen. Sie will dich massieren, du sollst für eine Weile alles vergessen und nur ihre Hände spüren, mit denen sie deine Qualen ausradiert und aus deinem Körper vertreibt. Mit denen sie dich befreit.

Als Amalia ihrem Mann erzählte, daß Marianita sehr beunruhigt war, weil Eduardo um neun Uhr noch nicht wieder zu Hause war, befürchtete Alfonso das Schlimmste: Eduardo könnte, kaum in Entre Ríos angekommen, Kontakt zu Miriam aufgenommen haben. Und El Bestia rief und rief nicht an.

Vor ein paar Jahren, als die Großmütter von der Plaza de Mayo damit begannen, Lärm zu schlagen und mit allen möglichen Leuten zu reden, damals, als sie diesen Leserbrief in

»The Buenos Aires Herald« veröffentlichten, hatte Alfonso sich ihre Namen besorgt, und danach war er beruhigt gewesen: Lilianas Mutter gehörte nicht zu dieser Gruppe, und auch die Kleine stand nicht auf den veröffentlichten Listen.

»Die Organisation der Großmütter erhielt nie eine Anzeige, die mich betraf. Ich habe in den Archiven nachgesehen.«

»Lilianas Mutter wußte nichts von ihrer Schwangerschaft. Liliana selbst hatte beschlossen, ihr nichts davon zu sagen, um sie nicht noch mehr zu ängstigen. Sie hat sie zwei- oder dreimal gesehen, nachdem wir in den Untergrund gegangen waren, aber damals merkte man ihr die Schwangerschaft noch nicht an, denn Liliana versteckte ihren Bauch unter einem Mantel. Ich habe ihre Entscheidung respektiert.«

»Und du hast es ihrer Mutter nie gesagt? Glaubt sie, daß ich gar nicht auf der Welt bin? Daß es mich nie gegeben hat? Nicht einmal, als ich im Leib ihrer Tochter war?«

»Doch, sie hat erfahren, daß Liliana schwanger war. Ich habe es ihr gesagt, nachdem man sie entführt hatte. Aber als Nora anrief, teilte ihr mein Vater mit, was wir alle glaubten: daß Liliana nach der Entbindung gestorben war und ihr Kind auch. Es gab nichts, wofür man kämpfen, wonach man suchen konnte. Ich habe 1984 mit Nora gesprochen, als ich nach Argentinien kam ...« Carlos lächelte traurig. »Sie hat gesagt: ›Wenn ich doch wenigstens meinen Enkel gehabt hätte!‹ Ich denke, als Liliana beschloß, es vor ihr geheimzuhalten, war sie der Meinung, ihre Mutter würde sie nicht verstehen. Nora und ihrem Mann paßten Lilianas politische Einstellung und ihre Beziehung zu mir nicht besonders. Offensichtlich machten sie mich dafür verantwortlich, daß Liliana sich verändert hatte. Obwohl es nicht so war, Liliana glaubte wirklich an das, was sie tat. Als ich sie kennenlernte, war sie schon politisch organisiert. Aber später, mit den Jahren, und vor allem nach dem bewegenden Gespräch, das ich 1984 mit Nora geführt hatte, wurde mir bewußt, daß sie Liliana trotz allem sehr geliebt hatte und daß sie vielleicht auch den Sinn ihres Kampfes begriffen hätte. Wir haben uns sehr geirrt. Alle.«

»Und deine Eltern?«

»Sie hatten eine andere Haltung. Sie wußten nie sehr genau, was wir machten, aber sie fanden es gut, daß ihre Kinder Ideale hatten. Sie selbst hatten sie uns vermittelt, sie waren anständige Arbeiter. Aber all das, was

287

in diesen infamen Zeiten geschah, hat sie völlig niedergeschmettert. Mama ist gestorben, und weder ich noch meine Schwester waren bei ihr. Ich glaube, sie ist an der Trauer gestorben.«

Alfonso hätte nie gedacht, daß die Verlobte des Bestia ihnen solche Probleme bereiten könnte. Scheißnutte! Was mischte sie sich ein?

»Und was machen wir, wenn wir Eduardo nicht aufhalten können?« fragte Amalia, und Alfonso wußte, daß hinter dieser Frage bereits eine Idee lauerte. »Wir dürfen nicht zulassen, daß er mit der Sache weitermacht, und schon gar nicht, daß die beiden sich trennen. Es wäre eine schreckliche Blamage. Noch dazu, wenn er Mariana verlassen würde!«

Sie solle sich keine allzu großen Sorgen machen, beruhigte sie Alfonso, Eduardo würde es sich schon noch überlegen, wenn er erst begriffen hätte, was ihm passieren könnte. Auf jeden Fall werde er noch einmal mit ihm sprechen. Vielleicht mußte er dabei noch entschiedener vorgehen. Amalia war ganz seiner Meinung.

Was ihm El Bestia um zehn Uhr abends mitteilte, machte ihn noch nervöser: Er hatte das Hotel ausfindig gemacht, in dem Miriam wohnte, aber sie hatte es am Nachmittag überraschend verlassen. Er kannte Modell und Farbe des Autos und den Namen der Autovermietung. Dort hatte sie es nicht abliefern können, weil bis Montag geschlossen war. Am Flughafen hatte sie es jedenfalls nicht zurückgegeben, das hatte er überprüft. Morgen früh hätte er sicher gute Nachrichten für ihn, das versprach er.

»Sie wissen, daß es um Stunden geht.«

Hoffentlich hat Amalia recht, und Eduardo ist nicht in Entre Ríos.

»Wenn er so verrückt ist, dann hat ihm sicher irgendein Weib den Kopf verdreht. Vielleicht ist er bei ihr, in irgendeinem Hotel. Es wird nicht schwer sein, das herauszufinden. Mit ein wenig Glück finden wir ihn«, sagte Amalia aufmunternd.

Sie sollten noch abwarten, meinte Alfonso, vielleicht würde Eduardo später nach Hause kommen.

»Nein, er ist in Buenos Aires, mein Instinkt trügt mich nicht.« Amalia machte sich auf die Suche nach den Telefonbüchern.

Sie wollte nicht, daß ihr Mann sich so aufregte, es lohnte sich nicht, El Bestia war auf der Suche nach Miriam und hatte sicher große Lust, ihr das Handwerk zu legen. Und zwar nicht nur, weil man es ihm befohlen hatte. Sicher würde man Eduardo bald aufspüren, und dann mußte Alfonso, wenn er mit ihm sprach ... Sie vertraute da ganz auf seine Überredungskünste. Und wenn nicht ... im äußersten Falle hatte sie da so eine Idee. Vielleicht eine sehr radikale. Aber, wenn es notwendig war ...

Und was würde Miriam tun, nachdem sie mit Eduardo gesprochen hatte? Er gehe davon aus, daß sie mit ihm kommen werde, hatte Frank beim Abendessen gesagt, das sie sich in der Suite servieren ließen.

Miriam wagte nicht, nein zu sagen. Alles würde natürlich von diesem Gespräch abhängen. Vielleicht könnte sie Eduardo für ihr Vorhaben gewinnen, Lili die Wahrheit zu sagen. Aber er würde doch nicht selbst dazu beitragen, daß man ihm die Kleine wegnahm.

Und wenn sie Eduardo nun sagte, daß sie die Mutter sei? Wenn sie eine Geschichte erfand und er ihr erlaubte, Lili hin und wieder zu besuchen? Dann würde sie ihr erzählen, daß Liliana und Carlos ihre Eltern waren und nicht diese ...

Frank wollte nichts mehr von ihren verrückten Ideen wissen, er wollte ihr nur ein paar Dinge zu überlegen geben: Ist es gut für die Kleine, wenn zu einer Lüge noch eine andere Lüge hinzukommt? Oder würdest du diesen Besuch benutzen, um ihr die ganze Wahrheit zu sagen? Obwohl du nichts für sie tun kannst und noch dazu dein Leben riskierst?

Miriam spürte, daß Frank ihr Freund war. Er liebte sie wirklich, er half ihr nachzudenken, und er wollte sie zu nichts zwingen.

»Die Haltung, die Frank in diesem Moment einnahm, seine Hilfe,

289

sein Verständnis, hatte großen Einfluß auf Miriam. Dadurch festigte sich ihre Beziehung. Ich glaube nicht, daß sie in ihn verliebt war, sie suchte wohl eher Schutz und Freundschaft. Frank war der einzige Mann, der sie, so sagte sie mir, wie eine vollwertige Person behandelte, der sie verstand und sie so akzeptierte, wie sie war. Und das war für Miriam in diesem Augenblick ihres Lebens ausschlaggebend.«

»Señora Harrison würde jetzt gern mit Señor Harrison ins Bett gehen. Ist das möglich?«

Es war nur eine von vielen Möglichkeiten, aber sie zog es vor, einen Scherz zu machen und ihm zu sagen, sie wüßte zwar nicht, was sie tun würde, aber in diesem Moment fühle sie sich wie seine Frau.

Dolores hat sich noch nicht von der Angst erholt, die sie bei Eduardos Bericht überfallen hat. Er sieht in allem nur hohle Redensarten seines Schwiegervaters, sie jedoch versteht dessen Äußerungen als offene Drohung: Ich will dein Ehrenwort, daß du keinen Finger rührst, um etwas über das Kind herauszufinden. Ich will, daß du Mariana dafür um Verzeihung bittest, daß du von Scheidung gesprochen hast.

Für Dolores ist jede Drohung, die ein Mann wie Dufau, ein Verwalter des Todes, ausspricht, eine Todesdrohung.

Eduardo hat zwar in kurzer Zeit sehr vieles durchschaut, aber es fällt ihm schwer, so etwas zu denken, und Dolores wagt nicht, es ihm zu verstehen zu geben. Sie hat schon reichlich bereut, daß sie sich im Eifer des Gesprächs nicht enthalten konnte, ihm anzudeuten, daß auch er ins Gefängnis kommen könnte.

Nach der Massage hatten sie sich von ihrem Verlangen hinreißen lassen, und für eine lange Zeit war es ihnen gelungen, alles zu verdrängen außer dieser Wahrheit, die ihre Körper einander mitteilten.

Als sie sich dann auf dem Zimmer etwas erfrischt hatten, begann Eduardo, von Luz zu sprechen; wie entzückend sie war, welche Märchen er ihr erzählte, wie sie gemeinsam ausritten, wie gern sie tanzte und mit den Leuten sprach und wie sie sich amüsierten, indem sie bekannte Persönlichkeiten nachahmten. Er hat sie so lieb, und Dolores sagt voller Schmerz: Gerade weil du sie lieb hast, Eduardo, mußt du weitermachen.

Und jetzt, da Dolores an Dufaus Worte denkt, an den Tod, daran, daß sie Eduardo vielleicht nie mehr wiedersieht, daß ihn möglicherweise niemand je wiedersehen wird, jetzt fragt sie sich, ob sie ein Recht hat, ihn zu bewegen weiterzumachen.

»Dolores, ich werde mich von Mariana trennen. Ich brauche dich, du darfst nicht abreisen. Ich brauche deine Kraft. Und wenn ich das hier erledigt habe ... Ich weiß nicht, was passieren wird, ich kann dir nur sagen, was ich fühle: daß ich gern mit dir zusammen bin, daß ich mit dir zusammenleben möchte. Aber wie kann ich jetzt Pläne machen? Bitte, du darfst nicht abreisen, verschieb deine Reise.«

Was kann Dolores für ihn tun? Sie zittert am ganzen Körper. Es ist wie damals, als sie Pablo bitten wollte, er solle sich nicht umbringen lassen, und ihn damit genau an den Ort bestellte, von dem er dann verschleppt wurde. Und Eduardo soll weitermachen, er soll nicht lockerlassen. Wie sehr er Luz auch liebt und auch, wenn es seinen Tod bedeuten kann. Sie sieht Pablo vor sich und Mirta und diesen Kleinen, den sie nicht kennt, von dem sie aber hofft, daß er am Leben ist und daß sie ihn finden werden. Sie fragt sich, ob sie nicht vielleicht ihr eigenes Fleisch und Blut wiederfinden möchte, ob sie dieses Bedürfnis nach Wiedergutmachung nicht auf Eduardo übertragen hat. Bitte, bitte, laß Miriam die Mutter sein, und laß die Dinge irgendwie in Ordnung kommen, denn wenn es anders ist ...

Verzweifelt klammert sie sich an Eduardo. Ja, natürlich wird sie bleiben, so lange er sie braucht. Und dabei behält sie diesen schrecklichen Gedanken für sich: Oder so lange, wie ...

Was kann sie tun? Ihm sagen, daß er aufhören soll, vor seinem Schwiegervater kapitulieren und mit dem Betrug leben? Was kann sie tun? Sie kann ihn nur lieben.

Sie bittet ihn, sich auszustrecken und sich lieben zu lassen.

Einverstanden? Sie will ihn ablecken, ihn küssen, ihn überall mit ihren Händen berühren, mit ihrer Zunge, ihrem Leib, ihren Beinen, mit seinem Glied über ihre Wange streichen, über ihre Augen und Ohren, seine Spitze küssen, während sie es mit den Händen festhält, und jetzt den Mund öffnen und sein Glied ganz langsam hineinstecken, spüren, wie es genußvoll in ihrem Mund anschwillt, sie will Eduardos lustvolles Stöhnen hören, aber sie will, daß die Lust andauert, und darum verabschiedet sie sich zart mit der Zunge, legt den Kopf auf Eduardos Leib und streckt sich aus. So will sie ausruhen, und auch er soll von allem ausruhen und sich geliebt fühlen. Eine Pause. Ein lange anhaltender, vollkommener Frieden, bis Eduardos warme Hände sie zu erkunden beginnen und sie diese Stelle an ihrem Rücken entdeckt, von deren Existenz sie nichts wußte, bevor die Wärme seiner Hände kam. Jetzt dreht Eduardo sie um und küßt ihren Hals, ihre Schultern, ihre Brüste. Er liegt auf ihr und strömt ein so starkes Verlangen aus, daß sie eine Gänsehaut bekommt. Sie spürt, wie ihr Körper sich öffnet, um ihn aufzunehmen, wie sein Glied nach und nach in sie eindringt, und mehr, und noch mehr, während seine Hände sie streicheln, um sie von allen Seiten her in Besitz zu nehmen. Und dieses verrückte, wunderbare Gefühl, die eigene Existenz nicht mehr wahrzunehmen und bis in alle Ewigkeit in Eduardos Verlangen aufzugehen. Das ist es: Er soll sie besitzen. Sie öffnet sich wellenförmig, wie das Meer, und als er aufstöhnt, fühlt sie schon, wie sie kommt, aber nein, da ist noch mehr, und mehr und mehr, und er begleitet sie bis zum Ende, bis sie diesen erstickten Jubelschrei ausstößt und allmählich wieder zu sich kommen, wieder ganz sie selbst werden kann. Weil er sie ganz und gar genommen hat, kann sie jetzt wieder sie selbst sein. Nur noch reicher, noch erfüllter.

Mariana rief ihre Eltern um zwei Uhr morgens an, um ihnen zu sagen, daß Eduardo nicht nach Hause gekommen war. Sie sagten zwar, sie solle sich keine Sorgen machen, er würde seine Haltung schon noch ändern und sicher jeden Augenblick auftauchen, aber Mariana glaubte nicht mehr an Eduardos Versprechen, daß er am nächsten Tag zurückkommen würde.

»Warum hast du das nicht gleich gesagt? Er hat dir also gesagt, daß er in Buenos Aires bleiben wollte?«

»Ja, falls es spät werden sollte.«

Sie soll sich nicht beunruhigen und schlafen gehen. Ihr Papa wird noch einmal mit Eduardo sprechen. Er wird ihn am Flughafen suchen, oder sonstwo, und alles wird in Ordnung kommen.

Amalia hatte das Hotel angerufen, in dem Eduardo normalerweise übernachtete, hatte ihn aber dort nicht angetroffen. Doch sie hatte noch eine lange Liste mit Hotelnamen, und so viel Zeit wie nötig.

Wenn sie es erst einmal wüßten, hielt es Amalia für das beste zu warten, bis er herauskam. So konnten sie auch sehen, mit wem er zusammengewesen war.

Vielleicht hatte seine Frau recht, und man mußte schnell herausfinden, wer Eduardo so durcheinandergebracht hatte.

Obwohl Amalia vom Wohnzimmer aus telefonierte, konnte Alfonso nicht einschlafen.

Diese Schlaflosigkeit ging ihm auf die Nerven. Wenn er Eduardo ausfindig machte, würde er nicht einmal bis morgen warten, um ihn auf seinen Platz zu verweisen.

Sie waren schon vor Stunden eingeschlafen, erschöpft von der Anspannung und der Liebe, als das Klingeln des Telefons sie aufschreckte. Eduardo hob ab:

»Ich werde es dir sehr deutlich sagen, ich will, daß du den ersten Flug nach Entre Ríos nimmst und daß du Mariana um Verzeihung bittest. Und daß du nicht mehr versuchst, etwas über Luz in Erfahrung zu bringen. Sonst wird es dich teuer zu stehen kommen.«

Eduardo hält den Hörer weit von sich weg, damit Dolores diesen letzten Satz mit anhören kann: Es wird dich teuer zu stehen kommen! Genau das, was sie befürchtet hatte. Sie zittert am ganzen Leib, sie möchte Eduardo etwas sagen, aber sie kommt nicht dazu, weil er bereits ohne jede Vorsicht erwidert:

»Ich werde mit Miriam oder mit sonstwem sprechen, ob es Ihnen paßt oder nicht.«

Was glaubt Eduardo eigentlich, mit wem er spricht? Und aus der Wut wird dieses hämische Lachen: Du willst also mit Patricia reden? Ich glaube, das wird schwierig werden, ich glaube, dieser kleinen Nutte wird etwas passieren, und sie wird keine Zunge mehr zum Reden haben. Wenn es nicht schon passiert ist.

Dolores unterbricht die Verbindung. Es ist fünf Uhr morgens. Er muß gehen, Dufau weiß, wo er ist. Es kann gefährlich werden. Aber Eduardo ist zu wütend, um zu begreifen: Wie hat er mich gefunden? Was fällt ihm ein, um diese Zeit anzurufen? Er wird bleiben, so lange er will. Er hat keine Angst mehr vor ihm.

Dolores versucht, ihn zur Vernunft zu bringen: Er muß sofort gehen, er muß Miriams Anruf entgegennehmen und sie warnen, Dufau kann am Hotelausgang auf ihn warten.

»Soll er doch auf mich warten, was macht mir das schon aus? Es reicht, ich nehme keine Befehle mehr von Alfonso entgegen. Ich nehme das Flugzeug um halb zehn, ich denke nicht daran, jetzt zu gehen, und er wird auch nicht herkommen, er hat mir seine Befehle schon telefonisch erteilt.«

Aber Dolores hat Angst. Sie will gehen. Nein, geh nicht, wer weiß, wie lange wir uns nicht mehr sehen werden. Und dabei umarmt er sie.

Nein, sie wird ihn nicht verlassen, auch wenn es unvorsichtig ist. Dieses »wie lange«, von dem sie fürchtet, daß es »nie mehr« bedeutet, durchfährt sie wie ein Schlag und treibt sie wieder in seine Arme. Sie beginnt zu weinen, und er tröstet sie: Sie soll sich keine Sorgen machen, ihm wird schon nichts geschehen. Er will sie nicht so sehen, so traurig.

Sie wird bleiben, ja, aber sie wird nicht zusammen mit ihm das Hotel verlassen und ihn auch nicht zum Flugplatz begleiten, obwohl sie bis zum letzten Moment bei ihm sein möchte.

Das sind genau die beiden Orte, an denen sein Schwiegervater ihm auflauern könnte.

Um zehn Uhr morgens, als Frank den Mietwagen seiner Freundin, die überraschend nach Salta abreisen mußte, bei der Autovermietung abgab, sagte man ihm, daß früh am Morgen zwei Herren nach ihr gefragt hatten, die ihr etwas Dringendes zu sagen gehabt hätten. Dem Angestellten der Autovermietung war es eigenartig erschienen, daß sie dort nach ihr fragten, denn im allgemeinen gaben sie keine Informationen über ihre Kunden heraus. Aber einer der beiden Herren hat mir ›geraten‹ – um diesen drohenden Tonfall irgendwie zu beschreiben –, ihm alle Fragen zu beantworten: bis wann sie das Auto gemietet habe, welche Adresse sie hinterlassen habe. Da ich mich weigerte, Auskunft zu geben, holte der andere, der etwas friedfertiger wirkte, eine Polizeimarke hervor... und eine Waffe. Und ich mußte ihnen Rede und Antwort stehen, was sie aber offenbar nicht befriedigte: daß sie den Wagen bis Mittwoch gemietet habe, daß sie in dem und dem Hotel wohne und daß sie einen Führerschein aus Uruguay gehabt habe.

»Das Auto können Sie abschreiben«, hatte der Härtere von beiden gesagt. »Sie können ruhig schon Anzeige erstatten, wenn Sie Zeit gewinnen wollen. Sie ist nämlich gestern abgereist.«

Darum war der Angestellte jetzt froh, daß das alles nicht stimmte, und darum war er so dankbar, daß Herr ... Rodríguez, antwortete Frank eilig, daß der Herr so freundlich war, das Auto zurückzubringen. Frank akzeptierte die Rechnung sofort, es stimmte sicher alles. Miriam hatte wie üblich den Kreditkartenbeleg schon im voraus unterschrieben.

»Nein, ich habe keine Ahnung, wer diese Männer sein könnten. Ich werde es meiner Freundin ausrichten. Aber es handelt sich gewiß um eine Verwechslung.«

»Und wenn sie wiederkommen?« Der Angestellte war offensichtlich verängstigt.

Frank zuckte die Schultern.

»Da ist Ihr Auto, es ist völlig in Ordnung.« Er verabschiedete sich mit einem Lächeln.

Bei einer anderen Autovermietung mietete er einen Renault, mit dem er in aller Eile zum Hotel fuhr.

Miriam hatte schon angerufen, aber Eduardo war noch nicht da gewesen. Er werde um elf kommen, hatte ihr die Sekretärin gesagt.

»Hast du ihr deinen Namen genannt?«

»Nein, ich habe gesagt, Señora ...«

»Harrison?« schrie Frank erschrocken. »Sie werden uns sofort finden.«

Nein, Señora de Hernández, hatte sie gesagt er solle doch nicht verrückt spielen. Aber damit er weiß, daß ich es war, habe ich der Sekretärin gesagt, Herr Iturbe würde heute meinen Anruf erwarten.

Sie soll bloß nicht daran denken, weiterzumachen! Die Sache mit der Autovermietung war ein deutlicher Hinweis darauf, daß sie so schnell wie möglich aus Entre Ríos fliehen mußten. Den Mietwagen würden sie am Flughafen von Rosario oder in Córdoba zurückgeben, er hatte die Autovermietung verständigt, daß er weiterreisen würde. Er solle sie nicht noch nervöser machen, antwortete Miriam, sie müsse nachdenken. Und wenn sie nun einen Spaziergang am Fluß machten? Nein, Frank wollte nicht, daß sie das Hotel verließen, es sei denn, um zu fliehen. Zwei Kerle waren hinter ihr her. Begriff sie denn nicht, in welcher Gefahr sie sich befand?

»Ich will nicht mit dir streiten. Bitte, könntest du mich eine Weile allein lassen?«

»Nur wenn du versprichst, daß du Eduardo nicht anrufst. Vielleicht wird sein Telefon abgehört.«

»Eduardo ist nicht gefährlich, das weiß ich, das spüre ich. Wer mich verfolgt ist El Bestia, davon bin ich überzeugt.«

Als er ins Büro kommt, heißt es, eine gewisse Señora de Hernández habe angerufen.

Es ist Miriam, sie lebt, denkst du erleichtert. Sie soll anrufen, sie soll endlich anrufen! Und sie tut es wirklich.

»Wo können wir uns sehen?« fragt Eduardo.

»Sie suchen überall nach mir.«

Das hat er befürchtet, aber das hat nichts mit ihm zu tun, sondern mit Dufau, der um jeden Preis verhindern will, daß sie in Verbindung treten. Es ist ... wegen der Kleinen. Darum bitte ich Sie, nennen Sie mir einen Ort, wo wir uns treffen können. Wenn Sie das nicht wollen, na gut ... dann frage ich Sie am Telefon.

»Und wer garantiert mir, daß dein Telefon nicht abgehört wird?«

»Nein, ich glaube nicht, daß er so weit geht. Wir sind hier schließlich in Entre Ríos. Obwohl ich mir nicht sicher bin ...«

Dolores hat ihn vor der Gefahr gewarnt. Eduardo weiß nicht, was er Miriam vorschlagen soll.

»Ich melde mich auf jeden Fall wieder«, sagt Miriam.

»Ja, bitte, und bald.«

Wenn Frank sie liebt, wenn er sie wirklich liebt, muß er ihr einen Gefallen tun. Eduardo hat auch Angst, und er hat mir gesagt, daß es Dufau ist, der mich verfolgt, genauer gesagt, El Bestia. Mehr hat er ihr am Telefon nicht sagen wollen, Frank war ja selbst schon auf den Gedanken gekommen, daß es abgehört werden könnte.

»Das einzige, was wir machen können, ist, daß du zu ihm ins Büro gehst und ihn hierher ins Hotel bestellst. Wenn er dich sieht, wird er schon verstehen.«

Nein, sie ist ja völlig verrückt.

»Wenn ich wiederkomme, muß alles für die Abreise bereit sein.«

Frank geht aus dem Zimmer. Miriam weiß nicht, was sie tun soll, aber sie ist sich absolut sicher, daß sie mit Eduardo sprechen muß.

Als Frank zurückkommt und sie um Eduardos Visitenkarte

bittet, macht sie fast einen Luftsprung vor Freude. Sie umarmt ihn stürmisch.

Mariana ist beunruhigt und besorgt, weil Eduardo nicht angerufen hat. Aber er hatte ihr doch gesagt, daß er erst am Montag zurückkommt. Er ist direkt ins Büro gefahren, weil er Termine hat.

»Kommst du zum Mittagessen? Ich bitte dich darum.«

Nein, ich glaube nicht, daß ich Zeit habe. Ich werde Luz abholen, dann sehen wir uns einen Augenblick. Mariana weint: Bitte, bitte, komm, ich möchte dir etwas sagen, laß mich nicht im Stich.

Du kannst sie nicht im Stich lassen. Sie ist verzweifelt. Vielleicht ist sie sogar ehrlich.

»Ich werde versuchen vorbeizukommen, wenn auch nur kurz. Ich habe einen sehr vollen Tag.«

Als Eduardo das Büro verläßt, kommt der Mann, den er zusammen mit Miriam gesehen hat, mit ernstem Blick auf ihn zu. Genau in diesem Moment verläßt auch die Sekretärin das Gebäude. Eduardo fällt nichts anderes ein, als auf den Mann zuzugehen und ihm mit gespielter Begeisterung die Hand zu reichen:

»Alberto! Wie geht es dir? Du bist hier, in Paraná?«

Eduardo nickt seiner Sekretärin, die alles beobachtet, kurz zu. Frank bringt ein Lächeln zustande und klopft ihm auf die Schulter.

»Gut, gut, ich hatte etwas zu erledigen. Ich fahre heute abend zurück. Was macht deine Familie?«

Eduardos Sekretärin, deren Neugier befriedigt ist, setzt ihren Weg fort.

»Miriam erwartet dich um sechs im Hotel ›Ribera‹, in der Bar. Ich hoffe, daß niemand dir folgt. Die Sache gefällt mir gar nicht, und ich werde nicht zulassen, daß Miriam sich auch nur der geringsten Gefahr aussetzt.«

»Wohnt ihr dort?« Frank antwortet nicht. »Macht nichts. Egal, wo sie ist, sie soll sich nicht wegbewegen, sie soll sich bis dahin einschließen. Dufau ist hinter ihr her, er will verhindern, daß sie mir irgend etwas erzählt, aber ich muß Bescheid wissen. Ich bin dir unendlich dankbar für deine Hilfe.«

Zwei Dinge trugen dazu bei, daß Amalia und Alfonso einander schließlich sagten, was sie schon seit dem vorigen Tag gedacht, aber nicht ausgesprochen hatten. Das eine war Marianas verzweifelter Anruf: Eduardo sei mittags zu Hause gewesen und habe gesagt, daß er sich von ihr trennen werde und daß nichts und niemand ihn aufhalten könne bei seiner Suche nach der wahren Herkunft von Luz. Das andere war, daß El Bestia Miriam noch nicht aufspüren konnte, obwohl er eine Spur hatte, und zwar die Beschreibung eines Mannes, ihres Zuhälters wahrscheinlich, der am Morgen in Paraná gewesen war.

Alfonso bat El Bestia, um sechs Uhr nachmittags anzurufen, und wenn er Miriam bis dahin nicht aus dem Weg geräumt hätte, würde er ihm Anweisungen für eine andere Aufgabe erteilen.

Als Eduardo die Bar betritt, sitzt Miriam schon an einem Tisch und ist scheinbar in ein Buch vertieft. Sie begrüßen sich wie alte Freunde. Frank kann von einem Sessel in der Halle aus sowohl die Bar als auch den Hoteleingang beobachten.

»Miriam, zuallererst mußt du mir eine Frage beantworten: Bist du die Mutter von Luz? Irgendwie werden wir es regeln, daß du sie besuchen kannst, das verspreche ich dir.«

»Ich bin nicht ihre Mutter, so, wie du nicht ihr Vater bist. Nur in einem Punkt sind wir einander gleich. Wir sind beide Scheißkerle. Ich wollte dieses Kind für mich haben, während du mit deiner Frau wahrscheinlich das Zimmer für Lili vorbereitet hast ...«

»Lili?«

»Ja, ich habe sie Lili genannt. Auch ich hatte ein Zimmer vorbereitet, mit kleinen Bären an den Wänden. Weil man sie mir versprochen hatte. Aber Lili gehörte weder mir noch deiner Frau noch dir. Sie gehörte Liliana. Liliana ... ich weiß nicht mal, wie sie weiter hieß. Und einem gewissen Carlos, den man vermutlich umgebracht hat. Liliana – darum Lili. Sie war in meiner Wohnung, während sich deine Frau erholte. Und das hat mein Leben verändert. Ich habe . . .«

Eduardo versteht gar nichts, er will ihr nur eine Frage stellen, die er nicht länger hinauszögern kann: Diese Leute, Liliana und Carlos, werden sie vermißt?

»Ja. Aber als El Bestia mir ein Baby versprach, wußte ich das alles nicht.«

»Ich auch nicht. Ich habe erst vor kurzem alles erfahren, auch wenn du es nicht glauben wirst. Und ich muß alles wissen. Bitte, erzähl es mir.«

»Ich habe Liliana ein Versprechen gegeben: daß ich Lili sagen würde, wer ihre Eltern waren und daß sie umgebracht wurden, weil sie eine gerechtere Gesellschaft wollten. Aber ich hatte große Angst und war jahrelang auf der Flucht. Jetzt bin ich hier, um sie . . . euch wegzunehmen und ihr die Wahrheit über ihre Herkunft zu sagen.«

»Die werde ich ihr sagen, ich verspreche es.«

Miriam klärt Eduardo darüber auf, wer El Bestia ist. Sie erzählt ihm von den Tagen, die Liliana und die Kleine bei ihr verbracht haben, von den ersten Tagen im Leben von Luz, von Lilianas Berichten über ihre Gefangenschaft, von der mißglückten Flucht.

Diese Frau, diese Hure, rührt dich. Letztendlich ist es wahr, sie hatte den Mut, den du nicht hattest. Du brichst fast zusammen, die Schüsse, die Lilianas Körper getroffen haben, treffen dich selbst, die Jahre des Betrugs, deine feige Blindheit, dein Egoismus – all das ist schmerzhaft für dich.

»Wirst du Lili alles erzählen?«

»Ich werde viel mehr tun als das«, sagt Eduardo. »Ich habe eine Freundin, die Kontakt zur Organisation der Großmütter von der Plaza de Mayo hat.«

Er werde den Fall anzeigen, er werde seine Beteiligung eingestehen, und sie, Miriam, könne ihm helfen, wenn sie den Mut dazu hätte. Wir müssen es tun.

Ja, sie würden es tun, weil sie beide Scheißkerle waren, jeder auf seine Art, aber ...

»Wir beide haben Luz sehr lieb.«

Miriams tränennasser Blick schweift zum Fenster. Eduardo versteht nicht den Schrecken in ihren Augen, und auch nicht, daß sie eilig aufsteht und sagt:

»El Bestia! Sag Frank Bescheid, er ist in der Halle.«

Und dann rennt sie los und schließt sich in der Toilette ein. Eduardo geht in die Halle und sieht zwei Männer, die sich sicheren Schritts auf die Rezeption zubewegen. Seine Worte sprudeln nur so heraus, als er sich Frank nähert.

»El Bestia ist an der Rezeption, Miriam hat sich in der Toilette versteckt.«

Eduardos Hände zittern, als er versucht, sich eine Zigarette anzuzünden.

»Kennt dich El Bestia? Hat er dich je gesehen?« fragt Frank.

»Nein. Nie. Ich wußte bis heute nicht mal, wer er ist.«

Frank legt den Zimmerschlüssel auf den Sessel.

»Geh nach oben. Und geh nicht ans Telefon, vielleicht suchen sie mich auch. Ich werde dreimal klopfen, damit du mir aufmachst.«

Frank steht auf und geht in die Telefonkabine, von wo aus er die Rezeption überblicken kann. Die Schritte von El Bestia kommen immer näher. Frank verläßt scheinbar unbeteiligt die Kabine und geht in die Bar. Von dort aus sieht er, wie El Bestia aus einer der anderen Kabinen kommt, dem anderen Mann ein Zeichen gibt und das Hotel verläßt.

Er rufe aus der Kabine im Hotel an, erklärte El Bestia dem General, es gibt eine gewisse Chance, daß Miriam und ihr Zuhälter dort wohnen, aber sie sind nicht im ...

Alfonso unterbrach ihn: Wir dürfen nicht noch mehr Zeit verlieren. Verlassen Sie das Hotel.

Der Befehl lautete jetzt anders. Er nannte ihm alle Anhaltspunkte: Namen, Alter, körperliche Merkmale, die Adresse des Büros, des Gutshauses, des Wohnhauses (aber dort auf keinen

Fall, verstanden?), die Adresse des Bruders, Modell und Farbe des Autos. Er würde schon wissen, was zu tun war. Vor allem: Es darf keine Zeugen geben, und es muß deutlich nach einem Einbruch aussehen.

»Auch hier geht es um Stunden. Und diesmal versagen Sie nicht, sonst können Sie Ihre Karriere vergessen.«

Sergeant Pitiotti hätte Eduardos Auto, das nur wenige Meter von dem seinen entfernt geparkt war, bemerken können. Aber die Eile, die jetzt geboten war, und der Befehl des Generals, das Hotel zu verlassen, nachdem er dort nichts gefunden hatte, veranlaßten ihn, schnellstens vom Parkplatz zu fahren. Es ging um Stunden, hatte Dufau gesagt, und als erstes wäre das Büro an der Reihe.

Das Gespräch, das Miriam, Eduardo und Frank im Hotelzimmer führten, dauerte kaum zwanzig Minuten. Eduardo würde noch heute abend oder morgen früh mit seiner Freundin sprechen, um zu klären, wie man am besten vorging. Hatte Miriam den Mut, Anzeige zu erstatten? Sie könnten gemeinsam hingehen.

»Miriam könnte jetzt aussagen, bei den Prozessen, die in Madrid stattfinden. Sie hat gesehen, wie Liliana umgebracht wurde. Und sie kann auch sagen, was ihr Liliana über die Gefangenenlager erzählt hat«, sagte Carlos. »Aber sprich weiter, sprich weiter.«

Eduardo hatte noch einiges zu erledigen, er mußte aufs Gut und zu sich nach Hause fahren, er mußte mit seinem Schwiegervater sprechen und ihm zu verstehen geben, daß er nichts mehr unternehmen würde, daß er aufgegeben habe, daß Miriam aus Entre Ríos verschwunden sei. Das könnte die Verfolgungsjagd stoppen. Und er mußte auch mit seiner Frau sprechen.

Miriam und Frank erschraken.

»Nein, keine Sorge, ich werde ihr nicht sagen, was ich von dir erfahren habe.«

Frank meinte, daß sie hier nichts mehr verloren hätten. Es sei genug, sie würden noch am selben Abend abreisen.

Und Eduardo, mit belegter Stimme, im Ton einer Entschuldigung: Abgesehen von diesen notwendigen Erledigungen wolle er Luz heute abend sehen, ein wenig bei ihr sein, ihr ein Märchen erzählen, nun ja, Abschied nehmen. Und morgen mittag werde er, mit allen Fakten, die seine Freundin ihm nennen würde, zu ihnen ins Hotel kommen, um eine Strategie zu verabreden. Wir dürfen keinen falschen Schritt machen.

Frank hatte selbst gesagt, daß sie im Hotel sicher waren. Der Mann von der Rezeption hatte ihn lächelnd begrüßt und mit keinem Wort angedeutet, daß jemand nach ihnen gefragt hatte. Offensichtlich kannte El Bestia seinen Namen nicht. Darin stimmte Frank mit Eduardo überein, aber er wollte so schnell wie möglich weg. Er verstand nicht, warum sie gemeinsam Anzeige erstatten mußten.

Miriam wandte sich an Frank:

»Eduardo braucht diese Zeit« – und dabei flehte sie ihn mit den Augen an – »und möchte auch ... ein paar Stunden bei Lili sein.«

Frank antwortete nicht. Es war zu verstehen, daß die beiden einander brauchten, daß sie einander Mut machen mußten.

»Spätestens um zwölf bin ich im Hotel. Dann sprechen wir uns ab. Ich will keine Fehler machen«, versuchte Eduardo Frank zu überzeugen.

Und Miriam: Wenn wir bis halb zwei keine Nachricht haben, fahren wir ab, das verspreche ich dir.

Vielleicht, weil er verlegen war, vielleicht auch, weil Frank daneben stand, reichte Eduardo Miriam nur die Hand. Aber sie war impulsiver und umarmte ihn.

Auch Eduardo hat feuchte Augen, als er Miriams Umarmung erwidert. Sie fühlen sich vereint und stark.

Frank ist ihm sympathisch, sein wohlwollendes Lächeln ist befreiend für Eduardo, der sich mit einem Händedruck von ihm verabschiedet.

Er fährt rasch ins Büro, um Dolores anzurufen. Am Morgen hat er Javier versichert, daß sich heute alles aufklären würde. Alfonso habe ihm bestätigt, daß Miriam eine Hure ist. Noch heute abend würden sie miteinander sprechen. Nein, vom Büro aus ruft er besser niemanden an. Er wird vom Gutshaus aus telefonieren, in zwanzig Minuten kann er da sein. Er muß unbedingt den Verwalter sprechen, seinen Bericht entgegennehmen und ihm Anweisungen erteilen. Und dann wird er sich in seinem Arbeitszimmer einschließen und telefonieren.

Im Büro ruft er nur Mariana an, um ihr zu sagen, daß er in einer, eineinhalb Stunden, zu Hause sein wird, und daß er es gern sehen würde, wenn Luz mit ihnen zu Abend äße.

Während der zwanzig Minuten, die du bis zum Gutshaus brauchst, stellst du dir vor, was du Dolores sagen wirst. Vielleicht nur das Wesentliche, damit sie dir Ratschläge geben kann. Aber eines wirst du ihr ganz bestimmt sagen, daß du sie liebst, daß du sie sehr, sehr liebst und daß du sie brauchst. Als sie dich heute angerufen hat, hast du nur gesagt, daß du mit deiner Bekannten sprechen und ihr morgen alle Neuigkeiten mitteilen würdest. Vielleicht fand sie dein Benehmen kühl oder eigenartig, aber sie hat sicher verstanden, daß du vorsichtig sein mußt. Schließlich hat sie dich darum gebeten.

Das Glück und die Kraft, die sie dir mit ihrer Liebe schenkt, und dagegen der entsetzliche Schmerz, Luz zu verlieren. Du wirst Dolores fragen, ob sie glaubt, daß du Luz in Zukunft besuchen darfst, trotz allem, was du getan hast?

Der Lieferwagen des Verwalters ist nicht da. Was für ein Pech. Er wird morgen früh wieder herkommen müssen. Er sucht das Telefon.

Dolores' Mutter sagt ihm, daß ihre Tochter ausgegangen ist und erst spät zurückkommen wird. Soll sie etwas ausrichten?

»Ja, daß ich sie sehr liebe. Und daß ich morgen wieder anrufen werde.« Es ist schon spät, aber lieber spricht er gleich mit Javier, von zu Hause aus wird es schwieriger sein. Javier ist nicht da, und er sagt Laura, daß er eventuell nach dem Abendessen bei ihnen vorbeikommen wird.

Eduardo macht sich schnell auf den Weg, aber bevor er die

Tür zum Büro schließen kann, trifft ihn etwas wie ein gewaltiger Schlag.

»Ein Schuß in die Schläfe, ein Raubüberfall«, sagte Luz, halb empört, halb gequält. »Laura hat es nie geglaubt. Dolores auch nicht.«

»Und du?«

»Ich schon, man hat es mir ein Leben lang so erzählt. Ich habe es bis vor kurzem geglaubt. Bis zu dem Moment, da ich diese Geschichte zu rekonstruieren begann, und jetzt ... jetzt habe ich denselben Verdacht wie Laura. Und auch das« – ihre Stimme wurde fester – »werde ich aufklären. Javier holte damals bei der Polizei alle möglichen Erkundigungen ein, aber das führte zu nichts. Es war nicht die Zeit, in der die Einnahmen aus der Ernte im Büro aufbewahrt wurden, und sein Bruder hätte sich bei einem Überfall nie gewehrt. Die Brieftasche, die Uhr. Da Javier von Eduardos Verzweiflung wußte, begann er sich irgendwann einzureden, sein Bruder hätte Selbstmord begangen und Mariana und die Dufaus hätten die Sache mit dem Überfall nur erfunden, um den Schuß in die Schläfe zu erklären. Denn auch bei einem Selbstmord hätte Mariana keine gute Figur abgegeben. Für Laura hingegen war es nie ein Überfall oder ein Selbstmord, sondern ein klarer Mord.«

Amalia war etwas niedergeschlagen, nachdem sie mit ihrer Tochter gesprochen hatte.

»Sie ist so beunruhigt, weil Eduardo nicht nach Hause gekommen ist. Und mir ist es schwergefallen zu sagen: Keine Sorge, er wird schon kommen. Ob sie sehr leiden wird?«

Seitdem El Bestia »Befehl ausgeführt« gemeldet hatte, war Alfonso nach den vielen aufregenden Tagen endlich entspannt. Er bemühte sich, seine Frau zu beruhigen: Sie würden Mariana schon zu trösten wissen. Denk doch mal, Amalia, sie würde noch viel mehr leiden, wenn wir zugelassen hätten, daß dieser Wahnsinnige seinen Weg zu Ende geht. Vom Ehemann verlassen und keine Tochter mehr! Ein Skandal! Und eine Gefahr für alle.

»Ja, du hast recht. Marianita ist ja noch jung. So hübsch und liebevoll. Sie wird ihr Leben wieder in den Griff bekommen.«

Und dabei kam Amalia eine Idee, bei der sie lächeln mußte.

Die erste Person, der sie die Neuigkeit mitteilen wollte, war Ines Ventura.

»Seit Jahren hatte sich Amalia gewünscht, mit den Venturas verwandt zu sein. Sie bewunderte sie. Vor vielen Jahren, als ihre beiden Zwillinge, Marianas Schwestern, geboren wurden, hatte sie Ines und Daniel, der damals noch ein Junge war, als Taufpaten gewählt. Und als Eduardo ermordet wurde, hatte sich Daniel gerade scheiden lassen.«

Um halb eins war alles gepackt. Miriam bestand darauf, noch zu warten, Eduardo mußte doch jeden Moment kommen. Ja, Frank hatte recht, es war sicher sehr schwer für ihn. Aber sie war überzeugt davon, daß seine Frau ihn nicht umstimmen würde, ebensowenig wie die Drohungen seines Schwiegervaters.

»Frank wurde sehr nervös und ging hinunter in die Hotelbar. Und dort erfuhr er von Eduardos Tod. Auch sie glaubten nicht an einen Raubüberfall. Er ließ sich auf der Stelle die Rechnung geben.«

Er nahm Miriam in die Arme: Sie haben ihn umgebracht, sie haben ihn gestern abend ermordet.

»Sie verließen sofort das Hotel und reisten zwei Tage später in die USA, wo sie heute noch wohnen. Miriam hatte große Angst. Natürlich konnte sie nun nichts mehr tun. Es hat mich gerührt, wie sie von Papa gesprochen hat. Sie hat um ihn geweint, als wären sie seit Jahren befreundet gewesen.«

Carlos legte seine Hand auf die ihre. Erst jetzt konnte er akzeptieren, daß sie Eduardo ihren »Papa« nannte, was ihn während des ganzen Gesprächs so gestört hatte.

Nur die Gewißheit zu haben, daß das Kind gesund zur Welt gekommen ist und daß es ein Junge war, bedeutet schon, ihm etwas näher zu sein, selbst wenn sie nicht wissen, bei wem es lebt und wo es ist. So empfinden es sowohl Dolores als auch ihre Mutter. Die Hoffnung, den Jungen zu finden, wächst ins Unermeßliche. Sie haben einen Anhaltspunkt: Sie suchen ein Kind, das Ende Juli 1970 im Krankenhaus des Campo de Mayo geboren wurde.

Dolores will Eduardo unbedingt an dieser beklemmenden Freude teilhaben lassen, die ihr diese Nachricht bereitet hat. Die Großmütter haben die Anzeige telefonisch erhalten. Der Mann wollte seinen Namen nicht nennen, er hatte offensichtlich große Angst. Er sagte, daß er Mirta Ballerini, Pablos Lebensgefährtin, im Männersaal der Abteilung für Epidemologie im Krankenhaus des Campo de Mayo gesehen habe und daß er mit Sicherheit sagen könne, daß sie einen gesunden Jungen bekommen und ihn Pablo genannt habe. Mirta habe ihn gebeten, ihre Familie zu benachrichtigen. Er habe zugesagt, es dann aber doch nicht getan. Er konnte es nicht, sagte er wie zur Entschuldigung. Und das sei alles, was er wisse. Dann hatte er aufgelegt. Dies stimmte mit anderen Informationen überein, wie die Großmütter ihr erklärten. In ebendiesen Saal hatte man für gewöhnlich die Schwangeren gelegt, die man aus den verschiedenen Haftlagern zur Entbindung brachte.

Was mit Mirta geschehen war, konnte man sich vorstellen: Verlegung und Tod. Aber vom Schicksal des Kindes wußte man nichts. Auf jeden Fall weiß Dolores, daß weder sie noch ihre Familie noch die Großmütter nachgeben werden, bis sie ihren Neffen gefunden haben. Sie kann ihn sich bereits vorstellen, sie malt sich aus, wie seine Augen aussehen, seine Sommersprossen, seine Locken und sein Lächeln. Man wird ihn bestimmt finden, sagt sie sich, und in diesem freudig erregten Zustand beschließt sie, es Eduardo sofort mitzuteilen. Sie kann es kaum erwarten:

»Nein« – die Stimme klingt zögernd – »sind Sie eine Freundin?«

Dieselbe Sekretärin war schon mehrmals am Apparat gewesen. Dolores hat den Verdacht, daß sie vielleicht etwas herausfinden möchte. Ja, sie sei eine Freundin, erwidert sie, dies sei ein privater Anruf.

»Ich bedaure ... ich muß Ihnen mitteilen, daß Señor Eduardo Iturbe gestern abend verstorben ist.«

Sie versteht kaum, was ihr die weinende Sekretärin erklärt, von dem Raubüberfall, von dem Schuß, von irgendwelchen

Problemen mit der Aufbahrung, von der Beisetzung, die vorgesehen ist für den ... Dolores legt auf. Sie steht reglos da, ohne eine Träne zu vergießen, bis ihre Mutter zu ihr kommt. Und dann sagt sie, in ihren Armen: Sie haben ihn umgebracht, sie haben Eduardo umgebracht! Sie ist sicher, daß sie ihn umgebracht haben.

»Dolores hat ihrer Mutter alles erzählt, und es war Susana Collado, die den Großmüttern 1983 von diesem kleinen Mädchen berichtete, das bei General Dufaus Tochter, der Witwe von Eduardo Iturbe, lebte und möglicherweise im Gefängnis geboren worden war, was sie aber nicht mit Sicherheit wußte. Dolores hat nie erfahren, was Miriam Eduardo über meine Herkunft gesagt hat. Das habe ich ihr erzählt. Susana Collados Bericht wurde nie weiter verfolgt, weil kein Blutsverwandter nach mir gesucht hat. Aber Susanas Hinweis an die Großmütter hat mir etwas ermöglicht, was mir zunächst verweigert worden war: die Blutprobe.«

Dritter Teil

1995 – 1998

Kapitel dreizehn

Ich lasse mir Wasser über das Gesicht und den Kopf laufen, um die Hitze zu bekämpfen, diese Wut, diese Lust, gegen etwas anzurennen, diese Verzweiflung, die mich nach dem Streit mit Mama überfällt. Ich werfe mich aufs Bett und atme tief durch.

Tausendmal sage ich mir, daß ich nicht auf sie hören darf, daß ich ihr vor allem nicht antworten darf, weil es dann noch schlimmer wird. Aber sie hat ein Geschick, mich immer genau an meiner empfindlichsten Stelle zu treffen, daß es mir manchmal nicht gelingt, mich zurückzuhalten.

Ich weiß nicht, wie es anfängt, aus irgendeinem Anlaß. Heute ging es um das Auto, aber der Grund ist unwichtig, es kann alles mögliche sein, irgendein Satz, und schon entbrennt ihre Wut auf mich und wächst und wächst, bis sie unendliche Ausmaße annimmt, bis ich nicht mehr weiß, was sie sagt und warum ich versuche, mich zu verteidigen. Ihre Angriffe werden immer heftiger, ihre Worte umzingeln mich und ertränken mich in Wut, Ohnmacht und Schmerz. Und wenn ich es nicht mehr aushalten kann, schließe ich mich in mein Zimmer ein und spüre, daß etwas in mir explodieren wird. Manchmal renne ich weg, weil mich diese Lust, ihr weh zu tun, erschreckt. Aber dann kann ich ihr doch nicht weh tun. Sie mir schon. Allerdings habe ich ihr vor ein paar Tagen alles mögliche ins Gesicht geschrien, ich war aggressiv und gemein, und obwohl ich es später bereut und mich entschuldigt habe, weiß ich, daß sie mir noch nicht verziehen hat.

Ich möchte weg von hier. Ich halte es nicht mehr aus. Aber wie denn, mit welchem Geld? Sie werden mir nichts geben. Ich könnte arbeiten, aber das würde Mama nicht erlauben. Warum eigentlich nicht, wenn sie mich doch nicht erträgt? »Weil es einen schlechten Eindruck macht.« Aber was macht es mir schon aus, wenn sie schlecht dasteht?

»Ich zeige dich bei einem Gericht an, du bist noch minderjährig, und bis du einundzwanzig bist, hast du zu tun, was ich sage.«

Daniel lächelt heuchlerisch und wendet sich ab. Es macht ihm Spaß, wenn Mama mit mir streitet und mir solche Gemeinheiten sagt. Weil er mich genauso verabscheut. Aber nicht erst, seit ich Mama gegenüber diese Bemerkung über seine Geschäfte gemacht habe. Danach ist es nur schlimmer geworden, aber geliebt hat er mich nie, niemals.

»Was ist los mit dir, Luz?«, hatte er mich gefragt. »Bist du schlecht gelaunt? Oder traurig?«

»Sie ist eben so, du weißt schon. Von klein auf. Das ist erblich. Immer verängstigt, immer mit einem Gesicht wie ein geprügelter Hund.«

In gewisser Hinsicht hat Mama recht. Ich hatte immer schon diese Angstzustände, diese innere Unruhe. Nicht zu wissen, was ich tun soll, zu fühlen, daß ich nicht an meinem Platz bin, in meinem Haus. Und das ist mehr als der Zorn über die Streitereien mit Mama, mehr als der Abscheu vor den Blicken Daniels und seinen abstoßenden »Gorillas«. Früher ist es mir auch manchmal einfach so passiert, ohne einen besonderen Grund. Es ist die Angst vor etwas, von dem ich nicht weiß, was es ist, vor etwas, das wie ein schweres Gewicht auf mir lastet. Als ob mich jeden Moment jemand angreifen könnte.

Als wir nach Buenos Aires zogen, damals war ich noch ein Kind, hatte ich das Gefühl, daß mir Entre Ríos fehlte, daß ich Papa vermißte und daß es mir nicht recht war, daß Mama Daniel so bald geheiratet hatte und daß wir in seinem Haus wohnten.

»Sieben Monate nach Papas Tod zogen wir nach Buenos Aires in Daniels Wohnung. Er war zur Beerdigung gekommen und hatte uns dann noch mehrmals in Entre Ríos besucht. Ich bin sicher, daß diese Hochzeit von Amalia und von Daniels Mutter, Ines Ventura, geplant wurde. Das war diese Familie, die mit den Dufaus befreundet war und die uns in dem Sommer, in dem Miriam mich sah, nach Punta del Este eingeladen hatte. Die Venturas waren sehr reich. Ihre verwitwete Tochter bot Amalia end-

lich die Gelegenheit, sich mit ihnen zu verschwägern. Daniel war viel älter als Mariana, etwa siebzehn Jahre. Sie ließen sich kirchlich trauen, obwohl er vorher schon mit einer geschiedenen Frau verheiratet gewesen war und zwei Kinder hatte. Er hatte mit ihr zusammengelebt, wie Amalia sagte. Ich erinnere mich noch an diese Hochzeit, alle waren glücklich, nur ich habe geweint. Mama hat mir immer vorgeworfen, daß ich an diesem Tag geweint habe.«

Aber später habe ich mich an Buenos Aires gewöhnt. An die Schule, die Freunde, das Fahrrad, den Fluß. Als wir dann nach Martínez zogen, dachte ich, daß ich nun nicht mehr das Gefühl haben würde, nicht in meinem eigenen Haus zu sein. Das war unser Haus, nicht das von Daniel. Und dennoch fehlte mir etwas, aber nicht Entre Ríos. Ich fühlte eine eigenartige Leere, mir fehlte etwas, das ich nicht benennen konnte. Das ist wie mit der Angst, ich weiß nicht, wovor ich mich fürchte. Da ist keine konkrete Gefahr, sondern etwas Unbestimmtes, das mir überall auflauert. Es ist etwas sehr Gewohntes, das mich immer begleitet hat. Vielleicht ist es »erblich«, wie Mama sagt.

Warum, habe ich sie mehrmals gefragt, ist es Papa auch so gegangen? Hatte er Angst, Beklemmungen? Ich muß es ja von Papa geerbt haben. Ich erinnere mich daran, wie er mir Märchen erzählte und wie ich reiten ging mit einem fröhlichen Papa, der gar nicht ängstlich war. Aber vielleicht habe ich es nicht bemerkt, ich war sieben Jahre alt, als er starb. Mama gibt mir nie eine Antwort. Sie macht ein Gesicht wie »Ich werde dir nichts sagen, ich kann nicht«. Und wenn ich nicht nachgebe, sagt sie: »Hör mal, Luz, bring mich nicht so weit, daß ich etwas sage, was ich nicht sagen will!«

Eines Tages habe ich gedacht, daß Papa dieselbe Traurigkeit gefühlt hat wie ich ... ich weiß nicht, wie ich es sagen soll, diese Krankheit. Und daß man ihn vielleicht nicht getötet hat, sondern daß er Selbstmord begangen hat und daß Mama deshalb so ein Gesicht macht, wenn ich nach ihm frage.

»Auch ich hatte genau wie Javier den Verdacht, daß Papa sich das Leben genommen hatte. Nur hatte ich dafür ganz andere Gründe.«

313

Eines Abends, als es mir sehr schlechtging und sie wieder mit diesem »erblich« anfing, fragte ich sie ganz offen: Hat Papa sich das Leben genommen?

»Er hat sich nicht das Leben genommen, man hat ihn ermordet, bei einem Raubüberfall auf dem Gut. Wie kommst du nur auf solche Ideen? Das ist dieses schwarze Übel, das in dir steckt, schon immer, das bringt dich auf so ausgefallene Gedanken.«

»Und mehr als die Worte war es ihr Blick, diese ... zweifelnde Frage, wie sie wohl zu einer solchen Tochter gekommen war. Als wäre etwas in mir, das ihr angst machte. Etwas, was ich dachte oder fühlte ... oder was ich tat. Denn auch, wenn sie mich tanzen sah ...«

Um Carlos nicht zu zeigen, wie verstört sie war, wandte Luz den Kopf ab und schwieg lange Zeit.

Kann sein, daß sie recht hat, denn das, was ich nicht benennen kann, ist etwas Schwarzes, das mich am Sehen hindert. Und ich habe es in mir, solange ich mich erinnern kann.

»Wie die Augenbinde. Etwas Schwarzes, das dich am Sehen hindert. Aber schließlich hast du es abgeworfen.«

»Dafür habe ich zwanzig Jahre gebraucht!«

Gabi sagt, das sind dumme Gedanken, das kommt alles daher, daß ich Angst vor Daniel habe. Und das mit Recht, denn er ist ein gemeiner Kerl. Das weiß sie von ihrer Mutter, der sie gesagt hat, daß sie Mamas Ehemann nicht ertragen kann, daß sie ihn unsympathisch findet, daß er sie so seltsam ansieht, wie ein Ekelpaket, und daß sie Angst vor diesen »Gorillas« hat, die immer bei uns im Haus sind. Daniels Leibwächter.

»Der Kerl macht schmutzige Geschäfte, er ist ein Mafioso. Darum braucht er jemanden, der ihn beschützt. Nicht wegen seines vielen Geldes. Maritas Vater hat auch jede Menge Geld, aber er hat keine Leibwächter im Haus. Ich will dich nicht noch mehr gegen ihn aufhetzen, aber Vale, die mit seiner Ex-Frau verwandt ist, hat mir erzählt, daß er sich in seiner früheren Ehe wie ein Dreckstück benommen hat. Darum hat seine Frau ihn hinausgeworfen. Und weder sie noch seine Kinder wollen ihn sehen. Wahrscheinlich spürst du instinktiv etwas Gefährliches in ihm, und darum hast du Angst. Denk nicht so dummes Zeug, das mit der Vererbung, das deine Mama dir einredet, ist reiner Blödsinn.«

»Ich konnte Daniel nie ertragen. Und von einem bestimmten Moment meiner Jugend an wurde er für mich zu einem wirklich hassenswerten Menschen, der mir entsetzliches Mißtrauen und Angst einflößte. Darum wollte ich immer weg von zu Hause. Mit ihnen zusammenzuleben fand ich stets ... unnatürlich. Ich schob es auf meine Streitereien mit Mama, auf das Unbehagen Daniel gegenüber. Aber seit ich begonnen habe, meine eigene Geschichte zu erforschen, glaube ich, daß dieses Gefühl des Unnatürlichen, des Nichtheimischseins vielleicht daher kam, daß ich etwas von meiner Geschichte ahnte. Das ist schwer zu erklären ... Am deutlichsten wurde es mir bewußt, als mein Sohn geboren wurde. Denn da begann ich einen Faden zu suchen, etwas, das allem, was ich mit solchem Unbehagen durchlebt hatte, einen neuen Sinn geben konnte. Und ich habe es gefunden« – Luz lächelte triumphierend – *»und nun bin ich hier, in Madrid. Bei dir.«*

Gabi kann Mama nicht ausstehen. Sie sagt es nicht, aber es ist deutlich zu spüren. Vor allem, seit ich ihr erzählt habe, wie Mama reagiert hat, als ich ihr sagte, ich wüßte, daß Daniel wegen seiner Geschäfte Leibwächter braucht.

»Sie hat es abgestritten«, sagte Gabi. »Ich bin sicher. Aber es stimmt, ich weiß es, Papa und Mama haben es mir gesagt. Und außerdem wissen es viele Leute. Zur Zeit der Militärs hat er krumme Geschäfte gemacht, und das macht er auch jetzt noch, mit der neuen Regierung.«

Mama hat es nicht abgestritten, sie fand es einfach nur unwichtig. Und ich war wütend und forderte sie auf, mir zu sagen, was Daniel genau tat. Sie antwortete mir, Frauen hätten keine Ahnung von Geschäften, und sie mische sich in die Geschäfte ihres Mannes nicht ein, und was einer dummen Göre wie mir einfalle, mich einzumischen. Ob sie mir etwa nicht genug gäben? Ich müßte Daniel dankbar sein.

»Mariana hat mir immer vorgehalten, daß ich undankbar wäre und nicht genug schätzte, was Daniel für mich tat, obwohl er nicht mein rich-

tiger Vater war. Sie hat sich zwar, als sie das sagte, auf Daniel bezogen, aber ich glaube, sie hat auch sich selbst gemeint. Ich müßte ihr dankbar sein, weil sie mir so viele Dinge gab, obwohl sie nicht meine richtige Mutter war. Ja, Dinge hat sie mir gegeben, nichts anderes.«

»Man hat ihm den Prozeß gemacht, aber weil er viel Kohle hat, ist er freigekommen. Sicher hat er die Richter gekauft und alles vertuscht. Und wenn deine Mutter ihn geheiratet hat, dann ist es unmöglich, daß sie nichts davon weiß«, sagte Gabi empört. »Vielleicht will sie es nicht wissen.«

Ich habe Mama nie wieder danach gefragt. Wozu auch, sie wird mir ja doch nichts sagen, und sie wird böse auf mich sein, weil ich mich in etwas einmische, was mich nichts angeht. Auch das von Daniels Leibwächter habe ich ihr nicht erzählt. Mir hat es angst gemacht, wie dieser Kerl mich ansah, und darum habe ich es stets vermieden, in den Garten zu gehen, wenn er dort war. Aber eines Nachmittags habe ich, ohne ihn zu bemerken, in der Sonne gelegen, und plötzlich berührte mich seine Hand. Ich sprang auf und sah ihn wutentbrannt an, denn es war mehr Wut als Angst, was in mir hochkam: Wenn du mich noch einmal anrührst, wird es dir leid tun. Und der Kerl hat es nie wieder versucht.

Daniel habe ich nichts gesagt. Was sollte ich auch sagen? Manchmal sieht auch er mich auf eine Art und Weise an, daß ich mich am liebsten verstecken möchte. Er kann mich zwar nicht leiden, aber manchmal sieht er mich trotzdem so an … als ob er scharf auf mich ist. Zweimal habe ich bemerkt, wie er mich heimlich durch meine Zimmertür beobachtet hat. Damals war ich noch viel kleiner. Darum schließe ich jetzt, wenn ich mich umziehe, immer die Tür ab. Hätte ich Mama erzählt, daß der Leibwächter mich angefaßt hat oder daß ich bemerkt habe, wie mich Daniel heimlich beobachtete, dann hätte sie sicher mir die Schuld gegeben. Oder sie hätte gedacht, daß ich alles nur erfunden habe. Sie hätte es auf dieses gewisse Etwas geschoben, das in meinem Kopf steckt, oder, schlimmer noch, in meinem Körper. Auf das, was Mama seit diesem Tag in mir zu erkennen glaubt, an dem sie aus dem Auto heraus gesehen hat, wie mein Freund Guillermo mich gerade küßte. Oder auch schon früher, wenn ich tanzte.

Endlich durchbrach Carlos das Schweigen, aus dem Luz nicht herauszufinden schien. Sie hing wer weiß welchen traurigen Erinnerungen nach.

»Wenn du getanzt hast? Was war denn, wenn du getanzt hast?«

»Keine Ahnung. Mariana konnte es nicht ertragen. Ich habe immer gern getanzt. Es macht mich froh, es entspannt mich. Zuerst hat sie nichts gesagt, sie kam nur herein und stellte die Musik aus, und dabei sah sie mich ganz eigenartig an. Bis eines Nachmittags, ich war so etwa ... so etwa dreizehn, und ich war auf der Terrasse zum Garten und tanzte bei voller Lautstärke. Es war ein Schlag, Mamas Gesicht zu sehen, nachdem ich völlig im Tanzen aufgegangen war! Es war schrecklich! Sie schrie mich an: Wie kannst du nur so tanzen? Und ich weiß nicht, was noch alles. Wo ich gelernt hätte, mich so zu bewegen? Daß ich mich schämen müßte, daß ich aussähe wie eine ...« Luz konnte das Wort nicht aussprechen oder wollte in Gegenwart von Carlos nicht mehr an diese Szene zurückdenken. *»Natürlich habe ich von da an nie mehr getanzt, wenn sie im Haus war. Ich tanzte in meinem Zimmer, hinter verschlossenen Türen. Oder wenn sie abends ausgegangen waren. Was für ein Vergnügen, die ganze Terrasse, das ganze Haus für mich allein zu haben. Dann tanzte und tanzte ich.«* Ihr Lächeln hellte sich auf. *»Ja, ich habe es auch gut gehabt.«* Wieder ein Blick, wieder dieses Glänzen in ihren Augen.

»Nach allem, was ich dir erzählt habe, mußt du denken, daß meine Kindheit und meine Jugend nur aus Qualen bestanden haben. Aber so war es nicht. Das alles hat es gegeben, diese Qual, diese Kurzschlüsse beim Streit mit Mama, ja, das Unbehagen, das mir Daniel verursachte. Aber es gab auch das andere. Wie gut es mir ging, wenn ich tanzte, träumte oder las. Wie ich die Sonne liebte, das Fahrrad ... schwimmen zu gehen, mit Freundinnen zusammen zu sein und ... und so vieles andere.«

Mama stieg aus dem Auto. Ich sah sie nicht, bis sie näherkam und mich am Arm fortzog:

»Was machst du da?« schrie sie, völlig außer sich.

Wir haben uns geküßt, das war alles. Sie zerrte mich ins Auto und sagte zu Guillermo, daß sie ihn nie wieder in ihrem Haus sehen wolle. Im Auto schrie ich sie an:

»Warum hast du das getan? Bist du verrückt? Guille ist mein Freund. Was gibt es da für ein Problem?«

Wir schrien beide gleichzeitig. Das Problem sei, meinte sie, daß uns auf der Straße jemand sehen könnte, und was würden die Leute dann von mir denken? Aber es wundere sie nicht, daß ich mich wie eine Dahergelaufene, wie eine kleine Hure benahm. Das sei erblich, aber sie werde mich schon zur Raison bringen.

Damals schlief ich noch nicht mit Guillermo. Das kam erst später, und ich weiß nicht, inwieweit Mama mit dazu beigetragen hat. Sie war so sicher, daß wir schon miteinander geschlafen hatten – warum sollten wir es dann nicht wirklich tun? Für sie war meine Unverfrorenheit auf der Straße ein Beweis dafür, daß ich intime Beziehungen zu Guillermo und zu allen möglichen Kerlen hatte. Sie verbot mir, mit ihm auszugehen: »Ausgerechnet der Sohn von geschiedenen Eltern!« Außerdem meinte sie, es wäre meine Schuld gewesen, sicher hätte ich ihn provoziert. Für Mama haben immer die Frauen die Schuld, denn »ein Mann nimmt sich bei einer anständigen Frau nie so etwas heraus.« Der Streit endete, wie so viele andere, mit einer Ohrfeige.

Guille und ich sahen uns heimlich weiter. Ich schwänzte die Schule und ging zu ihm nach Hause. Manchmal ließ ich mich von einem dieser Jungen, die Mama so gefallen, ausführen, und dann kam ich früh wieder zurück und Guille holte mich an der Ecke mit seinem Auto ab. Ich öffnete das Tor, als ob ich ins Haus gehen wollte, und wenn der Langweiler, mit dem ich ausgegangen war, außer Sichtweite war, stieg ich in Guilles Auto, und wir fuhren irgendwohin. Bis Mama mich eines Abends erwischte, wie ich aus seinem Auto stieg. Sie kamen gerade nach Hause, und es kam zu einem Riesenskandal. Daniel befahl Guille, mich nicht mehr zu treffen.

Aber nicht deswegen haben wir Schluß gemacht. Durch Mamas Verbot dauerte unsere Beziehung sicher länger, als sie sonst gedauert hätte, weil wir uns einen Spaß daraus machten, sie zu hintergehen. Später, als Guille mit mir Schluß machte,

318

gab er allerdings als Grund dafür an, daß er all die Heimlichkeiten satt hätte, die wir uns ausdenken mußten, um uns zu sehen. Meine Eltern wären einfach krank. Damals gefiel ihm schon ein anderes Mädchen, und auch ich begriff in jenem Sommer, daß ich ihn nicht mehr liebte. Und als wir uns danach im Herbst zufällig in einer Diskothek trafen, sprachen wir uns aus. Ich erzählte ihm, daß Mama mir auch wegen eines anderen Jungen eine Szene gemacht hatte. So war sie eben. Jetzt begegnen wir einander ab und zu und sind gute Freunde geworden.

Guillermo sagt, daß mir deshalb niemand gefällt, weil ich jedesmal, wenn ich mit einem Jungen zusammen bin, solche Schwierigkeiten mit meiner Mutter habe. Aber das glaube ich nicht.

Mich interessiert eben keiner, mir gefällt keiner so recht. Mama macht mir ja auch nicht bei allem, was ich tue, eine Szene. Das passiert immer nur, wenn sie mich fragt, was der Junge, mit dem ich gerade ausgehe, macht und wo er wohnt. Ich weiß nicht, was dann in sie fährt, dann fragt sie mich, ob ich mit ihm schlafe und solche Dinge. Eine kleine Hure nannte sie mich nicht nur, als sie mich mit Guille erwischte, sondern noch öfter. Zum Beispiel, wenn ich etwas anzog, was sie vulgär fand. Ich könnte unmöglich mit dem grünen Minirock in die Uni gehen, sagte sie, man würde denken, ich wollte die Professoren verführen, um nicht lernen zu müssen.

Als sie einmal dahinterkam, daß ein Professor mich angerufen hatte, dachte sie sich eine Geschichte aus, die mich noch heute aufregt. Ich habe panische Angst, daß José mich noch einmal anruft und Mama irgendwas zu ihm sagt. Dabei hat und hatte er überhaupt nichts mit mir. Mir ist nie der Gedanke gekommen, ihn zu verführen, und ihm auch nicht. Ich finde ihn toll, aber er ist sicher verheiratet. Er hat mich nur wegen des Praktikums angerufen. Aber für Mama ist das, was sie sich einbildet, die Wirklichkeit.

»Ich habe Architektur studiert. Ich studiere noch immer.«
Neulich wollte ich in die Uni gehen und war sehr nervös,

weil mir eine Prüfung bevorstand und weil ich wenig geschlafen hatte. Ich betrachtete mich gerade im Spiegel, als Mama ins Zimmer kam und mich fragte, was es da zu sehen gäbe, ich hätte etwas Seltsames an mir, sagte sie, das Benehmen einer Verrückten, einer kleinen Nutte. Und dann fragte sie, ob ich ihn, den Professor, treffen würde? Vielleicht lag es an meiner Nervosität, daß ich sie nicht wie sonst einfach reden ließ, sondern mich mit ihr anlegte. Und zwar mit einer Heftigkeit, über die ich noch immer erstaunt bin.

»Was denn? Ist das etwa auch erblich? Was willst du damit sagen, Mama? Warst du früher eine Nutte? Soll ich es von dir geerbt haben?« Sie war so durcheinander, daß sie nicht einmal antworten konnte, es sah aus, als suchte sie etwas, vielleicht eine Waffe, dachte ich. »Wenn dir das mit der Nutte so große Sorgen macht«, fuhr ich fort, »dann vielleicht deshalb, weil du dich selbst wie eine Nutte fühlst. Weil du des Geldes wegen einen alten Kerl geheiratet hast.«

Mama kam mit einem Kleiderbügel auf mich zu, aber ich konnte nicht mehr aufhören. »Es gibt keinen großen Unterschied zwischen dir und einer Hure, nur daß eine Nutte sich nicht so verstellt.«

Und dann rannte ich weg, bevor sie mich einholen konnte, schlug die Tür zu und ging. Später bereute ich meine Worte und bat sie um Verzeihung. Ich sagte, daß ich so etwas gar nicht dächte, daß ich wisse, daß sie Daniel liebt, aber daß sie mich auf die Palme brächte und daß ich deshalb irgend etwas gesagt hätte, ohne nachzudenken. Wirklich, Mama, verzeih mir. Aber sie ist immer noch wütend, und darum regt sie sich über jede Kleinigkeit auf und hat mir auch heute bei Tisch eine Szene gemacht, als ich sie fragte, ob sie mir ihr Auto leihen könnte, weil ich in die Stadt wolle, zu einem Fest.

»Ein Fest? Wo denn? Bei wem?« Und schon wollte sie wieder über mich herfallen.

Aber sie konnte nichts sagen, weil sie Veronicas Eltern kennt. Es sind Freunde von ihr und Daniel, also »eine anständige Familie«. Und da suchte sie sich etwas anderes. Woher sie denn wissen könne, ob ich nicht nur kurz dorthin gehen und mich dann draußen herumtreiben würde? Ich allein im Auto, und noch dazu nachts. Und auch Daniel zeigte wieder dieses genußvolle Lächeln, das er immer aufsetzt, wenn Mama mich demütigt.

Jetzt kommt sie ins Zimmer und legt die Autoschlüssel auf den Nachttisch.

»Laß nur, ich gehe nicht, ich habe keine Lust«, sage ich.

Und plötzlich wird sie ganz sanft und redet mir zu, ich soll hingehen, ich werde mich bestimmt amüsieren und anständige Leute kennenlernen, anständigere als die, mit denen ich mich in letzter Zeit abgegeben habe. Mama hält meine Kommilitonen von der Universität für gefährlich. Sie hätte es lieber gesehen, wenn ich auf die Universität von Belgrano gegangen wäre und nicht auf die Universität von Buenos Aires. Sie konnte nicht begreifen, daß diese Uni längst kein Tummelplatz von Kommunisten mehr war. Bis Daniel es ihr sagte: Die Dinge haben sich geändert, Mariana, wer interessiert sich heute noch für den Kommunismus? Und dennoch, sie findet, daß ich dort nicht sicher bin.

»Luz, du mußt zu diesem Fest gehen und andere Leute treffen.«

Ich weiß schon nicht mehr, ob ich Lust habe hinzugehen, oder nicht. Das geht mir immer so, ich weiß nicht, was ich will, entweder, weil sie dagegen ist, oder dafür. Und ich bin wütend auf mich, weil ich mich immer nach ihr richte: Ob ich nun auf sie höre oder mich widersetze, das ist egal. Sie soll mir nichts mehr vorschreiben. Ich will nicht ihretwegen zu Veronicas Geburtstag gehen oder nicht hingehen. Ich überlege mir, nur kurz dort zu bleiben und mich dann irgendwo herumzutreiben, wie sie gesagt hat. Aber dann verwerfe ich den Gedanken. Was heißt das wohl, sich herumtreiben? Nein, danach werde ich sie nicht fragen. Ich will mich in nichts hineinziehen lassen. Ich habe zu gar nichts Lust.

Gabi ruft an, ich soll sie abholen. Sie geht auch zu dem Fest, und sie will mich überreden:

»Wenn wir uns langweilen, gehen wir einfach woandershin.«

Treiben uns irgendwo herum, denke ich, und die Vorstellung bereitet mir fast Vergnügen.

»Na gut«, sage ich, »ich komme um neun, wir essen etwas, und dann gehen wir.«

Ramiro wollte lieber bleiben, wo sie waren. Sie führten ein gutes Gespräch, und warum sollte man es unterbrechen, um zu einem Fest zu gehen, wo viele Leute sein würden, die er nicht kannte und auch nicht kennenlernen wollte.

»Ich muß hingehen«, sagte Rafael. »Veronica wird enttäuscht sein, wenn ich nicht komme. Es ist ihr Geburtstag. Na los, komm mit. Außerdem habe ich schon gesagt, daß du kommst.«

Er konnte sich nicht länger sträuben. Sie zahlten und gingen. Im Fahrstuhl bat ihn Rafael, ihn nicht stehen zu lassen, falls er ein Mädchen aufreißen sollte, wenigstens sollte er mit ihm gemeinsam das Fest verlassen.

»Bin ich etwa dein Kindermädchen?«

Nein, er wollte nur keine Schwierigkeiten mit seiner Ex-Freundin Veronica haben, die noch immer in ihn verliebt war.

»Du kannst beruhigt sein. Ich habe nicht vor, jemanden aufzureißen. Wir gehen, wann immer du willst.«

Sie sprachen ab, daß Ramiro eingreifen würde, falls Rafael in Probleme verwickelt würde. Er würde sagen, daß sie noch auf ein anderes Fest gehen müßten. Aber dann kam alles ganz anders, weil Ramiro Rafaels verzweifelte Gesten nicht einmal bemerkte. Er war zu sehr darauf konzentriert, mit Luz zu tanzen.

»Ich habe Ramiro beim Tanzen kennengelernt« – jetzt sieht sie so anders aus, so strahlend – »wir haben uns beim Tanzen ineinander verliebt.«

Um in Ramiros Nähe zu sein, ging Rafael tanzen, aber Veronica folgte ihm.

»Wolltest du Blödmann mir nicht zu Hilfe kommen und was von einem anderen Fest sagen? Worauf wartest du noch?« flüsterte er ihm zu.

Aber Ramiro folgte gerade mit den Augen einer Drehung von Luz und wartete nur auf den Moment, da er ihr die Hand genau an die richtige Stelle ihrer Hüfte legen würde. Rafael bekam keine Antwort, während Ramiro und Luz im Rhythmus der Musik ihre Bewegungen miteinander vereinten, als wollten sie das Tanzen neu erschaffen, neu erfinden. Ihre Körper entdeckten die Harmonie und das Vergnügen der Salsa. Und dann all der anderen Musik, die später gespielt wurde. Denn kaum hatten sie sich einander vorgestellt, hörten sie nicht mehr auf mit dem Tanzen. Sie hatten bereits die tropischen Rhythmen hinter sich, den Rock, und den Reggae, es war ein langer Weg gewesen. Irgendwann verlangte Rafael von Ramiro eine Antwort: Gehen wir nun, oder nicht?

Aber Ramiro sah ihn nicht einmal an, er ließ Luz' Körper, diesen Magneten, nicht aus den Augen und hörte nicht auf, ihren Bewegungen zu folgen.

»Geh doch allein. Oder bleib hier. Solange sie mich nicht stehenläßt, höre ich nicht auf zu tanzen.«

Aber so weit waren sie erst viel später. Beim Techno waren sie drauf und dran aufzugeben. Es klingt wie das Besetztzeichen im Telefon, sagte Ramiro, und Luz nickte, aber mit Ramiro gefiel ihr sogar die Techno-Musik.

Schließlich war es Luz, die als erste das Handtuch warf.

»Ich sterbe für eine Coca-Cola.«

Und er für einen Gin-Tonic. Und erst da erinnerte sich Ramiro an seinen Freund.

»Ich komme gleich. Ich will nur Rafael suchen.«

Er konnte ihn nirgends entdecken und hoffte, daß sein Freund schon gegangen war. Und während er im Wohnzimmer, auf dem Balkon, auf dem Flur und überall nach ihm Ausschau hielt, dachte er schon daran, wie er mit Luz dieses Fest verlassen, ihr näher kommen und sie küssen würde. Aber dann traf er im Flur auf Rafael, der den Anschein machte, als hätte er schon wer weiß wieviel getrunken.

»Tut mir leid«, sagte er.

Rafael legte ihm die Hand auf die Schulter und ging mit

ihm ins Wohnzimmer. Es brauche ihm überhaupt nicht leid zu tun, sagte er, im Gegenteil. Wären er und diese Kleine, toll sieht sie aus, nicht gewesen, dann hätte Rafael den Fehler seines Lebens begangen und Veronicas Geburtstagsfest verlassen. Und dann, den Kopf nach vorn geneigt und mit glänzenden Augen: Vero nimmt eine Dusche, damit sie wieder anständig aussieht. Sie sagt, man merkt es ihr immer an … den Sex, schrie er Ramiro ins Ohr. »Und wo ist die Tänzerin?« fragte er. »Ich will mich bei ihr bedanken.«

Luz mußte lachen, als Rafael ihr einen Kuß gab und begeistert auf sie einredete.

»Es freut mich, daß ich dir geholfen habe, dich mit Veronica zu versöhnen. Aber bedanken mußt du dich bei … o je, ich weiß nicht mehr, wie du heißt!«

»Nicht mal seinen Namen kennst du! Sieh ihn dir doch an! Glaub mir, ich kenne ihn schon seit Jahren, aber es ist das erste Mal, daß ich ihn so verliebt sehe.«

Als Vero zu ihnen kam, nahm Rafael sie in den Arm und sagte mit der Begeisterung eines Betrunkenen: Sieh sie dir an, Vero, die sind auch ganz verliebt! Das macht nur dein Geburtstag! Komm, wir gehen tanzen.

»Ich heiße Ramiro. Und du heißt Luz. Ich kann mich gut an deinen Namen erinnern.«

»Gestern abend ist es sehr spät geworden. Warst du anschließend noch woanders?«

Sie wollte sich schon wieder mit mir anlegen, aber ich war so gut gelaunt, daß ich nicht darauf einging.

»Nein, ich bin auf Veronicas Fest geblieben. Es war sehr lustig«, antwortete ich.

Und schon sah ich, daß sie wieder aufbrausen wollte und einen ihrer berühmten Sätze parat hatte. Aber ich tat ihr nicht den Gefallen, ihr zu widersprechen.

»Danke für das Auto, Mama.«

Und dann ging ich, ohne ihr die Gelegenheit zu einer weiteren Bemerkung zu geben. Heute nachmittag treffe ich mich mit Ramiro, und ich will mir nicht durch einen Streit mit Mama die Laune verderben lassen. Gestern, als Ramiro mit mir tanzte, war meine schlechte Stimmung zum Glück schon verflogen. Über dem lustigen Gespräch mit Gabi und später, bei der guten Musik, hatte ich den Streit mit Mama völlig verdrängt. Ich hatte, kaum daß ich auf dem Fest war, angefangen zu tanzen, ohne mit jemandem zu reden. Und auch Ramiro sagte kein Wort, sondern stellte sich einfach vor mir auf. Und dann war alles ganz toll. Er verfolgte wie in einem Spiegel meine Bewegungen, nahm mich an der Hand und ließ mich eine Drehung machen. Danach war ich es, die immer wieder nachmachte, was Ramiro erfand. Ich hatte das Gefühl, zu fliegen oder zu schwimmen und mit ihm immer neue Formen zu erschaffen, und sogar neue Körper. Und ich bin sicher, daß er das gleiche Gefühl hatte. Als er mit mir Salsa tanzte, seine Füße und meine Füße, seine Hüfte und meine Hüfte, das war, als hätten wir das alles seit Jahren geübt. Es war wunderbar. Als wir später etwas zusammen tranken, glaubte ich ihn schon ewig zu kennen. Vielleicht hatte ich deshalb das Gefühl, daß es stimmte, als sein Freund, Veros Verlobter, im Suff sagte, wir wären verliebt. Ich weiß nicht, ob Ramiro und ich an so etwas gedacht haben, das war lächerlich, ich wußte ja nicht einmal mehr, wie er hieß, aber in das gemeinsame Tanzen hatten wir uns wirklich verliebt.

Danach haben wir nur wenig miteinander gesprochen. Fast gar nicht. Das war seltsam. Aber es gefiel mir, daß er so wenig sprach, weil ich auf einmal dachte, schade, wenn so ein guter Tänzer sich als Blödmann entpuppen würde. Ich wollte, daß er mir weiter so gut gefiel, und während wir schweigend dasaßen und etwas tranken, stellte ich mir vor, wie er tanzte, weil ich diesen Zauber nicht zerstören wollte. Wir haben kaum Fragen gestellt. Ich weiß nicht, was er von Beruf ist oder wie alt er ist, aber ich weiß, daß er sich auf faszinierende Art bewegt und daß er sehr schöne Hände hat und Augen, die mehr verraten als alle Worte.

Es war gut, die ganze Zeit dazusitzen und zu schweigen.

Mir war es gar nicht peinlich, daß ich kein Gesprächsthema fand. Im Schweigen waren wir genauso eins wie beim Tanzen.

Etwas später, als jemand die Musik von Caetano Veloso aufgelegt hatte, stand ich auf und sah ihn an, und er legte mir die Hand um die Taille, und wir kamen wieder in diese Stimmung, die erst viel, viel später verflog. Es waren nur noch wenige Leute auf dem Fest, als ich schließlich sagte, ich müßte gehen.

»Ich bringe dich nach Hause«, sagte er sehr bestimmt.

»Nein danke, ich bin mit dem Auto hier.«

»Dann fahre ich mit dir.«

Ich lehnte ab und sagte, daß ich sehr weit weg wohnte, in Martínez.

»Das macht nichts.«

»Wie willst du dann wieder zurückkommen?«

»Ich komme schon klar.«

Mir gefiel seine Art, nie ein Wort zuviel zu sagen, und ich war froh, daß er mitkommen wollte. Auch im Auto sagte er kaum etwas, nur, daß ich genauso fahren würde, wie ich tanzte.

»Wie denn?«

»Na ja, so sicher. Mit dem richtigen Rhythmus. Und sehr beeindruckend.«

Als er meine Wange streichelte, spürte ich wieder, wie sehr er mir gefiel.

Und dann, als wir zum Fluß abbogen, sagte ich, daß wir gleich da seien, und er fragte, ob wir uns heute sehen könnten. Und dabei schrieb er sich schon meine Telefonnummer auf.

Ich wollte die Garage nicht öffnen, um keinen Lärm zu machen. Womöglich hörte uns Mama, und es fiel ihr ein, in diesem Moment aufzutauchen und Krach zu schlagen, weil es schon gegen Morgen war. Damit würde sie alles kaputtmachen. Ich schaltete den Motor ab und ließ das Auto bis kurz vor das Tor rollen.

»Fährst du nicht rein?« fragte Ramiro.

»Nein, ich bin zu faul.«

Er gab mir einen leichten Kuß, so leicht wie seine Worte,

326

und dann, ich weiß nicht, ob es war, weil ich ihn ansah, oder ob er es sich einfach anders überlegte, plötzlich wurde daraus ein langer und feuchter Kuß, bei dem mir ganz schwindlig wurde.

Ich stieg aus dem Auto und ging schnell rein, ohne ihn anzusehen. Ich blieb wie benommen hinter dem Tor sitzen und wartete und betrachtete den Himmel, der um diese Zeit wunderschön aussah. Und erst als ich meinte, daß Ramiro schon weit entfernt sein mußte, fuhr ich das Auto in die Garage, sonst hätte Mama mir heute Vorwürfe gemacht.

»Luz, Telefon!«

Wir wollen uns auf der Plaza San Isidro treffen. Um sieben. Er wollte mich abholen, aber das will ich nicht. Mama und Daniel gehen heute nicht aus, und ich will keine Schwierigkeiten haben: Womöglich will Mama wissen, wer er ist. Und ich habe doch keine Ahnung, was er für einen Nachnamen hat, was er macht oder wo er wohnt. Nichts von alldem, was für sie wichtig ist. Und ganz sicher wird sie Ramiro aus irgendeinem Grund nicht mögen.

Während der ersten drei Monate, in denen sie sich mit Ramiro traf, log Luz weiter, obwohl sie nicht einmal wußte, warum. Sie war sich nicht sicher, welchen Eindruck Ramiro auf Mariana machen würde. Allein der Gedanke, daß sie seine Eigenschaften aufzählen müßte, nur um dann zu hören, welche ihre Mutter akzeptieren würde, allein dieser Gedanke machte sie krank. Aber sie würde nicht ganz darum herum kommen. Daß er in Palermo wohnte, würde ihre Mutter sicher gut finden. Luz hatte seine Wohnung, seine Mutter und deren Mann kennengelernt und nichts gefunden, was Mariana mißfallen könnte. Nur würde sie ihr nie sagen, daß sie bereits mit Ramiro geschlafen hatte und daß seine Mutter sie morgens, als sie sich in der Küche begegneten, ganz natürlich begrüßt hatte. Darin, daß Ramiros Vater tot war und seine Mutter wieder geheiratet hatte, würde Mariana nichts Schlechtes sehen, ihr war es schließlich genauso gegangen. Ramiros Vater ist auch ermordet worden, aber nicht bei einem Raubüberfall. Die Militärs haben ihn umgebracht, als Ramiro fünf Jahre alt war. Und wie soll sie Ramiro sagen: Wenn du Mama kennenlernst, erzähl ihr lieber nichts davon, sie ist die Tochter eines Militärs, der »wegen Befehlsnotstands davongekommen ist«, wie ihre Freundin Natalia gesagt hatte.

»Ich wußte nicht mal, was das war. Ich war elf Jahre alt, als das Gesetz über den Befehlsnotstand erlassen wurde. Und du kannst dir vorstellen, daß darüber bei uns zu Hause nicht gesprochen wurde. Oder vielleicht doch, aber ich habe nicht zugehört. Bei Natalia, einer Schulfreundin, wurde sicher viel darüber gesprochen, denn als sie sich eines Tages, ich weiß nicht mehr, warum, mit mir stritt, sagte sie zu mir: Sei bloß still, dein Großvater ist einer von diesen Hurensöhnen, die wegen Befehlsnotstands davongekommen sind. Als ich Mariana fragte, was Befehlsnotstand ist, fragte sie, wo ich das herhätte und unterzog mich einem Verhör, bei dem ich schließlich Natalia verteidigte, obwohl wir völlig zerstritten waren. Natalias Eltern hatten Mama und auch Alfonso und Amalia bei den Sportfesten in der Schule kennengelernt. Sie kamen fast immer dorthin, um mich zu sehen.«

»Sportfeste?« unterbrach sie Carlos. *»Auf welcher Schule warst du denn?«*

»Saint Cathérine.«

»Und was hat sie über den Befehlsnotstand gesagt? Was war ihre Version?«

»Mariana erklärte mir gar nichts. Sie sagte, Leute, die so etwas sagten, wären einen Dreck wert. Sie wären Aufrührer, und sie verbiete mir strengstens, mit Natalia zu sprechen. Es sei eine Schande, daß so ein Mädchen auf dieselbe Schule gehe wie ich.

Natalia selbst hat mir später alles erklärt. Sie bereute, was sie zu mir gesagt hatte und bat mich um Verzeihung. Sie sagte, sie habe bei sich zu Hause davon reden gehört. Auch ihre Mutter sehe es nicht gern, daß sie meine Freundin sei, aber ihr sei unsere Freundschaft nicht verboten worden wie mir. Ich bat sie, mir alles zu erklären, weil ich nicht wußte, worum es ging. Sie erzählte mir ihre Version, die Version einer Dreizehnjährigen, die in einer Familie aufgewachsen war, die, ich weiß nicht warum, eine ganz andere Einstellung hatte als meine. Nach dieser Epi-

sode war ich verwirrt, ich verstand nicht viel von dem, was Natalia mir sagte, aber seitdem fühlte ich mich jedesmal, wenn ich Alfonso sah, unbehaglich. Obwohl er immer sehr liebevoll zu mir war. Mariana zu fragen war unmöglich, und ich hatte nicht den Mut, mit Alfonso oder mit Amalia zu sprechen. Jedenfalls verstand ich das alles erst später, als ich mit Ramiro zusammen war. Und das war ein weiteres Glied in der Kette, die ich zusammensetzte und durch die ich begann ... mich zu suchen ... mich selbst zu suchen.«

Ramiro erzählte ihr voller Schmerz, wie sein Vater verschwunden war. Seine Eltern hatten sich zwei Jahre zuvor getrennt, aber sein Vater, »ein genialer, wunderbarer Mensch«, wie Ramiro sagte, hatte ihn immer abgeholt, und zwei- oder dreimal hatte seine Mutter ihn zu ihm gebracht, das letzte Mal in ein Haus in El Tigre, in dem sein Vater sich versteckt hielt.

»Ich weiß noch, daß Papa und Mama sich zum Abschied umarmten. Und ich erinnere mich daran, wie Mama es mir sagte. Sie sagte nicht, daß er tot war, sondern daß man ihn gefaßt hatte und wir ihn wahrscheinlich nie mehr sehen würden. Sie hatten sich getrennt, aber sie hatten sich noch immer gern.«

Nachdem sein Vater spurlos verschwunden war, ging Ramiro mit seiner Mutter nach Mexiko ins Exil, wo sie bis 1984 lebten. Dort heiratete Marta, seine Mutter, ihren jetzigen Mann Antonio. Auch er war ein argentinischer Emigrant.

»Was mir Ramiro über sein Leben erzählte, eröffnete mir eine andere Sicht auf die Geschichte meines Landes. Er war es, der mir unbewußt den Anstoß zu meiner Suche gab, wenn er sich auch wunderte, wie besessen ich von der Idee war« – Luz lächelte. »Natürlich war das nicht seine Absicht gewesen, er hatte mir nur einen Teil seines Lebens vermittelt, das, was er von klein auf zu Hause gehört hatte, und das war eine andere Geschichte, eine andere Art zu sprechen, eine andere Sicht auf die Welt. Vor allem ein anderes Maß an Freiheit und an Information.«

Sie waren bei Ramiro zu Hause, als er ihr erzählte, was für eine einschneidende Erfahrung es für ihn gewesen war, als er mit vierzehn Jahren an einer Sitzung des Prozesses gegen die Militärs teilgenommen hatte und wie er die Prozeßprotokolle, die 1985 veröffentlicht wurden, gelesen, ja geradezu verschlungen hatte, während die Urteile gesprochen wurden. Das war für ihn eine Möglichkeit gewesen, seinen Vater besser kennenzulernen oder ihn irgendwie zu rächen.

Begierig verschlang Luz seine Worte und Gesten. Tiefbewegt erlebte sie noch einmal mit ihm jenen Nachmittag, an dem die Militärs, diese verfluchten Hurensöhne, zu lebenslanger Haft verurteilt wurden. An diesem Nachmittag hatte er mit seiner Mutter und mit Antonio angestoßen.

»Natürlich, später kam dann das Gesetz über den Befehlsnotstand. Und danach der Schlußpunkt und der Freispruch. Man hat sie freigesprochen, nachdem sie vom Gericht verurteilt worden waren, begreifst du? Dieser Kretin von Menem! In unserem Land grassiert die Amnesie!«

Befehlsnotstand. Ihre Freundin Natalia. Wie vertrieben durch dieses Wort, erhob sich Luz von Ramiros Bett und setzte sich ihm gegenüber auf den Fußboden.

»Was war das, dieses Gesetz über den Befehlsnotstand?«

»Aber Luz, wo lebst du eigentlich?«

»Ich möchte, daß du es mir genau erklärst. Ich war damals noch sehr klein.«

»Das Gesetz über den Befehlsnotstand wurde 1987 erlassen, und es bedeutet, daß Hunderte von Folterknechten und Mördern in Freiheit sind. Sie sind für ihre Taten nicht verantwortlich, weil sie nur Befehle befolgt haben. Als ob man jemanden zwingen könnte, so abscheuliche Grausamkeiten zu begehen!«

Sie sprach so leise, daß Ramiro sie noch einmal fragen mußte, weil er nichts verstanden hatte. Und sicher war es die Verzweiflung in ihrem Gesicht, die ihn bewegte, zu ihr zu gehen und sie in die Arme zu schließen.

»Was ist mit dir, Liebste? Was hast du?«

Luz wandte sich ab und sagte:

»Mein Großvater, Mamas Vater, ist einer von denen. Dank des Befehlsnotstands ist er davongekommen.«

Scham, ja. Ich schämte mich, es ihm zu sagen, aber ich war auch unendlich erleichtert. Ich konnte das alles, was Ramiro mir erzählte, nicht mitanhören, ihm dabei nahe sein und dieses Gefühl für ihn empfinden, wenn ich vor ihm geheimhielt, daß mein Großvater so ein »Hurensohn vom Militär« ist. Zunächst nahm Ramiro den Arm von meiner Schulter, stand auf und wandte mir den Rücken zu, und dann dieser lange, ernste Blick, dem ich ohne ein Wort zu sagen standhielt. Und obwohl er so reagierte, bin ich froh, daß ich es ihm gesagt habe. Nun habe ich nicht mehr das Gefühl, daß ich ihn betrüge wie vorher, als ich versuchte, mich zu verstellen und ihm zu verschweigen, was ich zu Hause gehört habe, oder besser gesagt, was ich nicht gehört habe. Was wußte Ramiro bis gestern von mir, von meinem Leben? Daß ich mit Mama nicht auskomme, daß sie sich über die Jungen, die mir gefallen, aufregt, daß es mir deshalb lieber ist, wenn sie Ramiro nicht kennenlernt, und daß ich in Martínez wohne. Nachdem ich mein Geständnis abgelegt hatte, fühlte ich zum ersten Mal, daß ich ich selbst war. Ganz gleich, wessen Tochter und Enkelin ich war, ich war aufrichtig und frei, genauso wie beim Tanzen oder wenn wir uns lieben.

»Wirklich Luz, es ekelt mich an, daß du die Enkelin von Dufau bist. Kannst du das verstehen?« fragte Ramiro. Ich zuckte nur die Achseln. Mir fiel keine Antwort ein. Was konnte ich denn tun? Es tat mir weh, was er sagte. Aber ich bin nicht mein Großvater, ich bin ich.

Ich saß auf dem Teppich und sagte kein Wort. Und Ramiro schlug vor Wut mit der Hand auf den Schreibtisch.

»Ich bin ein Dummkopf! Das hätte ich nicht sagen dürfen. Aber ich weiß nicht ... das ist mir noch nie passiert, ich hatte noch nie etwas mit jemandem zu tun, der eine Verbindung zu den Militärs hat. Und weißt du, Luz, dein Großvater war ... Du weißt doch, was dein Großvater getan hat, oder etwa nicht?«

Ich schüttelte den Kopf, und ich haßte mich dafür, daß ich nie Genaueres erfragt hatte. Ich glaube, nachdem Natalia mir das gesagt hatte, wollte ich überhaupt keine Einzelheiten mehr wissen. Ramiro fragte mich jetzt eine Menge Dinge, von denen ich keine Ahnung hatte. Ich fühlte mich ganz elend, und als er mich umarmte, spürte ich, daß er mich liebte, daß aber zwischen uns nichts sein konnte, und das sagte ich ihm.

Während ich auf ihn einredete, küßte ich ihn immer wieder, und er erwiderte meine Küsse, aber dann rückte er von mir ab und entschuldigte sich damit, daß er sich nicht gut fühlte. Er mußte nachdenken und allein sein und wollte mich lieber nach Hause bringen.

»Nein, wozu denn? Ich gehe allein.«

Ich nahm meine Tasche mit den Büchern und ging. Obwohl ich vom Fahrstuhl aus hörte, wie er nach mir rief, verließ ich das Gebäude. Aber dann holte er mich an der Straßenecke ein und bat mich, nicht so wegzugehen, ich sollte nicht böse sein, es war eine sehr große Überraschung für ihn, deshalb hatte er so scharf reagiert. Als wir dann zusammen in ein Café gingen, erzählte ich ihm viel von meinem Leben, von Mama und Daniel, von Dingen, die mich früher beschämt hatten, die ich aber jetzt offen aussprechen konnte, nachdem sie mich seit einer Ewigkeit belastet hatten. Es war, als könnte ich nur damit fertig werden, indem ich mit Ramiro darüber sprach. Und da war auch so etwas wie der Gedanke: Egal, was ich sage, liebe mich trotzdem, oder liebe mich nicht.

Und er liebt mich, ja, er liebt mich. Wir blieben bis vier Uhr morgens zusammen. Wir liebten uns. Und es war wunderbar, sensationell, beeindruckend, besser als jemals zuvor. Und ich bin sicher, daß es so war, weil ich die Maske abgenommen habe, weil ich jetzt wirklich ich selbst bin, nachdem ich ihm alles gesagt habe, was ich in mich hineingeschluckt hatte, ohne mir dessen bewußt zu sein. Und ich spürte etwas Neues, etwas sehr Starkes. Vielleicht, weil so viel zwischen uns passiert war. Wir waren jetzt nackter, verzweifelter.

Als er mich nach Hause brachte, sagte er mir, daß ich ihn heute hereinbitten soll, wenn er mich abholen kommt. Er findet es absolut dumm von mir, noch weiter zu lügen, und er hat recht. Wenn es gut ist, was zwischen uns besteht, warum soll ich es verbergen?

Gestern abend fand ich das alles ganz richtig, aber jetzt habe ich eine Todesangst.

Einmal hat Mama einen Anruf von ihm entgegengenommen und mir später Fragen gestellt. Und ich habe gesagt, Ramiro sei ein Freund von Vero. Ich tat so, als hätte er überhaupt nichts mit mir zu tun. Ich habe sie ständig belogen. Und noch immer erfinde ich jedesmal, wenn ich mit ihm zusammen bin, irgendeine neue Lüge.

Aber Mariana reagierte beim Kennenlernen ganz anders, als es sich Luz und Ramiro vorgestellt hatten. Am Tag darauf stellte sie die üblichen Fragen, auf die Luz nur kurz antwortete, damit Mariana sich nicht aufregte. Und obwohl sie Ramiro versprochen hatte, nicht mehr zu lügen, machte sie Ausflüchte. Sie verschwieg alles, worauf Mariana schlecht reagiert hätte, und betonte das, was sie beruhigen würde: Er sei ein Freund von Veronica, wiederholte sie, der Tochter ihrer engen Freunde. Er sei künstlerischer Mitarbeiter einer Werbeagentur, und er verdiene gut.

Es war ein Glück für Luz, daß Mariana sie einigermaßen in Ruhe ließ, weil sie mit der Vorbereitung einer langen Reise in die Karibik beschäftigt war. Luz war besonders freundlich zu ihr und lächelte sogar häufig.

»Du wirkst so zufrieden, Luz, was ist los mit dir? Bist du krank?« scherzte Daniel beim Essen.

Auch Mariana sah sie prüfend an, offensichtlich suchte sie nach Spuren in ihrem Gesicht, die ihr mißfallen könnten. Luz konnte die Geste, die sie bereits parat hatte, gerade noch unterdrücken.

»Was ist? Ist was mit dir?«

Das Klingeln des Telefons verhinderte, was bereits in der Luft lag und, wie Luz befürchtete, beinahe dazu geführt hätte, daß Mariana sie während ihrer Abwesenheit zu Alfonso und Amalia oder zu einer der beiden Zwillingsschwestern geschickt hätte. Aber das hätte sie nicht hingenommen. Dann hätte sie Ramiro nicht sehen können. Aber Mariana kam ganz aufgeregt vom Telefon zurück.

»Offenbar hatte sie einen Erfolg verbucht. Vielleicht hatte sie einen Platz auf dem besten Kreuzfahrtschiff in der Karibik ergattern können, oder sie hatte ein Zimmer in einem ganz besonderen Hotel reserviert, irgendeine dieser Nichtigkeiten, die sie glücklich machen. Jedenfalls war ihr die Sache so wichtig, daß sie mich darüber völlig vergaß. Und so bin ich davongekommen. Sonst wäre ich heute wahrscheinlich bei meinen Großeltern.«

»Und bei denen hätte ich dich ganz bestimmt nicht besucht«, sagte Ramiro.

Kapitel vierzehn

Heute hat Mama angerufen und gesagt, daß sich ihre Rückkehr um zwei Wochen verzögert. Was für eine Freude! Von mir aus könnte sie sich um zwei Jahre verzögern. Wären die beiden hier gewesen, hätte ich nie so oft mit Ramiro zusammensein können. Lernen, essen, tanzen, miteinander reden, Liebe machen, schlafen – alles mache ich bei Ramiro zu Hause. Ich weiß nicht, was ich tue, wenn sie wiederkommen, es wird unglaublich schwer werden.

Ramiro war bei seinen Eltern ausgezogen und hatte eine Wohnung in Belgrano gemietet. Luz half ihm beim Umzug. Sie waren stundenlang zusammen, oft bis zum Morgen, bis Luz in aller Eile nach Hause ging, um dort zu sein, bevor die Hausangestellten wach wurden. Es war völlig absurd, mit dieser Lüge zu leben, dachte Ramiro. Es war falsch.

»Hör auf mit diesem Blödsinn, Luz, werde endlich erwachsen. Wenn du es dort nicht aushältst, dann geh. Es ist wirklich das Beste, was du tun kannst: von zu Hause weggehen.«

»Und wie? Mit welchem Geld? Glaubst du, sie geben mir was?«

»Du kommst zu mir.«

»Nein, ich werde nicht bei dir wohnen, um von zu Hause wegzukommen.«

»Warum? Würde dir das nicht gefallen? Würdest du nicht gern immer mit mir aufwachen, mit mir schlafen, alles mit mir teilen?«

Das Lächeln, das ihr Gesicht erhellte, verlosch sofort wieder.

»Nein, das sagst du nur, weil du mich vor meiner Familie retten willst.«

»Das auch. Aber nicht nur darum. Egal, ob es Wahnsinn ist, ich fühle so und ich will es so haben.«

Luz wollte es auch, aber es war unmöglich. Mariana war imstande, sehr weit zu gehen, sogar bis zum Richter.

Ramiro glaubte ihr nicht: Das sagt sie doch nur, um dir angst zu machen. Das ist nur Gerede.

Luz wußte sehr gut, daß es nicht nur Gerede war. Dennoch lohnte es sich, das Risiko einzugehen. Sie fragte Ramiro, ob er die Szenen aushalten könnte, die Mariana ihnen wahrscheinlich machen würde. Sie würde sich nicht wundern, wenn sie hier oder bei Ramiros Eltern auftauchen und einen höllischen Skandal machen würde. Luz wollte nicht, daß ihr Zusammenleben, das sie sich als ein einziges Fest vorstellte, durch die schmutzige und gespannte Atmosphäre verdorben würde, die ihre Mutter verbreitete.

»Hörst du, was du sagst, Luz? Du hast es selbst gesagt: ›diese schmutzige und gespannte Atmosphäre‹. Wie kannst du dann dort leben?«

Und außerdem glaubte Ramiro, daß sie übertrieb. Sie war schließlich ihre Mutter, und die würde sie nicht wie eine Verbrecherin behandeln und bis zum Richter gehen.

Als Ramiro seiner Mutter von ihrem gemeinsamen Entschluß erzählte, wurde Marta sehr ernst.

»Sei vorsichtig, Ramiro, ihre Mutter ist die Tochter von Dufau. Zum Glück kennst du diese Leute nicht.«

Natürlich war sie einverstanden: Ich finde es wunderbar, daß ihr euch liebt. Was macht es schon, wenn ihr euch noch nicht so lange kennt? Wenn ihr euch liebt und zusammenleben wollt, warum nicht? Was mir Sorgen macht, ist das andere, diese Scheißfamilie, aus der Luz kommt. Das macht mir angst. Sie könnten dich besudeln.

Luz war sich nicht so sicher, aber nach und nach überzeugte Ramiro sie: Es würde nicht so dramatisch werden, wie sie es sich vorstellte, und außerdem würden sie so glücklich sein, daß es ihnen nichts ausmachen würde, wenn sie am Anfang ein paar Schwierigkeiten hätten. Zu ihrem Geburtstag würden sie ein Fest mit all ihren Freunden veranstalten, sie würden bis zum Morgengrauen tanzen. Das ganze Leben würde ein Fest sein, wenn sie zusammenlebten.

Einen Tag vor Marianas Rückkehr kam Luz mit ihrer Reisetasche zu Ramiro. Sie hatte nicht weggehen wollen, bevor sie wieder zurück waren. Sie hatte beschlossen, die Wahrheit zu sagen, Mariana ihren Entschluß offen mitzuteilen und ihr die Gelegenheit zu geben, ein wenig Gefühl zu zeigen, ein Minimum an Einfühlungsvermögen. Sie hatte alles geplant. Zuerst würde sie von der Liebe sprechen. Sie würde sagen, daß sie glücklich ist, weil sie die Liebe entdeckt hat. Ihre Mutter muß doch auch einmal in ihren Vater verliebt gewesen sein. Hatten Mariana und Eduardo sich geliebt? Sie hatte nie davon gesprochen. Und um der Liebe und der Wahrheit willen wolle sie Mariana nicht belügen: Ramiro und sie hätten beschlossen, zusammenzuleben, und zwar ab sofort.

Mamas Reaktion auf meine ersten Worte ließ mich meinen Vorsatz vergessen, eine vertrauliche Ebene mit ihr zu finden und einen Ton, der mir die Frage erlaubt hätte, ob sie jemals in Papa verliebt gewesen war.

»Ja, Eduardo hat Mariana geheiratet, aber gut, das muß nicht heißen, daß er so war wie ihre Eltern. Wahrscheinlich war er sehr verliebt in sie.«

»Ich hätte mich niemals in die Tochter eines Militärs, eines Sadisten, verlieben können.«

»Ramiro hat sich in eine verliebt, die er für die Enkeltochter von Dufau hielt, und er wußte genau, wer Dufau war.«

»Das ist eine andere Generation, oder vielleicht hast du dich anders verhalten. Aber Eduardo hat Mariana geheiratet.«

Luz sah ungehalten weg. Carlos gab sich Mühe, diesen Ärger, diesen Groll, diese Eifersucht loszuwerden. Ja, es fiel ihm vielleicht schwer, dieses Wort zu akzeptieren, aber er war eifersüchtig auf Eduardo. Es störte ihn, daß Luz ihn liebte und ihn in Schutz nahm.

»Und doch hat dieser Mann, der Mariana geheiratet hat, sein Leben aufs Spiel gesetzt, um meine Herkunft herauszufinden. Und du, der niemals die Tochter eines Militärs geheiratet hätte, dafür aber dasselbe Blut hast wie ich, - was hast du für mich getan?«

337

Das hatte gesessen. Carlos versuchte gar nicht erst, sich zu verteidigen, sondern legte nur schüchtern seine Hand auf die ihre. Er meinte, er würde noch Zeit finden, ihr dieses Gefühl auszutreiben und andere Gefühle in ihr zu wecken. Und in diesem Moment fühlte er sich wie ihr Vater.

Nein, es ist nicht möglich, mit dieser Frau zu reden. Gerade habe ich ihr gesagt, daß ich verliebt bin, daß ich die Liebe entdeckt habe. Und im selben Moment stellt sie fest, daß das Sofapolster einen Fleck hat, und sie ruft aufgeregt nach dem Dienstmädchen, das ihr eine Erklärung dafür geben soll. Seit fünfzehn Minuten höre ich mir diese Diskussion über den Fleck an, über den Fleckenreiniger, über diese Unachtsamkeit, das Tablett auf das Sofa fallen zu lassen. Ich muß mich kürzer fassen.

»Was hast du gesagt, Luz? Ach ja. Und in wen hast du dich verliebt?«

»In Ramiro«, antworte ich, während sie versucht, den Fleck aus dem Polster zu reiben. »Erinnerst du dich an Ramiro? An den Jungen, den ich dir vor deiner Reise vorgestellt habe?«

»Ja.« Nicht einmal ein Blick. »Siehst du das? Er geht nicht raus. Und diesen Stoff kann man nicht mehr auftreiben. Er ist aus England, und er wird nicht mehr importiert.«

Wozu noch länger warten?

»Ich ziehe zu Ramiro, Mama. Noch heute.«

Endlich habe ich ihre Aufmerksamkeit geweckt. Mama schrickt auf, sie stellt sich vor mich und sagt mit vor Wut funkelnden Augen:

»Du bist verrückt, Luz. Was soll das heißen?«

»Du hast es doch gehört. Ich ziehe zu Ramiro. Ich bin nicht früher weggegangen, weil ich es dir sagen wollte. Ich wollte weggehen, nicht fliehen«, sage ich, schon in der Tür.

Aber ich kann nicht gehen. Sie packt meinen Arm, ich spüre ihre Fingernägel in meiner Haut. Sie stößt mich ins Wohnzimmer. Ich weiß schon nicht mehr, was sie sagt. Vorwürfe, Drohungen, ein aufgeregtes Gerede, das ich weder verstehen noch einen Moment länger ertragen kann. Ich fliehe die Treppe hinunter, während ich ihr Geschrei und ihre Rufe

338

hinter mir höre. Und dann, bevor ich die Tür schließe, ruft sie: »Du setzt keinen Fuß mehr in dieses Haus!«

Ist auch besser so, sagte ich mir. Aber schon gestern nacht konnte ich nicht gut schlafen, ich habe geweint. Ramiro meinte, das sei nicht schlimm, das sei logisch, wir hätten doch gewußt, daß es nicht leicht werden würde. Er will auf keinen Fall von mir belogen werden, ich soll nicht meinen, ihm eine Fröhlichkeit vortäuschen zu müssen, die ich nicht fühle. Ich dachte unaufhörlich an Mamas Rache. Was würde sie tun? Sie kannte nicht einmal Ramiros Adresse und Telefonnummer. Ich hätte es vorgezogen, nicht auf diese Weise von ihr fortzugehen. Aber was für eine Wahl hat sie mir denn gelassen? Ich war wütend, weil ihr der Fleck auf dem Polster wichtiger war als das, was ich ihr zu sagen hatte. Und dann dieses ganze Geschrei, dieses dumme Gezeter.

Das erste Zeichen kam am nächsten Morgen, als Veronicas Mutter anrief, die Freundin von Mariana. Sie hatte sich von Rafael die Telefonnummer geben lassen.

Sie fragte Ramiro, warum sie sich so verhielten. Er mußte Mariana verstehen, sie kannte ihn kaum und wußte nicht einmal, wo er wohnte. Und außerdem war Luz erst achtzehn.

»Und Veronica? Sie darf das Wochenende mit Rafael verbringen«, argumentierte Ramiro. »Luz darf gar nichts, alles wird ihr verboten, ihr blieb nichts anderes übrig, als zu gehen.«

Sie teilte ihm mit, daß sie mit seiner Mutter sprechen würde, wenn er nichts dagegen hätte. Nein, überhaupt nichts.

Seine Mutter würde es diesem Weib schon geben, dessen war er sich sicher, sagte Ramiro wütend zu Luz.

Aber nicht Veronicas Mutter rief bei Marta an, sondern Mariana persönlich.

»Verzeihen Sie, Señora ... ich kenne Ihren Namen nicht. Ein Beweis mehr dafür, was das alles für eine Ungeheuerlichkeit ist. Ich bin die Mutter von Luz. Wissen Sie, daß Luz bei Ihrem Sohn wohnt?«

»Ja, das weiß ich.«

Beide versuchten sich zu beherrschen. Mariana konnte nicht auf die Hilfe dieser Frau verzichten. Eine anständige Frau, die sicher vernünftig sein und ihr helfen würde, hatte ihre Freundin, Veronicas Mutter, gesagt. Wenn Marta sich beherrschen mußte, dann deshalb, weil sie nur allzusehr wünschte, Mariana zum Teufel zu schicken, mit der Tochter von Dufau abzurechnen hieße, mit ihnen allen abzurechnen, gelobt wäre der Tag, an dem sie das tun könnte. Aber sie würde sich nicht von diesem Wunsch überwältigen lassen. Schon wegen Ramiro, sie wollte ihrem Sohn keine Schwierigkeiten machen.

Mariana schlug ihr vor, sie aufzusuchen, bevor sie den Richter anrufen würde. Sie zöge es vor, das Ganze unter sich zu regeln, von Frau zu Frau.

»Den Richter? Warum denn?«

»Luz ist noch minderjährig. Ich nehme an, Ihr Sohn nicht, er ist wohl schon über zwanzig.«

»Vierundzwanzig. Warum?«

Mariana ärgerte sich über diese Frage. Sie war nahe daran, grob zu werden, aber dann dachte sie sich, daß diese Frau die Sache sicher auch für eine Verrücktheit hielt, nur sah es für sie anders aus, weil sie die Mutter des Mannes war, es war ihre Tochter, die wie ein Flittchen dastand.

»Aber dazu habe ich sie nicht erzogen, glauben Sie mir«, erklärte sie Marta, die immer ärgerlicher wurde und kurz davor war, in die Luft zu gehen.

»Das ist nicht mein Problem, sondern Ihres. Ich denke nicht daran, Sie zu treffen, weder bei Ihnen noch bei mir.« Dufaus Tochter würde ihre Wohnung nicht betreten. »Ich glaube, das ist allein Sache der jungen Leute. Sie müssen selbst entscheiden.«

Marta war hin und her gerissen zwischen ihrer Lust, Mariana weh zu tun, und ihrem Wunsch, ihrem Sohn soviel wie möglich zu helfen. Ihr Tonfall wurde sanfter.

»Hör mal, wie heißt du eigentlich?«

340

»Mariana.«

»Beruhige dich erst einmal, Mariana. Man muß es auch nicht so dramatisch sehen. Sie sind nun mal auf diese Idee gekommen, und wenn sie sich geirrt haben, werden sie die Konsequenzen ziehen. Sie sind noch jung. Das Dümmste wäre, sich gegen sie zu stellen.«

»Findest du es etwa richtig? Meinst du, daß ich es hinnehmen muß? Hör mal, ich weiß nicht, wie du deinen Sohn erzogen hast, aber Luz ist nicht wie diese Mädchen, mit denen er wahrscheinlich sonst Umgang hat.«

»Mach doch, was du willst« – ihre Geduld war am Ende, noch ein Satz, und sie würde ausfallend werden – »ich denke nicht daran, mich einzumischen. Adiós.«

Marta hatte kaum aufgelegt, als sie schon Ramiro bei der Werbeagentur anrief und ihm alles erzählte.

»Sei vorsichtig, Liebling. Luz kann das alles teuer zu stehen kommen. Warum wartet ihr nicht ein wenig? Luz ist noch so jung.«

Ramiro war wütend. Er konnte es nicht glauben. Was hatte dieses Weib wohl zu seiner Mutter gesagt, wenn die jetzt der Meinung war, daß Luz besser wieder nach Hause zurückkehren sollte? Nach allem, was er ihr über diese Familie erzählt hatte?

»Ist sie nicht eine schreckliche Frau? Was willst du eigentlich? Soll ich etwa nicht zu Luz halten?«

»Du hast recht, Ramiro. Aber sei vorsichtig. Sie hat mir angst gemacht.«

Den ganzen Nachmittag über war Marta ganz außer sich. Sie rief Ramiro nochmals an und fragte, ob sie zu Besuch kommen könne. Und dann schlug sie ihnen vor, sich ein paar Tage bei ihr zu Hause versteckt zu halten, bis sich alles beruhigt hätte. Luz fand die Idee gut: So wie ihre Mutter beschaffen war, würde sie nie vermuten, daß sie bei Ramiros Mutter wohnten.

»Nein, ich denke nicht daran, mich aus meiner Wohnung zu rühren. Warum sollen wir uns verstecken?« fragte Ramiro

341

empört. »Seid ihr beide verrückt geworden? In welchen Zeiten leben wir denn, Mama? Was ist los mit dir?«

»Ich weiß nicht. Es ist wie ein Hauch aus der Vergangenheit, der Schrecken aus diesen grausamen Zeiten. Deine Mutter hat mir angst gemacht ... wie damals.«

Für mich war es furchtbar, zu begreifen, daß Marta durch das Gespräch mit Mama an diese, wie sie sagte, grausamen Zeiten erinnert wurde. Ich habe das nicht verstanden, weil ich es nicht erlebt habe, und sie hat versucht, es mir zu erklären. Was ich aber erlebt habe, ist die Angst vor Mama, die ich auch jetzt verspüre. Und nun kommt mir ein Gedanke, der meine Angst noch größer werden läßt. Was macht Mama, wenn sie Probleme hat? Sie ruft ihre Eltern an. Und wenn Alfonso auf die Idee kommt, sich einzumischen? Wenn mein Großvater Ramiros Mutter aufsucht?

»Ich gehe lieber nach Hause zurück, Rami. Ich wollte bei dir bleiben, aber ich kann doch nicht so viele Leute mit hineinziehen. Sieh doch, wie es deiner Mutter geht. Ich wollte ein Fest, wie wir es uns vorgenommen haben, aber nicht so was. Ich gehe lieber.«

Das würde er mir auf keinen Fall erlauben. Er war jetzt wütend auf seine Mutter, weil sie mir noch mehr Angst gemacht hatte. Die Ärmste, sicher hat sie das nicht mit Absicht getan, sie will uns doch helfen. Aber ihre Haltung ist, offen gesagt, lächerlich. Wir leben im Jahr 1995 und nicht 1976. Und seit sie uns besucht hat, hast du noch mehr Angst bekommen.

»Du wirst nicht von hier weggehen. Keine Angst, Liebste, es passiert schon nichts. Ich beschütze dich.«

Aber ich gehe trotzdem. Noch so eine Nacht ertrage ich nicht. Ich wage nicht einmal, Ramiro zu sagen, was mir in bezug auf Alfonso durch den Kopf geschossen ist. Darum schreibe ich ihm einen Brief, bevor ich gehe.

Mariana hatte Amalia in allen Einzelheiten von dem Gespräch mit Marta berichtet. Es war Zeit zu handeln. Sie wollte den

Skandal, den der Gang zum Richter heraufbeschwören würde, vermeiden. Amalia versprach, gleich zurückzurufen, und beschwor sie, nichts zu übereilen.

Alfonso war damit einverstanden, sich persönlich der Sache anzunehmen. Es war das beste. Sie konnten Daniel nicht mit einer so unangenehmen Sache belasten, schließlich war es ja nicht seine Tochter. Was für eine Schande!

Er würde selbst zur Mutter des Jungen gehen und mit ihr sprechen. Er würde ihr klarmachen, welche Schwierigkeiten ihr Sohn bekommen konnte, wenn er weiter mit Luz zusammenblieb. Es schien ihm besser, direkt mit der Mutter zu reden. Er wußte, was er ihr sagen mußte, damit sie ihren Sohn überredete, Luz aufzugeben und sie hinauszuwerfen.

Das wäre eine gute Lektion für dieses aufsässige Mädchen, sagte Amalia. Damit sie lernt, was die Männer mit einer machen, die ihnen alles gibt und nichts dafür verlangt. Die arme Marianita, was macht ihr diese Kleine für Schwierigkeiten! Aber sie würden sie schon zur Vernunft bringen. Glaubst du nicht auch, daß es ... erblich sein könnte? Anders kann ich mir nicht erklären, daß ein Mädchen, das so erzogen wurde wie Luz, so etwas tut. Mariana hat mir erzählt, daß sie schon mit sechzehn sexuelle Beziehungen zu einem Jungen hatte. Luz hat den Teufel in sich.

Marta zitterte, als sie zu ihrem Mann ins Büro kam.

»Aber wie konntest du überhaupt einwilligen, dich mit Dufau zu treffen? Bist du verrückt, Marta?«

Sie hatte zugestimmt, weil sie verhindern wollte, daß Dufau zu Ramiro ging. Sie hatte ihm weder seine Telefonnummer noch seine Adresse geben wollen. Sie hatte große Angst und dachte, daß es besser war, ihm entgegenzutreten. Wer weiß, wie weit dieser Unmensch gehen würde. Allein bei der Vorstellung, sich mit Dufau treffen zu müssen, bekam sie eine Gänsehaut. Antonio, kannst du mitkommen? Morgen um elf.

Antonio versuchte sie zu beruhigen. Er war der Ansicht, daß Marta die Dinge etwas durcheinanderbrachte. Er verstand ja, daß dieser Name sie an die Hölle erinnerte, aber man durfte sich auch keine falschen Vorstellungen machen.

»Die Zeiten haben sich geändert, wir haben jetzt andere Umstände, Marta. Und Ramiro ist kein Kind mehr. Wenn jemand mit Dufau sprechen muß, dann er.«

Panik in Martas Augen. Nein, sie würde es lieber selbst tun. Sie würde ihm die Stirn bieten, wenn Antonio ihr half. Er würde ihr helfen, aber vor allem beim Nachdenken.

»Warum hast du Ramiro nichts davon erzählt?«

»Weil Dufau mich darum gebeten hat.«

So ging das nicht, sie durfte sich nicht von ihrer Angst überwältigen lassen. Sie würden sich erst einmal beruhigen und am Abend mit Ramiro und Luz sprechen. Sie würden sie besuchen und die beste Lösung finden. Antonio wollte verhindern, daß sich Marta mit diesem Mörder an einen Tisch setzte, denn dafür gab es keinen Anlaß. Natürlich wollte er ihr helfen, aber nicht so, er fand das nicht gut.

Das einzige, das Beste, was er tun konnte, war, sie in die Arme zu nehmen und sie zu beruhigen: Es wird alles gut werden, Liebste, hab keine Angst.

Als Marta Ramiro anrief, um ihren Besuch anzukündigen, hatte er bereits den Brief gelesen, den Luz ihm hinterlassen hatte.

»Ich fühle mich nicht gut, Mama, tut mir leid. Wir sehen uns ein andermal.«

Antonio nahm ihr den Hörer aus der Hand: Wir müssen uns noch heute sehen, Dufau hat Marta aufgefordert, sich mit ihm zu treffen. Die Sache sieht nicht gut aus, Ramiro, es wird besser sein, wenn wir miteinander reden. Es ist auch nicht richtig, daß deine Mama …

»Keine Sorge, Luz ist schon zu Hause. Sie hat mich verlassen.«

Ich habe Mama gesagt, daß ich nicht reden will: Ich bin zurückgekehrt, ich werde bleiben, aber bitte, kein einziges Wort, das kann ich im Augenblick nicht ertragen.

344

»Damit ist es nicht getan. Du tust, als wäre nichts passiert!« schrie sie mich an.

»Bitte, Mama, ich bitte dich, nicht heute! Natürlich werden wir reden. Zwing mich nicht, noch einmal wegzugehen. Ich bin zu traurig, um zu reden. Verstehst du das nicht?«

Und ich habe es geschafft, sie schweigt. Sie weiß, daß ich es ernst meine. Sie hat sich in ihr Zimmer eingeschlossen, und ich konnte hören, wie sie mit Amalia sprach. Sicher hat sie ihr von meiner Rückkehr erzählt.

Nachdem Luz Ramiro verlassen hatte, gab es für Marta keinen Grund mehr, zu diesem Treffen zu gehen. Eine große Erleichterung, aber getrübt durch das Bedauern, ihren Sohn so traurig zu sehen.

»Luz ist noch sehr jung. Wenn das zwischen euch wirklich so ist, wie du fühlst, mach dir keine Sorgen, dann kommt ihr bestimmt wieder zusammen. Die Sache wird reifen müssen. Und manchmal, Ramiro, darf man nichts überstürzen.«

Zu meinem neunzehnten Geburtstag hatten Ramiro und ich ein Fest geben wollen. Ich war von der Idee begeistert gewesen. Alle unsere Freunde sehen. Und tanzen. Und wie wird es jetzt sein? Ich werde mit Mama und Daniel zum Abendessen ausgehen. Das konnte ich nicht ablehnen. Sie gibt sich riesige Mühe, mir keine Vorwürfe zu machen. Doch als ich sie bat, Amalia und Alfonso nicht einzuladen, regte sie sich sofort wieder auf: Aber warum denn nicht? Es sind doch deine Großeltern! Weil es mir so lieber ist, Mama. Und dann sagte sie nichts mehr, drehte sich um und tat so, als müßte sie sich ein paar Tränen trocknen, nur, um meine Schuldgefühle zu wecken. Aber es ist gut, daß ich weggegangen bin, seitdem erlaubt sie sich nicht mehr solche Wutausbrüche. Manchmal versucht sie es, aber sobald ich sie auch nur ansehe, schweigt sie. Sicher fürchtet sie, daß ich noch einmal weggehe. Ach, wie sie sich meinetwegen geschämt hat, das hat sie mir immer wieder gesagt.

Ramiro ist überhaupt nicht gut auf mich zu sprechen. Neulich hat er mich von der Uni abgeholt. Er sagte, ich wäre ein Feigling, weil ich mich mit einem Brief von ihm getrennt habe. Ich hätte ihm alles von mir gesagt, und dann sei ich einfach gegangen. Und seine Gedanken, seine Gefühle? Er hat recht. Ich habe ihm zugehört. Aber es geht nicht, ich habe ihm gesagt, daß eine Beziehung zwischen uns unmöglich ist, weil ich nicht alle Welt in Schwierigkeiten bringen will. Aber Ramiro war so böse auf mich, daß er mich nicht verstehen konnte. Ich habe ihn gebeten, mich nicht mehr abzuholen und mich auch nicht anzurufen. Und da ist er gegangen. Sicher glaubt er jetzt etwas, was nicht stimmt. Denn ich liebe ihn, aber ich kann nicht mit ihm zusammensein. Nicht jetzt.

Ich muß so vieles wissen, was ich bisher nicht gewußt habe. Ich hatte mir vorgenommen, etwas über Alfonso herauszufinden, aber von Mama kann ich mir dabei nicht helfen lassen. Ich habe sie gefragt, inwieweit Alfonso etwas mit der Repression zu tun gehabt hat, was er gemacht hat? Darauf sie: Was soll diese Fangfrage? Ich sagte, ich wollte es einfach wissen, schließlich war er beim Militär ... Und da fing sie wieder an, über die Universität zu schimpfen, und sagte, daß ich lieber nach Belgrano wechseln sollte, die Staatliche wäre eine Brutstätte des Kommunismus. Nur deshalb hätte ich jetzt etwas gegen die Militärs.

»Die Verleumdungskampagne gegen die Militärs hat Alfonsin, dieser Nichtsnutz, in Gang gesetzt. Aber sieh dir doch an, wohin er das Land gebracht hat, in die Hyperinflation.«

Ich hatte sie und Daniel sehr oft von der verhängnisvollen Regierung Alfonsins sprechen gehört. Aber ich wollte, daß sie mir meine Frage beantwortete.

»Es gab eine Zeit, da wurde das Land vom Aufruhr bedroht, und das Militär hat es gerettet. Es war Krieg. Ein schrecklicher Krieg. Papa hat in diesem Krieg gekämpft, und ich bin stolz auf ihn. Das solltest du auch sein, Luz, er ist dein Großvater.«

Und dann lenkte sie ab und sprach wieder von diesen un-

346

dankbaren Leuten, die kein Gedächtnis hatten und die Militärs verleumdeten.

Woher denn meine plötzliche Neugier komme, wollte sie wissen. Wahrscheinlich hätte ich Umgang mit den falschen Leuten. Wenn sie so anfängt, ist es besser, das Gespräch zu beenden, weil es uns sonst wer weiß wohin führt, nur nicht zu konkreten Antworten auf meine Fragen. Und ich will mich nicht auf Diskussionen mit Mama einlassen, ich will sie nicht in Rage bringen. Und auch ich will nicht in Wut geraten, denn ich weiß, daß sie schuld daran ist, daß ich Ramiro verlassen habe. Aber das will ich ihr nicht sagen.

Jedenfalls kann ich unter solchen Umständen nicht mit Ramiro zusammenleben. Aber ich habe das Bedürfnis, ihn anzurufen, ihm zu sagen, daß ich ihn vermisse. Doch was soll das nutzen, wenn ich doch nicht mit ihm zusammensein kann? Jetzt werde ich mich hinsetzen und lernen, ich will die Prüfungen gut bestehen. Lernen, lernen, und an nichts anderes denken, damit es mir nicht so weh tut, damit diese Leere verschwindet, diese Sehnsucht nach Ramiro und die Lust auf ihn, die ich nicht ausleben kann.

Obwohl Luz sich vorgenommen hatte, Ramiro zu vergessen, konnten weder das Studium noch andere Ablenkungen verhindern, daß sie ständig an ihn denken mußte.

Eine Zeitlang war es Mariana und Luz gelungen, ihre früheren Streitereien zu vermeiden. Die Angst, daß Luz wieder von zu Hause weggehen könnte, veranlaßte Mariana, ihre Haltung zu ändern. Aber im Januar, als sie in Punta del Este waren, hatten sie wieder eine harte Auseinandersetzung. Diesmal verlor Mariana völlig die Beherrschung und brachte alles hervor, was sie monatelang für sich behalten hatte.

Luz wollte nach Buenos Aires zurückkehren, ahnte aber schon, daß Mariana es verbieten würde. Und so kam sie auf die Idee, die Einladung von Laura und Javier anzunehmen, die ihr telefonisch frohe Weihnachten gewünscht hatten.

In den letzten Jahren hatte sie die Iturbes nur selten gesehen, ein oder zweimal im Jahr. Es war Laura, die die Beziehung aufrechterhalten hatte. Sie hatte den Kontakt zu Luz nie abreißen lassen. Nur ein einziges Mal, als Luz dreizehn war, hatte Mariana ihr erlaubt, sie zu besuchen. Das war zu einem Zeitpunkt, als Daniel und Mariana eine Reise nach Europa machten und auch die Dufaus aus irgendeinem Grunde nicht in Buenos Aires waren. Luz hatte zwei Wochen auf dem Gut verbracht und hatte sehr schöne Erinnerungen an diese Zeit.

Als sie Mariana ihren Entschluß mitteilte, vermied sie es, einen Zusammenhang mit dem vorhergegangenen Streit erkennen zu lassen. Sie sagte einfach, sie müsse sich gut auf ihre Prüfungen im März vorbereiten und halte es für eine gute Idee, ein paar Tage bei Onkel und Tante auf dem Gut zu verbringen, da sie sich in Punta del Este nur schwer konzentrieren könne. Marianas Mißtrauen war deutlich zu spüren.

»Nach Entre Ríos? Was für eine lächerliche Idee! Du wirst vor Hitze umkommen und dich langweilen. Falls du dir eine Lüge für mich ausdenken willst, dann spar dir die Mühe, Luz. Ich kann Laura und Javier jederzeit anrufen und es überprüfen.«

»Ruf sie an, wenn du willst. Ich habe Laura bereits angekündigt, daß ich am Montag oder Dienstag ankommen werde.«

Laura war allein zu Hause, als ich vom Reiten zurückkam. Als sie mir sagte, daß Mama sie angerufen hatte, lag uralter Ärger in ihrem Blick.

Ich habe den Eindruck, daß keine von beiden die andere ertragen kann, obwohl sie sich nie etwas anmerken lassen. Irgendwann habe ich Mama sagen hören, Laura wäre ein Landei, vollkommen beschränkt, und sie mache sie nervös. Darum erfand Mama auch immer eine Entschuldigung, damit sie nicht dasein mußte, wenn Laura mich in Buenos Aires besuchte. Oder sie verschwand nach wenigen Minuten.

»Und was hat sie gesagt? Soll ich zurückrufen?«

Laura nahm sich Zeit mit ihrer Antwort.

»Sie hat mich gebeten, auf dich aufzupassen, weil du eine schwierige Zeit durchmachst. Was ist passiert, Luz? Willst du es mir erzählen?«

Ich war fast sicher, daß Mama ihr verschwiegen hatte, daß ich zu Ramiro gezogen war. In ihren Augen war das eine Schande.

Wenn sie sich Laura anvertraut hatte, dann mußte sie sich wirklich Sorgen darüber machen, was ich noch anstellen könnte.

Ich beneide meine Cousine Claudia und meinen Cousin José um ihr Verhältnis zu ihren Eltern. Vielleicht um wenigstens eine Zeitlang etwas Ähnliches zu erleben, fing ich an, von Ramiro und von der Liebe zu sprechen. Und so führte ich das Gespräch, das mit Mama nie zustande gekommen war, nun mit Laura. Sie war überrascht, als ich ihr alles erzählte, denn Mama hatte ihr tatsächlich nichts gesagt.

»Und du bist zu ihm gezogen? War Mariana nicht außer sich?«

Lauras Lächeln verriet, daß sie es offenbar genoß, sich Mamas Reaktion vorzustellen.

»Ja, und ich habe ihr weder die Adresse noch die Telefonnummer gegeben, nichts.«

»Und was ist passiert? Wie ist es ausgegangen? Du bist ja schließlich wieder zurückgegangen.«

Da sie mich ermutigte weiterzureden, erzählte ich ihr nun alles, und was mich am meisten beeindruckte, war ihre Reaktion auf das, was ich ihr von Ramiros Mutter erzählte, von der wahnsinnigen Angst, die sie nach dem Gespräch mit Mama gehabt hatte.

»Ist doch logisch«, sagte Laura.

»Logisch?«

Laura war etwas verunsichert. Sie schien mir etwas sagen zu wollen und gleichzeitig zu wissen, daß das unmöglich war. Darum redete sie ein wenig darum herum, aber als sie dann begann, von der Vergangenheit zu sprechen, verstand ich, warum sie »logisch« gesagt hatte. Und dann fügte sie etwas hinzu, was mich nachdenklich machte. Es hatte etwas mit Papas Tod zu tun.

»Schon früher, ziemlich lange, bevor ich einen Verdacht schöpfte, hatte Laura mir einen Hinweis gegeben. Wir sprachen von irgendeinem Problem, das ich gerade hatte, und dabei kamen wir auf Alfonso zu sprechen. Sie sagte, Papa habe lange gebraucht, es zu merken, aber nachdem er es begriffen hatte, sei er ihm frontal entgegengetreten und ... Obwohl sie nicht direkt behauptete, daß sie ihn deshalb umgebracht hätten, verriet mir ihr Stammeln, daß sie in bezug auf Eduardos Tod etwas vor mir verbarg. Ich stellte ihr Fragen, aber richtig deutlich wurde sie erst viel später, als ich bei meiner Suche schon weit vorangekommen war.«

Sie erzählte mir viel über die Zeit der Diktatur und erwähnte, daß sie schon immer einen Verdacht hatte, aber nicht genau wußte, was Alfonso damals machte. Erst als sie nach dem Gerichtsverfahren gegen die Kommandeure erfuhr, wie grausam und mitleidlos dieses Regime gewesen war, hatte sie die Gewißheit, daß auch mein Großvater so ein Hurensohn war. Verzeih mir, Luz.

»Warum glaubst du das?«

Sie erwähnte die geheimen Gefangenenlager und einige andere abscheuliche Vorkommnisse aus dieser Zeit. Und sie gab mir die Prozeßprotokolle, von denen mir Ramiro erzählt hatte, und das Buch »Nie wieder« zu lesen.

Javier konnte nicht glauben, daß sie Luz die Prozeßprotokolle gegeben hatte, die sie seit ihrem Erscheinen aufbewahrte. Aber warum hast du das nur getan? Abgesehen davon, daß du Mariana verabscheust, du darfst nicht vergessen, daß Luz ihre Tochter ist. Dort wird sie lesen ...

»Ihre Tochter?« unterbrach ihn Laura. »Was ist los? Hast du schon vergessen, daß sie nicht Eduardos und Marianas Tochter ist? Allein wegen Eduardo dürftest du das nie vergessen.«

Niemand konnte Laura ausreden, daß Eduardo ermordet worden war, weil er angefangen hatte, in etwas herumzuschnüffeln, was seinem Schwiegervater schaden konnte. Sie hatte nie an einen Raubüberfall geglaubt.

Javier übrigens auch nicht, aber er hatte sich nie Gewißheit darüber verschaffen können, daß es nicht so war, wie man ihm gesagt hatte. Die Erkundungen, die er damals angestellt hatte, waren erfolglos geblieben. Javier hatte Mariana vorgeschlagen, gemeinsam einige Schritte zu unternehmen, und die Haltung seiner Schwägerin hatte ihm weh getan. Sie vertraue darauf, daß die Polizei gute Arbeit leisten werde, war ihre ganze Antwort gewesen, und einige Monate später war sie nach Buenos Aires gezogen. Auf jeden Fall wurden Eduardos Mörder nie gefunden, und Mariana hatte niemals auch nur einen Finger bewegt, damit die Untersuchungen fortgesetzt wurden. Javier fühlte angesichts ihres mangelnden Interesses nichts als Schmerz. Er teilte Lauras Meinung nicht, er glaubte nicht, daß Alfonso ihn hatte umbringen lassen. Und schon gar nicht Mariana.

Einige Tage nach Eduardos Beerdigung hatte Mariana in Gegenwart von Javier, Laura und einigen Freunden davon gesprochen, wie gut sie sich mit Eduardo vertragen hätte, wie sehr sie einander geliebt hätten. Eduardo hätte noch wenige Tage vor seinem Tod zu ihr gesagt, wie glücklich er sich schätzte, eine Frau gefunden zu haben, die so gut zu ihm paßte. All das und noch so manches andere ließ den Eindruck entstehen, daß Mariana die ideale Frau für Eduardo gewesen war.

Javier hatte sich Marianas Lüge so erklärt, daß es für sie ein Mittel war, ihren Schmerz zu lindern. Laura hingegen war so empört gewesen, daß sie sich von der Gruppe entfernt hatte, weil sie befürchtete, sie könnte sonst ausfallend werden.

»Sie ist eine verfluchte Lügnerin! Eduardo wollte sich doch von ihr trennen. Und da soll er so etwas zu ihr gesagt haben? Ich kann sie nicht ertragen, ich verabscheue sie. Für sie ist nur wichtig, eine gute Figur zu machen.«

»Jeder verarbeitet den Schmerz auf seine Weise. Du hast kein Recht, sie zu verurteilen«, hatte Javier erwidert. »Sie waren sich damals nicht einig, aber es stimmt auch, daß sie sich geliebt haben. Darum mußte Mariana das alles erzählen.«

Und daran erinnerte Laura ihn auch jetzt wieder: Glaubst du, daß sie ihn geliebt hat? Und warum hat sie dann nicht dafür gesorgt, daß der Mord an ihm untersucht wurde? Wahrscheinlich hatte sie den vagen Verdacht, daß ihr Vater etwas mit seinem Tod zu tun hatte.

Seit Jahren sprachen sie nicht mehr über das alles. Irgendwann hatte Laura erkannt, daß es für Javier zu schmerzlich war, und so hatte sie sich jeden Kommentars enthalten. Javier wollte wissen, warum sie jetzt wieder über dieses Thema stritten. Wegen Luz. Luz hatte ihr einiges aus ihrem Leben erzählt, was diesen Verdacht in ihr wieder erhärtete. Kannst du das verstehen, Javier?

»Begreifst du nicht, was du Luz damit antust, wenn du ihr etwas von deinem Verdacht erzählst? Schließlich ist er ihr Großvater.«

»Er ist ein Hurensohn, und er ist auch nicht ihr Großvater.«

»Und was nun? Willst du Luz sagen, daß sie nicht die Tochter ihrer Eltern ist? Einen tollen Gefallen wirst du ihr damit tun! Ihre wirkliche Mutter hat sich schließlich nie wieder sehen lassen.«

»Vielleicht hat man sie umgebracht, wie Eduardo.«

»Und warum hat Miriam nicht länger nach dir gesucht?«

»Miriam?« Luz konnte sich nicht beherrschen. »Und was ist mit dir? Warum hast du einfach akzeptiert, daß das Kind tot zur Welt gekommen ist? Darin hast du dich jedenfalls ganz schön geirrt: Hier bin ich. Und ich lebe«, sagte sie mit Nachdruck.

Carlos antwortete nicht. Er bat sie mit den Augen um Erbarmen.

»Verzeih mir, ich sollte mich nicht so benehmen. Aber ich gerate in Wut, ich kann nichts dagegen tun.«

»Keine Sorge, über diese Wut werden wir schon noch reden. Jetzt bin ich zu durcheinander. Kannst du dich in mich hineinversetzen? Mit neunundvierzig Jahren zu erfahren, daß du eine Tochter hast, die bereits erwachsen ist und ein Kind hat! Erfahren, daß du Großvater bist« – Carlos lachte zerfahren – »unglaublich! Du hast gesagt, daß du ein Kind hast, aber ich habe nicht gedacht: Ich bin Großvater. Normalerweise lernt man so etwas mit den Jahren, ich lerne es im Laufe weniger Stunden. Und *das mit Liliana, das mit Liliana ... Natürlich verstehe ich deine Wut, Luz, aber ich weiß nicht, wie ich damit umgehen soll, wie ich mit dem, was ich in diesem Augenblick fühle, fertig werden soll, mit dem Entsetzen über das, was sie Liliana angetan haben. Dieser Schmerz, den ich längst betäubt geglaubt habe – deine Gegenwart, deine Erzählung, machen ihn wieder lebendig, so als hätten sie Liliana gerade erst vor ein paar Stunden ermordet, im selben Moment, in dem du mir davon erzählt hast. Ihr zerfetzter Körper ...«*

Seine Stimme versagte. Luz suchte seine Hand, sie konnte jetzt diesen Schmerz um Lilianas Tod anders empfinden. Es war schwer, den Tod einer Mutter zu fühlen, die sie nie gekannt hatte, es tat weh, ja. Aber es war nicht dieser starke, stechende Schmerz, den sie jetzt gemeinsam mit Carlos empfand. Und was dann kam, war keine Frage, sondern eine eindeutige Feststellung:

»Du hast sie sehr geliebt.«

»Du ahnst nicht, wie sehr. Darum ... Ich konnte es dir nicht erklären, als du mich danach gefragt hast, aber das ist der einzige Grund, warum wir wollten, daß du zur Welt kommst, ob es berechtigt war oder nicht. Alles andere, was du mir vorwirfst, daß wir verantwortungslos waren, daß wir dich der Gefahr ausgesetzt haben, spurlos zu verschwinden, daß ... was immer du willst, ich weiß nicht, ich muß alles noch einmal überdenken ... ich kann dir nur sagen, daß wir wollten, daß du geboren wirst, weil wir uns liebten.«

»Das freut mich, ich bin froh, daß ihr mich haben wolltet, daß ich erwünscht war. Mein ganzes Leben lang habe ich das Gefühl gehabt, daß es nicht so war. Daß Papa mich wollte, ja, aber Mama ... Es war schwer, zu glauben, daß sie mich liebhatte. Obwohl ... vielleicht doch, auf ihre Art. Aber ob die beiden einander geliebt haben, das habe ich nie erfahren, und darum tut es gut, jetzt zu hören, daß ihr mich wolltet, weil ihr euch geliebt habt.«

Laura erzählte Javier, daß das Gespräch mit Luz sie tief bewegt hatte. »Vor allem, als sie mir diese Frage stellte, weißt du? Da wollte ich sie am liebsten in die Arme nehmen. Ich habe sie belogen ... oder vielleicht auch nicht.«

»Welche Frage meinst du?«

»Ob Mariana und Eduardo einander geliebt haben, ob sie

erwünscht war oder ob sie nur zufällig, aus Versehen, geboren wurde. Ich habe gesagt, doch, sie hätten sie sehr geliebt und auch die beiden hätten einander geliebt. Ich habe sie belogen.«

»Nein, das hast du nicht. Natürlich haben sie sich geliebt. Zuletzt vielleicht nicht mehr, aber ich finde es gut, daß du ihr das nicht gesagt hast. Wozu auch?«

Laura hatte ihr gesagt, sie hätten sich geliebt, aber sie seien sehr verschieden gewesen und hätten in der letzten Zeit vor Eduardos Tod viel gestritten, weil sie ideologische Meinungsverschiedenheiten hatten und weil Eduardo Dufau haßte, er haßte ihn, und deine Mama hat ihn angehimmelt.

Warum mußtest du ihr das sagen? Javier war nicht einverstanden, obwohl er verstand, was Laura ihm sagte: daß Eduardo in der letzten Zeit seines Lebens viel aufs Spiel gesetzt hatte und daß Luz es verdiente, zu erfahren, daß er mutig war, daß er sich eingesetzt hatte, daß er nicht so dachte wie diese Hurensöhne und daß er keine Zeit mehr hatte, zu erfahren, welches Ausmaß das Grauen in dieser Zeit angenommen hatte, weil er vorher umgebracht wurde. Und ich schwöre dir, Luz war sehr froh, als sie hörte, daß Eduardo nichts für das Militär übrig hatte. Sie hat sich gefreut. Ich glaube, Eduardo hat es verdient, daß Luz es endlich erfuhr. Aber sei ganz ruhig, von ihrer Herkunft habe ich nicht gesprochen. Na ja, ich weiß ja auch nichts Genaues. Ich meine nur, daß sie nicht Marianas Tochter ist.

Obwohl sie Javier nichts mehr davon sagte, glaubte Laura immer noch, daß Luz die Tochter von Vermißten war.

»Glaubst du das wirklich?«

Laura nickte, und es sah fast so aus, als ob sie sich dafür entschuldigen wollte: Vielleicht, weil diese Miriam nie wieder aufgetaucht ist.

»Damals wollte ich ... nach ihr suchen.«

»Im Ernst?« fragte Laura überrascht. »Davon hast du mir nie etwas erzählt.«

»Nein, ich habe dir nichts erzählt. Aber ich habe es getan, ich habe nach ihr gesucht.«

Das, was zwischen Laura und Luz geschehen war, war wohl der Grund dafür, daß Javier nach so vielen Jahren beschloß, seiner Frau etwas zu gestehen, wovon er seinerzeit nicht hatte sprechen wollen. Er war nach Coronel Pringles gefahren und hatte dort nach Miriam López gefragt. Er hatte sogar mit ihrer Tante gesprochen, weil die Leute von der Bar, die Miriam gut kannten, ihm den Hinweis gegeben hatten. Miriam war eine dieser Schönheitsköniginnen oder Prinzessinnen gewesen, die später in Buenos Aires Mannequins wurden und später ... wahrscheinlich noch etwas anderes, obwohl die Leute von Miriam sprachen wie von einem weltberühmten Mannequin.

Javier war zu Miriams Tante gegangen und hatte sich als Vertreter eines italienischen Modehauses ausgegeben. Er wäre auf der Suche nach Miriam, um ihr ein gutes Angebot zu machen, hatte er gesagt.

»Und wann hast du das alles gemacht?« fragte Laura mit einer Mischung aus Stolz und Erstaunen.

Es war zwei Jahre nach Eduardos Tod. Damals wohnten Mariana und Luz schon seit einiger Zeit in Buenos Aires. Und was er erreichen wollte, war nicht, daß Luz' wirkliche Mutter wieder auftauchte und sie zurückforderte, nein, das nicht. Er fuhr nur dorthin, um ganz sicherzugehen, daß es nicht so war, wie Laura befürchtete. Schließlich habe ich das immer abgestritten, aber du bist mir mit diesem Verdacht so auf die Nerven gegangen, und auch Eduardo hatte so verzweifelt nach der Wahrheit gesucht, daß ich einfach Bescheid wissen mußte, erfahren mußte, daß es nicht so war. Ich wollte das, was Eduardo begonnen hatte, weiterführen und die Sache dann abschließen. Ich wollte akzeptieren, daß gewöhnliche Verbrecher ihn umgebracht hatten. Ich wollte aufatmen, Laura, aufatmen!

»Und was hast du herausgefunden? War sie nun die leibliche Mutter, oder nicht?«

»Ich nehme an, ja. Man hat mir gesagt, daß sie aufgehört hatte, als Mannequin zu arbeiten. Es hieß, sie habe geheiratet und lebe jetzt in den USA. Und sei sehr glücklich.«

Und das hatte Javier beruhigt. Er hatte sich Miriams Geschichte in groben Zügen ausgemalt, eine Geschichte wie viele andere. Nur hatte sie unglücklicherweise, aufgrund des Zeitpunktes und der Umstände, gespenstische Züge angenommen. »Und ich habe dir nichts gesagt, weil ich nicht wollte – kannst du mich verstehen, Laura – weil ich nicht eingestehen wollte, daß auch ich den Verdacht hatte, Luz wäre ... sie könnte ...«

Laura umarmte ihn. Natürlich verstand sie ihn. Und auch sie war froh, daß es nicht so war.

»Ja, Miriam blieb bei Frank in den USA. Ich glaube nicht, daß sie mich vergessen hatte. Sie gab mich einfach auf. Sie ließ es dabei bewenden, sie beschloß, mir nichts zu sagen. Zehn oder elf Jahre lang kehrte sie nicht nach Argentinien zurück, sie lebte in einer anderen Welt. Aber wie sie mir erzählt hat, geriet sie noch einmal in Versuchung, nach mir zu suchen, als sie nach Argentinien kam, weil Franks Mutter gestorben war. Sie rief bei den Dufaus an und verschaffte sich Marianas Telefonnummer. Aber sie wagte nicht, mich anzurufen. Sicher hatte Frank Einfluß auf diese Entscheidung.«

Laura versprach Javier, vorsichtiger zu sein bei allem, was sie Luz sagen würde. Sie würde sich nur ihre Liebesgeschichte anhören. Du kannst dir nicht vorstellen, Javier, wie sehr Luz es braucht, daß ihr jemand zuhört, mit Mariana kann sie nicht reden. Und ich werde ihr Ratschläge geben, ich werde sie ermutigen, bei diesem Jungen zu bleiben, wenn sie ihn so liebt. Welch eine Ironie des Schicksals, daß Luz sich ausgerechnet in den Sohn eines Vermißten verliebt.

Kapitel fünfzehn

Ich schließe das Buch und verstecke es im Bücherschrank in meinem Zimmer, hinter den anderen Büchern. Ich zittere noch immer, nachdem ich diese Zeugenaussage gelesen habe. Diese Wunden, dieses gemarterte Fleisch, fühle ich wie Schmerzen an meinem eigenen Leib. Diese Körper voller Leben und jeden Tag dieses Sterben! Es war nicht auszuhalten. Daß dieser dreckige Wächter sie in dem Raum vergewaltigt hat, in dem sie den Kaiserschnitt bekommen sollte! Wie kann es nur soviel Grausamkeit geben? Zehn Tage Arrest für den Unmenschen, und dann ging der Kerl seinen Aufgaben im Campo de Mayo nach, als wäre nichts geschehen. Das hat ein Überlebender ausgesagt. Und wer weiß, wohin das Baby kam und zu wem. Von der Mutter hat man nie wieder etwas gehört. Der Tod. Schlimmer als alle Folterungen, als alle Schläge, muß es sein, wenn man in den Tod geht, nachdem man Leben geschenkt hat.

Die Bücher für die Uni habe ich zur Seite geräumt, das Licht brennt bis zum Morgengrauen. Und jeden Tag lese ich diese Geschichten, die ich nicht abschütteln kann. Diese Galerie von Abscheulichkeiten: geheime Folterzentren, Männer und Frauen, Kinder und Greise, mit Strom gefoltert, aufgehängt, mit Feuerzeugen verbrannt, mit Stöcken verprügelt, mit verbundenen Augen, in Handschellen, mit durchgeschnittenen Kehlen, schmutzig, verlaust, schutzlos in Händen dieser Mörder.

Ich hätte nie gedacht, daß der Mensch dem Menschen soviel Böses antun kann.

Was war für mich bisher das Böse? Das, was sich zwischen mir und Mama abspielt, das, was ich über Daniel und seine »Gorillas« denke, der Verrat einer Freundin. Aber daß Menschen so hassen können, daß sie so grausam und verkommen sein können, davon hatte ich mir nie eine Vorstellung gemacht.

Jetzt kommen die Gespenster aus diesen schon langsam

vergilbten Protokollen und bevölkern meine Tage und meine Nächte. Ich sehe, wie dieses Mädchen, Beatriz, mit dem gebrochenen Bein im Gefangenenlager auf die Toilette geht und sieht, daß die Briefe und das persönliche Tagebuch ihrer Mutter dort als Klopapier dienen. Ich kann mir vorstellen, wie sie versucht hat, unter ihren Kleidern die Papiere ihrer Mutter zu verstecken, die sich kurz zuvor das Leben genommen hatte, im Wahnsinn. Wahnsinnig geworden wegen des grauenhaften Schicksals ihrer Tochter. Sie hatten die Papiere der Mutter absichtlich dorthin gelegt, damit Beatriz sie sah. Als wäre die körperliche Folter nicht genug. Und dieser Mann, der weder ohnmächtig wird noch etwas aussagt, trotz der Stromstöße aufs Zahnfleisch, auf die Brustwarzen, überallhin, trotz der unentwegten und systematischen Prügel mit Holzstöcken, obwohl man ihm die Hoden zerquetscht, ihn aufgehängt und ihm mit einer Rasierklinge die Haut von den Füßen gezogen hat. Und dann ein blutbefleckter Lappen. »Von deiner Tochter«, sagen sie. Die Tochter ist zwölf, und vielleicht wird er ein Kollaborateur, vielleicht sagt er aus.

Und dann die simulierten Erschießungen, diese furchtbaren Spiele zwischen Gut und Böse, diese fürchterlichen Schreie, die aus den Verliesen dringen.

Was ich gerade gelesen habe, ist nur eine von vielen Geschichten, aber ich kann es schon nicht mehr aushalten, es ist, als wäre mein eigener Körper mit blauen Flecken übersät.

Ich denke an Ramiro und versuche nachzuempfinden, was er beim Lesen dieser Prozeßprotokolle gefühlt hat und bei der Vorstellung, daß mit seinem Vater wahrscheinlich dasselbe passiert war.

Alfonso hatte etwas mit der Repression zu tun, er wußte, was vor sich ging, er gab persönlich die Befehle. Mama weiß es wohl nicht, sie kann es nicht wissen, sonst würde sie ihn nicht so lieben. Sie ist hysterisch, sie geht mir auf die Nerven, sie ist ungerecht und bildet sich wer weiß was ein, aber so schlecht ist sie nicht. Sie kann es einfach nicht wissen. Mehrmals in diesen Tagen habe ich mich das gefragt, und darum war ich gestern, nachdem ich die Aussage des Unteroffiziers Urien gelesen hatte, etwas ruhiger. Er sagte aus, daß alles, was in bezug auf die Subversion bekannt wurde, und alles, was in diesem Zusammenhang unternommen wurde, per Befehl zum Militärgeheimnis erklärt wurde. Also dürfte Alfonso niemandem etwas erzählt haben. Vielleicht nicht einmal Amalia. Und Mama ganz bestimmt nicht.

Aber ich frage mich, was sie wohl getan hat, als die Befehlshaber vor Gericht gestellt wurden. Soweit ich mich erinnere, habe ich nie gehört, daß zu Hause über den Prozeß gesprochen wurde. Die Sitzungen waren öffentlich. Ob Mama irgendwann einmal hingegangen ist?

Mama ist in ihrem Zimmer. Ich gehe zu ihr und frage sie. Sie sieht mich verblüfft an.

»Was sagst du da, Luz? Bist du verrückt? Wie kommst du darauf, daß ich an diesen Sitzungen teilgenommen haben könnte, die all diese Undankbaren, diese Vaterlandsverräter, dazu benutzt haben, diejenigen anzugreifen, die sie von der Gefahr der Subversion befreit haben?« Ich glaube, ich habe sie nie so überzeugt gesehen, in so festem Glauben.

»Aber du wirst doch während des Prozesses etwas darüber gelesen haben.«

»Prozeß! Welches Recht hatten diese Leute, einen Prozeß zu führen? Wer waren sie denn?«

»Es war ein Prozeß, es gab Richter, Verteidiger, Staatsanwälte. Es gab einen Urteilsspruch.«

»Und sieh dir an, was passiert ist. Nichts. Man hat sie alle freigelassen, außer den Befehlshabern, die alles angeordnet hatten. Wenn jemand etwas falsch gemacht hat, dann waren sie es, die anderen haben nur gehorcht. Aber glaube nicht, daß ich damit einverstanden bin, daß man die Befehlshaber verurteilt hat, es war ja schließlich kein ›konventioneller‹ Krieg. Und immerhin haben sie das Land gerettet.«

»Was soll das heißen, es war kein konventioneller Krieg?« Ich versuche, nicht aufzubrausen. Ich will wirklich wissen, was Mama denkt, es kann nicht sein, daß sie von diesen abscheulichen und erniedrigenden Tatsachen weiß und sie trotzdem verteidigt.

»Er war nicht konventionell, weil der Feind nicht draußen stand, sondern das Land selbst infiltriert hatte. Und darum mußte man anders vorgehen. Vielleicht gab es einige Exzesse, aber es war ein Krieg, und im Krieg ist es das Wichtigste, daß man ihn gewinnt, egal auf welche Weise.«

Ich würde sie gern fragen, ob Entführungen, die von anonymen Banden im Morgengrauen verübt werden, für sie zum Krieg gehören. Oder Schießereien mit vermodernden Kadavern und mit Gespenstern[1], von denen in der Presse die Rede war. Oder Folter und Raubzüge. Aber ich bleibe stumm, während sie weiterredet: »Sie haben das Land gerettet. Und was hat dieser Schwachkopf getan, der sie mit seiner Regierung so in den Dreck gezogen hat? Was? Ich werde es dir sagen, Luz, er hat das Land in das schlimmste Chaos geführt, in die Hyperinflation. Klar, was macht es dir schon aus, du hast nichts davon gemerkt. Dir hat es ja zum Glück nie an etwas gemangelt. Aber da du soviel für die Armen übrig hast« – diese Ironie, mit der sie mich beleidigen will – »die hatten unter seiner Regierung sicher nichts mehr zu essen. Aber daran sind sie schließlich gewöhnt.« Sie zündet sich eine Zigarette an und kehrt zu ihrem gewohnten Tonfall zurück, als hätte sie ihren üblichen Snobismus, ihre affektierte Dummheit wiedergefunden, nachdem das mit Alfonsín und der Hyperinflation sie aus ihrer patriotischen Erregung herausgerissen hatte. »Sie waren schließlich daran gewöhnt, nichts zu haben, aber wir, die wir etwas besaßen ... Für Leute wie uns ist es viel schlimmer, wenn wir unser Eigentum, unsere Lebensweise in Gefahr sehen.«

»Du lenkst ab, Mama. Ich habe gefragt, ob du damals irgendwann einmal die Zeitungen gelesen hast, auch wenn es nur Zusammenfassungen waren von dem, was bei den Prozessen zur Sprache kam. Ob du jemals auch nur im geringsten

---

1 Umschreibung für: bereits heimlich Ermordete.

daran gezweifelt hast, daß alles so war, wie dein Papa es dir erzählt hat.« Und jetzt sage ich es ihr, damit sie aufwacht: »Denn er hat dir sicher verschwiegen, daß sie Stromstöße ausgeteilt haben und daß sie Frauen ihre Kinder bekommen ließen, um sie ihnen wegzunehmen und die Mütter danach umzubringen.«

Bei diesem Satz gerät sie außer sich und schreit mich an.

»Aber woher hast du nur diese Dinge, Luz? Das sind Lügen, die man verbreitet hat! Über diese Zwillinge zum Beispiel. Erinnerst du dich an die Zwillinge?« Sie ist leiser geworden, weil sie mich überzeugen will. »Hast du im Fernsehen diesen Jungen gesehen, der gesagt hat, daß er bei seiner Mama bleiben will? Und dann hat man ihn gezwungen, bei einem Hungerleider zu leben, der nicht einmal zuließ, daß die beiden Jungen weiter bei der Gesellschaft Mariens zur Schule gingen. Sie liebten ihre Mama, sie wären lieber bei ihr geblieben. Warum hat man sie gezwungen, bei diesem furchtbaren Onkel zu wohnen, den sie gar nicht kannten? Erinnerst du dich? Es waren gut erzogene Jungen.«

Es ist zwecklos. Ich höre ihr lieber nicht zu.

»Nein, ich erinnere mich kaum noch daran. Macht nichts, Mama. Ich habe schon verstanden. Ich gehe.«

»Luz« – sie steht vor der Gardine, das hereinfallende Licht verleiht ihrem Gesicht einen tragischen Zug. Sie ringt nach Worten. »Warum stellst du mir solche Fragen, Luz?«

»Weil du mir nie etwas davon gesagt hast. Und weil das alles war, als ich noch sehr klein war. Später habe ich es dann erfahren, aber erst sehr viel später. Und da habe ich mich gefragt ... Ich weiß nicht ... Ob es wohl Dinge gibt, von denen du nichts weißt. Aber laß nur, es ist nicht so wichtig.«

Plötzlich wirkt sie entspannter. Es ist, als hätte ihr irgend etwas in meiner Antwort Erleichterung verschafft. Alfonso hat ihr bestimmt nichts gesagt, und sie wollte nichts wissen, weil sie ihren Vater vergöttert.

Ramiros Reaktion dagegen verstehe ich gut. Seinen Ekel, als er erfuhr, daß ich die Enkelin von Alfonso Dufau bin. Wie würde ich mich fühlen, wenn ich es mit einem von der anderen Seite zu tun hätte, der dasselbe Blut wie die Mörder hat? Wenn man meinem Papa oder meiner Mama das angetan hätte, was man seinem Papa angetan hat? Ich muß Ramiro sagen, daß ich ihn jetzt voll und ganz verstehe.

Zweimal hörte sie Ramiros Stimme auf dem Anrufbeantworter, aber sie hinterließ keine Nachricht. Und obwohl Gabi und Laura meinten, es sei eine Dummheit, einen Jungen, in den man vernarrt sei, nicht anzurufen, fiel es Luz schwer, diesen Anruf zu machen.

»Ich weiß nicht, ob er mich noch liebt«, sagte sie zu Gabi. »Vielleicht hat er mich schon vergessen. Er hat nie wieder angerufen. Außerdem hat mir Valeria erzählt, daß er mit einem Mädchen zusammen ist, das etwas älter ist als ich.«

»Und was soll er machen, Dummchen? Warten, bis du ihn anrufst? Woher soll er denn wissen, daß du immer noch verliebt in ihn bist? Sag es ihm. Was macht es schon, wenn er eine andere hat? Wenn du ihm besser gefällst, wird er sie in die Wüste schicken.«

»Ramiro hat eine große Rolle gespielt. Er ist der Sohn eines Vermißten, und er hat mit seiner Mutter im Exil gelebt. Er hat mich aus meiner Lethargie geweckt, und später kam dann noch so einiges hinzu. Das, was Laura mir gesagt hatte, und das, was ich gelesen hatte. Und dann der Protestmarsch gegen den Militärputsch am zwanzigsten Jahrestag. Dieser Tag war sehr wichtig für mich«, ihr Gesicht wurde strahlend hell. »In vielerlei Hinsicht.«

In diesen Tagen dachte sie oft an Lauras Satz: »Um die Liebe muß man kämpfen.« Aber da sie so voll war von diesen grauenhaften Geschichten, wurde ihr immer klarer, daß die Beziehung zwischen ihnen unmöglich war.

Ramiro wollte sich mit Mónica und den anderen in einem Café in der Nähe des Kongreßgebäudes treffen, um von dort aus gemeinsam zu dem Marsch zu gehen. Als das Telefon klingelte und niemand sich meldete, schoß es ihm durch den Kopf, daß

362

es Luz gewesen sein könnte, und auf der Stelle ärgerte er sich über diesen Gedanken. Viel zu lange hatte er jedesmal, wenn das Telefon klingelte, gehofft, daß es Luz wäre, und dann war er enttäuscht gewesen, weil sie es nicht war. Aber jetzt war es anders, er fühlte sich wohl mit Mónica. Und trotzdem bekam er auch dieses Mal Sehnsucht nach Luz.

»Mit Luz ist es vorbei«, bestärkte ihn Rafael. »Aus und vorbei. Mónica ist ein tolles Mädchen, Ramiro. Warum denkst du noch an diese dumme Kleine?«

»Aber ich denke ja gar nicht an sie. Nein, das war gelogen, ich denke doch an sie. Vielleicht zu oft.«

»Weil sie es war, die dich verlassen hat. So ist es immer. Noch ein Monat, und du hättest sie verlassen, und dann würdest du dich heute nicht einmal mehr an sie erinnern«, sagte Rafael mit dem Tonfall eines erfahrenen Mannes.

Ramiro wußte, daß Rafael im Irrtum war. Er empfand noch immer sehr viel für Luz und wünschte ihr nur das Beste, auch ohne ihn. Wichtig war, daß Luz sich von ihrer Scheißfamilie befreite und so lebte, wie sie es verdiente. Er nahm sich vor, ihr das zu sagen, sobald diese letzte Narbe verheilt sein würde. Noch spürte er sie an seinem Körper, immer, wenn er Luz vermißte, irgendwann während des Tages, bei der Arbeit oder abends vor dem Schlafengehen, in seiner Wohnung oder beim Tanzen. Aber Luz hatte ihn in all diesen Monaten kein einziges Mal angerufen. Sie war eine Gefangene dieser Familie, die für ihn das Abscheulichste verkörperte, was Menschen tun konnten. Schließlich war sie die Enkelin von Dufau. Nein, zwischen ihnen konnte es keine Beziehung geben, das war unmöglich.

»An diesem Tag, als Ramiro und ich, jeder für sich, zu dem Protestmarsch gingen, redeten wir uns beide dasselbe ein: Unsere Liebe konnte nicht sein, es war unmöglich.«

Nie wieder, nie wieder! Es ist ein einziger Schrei, und Tausende vibrierende Stimmen wecken ein neues Gefühl in mir. Und jetzt: Wer nicht hüpft, ist ein Militär! Ich singe und hüpfe zusammen mit meinen Kommilitonen von der Universität und mit allen anderen. Mit allen, die unterwegs sind zur Plaza de Mayo. Ich spüre, wie eine Kraft wächst in diesen Stimmen, denen ich mich anschließe, mit denen ich mich verbrüdere. Was für ein seltsames Wort für mich, die ich keine Geschwister habe. Es ist dieses Gefühl der Gemeinsamkeit in diesem Schrei, in diesem Gesang. Als hätten wir alle dasselbe Blut. »Über vergossenes Blut wird nicht verhandelt!« ruft eine Gruppe im Chor.

Wie kann ich bei der Tochter eines Mörders leben, der für all das vergossene Blut verantwortlich ist? Meine Mutter, mein Blut. Und ich singe laut, um dieses Blut zu verleugnen. Ich trenne mich von meinen Freunden und gehe nach vorn, ich dränge mich zwischen die Leute, verbrüdere mich mit allen, mit jedem einzelnen. Ich habe mich neben diese Kolonne gestellt, diese KINDER, die nach ihren Eltern rufen. Und dann denke ich an Alfonso. Was würden sie sagen, wenn sie wüßten, daß jemand aus meiner Familie der Mörder ihrer Eltern ist? Vorsichtig rücke ich von ihnen ab, mische mich unauffällig unter die Leute, verstecke mich. Ich bahne mir einen Weg, ohne zu wissen, was ich suche, ich kann nicht an einem Platz bleiben, ich muß alles ablaufen, will mit allen zusammensein und fühle doch, daß ich kein Recht darauf habe. Der Gesichtsausdruck dieser Frau, die das Foto ihrer verschwundenen Kinder mit sich trägt, trifft mich wie ein Schlag. Ich sehe die anderen Frauen, ihre weißen Kopftücher, ihre Falten, ihren Mut. Eine ist vielleicht die Mutter der drei Brüder, die nacheinander verhaftet wurden, ohne daß sie jemals erfahren hat, wo sie geblieben sind. Oder die Mutter der Fünfzehnjährigen, die nichts anderes getan hatte, als gemeinsam mit ihren Kameraden zu fordern, daß die Fahrpreise für die Schulbusse gesenkt werden sollten. Und dafür hat man ihr das Leben genommen.

Ich habe einen Kloß im Hals, ich glaube, ich muß weinen. Wieder gehe ich weiter, in eine andere Richtung. Die trüben Augen jenes Mannes, der voller Wut mitsingt. Vielleicht ist er der Mann, dem es gelungen ist zu überleben, der aber tagein, tagaus die Schreie seiner Frau hören muß, die man vor seinen Augen gefoltert und vergewaltigt hat. Niemand soll erfahren, wer ich bin, wer meine Mutter ist, mein Großvater! Und plötzlich packt mich eine starke Hand am Arm. Ich schrecke zusammen. Ramiro! Er weiß es. Er sieht mich unverwandt an, und ich schäme mich, hier zu sein. Sein Vater, der ermordet wurde, sein Blut. Mein Großvater, der Mörder, mein Blut. Wie kann unser Blut nebeneinander pulsieren? Er sagt nichts, er sieht mich nur an, ohne meinen Arm loszulassen. Er ist sehr überrascht. Ich betrachte das Mädchen an seiner Seite, das uns ansieht, ich lächle sie an, sage hallo zu ihr und versuche weiterzugehen, aber Ramiro hält mich auf.

»Ich bin sehr froh, dich hier zu sehen«, sagt er.

Ich flüstere ihm ins Ohr: »Jetzt verstehe ich, daß es dich angeekelt hat, daß ich …« Ich kann den Satz nicht beenden. Ich wende mich um und gehe eilig weiter auf meinem Weg, mische mich unter die Leute und fühle mich dennoch verloren. Ich mußte es Ramiro sagen, weil es auch mich anekelt. Darum fliehe ich und stürze mich in die Menschenmenge. Mein Herz klopft wie verrückt.

Ich bleibe einen Moment stehen: »Nie wieder! Nie wieder!« Und jetzt umfangen zwei Hände, seine Hände, meine Hüfte, und wir hüpfen gemeinsam, sein Körper an meinen gepreßt. »Nie wieder, nie wieder!«

»Luz, Luz.«

Ich habe das Gefühl, von Ramiro, der von meinem Großvater weiß und mich dennoch umarmt, stellvertretend für alle anderen akzeptiert zu werden. Als umarmten sie mich alle, als sagten sie alle, es sei richtig und gerecht, daß ich mich mit ihnen verbrüdere. Genau das ist es, was ich fühle. Über vergossenes Blut wird nicht verhandelt. Es wird auch nicht verziehen. Mein Körper, meine Haut, mein Kopf, meine Gefühle haben entschieden. Ich werde nicht verzeihen.

Sie blieben stundenlang auf dem Platz und hörten Fito Paez, Teresa Parodi und León Gieco singen. Später, in einem Café, tasteten sie sich vorsichtig aneinander heran und tischten sich gegenseitig die Lüge auf, sie wären von ihren Gruppen getrennt worden. Und dann gingen sie zu Ramiro, wo sie sich, zusammen mit der eilig abgeworfenen Kleidung, aller Mißverständnisse und Ängste entledigten. Nun gab es nur noch die Weisheit der Haut und die Wärme der Hände und das Begehren der Münder, und das, was sie bereits auf dem Platz geahnt hatten, wurde ganz klar: Alles, was sie bis jetzt gedacht hatten, war falsch. Hier waren sie und liebten sich hungrig und entschädigten sich für die verlorene Zeit ihrer Liebe, die so unabänderlich und so wirklich war wie ihre Körper selbst. Vielleicht aus Angst, diese Gewißheit zu verlieren, sagten sie sich in dieser Nacht nichts mehr, bis Luz nach Hause ging und sich mit einem langen Kuß von ihm verabschiedete. Kein »Ich rufe dich an«, kein »Bis morgen«, kein »Auf immer«.

Ramiro hat mich nicht gebeten, bei ihm zu übernachten, und ich habe ihn nicht gefragt, was aus dem Mädchen geworden ist, mit dem er zusammen war. Wir sahen uns einfach jeden Tag, ohne daß wir für das, was wir erlebten, nach Worten suchten. Wir ließen es uns einfach gutgehen in dieser Wolke von Wohlgefühl. Aber dann kam der gestrige Abend, an dem ich ihm alles erklären konnte, was ich bei der Kundgebung empfunden hatte: meine Rührung, mein Wissen um die Geschichten, die ich in den Gesichtern vieler Menschen gelesen hatte, meine Scham, als wir uns trafen, er, der Sohn eines Vermißten, ich, die Enkelin eines Unterdrückers, seine Hände, die mich stellvertretend für alle akzeptierten, und mein Schwur, nicht zu vergessen, nicht zu verzeihen. Und da sagte er:

»Aber du wohnst noch immer zu Hause.«

Ja, es war absurd, lächerlich und widersinnig, all dies zu sagen und bei meiner Familie zu bleiben.

»Ich schlafe bei dir« – ich bekam Angst und fügte hinzu: »heute noch, wenn du willst.«

»Was hast du deiner Mutter heute vorgelogen?«

Ich durfte mich nicht verteidigen, ich mußte es ihm beweisen. Ich nahm den Telefonhörer ab. Als Mama sich meldete, sagte ich nur: »Ich komme nicht zum Schlafen nach Hause«, und dann legte ich auf. Ramiro umarmte mich, er war glücklich. In diesem Moment traf ich meine Entscheidung.

»Willst du immer noch, daß ich zu dir ziehe?«

»Zweifelst du etwa daran?«

»Was auch immer Mama mit uns anstellt?«

Das war ihm völlig egal.

Und nun gehe ich nach Hause und packe meine Reisetasche und sage Mama Bescheid. Ich habe Angst, aber ich freue mich auch darauf. Egal, was Mama sagt oder tut. Ich ziehe zu Ramiro.

Als ich die Haustür öffne, zittert meine Hand, allein bei der Vorstellung, wie Mama reagieren wird, geht eine physische Angst durch meinen Leib. Zuerst werde ich in mein Zimmer gehen und die Tasche packen, danach werde ich es ihr sagen. Nein, ich werde ihr lieber einen Brief hinterlassen. Wozu sollen wir noch reden? Aber es wird unmöglich sein, dem Gespräch auszuweichen, denn wenn sie zu Hause ist, wird sie mir wegen heute nacht Vorwürfe machen. Im Wohnzimmer ist sie nicht. Claudia, das Dienstmädchen, läuft mir über den Weg.

»Deine Mama ist in ihrem Zimmer. Geh schnell zu ihr«, sagt sie verstört, »sie ist völlig am Boden.«

Ich will mir gar nicht ausmalen, was für einen Skandal sie gemacht haben muß, wenn selbst Claudia den Tränen nahe ist. Es wird schlimmer werden, als ich gedacht habe. So können wir nicht leben, es kann sie doch nicht so sehr mitgenommen haben, daß ich nicht zum Schlafen nach Hause gekommen bin. Aber ihr Weinen, das ich jetzt, im Vorraum zu den Schlafzimmern, höre, hat etwas Erschütterndes. Das ist absurd! Wie kann sie nur so darunter leiden? Ich gehe weiter und höre Daniels Stimme. Mir wäre lieber, wenn er nicht hier wäre, aber letztendlich ist es egal. Und dann sehe ich, wie sie völlig gebrochen auf ihrem Bett liegt, und für einen Augenblick empfinde ich Mitleid mit ihr.

»Dein Großvater ist gestorben«, sagt Daniel trocken.

Sie richtet sich auf, umarmt mich und weint an meiner Schulter. Sie ist völlig verzweifelt. Kein Vorwurf wegen dieser Nacht. Ihr Schmerz läßt keinen Platz für anderes. Vielleicht erlaubt sie deshalb diese Berührung, diese eigenartige Situation, diese Nähe, diese Umarmung. Und ich habe Schuldgefühle, weil ich mich wohl fühle, während sie leidet. Aber ich kann dieses unwillkürliche Gefühl der Zärtlichkeit nicht unterdrükken, diese seltsame Empfindung bei dem unerwarteten Kontakt mit Mama, als wir uns in den Armen liegen und sie an meinem Körper weint. Und auch ich weine, denn endlich darf ich meine Mama umarmen.

»Wie ist es passiert? Und wann?«

»Gehirnschlag. Amalia hat es uns gesagt. Man konnte nichts mehr tun.«

Sie haben seinen Sarg in eine Fahne gehüllt. Ich weiß nicht einmal, wer dieses Monster in Uniform ist, das gerade spricht. Ich will ihm nicht zuhören. Mama greift nach meiner Hand, und die Wut, in die mich die Worte dieses Untiers versetzen, bedeutet eine Gefahr für die zarte Berührung unserer Hände. Mama liebt mich, sonst würde sie in diesem Augenblick nicht nach meiner Hand suchen. Sie löst sich von mir und geht neben ihrer Mutter und ihren Schwestern nach vorn zum Sarg. Sie weint untröstlich. Ich sehe diese vier Frauen am Fuß des Sarges. Sie haben das Glück, zu wissen, daß darin der Körper ihres Mannes, ihres Vaters, liegt. Wie viele Menschen in diesem Land hatten keine Gelegenheit, ihren Liebsten auf diese Weise ein letztes Lebewohl zu sagen? Und schuld war dieser Unmensch, der da liegt und mit der Fahne bedeckt ist. Jetzt betrachte ich auch die anderen, die steif und stolz in ihren Uniformen dastehen. Wie können sie es wagen, sich in dieser Aufmachung zu zeigen, nach allem, was sie angerichtet haben? Warum bringt sie niemand um? Warum ist niemand da, der sie beschimpft?

Man läßt den Sarg an Ketten hinunter. Ob die Fußfesseln der Gefangenen dasselbe Geräusch gemacht haben? Alfonso, ich bin froh, daß du tot bist, daß ich dich nie mehr sehen muß. Dreckskerl! Mörder! Hurensohn! Diese Beschimpfungen, mit denen ich insgeheim von ihm Abschied nehme, während seine Familie weint, bereiten mir eine stille Freude, die mich ganz benommen macht. Jetzt ist der Sarg nicht mehr zu sehen. Mama kommt zu mir zurück und umarmt mich. Ich denke jetzt nicht daran, wer Alfonso war, ich denke nur daran, daß der Vater meiner Mutter gestorben ist, daß sie leidet und daß sie mich braucht.

Ramiro fiel es schwer, dieses Gefühl zu verstehen, das Luz ihm zu erklären versuchte. Dieses Gefühl der Nähe zu ihrer Mutter.

»Verstehst du, ich habe so etwas nie gefühlt. Wie konnte ich ihr sagen, daß ich von zu Hause weggehen will, wo sie gerade erfahren hatte, daß ihr Vater gestorben war? Ja, er war ein Hurensohn, einverstanden, aber er war ihr Vater. Und sie ... wie soll ich es sagen? Sie ist, wie sie ist, aber sie ist meine Mama. Und sie zeigt mir zum ersten Mal, daß sie mich braucht. Ich weiß nicht, vielleicht findest du es blöd von mir, aber es macht mir Freude, ihr einen Tee zu bringen oder einfach bei ihr zu bleiben, wenn sie im Sessel sitzt und aus dem Fenster sieht, ihr vielleicht eine Hand auf den Arm zu legen oder sie sogar zu umarmen, verstehst du, Ramiro? Nicht nur ihretwegen, auch meinetwegen, ich habe so etwas nie erlebt. Wir können doch noch ein paar Tage warten. Nur zwei oder drei Tage. Sobald es ihr bessergeht, ziehe ich zu dir.«

Ich beobachte mich ständig, fünfzigmal am Tag gehe ich ins Bad und suche nach diesem kleinen Fleck, der aber nicht zu sehen ist. Er hätte schon vor zehn Tagen erscheinen müssen. Ramiro sagt zwar nichts, aber ich weiß, daß er sich ärgert, weil ich noch immer zu Hause wohne, und vielleicht habe ich ihm deshalb erst gestern abend gesagt, daß ich überfällig bin.

Ich weiß nicht, welche Reaktion ich von ihm erwartet habe, aber dieses Lächeln, aus dem ein Lachen wurde, hat mich völlig verwirrt. Worüber lachte er? Begriff er, was ich ihm da sagte?

»Ja, ich begreife. Ein totales Durcheinander. Aber es freut mich, Luz, es macht mich froh.«

Und ich spürte die Sicherheit in seinen Armen. Ich brauchte nichts zu fürchten, wenn Ramiro mich in die Arme nahm.

Und jetzt, zu Hause, sehe ich wieder nach. Aber wieder nichts. Den Test werde ich später machen, wenn ich zu Ramiro gezogen bin. Mama ruft nach mir und bittet mich, bei ihr zu bleiben. Ich sage, ich müßte bald weg, weil ich bei Gabi eine Arbeit zu schreiben hätte. Wie lange werde ich noch lügen? Instinktiv berühre ich meinen Bauch.

In ihrem Schmerz spricht sie jetzt leiser.

»Na gut«, sagt sie friedfertig. »Ich wollte dir nur erzählen, wie es war, wenn Papa uns zu den Manövern mitgenommen hat. Wir blieben im Auto, während er ...«

Ich versuche, ihre Worte nicht in mich aufzunehmen. Für mich sind sie nichts als ein Gebet, das sie braucht und das absolut nichts bedeutet. Ich habe alles zum Schweigen gebracht, was diese leise Ruhe, an die ich so wenig gewöhnt bin, zerstören könnte. Und während sie weiter diese Geschichte erzählt, der ich nicht zuhöre, fühle ich, wie traurig, aber wie unumgänglich es für mich sein wird, diesen zarten Waffenstillstand, der zwischen uns herrscht, zu beenden. Und es tut mir leid. Gerade jetzt, nachdem wir uns endlich umarmen konnten.

Sie planten alles sehr schnell. Obwohl Luz sich zwei Tage zum Nachdenken erbat, faßten sie ihren Entschluß gleich in dem Moment, da sie in der Röhre den feinen Strich sahen, der »positiv« bedeutete. Sie umarmten sich gerührt.

Marta war die erste, die es erfuhr.

»Ja, Mama, kann sein, daß es Wahnsinn ist, aber wir wollen es beide.«

Anstatt zu antworten, betrachtet sich Marta im Spiegel: Sieh mal, Ramiro, ich sehe schon aus wie eine Großmutter. Nicht wahr? Wunderschön.

Und dann lachten sie lange gemeinsam. Ja, zuerst hatte sie es für Wahnsinn gehalten. Ganz so wahnsinnig konnte es aber doch nicht sein, sie waren so glücklich und so entschlossen, und sie selbst freute sich so sehr über die Nachricht.

»Mama, ich bin schwanger.«

Mariana erwiderte, das hätte sie wohl absichtlich gemacht, um ihr weh zu tun. Hätte sie ihr diesen Ärger nicht ersparen können? Warum hatte sie es ihr überhaupt gesagt? Hätte dieser verantwortungslose Kerl nicht die Pflicht übernehmen können, sie zu begleiten? Oder war er etwa noch nicht fünfundzwanzig Jahre alt?

»Was willst du damit andeuten? Hätte ich lieber abtreiben sollen, ohne dir etwas zu sagen?«

Mariana gab keine Antwort. Natürlich wird Ramiro seine Pflicht übernehmen, aber er wird sie nicht zur Abtreibung begleiten. Er wird Vater werden.

Du bist ja völlig verrückt! Nein, Mariana würde das nicht zulassen.

Sie könne ihr gar nichts verbieten, sagte Luz, diesmal würde sie zum Richter gehen, falls Mariana nicht einverstanden war. Sie hätten beschlossen zu heiraten, aber eigentlich nur ihretwegen, um ihr weiteren Ärger zu ersparen. Denn ihnen war es im Grunde egal.

Wie konnte sie nur an Heirat denken, jetzt, wo sie in Trauer waren? Hatte sie schon vergessen, daß ihr Großvater noch keine zwei Monate unter der Erde war?

»Und wann ist es dir lieber? Wenn ich einen riesigen Bauch habe?«

Mariana weinte vor Wut. Ganz anders als damals, als ihr Vater gestorben war. Luz hörte sich noch eine Zeitlang an, wie sie weinte, nein, sie konnte ihr nichts von ihrem Glücksgefühl vermitteln, sie konnte sie nur weinen lassen.

»Wann ist es soweit?« fragte Mariana endlich.

»Im Januar.«

Das zumindest beruhigte sie. Im Januar ist niemand in

371

Buenos Aires. Aber irgend etwas mußten sie sagen, um zu begründen, warum sie jetzt heirateten. Könnten sie nicht in die USA gehen? Sie war bereit, ihnen Geld für ein oder zwei Jahre zu geben. Es wäre das beste, wenn sie für lange Zeit verschwinden würden, damit die Leute nichts merkten. O Gott, was sollte sie tun?

Am selben Abend ging Ramiro zu Daniel und Mariana, um mit ihnen zu reden. Beide erneuerten ihr Angebot, ihnen zu helfen, damit sie das Land verlassen konnten. Und was die Hochzeit betraf, hatte sich Mariana gedacht, daß ...

Luz konnte nicht glauben, daß Mariana an diesem Nachmittag schon so viele irrsinnige Pläne geschmiedet hatte.

An den folgenden Tagen war es ihr fast peinlich, mit anzuhören, wie Mariana ihren Freunden erzählte, Luz' Verlobter hätte einen fabelhaften Vertrag mit einer großartigen Werbeagentur in den USA bekommen und wollte Luz mitnehmen. Ja, auch sie hätte ihnen vorgeschlagen, noch zu warten, aber sie wären schon lange verlobt. Und du weißt ja, wie die jungen Leute sind. Andererseits war es für ihn eine gute Gelegenheit.

Dieser Jungunternehmer aus guter Familie war derselbe, der vor einigen Monaten noch ein barbarischer Verführer von Minderjährigen gewesen war. Luz fand es unerträglich, wie sklavisch Mariana von der Meinung anderer abhing.

Sie mußten versprechen, nichts zu sagen, kein Wort, zu niemandem. Und obwohl weder sie noch Ramiro die Sache mit den USA akzeptierten, verpflichteten sie sich, Mariana nicht Lügen zu strafen, wenn sie ihren Freunden begegneten. Zum Glück würde es kein Fest geben, weil sie in Trauer waren.

»Wenigstens einen Toast«, sagte Mariana flehend.

Alfonso war schon tief unter der Erde. Marta und Antonio würden nicht die Schmach ertragen müssen, ihm die Hand zu geben.

»Ist gut, Mama, wir stoßen wenigstens miteinander an.«

Luz und Ramiro feierten allein und tanzten bis zum Morgengrauen.

Kapitel sechzehn

Meine Beine sind weit geöffnet, noch einmal pressen, und noch einmal, und er ist da, er wird kommen, er drängt, es ist nicht nur mein Atmen, er selbst drängt hinaus. Ich richte mich auf und sehe sein rotes Köpfchen, den ganzen Körper, der, bedeckt von meinem Blut, aus mir herauskommt, und ich sehe die Nabelschnur, durch die wir noch immer verbunden sind, und die Ramiro jetzt gemeinsam mit dem Arzt durchschneidet.

Man legt ihn auf meinen Bauch, er ist warm, er dreht mir sein Gesicht zu. Ja, ich bin deine Mama. Was ich spüre, ist gewaltig, beeindruckend, eine wahnsinnige Freude.

Jetzt Ramiros Kuß, und ein Paar Hände, die Juan von meinem Bauch heben. Ich sage Ramiro, daß man ihn nicht wegbringen soll. Ich verstehe nicht, was er mir erklärt. Ich habe starke Schmerzen. Die Plazenta kommt heraus, die Hebamme ist da, ich presse, aber ich will mich keinen Augenblick lang ablenken lassen. Meine Augen suchen Juan, aber ich sehe ihn nicht mehr. Ich will mich aufsetzen, aber man erlaubt es mir nicht. Juan ist nicht mehr in mir, und darum können sie ihn mitnehmen. Der irrsinnige Wunsch, ihn weiter in meinem Körper zu haben. Die Furcht ist wie eine gigantische Welle, die auf den warmen Sand flutet. Sie sollen mir Juan zurückgeben, sie sollen mir erlauben, mich zu bewegen.

»Ramiro! Ramiro!« rufe ich. »Wo ist Juan?«

»Er wird untersucht, Luz. Es geht ihm gut, er ist völlig in Ordnung.«

»Sie sollen ihn herbringen.«

»Sei ganz ruhig, man bringt dich bald auf dein Zimmer.« Er küßt mich und geht.

»Ramiro! Ramiro! Gehst du zu Juan? Laß ihn nicht allein.«

Ramiro sieht mich erstaunt an, aber er will sich nicht ablenken lassen, er geht. Besser so. Ich will nicht, daß er Juan mit den Fremden allein läßt.

373

»Wann gebt ihr mir meinen Sohn?« frage ich die Krankenschwester, die mein Bett schiebt.

Sie lacht: bald.

Ich will aufstehen und dabeisein, während man Juan untersucht. Aber man verbietet es mir.

Zuerst die riesige Freude, dann die entsetzliche Furcht. So ging es Luz den ganzen ersten Tag über. Als die Säuglingsschwester kam, um das Baby zu holen, schlief sie gerade, aber kaum wurde die Wiege bewegt, wachte sie erschrocken auf.

»Was tun Sie da? Wohin bringen Sie ihn?«

Sie mußte ihn untersuchen, ihm die Windeln wechseln, erklärte die Schwester zunächst noch heiter. Konnte sie das nicht hier tun? Nein, das konnte sie nicht. Und dann sah die Säuglingsschwester Ramiro an, wie um seinen Beistand zu erbitten. Aber Luz wollte keine Erklärungen von Ramiro, er sollte der Säuglingsschwester folgen, bei ihr bleiben und Juan nicht aus den Augen lassen.

Ramiro verließ den Raum, um Luz einen Gefallen zu tun, aber er fragte sich, was er da auf dem Flur eigentlich tat, warum er der Säuglingsschwester hinterherlaufen sollte. Ihr tadelnder Blick bewies ihm, daß er fehl am Platz war.

Luz weinte, als er wieder ins Zimmer kam. Sie ertrug es nicht, daß man ihr Juan entriß. Und weder Ramiros Beschwichtigungen noch seine Zärtlichkeit konnten sie aus ihrem Angstzustand befreien.

Ramiro verstand das zwar nicht, aber das nächste Mal fragte er die Säuglingsschwester, ob sie es nicht unterlassen konnte, das Baby wegzubringen. Seine Frau ertrug das so schlecht. Ja, natürlich verstand er, daß es seine Gründe hatte, er wollte sie nur um den Gefallen bitten, das Kind so selten wie möglich wegzuholen. Er wollte nicht, daß Luz so litt. Wie war das nur möglich, wo sie doch zur gleichen Zeit so glücklich war. Genau wie im Kreißsaal, diese glänzenden Augen, als man ihr das Baby auf den Bauch legte, und dann dieser erschrockene Blick, als Juan weggebracht wurde.

»Keine Sorge, das ist ganz normal. Frauen leiden gewöhnlich unter postnatalem Streß«, beruhigte ihn sein Onkel Marcelo, der Psychoanalytiker.

Aber er fand es nicht so normal. Es machte ihm angst. Weder zählten die Worte des Onkels, noch konnten seine schützenden Arme, in denen sie immer ihre Sorgen vergaß, diesem Entsetzen ein Ende bereiten. Er konnte fühlen, wie es von ihrem Körper Besitz ergriff, er spürte es durch die Haut. Er würde die Gründe dafür schon noch verstehen. Oder auch nicht. Jetzt wollte er nur, daß man sie so bald wie möglich nach Hause entließ.

Dieses zarte, saugende Geräusch beruhigt mich und erfüllt mich mit Wohlbehagen. Noch immer schüttelt mich diese Wut, die mich bei Mamas Besuch gepackt hat. Zum Glück habe ich sie hinausgeworfen. Was machst du denn da? fragte sie, und allein schon in ihrem Tonfall und in ihrem Blick entdeckte ich etwas, was ich in der letzten Zeit ganz vergessen hatte: diesen gewissen Ekel, diese Ablehnung mir gegenüber. Und plötzlich waren da wieder die Blicke, die sie mir zuwarf, wenn ich tanzte, diese schneidenden Blicke. Ich spürte eine unbändige Wut in mir wachsen. Warum fragte sie, was ich machte? Sie sah es doch. Ich hatte Juan in meinen Armen und versuchte ihm die Brust zu geben. Ich erklärte ihr irgend etwas über die Vormilch und sagte, daß die Milch schon noch kommen würde.

»Du willst ihn doch nicht etwa stillen? Wozu denn? Es gibt doch sehr gute Produkte! Deine Brust wird die Form verlieren, und das wäre schade.«

Ich sagte nur, daß sie gehen sollte, ich wollte mit Juan allein sein. Ich will nicht wegen Mama auf dieses wunderbare Gefühl verzichten müssen. Hoffentlich ist sie nicht noch im Flur, hoffentlich bleibt sie noch lange so beleidigt, wie sie war, als sie aus dem Zimmer ging. Hoffentlich ist sie so beleidigt, daß sie weg bleibt.

Als die Säuglingsschwester mich fragt, ob sie meine Mutter

hereinlassen soll, fühle ich schon, wie mich wieder diese Wut packt, die vor langer Zeit entstanden ist. Ich sehe Juan an. Es ist vorbei, sage ich mir, die Zeiten haben sich geändert.

»Ja, bitte.«

Es macht mir nichts aus, wieder zu hören, wie sie alle belogen und die Geburt vor ihnen geheimgehalten hat. Erst nach den Ferien wird sie es allen gestehen. Nur Amalia und ihre Schwestern wissen bisher davon, aber sie werden natürlich nicht kommen, weil ich sie gebeten habe, mich nicht in der Klinik zu besuchen. Nur Ramiros Onkel sei da, fährt sie fort. Ihr Gerede stört mich nicht, es ist wie ein Geräusch, wie ein Zirpen. Als sie später das Päckchen aus der Tasche holt und es mir übergibt, bin ich froh, weil ich hoffe, daß ihr Besuch damit beendet ist und sie endlich geht. Aber als ich das Päckchen öffne und die Babyflasche sehe, muß ich an mich halten, um sie ihr nicht an den Kopf zu werfen.

»Ich habe vor, ihn zu stillen, Mama.«

Und sie, als hätte sie nichts gehört: Na gut, aber du wirst ihm doch auch die Flasche geben. Und dann erklärt sie mir etwas über den Nuckel und darüber, warum er so und nicht anders geformt ist. Sie legt ihn mir in die Hand, und ich fahre zusammen, als ich den Gummi berühre. Als ob ich mich verbrannt hätte.

Ich stelle die Flasche zurück auf den Nachttisch, um sie nicht am Boden zu zerschmettern. Ich will nicht mit Mama streiten, will ihr nicht sagen, daß mich ihr kleines Geschenk in Wut bringt. Eine Kleinigkeit nur, hat sie gesagt. Damit seine erste Flasche ein Geschenk von Mariana ist.

Ramiro erwachte, als das Glas an der Wand oder auf dem Boden zerbrach. Luz weinte verzweifelt, obwohl Juan ruhig in seiner Wiege lag. Was war geschehen? Sie hatte die Flasche, die ihre Mutter ihr geschenkt hatte, mit Gewalt zu Boden geworfen.

Er konnte es nicht begreifen. Hatte sie ihm nicht recht gegeben, als er auf sie eingeredet hatte, sie habe keinen Grund, auf ihre Mutter wütend zu sein? Wie war es möglich, daß Luz, die so glücklich eingeschlafen war, mitten in der Nacht erneut diesen unverständlichen Haß auf ihre Mutter verspürte?

»Aber es geht doch gar nicht um Mama, es ist ... ich weiß nicht.«

Luz war mitten in der Nacht aufgewacht, weil sie ohne jede Absicht den Nuckel berührt hatte. Und genau wie am Nachmittag hatte diese Berührung sie in einen schrecklichen Zustand versetzt.

»Wie wenn man auf eine Spinne oder einen Skorpion trifft. Ich hasse die Flasche, Juan wird nie daraus trinken.«

Er fand es besser, gar nicht erst zu versuchen, Luz zu verstehen, er mußte sie nur beruhigen. Er legte sich neben sie und schloß sie in die Arme. Jetzt war es nicht das Entsetzen wie vorhin, als Juan geholt wurde, sondern ein tiefer Schmerz, eine unendliche Traurigkeit, die für Ramiro ebenso unbegreiflich war wie ihre Angst. Was war nur los mit ihr? Sie waren doch zusammen, mit ihrem Kind. Warum jetzt diese Traurigkeit?

Luz wußte es nicht, vielleicht hatte es etwas mit ihrer Mutter zu tun.

»Und diese Erinnerung hatte tatsächlich etwas mit meiner Mutter zu tun, mit dem Tag, an dem man mich meiner Mutter entriß. Meiner wirklichen Mutter, nicht der, die ich dafür hielt.«

Sie hat mich niemals gestillt, es ist ihr sehr schlechtgegangen, als ich zur Welt kam. Vielleicht ist mir, als ich ein Baby war, irgend etwas passiert ... etwas ... mit einer Flasche, und darum ... ich verstehe es nicht.

Ramiro ließ sie lange reden. Es war eine vergebliche Suche auf den Pfaden ihres Gedächtnisses, die sie nirgendwohin zu führen schien.

Am besten wäre es, wenn sie schlafen würde. Sie würden zu Hause darüber sprechen, morgen würden sie die Klinik verlassen. Auch Ramiro war müde, er mußte schlafen.

Luz weckte ihn mit einem Kuß. Sie saß auf dem Bettrand.

»Müssen wir schon gehen? Wie spät ist es?«

Nein, sie hatte ihn geweckt, weil sie Juan angesehen und

377

lange nachgedacht hatte. Und weil ihr etwas eingefallen war – sie sprach sehr leise, als fürchtete sie, daß jemand zuhören könnte –, etwas, das vielleicht erklären konnte, was mit ihr los war, und worüber sie sofort mit ihm sprechen mußte. Ramiro sah auf die Uhr. Es war sechs. Der Glanz in ihren Augen machte ihm angst. Er umarmte sie, aber sie machte sich los. Sie wollte, daß er sie ansah.

»Ramiro, ich wurde am 15. November 1976 geboren. Begreifst du? Neunzehnhundertsechsundsiebzig.«

Nein, er begriff überhaupt nichts. Er verstand ihre Aufregung nicht. Was wollte sie damit sagen? 1976?

»Das war kein gewöhnliches Jahr. Das weißt du sehr genau. In dem Jahr ist dein Vater verschwunden. Und viele andere, und auch schwangere Frauen. Ich habe darüber gelesen und ich weiß, was man mit ihnen gemacht hat.«

Ramiro richtete sich auf. Irgendwie mußte er dem, was mit Luz geschah, ein Ende bereiten, aber es war offensichtlich, daß sie reden mußte. Eigentlich hatte sie es schon früher gewußt. Wieso hatte sie es nur nicht begreifen können? Jetzt erinnerte sie sich daran, wie sie die Fernsehsendung über den Fall der Zwillinge gesehen hatten. Weißt du noch? Das war, bevor ich dich kennenlernte.

»Ich weiß nicht, ob du dich an den Fall dieser Zwillinge erinnerst. Sie lebten bei Miara, dem Kerl von der Polizei, und er selbst hatte die Mutter gefoltert. Es vergingen Jahre, ehe man sie der Familie zurückgeben konnte, die Richter verhinderten alles. Und später dann >sehnten< sich die Jungen angeblich nach der Mama. Also nach der Frau des Mörders.«

»Ja, damals war ich gerade zu Besuch in Buenos Aires. Ich habe einen der Jungen im Fernsehen gesehen. Ich habe gesehen, wie die Presse den Fall manipuliert hat. Und ich habe die Meinung einiger Argentinier gehört, die straffrei geblieben waren und offenbar an Gedächtnisschwund litten. Das war mein Abschied. Seither setze ich keinen Fuß mehr auf argentinischen Boden.«

»Mariana verfolgte den Fall, als wäre es eine Fernsehserie, und sie war wütend auf die Leute, die die Jungen ihrer wirklichen Familie zurückgeben wollten. Und ich weiß nicht, was ich eines Tages sagte, ich wußte ja

378

nicht richtig Bescheid, so etwas wie daß sie im Recht seien, daß man sie ihrer Familie zurückgeben müsse, so oder ähnlich, und Mariana benahm sich wie eine Hyäne. Aber damals war das gar nichts Besonderes für mich. Es war einfach wieder etwas, worüber wir uns nicht einig waren. In der Klinik habe ich mich daran erinnert und fing an, es mit anderen Episoden aus meinem Leben in Verbindung zu bringen.«

Luz reihte Glied um Glied einzelne Begebenheiten aus ihrem Leben aneinander (das mit dem Befehlsnotstand, von dem Natalie gesprochen hatte, die Frau, die sie an der Schule abgefangen hatte ... hatte sie ihm jemals davon erzählt? Ihr Verdacht, ein Adoptivkind zu sein, wenn sie mit Mariana stritt, deren Angst, daß sie auf der Universität Kontakt zu Kommunisten haben könnte). All diese Dinge fügte sie zu einer Art Rosenkranz zusammen, der zu der Frage führte, die Ramiro nicht mehr zurückhalten konnte:

»Du glaubst also, daß du die Tochter einer Vermißten bist? Warum denn?«

»Sieh mal, Mama konnte später keine Kinder mehr bekommen, und wenn ich vielleicht nicht ... ich meine, vielleicht hat sie ihr Kind verloren, und dann« – jetzt war sie nicht mehr aufzuhalten – »dann hat Alfonso ihr irgendwo ein anderes Baby besorgt, du weißt doch, wer Alfonso war. Wo sollte er es herhaben? Und vielleicht bin ich dieses Baby.«

»Du gehst zu weit, Luz. Du hast keinen Anlaß, so etwas zu denken.«

»Nein« – sie war erregt, aber entschlossen. »Und warum hat sie wohl jedesmal, wenn sie auf mich wütend war, gesagt, daß solche Dinge erblich sind? Ich dachte damals, sie meinte Papa, aber denk doch mal nach, Ramiro, sie könnte sehr wohl meine Gene gemeint haben, die anderen.«

»Luz, du bist wütend auf deine Mutter. Ich verstehe dich, aber sie liebt dich auf ihre Art.«

»Nein, sie hat mich nie geliebt«, unterbrach sie ihn scharf.

Als Juan zu weinen begann, erreichte er im Handumdrehen das, was Ramiro nicht gelungen war: sie aufzuhalten in diesem wahnsinnigen Lauf, der nach der Berührung mit dem Nuckel begonnen hatte. Luz nahm Juan auf, legte sich aufs Bett, knöpfte ihr Nachthemd auf und gab ihm die Brust.

Sie lächelte und war ganz ruhig. Offenbar ging es ihr wieder gut. Ramiro sah die beiden zärtlich an. Vielleicht sollte Luz eine Psychoanalyse beginnen, dachte er. Er nahm sich vor, ihr irgendwann diesen Vorschlag zu machen. Jetzt aber sollte nichts diesen Frieden und dieses Glücksgefühl stören. Dieses Gefühl wollte er bewahren, und alles, was Luz gesagt hatte, sollte vergessen sein. Und doch mußte er an die erste Zeit mit ihr denken. Als er damals von manchen Ausbrüchen Marianas erfahren hatte, hatte er sich nur schwer vorstellen können, daß eine Frau die Tochter, die sie in ihrem Leib getragen hat, so behandeln konnte. Aber natürlich hatte er alles auf diese Scheißideologie und auf ihren abscheulichen Charakter geschoben.

Nach ihrer Heirat hatte sich Mariana ziemlich zurückgehalten. Allerdings hatten sie sich nur selten gesehen. Mariana war nicht in Urlaub gefahren, weil sie bei Luz sein wollte, wenn das Baby zur Welt kam, und das wollte viel für sie heißen. Selbst Luz war davon überrascht gewesen.

Am Nachmittag, als sie so betreten aus dem Zimmer kam, weil Luz sie hinausgeworfen hatte, da hatte er den Eindruck gehabt, daß sie Luz liebte, trotz allem. Darum hatte er sie auch überredet, in der Klinik zu bleiben. Alles wäre nur ein Mißverständnis, sagte er, Luz bliebe beim Stillen gern mit dem Baby allein. Er war sich der Schwiegermutter gegenüber sehr großzügig vorgekommen.

Er mußte Luz bitten, diesen wunderbaren Moment in ihrem Leben nicht durch die Konflikte mit ihrer Mutter zu trüben. Schließlich war Mariana in letzter Zeit ziemlich sanft gewesen, Luz hatte es selbst zugegeben. Keiner von ihnen, weder er noch Luz noch Juan, hatten es verdient, daß diese schmutzige und geladene Atmosphäre, wie Luz es einmal genannt hattee, in ihr kleines Königreich eindrang.

Ich wollte mit Ramiro sprechen, aber heute war ein schwieriger Tag. Juan weinte, und wir wußten nicht genau, was wir tun sollten, ob er Hunger hatte oder ob wir ihm die Windeln wechseln mußten oder ob wir ihn hochnehmen sollten oder ob wir ihn besser in die Wiege legten. Wir hatten Angst, es könnte etwas Ernsthaftes sein.

»Das ist immer so«, beruhigte uns Marta. »Die ersten Tage verstehst du gar nichts. Du erschrickst bei jeder Kleinigkeit, bis du dich schließlich daran gewöhnst.«

»Du hast viel lauter geschrien«, sagte Mama. »Und wie du geschrien hast! Es war nicht auszuhalten.«

»Ich habe geschrien?«

Ich nutzte jede Gelegenheit, um von ihr zu hören, wie ich war, als ich geboren wurde. Aber sie wehrte ab. Sie habe mir doch schon gesagt, daß sie mich im ersten Monat so gut wie nie gesehen habe.

»Und wer hat für mich gesorgt?«

»Zuerst warst du in der Klinik, und dann warst du bei Mama. Wo hast du die Wiege gekauft? Sie ist wunderschön.«

In einem Augenblick, als Mama uns nicht hören konnte, sagte ich zu Ramiro: Findest du nicht, daß sie etwas zu schnell das Thema wechseln wollte, daß sie nicht gern über meine ersten Tage spricht?

Nein, das fand er nicht, er hatte nichts gemerkt. Aber bitte, flehte er mich an, komm nicht auf die Idee, deiner Mutter zu sagen, was du mir heute in der Klinik gesagt hast. Versprich es.

Ich nickte. Es war nicht der Moment zu reden, weil Juan wieder zu weinen begann und ich mich um ihn kümmern mußte.

Jetzt schlafen Ramiro und Juan friedlich. Was hat sie wohl damit gemeint, als sie sagte, daß ich geschrien hätte, frage ich mich. Es ist halb zwölf. Sie geht spät schlafen.

»Hallo, Mama. Nein, nichts ist passiert, alles in Ordnung. Ich wollte dich nur etwas fragen. Was meintest du damit, als du sagtest, ich hätte viel geschrien? Wann war das?«

Ich habe den Eindruck, daß meine Frage sie stört, ihr Ton ist irgendwie trocken. Sie versucht, mir freundlich zu antworten, wie immer, seit ich nicht mehr bei ihr wohne. Ich hätte

Albträume gehabt, sagt sie. Der Kinderarzt hätte gesagt, daß es Albträume waren. Albträume? Als Baby?

»Ja, du bist immer ganz erschrocken aufgewacht« – man spürt, daß sie sich große Mühe gibt, denn sie spricht in diesem leisen, beißenden Ton, den ich schon beinahe vergessen habe. »Na ja, das war bei dir so. Weißt du noch? Ich habe dir einmal gesagt, daß du wie ein geprügelter Hund aussiehst. Aber irgendwann hast du aufgehört zu schreien.«

Nein, ich frage dich nicht danach, weil auch Juan so erschrocken wirkt, nein, es ist reine Neugier. Wahrscheinlich willst du dich, wenn du selbst ein Kind hast, an die Zeit erinnern, als du auch so klein warst. An die ersten Tage.

Und ich kann nicht umhin, Mamas Schweigen für mich zu deuten und es mit Worten auszufüllen, die sie nicht aussprechen kann, weil sie meine ersten Tage nicht miterlebt hat. Sie hat mir doch schon gesagt, daß es ihr damals schlechtging. Na gut, Mama, ich gehe schlafen.

Wenn ich schon mit einem Monat Albträume hatte ... Ich muß aufhören zu denken, ich muß schlafen, Juan wird bald aufwachen. Ich werde schon noch hinter die Wahrheit kommen.

Was sollte das heißen, sie wäre nicht glücklich? Wie konnte er so etwas sagen? Ramiros Worte schmerzten Luz. Begriff er nicht, daß sie zum ersten Mal in ihrem Leben mit dem Gedanken aufwachte, daß es schön war zu leben? Daß sie sich jeden Tag aufs neue fragte, welches Wunder Juan wohl für sie bereithielt, daß sie sich daran freute, Ramiros Wärme zu spüren, mit ihm zu plaudern, mit ihm zu schlafen, zuzusehen, wie er Juan badete und ihn vor dem Schlafen herumtrug ... Begriff Ramiro nicht, daß sie nie im Leben so glücklich gewesen war? Warum sagte er, es tue ihm weh, daß Luz in einem solchen Augenblick ihres Lebens nicht glücklich war?

Ja, natürlich sah auch Ramiro ihr helles Lächeln und den Glanz in ihren Augen. Sie war wunderschön jetzt, etwas rundlicher als früher, mit den großen Brüsten und mit ihrem Gesicht, das viel hübscher geworden war, weicher, fraulicher, das Gesicht seiner Frau. Aber da war auch noch das andere, dieses hartnäckige Suchen, diese Anwandlungen, diese Ausbrüche, dieses Achten auf jedes Zeichen, das ihre Theorie bestätigen konnte. Manches machte vielleicht einen Sinn, aber alles andere wie dieses »Na ja« von Javier zum Beispiel. Was hatte Luz nicht alles in dieses einfache »Na ja« hineingelegt, ein Wort, das überhaupt nichts bedeutete. Übertreibst du nicht, Luz?

Vielleicht übertreibe ich, wie Ramiro sagt. Ich suche beharrlich nach Beweisen, die meinen Verdacht bestätigen könnten, und manchmal frage ich mich, warum ich das tue. Einmal habe ich absichtlich das Thema mit Javier angeschnitten, und als ich sein Unbehagen spürte, habe ich nachgebohrt, anstatt aufzuhören.

Mama sei noch immer untröstlich über Alfonsos Tod, sagte ich, und da bemerkte ich schon, wie seine Lippen sich leicht verzogen und wie sein Blick sich verdüsterte. Ich wollte es genau wissen: Mein Großvater, Alfonso Dufau, sagte ich betont. Und wieder hob sich seine Lippe verächtlich, als ob er sie nicht unter Kontrolle hätte.

»Du konntest Alfonso nicht ausstehen, stimmt's?« Javier zuckte die Achseln. »Laura hat es mir gesagt. Du brauchst es mir nicht zu verheimlichen. Ich hasse ihn. Ich schäme mich, seine Enkelin zu sein. Mama wage ich das nicht zu sagen, und nicht etwa nur jetzt, weil er gestorben ist. Auch vorher konnte ich es ihr nicht antun.«

Ein zurückhaltendes Lächeln. Javier war froh über das, was ich sagte, daran bestand kein Zweifel.

»Und nicht etwa, weil er mich als Kind schlecht behandelt hätte, nein, im Gegenteil, er war normal und sogar sehr liebevoll zu mir. Ich hasse ihn, weil ich weiß, daß er aktiv an diesem schmutzigen Krieg beteiligt war. Hast du das damals gewußt?«

Javier nickte stumm, aber ich ließ nicht zu, daß er Atem holte, sich besann und das Thema wechselte.

»Wußte Papa davon? Ich frage dich das, weil er gestorben ist, bevor alles ans Licht kam. Hat Papa ihn gehaßt?«

»Aber Luz! Was soll diese Frage? Warum berührst du so ein belastendes Thema in einem solchen Augenblick? Wo du gerade den Mann deiner Träume geheiratet hast. Man hat mir von deinem Romeo erzählt« – Javier versuchte verzweifelt, mich von dem Thema, über das er nicht mit mir sprechen wollte, abzulenken – »Und du hast so ein wunderhübsches Baby.«

Aber ich unterbrach ihn. Ich müsse es unbedingt wissen, sagte ich, es sei sehr wichtig für mich. Und nun erzählte er mir, daß Papa Alfonso auch nicht ertragen konnte, daß er aber nie viel über seinen Schwiegervater gesprochen hatte. Er schwieg eine Weile und hing seinen Erinnerungen nach. Und da entfuhr ihm die Sache mit der Klinik: Ich weiß noch, als du geboren wurdest, na ja, als sie in der Klinik waren. Deine Mama war auf der Intensivstation, und deinem Papa ging es sehr schlecht, und er klagte, daß Alfonso und Amalia ihn verrückt machen würden.

»Na ja? Du hast gesagt: ›Als du geboren wurdest, na ja, als sie in der Klinik waren‹. Was wolltest du mit diesem ›Na ja‹ sagen?«

Und Javier, sehr verstört: Er habe nicht ›na ja‹ gesagt, und wenn, dann bedeute das gar nichts. Er sah nervös auf die Uhr. Warum kommt Laura nicht, sie müßte doch längst da sein. Immer, wenn sie nach Buenos Aires kommt, bitten die Kinder sie ...

»Und warum ging es Papa in der Klinik so schlecht?«

»Weil deine Mama schwer krank war und weil ... deine Großeltern ließen ihn nicht über sein Leben bestimmen, sie mischten sich in alles ein« – er schien seinen gemäßigten Ton vergessen zu haben, ein alter Groll schwang jetzt in seiner Stimme mit – »Er durfte nicht mal in Ruhe leiden. Ich habe es miterlebt, ich habe es gesehen.«

»Und ich? Hast du mich gesehen? In der Klinik?«

Ich weiß nicht, ob er mit Ja oder Nein antwortete, er gab

384

nur ein undeutliches Geräusch von sich. Meine Frage hatte ihn wohl an den Rand eines Abgrunds gedrängt, in den er nicht hineinstürzen wollte. Und in diesem Moment klingelte es. Laura! Er stand selbst auf, um ihr zu öffnen. Auch Juan war aufgewacht. Ich stillte ihn und erzählte Laura von der Entbindung und von den ersten Tagen, und das »Na ja« vergaß ich über alledem.

Aber am Abend, allein mit Ramiro, gewann dieses »Na ja« wieder mehr und mehr an Bedeutung und wurde für mich zum unwiderlegbaren Beweis dafür, daß ich nicht dort, in dieser Klinik, zur Welt gekommen war. Und daß Javier es weiß und es mir nicht sagen will. Außerdem haßt er Alfonso. Paßt das etwa nicht alles zusammen?

Warum suchte sie nur so verzweifelt nach Beweisen? fragte Ramiro. Es ging ihr ja gar nicht um ein Ja oder Nein, diese wahnwitzige Idee, die sie Tag und Nacht verfolgte, wies nur in eine einzige Richtung. Woher nahm sie diese Gewißheit? Wie kannst du so etwas glauben, Luz? Warum klammerst du dich nur so unbeirrbar an den Gedanken, daß du im Gefängnis zur Welt gekommen bist? Wie kannst du nur an etwas so Düsteres denken, in diesem Moment unseres Lebens?

Es stimmt, ich habe diese Gewißheit. Ich weiß nicht genau, warum, vielleicht weil ich mir auf diese Weise so vieles in meinem Leben erklären kann. Natürlich ist das Ganze schrecklich, aber ich muß die Wahrheit erfahren. Je weiter ich nachforsche, um so besser geht es mir. Vorbei ist die Angst, daß man mir Juan wegnehmen könnte, wie in der Klinik, vorbei sind auch die Beklemmungen.

Vielleicht ist es schwer zu begreifen, aber es ist nicht der Schmerz, sondern die Freude, die mich nach mir selbst suchen läßt, nach meiner Herkunft, nach meiner Identität. Wäre ich nicht so glücklich, ich hätte nicht die Kraft, mich in diesen dunklen Tunnel zu wagen. Und du hast viel damit zu tun, Ramiro, ohne dich wäre ich nicht auf dem Weg zu mir selbst. Der

Grund ist nicht nur das, was du mir erzählt hast, sondern alles, was ich mit dir erlebe, deine Liebe, deine bedingungslose Freundschaft, dein Geschick, mir beim Denken zu helfen, deine Art, mich zu verstehen und mich zu akzeptieren, ohne über mich zu urteilen, deine wunderbare Zärtlichkeit. Und wenn wir uns lieben, ah, wie gut ich mich fühle, wenn wir uns lieben! Die Liebe und die Freude, Ramiro, sind der Ursprung meiner Suche nach Wahrheit. Weil ich mich zum ersten Mal geliebt fühle, weil ich mit dir und mit Juan zusammen bin, habe ich keine Angst. Deshalb will ich die Wahrheit erfahren.

Für Ramiro war es schwer zu verstehen, aber wenn Luz es aus Liebe tat, dann konnte es nicht so schlimm sein. Und er selbst hatte ihr geraten, das Gespräch mit den Großmüttern von der Plaza de Mayo zu suchen. Er würde, während sie dort war, bei Juan bleiben.

Marta kam, als Luz gerade gehen wollte. Ramiro war sehr froh. Er mußte mit jemandem sprechen, sich vergewissern, daß er keinen Fehler machte, oder sich von jemandem bremsen lassen, denn im Grunde war dies nicht seine Geschichte, sondern die Geschichte von Luz, und vielleicht mischte er sich allzusehr ein.

Es fiel ihm schwer, das Thema anzuschneiden, und so redete er zunächst drumherum: Zum Glück konnte er mehr als einen Monat Urlaub nehmen, um bei Juan und bei Luz zu bleiben, nein, nicht nur wegen Juan, auch wegen Luz. Seit der Geburt von Juan hat sie eine fixe Idee, die er zunächst für irrwitzig hielt, aber jetzt ist er fast so weit, daß auch er daran glaubt. Doch weil er den ganzen Tag mit Luz zusammen ist, hat er Angst, sich in diesem Netz zu verfangen, das sie jeden Tag weiterspinnt. Und er selbst ermutigt sie noch, fast ohne es zu merken, zu dieser verzweifelten Suche.

Marta verstand nichts von alldem, aber sie verstand wohl, daß Ramiro ihren Rat und ihre Hilfe brauchte.

»Was ist das für eine Idee, Ramiro? Ich verstehe nicht.«

Und da weihte er sie ein: Luz hat den Verdacht, daß sie

nicht die Tochter ihrer Eltern ist, daß man sie ausgetauscht hat ... daß sie die Tochter von Vermißten ist.

Wie konnte sie von dem grauenhaften Verdacht, den ihr Sohn da vor ihr äußerte, begeistert sein? Und doch war dies das erste, was Marta empfand: Begeisterung und beinahe Freude. Sie hatte Luz sehr gern, und sie hatte nie glauben können, daß sie aus einer solchen Familie kam. Und doch mußte sie vorsichtig sein.

»Hat sie denn Anhaltspunkte dafür, oder denkst du, sie phantasiert nur?«

Das wußte er nicht. Ramiro fügte alle Glieder dieser Kette so gut zusammen, wie Luz es ihm in diesen Tagen vorgemacht hatte. Er erzählte auch, wie sehr Luz in der letzten Zeit gereift war und daß ihr viele Dinge bewußt geworden sind, die man jahrelang vor ihr verheimlicht hatte.

»Während ihrer Schwangerschaft haben wir oft von Papa gesprochen. Sie hat mir immer wieder Fragen gestellt. Sie war ganz verzweifelt bei dem Gedanken, ihr Großvater könnte etwas mit Papas Verschwinden zu tun gehabt haben. Ich habe ihr gesagt, ich wüßte, daß es nicht so ist, Papa sei von der Marine entführt worden. Obwohl es egal ist, von wem, diese Schufte waren doch alle gleich. Ich habe es ihretwegen gesagt, ich wollte sie nicht so leiden sehen.«

Marta war den Tränen nahe: Luz ist wunderbar, Ramiro! Und ich bin gerührt, weil du in dieser Sache zu ihr stehst und ihr nicht sagst, sie wäre verrückt, nach der Entbindung wahnsinnig geworden oder so. Luz wird schon wissen, was sie zu dieser Suche antreibt. Hilf ihr, so gut du kannst, Ramiro. Und verlaß dich auf mich, wir können darüber reden, wann immer du willst.

Er hätte es seiner Mutter nicht erzählen dürfen, er hatte Luz versprochen, daß niemand außer ihnen beiden etwas erfahren würde. Aber er mußte sich jemandem anvertrauen. Es war zu belastend für ihn.

»Und hat sie Mariana nicht danach gefragt?«

»Nein, ich habe sie gebeten, es nicht zu tun. Denn wenn es

nicht stimmt ... es ist eine sehr schwere, eine furchtbare Anschuldigung. Ich weiß allerdings nicht, ob sie nicht irgendwann mit ihr darüber sprechen wird. Vor ein paar Tagen, bevor Mariana nach Punta del Este fuhr, wurde Luz entsetzlich wütend auf sie, weil sie sich nicht an den Namen der Klinik erinnern konnte, in der Luz geboren wurde. Du kannst dir nicht vorstellen, wie sie Mariana angeschrien hat. Luz glaubt, daß sie es ihr absichtlich nicht sagen will, damit sie keine Nachforschungen anstellen kann.«

Auf die Sache mit den Großmüttern war er gekommen. Es war ein Weg, etwas zu erfahren, ohne Mariana fragen zu müssen. Aber jetzt machte er sich Sorgen. Benahm er sich nicht wie ein Verrückter?

Nein, überhaupt nicht, beruhigte ihn seine Mutter, er benahm sich wie ein echter Kamerad seiner Frau.

Nein, es ist nicht gut gegangen. Ich habe den Eindruck, daß mich die Frau, mit der ich gesprochen habe, für geistesgestört hält. Zunächst fragte ich sie, ob es eine Möglichkeit gebe, zu beweisen, daß ein 1976 geborenes Mädchen die Tochter von Vermißten ist. Delia wollte wissen, warum ich so etwas frage, und ich sagte, sie solle doch bitte zuerst einmal meine Frage beantworten, ich hätte wenig Zeit. Daraufhin sprach sie von der Datenbank, in der sich das Blut der Angehörigen von Vermißten befindet. Eine Blutprobe, und ich wüßte Bescheid. Und wann kann ich das machen? Und wo? Aber es war nicht so leicht, wie ich geglaubt hatte, denn sie stellte mir viele Fragen, die ich nicht beantworten wollte.

»Und warum haben sie dir nicht erlaubt, die Blutprobe zu machen?«

»Weil sie mir nicht geglaubt haben. So wie ich die Sache beim ersten Gespräch angefangen habe ... ich war so blöd ...ˈ ich habe offenbar den Eindruck gemacht, daß ich verrückt bin.«

Ich mußte ihr sagen, daß ich aus eigenem Interesse die Probe machen wollte. Aber ich wollte nicht gestehen, daß ich Dufaus Enkelin bin. Da sie hartnäckig weiterfragte, sagte ich, ich hätte diesen Verdacht, weil meine Mutter mich nie geliebt hat, weil wir uns ständig streiten und weil ich bei vielen Gelegenheiten vermutet habe, daß ich adoptiert worden bin. Ich hörte mir geduldig mit an, wie sie mir erklärte, daß dies in der Entwicklungsphase, wenn es zu Auseinandersetzungen zwischen Mutter und Tochter kommt, ein sehr verbreitetes Gefühl sei, aber daß ich damit zu weit ginge. Also genau dasselbe, was auch Ramiro gesagt hat. Daß ich mich nicht mit Mama verstand, mußte nicht heißen, daß ... Und was konnte ich drauf sagen? Sollte ich von der Babyflasche sprechen, von Javiers »Na ja«, von dem so oft gehörten Wort »erblich«? Nein, das war absurd. Ich sagte, daß ich früher nur den Verdacht hatte, daß sie nicht meine Mutter ist, aber jetzt hätte ich fast die Gewißheit, weil ich seit eineinhalb Monaten selbst Mutter bin. Weil ich ein Baby habe. Und dann sah ich auf die Uhr und sagte, ich müsse gehen. Sie brachte mich bis zur Tür. Ich fragte noch, ob ich wiederkommen dürfe und ob sie Dokumente über Säuglinge hätten, die Mitte November 1976 oder etwa um dieses Datum herum, verschwunden sind. Man hätte mir gesagt, ich wäre am 15. November geboren worden, aber auch das könne ich nicht mit Bestimmtheit sagen.

Und da zweifelte ich nicht länger daran, daß die Frau mich für eine Verrückte hielt. Sie legte mir den Arm um die Schulter und riet mir, zuerst mit meiner Mutter darüber zu sprechen. Wie soll ich denn mit ihr reden? Wenn sie mich gestohlen hat, wird sie es mir doch nicht eingestehen!

»Kann ich Ihre Dokumente nun sehen oder nicht?« schrie ich sie beinahe an.

Ja, natürlich konnte ich das. Aber keine Blutanalyse. Ich sollte kommen und mit ihr reden, wann immer ich es wünschte.

Marta war sehr gerührt, als Ramiro ihr alles erzählte. Egal, ob Luz phantasiert oder nicht, wichtig ist, daß sie so weit gegangen ist, einer Fremden zu erzählen, daß ihre Mama sie nicht liebt. Und das nur, weil diese Fremde eine Mutter, eine Großmutter ist. Das ist sehr schwer für sie, Ramiro, ich würde mich da nicht einmischen. Luz braucht das. Und wenn sie so weitermacht, wird sie dieser Frau bestimmt sagen, wessen Enkelin sie ist und welche Probleme ihre Mutter bei der Entbindung hatte.

Ramiro bot Luz an, selbst hinzugehen und zu erzählen, unter welch besonderen Umständen ihre Mutter entbunden hatte und wer ihr Großvater war. Damit sie die Erlaubnis erhielt, die Blutprobe zu machen.

»Nein, bitte, sag nichts. Dann werden sie mich überhaupt nichts sehen lassen. Sie werden mich hassen. Ich gehe lieber allein hin.«

Als ich vor kurzem die Archive durchforstete und mir Notizen machte, sah sie mich dauernd unverwandt an, ohne etwas zu sagen. Erst als ich gehen wollte fragte sie mich, ob ich mit meiner Mutter hatte sprechen können. Aber ich sah sie nur wütend an und ging. Darum wundert mich das Lächeln, mit dem sie jetzt auf mich zu kommt. Sie betrachtet Juan (ich habe ihn mitgebracht, um länger bleiben zu können) und setzt sich mir gegenüber.

»Was für ein hübsches Baby!«

Ich lächle zurück. Sie sagt, sie würde sich gern mit mir unterhalten, ich solle ihr mehr über mein Leben erzählen, aber ich erwidere, mehr als das, was ich bereits gesagt habe, hätte ich nicht zu sagen. Ich weiß nicht, warum ich ihr gegenüber so unfreundlich bin, ich weiß doch von ihrem Kampf, ich bewundere sie doch.

Vielleicht habe ich Angst davor, daß sie erfahren, wer ich bin oder zu sein scheine. Denn wenn ich tatsächlich Alfonsos Enkelin bin, wird sie mich mit vollem Recht rauswerfen.

Ich mache mir weiter Notizen, als wäre sie gar nicht da.

»Also Luz, da du so ein Dickkopf bist, werden wir dir erlauben, die Blutprobe zu machen.«

»Aus irgendeinem Grund hatte Delia ihre Haltung geändert. Warum, hat sie mir später gesagt, weil wir Freundinnen wurden. Ja, sie ist für mich mehr als eine Freundin, eher meine Großmutter. Als sie mit den anderen Großmüttern über meinen Besuch sprach und meinen Vor- und

Nachnamen erwähnte, erinnerte sich, wie sie mir erzählte, eine Frau daran, daß Susana Collado ...«

»*Die Mutter von Dolores?*«

»*Ja. Sie hatte den Hinweis gegeben, Dufaus Tochter hätte ein Kind, das nicht ihr eigenes ist. Darum haben sie mir die Erlaubnis erteilt, obwohl ich meine Personalien damals noch vor ihnen geheimhielt.*«

Ich bin so euphorisch, daß ich nicht einmal antworten kann. Gerade jetzt beginnt Juan zu weinen, und ich gebe ihm die Brust. Delias Blick rührt mich. Sie hat feuchte Augen.

»So habe ich meine Tochter zum letzten Mal gesehen. Als mein Enkel Martín spurlos verschwand, war er zwei Monate alt.«

Und bevor sie zu weinen beginnt, steht sie auf, streicht über meinen Kopf und geht.

Als ich zu ihrem Schreibtisch komme, hat sie sich schon wieder beruhigt. Ich kann ihr nur knapp danken und fragen, wann und wo ich diese Blutprobe machen kann.

»*Aber es war zwecklos. Es gab dort nichts, was es möglich gemacht hätte, mein Blut mit dem deinen in Verbindung zu bringen. Und eine Zeitlang dachte ich, daß ich mich geirrt hätte, daß es vielleicht nur eine Phantasievorstellung gewesen war. Meine übergroße Wut auf Mama, mein Bedürfnis, mich von dieser Familie und von meinem Großvater loszusagen. Aber das hielt nur eine kurze Zeit an. Schon wenige Monate später besuchte ich Laura und Javier und beschloß, einige Tage früher als Ramiro hinzufahren. Ich wußte nämlich schon, daß ich in meinen Nachforschungen nicht nachlassen würde.*«

Warum wollte er Luz nicht die Wahrheit sagen? Laura konnte es nicht begreifen. Sie respektierte es, ja, denn Javier hatte sie darum gebeten, aber sie hielt es für furchtbar ungerecht. Sie selbst hatte Luz neulich in die Klinik begleitet, in der sie vermutlich zur Welt gekommen war, und es hatte sie sehr gestört, daß sie die Wahrheit für sich behalten mußte. Wenn du sie gesehen hättest, Javier, wie sie darauf bestand, daß man ihr die Namen der früheren Krankenhaus-Angestellten und das Geburtenregister gab.

Laura hatte beobachtet, wie Luz aufgetreten war, ihre Beharrlichkeit, ihre Entschlossenheit, und sie hatte die Überzeugung gewonnen, daß Luz ihr Ziel erreichen würde. Sie würde weiter und weiter forschen, bis sie die Wahrheit herausfand. Warum sollte man ihr die Suche nicht ersparen? Im Augenblick sucht sie verzweifelt nach einer Frau, der Tochter eines Gutsangestellten. Sie hat sich mit sechzehn Jahren entschlossen, ihre Tochter wegzugeben. Wir wissen doch, daß es diese Frau nicht gibt, warum sollen wir es ihr nicht sagen?

Was willst du denn? Soll ich ihr sagen, daß sie die Tochter einer Nutte ist, die sich übrigens nie wieder sehen ließ? Das wüßten sie doch gar nicht genau, bemerkte Laura, sie könnten es nicht mit Sicherheit sagen. Nein, nicht schon wieder dasselbe. Wann würde dieses Gespenst sie in Ruhe lassen? Reichte es nicht, daß Eduardo tot war?

Auch davon hatte Luz gesprochen, und Laura hatte ihr gesagt, daß sie nie an die Sache mit dem Raubüberfall geglaubt hatte. Du mußt mit Luz sprechen, Javier, sie weiß, daß du etwas vor ihr verbirgst.

Luz war in Hochstimmung, als Ramiro kam. So vieles war passiert in diesen Tagen. Sie erzählte ihm alles, von der Klinik, von ihrem Gespräch mit der alten Frau aus der Krankenhausverwaltung, von der Tochter eines Gutsangestellten der Iturbes, von der Begegnung mit Murray. Begreifst du, Ramiro? Ich war nicht verrückt, Mariana ist nicht meine Mutter. Als sie es Laura erzählte, schien es sie gar nicht zu überraschen.

»Ich bin sicher, daß Javier mehr über meine wirkliche Mutter weiß und daß er Laura verboten hat, es mir zu sagen. Ich habe gewartet, bis du kommst, um ihn zur Rede zu stellen.«

Hätte Ramiro nicht alles Schritt für Schritt miterlebt, hätte er ihre Euphorie nicht verstehen können. Zu erfahren, daß sie nicht die Tochter ihrer Eltern ist, und froh darüber zu sein. Aber dann ist es ja auch nicht das, was sie befürchtet hat, was für eine Erleichterung.

»Dann bist du also nicht die Tochter von Vermißten, Luz.«

Nun ja, das war noch nicht völlig auszuschließen. Nicht solange Javier es nicht bestätigt hatte.

Die Idee, daß sie in der Gefangenschaft zur Welt gekommen sein könnte, war stark und schwer wie ein Felsen, durch nichts auszuräumen. Auch nicht durch Anzeichen, die dagegen sprachen, wie der Fehlschlag mit der Blutprobe oder das mit dem Bauernmädchen, von dem sie gerade gehört hatte. Für Luz war das von geringer Bedeutung. Nur was ihre Vermutung bestätigte, hatte Wert. Ramiro hatte vor, Javier direkt zu fragen. Und ihm die Wahrheit über ihren Verdacht zu sagen. Warum sollte man es noch länger hinauszögern?

»Warte noch. Heute abend essen wir mit ihnen und den Kindern. Laura hat versprochen, mit Javier zu reden. Sie wird wissen, wann es soweit ist.«

Als ihr Cousin und ihre Cousine sie allein gelassen hatten und sie noch im Wohnzimmer zusammensaßen, um ein Glas zu trinken, schnitt Javier selbst das Thema an. Es kostete ihn große Mühe zu sprechen, die Worte schienen von weither zu kommen, aus tiefer Schmach, aus großem Unglück.

Nein, es gab kein sechzehnjähriges Mädchen. Er wußte nicht, wovon sie redete. Er würde ihr alles sagen, was er wußte: Wie es dazu kam, daß Eduardo sie als seine Tochter anmeldete. Der Druck, den die Schwiegereltern ausgeübt hatten. Sicher hatte Eduardo dieselbe Befürchtung gehabt wie Luz. Das Geburtsjahr, die Umstände. Darum hatte er sich so bemüht, etwas herauszufinden. Aber in der Geburtsurkunde stand der Name Miriam López, er hatte es selbst gesehen. Die Frau, die sie an der Schule abgefangen hatte. Konnte sich Luz noch daran erinnern?

Einmal hatte Eduardo sie getroffen. Aber das war alles. Und genau zu der Zeit war er gestorben.

Ein letzter bitterer Nachgeschmack machte es ihm unmöglich, die Frage zu beantworten, die Luz ihm jetzt stellte: Und

393

woher weißt du, daß es nicht so war, wie ich denke? Woher? Seltsam ist nur, daß sie lebt, wenn ich in Gefangenschaft geboren wurde, aber vielleicht ist sie ja geflohen – und die Hoffnung läßt ihre Augen erstrahlen – vielleicht lebt meine Mutter noch!

»Ich weiß, daß es nicht so war, wie du meinst. Du bist nicht in Gefangenschaft geboren worden. Ich habe Miriam López nämlich gesucht ... und einiges aus ihrem Leben erfahren.«

»Du hast sie gesehen? Du kennst sie? Sehe ich ihr ähnlich?«

Laura unterbrach sie und sagte, auch sie habe denselben Verdacht gehabt wie Luz und Eduardo, aber das, was sie von der Geschichte dieser Miriam López wußten, schien den Verdacht nicht zu bestätigen.

Laura übernahm es, all das zu sagen, was Javier nicht sagen konnte: das von Miriam, das von Dolores. Und sie ließ alles aus, was Luz zu sehr schmerzen konnte. Daß Mariana es damals erfahren hat, ja. Aber nicht das von der hellen Haut, nicht das von Luz' ›Unverfrorenheit‹. Doch Luz brachte das alles jetzt selbst zur Sprache, weil sie nun vieles verstand, was Mariana und ihr eigenes Leben betraf.

Javier lag völlig ermattet auf dem Sofa, erdrückt von der Last der Vergangenheit, die an diesem Abend zur Sprache gekommen war.

Luz ging zu ihm und schmiegte sich an ihn. Sie flüsterte ihm zu: Du darfst es nie bereuen, du hast mir viel Gutes getan, ich wußte es, ich glaube, ich wußte es schon immer, und ich bin zufrieden und glücklich, ich bin auf dem richtigen Weg.

Luz gab ihm einen Kuß und ging schlafen. Und nun beweinte Javier den Tod seines Bruders, als wäre dieser gerade erst gestorben. Hatte er das Recht, Luz zu sagen, was sein Bruder verschwiegen hatte? Mehr als das Recht, antwortete Laura, er hatte die Pflicht, es zu tun! Denn Eduardo konnte es nicht mehr, man hatte ihn daran gehindert, indem man seinem Leben ein Ende setzte.

Aber erst mehrere Monate nach diesem Abend hatte Javier

die Gewißheit, daß sein Bruder endlich in Frieden ruhen konnte. Erst als Luz ihm schrieb, daß sie sich nicht geirrt hatte: »Ich sage es Dir, Javier, denn ihm kann ich es nicht mehr sagen. Ich verzeihe Dir, ich liebe Dich.«

Kapitel siebzehn

Nach allem, was wir von Laura und Javier erfahren haben, glaubt Ramiro nicht, daß meine Herkunft etwas mit der Repression zu tun hat. Es gibt mehrere Fakten, die meinen Verdacht entkräften: das, was Javier über Miriam weiß, das mit der Geburtsurkunde aus dem Krankenhaus, und die Tatsache, daß man den Namen und Nachnamen meiner Mutter kennt.

Aber möglicherweise ist alles gelogen, was man Javier im Dorf über Miriam erzählt hat, vielleicht haben sie nur vorgegeben, daß sie Mannequin war, weil sie nicht zugeben wollten, daß sie politisch aktiv war. Viele Leute hatten Angst. Jemanden in der Familie zu haben, der spurlos verschwunden war, bedeutete neben dem tiefen Schmerz auch Ausgrenzung und Isolation. Aber wenn sie spurlos verschwunden war, wie konnte sie dann sieben Jahre später in Entre Ríos wieder auftauchen?

Daß es eine Urkunde aus dem Krankenhaus gibt, ist eigenartig. In keinem der Fälle, von denen mir Delia und die Großmütter berichtet haben, gab es schriftliche Beweise für die Geburt. Und daß man keine persönlichen Daten der Mutter hat, ist auch nicht normal. Es wird schon noch für alles eine Erklärung geben, und ich nehme mir vor, sie zu finden.

Es wäre leichter, Mama ... Mariana nach allem zu fragen. Sie muß es wissen. Aber ich will jetzt nicht mit ihr reden, ich bin einem solchen Gespräch nicht gewachsen. Heute hat sie angerufen und ihren Besuch für den Nachmittag angekündigt, aber ich habe gesagt, ich müßte zum Kinderarzt, wir könnten uns ein andermal unterhalten.

Ich muß Delia sofort alles erzählen.

»Damals wurden wir gute Freundinnen. Als ich nach der Blutprobe und der ergebnislosen Suche in der Datenbank zum erstenmal wieder zum Sitz der Organisation der Großmütter ging, schämte ich mich ein wenig. Aber nachdem Delia mir eröffnete, sie wüßten über meinen Großvater Bescheid, fühlte ich mich viel wohler und mußte nicht mehr befürch-

ten, erkannt oder für eine Verrückte gehalten zu werden. Ich ging also weiter dorthin, aber nicht, um die Archive durchzuforsten, sondern um mich mit den Großmüttern zu unterhalten. Und Juan nahm ich mit. De-lia hat ihn heranwachsen sehen. Juan machte bei ihr immer ein strahlen-des Gesicht«, Luz lächelte. »Ja, zwischen ihm und Delia entwickelte sich eine ganz besondere Beziehung, die uns allen guttat. Sie haben mir so viele schreckliche . . . und gleichzeitig so bewegende Dinge erzählt. Von Susana, der Mutter von Dolores zum Beispiel. Wen hat diese Frau nicht alles auf-gesucht, um ihren Enkel zu finden, Jugendrichter, Bischöfe, Waisenhäu-ser, Militärdienststellen, Priester, Politiker, sie klopfte an alle Türen, ei-nen Tag voller Hoffnung und am nächsten zutiefst enttäuscht.«

»Und hat sie ihn gefunden?«

»Nein, sie starb, ohne ihn aufgespürt zu haben. Sie hatten auf der Grundlage einer Information eine bestimmte Spur verfolgt, und Susana hatte sich große Hoffnungen gemacht. Sie hatte den Mann, der sich ihrer Meinung nach widerrechtlich des Enkels bemächtigt hatte, hartnäckig verfolgt, sie hatte wie eine Wilde gegen die Richter gekämpft, und dann war es letztlich doch nicht ihr Enkel. Aber es wurde auch bewiesen, daß es nicht das Kind der angeblichen Eltern war. Es blieb trotzdem dort, wo es war, weil es von niemandem gesucht wurde.«

Delia wird sehr überrascht sein, wenn sie erfährt, daß Dolo-res, die Tochter von Susana Collado, mit meinem Vater be-freundet war. Na ja, nicht mit meinem Vater, oder . . . doch mit meinem Vater, entscheide ich.

Ich rufe sie an und frage, ob sie Zeit hat, mit mir und Juan auf den Platz zu gehen. Die Sonne scheint, sage ich, um sie zu überreden, die Bäume blühen. Und Juan ist göttlich, er hat dich in Entre Ríos sehr vermißt. Soll ich dich abholen? Wir wohnen ganz in deiner Nähe.

»Du bist ja so zufrieden«, sagt sie, als sie mich sieht.

»Du wirst nicht glauben, was ich dir zu sagen habe, Delia.« Und schon erzähle ich ihr von der Klinik, von allen Hindernis-sen, die sie mir in den Weg gelegt haben, von den Lügen, die sie sich ausgedacht haben. Erzähle, was ich gesagt und getan habe, und wie ich es endlich erreicht habe, das Geburtenregi-ster und die Unterlagen des Kinderarztes zu sehen:

»Sie hatten einen Sohn, eine Totgeburt.«

Delia strahlt über das ganze Gesicht: Dann ist es bewiesen! Dann hast du den Nachweis!

Und dabei war sie es, die mir mit ihren vielen Geschichten über die Großmütter eingebleut hat, kein Nein zu akzeptieren. Sogar den Namen der damaligen Krankenhausangestellten und den des Arztes, der bei der Entbindung zugegen war, habe ich herausgefunden. Innerhalb von zehn Tagen. Und ich konnte sie aufsuchen. In Paraná ist das leichter, da gibt es weniger Leute, man spricht mit diesem und jenem, und wenn man nicht lockerläßt, findet man schließlich die gesuchte Person. Den Arzt habe ich in Rosario aufgespürt. Jemand aus seiner Familie hat mir seine Adresse gegeben.

Wir haben den Platz erreicht. Ich hebe Juan hoch und werfe ihn in die Luft, bevor ich ihn in den Sandkasten setze. Ich bin so froh, jeden Tag komme ich meiner Mama näher, und meinem Papa, der vielleicht noch am Leben ist.

Ich setze mich mit Delia an den Rand des Sandkastens und erzähle ihr alles, was ich in diesen Tagen herausgefunden habe. Während ich ihr berichte, verändert sich ihr Gesichtsausdruck immer mehr.

»Aber dann ist es doch gar nicht so, wie du gedacht hast, Luz. Du bist keine Tochter von . . .«

»Das wissen wir nicht«, falle ich ihr ins Wort. »Die Leute können wer weiß was erzählt haben. Ich habe die Gefangenenlisten, die ich mir besorgt habe, überprüft, und da gibt es keine Miriam López. Aber vielleicht kannst du mehr für mich herausfinden.«

Genau wie Ramiro glaubt auch Delia nicht, daß ich das bin, was ich vermute. Aber ich habe weiterhin das Gefühl, daß ich im Recht bin. Vielleicht weil mein Großvater, mein angeblicher Großvater, das war, was er war. Und ich bin heilfroh, daß dieser Schweinehund letzten Endes doch nicht mein Großvater ist!

»Das habe ich den Großmüttern immer wieder versichert«, sagt Delia lächelnd, »so sensibel und hübsch, wie sie ist, kann sie nicht dasselbe Blut haben wie dieser grausame Kerl . . .«

»Glaub das nicht. Mama ... Mariana ist auch hübsch. Allerdings so sensibel wie Marmor, wie ein Stein.«

Delia sieht mich besorgt an und fragt so leise, als befürchtete sie, daß ihre Worte mir weh tun könnten:

»Hast du mit ihr über alles gesprochen?«

»Nein, noch nicht. Ich weiß nicht, wie ich mich verhalten soll. Sie wußte ja auch nichts davon, sie wurde ja auch betrogen. Papa hat ihr alles gesagt, als ich sieben Jahre alt war. Damals hatte er gerade begonnen, Nachforschungen über meine Herkunft anzustellen. Ich glaube ... ich habe gedacht, daß es vielleicht kein Raubüberfall war ... daß man ihn vielleicht ermordet hat.«

»Meine liebste Luz, jetzt gehst du zu weit.«

»Als wir uns kennengelernt haben, hast du dasselbe gesagt, und jetzt hast du ja gesehen, daß ich mich nicht geirrt habe.«

Delia meint, das, was ich gelesen habe, und das, was ich von ihnen allen erfahren habe, hat mich vielleicht so sehr bewegt, daß ich es verinnerlicht habe und für meine eigene Geschichte halte. Das kann sie verstehen, denn auch die Großmütter sahen in jedem Kind, das sie fanden, ihr eigenes. Delia weiß noch, wie es war, als man Paula nach so langer Zeit ihre Enkelin zurückgegeben hat. Delia war im Gerichtssaal, als der Richter sagte, er müßte noch einmal über alles nachdenken, trotz aller Beweise und obwohl die Identität der Kleinen durch das Blut zweifelsfrei bewiesen war. »Hurensohn! Schwein!« hatte Delia ihn angeschrien, sie, die früher nicht einmal die Stimme heben konnte. Es war für sie, als ob es um ihre eigene Enkelin ginge. Dasselbe Gefühl hatte sie bei Beto und Tamara und so vielen anderen. Und wie groß war die Freude, als Sacha ihre kleine Carlita zurückbekam!

»Du empfindest es wie deine eigene Geschichte, weil du dich in alles, was du erlebst, ganz hineinversetzt. Aber du mußt das alles nicht durchgemacht haben, du mußt es nicht am eigenen Leib erlebt haben, um Seite an Seite mit uns zu kämpfen. Du darfst nichts durcheinanderbringen, Luz.«

Ich habe Angst. Es macht mir angst, daß Delia genau wie

Ramiro darauf besteht, daß es nicht meine Geschichte ist. Aber ich weiß es, ich bin mir ganz sicher. Ich nehme ihre Hand und bitte sie, mich nicht im Stich zu lassen, nicht jetzt, nach allem, was ich herausgefunden habe. Ich sehe, daß ihre Augen feucht werden: Aber warum weinst du denn?

Es sei dumm und egoistisch, sagt sie, aber ihr sei ein Gedanke gekommen: Wenn es dem Kind ihrer Tochter, dem kleinen Martín, so gehen würde wie mir, wenn er die Kraft hätte, dasselbe zu tun wie ich, wenn er ebenfalls diese unerschütterliche Überzeugung hätte, dann ... könnte er vielleicht aus dem Schatten heraustreten und ihr irgendein Zeichen geben.

Tränen rinnen über ihre Wangen. Ich sehe sie zum erstenmal weinen. Ich lege ihr den Arm um die Schulter.

»Ach, Delia, liebe Delia, wenn du wüßtest, wie oft ich dasselbe gedacht habe, nur umgekehrt. Warum habe ich keine Delia, keine Großmutter, die mich sucht, wie du deinen Enkel suchst? Ich hätte mich früher befreit.«

»Nein, sie hatte nie auch nur den kleinsten Anhaltspunkt dafür, wo sich ihr Enkel befinden könnte. Er war nach dem Einsatz, bei dem man seine Eltern verschleppt hatte, verschwunden. Delias Tochter dachte, ihr Kind wäre bei den Nachbarn geblieben. Das hat sie im Lager erzählt. Aber so war es nicht. Die Eltern hat man wenig später umgebracht. Jemand sagte aus, er hätte gesehen, wie man das Baby in ein Auto lud. Und da enden alle Spuren. Die an dem Einsatz beteiligten Leute vom Militär haben stets abgestritten, daß sich in dem Haus ein Baby befunden hat.«

Ich nehme Juan die Sandschaufel ab, die er sich gerade in den Mund steckt. Ich will nicht losheulen. Ich muß Delia aufmuntern, sie ist so zerbrechlich. Ich bin zwar nicht ihr Enkel, sage ich ihr, aber weil ich keine Oma habe oder weil ich nicht weiß, ob ich eine habe, mache ich sie zu meiner Großmutter. Wir könnten doch das Spiel ›Ich war einmal‹ spielen, wie in meiner Kindheit.

»Na los: Ich war einmal deine Enkelin« – ich lege ihr Juan in die Arme – »und dieses wunderschöne Kind hier ist dein Urenkel. Ach, wie alt du bist, Urgroßmutter Delia.«

Wir lachen, und als ob er uns verstehen könnte, macht Juan sein strahlendstes Gesicht.

Sie verspricht mir, bis sie nicht den Beweis dafür hat, wird sie nie wieder sagen, daß es nicht ist, wie ich vermute.

Zunächst werde ich am Wochenende nach Coronel Pringles fahren müssen. Ramiro will mich begleiten. Und wir werden versuchen, Miriam López aufzuspüren.

Als ich die Diagnose hörte, war es mein erster Gedanke. Nein, nicht der erste, der zweite. Der erste war: Ich werde sterben. Aber gleich darauf sah ich Liliana vor mir, wie damals, vor langer Zeit, auf dem Platz. Und mich selbst, die ich nichts unternahm.

»Was heißt, du hast nichts unternommen, Miriam? Ich bitte dich, mehr kann man gar nicht tun«, sagte Frank an dem Abend, an dem ich es ihm mitteilte.

Auch vor drei Jahren, als wir in Buenos Aires waren, war mir der Gedanke gekommen, nach Lili zu suchen.

»Damals rief Miriam bei den Dufaus an. Sie waren nach Buenos Aires gekommen, weil Franks Mutter gestorben war. Sie erfand eine Geschichte, um zu erklären, warum sie Marianas Telefonnummer brauchte. Sie sprach mit englischem Akzent (schon seit vielen Jahren sprach sie den ganzen Tag über englisch), aber dann war es viel leichter, als sie geglaubt hatte. Am Telefon war die Putzfrau, denn die Dufaus waren nicht in Buenos Aires. Ja, einen Moment, warten Sie, die Señora hat mir für Notfälle die Nummer der Tochter dagelassen ... Und die gab sie ihr. Aber dabei blieb es auch. Damals hatte sie keinen genauen Plan. Drei Jahre später war es dann die Krankheit, die sie veranlaßte, ihr Vorhaben zu verwirklichen: Sie wollte das Versprechen einlösen, das sie Liliana zwanzig Jahre zuvor gegeben hatte.«

Ich wollte Lili anrufen, aber was sollte ich ihr sagen? Und wenn jemand den Verdacht hatte, daß ich dieselbe Frau war, die Lili in Entre Ríos zu entführen versucht hatte? Und wenn man mich umbringen ließ? Ich spürte die Angst wie einen Peitschenhieb auf meiner Haut, deren Wunden erst langsam in den Jahren der Wärme und der Behaglichkeit an Franks

Seite verheilt waren. Ich ging ihm in seinem Hotel zur Hand, und ich hatte Freunde. Wenn ich dieser Stadt etwas verdanke, dann, daß diese Angst nicht mehr ungehemmt durch meinen Körper rast. Ich habe meine Grenzen erreicht. Ich habe soviel Angst erlebt, wie ein Mensch nur aushalten kann. Obwohl Liliana und all die anderen bestimmt viel mehr Angst durchmachen mußten als ich. Aber sie waren mutiger und hatten Ideale, für die sie kämpfen konnten. Ich bin ein Feigling. Heute wäre ich nicht mehr fähig zu tun, was ich zweimal getan habe, damals, als ich Lili retten wollte. Ich könnte es nicht. Außerdem weiß ich gar nicht, ob es gut wäre. Beide Male, als ich es versucht habe, wurde jemand umgebracht, erst Liliana, dann Eduardo. Und ich bin heil davongekommen, durch Zufall, glaube ich.

Während meiner ersten Jahre in den USA zuckte ich immer zusammen, wenn ich daran dachte, in wessen Händen sich Lili befand. Aber mit der Zeit ebbte der Schmerz ab, er wurde erträglicher und verlor sich im Nebel des Alltags. Nur ab und zu überfiel mich plötzlich diese Sorge um Lilis Schicksal, und dann sagte ich mir, na ja, vielleicht sage ich ihr alles später einmal, wenn sie groß ist.

Lili, Lili. Was ist wohl aus ihr geworden, nachdem sie von diesem Weibstück aufgezogen wurde? Sie muß schon eine junge Frau sein.

»Frank überzeugte sie davon, daß es sinnlos war. Er sagte, in meinem Alter wäre es schon zu spät, mir das Geheimnis aufzudecken.«

»Da bin ich anderer Meinung. Die Wahrheit zu erfahren, die eigene Identität zurückzugewinnen, tut in jedem Alter gut.«

»Auch ich denke da anders, das sieht man an allem, was ich unternommen habe. Aber irgendwie kann ich Frank verstehen. Ich war schon erwachsen, und nach der Erziehung durch diese Leute konnte man wahrscheinlich nicht mehr viel für mich tun. In dieser Hinsicht irrte er sich, denn man kann vieles ändern, wenn man die Wahrheit kennt.«

Aber jetzt habe ich Krebs, dachte ich. Und wenn es nun kein ›Später‹ mehr gibt? Wenn diese ganze Geschichte mit mir verlorengeht? Allein der Gedanke erschütterte mich. Und da

402

kam ich auf die Idee, Lili einen Brief zu schreiben. Ich habe ihn unzählige Male umgeschrieben. Mir erschien alles zu grausam, zu schmerzlich.

Ob Lili mir glauben wird? Das werde ich vielleicht nie erfahren. Morgen werde ich operiert, und ich weiß nicht, ob ich das Krankenhaus überhaupt lebend verlassen kann.

Ich stecke den Brief in einen Umschlag und schreibe »Luz Iturbe« darauf.

Es wird besser sein, wenn ich gleich die Adresse dazuschreibe; so kann mein Wunsch erfüllt werden, sobald ich tot bin.

»Einen Tag vor ihrer Operation rief sie von den Vereinigten Staaten aus bei Mariana an und bat unter irgendeinem Vorwand um die Adresse. Aber man gab sie ihr nicht.«

Ob das eine Sicherheitsmaßnahme ist? Hat sie Angst vor einem Racheakt, weil sie die Tochter eines Mannes ist, der so viele Argentinier ermordet hat?

Warum tötet man sie nicht, warum können sie herumlaufen, durch dieselben Straßen gehen und in denselben Cafés sitzen wie die Angehörigen ihrer Opfer? Daran dachte ich, als ich abends im Fernsehen den Marineangehörigen Scillingo sah, der bereut hatte. Er erzählte in dieser Sendung, daß man den Häftlingen Spritzen gab und sie danach ins Meer warf. Das wußte ich nicht. Das ganze Ausmaß dieser Unmenschlichkeit ist unvorstellbar.

Ich war mit meinen Freundinnen Sally und Berenice zusammen und mußte auf einmal jämmerlich heulen. Unter Tränen erzählte ich ihnen dann alles über Liliana. Eine Freundin, sagte ich, die einzig wahre Freundin, die ich dort hatte, und man hat sie ermordet. Und bei diesem Gespräch in Sallys Wohnzimmer, das sonst Schauplatz unseres Geplappers und unseres Gelächters war, spürte ich wieder diesen stechenden Schmerz, diese Angst. Dabei lebe ich hier, um keine Angst mehr zu haben, und ich denke nicht daran, jemals wieder in dieses Land zurückzugehen. Auch wenn dort jetzt alles anders ist.

Als erste reagierte Sally: Und warum tötet man sie nicht? Warum dürfen sie frei herumlaufen? Das könne ich mir auch nicht erklären, antwortete ich. Obwohl ich daran denken mußte, daß auch ich sie nicht getötet hatte, daß ich nicht einmal fähig gewesen war, ihnen ein Baby zu entreißen und, schlimmer noch, daß ich sie nie angezeigt hatte. Nein, ich hatte mich hier von all dem Wohlstand einlullen lassen.

Was heißt hier Feigling? Ich war eine Komplizin der Mörder! Ich halte es nicht aus. Dieser Brief muß sein Ziel erreichen. Lili muß erfahren, daß man ihre Eltern ermordet hat, wer es getan hat und aus welchem Grund. Diese Mörder! Ich sehe Liliana vor mir, die ihrem Baby lächelnd die Brust gibt, und dann sehe ich sie auf dem Platz, von Kugeln durchlöchert. Und der Haß, dieser ranzige Haß, der nach Fäulnis riecht, weil er so lange aufgestaut wurde, überfällt mich mit aller Macht. Soll Lili wirklich nie etwas erfahren?

Und wenn ich nun nach Luz frage und sie persönlich, unter irgendeinem Vorwand, um die Adresse bitte? So könnte ich auch ihre Stimme hören. Schwer, sie mir vorzustellen. Es klingelt. Berenice, was für ein Glück!

»Sie hat eine enge Freundin, eine Brasilianerin, die gerade vorbeikam, anzurufen und nach mir zu fragen. Eine andere Stimme würde keinen Verdacht aufkommen lassen. Schließlich hatte Miriam eine halbe Stunde zuvor schon einmal angerufen.«

Berenice spricht ein fürchterliches Spanisch, obwohl sie sich einbildet, daß sie sehr gut spricht, wie jemand aus Buenos Aires.

»Miriam wollte erst reden, wenn man sie mit mir verbunden hätte. Aber dann erfuhr sie, daß ich nicht mehr bei Mariana wohnte.«

Sie hat das Haus verlassen. Ist sie allein entkommen? Liebste Lili, vielleicht bist du ja so mutig wie deine Eltern, vielleicht bist du geflohen.

»Könnten Sie mir bitte ihre Telefonnummer geben?«

»Wer spricht denn da?«

Das ist sicher Mariana. So stelle ich sie mir wenigstens vor. Diese schneidende, schrille Stimme. Wer weiß, vielleicht hat

404

Mariana selbst Eduardo umbringen lassen, damit er nicht tat, was er vorhatte: sie anzuzeigen. Das, was ich nicht getan habe.

»Jetzt könnte sie es tun«, sagte Carlos. »El Bestia hier in Madrid anzeigen. Und Dufau werden wir in Argentinien anzeigen, auch wenn er schon tot ist.«

»Ich bin Berenice. Wir ... haben ... kennenlernen ... in eine Reise«, improvisiert Berenice.

»Auf der Reise nach Europa?«

Ich weiß nicht, welchen Blödsinn Berenice noch in ihrem komischen Spanugiesisch von sich gibt, ehe sie Lilis Telefonnummer herausfindet.

Diesen Anruf mache ich selbst. Eine Männerstimme. Vielleicht ihr Verlobter?

»Aber ich war nicht da.«

Kannst du mir die Adresse geben? Ich möchte ihr eine Einladung schicken, sage ich, und gebe vor, eine Jugendfreundin zu sein. Mit dieser Altfrauenstimme, wie soll er mir das glauben? Aber zum Glück fragt der Bursche nichts weiter. Er gibt mir sofort die Adresse. Ich heiße Silvia, sage ich.

Unter den Brief schreibe ich als Postskriptum: »Die Silvia, die eines Abends angerufen hat, das war ich.«

Ich lege den Umschlag in einen größeren, auf den ich schreibe: »Nach meinem Tode zu öffnen.«

Frank nimmt mir den Brief aus der Hand.

»Du wirst nicht sterben, Miriam, sie werden dich operieren, und alles wird gutgehen, ich schwöre es.«

Ich befürchte, daß er den Umschlag zerreißen will und schreie: »Nein!«, so daß er zusammenzuckt.

»Zerreiß ihn nicht. Ich habe tagelang daran gesessen und mir jedes Wort genau überlegt.«

»Was ist das? Dein Testament?« versucht er zu scherzen.

»Es ist ein Brief an Lili. Frank, Liebster, versprich mir, daß du ihn ihr geben wirst.«

»Nein, ich habe diesen Brief nie gelesen. Weil Miriam nicht bei der Operation gestorben ist, wie sie befürchtet hatte.«

Wo sollen wir nachfragen? Javier hat etwas von einer Bar gesagt und daß das Haus der Tante ein paar Straßen weiter an einer Ecke liegt. Irgendwo. Es ist ja alles schon so lange her.

Es gibt mehrere Bars. Wir gehen in irgendeine. Ja, lieber soll Ramiro fragen, ich bin zu nervös. Der Mann am Tresen ist noch sehr jung. Kennst du Miriam López? Hast du von ihr gehört? Er winkt ab und arbeitet weiter.

»Ein Mädchen, das vor vielen Jahren Schönheitskönigin war.«

»Keine Ahnung«, antwortet er abfällig.

Der Mann in der Bar gegenüber ist nicht ganz so jung, aber auch er weiß nicht, wer Miriam López ist.

Ich sitze da und habe Juan auf dem Arm. Er quengelt, ich glaube, ich übertrage meine Anspannung auf ihn.

»Frag nicht nach der Prinzessin oder der Schönheitskönigin. Du siehst ja, diesen Blödsinn hat die Tante erfunden.«

In letzter Zeit war selbst ich davon überzeugt, aber Ramiro erinnert sich, daß man Javier in der Bar davon erzählt hatte.

Von der Telefonzelle aus rufe ich Javier an. Tatsächlich, genauso hat er damals Doña Nuncia, die Tante, aufspüren können. An mehr erinnert er sich nicht, das hat er mir doch schon gesagt. Seine Stimme verrät seine Furcht vor meinen eindringlichen Fragen. Ich versuche, mich gelassen und freundlich zu geben.

»Wenn ich sie gefunden habe, rufe ich euch an«, sage ich zuversichtlich zum Abschied.

Juan sitzt in seinem Wagen und hört nicht auf zu schreien. Wir gehen auf den Platz, vielleicht beruhigt er sich. Ich zeige ihm die Bäume, er sieht sich so gern die Blätter an.

»Ich glaube, wir sollten uns eher an ältere Leute wenden.«

Ich gehe auf zwei Damen zu, die auf einer Bank sitzen. Ich habe keine Zeit, lange drumherum zu reden. Sicher hat die Tante allen dieselbe Lüge aufgetischt, denke ich.

»Ich suche eine Dame, die einmal Mannequin war. Sie heißt Miriam López. Kennen Sie sie zufällig?«

Sie sehen mich überrascht an. Ich fühle mich genötigt, etwas hinzuzufügen: Ich wäre dabei, einen Artikel über Argentinierinnen zu schreiben, die einmal als internationale Mannequins bekannt waren, und diese Miriam López kam aus Coronel Pringles. Aber mir fehlten genauere Angaben über sie.

Ob ich vielleicht Alejandra meine, die Tochter von der und der? Die war nämlich Mannequin. Nein, macht nichts, ich werde weiter herumfragen.

Juans Weinen ist ein unmißverständliches Zeichen dafür, daß er müde ist. Ich nehme ihn aus dem Wagen und versuche ihn zu beruhigen. Wir fahren ihn lieber im Auto ein wenig herum.

Ich sitze im Fond, und Ramiro beobachtet mich im Rückspiegel. Ich weiß, daß ich hysterisch bin. Auch Juan ist nicht zu beruhigen, mein Zustand überträgt sich auf ihn. Ich singe ihm etwas vor, und nach und nach entspannt er sich und schläft ein. Danach klettere ich unter mancherlei Verrenkungen auf den Vordersitz: Also, wir können weitermachen, sage ich zu Ramiro, der kreuz und quer durch Coronel Pringles fährt.

Er lächelt mich an. Die Läden sind noch nicht geschlossen. Er ist gerade auf den Gedanken gekommen, eine Apotheke zu suchen. Die da drüben sieht aus, als gäbe es sie schon lange. Er steigt aus. Aber er kommt zurück, weil man in der Apotheke nichts weiß und im Supermarkt ebenfalls nicht. Im Kurzwarengeschäft bleibt er etwas länger, aber auch dort erreicht er nichts. In dem kleinen Gemischtwarenladen da drüben gibt ihm sicher jemand einen guten Tip, sagt er, bevor er hineingeht. Und ich spüre, daß er mein Komplize ist, mein Freund, mein Liebster.

Nach einer Ewigkeit, in der meine Hoffnung wieder wächst, steigt er lächelnd ins Auto.

»Doña Nuncia ist vor zwei Jahren gestorben. Nein, mach nicht so ein Gesicht, dein Mann ist ein toller Detektiv: Tatsächlich war Miriam (die Frau aus dem Laden konnte sich kaum noch an ihren Namen erinnern, weil sie Doña Nuncias wunderschöne Nichte seit einer Ewigkeit nicht gesehen hat) Schönheitskönigin, und jetzt lebt sie im Ausland. Aber das ist noch nicht alles: Nuncias Tochter heißt Noemi, und ... täterätetä ... ich kenne Namen und Nachnamen ihres Mannes.«

Ich umarme ihn überglücklich: Du bist ein Genie.

»Die weniger gute Nachricht ist, daß sie nicht weiß, ob sie noch immer in Coronel Pringles wohnen, sie glaubt, sie sind ins Landesinnere gezogen. Sie hat mir geraten, es in ihrem ehemaligen Haus zu versuchen. Falls sie es vermietet haben, könnte das Telefon noch immer auf ihren Namen laufen.«

Wir gehen zur Telefongesellschaft und von dort aus direkt ins Haus von Miriams Cousine. Wir durchqueren einen kleinen Garten, steigen eine Treppe hinauf und klopfen immer wieder an die Tür.

»Sie sind nicht da«, sagt die Nachbarin und kommt gemächlich näher, »samstags fahren sie weg, und manchmal auch übers Wochenende.«

»Wir suchen die Familie Vignoleto.«

Aber die wohnen nicht mehr hier. Die Nachbarin kennt die neue Telefonnummer nicht: »Ich habe mich mit Noemi gestritten.« Man sieht, daß sie uns etwas erzählen möchte. Ich verliere die Geduld und wende mich gerade ab, als Ramiro sagt: »Na ja, die Noemi, die hat einen Charakter ...« Ich staune, wie er improvisieren kann: »Mit meiner Mutter hat sie sich auch überworfen.« »Ach ja«, sagt die Nachbarin und kommt begeistert näher.

»Ich sehe mal nach Juan«, sage ich, um nicht loszulachen.

Ich beobachte Ramiro, der lange mit der Nachbarin plaudert und ihr zum Abschied lächelnd die Hand gibt.

Sehr zufrieden kommt er wieder ins Auto: Ich werde mit der Werbung aufhören und ein Detektivbüro aufmachen. Die neuen Mieter haben Noemis Telefonnummer. Miriam lebt in den USA, die Frau erinnert sich daran, daß sie sehr schön war. Noemi verabscheut sie, sie ist schrecklich neidisch auf sie. Und sie wird der Nachbarin ausrichten, daß sie uns Noemis Telefonnummer geben soll, wenn wir anrufen.

Ramiro kennt die Nummer der neuen Mieter, er hat sie

schon bei der Telefongesellschaft erfahren, denn wie hätten wir sonst das Haus gefunden? Der Name der Teilnehmer ist nie geändert worden.

Unglaublich, wie gut es Ramiro versteht, mir alles abzunehmen und diese Anspannung, die an mir zehrt, in ein Spiel zu verwandeln. Mit seiner Hilfe werde ich sicher die Wahrheit herausfinden.

Die Operation ist gelungen. Die nun folgende Behandlung dient nur zur Sicherheit, heißt es. Aber wer kann garantieren, daß es nicht wiederkommt? Kalt, aber deutlich, wie die Gringos sind, das gefällt mir an ihnen, hat der Arzt mir die Statistik heruntergebetet. In 46% aller Fälle kommt der Krebs wieder. Aber in 54% verschwindet er nach der Behandlung.

Na ja, fifty-fifty, das ist nicht schlecht. Auch mein Leben war fifty-fifty, Jedenfalls war es, bevor ich hierher kam, ein Dreck, und es gab nur wenige gute Augenblicke. Die Zeit mit Liliana und Lili war auch eine fröhliche Zeit, obwohl es so furchtbar war. Und wenn ich sterbe, wird irgend jemand Lili den Brief schicken. Er ist noch genauso, wie ich ihn vorbereitet habe, niemand hat ihn geöffnet.

Die Mieterin nannte mir ohne weiteres Noemis Telefonnummer. Ich habe es mehrmals versucht, aber erst jetzt, um fünf, antwortet ein Junge und sagt, ich solle nach halb zehn noch mal anrufen. Noch so viele Stunden!

Ich weiß schon nicht mehr, wie ich Mama erklären soll, warum ich sie nicht besuche. Aber ich will sie nicht sehen. Es wird schrecklich werden, wenn ich ihr alles sage. Ich schiebe es lieber auf, bis ich Miriam gesehen habe. Meine Mama? Seltsam, an jemanden zu denken wie an meine Mama, obwohl ich sie gar nicht kenne. Seit man mir von Miriam erzählt hat, suche ich in meiner Erinnerung nach dem Bild dieser Frau, die mir ein Eis kaufen wollte, aber nichts, sie war für mich ja nur »diese Verrückte, die gesagt hat, ich wäre nicht deine Mama«.

Wie soll ich mich an sie erinnern? Heute nachmittag habe

ich Mariana gesagt, sie soll lieber nicht kommen, ich hätte zu lernen. Ich werde im Dezember ein externes Examen ablegen. Aber ich kann mir doch nicht jeden Tag eine Ausrede ausdenken. Eines Tages werde ich der Lage ins Gesicht sehen müssen. Wenn ich erst einmal von Miriam die Wahrheit erfahren habe, werde ich Mama besser gegenübertreten können. Nächste Woche ist mein Geburtstag, dann wird sie mich sicher besuchen wollen. Aber ist es wirklich mein Geburtstag? Wurde ich tatsächlich am 15. November geboren? Oder ist es ein falsches Datum, so falsch wie alles, was in meiner Geburtsurkunde steht?

Delia hat mich gefragt, in welchem Krankenhaus die Urkunde ausgestellt wurde, von der Javier mir erzählt hat. Aber er kann sich nicht erinnern, und das Dokument ist sicher zusammen mit Papa verschwunden. Delia kennt einige Fälle, in denen man die Gefangenen zur Entbindung ins Krankenhaus gebracht hat. In das Krankenhaus von Qilmes zum Beispiel. Eine Frau, die zur Entbindung kam, wurde unter ihrem eigenen Namen eingeschrieben, auf der Liste des Kinderarztes wurde der Name dann durchgestrichen und durch »Eltern unbekannt« ersetzt. Aber im Geburtenregister stand weiterhin der wahre Name. Sie haben Fehler gemacht, sagte Delia, darum können wir manchmal eine Spur verfolgen. Vielleicht hat man auch Miriam dorthin gebracht. Seltsam ist allerdings, daß ihr Name bei den Nachforschungen niemals aufgetaucht ist.

Am Telefon sagte sie, sie hätte keine Adresse von Miriam, sie hätten sich seit Jahren nicht gesehen. Aber ich ließ nicht locker. Ob wir uns nicht ein wenig unterhalten könnten? Sie habe sie doch gut gekannt, sie sei doch ihre Cousine.

»Ich sagte, daß ich Nachforschungen für einen Beitrag in einer Zeitschrift anstellte, vielleicht auch für ein Buch. Ich versprach ihr, daß ihr Name in der Danksagung erwähnt werden würde, falls sie mir etwas von Miriam erzählen könnte. Und sicher würde die Zeitschrift auch ihr Foto veröffentlichen. Da hat sie angebissen und sich für den nächsten Tag mit

mir verabredet. Ich nahm meine Kamera mit. Ich hatte gelernt, jedes Mittel einzusetzen, um mein Ziel zu erreichen. Darauf hatten mich die Gespräche mit Delia und den anderen Großmüttern vorbereitet. Als ihre Mutter noch lebte, wußte Noemi noch so einiges über das Leben von Miriam, aber nach ihrem Tod erfuhr sie gar nichts mehr. Ich bat sie, mir etwas über Miriams Kindheit zu erzählen, über ihre Jugendjahre.«

Ich fand diese Noemi abstoßend. Nicht nur, daß sie mir Miriams Adresse nicht gab, sie zog auch noch schrecklich über sie her. Zunächst hielt sie sich zurück, aber je mehr sie sich ihren Erinnerungen hingab, um so weniger konnte sie ihre Wut auf Miriam verbergen. Oder vielleicht war es uralter Neid. Ich log ganz frech und behauptete, einige sehr schöne Fotos von Miriam zu haben. Ob sie ein paar Kindheitsfotos von ihr hatte? Und ich zitterte schon allein bei dem Gedanken, daß ich wieder einmal verzweifelt nach Ähnlichkeiten suchen würde, wie auf so vielen Fotos aus dem Archiv der Großmütter.

»Ramiro hatte mir erzählt, daß Marta ihn, als er fünfzehn war, in die Ausstellung über verschwundene oder im Gefängnis geborene Kinder mitgenommen hatte. Da konnte man Fotos der Eltern und der verschwundenen Babys sehen und auch Geburtsurkunden, Briefe und andere Erinnerungen an diese gewaltsam zerschlagenen Menschenleben. Was ihn am meisten beeindruckt hatte, waren die aus schwarzer Pappe ausgeschnittenen Silhouetten von Kindern mit einem Fragezeichen daneben. Sie symbolisierten die im Gefängnis geborenen Babys.

Ich bat die Großmütter um Fotos von den Müttern dieser Babys und suchte stundenlang nach Ähnlichkeiten mit mir. Sie waren unendlich geduldig. Ich wies auf ein bestimmtes Mädchen, aber sie sagten, nein, unmöglich, sie wurde erst 1978 verschleppt, oder, wir wissen genau, daß sie einen Sohn hatte.«

»Miriam war gar nicht besonders schön«, sagte Noemi abfällig. »Aber sie war sehr fotogen.«

Sie besaß keine Fotos, aber ich gab noch nicht auf und fragte begierig nach irgendeinem Hinweis, der mich zu Miriam führen konnte. Daraufhin erzählte sie mir unwillig ein paar Dinge: daß Miriam Coronel Pringles verlassen hatte, als sie, Noemi, geheiratet hatte, und daß sie Miriam manchmal als

Mannequin im Fernsehen gesehen hatte, weil ihre Mutter Nuncia sie immer auf die Sendungen aufmerksam machte. Nuncia hatte Miriam, die so viel Zuneigung gar nicht verdient hatte, sehr gern gehabt.

»Und warum hatte sie keine Zuneigung verdient?«

Sie stand auf und sagte sichtlich verärgert:

»Warum suchst du dir nicht eine andere für deinen Artikel? Sie ist keine anständige Person, sie ist verdorben. Eine mißratene, gefallene Frau.«

Noemi kannte sie gut, weil sie zusammen aufgewachsen waren. Ihre Mutter hatte sie beide aufgezogen, weil Miriam von ihrer eigenen Mutter im Stich gelassen wurde. Die war genauso eine Verrückte wie ihre Tochter.

»Eine ›Verrückte‹. Unwillkürlich dachte ich an etwas, was mir Laura erzählt hatte. Oft hatte sie Mama das Wort ›Verrückte‹ aussprechen hören, mit dieser Bedeutung, als wollte sie eigentlich ›Nutte‹ sagen. Eine Nutte, die kein Geld nimmt, die aber doch eine Nutte ist.« – Luz lachte ein wenig verbittert – »Eine, die gern mit Männern schlief, war für Mariana wohl eine Verrückte.«

»Ja, so war das früher. Man sagte: ›Verrückt im Kopf‹ oder verrückt woanders?‹ Das weiß ich noch«, klärte Carlos sie auf.

Ich fragte sie ganz direkt: Eine Nutte? Ich weiß nicht, sagte sie, das könnte ich nicht behaupten, aber sie war ziemlich leichtlebig. Und außerdem glaube ich, daß sie mit seltsamen Dingen zu tun hatte, nachdem sie weggegangen war. Da bin ich sicher.

»Und dann erzählte sie mir in allen Einzelheiten, daß ein paar Polizisten ihr und ihrer Mutter die Wohnung zertrümmert hatten. Es waren ganz bestimmt Polizisten gewesen, obwohl sie in Zivil waren. Sie hatten nach Miriam gesucht.«

Mein Herz machte einen Sprung. Ein Einsatz! Miriam wurde von Polizisten gesucht. Ich hatte mich nicht geirrt.

»Wenn man mich fragt, ist sie abgehauen«, sagte die Hexe. »Vielleicht war es eine Drogengeschichte. Das habe ich immer vermutet. Aber Mama wollte lieber glauben, daß sie weggegangen ist, weil sie sich in einen Nordamerikaner verliebt hatte.«

»Und das stimmte nicht?«

Sie zuckte die Achseln. Offenbar doch, denn Nuncia hatte sie einmal besucht. Miriam hatte ihr das Flugticket geschickt, und sie war ein paar Tage bei ihnen geblieben.

Fast hätte ich sie geohrfeigt: Wie war es möglich, daß sie Miriams Adresse nicht wußte, wenn ihre Mutter sie besucht hatte? Sie hatte sie inzwischen verloren. Sie wußte auch nicht mehr, in welcher Stadt in den USA sie wohnte. Ich nannte ihr mehrere Städte. Cleveland kam ihr bekannt vor, aber Chicago auch, und sie wußte nicht, ob wegen Miriam oder wegen der Filme, die sie im Fernsehen sah.

»Sie stinken vor Geld.« Der pure Neid.

Ihrer Mutter hatten sie erzählt, daß sie das Geld mit einem Hotel verdienten, das dem Ehemann gehörte. Aber ihre Mutter war ja so naiv gewesen! Niemand konnte Noemi ausreden, daß das Geld aus dem Drogenhandel oder so etwas kam. Denn soweit sie wußte, war Miriam nie mehr nach Argentinien zurückgekehrt, und das hatte sicher seinen Grund.

Als ich mich verabschieden wollte, fragte sie mich, wie das mit den Fotos wäre, und ich machte ein paar Aufnahmen. Nur schade, wenn ich mich nicht mit Miriam in Verbindung setzen konnte, würde die Reportage wohl nicht erscheinen. Das sagte ich, um sie unter Druck zu setzen. Falls sie sich noch an irgend etwas erinnerte, sollte sie mich anrufen. Ich gab ihr meine Visitenkarte.

Wo soll ich nun weitersuchen? frage ich Delia. Ich bin im Büro der Großmütter. Sie wundern sich nicht mehr, mich hier zu sehen. Mich und Juan, der durch den Raum krabbelt und alles, was er findet, in den Mund steckt.

Schließlich fällt mir ein, daß ich mich mit Dolores in Verbindung setzen sollte. Könnten sie mir die Adresse geben? Vielleicht weiß sie mehr. Delia verspricht, daß sie ihr schreiben und ihr das Ganze erklären wird. Sie wird mich wissen lassen, was Dolores antwortet.

»Bei Miriams Cousine Noemi hatte sich die Spur verloren. Es gab keinen Weg mehr, der mich weiterführte. Ein paar Monate vergingen.

413

Aber ich habe nicht einen Tag aufgehört zu suchen, ich las, ich wühlte in den Zeugenaussagen, ich verglich sämtliche vorhandenen Daten. Delia und Julia, eine andere Großmutter, meinten auch, daß der Polizeieinsatz ein sicheres Zeichen dafür war, daß man Miriam verfolgt hatte. Aber da sich das alles Anfang 1977, also nach meiner Geburt, ereignet hatte, war es schwer, eine Erklärung dafür zu finden. Wir durchsuchten noch einmal alle Archive und versuchten, die ganze Geschichte wie ein Puzzle-Spiel zusammenzusetzen.«

»Aber mit Mariana hast du nicht darüber gesprochen?«

Luz wandte sich ab. Offenbar litt sie unter der Erinnerung.

»Ich habe das Gespräch mit ihr so lange wie möglich aufgeschoben. Schließlich fand es wie durch Zufall genau an dem Tag statt, an dem Juan seine ersten Schritte machte.«

Ich strecke die Arme nach ihm aus, ohne ihn zu berühren, und er macht zwei, drei Schritte auf mich zu, lacht und fällt zu Boden. Noch mal von vorn: Ich halte ihn fest, lasse ihn los, und er macht allein ein paar Schritte und lacht dabei. Wir lachen beide. Ich bin so stolz auf Juan. Es klingelt. Ich laufe zur Tür. Delia hat gesagt, daß sie uns besuchen würde, falls sie Zeit hat.

»Überraschung!« Es sieht ganz so aus, als ob wir uns freuen müßten.

Mama ist aus Punta del Este nach Buenos Aires gekommen, um Daniel zu begleiten, der ein paar Nordamerikaner treffen muß, und das hat sie für einen Besuch bei Tochter und Enkel genutzt.

Es stört mich, daß sie hier ist und daß sie das so ungestraft ausspricht: meine Tochter und mein Enkel. Ob sie nach so vielen Jahren selbst an diese Lüge glaubt? Aber ich sage nur vorwurfsvoll: Sprich nicht von deinem Enkel, du weißt ja kaum was von Juan, er kann schon laufen, aber du hast keine Ahnung davon.

Ich rede irgend etwas, nur um es ihr nicht sagen zu müssen. Habe ich etwa Angst? Ja, lieber mache ich ihr Vorwürfe, die noch dazu ungerecht sind, weil ich ja selbst seit Monaten mit allen möglichen Ausreden verhindert habe, daß wir uns sehen.

Und wenn ich es dazu kommen lasse, dann nur, wenn andere Leute dabei sind. So haben wir keine Gelegenheit, miteinander zu reden.

»Na, dann zeig Mariana mal, wie du laufen kannst«, sagt sie zu Juan, als ob sie mich nicht gehört hätte. »Na los, Süßer.«

»Warum Mariana und nicht Oma?« frage ich herausfordernd.

Was für ein Blödsinn! Hatte ich denn Amalia jemals Oma genannt? Du weißt ja nicht mehr, was du redest, Luz. Und ich stelle mich stur und sage, daß es das Normalste wäre, wenn er sie Oma nennen würde. Und das bringt mich völlig auf die Palme, weil sie sagt, es sei unmanierlich, Oma zu sagen.

»Das klingt, als ob du nicht seine Oma wärst.« Ich sage es, ja, jetzt sage ich es. »Du bist es auch nicht. Du bist nicht seine Oma.«

Sie sieht mich erschrocken an. Was willst du damit sagen? Sie stellt sich beleidigt, aber sie hat Angst. Und da werfe ich ihr vor, daß sie es mir nie gestanden hat, daß sie mich ein Leben lang betrogen hat. Sie reißt die Augen weit auf und sagt kein Wort. Ich bringe Juan in sein Zimmer und setze ihn ins Laufställchen, Juan weiß es schon, ich habe ihm schon alles gesagt, aber ich will nicht, daß er bei diesem Gespräch dabei ist. Als ich ins Wohnzimmer zurückkehre, hat sie sich wieder erholt, und jetzt ist sie es, die mich angreift.

»Luz, ich halte nichts von Psychologen, aber vielleicht solltest du einen aufsuchen. Was du für Sachen sagst ... ich kann nur deshalb über dein Verhalten hinwegsehen, weil ich mir sage, daß die Mutterschaft dich aus dem Gleichgewicht gebracht hat.«

»Wir kannst du immer noch lügen, Mama? Ich habe die Geburtsurkunde deines Kindes gesehen, es war ein Junge, und er ist tot zur Welt gekommen!«

Ihr Gesicht fällt in sich zusammen. Sie verliert die Gewalt über sich. Ihre schöne straffe Haut ist plötzlich ganz faltig. Einen Moment lang tut sie mir leid, sie hat es damals ja selbst nicht gewußt.

»Dich haben sie auch betrogen, stimmt's?« Ich mache einen Versöhnungsversuch. »Aber dann hast du es doch erfahren.«

Wer es mir erzählt hat, will sie wissen, wer so unendlich grausam und gemein sein kann. Diese Hexe von Laura, es kann niemand anders gewesen sein. Wir schreien uns an: Sie will von mir hören, daß es Laura war, die mir alles erzählt hat, und ich will, daß sie mir sagt, was sie über meine wahre Mutter weiß. Im Nebenzimmer schreit Juan aus voller Kehle. Ich hole ihn, nehme ihn auf den Arm und versuche, ruhiger zu werden. Ich sehe, wie diese Frau nach ihrem Wutanfall ganz in Tränen aufgelöst auf dem Sofa liegt und heult. Ich bitte sie, sich zu beruhigen, ich zwinge mich, ganz sanft auf sie einzureden, obwohl ich innerlich koche. Ich denke, daß es für Juan besser ist, wenn wir ganz ruhig über alles reden und nicht so aufgeregt wie jetzt.

»Ich soll mich nicht aufregen, nach allem, was du gesagt hast? Du machst mir Vorwürfe, und ich habe dir Jahre meines Lebens geschenkt, ich habe dir alles gegeben, ich habe ständig dein abweisendes Gesicht ertragen müssen, deinen Ungehorsam, deine … Extravaganzen, um es mild auszudrücken. Und jetzt, wo du Bescheid weißt, machst du mir Vorwürfe, anstatt mir dankbar zu sein.«

»Ich nehme dir nur übel, daß du es mir nicht gesagt hast.«

Sie steht auf und greift nach ihrer Tasche, und ich hole für Juan ein Glas Wasser.

»Warte« befehle ich ihr, »ich bin gleich wieder da.«

Nachdem ich Juan ins Laufställchen gesetzt habe, gehe ich wieder auf sie zu. Aber ihre Opfermiene bringt mich in Rage. Sie will lieber gehen, verkündet sie. Bevor sie etwas Schlimmes sagt.

»Zum Beispiel?« fahre ich sie an, »Etwa, daß man mich einer wehrlosen Frau weggenommen hat? Na, sag schon«, und während sie gehen will, halte ich sie am Kleid fest. Ich sehe mich, wie ich als Kind manchmal genauso versucht habe, sie festzuhalten, damit sie nicht wegging, und die Erinnerung tut mir weh. Ich will dieses schmerzhafte Gefühl nicht, nicht jetzt, wo ich gewagt habe, ihr alles zu sagen. Darum schreie ich sie an: »Bestimmt hat dein Papa mich gestohlen. Und du weißt sehr gut, wer dein Papa war!«

»Allerdings weiß ich bis heute nicht, ob ich recht hatte. Ich glaube, Mariana wollte nie wissen, was ihr Vater machte oder woher ich kam. Jedenfalls hat sie es mir nie gesagt.«

»Ich verbitte mir jede Anspielung auf Papa. Wo er dich doch so gern hatte. Du müßtest ihm unendlich dankbar sein. Durch ihn hast du eine Mutter gefunden, eine Familie.«

»Ach ja? Und wer hat ihn darum gebeten? Hat er es für mich getan? Oder wollte er nur nicht, daß sein Töchterchen leiden mußte?«

Sie geht entschlossen auf die Diele zu und blickt von dort aus noch einmal zurück. Mitleid mischt sich in ihre Wut, ihre Stimme ist ganz dünn.

»Du tust mir leid, Luz. Du bist sehr krank. Ruf mich an, wenn du in dich gegangen bist.«

»Ja, ich habe sie noch einmal angerufen und sie nach meiner wahren Mutter gefragt. Sie wiederholte, daß sie keine Ahnung hätte. Eine, die mich nicht geliebt hätte. Mehr wüßte sie nicht von ihr.«

»Und nach Miriam hast du sie nicht gefragt?«

»Doch. Einmal habe ich sie besucht, weil ich nicht wollte, daß Juan unter dieser gespannten Atmosphäre litt. Bei der Gelegenheit sagte sie, sie habe Miriam nicht gekannt, obwohl sie offensichtlich erschrocken war, als ich diesen Namen aussprach. Aber ganz sicher war ich mir nicht. Weil Mariana auf alles, was ich sagte, so aufgebracht reagierte. Nach einigen weiteren Diskussionen, die nicht viel brachten, gab ich es auf, sie zu treffen. Sie half mir nicht bei meiner Suche, und die Gespräche mit ihr zermürbten mich ... Ich hatte ... ich habe noch immer sehr widersprüchliche Gefühle ihr gegenüber. Manchmal tut sie mir leid. Und ich ihr wohl auch. Und manchmal vermisse ich sie.« Ihre Stimme wurde leise, als spräche sie zu sich selbst. *»Und sie? Ich weiß nicht ... vielleicht. Gefühle sind etwas so Eigenartiges.«*

Ich rühre mich nicht von der Stelle. Lange bleibe ich wie gelähmt stehen, bis ich es schaffe, zu Juan zu gehen, der mich mit seinem Lächeln allmählich beruhigt. Ja, Süßer, wir üben es noch einmal. Ein kleiner Schritt, und noch einer und noch einer. Ich habe dich so lieb. Wir werden Papa zeigen, wie gut du schon laufen kannst. Der wird sich freuen!

Ich muß noch einmal mit der Behandlung beginnen: Nur ein paar Sitzungen, haben sie gesagt. Aber warum? Es hieß doch, die Sitzungen, die ich schon hinter mir habe, wären ausreichend, die Gefahr wäre vorüber. Mit meiner Angst vor dem Sterben kommt wieder diese Unruhe über mich. Und wenn Lili nicht glaubt, was ich ihr geschrieben habe? Ich muß zu ihr, ich muß sie persönlich überzeugen.

Warum wird dieses Bedürfnis jetzt wieder so stark? Weil ich, wenn ich sterbe, niemals erfahren werde, ob Lilianas, wenn auch zu spät übermittelte, Botschaft ihre Tochter jemals erreicht hat. Deshalb. Jetzt fühle ich mich ganz gut, ich bin imstande, zu reisen. Wer weiß, wie es später sein wird. Telefonisch werde ich es ihr jedenfalls nicht sagen.

»Wie alt wird Lili jetzt sein? Einundzwanzig.«

»Das hat doch alles keinen Sinn mehr«, meinte Frank gestern abend. »Ihre Eltern sind tot. Und auch der Schuft, der sie entführt hat. Er kann nicht mehr ins Gefängnis kommen. Und nur dann hätte es einen Sinn, ihr alles zu sagen.«

»Woher weißt du, daß er tot ist?«

»Ich habe es dir nicht erzählt, weil ich dich nicht aufregen wollte. Ich habe es vor mehr als einem Jahr zufällig in einer argentinischen Zeitung gelesen, als ich im Büro der ›Aerolíneas‹ die Tickets abholen wollte. Man hatte einen Nachruf auf ihn veröffentlicht! Begreifst du? Auf diesen Mörder! Ich war mir nicht sicher, ob ich nach Argentinien reisen wollte, und du hattest auch keine große Lust, besser gesagt, gar keine, wie mir schien« – ich mußte lachen, weil Frank mich so gut kennt – »und da, während ich wartete, las ich den Nachruf auf ihn, und das war ausschlaggebend. Nein, in dieses Land setze ich keinen Fuß mehr, lieber lebe ich mit der Sehnsucht und der Erinnerung. Darum habe ich meinen Geschwistern die Vollmachten geschickt, und später habe ich immer darauf bestanden, daß sie zu uns zu Besuch kamen.«

Und da gestand ich ihm meine Befürchtung. Wenn ich jetzt nicht mit Lili rede, wer weiß, wann ich es dann noch tun kann. Mit der Behandlung kann ich in zehn Tagen beginnen, der Arzt ist einverstanden.

Frank ist der Meinung, daß ich übertreibe. Er sagt, die Behandlung wäre zwar ratsam, zur Vorbeugung, aber mein Zustand wäre nicht ernst. Er glaubt nicht, daß ich bald sterben werde. Aber ich glaube es. Und ich will nicht sterben, ohne Lili gesehen zu haben. Versteh mich bitte. Ich will sie jetzt kennenlernen, wo sie erwachsen ist. Und ich sage ihr nur die Wahrheit, wenn ich das Gefühl habe, daß es einen Sinn hat.

Frank versteht das nicht, er ist nicht dafür.

Ich bereite mich sehr konzentriert auf die Prüfungen vor. Ich werde zwei externe Prüfungen ablegen und mich im April wieder an der Uni einschreiben. Marta ist gern bereit, ein paar Stunden bei Juan zu bleiben, wenn ich zur Uni muß. Und auch Delia und die Großmütter haben angeboten, ihn ab und zu eine Weile zu sich zu nehmen. Alle scheinen es zu begrüßen, daß ich wieder studiere. Sie sagen es nicht direkt, aber sie sind offenbar erleichtert darüber, daß ich aufhöre, ständig im Dunkeln zu suchen. Doch ich mache weiter, denn aufhören würde für mich bedeuten, mich selbst für immer zu verlieren und nie zu erfahren, wer ich bin. Noch habe ich eine Hoffnung. In ein paar Tagen kommt Dolores nach Buenos Aires. Vielleicht kann sie mir helfen, etwas mehr herauszufinden.

Ich sitze im Flugzeug. Frank, ein Kavalier bis zuletzt, ist zum Glück nicht böse geworden und hat sich lächelnd von mir verabschiedet. Paß auf dich auf, du kleine Verrückte, und ruf mich an.

Ich habe versprochen, in einer Woche zurück zu sein. Dann muß ich mit der Behandlung anfangen.

Ich mache alle möglichen Pläne, wie ich es anstellen werde. Da ich die Adresse habe, werde ich mit irgendeiner Ausrede an ihrer Tür klingeln. Ich könnte sagen, daß ich eine Freundin ihres Vaters war. Das wird das beste sein. Nein, ich rufe sie besser erst an. Und wenn sie Mariana davon erzählt? Mariana weiß, daß die Frau, die Lili entführen wollte, Miriam López hieß. Eduardo hat es ihr gesagt. Na gut, dann sage ich Miriam Harrison. Wie Lili wohl jetzt aussieht? Ob sie mir glauben wird? Ob ich den Mut finde, es ihr zu sagen?

Ich muß lernen, ich muß lernen! Morgen habe ich Prüfung, aber dieser Druck auf meiner Brust, diese Anspannung, macht es mir schwer. Ich weiß, daß ich studieren muß, weil das Leben weitergeht. Juan, die Universität, Ramiro. Aber was wird aus meiner Suche? Es ist, als würde ich das Handtuch werfen, als würde ich endgültig aufgeben.

Die Suche nimmt seit über einem Jahr einen großen Platz in meinem Leben ein. Was suche ich eigentlich? Meine Mutter und meinen Vater. Aber warum suche ich sie in diesen Zeugenaussagen? Vielleicht ist ja doch alles anders, vielleicht haben Delia und Ramiro recht, und meine Mutter war nur ein Mädchen, das mich ungewollt in die Welt gesetzt hat. Und das mich dann verlassen hat.

Es macht mich traurig, an sie zu denken, ich bin voller Trauer um mich und um sie. Wenn sie noch lebt, warum hat sie mich dann nie mehr wiedergesehen? Und wenn sie tot ist, wie ist sie dann ums Leben gekommen? Ist sie gestorben? Hat man sie umgebracht?

Ich rufe Delia an, um ihr zu sagen, daß es mir nicht gutgeht. Sie versteht mich nicht. Wie kann mir der Tod, der unbestätigte Tod von jemandem, den ich gar nicht kenne, so weh tun? Sie bittet mich, wieder ans Lernen zu gehen und Geduld zu haben, vielleicht gibt es eines Tages eine Überraschung.

»Viele von uns haben eine unendliche Geduld. Sie suchen seit Jahren und geben nicht auf.«

»Dolores?« frage ich erregt. Sicher kommt Dolores nach Buenos Aires. »Du mußt lernen, Luz, und auf Juan aufpassen, das ist das Beste, was du tun kannst.«

Zum Glück bin ich jetzt nicht mehr so deprimiert. Juan kommt mit seinen unsicheren Schritten auf mich zu. Wie hübsch mein kleiner Junge ist! Komm mit, ich muß die Tür öffnen.

Eine brünette, sehr schöne, sehr elegante Frau, die kein Wort hervorbringt. Sie sieht erst mich und dann Juan an und lächelt schüchtern.

»Luz? Luz Iturbe?« fragt sie.

Ich nicke, und sie blickt auf Juan.

»Und er?«

»Juan, mein Sohn.«

Ich frage mich, wer diese Frau ist, die uns so verstört ansieht. »Du kennst mich nicht« – höre ich nur mit Mühe – »ich bin ... ich war ... eine Freundin deines Vaters.«

Dolores! denke ich sofort und öffne ihr weit die Tür. Delia wollte mich überraschen. Ich bitte sie, hereinzukommen und Platz zu nehmen.

»Wer hat dir meine Adresse gegeben? Delia?«

»Nein ... ich habe sie von ... von deinem Mann, nehme ich an. Er hat sie mir vor Monaten gegeben.«

»Davon wußte ich gar nichts.«

Wahrscheinlich hat Ramiro Verbindung zu Dolores gesucht und sie gebeten herzukommen, und damit ich mir keine Illusionen mache, hat er mir nichts davon gesagt.

»Ich ... habe vor einigen Monaten angerufen, und er hat mir die Adresse gegeben.«

Sie hat angerufen? Ich verstehe gar nichts mehr. Ist sie denn nicht Dolores Collado? Sie sagt, nein, sie sei Señora Harrison, sie sei lange nicht in Buenos Aires gewesen. Sie sei ins Ausland gegangen. Und zwar etwa um die Zeit, als dein Papa gestorben ist. Ja, genau zu dieser Zeit.

»Sie redete weiter, ohne jeden Zusammenhang. An dem Tag, an dem er starb, na ja, an dem Tag hätte sie ihn gesehen. Genauso sagt sie es: ›an

dem er starb, na ja‹, und dabei zuckt sie mit den Schultern. Und da erinnerte ich mich an das andere ›Na ja‹, das von Javier. Sie hätten an diesem Tag ziemlich viel miteinander gesprochen, fuhr sie fort, und er hätte ihr viel erzählt. Aber sie wollte mir nicht sagen, wer sie war, und der Name Harrison sagte mir gar nichts. Dann unterbrach sie sich, um Juan über den Kopf zu streichen, aber er stolperte und tat sich weh und begann zu weinen.«

Es ist nichts, Süßer, heile heile Segen … Aber Juan schreit noch immer, und die Frau, die bisher nur gestammelt hat, singt ihm auf einmal etwas vor. »Manuelita lebte in Pehuajo, aber eines Tages ging sie fort.« Ihr Lied versetzt mich in eine eigenartige Stimmung, ist es Rührung? Staunen? Ich sehe sie an, und da wird sie schlagartig still, ebenso wie Juan.

»Dann begann sie wieder zu reden, ohne daß mir bewußt wurde, was mit mir geschah: Was für ein schöner Junge, und was er für wunderschöne Augen hat, dieselben wie ich und Liliana.«

Dieselben Augen wie wer? fragt Lili mich sichtlich verstört, und ich bekomme es mit der Angst. Ich muß langsam vorgehen. Alles ging gut, solange ich von Eduardo sprach, von ihrem Vater, den sie kennt, aber auf einmal ist mir die Sache entglitten. Lili wiederholt ihre Frage, und ich erfinde ganz schnell ein Märchen: dieselben wie eine Freundin, eine sehr liebe Freundin, deren Augen auch aussahen wie Tausende von Glühwürmchen. Daran habe ich gerade denken müssen.

Lili sieht mich ganz seltsam an, voller Bangen. Und dann bringt sie diesen feindseligen Ton hervor, genau wie Liliana.

»Aber wer bist du denn? Ich verstehe gar nichts. Eine Freundin von Papa, hast du gesagt. Von Eduardo Iturbe?«

»Ja, natürlich.«

»Und wie heißt du? Du hast mir nur deinen Nachnamen genannt.«

Wenn ich sage, Miriam, und wenn sie weiß, daß ich die Frau bin, die sie entführen wollte, wird sie böse werden. Man hat ihr diese Geschichte bestimmt viele Male erzählt. Darum antworte ich nicht und senke nur den Blick.

»Bekomme ich nun eine Antwort oder nicht?«

»Ich bin Miriam Harrison.«

»Miriam«, wiederholt Lili wie in Trance, »Miriam. Sag bloß, daß du Miriam bist!« Sie geht durchs Zimmer und kommt wieder zu mir und starrt mich an. Ich fürchte, daß sie ihr wer weiß was von mir erzählt haben, oder daß sie sich vielleicht daran erinnert, wie ich gesagt habe, daß ihre Mutter nicht ihre Mutter sei.

»Miriam López?« Sie schreit jetzt fast.

Ich nicke und bitte sie, mir zuzuhören. Ja, die bin ich, ich bin die Frau, die sie von der Schule abgeholt hat, aber ich will ihr erklären warum, sie soll mich bitte anhören. Lilis Augen glänzen, sie setzt sich mir gegenüber auf den Teppich.

»Bist du meine Mutter?«

Ich kann nicht glauben, was ich da höre.

Die Frau beginnt hilflos zu weinen, und ich empfinde eine ungeheure Zärtlichkeit für sie. Vielleicht ist alles anders, als ich es mir vorgestellt habe, vielleicht hat sie mich im Stich gelassen und kann es mir deshalb nicht sagen. Auch ich fange an zu weinen: Macht nichts, macht nichts, du mußt dich nicht schuldig fühlen, ich bin froh, daß du gekommen bist, ich muß es einfach wissen, du mußt es mir sagen. Bist du meine Mutter?

»Nein, das bin ich nicht. Deine Mutter hieß Liliana, ich weiß nicht, wie noch, den Nachnamen habe ich nie erfahren, und dein Vater hieß Carlos Squirru. Man hat sie beide umgebracht, weil sie für eine gerechtere Gesellschaft gekämpft haben.«

»An diesem Tag begann ich, in allen Zeugenaussagen nach jedem Carlos und jeder Liliana zu suchen, und wir haben viele falsche Fährten verfolgt. Ich habe jeden Squirru, der im Telefonbuch stand, angerufen. Schließlich sagte mir einer deiner Cousins, ein weit entfernter, wie er erklärte, daß du seit Jahren in Spanien lebst. Und hier bin ich nun. Hier sind wir.« Luz lächelte triumphierend.

Epilog
1998

Am 3. August 1998 betrat Nora Mendilarzu de Ortíz mit unsicheren Schritten das Haus, in dem die Organisation der Großmütter ihren Sitz hatte. Sie wußte nicht, wie sie das Thema angehen sollte. Nora hätte Carlos gern geglaubt, aber sie fand das alles sehr abwegig und wollte sich keine falschen Hoffnungen machen. So nannte sie nur ihren Namen und fragte, ob jemand sie beraten könne. Delia bat sie, in ihr Büro zu kommen.

Sie war hier, erklärte Nora, weil ... weil sie einen seltsamen Anruf von dem Mann bekommen hatte, der früher einmal der Ehemann ihrer Tochter gewesen war. Meine Tochter ist während der Militärdiktatur spurlos verschwunden. Sie war schwanger, aber ihr Kind kam tot zur Welt. Das hatte sie vor vielen Jahren erfahren. Ihr Schwiegersohn hatte ihr geraten, zu den Großmüttern zu gehen, weil ... Er hat etwas sehr Seltsames gesagt ... Offenbar hat ihn in Madrid, wo er jetzt lebt, ein Mädchen aufgesucht.

Delia strahlte über das ganze Gesicht. Nora wollte fortfahren, aber sie unterbrach sie aufgeregt.

»Wie heißt Ihr Schwiegersohn?«

»Carlos Squirru.«

Nora verstand nicht, warum die Großmutter mit Tränen in den Augen aufsprang und die Arme ausbreitete.

»Dann sind Sie Lilianas Mutter? Was für eine Freude!«

»Sie wissen, wer meine Tochter war?«

»Den Nachnamen kenne ich nicht, aber wir suchen Sie schon seit langem.«

»Sie hieß Liliana Ortíz.«

Nora hatte so lange überlegt, wie sie die Sache mit dem Anruf von Carlos erklären sollte, und jetzt redete diese Frau in einem Fluß, sie schien die Geschichte besser zu kennen als sie. Sie kannte Luz, das Mädchen, von dem Carlos gesprochen hatte, sehr gut. Und sie sprudelte hervor, wie mutig Luz war, wie beharrlich, und wie verzweifelt sie versucht hatte, ihre Herkunft zu erkunden. Sie erzählte alle möglichen Dinge von Luz, ohne jeden Zusammenhang. Nora hörte ihr schweigend zu.

Plötzlich sah Delia Nora an. Sie hatte wohl bemerkt, daß sie ihr keine Zeit gelassen hatte, sich von ihrer Überraschung zu erholen.

»Verzeihen Sie, aber ich bin so gerührt. In dieser Situation ist es das beste, wenn Sie Ihr Blut auf seine Übereinstimmung mit dem Ihrer Enkelin untersuchen lassen. Die Daten von Luz befinden sich bereits im Labor.«

Während sie noch sprach, kramte Delia in ihrem Schreibtischfach. Dann reichte sie Nora das Foto. »Das ist Luz, und das ist ihr Sohn Juan. Wunderbar, so jung und schon Urgroßmutter. Wie alt sind Sie? Oder ist das eine indiskrete Frage?«

»Ich bin fünfundsechzig.«

»Luz hat die Untersuchung machen lassen, aber natürlich waren in der genetischen Datenbank keine Daten von Ihnen vorhanden. Ich würde Ihnen gern viele Fragen stellen. Aber besser wäre es, wenn Sie zuerst die Analyse machen würden. Für Luz wäre es eine Riesenfreude.«

Nora betrachtete stumm das Foto.

Nein, sagte sie schließlich kaum hörbar, das hielt sie nicht für nötig. Sie starrte unablässig das Foto an. Ihr Finger berührte das Gesicht von Luz auf dem Bild: Ja, das ist Liliana. Dieselben Augen, dieselbe Haltung.

Endlich löste sich Noras Blick von dem Foto. Sie sah Delia an und sagte mit wieder festerer Stimme: »Diese unverhoffte Nachricht macht mich froh. Ich brauche keine Beweise mehr. Ich bin sicher, daß Luz meine Enkelin ist. Ich habe überhaupt keinen Zweifel. Aber wenn Sie meinen, daß es für Luz wichtig ist, habe ich gegen eine Analyse nichts einzuwenden.«

»Darf ich dich umarmen?« fragte Delia gerührt. »Es ist das erste Mal, daß wir eine Großmutter gefunden haben.«

Elsa Osorio

Im Himmel Tango

Aus dem Spanischen von Stefanie Gerhold
Gebunden und st 4027. 504 Seiten

Einen Film über die Geschichte des Tangos drehen? Nur allmählich kann sich die junge Pariserin Ana mit dem Gedanken anfreunden, bedeutet das doch, sich mit ihrem Geburtsland Argentinien auseinanderzusetzen und mit der unrühmlichen Vergangenheit ihrer herkunftsstolzen Familie. Ihre Recherchen führen sie ans Ende des 19. Jahrhunderts, als in Buenos Aires Hunderttausende Einwanderer von Bord der Schiffe gehen und der Tango, diese neue, selbstbewußte Musik, auf den Tanzböden Menschen unterschiedlichster Herkunft vereint – und Familien spaltet.

Nach ihrem Erfolgsroman *Mein Name ist Luz* erzählt Elsa Osorio nun im berauschenden Rhythmus des Tangos die Geschichte zweier Familie und eines ganzen Landes.

»Ein Roman wie ein ausdrucksvoller Tanz – elegant, energiegeladen, ausschweifend.« *Focus*

NF 641/1/6.08

Elsa Osorio

Sackgasse mit Ausgang
Erzählungen
Aus dem Spanischen von
Stefanie Gerhold
st 4191. 151 Seiten

Auf sehr eindringliche und bewegende Weise befassen sich Elsa Osorios Erzählungen mit den Träumen und Hoffnungen von Menschen, die eine Sackgasse mit Ausgang suchen. Andrea findet auf der Trauerfeier für einen ihr Unbekannten den Ort, an dem sie weinen kann; ein Mann, der während der Diktatur jahrelang unter Marcos' Namen lebte, schenkt Marcos endlich sein Leben zurück; Gabi reist ihrem vermissten Bruder nach und findet ein ganz anders geartetes Glück.

»Wie kaum zuvor gelingt es Elsa Osorio, über eine schwere Zeit zu schreiben.« *Süddeutsche Zeitung*

NF 998/1/11.10

Isabel Allende
Mayas Tagebuch
Roman
Aus dem Spanischen von
Svenja Becker
Gebunden. 447 Seiten
(978-3-518-42287-8)
Auch als eBook erhältlich

»Isabel Allende ist die Königin der Gefühle!« *El Mundo*

Mayas Tagebuch erzählt von einer gezeichneten jungen Frau, die die unermesslichen Schönheiten des Lebens neu entdeckt und wieder zu verlieren droht. Ein unverwechselbarer Allende-Roman: bewegend, spannend und mit warmherzigem Humor geschrieben.

»Von allem, was ihr Werk seit Jahrzehnten charakterisiert, ist hier etwas enthalten, Mythologie und Sagen, waghalsige Abenteuer, eine kosmopolitische Handlungsfülle, vor allem aber eins: Liebe zu ihrer Heimat, Sehnsucht nach Chile.«
Monika Melchert, Sächsische Zeitung

suhrkamp taschenbuch

Weitere Informationen erhalten Sie unter www.suhrkamp.de
oder in Ihrer Buchhandlung.

Eva Hornung
Dog Boy
Roman
Aus dem Englischen von
Thomas Gunkel
Deutsche Erstausgabe
st 4185. 335 Seiten

Moskau: Ein vierjähriger Junge erwacht in einer kalten, leeren Wohnung. Er wartet auf den Onkel, doch der kommt nicht nach Hause. Auch seine Mutter nicht, deren Ermahnungen er im Ohr hat. Der Junge hat Angst vor dem Onkel, der ihm verboten hat, sein Zimmer zu verlassen. Doch er ist hungrig, faßt Mut und verläßt die Wohnung. Der Junge, Romochka, ist allein. Es schneit, die Menschen beachten ihn nicht, nur ein Hund nähert sich ihm, aggressiv, dann neugierig. Romochka folgt dem Hund, und der Hund – die Hündin – gestattet ihm zu folgen. Hin zu ihrer Höhle in einem verlassenen Gebäude. Zu seiner neuen Familie. Romochkas Leben als Hund beginnt.

»Dieses Buch wird Sie packen und nie wieder loslassen ... ein raffiniertes Nachsinnen über die Menschlichkeit und was es bedeutet, ein Mensch zu sein.« *Donna Leon*

»Außergewöhnlich, packend und total glaubwürdig.«
Yann Martel

»Eva Hornung hat den alten Wolfskind-Mythos, der uns seit Romulus und Remus fasziniert, in einem Großstadt-Dschungelbuch von packender Drastik neu erzählt – um an der Selbstgefälligkeit des Homo sapiens zu kratzen. Ein erstaunliches Leseabenteuer ...« *Kristina Maidt-Zinke, Süddeutsche Zeitung*

Isabel Allende

Inés meines Herzens

Roman
Aus dem Spanischen von Svenja Becker
st 4035. 394 Seiten
Großdruck st 4062. 623 Seiten

Als junge Frau verläßt Inés Suárez im 16. Jahrhundert ihr Heimatland Spanien, um auf dem wilden südamerikanischen Kontinent nach ihrem verschollenen Ehemann zu suchen. Ihn wird sie nicht mehr lebend finden, dafür aber ihre große Liebe: den Feldherrn Pedro de Valdivia, mit dem sie sich gegen alle Widerstände an die Eroberung Chiles macht.

Mit viel Hingabe und Einfühlungsvermögen verleiht Isabel Allende in ihrem Weltbestseller der historischen Gestalt der Inés Suárez ein Gesicht und eine Stimme und nimmt ihre Leser mit auf eine packende Reise durch ein bewegtes und bewegendes Leben.

»Isabel Allende ist die Meisterin des historischen Romans«. *Münchner Merkur*

NF 951/1/6.09